仙宫有树

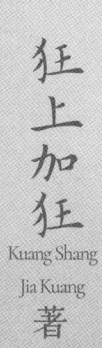

狂上加狂
Kuang Shang
Jia Kuang
著

下册

北京联合出版公司
Beijing United Publishing Co.,Ltd.

第二十一章 各怀心事

若是因为苏易水，让这些误入歧途的孩子也跟着受牵连，秦玄酒实在有些于心不忍。

当他出言阻拦的时候，沐冉舞含笑瞪着他道："玄酒，那个薛冉冉在天脉山刻意陷害我时，可看不出什么纯良无害，你如此阻拦，难道是想助纣为虐吗？"

听师父这么一说，秦玄酒登时无话。至于沐清歌的其他弟子，压根儿就没有见过薛冉冉，自然也不会替她求情。

就在众人草拟檄文的时候，突然听到大营外有人高呼："快看啊！回来了！回来了！"

接下来，帐子里的众人便听到了马蹄子如雷一般纷至沓来的声音。

大家出了营帐的时候，全都惊呆了。

远处的原野上的确有马群奔来的身影，可是那马背上全都坐着人啊！

那些呼喊的前哨士兵也发现自己喊错了，连忙击鼓示警，改口喊道："高坎敌军来袭！快些准备迎敌！"

三大门派的正道人士都是来帮忙的，听了这话，纷纷御风而行，摆开阵势。

可是当马群挨近的时候，他们再次发觉不对劲。那些马背上的确有高坎兵卒，可是他们一个个表情木讷，身上似乎只穿着睡觉时的单薄衣服，而且连武器都没有拿，就是这么一路跑来的。他们此时手无寸铁，根本不像来偷袭的样子啊！

驱赶马群的则是个眉眼明丽、梳着抓髻的小姑娘。

当马群来到大齐军营时，那小姑娘一个翻身，利落地站在马背上，朗声道："西山弟子薛冉冉，奉尊上之命，前来归还丢失的战马！"

秦玄酒第一个飞身迎上，瞪着眼睛冲小姑娘嚷道："薛冉冉，你们这是搞的什么名堂，为何要先窃马再还马？"

薛冉冉真是跟苏易水忙了一夜。当初酒老仙跟她甚是投缘，为了留下这个会酿酒的小姑娘，还诱惑着要教她制灵符，所以当初给了她一袋子的灵符，想让薛冉冉知道他酒老仙的能耐——这些灵符有多么好用。

当然，里面还有制作灵符的半册秘籍。酒老仙卖弄了心眼，这灵符虽然仙修之人都会做，可修习制作高一层次的灵符难如登天。如果薛冉冉看了入门的秘籍，就好比吃了一碟子开胃的花生米，若没有后续美酒下肚，必定心痒难耐，就会跟他求学下册。到时候，他就可以从苏易水的手里将这个乖巧可爱的小徒弟骗到手，好让她天天给他酿酒做菜。

幸好酒老仙存了这样的心思，薛冉冉老早就将半册制符秘籍记在心中了。

制作灵符，其实是将仙修者的灵力固化凝结在符纸上。光凭那半册入门秘籍，她虽然不能做符，但是化符绰绰有余。

当夜，她便带着苏易水潜入高坎军营的马棚，先在马饮的水中融了安稳心神的丹药，待马平静了之后，就将那些马背上的灵符都揭了下来。

修改灵符需要灵水，苏易水却说不必那么麻烦。他用刀划破手腕，让薛冉冉用他的血来改符。

苏易水的血，如今是魔血，威力惊人，薛冉冉虽然只是初学者，却将几百张驭兽符融入了苏易水的那碗血里，改成了驱兵符。

酒老仙的灵符加上魔子的血液，简直是要命的搭配。

因为马群自奔而来，高坎的兵卒们聚在一起，正烤羊饮酒庆祝。这半碗的血符倒进酒缸里后，那些喝了酒的官兵顿时都直了眼睛，在后半夜大家都入睡的时候，他们直直起来，入了马棚，爬上马背，抓着马儿的鬃毛就出了高坎大营。

当守营的人后知后觉发现时，急得敲锣打鼓也不管用。

于是高坎的兵卒每人骑着一马，将这些马送回了大齐军营。

现在，高坎兵卒一个个翻身下马后，倒地不起，呼呼大睡。这一夜，反而是大齐不费吹灰之力，俘虏了几百名高坎兵卒。

现在听秦玄酒开口质问，薛冉冉微笑着说："塞翁失马，焉知非福？我只能说这些马身上的灵符并不是西山动的手脚，现在这些马带着几百名战俘归来，已经完璧归赵。还请秦将军明察，我们西山可没有勾结高坎，危害大齐百姓。"

就在这时，三大门派的人也纷纷围拢过来，冷声道："贼喊捉贼，你们西山这是在搞什么鬼名堂？"

薛冉冉虽然不知"沐清歌"跑到大齐军营来搬弄是非，可是当她看到"沐清歌"就站在三大门派旁边一派和气的样子时，心里也猜出大概了。

"沐清歌"勾结了赤门，一定又说师父的坏话了。

师父跟"沐清歌"之间的这笔烂账也是难算。薛冉冉只打算澄清偷马之事，所以就此一抱拳，打算回身走人。

可九华派和空山派两大门派的弟子纷纷跃出，拦住了她的去路："女魔头，哪里走，还不快些交代魔子苏易水藏在何方。"

薛冉冉长这么大，第一次被人叫成"女魔头"，略微不适应。不过听他们喊出魔子苏易水时，她忍不住瞪向了"沐清歌"。她居然连这事儿也说了出来，难道是因为师父伤了她的心，她打算彻底报复吗？

不过，这些都是事实。薛冉冉觉得师父之前的确是魔子，现在他身有灵泉，既然没有辩解的必要，她也不打算说。

在某些方面，她应该跟师父学学，莫要太在意别人的话，尤其是三大门派这些乌合之众的看法。既然马已经回来，灭了高坎的锐气，那么接下来的战事就是顺应天命。

至于三大门派这些弟子的阻拦，薛冉冉并没有太放在心上。自从上次断了灵脉，又被苏易水重新接续以后，薛冉冉觉得自己的灵力似乎高了不止一两层。她没有比较，一直也不太清楚自己提高了多少，直到现在三大门派的弟子阻拦她走时，她不过随手一挥，竟然将那个九华派的弟子一下子震出去老远。

薛冉冉自己也吓了一跳，她本意没想下这么重的手，九华派的弟子什么时候变得这般孱弱了？

开元真人见了，觉得脸上挂不住。

自从在天脉山折了得意的弟子，开元真人着实费心督促座下弟子提升修为。可没想到，今日当着三大门派，自己拿得出手的弟子就跟纸片一般，被拍在了地上。

开元真人一向老谋深算，没有十足的把握，绝对不会出手。比如当初在绝山与魏纠大战的时候，他就始终没有动手，给自己留足了退路。他当年也是通过考验，入过洗髓池的人。虽然不像沐清歌、苏易水那般年少有成，可是将近二百年结丹的修为也不容小觑。所以他并没有将薛冉冉放在眼里，就算她当初入了洗髓池，也不过是个初出茅庐的晚生后辈。现在九华派的脸面都丢光了，他身为三大门派之首、正道的盟主，必须出面找回脸面。

看薛冉冉还想走，开元真人一甩仙袖长袍，仙剑直直朝着她袭去。

三大门派的人许久没有看到开元真人的身手了。

仙修灵气，蕴含剑芒。开元真人出手的那一瞬间，众人便可感觉到剑气先动，犹如寒窖洞开，万芒齐放，让人的汗毛都竖立起来。

九华派下那些善于捧臭脚的弟子握拳拍掌道："师尊，好一招伏魔骁龙剑法！"

这剑法如长虹破云，所到之处，掀动地皮飞卷，就算薛冉冉是从洗髓池里脱颖而出的新秀又怎么样？当年沐清歌就是被开元真人这一招伏魔骁龙剑贯穿左肩之后，开始节节败退的。

薛冉冉也感觉到开元真人的剑气逼人，比他的弟子卫放要强上几十倍。

当她点地跳起，轻盈躲过开元真人的狠厉一击之后，耳边突然响起了苏易水的传音入密："开元老狗的软肋是腰的右侧，往那里多招呼几下。"

苏易水熟知几大掌门人的路数，对开元真人的短处更是心知肚明。他听了薛冉冉的话，并没有露面，免得自己被他们刺激得控制不住体内的灵泉，起了杀戮之心。可是他暗中用传音入密给弟子作弊，出些便利的"小抄"。

薛冉冉听了这话，顿时有了目标。她单手抽出了机关棍，在空中利落地运转真气，操控机关棍不断变长，同时在半空自行飞转，然后甩着棍花，朝着开元真人的腰间袭去。

313

这种隔空驭棍的功力，往往是百年结丹之士才可娴熟运用。可是薛冉冉小小的年纪，居然已经达到随心所欲的境地。

她这一出手，顿时让周围的人都没了声音，他们一个个惊疑不定地望向这个名不见经传的小丫头。

开元真人也大吃一惊，连忙调动真气，抵御飞驰而来且不断伸缩变化的棍子。

最叫他心惊的是，这个小丫头好像知道他的命门短处在哪里，不住地用棍子朝着他的后腰袭去。

开元真人连忙运起护体真气，这样的真气护盾刀枪不入，就算乱箭穿来，也不能伤他分毫。

只是真气流转，也有命门薄弱之处，开元真人的后腰眼就是真气最单薄的地方，若是凝聚灵力攻击此处，便可穿破他的灵盾。

也就是过了数十招，那灵巧的棍子突然又弹开长长的一截，一下子捅到开元真人的腰上。

开元真人顿时觉得真气聚拢不住，疼得嗷的一声叫了起来。接下来那棍子再次穿透他的护体真气，捅在他腰上。

开元真人的后腰当年在围剿沐清歌的时候受了重伤，里面嵌入了一片沐清歌法器爆裂的破片，以致伤好之后留下了后遗症。

现在这个小丫头仿佛知道一般，招招直击命门，让他难以招架。

可是开元真人也不是吃素的，他察觉自己的命门被薛冉冉发现之后，突然伸手摸向腰间。

就在这时，薛冉冉的耳边传来苏易水的声音："他要用法宝祭天铃，你快些后撤，莫要再与他战。"

那祭天铃是大能盾天留下的法器。

传说，当年盾天心魔难平，于是采雪山寒铁精炼出一只铃铛，每日悬挂于头顶，当心魔生出，无法安心打坐的时候，那祭天铃就会响动不停，发出逼人的寒气，屏退心魔躁气。

薛冉冉虽然功力突飞猛进，但是实战经验太少，若是被祭天铃的寒气侵入体内，必定有所折损，所以苏易水才让她赶紧后退。

不过，她这主动一退，倒是给了开元真人台阶。

他警觉这场仗打得没有什么把握，虽然不至于落败，但是也许赢得狼狈难堪，所以趁着小姑娘后撤时，他赶紧冷声道："你也不过是个刚入师门的小姑娘，我若就此将你伏诛，倒显得我们铁石心肠。回去跟你的师父讲，若是不想就此迈入歧途，还是早些交出灵泉为宜。"

薛冉冉倒是很真诚地说道："请诸位放心，我们西山派向来与世无争，如今灵泉未能被送回阴界，师父怕它蛊惑世人，又苦于没有能封印它的法器，只能用身体暂时封住它。若是诸位当中有功力高深、品行端正的大能，能堪封印灵泉的重任，我师父也愿意让贤，将这费力不讨好的差事交还给诸位。"

若是薛冉冉在跟开元真人打斗之前说出这话，必定惹来阵阵嘲骂声。

当年苏易水交出结丹浇灌了转生树后，算个什么东西？当初在绝山上跟魏纠对峙的时候，他可是丢脸地痛快承认自己不是魏纠的对手。

可是现在，苏易水的一个新收女弟子竟然能跟九华派的掌门人对阵而不落下风，还让稳重的开元真人发出杀猪般的叫声，这是何等让人震惊的实力！

所以她方才说的话，虽然听着刺耳，嘲讽意味十足，但句句都是实话，更加使人难堪。

"沐清歌"先前说苏易水藏匿了灵泉，他们还有些半信半疑。可是现在小丫头说，苏易水并非被灵泉操控，而是用身体封印了灵泉，这样隐藏的可怕实力简直震慑了众人。

这时又有人喊："这失马的事情暂且不提，你们师父大闹皇宫，用恶龙邪物行刺陛下可是千真万确。那皇宫都塌毁了！你们若不是包藏祸心，何至于闹出这种事情！"

薛冉冉有些不爱搭理这些听风是雨，蓄意给西山网罗罪名的正道人士。

"皇宫私养那龙，足足十几个年头。相信诸位道友在京城的异人馆里也有相熟的朋友，稍微打听一下就能知道真相。皇宫里有位高权重者私自养龙，甚至用人来喂养，只是妄图用龙气续命。但那龙魔性难控，师父怕它毁了京城，生灵涂炭，便潜入皇宫，将那龙送回了龙岛。若是这样的污糟事情也诬赖到我们西山头上，诸位不是装傻，就是真的坏了心眼。"

说到这里时，薛冉冉将两根手指放入口中，发出响亮的哨声，一只火红的朱雀从远处的林中飞出。然后她脚尖轻点，纤腰轻扭，姿态优雅地跃上了朱雀的后背，然后对着众人，尤其是那个"沐清歌"，意味深长道："修行不易，需要时刻秉正内心。算起来，近二百年间，只有药老仙一位大能飞升。诸位似乎都堵在某处关隘，若是放下旧日恩怨，少些争强好胜、妄断他人，说不定诸位的飞升之路能更平顺些。"

薛冉冉说完，朱雀发出一声长鸣，甩着长尾在空中盘旋一阵，便载着她朝着远方飞走了……

虽然很多人在天脉山下时，看过薛冉冉骑乘异兽朱雀，可是今日看到，依然为朱雀的圣光炫丽而迷醉。

朱雀跟其他异兽不同，乃是圣洁之物，也不会跟人定下魂誓，只有最纯洁的灵魂才可降伏它。

而它甘愿被薛冉冉骑乘，本身就是小姑娘人品的明证。

若是邪魔之物，那朱雀宁可化成血泥，与之同归于尽，也不会自甘堕落被骑乘。

眼看着薛冉冉骑着朱雀翩然而去，霞光尚且没有散尽。就算有人想撑起自家场面，骂她一句"女魔头"，也是气短得有些张不开嘴。

就在这时，沐冉舞身边的几个徒弟张嘴说话了："那个叫薛冉冉的小姑娘说得有理，也许我们误会了——"

还没等他们将话说完，沐冉舞一个凌厉的眼神就递了过去，她冷声道："灵泉出现在人界，就是天下大乱的征兆。苏易水前世害苦了我，难道这短短二十多年里他就变好了？"

开元真人的腰还是疼痛难当，他一直强撑着维持掌门人的威严，听了沐冉舞的话，立刻接口道："灵泉事关重大，岂能任凭一个黄毛丫头空口白牙地辩驳？若她说的是真的，灵泉也不适合由苏易水一人照管，得我们几大门派作为督证，监视苏易水将灵泉送回阴界！"

不过，三大门派各有自己的小九九。

就在这时，空山派的温纯慧抱拳道："诸位，大齐和高坎两国交战，原本就是红尘天数。这次马匹被灵符驱动的事情便是警示，若是诸位仙修搅和到这些俗务里，难免会妄动天命，招致不可期的劫难。既然马匹已经归还，此间事了，我们空山派女弟子众多，不宜在军营久留，我等便先告辞了。"

说完，她一甩手里的马尾拂尘，然后带领着女弟子们头也不回地先走了。

这位新任的温长老可不是傻子，她原本就不愿来此处，不过是碍着开元真人的情面，才来走一走过场。

方才沐冉舞一股脑将脏水往死了的温红扇身上泼时，就惹得她心里不快。

而那小姑娘临走时说的话，更是让她醍醐灌顶。

是呀，空山派以前出了多少飞天大能，可是如今为何落得人才凋落的下场？仔细想想，这颓势似乎从围攻沐清歌起，就开始无法挽回了。

空山派的门规向来是清心寡欲，不理红尘纷争。可惜前任掌门温师太还有温红扇都走了偏路，连带着害得门下弟子整日跟在九华派的身后摇旗呐喊，干些不正经的俗务。若是灵泉的事情是真的，接下来必定又是一场浩劫。空山派现在的家底太单薄，弟子们还不成器，实在禁不起折腾了。

既然开元真人一脸浩然正气，那个"沐清歌"又是一副舍己为天下的架势，那么就让他们济世救人好了。她可是要赶紧回空山，多炼制些丹丸。若是世道大乱，那么山门就得关得再紧些，可不能跟着开元真人横冲直撞。

一旁的飞云派的长老也不是傻子。三大门派里，要数飞云山派实力最弱。看到空山派连夜离开，飞云山派也借口掌门有事，急召他们回去，跟捂着腰的开元真人匆匆道别之后，便呼啦啦走干净了。

这下子，声势浩大的正道联盟一下子走了大半，只剩下一些不入流的小门派彼此相望，心里默默盘算怎么说才能既走得体面又不得罪开元真人。

一时间，九华派拉开的讨伐西山的阵仗顿时偃旗息鼓大半。

沐冉舞知道，这些剩下的"馅料"蒸不出什么好"包子"，于是只优雅地让开元真人想好对策通知她后，便领着弟子们先行离开了。

她秘密协助高坎的事情，不宜告诉弟子们，所以她现在明面上暂时居住在五马镇。她原以为三大门派引头，必定如前世一般，引得众人讨伐西山。可万万没想到，薛冉冉居然将那些出走的马匹追回，还在跟开元真人的交手中占了上风。

修真界除了正邪的名头，还要靠实力来说话。如今西山小徒弟薛冉冉露出了功力，足以震慑众人。

徒弟如此，灵泉上身的师父的实力更是让人不敢想象！

所以，降妖除魔固然是人间正道，但是在人家彰显出如此强悍的实力后，再不管不顾地往上冲，便是傻子。

现在几乎没有人愿意当傻子，沐冉舞这一通忙碌，显然是打了水漂。

想到高坎这一次被俘虏了这么多的兵卒，夷陵王那边有些不好交代，沐冉舞气得深吸一口气。她瞟了一眼旁边的王遂枝，他在方才看见薛冉冉跟开元真人打斗的时候就一直是若有所思的样子。

她疑心他看出了什么破绽，在回五马镇的路上便问："小枝，你在想什么？"

王遂枝早不是当年的翩翩少年了，不过被师父叫了"小枝"，他还是连忙应道："方才我看到了那个薛冉冉用的棍子，做工精巧……不似凡物，倒像是老十四的巧手。"

老十四？沐冉舞登时想起了那个名噪一时的巧匠曾易。说起来，他当真是有造物神通，一双巧手仿若通着神灵……沐冉舞的眼睛一亮，这样的贤才若是不招揽到自己的麾下，岂不是可惜？于是她试探问道："你可知曾易的下落？"

王遂枝摇了摇头，颇为遗憾道："当年他恃才傲物，原本就跟我们不大和睦。后来西山散了，他也下落不明，之后也没有来找过我们……哎呀，那……那不就是老十四吗？"

就在二人说话间，王遂枝在边境小镇的街市边居然一眼扫到了刚刚从马车上下来的曾易。

原来，马行出事后，掌柜和伙计被抓，一直没有放出来，店里的其他人没有法子，只能给曾易飞鸽传书，让东家来处理。

曾易当时离五马镇也不太远，自从京城出事，他一直没有跟苏易水他们联系上，更不知道薛冉冉的近况如何。后来好不容易得了苏易水的来信，说是要来边关，所以曾易带着白柏山和几个仆人，便一路风尘仆仆地赶来了。

没想到的是，他们一到此地，还没落脚便遇到了故人。

317

当三师兄王遂枝突然出现在自己面前，呼唤自己的名字时，曾易不由得一愣。

"老十四，你竟然躲在这里，可知我找你找了多久？"

曾易不动声色地看了一眼王遂枝身边戴着帷帽的女人，笑着道："是啊，三师兄，好久不见。这位是……"

就在这时，沐冉舞撩起了面纱，露出了自己与前世沐清歌肖似的脸："易儿，是我……"

这张脸在沐清歌的徒弟面前可以说是无往而不利，看见的人都含泪而泣。就在沐冉舞等着曾易哭着扑过来认师父的时候，曾易却迟缓了一下，迟疑道："你是……师父？"

王遂枝笑道："当然是师父，难道你不知恩师在转生树上重生的事情吗？"

曾易定了定神，这才跟沐冉舞施礼问安，可是言语间并没有热情。

沐冉舞想到王遂枝说薛冉手里的机关棍像是出自曾易之手，又见他对自己不甚热情，立刻试探道："易儿，你好像不怎么想再见昔日故人啊。"

王遂枝捶了一下他的肩膀，道："你是怎么了？难不成是做兵器成痴，连师父也不认了？"

曾易苦笑了一下，温言道："自然不是，只是我如今做着小本生意糊口，已经不再想着修真之道了，若是二位无事，我便要告辞了。"

王遂枝却伸手拦住了他，冷笑道："师父往日对你不薄，你竟然如此对她！难不成你是投靠了苏易水？他那个女徒手里的棍子是你做的吧？我一眼就认出来了——啊！"

他的话还没有说完，就被曾易突然举起的手吓到了——那两个光秃秃的手掌上，一根手指头都没有。

沐冉舞也皱眉后退了一步："你的手怎么了？"

曾易道："年轻时不懂事，得罪了人，所以两只手都废了。如今我经营着汤池和马行，小本生意，养家糊口而已，我又是个俗人，实在不通仙缘。二位若是无事，我便先走一步了。"

王遂枝有些愧意，十四的手看起来废了甚久，如何能助纣为虐，给苏易水的徒弟做兵器？看来是他误会老十四了。曾易原本就是个恃才傲物的人，现在变成了残废，羞于见到故人，不愿想起昔日的事情也是可以让人理解的。若早知道他这么困难，王遂枝也一定会周济这位师弟的……想起包括他自己在内的人，在离开西山很长一段时间里都有着各自的困难，他很是感慨。

沐冉舞看着曾易匆匆离去的背影，似乎有些扫兴，她略带遗憾道："道不同，不相为谋，他的手已经废了，既然不想与我们联系，便随他去吧。"

可惜了曾易的天才造物之手，不过既然他已经成了废物，留在身边也无用，沐冉舞从来不想在对自己无利的人、事上费心。

她转身而去时，没有看到王遂枝脸上片刻的惊诧。王遂枝是个商人，人情往来上自然也算圆滑。可他万万没有想到，师父知道十四师弟如此骇人的遭遇后，竟然如此冷漠，仿佛只是听了一段书……

　　难道转生树让以前那个侠骨柔肠的师父变得心肠冷漠了？

　　再说曾易，他猝不及防地看到了这个假货，心里也是咯噔一下，可是他又不好直白地跟昔日的师兄揭露她的身份。

　　可恨师父的身份还不能大白于天下，想到她引魂上树时苏易水说过的话，曾易知道，这一世，师父万万不可再做沐清歌。

　　改天换命，都是要付出代价的，师父当年改的可是天下帝王的命数啊！

　　如今从树上早熟掉落的果儿改了生辰八字，一身的灵气也尽数被人李代桃僵，也不知她能不能逃得掉天劫惩戒……

　　如今能护住师父的人不多，不过，就算舍了自己的一切，他也定然要维护师父的周全！

　　五马镇内，这一场师徒相遇似乎就是这般不了了之。

　　再说骑乘着朱雀离去的薛冉冉，她来到山下的密林时，轻巧地落地。

　　她看到先到了一步的苏易水正坐在一块大石上，晃动着被她戳破的灯笼……

　　其实薛冉冉也不知自己当时怎么了，心里有气，伸手就将灯笼戳破了。现在看着师父盯着灯笼上被戳破的画，薛冉冉觉得有些抱歉。

　　师父与沐仙师的恩怨也好，情爱也罢，都是他们的事情，自己有什么资格乱发脾气，还弄坏了师父好不容易做的灯笼？

　　想到这儿，她讪讪地走过去，摘下自己的零食袋子，递给苏易水："吃吧，吃了心情会好点……那个……要不要我去镇子上再给您买个灯笼来？"

　　苏易水偏头看了看她心虚的样子，面无表情道："我不要买来的，你得亲手给我做。"

　　薛冉冉哪里会做？但是哄师父跟哄孩子是一样的，得先应承下来再说。

　　就这样，在薛冉冉连喂三颗蜜糖梅子后，苏易水的心情总算转好了些。

　　于是二人折返宿营地。

　　此时是第二天大亮的时候。

　　他们回来的时候，正好看见羽童刚刚从后山转回来。山里早晚露水多，她的衣摆上全是水痕，也不知在野外草地里站了多久。又或者是久不见她和师父，这才去找寻他们去了？

　　果然羽童见了他们便问："主人，你们去哪里了？"

　　苏易水淡淡道："昨晚可有异常？"

　　羽童愣了一下，不解道："发生了什么？"

薛冉冉不由得抬头看了一眼二师叔。从海岛回来后，其他人还好，只是二师叔有些心不在焉，她想起了之前无意中看见二师叔偷偷流眼泪的情形。而且昨天那么大的阵仗，就算熟睡的人也会被马蹄声震醒。二师叔却是一副茫然无知的样子，很显然她昨天早早就离开了，直到刚刚回来。

薛冉冉还要说话，可是一旁的师父突然伸手掐住了羽童的脖子。

薛冉冉吓了一跳，以为师父的魔性又发作了。

羽童则不躲不闪，像是任由苏易水拧断她脖子的样子，甚至脸上还带着解脱的释然。

就在薛冉冉要出手拦截的时候，她发现了蹊跷之处——苏易水似乎在将丹田灵力逼到羽童体内。

苏易水的灵力如今带着魔性，运气汹涌似惊涛骇浪，羽童虽然有些筑基功底，但也无力承受，一时间全身的灵脉凸显，很快一个凸起似鸡蛋的东西便从她腹内运到了喉咙处。

就在这时，苏易水松手，羽童趴伏在地，"呕"的一声，终于艰难地吐出个金壳甲虫一样的东西。

薛冉冉吓了一跳，原本以为那是嗜仙虫，可又发现不对，因为这虫子看起来笨重得很，并不会飞。

她抬脚想要踩那虫子，可苏易水拦住了她，他弯腰用随身的水囊口对准了它，将它装起后盖上塞子，然后扔进了远远的山涧里。

"那物有毒，不可触碰。好了，你有什么难言之隐，现在可以说了。"苏易水这时才开口说道。

羽童扑通一声跪在地上，已经泪流满面："主人，我的孩儿被苏域派人捉去了。我并无心背叛主人……若不是担心儿子，我老早就以死谢罪了。"

就在这时，羽臣和高仓、丘喜儿他们也闻声赶来，看着眼前的一幕，不禁有些目瞪口呆。

原来那苏域不知从何处打探到消息，知道羽童在西山镇下有家室。然后在他们前往京城前，派人将她的情郎还有儿子都抓走了。只是那时羽童还不知情，等到后来知道时，已经被拿捏了软肋。

后来苏域派人找到了羽童，胁迫她吞下这噬心虫。这虫子既可释放蛊毒，又可传音通感，是名副其实的窃听虫。

也就是说，羽童看到、听到的，都会原封不动地传输给操控这虫子的冯十三。若是羽童胆敢泄露出去，那边就要立刻撕票，杀了那对父子。

羽童虽然立意割断红尘，甚至不曾和情郎成婚，但是这种割断红尘是在知道他们父子安好、衣食无忧的前提下。现在他们深陷虎狼之穴，虽然羽童对主人忠心耿耿，却也不知自己该如何取舍。她若是跟主人直言，恐怕冯十三立刻会知道，定然会对她的儿子痛下毒手；可若自己离开，不肯充当苏域的耳目，恐怕苏域那边还是不肯放过那对父子。所以羽童只能尽量不与他们吃喝、交谈，甚至在夜晚大家闲聚的时候刻意避开，免得听到跟灵泉有关的重要事情，传到苏域那里。

昨晚，她也是如此，自己跑到后山去，放肆地哭了一场，所以错过了马群狂奔的那场热闹。

此处地势特殊，绕到后山时，便有了天然的屏障，连马蹄声都听不见，自然也不知昨晚都发生了什么。

薛冉冉听到这儿也有些恍然，小声问道："师父曾经附身白虎的事情，可是你泄露出去的？"

羽童羞愧地点了店头，又摇摇头："应该是我以前跟轩郎闲聊的时候无意中泄露的。说者无意，听者有心。谁知苏域竟然如此处心积虑，利用了这一点，差点儿坑害了主人……"

轩郎就是她山下的情郎，谁能想到这些话竟会辗转入了苏域的耳朵！

不过薛冉冉很好奇，为何师父会发现二师叔肚子里的窃听虫。

苏易水这才道："原本是发现不了的。不过，她这几日茶饭不思，不曾吃东西，她那肚子里的虫子却是贪吃的，因为她血脉不畅，刚才便听到了虫鸣……"

薛冉冉这才恍然。

羽臣听了气得直跺脚，冲着妹妹嚷道："当初就跟你说，既然侍奉主人，怎么好自己偷偷下山成家！这下好了，白白留了把柄给人家，任由别人拿捏，居然做出了卖主之事！你……"

说着，他突然抽出匕首，扯开自己的衣襟露出胸膛，哭道："妹妹做下不可饶恕的事情，是我这个当哥哥的不对，我唯有以死谢罪，还请主人饶了我苦命的妹妹……"

说着，他便举刀刺向自己的胸膛。可这时羽童飞扑过去，要夺刀自尽。一时间兄妹俩争抢着要死，场面热闹得很。

薛冉冉上前一把将那匕首夺了下来，还远远扔下了山涧。然后她缓了一口气，道："谁是谁非，容后再说。苏域手里正握着人呢，那孩子才六岁，现在说不定被吓得怎么样，还等着亲娘和亲舅舅去搭救，你们若都死了，这差事是要推给师父吗？"

西山小师妹说话的分量向来仅次于师父。

她这番话落下，大家便都开始去找那皮水囊了。苏易水的手劲儿大，一下将它扔得太远，差点儿找不回来。

那小虫看上去奄奄一息，从水囊里倒出来，竟然扑棱了几下翅膀后就死掉了。

羽童知道，虫子死掉，苏域那边必然知晓事情败露了，想到那对父子很可能因为自己而送命，她顿时悲从中来，抓起那死虫子就要吞入口中。

丘喜儿看得捂嘴直作呕，觉得自己一天的饭又省了，还有再瘦下去的希望。

薛冉冉好不容易从羽童的手里夺下死虫子，就听到有人在山下高声呼喊："陛下圣旨，还请薛冉冉姑娘接旨！"

西山的几个人迅速互望了一眼。他们没想到，虫子一死，苏域那边这么快就来人了。

薛冉冉下山时，只见几个华衣宫人在大齐侍卫的环簇下举着一张黄纸封的信。

信是苏域亲笔写给薛冉冉的。他似乎早就料到那虫子会被苏易水他们发现，所以信里倒是替冯十三向他们赔了不是，只说这事情被冯十三擅自主张，那孩子和书生已经被送到五马镇，安置在镇西的院落中。

如此善解人意的话，看起来之前倒真像是误会一场。

一旁的苏易水眼中却带着淡红。

看来这"小域"还是惯会做人，他知道了薛冉冉的身世，便想着在她面前做好人。这种用孩儿胁迫母亲的行径太无耻，怎么都不好说。

若苏易水没发现那虫子，让这封主动示好的信早些到，便是苏域发现手下人不规矩，主动承认过错，当今陛下在薛冉冉的面前不失还是个坦荡磊落的君子……

如此极力逢迎讨好的心思，真令人佩服！前世，"小域"就是这样一步步获得沐清歌的信任，渐渐疏远他的……

想到这儿，苏易水不由得伸手狠狠捏住了薛冉冉纤细的胳膊。薛冉冉知道他的魔性又有些控制不住了，虽然不知缘由，却反手握住了他的胳膊，软软说道："曾易师叔应该也到五马镇了，若是师父担心有诈，可以让曾易师叔先派人打听。"

当她的手搭放在他的手上时，苏易水眼里的淡红渐渐散开了些。既然他们的行踪已经曝光，再在山上也是无用，倒不如回到镇子里。

那位太监朝薛冉冉微微一笑，又道："陛下昏迷的时候，下面的人不懂事，居然将姑娘等人的画像上了通缉令。陛下如今身体安康不少，已经命人将您和几位仙师的画像撤了下来，请姑娘您放心前往。"

传完话，那太监便径自下山去了。

羽童听闻皇帝已经下令放了儿子和轩郎，急得想要立刻下山。

不过苏域是惯会使诈的，所以他们还是探听了一天动静，才回五马镇。高仓和丘喜儿特意去看了那告示栏，果然没了他们的通缉令。

因为失马的事情已经查明，马行的伙计也都被放了回来。

曾易立在马行门口迎着薛冉冉。羽童的儿子和那个叫赵轩的书生也被羽童接了过来。

苏易水给他们检查了经脉，验明两人并没有中蛊毒之后，羽童这才抱住有些消瘦的孩子泪流满面。

"热被窝"和"红烧肉"在颠簸周折了一番后，终于一一就位。

趁着薛冉冉去洗热水澡的时候，曾易与苏易水私下谈了一番话。

"苏域如此大动干戈之后，为何突然如此和善？"曾易原本已经做了关闭所有产业，追随薛冉冉他们浪迹天涯的打算，却没想到事情忽然有了转机。

问完这话，他不见苏易水回答，转头一看，只见苏易水盘坐在那里，双手紧握，虽然面无表情，可手臂上青筋暴起，显然是在默默抵制体内突然涌起的魔性。

曾易见状，微微叹了一口气，从怀里掏出一串通体透明的琉璃念珠递给苏易水："这是师父当年在你入魔时去永生塔为你求来的静心珠串，将它贴身佩戴可稍微抵消些魔性。可惜师父当年一直没有机会给你，便暂时放在我这里。如今又能用上了——"

他话还没说完，手里的琉璃念珠就被苏易水一把夺了过去。他将它套在手腕上时，一股沁人的凉意传来，魔性果然稍微消减了些。

"他这么做有什么难理解的？定然是知道了灵泉就在我身上，为了人界的安康，他巴不得我赶快找到阴界，将灵泉送回。而且他现在还未死，定然是有人给了他些饮鸩止渴的法子，他想要彻底解除病痛，还是需要在阴界走一遭。所以找到阴界入口之前，我们暂时无忧。"平定了心头的躁意之后，苏易水缓缓解释道。

曾易点了点头，叹道："我知道你一直怨恨师父为你改了天命。可是你也应该知道，当初若不是师父为你改命，你就算一切如愿，又会是什么下场……"

苏易水没有说话，他起身站在窗边。

透过窗子，可以看到马行的后院，两个刚刚洗完澡的小姑娘正在院子里围着看一只刚出生没几天的小马驹。

那个披散着微湿长发的小姑娘正摸着小马驹的鬃毛笑得异常灿烂。

苏易水平静地摸着手腕上的串珠，只有他自己知道，他的确怨她，起初是因为她改了他的天命。可是后来，他才发现，自己怨她的实在是太多太多……只是这怨恨里掺杂的究竟是什么，只有他自己知道……

曾易已经习惯了苏易水不回答。他以为自己说中了苏易水的心事，又叹了口气，继续道："你虽然让师父重生，却不能替她顶天劫。只是师父当初掉落时尚未熟透，也不知改了生辰会不会对她有裨益……"

这次苏易水终于开口道："我不会让她有事的……"

曾易这才放心地点了点头："我刚到镇上时看见了那位沐仙师，昔日的师兄们都环簇在她左右。她这般欺世盗名，实在是会玷污了师父的清誉……你说，要不要跟他们说出实情，免得他们受了蒙蔽？"

苏易水想也不想，冰冷地说道："不必，她现在不是沐清歌，也不需要什么弟子拖累。以前她为他们做的已经够多了。若是他们眼盲，非要认一个假货为师，也是咎由自取！至于那个假货，我当初答应过沐清歌，不会伤了她妹妹的性命，我不能违誓。可是沐冉舞若自己往死路上寻，谁也拦不住她。"

曾易许久不曾见到苏易水这般不留余地的锋芒了。他原以为岁月已经医好了当年那个孤傲偏激的少年。可是现在因为灵泉附身，他再次发现，原来苏易水的心底依然是那么愤世嫉俗，不好相处。

苏易水居然能在薛冉冉之外收了三个徒弟，便显得更不可思议。他记得自己以前问过苏易水开山收徒的原因。苏易水的回答，自然不是为了传道授业，传承仙学。他说山上若只有薛冉冉一个年轻人的话，怕她骤然离开父母，变得孤单、不适应。毕竟她无论前世还是现在，都是喜好交朋友的性格。

想到这儿，曾易再想想那些环簇在假货身边的师兄弟，只能默默叹一口气。不过，苏易水说得对，前世的师父背负了太多，他也不希望她这辈子还要那么劳累，总是为人付出……

至于师兄弟们，他只能找机会提点一二，也希望他们不要眼盲太久，早点辨别出这个师父的不同。

就在曾易叹气的时候，薛冉冉的小脸出现在窗边，她冲着里面的两个人笑着喊道："师父，师叔，要吃晚饭了！我洗澡前下厨炖的红烧肉已经好了，三师姐还采了后院的青菜，用来包肉吃，正好解腻！"

西山徒弟们还没成仙，口腹之欲也甚重。成为通缉犯时，他们虽然不畏惧官府缉拿，但是为了避免不必要的麻烦，便一直窝在山里。如今总算是可以安稳坐在桌前吃饭了。

饭桌上的菜肴丰盛，除了薛冉冉做的红烧肉，还有当地特有的烤羊腿，外加蛋炒甜葱。

曾易在众人齐聚的饭桌上不好用脚，所以用自己特制的勺子套在手掌上吃饭。

跟着曾易来的白柏山在饭桌旁，眼睛又开始转来转去。

对于羽童无奈背叛了苏易水的事情，白柏山表示乐见其成。若是这般，西山的逆徒就不止他一个了。若是苏易水不责罚羽童，那么他回归师门是不是也指日可待了？现在他脚上的功夫了得，又有心让师父看看他的用功，于是吃饭时，他连招呼也不打，就脱鞋伸脚，用筷子夹住碗里那块最大的肉。

只是他这般吃饭很不招人待见，刚伸脚夹了一筷子，就被丘喜儿和高仓一起架起，推下了桌。

丘喜儿小声警告白柏山，她这是在救他——师父现在的脾气阴晴不定，敢这么吃饭，就要做好脚被撅断的准备。

白柏山听得一阵后怕，只好穿上鞋子，老老实实地用手吃饭。

羽童的小儿子诺儿挨在娘亲身边，吃得小嘴油亮，两眼放光，直夸薛姐姐的手艺好。

就在众人其乐融融聚餐的时候，远处的镇外传来了号角长鸣的声音。看来大齐和高坎已经开打了。

这一场大战避无可避。听着远处的马蹄声，桌上的饭菜似乎也不甚香甜了。于是众人草草吃完，便各自回房休息去了。

　　入夜的时候，薛冉冉听着远处传来的隆隆声，有些无法安眠。突然，她听到隔壁似乎有些动静。于是她看了看身边酣睡的丘喜儿，小心翼翼地爬起来，穿好了衣服，走出了马行。

　　此时正是双方大战之时，城中宵禁。不过薛冉冉也并不想在街上走，而是选了一堵僻静的城墙，轻巧地跳跃了上去。

　　城墙上果然坐着一个熟悉的身影。薛冉冉走了过去，坐到他身边，小声问："师父，夜里风冷，小心寒凉……"

　　正说话时，薛冉冉突然注意到师父方才似乎正撩起袖子看着胳膊。虽然他快速放下了，她还是看到他的胳膊上缠绕着黑线一般的血脉凸起——那是灵泉魔性扩散的征兆……

　　苏易水将胳膊掩好后，转头看她，淡淡道："大漠孤月，不是在哪儿都能看到的……"

　　薛冉冉顺着他刚刚注视的方向望去，果真是月光倾洒，大漠如雪，与山中的景色大不相同。

　　她一时又想到，在这个墙头上，师父曾与谁赏月呢？

　　想起那位沐仙师越发张狂的行径，薛冉冉觉得有必要与师父谈谈。

　　她在军营时，完全是因为念及沐仙师与师父的旧日情分才忍而不发，没有揭穿沐仙师勾结高坎的行径。若沐仙师一直这么恣意妄为，迟早会伤害了师父。她想问问师父，心里还有没有沐清歌，若是有，能不能劝一劝沐清歌好好做个人。

　　想到自己前世可能是这样一个女人的妹妹，薛冉冉真是觉得什么都不记得了也挺好。不然有着亲情的牵绊，面对这样一个自私的人，她也许会很心累吧？

　　想到这儿，薛冉冉幽幽叹了一口气，虽然她有心劝解，可是碍于她现在跟师父有些暧昧的关系，一时又不知该从何开口。

　　当苏易水将他身上的披风披在薛冉冉身上时，薛冉冉鬼使神差地问："师父，您曾经爱过什么女人吗？"

　　薛冉冉问完，便有些后悔了。师父曾经差点儿跟温红扇结为仙侣，后来又与师父沐清歌纠缠不清，再想起他吻着自己时也不像青涩、不知所措的样子，这么一问，简直多此一举啊！

　　像师父这般英俊的容貌、出众的气质，过往的情史恐怕不止这些。

　　她贸然问这等隐秘事情，师父是不会讲给她听的。

　　可是苏易水听了，目光十分认真地凝望着她，然后问道："什么叫爱？是被一个人轻易牵引喜怒吗？被她气个半死，偏偏还不自觉地想要看到她？是失去了才知万箭

325

穿心的痛苦，麻木过活？还是明明知道不能与她天长地久，却偏偏贪心地想在她心里……留下一抹痕迹？"

薛冉冉被问得有些说不出话。她从来没有爱过人，又怎么能体会到师父说的这种浓烈的感情？

可是他说得竟然如此具体，一定是真的爱过了。

能牵引师父喜怒又让师父有痛失之感的人……恐怕也就只有沐清歌了！

薛冉冉突然发现自己一直都没有呼吸，胸腔因为没有吸气，有些刺痛。虽然这是一早就猜到的事情，可是真的在他口中得到确认的时候，她还是莫名不适。

再想想沐仙师对待师父的绝情，薛冉冉继续闷闷道："师父，您说的这些也许并不是真的爱，只是未曾得到的不甘罢了……又或者只是一厢情愿的错觉，她若不喜欢你，你为何还要执着不放？"

这话一出，似乎正击中男人的七寸要害，这次换成她身边的男人久久不曾呼吸。薛冉冉抬头看时，发现师父的表情甚是痛苦难耐，他的眼睛里又开始泛起了红色……

哎呀，师父怎么魔性又起了？就在她以为师父会低头亲吻她的时候，仿佛面罩寒霜的男人却腾地站起身来，然后如箭一般直冲了出去……

薛冉冉一人被留在了寒风中，想要追师父都难觅他的踪影。虽然她的功力日渐精深，可跟师父比起来，还是差了许多……

第二日，五马镇的街市上挤满了前线归来休整的将士。街头巷尾也在议论着昨日前线发生天兵降临的奇事。

据说，昨日大齐和高坎两军交战之时，因为高坎骑兵彪悍，大齐陷入颓势，节节败退。

没想到战场上突然闪来鬼魅之影，在夜色的掩盖下，完全看不出形状，快如闪电，碰触到的高坎士兵全都被甩下马，伏地就擒。只这一道鬼影，便扭转了战局，让大齐首战告捷。

高坎士兵的野蛮残暴，让边陲百姓心悸甚久，所以听闻这等奇迹，人人都惊呼是有上神相助，就是不知是哪一尊神明如此神通广大。

薛冉冉在街边吃羊肉蒸饺的时候，一边听着旁边桌子上的两个小统领眉飞色舞地讲述，一边偷眼看着师父，然后小声道："师父，您跟我说过，尘间之事自有定数，我们修真之人不可随意干扰……"

也许别人不知道这位天降神影是谁，可是薛冉冉一猜便猜到是昨夜魔性发作的师父。他如今的魔性似乎更强，已经不是光靠亲亲就能湮灭的了。

那些高坎兵卒便成了宣泄的沙包。幸好师父意志甚坚，并没有将他们尽数杀戮，只是拉拽下马，顺便帮助大齐的官兵转败为胜，拯救了附近几个村庄的村民……

听了她的问话，苏易水似乎懒得回答，只是吃了一口羊肉蒸饺，不甚满意地皱眉，似乎不太喜欢的样子。

薛冉冉看着师父，心里油然生出自豪感，就算师父自己都认为自己是坏的，她也知道师父绝对是个好人！想到这儿，她立刻挨着苏易水的耳朵道："师父，您先凑合吃一口，我中午给您做灌汤蒸包，还有甜栗八宝鸡，可好？"

苏易水偏头看着冲她甜笑的小姑娘，心神不由得一荡，伸出长指替她揩拭嘴角的油，然后面无表情道："还要甜醋鱼……"

薛冉冉用力点了点头，然后又给师父夹了一个饺子，送到他的嘴里。这次苏易水乖乖张口吃下，似乎变得不那么挑嘴了。

师徒俩喂食吃得其乐融融，却将街市另一边立在酒楼上的男人气得凤眼圆睁。

屠九鸢发现尊上一直看着远处的师徒，小心翼翼道："尊上，苏域还在幽谷等您，您看是不是要即刻赶回去。"

魏纠斜眼阴恻恻地说："本尊做事，须得你来教？"

屠九鸢被撑，便低头不再说话。不过，她知道，方才尊上望着饺子摊上的师徒二人时，脸上挂着的是不加掩饰的妒色……

想到这儿，屠九鸢的心里一阵难过。

魏纠倒不认为自己在嫉妒，他只是恨苏易水这个千年狐狸处处比自己快一步。

当年自己差不多跟苏易水同时遇到了沐清歌。他极力讨好、逢迎未果，苏易水却靠摆冷脸子出位，抢得了沐清歌的青睐。后来，沐清歌终于跟苏易水决裂，他以为自己的机会来了，便又凑过去示好，表示愿意重新投拜到她的门下，却又被她一口回绝。

心魔就此种下，魏纠怎么也咽不下这口气。后来，沐清歌挨了报应，魂飞魄散，他想到自己憋的这口气要跟着自己到天荒地老，气得在无人的荒山里疯砍大树。

再后来，他知道沐清歌转生在树上，心里倒是好过许多，决心这次一定要抢得先机，便布置下怨水，妄图将沐清歌牢牢掌控在自己手里。

谁知道，那个"苏狐狸"居然将这个未熟的小果子早早叼回了自己的狐狸窝。

他魏纠到头来又白忙一场！

想到这儿，魏纠心里怎么能不生恨！不过是吃个饺子，身为师徒，居然吃得你侬我侬。当薛冉冉甜笑着在苏易水的耳旁低语时，魏纠的拳头都能握出血水了。他不是未开解情事的愣头小子，只一眼就能看出这对男女肯定生出了别的情愫。

苏易水的卑劣犹胜二十多年前！居然略施小技，便将犹在花季的薛冉冉捏在手心里，供他予取予求。

魏纠终于深吸一口气，不再看远处的那对男女，转身大步下楼而去。

毕竟他跟苏易水的斗争还没有结束！这一次，他入了黑池，修为也在突飞猛进，若是能得到灵泉，那时候苏易水又算个什么东西？他总有一日，要在薛冉冉的面前将苏易水打成肉泥，也好让她知道谁才是配得上她的男人！

而在饺子摊上，师徒二人已结账起身。

薛冉冉路过一家酒坊的时候，不由得幽幽叹了一口气："屠九鸢有酒老仙的灵符，说明酒老仙在魏纠的手里……也不知他现在怎么样了，也不知什么时候才能救他出来……"

就在这时，苏易水突然扶着她的肩膀，一字一句道："记住，你的这条命，是我给你的，你不亏欠任何人，更不必为了拯救任何人而搭上自己。"

薛冉冉觉得师父的语气莫名认真，她有些想笑，同时又有些感动："谁说我不欠人，虽然我不记得前世里自己是谁、又发生了什么，可我从出生就亏欠了师父您啊！"

苏易水沉默了一会儿，淡然道："不欠，你我已经平账了。你只须好好修真，完成你的仙修大道即可。"

不知为何，薛冉冉总觉得他的语气里带着莫名的疏离，仿佛之前跟她拥吻的男人不是他……

薛冉冉不由得想起天脉山那个藏匿着妻儿欢笑声的密室，还有药老仙幻境里的药田茅屋与幼弟。她成仙时，难道也要将师父的点滴藏匿在某处，偶尔翻看、回味，然后漠不关心地离去吗？

薛冉冉叹了一口气，决定再吃些梅子压压心底的酸意。

人也好，仙也罢，依她看，都是顾此失彼，难以圆满。

再说苏域，他此时并不在皇宫，而是在赤门默谷的血池里。魏纠为他续命的法子颇为阴损，是魔道中人也甚少用的接续移病的法子，大抵是用健康人来过继病气。当初沐冉舞就是用这法子给林丞相之子看病的。不过，魏纠的这个法子比沐冉舞的还要歹毒，用过的人不仅过继了病气，还基本都会死。

苏域曾经离魂，经脉都断了，能为他续命的也得是修真之人的身体。

当异人馆新入馆的一对异人夫妻被绑缚在铁椅之上，浑身精气被源源不断吸入苏域体内时，苏域原本苍白、皮包骨的身体骤然如浇灌了仙水一般，一点点地恢复了生机。而他眼角的细纹也奇迹般地消失，一下子仿佛年轻了十多岁……

久病的身体一下子变得轻松了，这种滋味真的很让人上瘾。

魏纠懒洋洋地说道："陛下，这种法子效用甚短，而且需要过继病气的人会越来越多。一旦中断，病气反噬之力会更强。所以，一劳永逸的法子，还是需要找到灵泉，借助它的力量才能让陛下永远安康。"

就在前两日，那个林丞相的儿子旧疾再次发作，来势汹汹，林丞相还来不及叫郎中，他便已经咽气了。惹得林丞相涕泪纵横，破口大骂"沐清歌"害人。

相较之下，还是魏纠讲究些，他事先将利弊讲给苏域听，也给他指了一条一劳永逸的路。

苏域知道，魏纠这么说可不是为了治病救人，他不过是想以灵泉为诱饵，引着一国之君对付苏易水罢了。

不过，强者联手，原本就是棋高一招的对弈。是占便宜还是吃亏，全看各人的本事。

前线的战事会有人及时传报给苏域，包括战场上突现的那个身影。

大齐的边线安稳，苏域也能略松一口气。当初离魂的后遗症至今未消，若是前线出现变故，势必要耗费太多的元神。

"陛下，那个薛冉冉并没有接受陛下的好意入住五马镇的院落，而是暂时落脚在一家马行。"

苏域点了点头，平静道："既然她不愿意，便随了她的心意。不过，朕命你们准备的衣物器具，还有泡茶的惠州山泉、六安的香米都要送到马行里去。她向来用惯了精细的东西，朕怕她跟着苏易水会吃苦——"

他的话还没有说完，魏纠却在一旁跷着腿笑开了："我原以为苏易水虚伪、讨厌，现在才发现，你们苏家人个个都是如此，还真是人才辈出，各有千秋啊！这下通缉令的是你，坐看着沐清歌陷害她的也是你，可我现在看你的言行，还以为你是她顶亲的亲人呢！"

苏域假装听不懂他话里的暗讽，继续温和道："魏尊上，你也知道，人气急了的时候总是会做些不理智的事情。朕跟你一样，敌人都是苏易水。朕以为我们已经达成了共识，算是暂时结盟。可是你将大齐的马匹都弄到了高坎，这是意欲何为啊？"

魏纠挑眉道："我只说会跟你联手对付苏易水，至于你跟高坎的输赢，可不在我们的共识内。"

苏域明白魏纠的意思，为了给苏易水使绊子，他无所不用其极，至于大齐的战事会不会输，他压根儿就不关心，也不会保证什么。

毕竟现在苏域续命还要靠他，魏尊上压根儿就不想搭理这个皇帝，更谈不上什么敬畏之心。

苏域微微一笑，没有再说话。魏纠站起身来，准备离开。

跟苏域这种热脸贴冷屁股的献殷勤不同，魏纠崇尚的是能碾轧一切的实力。

苏易水虽然有灵泉，可是他不敢全力发动，而是用自己的身体禁锢住灵泉，这就是他致命的短处。

就算苏易水把薛冉冉收做了徒弟又如何，没有本事的人，哪里有资格教徒弟？

魏纠一时又想起在天脉山上时，他跟薛冉冉相处的点滴。薛冉冉可是主动给过他一把地瓜干，还没事总是找他说话。由此看来，薛冉冉起初对他的印象还是不错的。

想着薛冉冉与他联手对付嗜仙虫时的情景，魏纠心里又是一荡。

至于那个苏易水，再次被灵泉附体，恐怕没有那么容易全身而退了。

薛冉冉当然不必跟山河日下的西山派共沉沦，赤门敞开大门欢迎她来投奔。魏纠心想：到时候她就会发现，自己比苏易水的能力更强，更能帮助她早日恢复修为……

魏纠在二十多年前就不自觉地处处跟苏易水一争高下，这种心结已经入魔。现在他发现苏易水再次捷足先登，岂能善罢甘休？

想到这儿，他挥手让人送苏域出去。这个一脸带笑的小子最阴毒，他给苏域续了命，就是给苏易水使了最大的绊子。

苏域并不介意魏纠对自己无礼，只是在临行前温言提醒魏纠："与你不睦的是苏易水，薛冉冉还是个不懂事的小姑娘，她心里只有师父，还请尊上多担待……"

魏纠觉得苏域太不要脸了，薛冉冉可不是大齐皇帝的所有物，他摆出一副大家长的口吻是什么意思？

第二十二章 魔花盛开

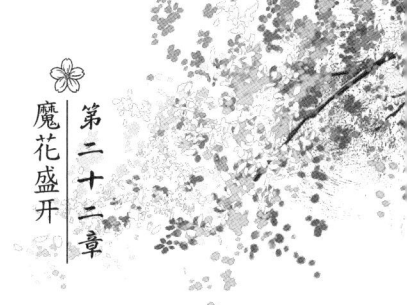

苏域的那一句"她心里只有师父"，当真不悦耳。

苏域说完这些，便起身上了龙辇。他离开京城太久，京城里的重臣权贵们应该也蠢蠢欲动了。不过也好，正好趁着这段时间看看下面的人合纵连横、各行其是，待他回归帝位展露龙庭震怒的时候，好叫他们知道自己的斤两。

准备回归京城的苏域抬头看天，重新恢复俊美青春的脸上挂着一丝无奈的淡笑，然后他盼咐身边的太监，快速启程回京城。

他知道，大齐这次战事顺利，边关的战事已经不需要他再担心。很快这里将迎来第二场你死我活的恶战。而他要做的就是隔山观虎斗，但愿这一场大战能耗掉仙修们的修为灵力。

与高坎的这一战，更加让苏域警醒，这些修真者一旦心存恶念，便是对至高无上的皇权最大的威胁！

想到这儿，他微微叹了一口气，沐清歌当初若是知道他如此忌惮修真者，还会不会改苏易水的帝王命盘呢？

不管她怎么想，他都不觉得自己这么做有错。一旦坐上了那个位置，所思所想便皆不由人，若苏易水坐上这个位置，只怕过犹不及，会更加暴虐。

自古帝王柔情便是败国之兆。想到这儿，他慢慢合拢眼睛，不再看车外风雨欲来的滚滚阴云……

一旁的大内总管服侍了苏域多年，当年他也是亲眼见到过少年天子与"战娘娘"相处的点滴。陛下放心不下"战娘娘"，也情有可原。不过，他总觉得陛下方才跟魏纠的话，不像嘱托，反而像在点火，勾起魏纠的嫉妒之心。想到这儿，在宫里熬了一辈子的太监心内了然。

只是想到那个曾经给他医治过腿疾的"战娘娘"，老太监心里默默叹了口气。但愿好人有好报，"战娘娘"这一世能活得安康些……

魏纠送走了续命的皇帝，挥手叫来了屠九鸢："梵天教的长老走了吗？"

屠九鸢点了点头："送来了酒老仙，他们便离开了。可是……尊上，这梵天教销声匿迹了数百年，如今突然冒出头来要跟您合作，一起寻找灵泉，您看，会不会有诈？"

魏纠冷笑道："这一个两个的，都拿本尊当傻子，要本尊当出头的鸟。既然如此，本尊何不将计就计，遂了他们的心愿？那个酒老仙有没有画出我要的洗魂灵符？"

屠九鸢低声说："绘制灵符损耗灵气，那酒老仙制御兽符时，已经损耗了大半灵力，这几日只嚷嚷要喝酒，不肯再画符……"

魏纠冷声道："既然他要，就给他！"

屠九鸢为难道："可是他一喝就要醉上一日，待醒来后，又嚷嚷要喝……"

魏纠拧眉："老不死的东西，你且想办法治治他，告诉他，若他再不肯，就将他推入灵蟒池，到时候满池子的灵蛇啃咬缠身，必定能治好他的酒瘾！"

洗魂符的效力不逊色于投胎转生。既然当初他没有接到灵果，错过了薛冉冉转生的时刻，那么不妨让她再忘掉前世，换他来做她的师父也不错。

想到薛冉冉一边娇软叫着自己"师父"，一边窝在自己的怀里红着脸颊的样子，魏纠一时心猿意马，对着幽谷红月，举杯高饮……

边关战火不断，大齐将士越打越勇，很快便将战线推进，往高坎的国境转移。

五马镇虽然不像平时那么热闹、繁华，但是关外许多商人为了躲避战火也全拥入镇子里，倒也人声鼎沸。

苏易水并没有因为关外的战事而松懈了对弟子们的要求。尤其是薛冉冉，她如今重续了筋骨，打通了灵脉，完全可以修习御剑万宗术了。这是西山历代掌门人的拿手技艺，薛冉冉作为西山的门面，当然也要学习。

不过，跟只驾驭一剑不同，御剑万宗术要同时驾驭五把短剑，而且每把剑在实战中的轨迹、作用也不同。

薛冉冉可以轻松御一把剑，但是加到两把的时候，她便有些力不从心，更别提同时御剑五把了。

当苏易水抓了一把黄豆，朝着薛冉冉抛过来时，薛冉冉只能靠灵力运剑阻挡。可惜那两把剑压根儿不听她使唤，更别提劈开密密麻麻的黄豆。结果豆子全都砸在她的身上。

苏易水扔过来时，豆子上是带着一分真力的，所以打在身上很疼。

可还没等薛冉冉喊疼，苏易水已经板着脸冷声斥责道："御剑的同时，怎么能卸下身体的灵盾？你真以为你的剑芒密不透风，可以抵御袭击吗？"

薛冉冉自知理亏，只能解释道："师父，我是一时分心，所以——"

"没有'所以'，你以为你一辈子都能在别人的庇护之下？若是有一天，我不在你身边，就你如今的道行，岂能自保？"

苏易水拉下脸来冷声申斥的时候，一旁练功的师兄师姐们都灰溜溜地跑了，徒留下薛冉冉一人挨训。

虽然说师父被灵泉附体后，性格阴晴不定，但是对小师妹一直都是好的。

可是最近，苏易水似乎对薛冉冉越发严厉，让人想劝又不敢劝。

薛冉冉低着头，听着师父的训话。直到苏易水说完，她才抬头小声道："您不是说，不让我嫁人吗？为何我不能总留在您的身边？"

苏易水抿嘴看着小姑娘带着泪花的眼睛，顿了顿说道："你的天赋远超常人，修真入道的速度也会很快，总有一日会飞升成仙。到那时，我自然就不在你的身边了。"

薛冉冉不解："师父，您的意思是说，您的修为远超过我，等您升仙时，就会留下我吗？"

苏易水沉默了一下，淡淡道："是我太操之过急了。不过，这御剑之道，全在自己的领悟，若是你能掌握诀窍，进展也会快些……你自己练习吧，我要去打坐了。"

说完，他便转身朝着自己的房间走去。

薛冉冉默默看着苏易水高大的背影，透过洁白的衣领，她隐约看到了一条如血管般的黑线出现在师父的后颈部。

薛冉冉知道他手腕上的那根黑线现在已经蔓延到了脖子处。一旦黑线绕颈，便是完全入魔之时。

灵泉的威力在于顺应人心里的渴望，肆无忌惮地达成寄生者的愿望，从而激发出人心更大的贪欲。

可是苏易水反其道而行之，不断压抑自己身体里最大的渴望，自然引发了灵泉的反噬，一旦这种久未得到满足的欲念爆发，魔性也会成倍激发，后果将不堪想象……

薛冉冉原本希望自己能帮师父分散注意力，缓解魔性，但最近他都是躲着自己，以前夜里找寻自己去看月观花的雅兴似乎也没有了。

她原本以为他是厌倦了，毕竟带着不相干的人追思过往总有些隔靴搔痒。

直到后来，她才发现，师父居然每到入夜时刻，都让曾易师叔用玄铁打造的锁链外加金符将自己锁在镇外的山里。若不是她起夜时正遇到夜归的曾师叔，而师叔又不太善于说谎，终于被套问出来，她岂不是一直被蒙在鼓里？

薛冉冉跟着师叔一起来到山中，看着被玄铁锁链锁住，不住用头敲击巨石抵制心头魔性的师父的时候，她再也忍不住眼泪，飞扑了过去。

在她面前一向儒雅如谪仙的师父，私下里竟然忍受着如此的折磨。当她想要靠近的时候，苏易水却不让，只费力地让曾易将她带走。

灵泉寄居越久，魔性便越强烈。它总是千方百计引诱苏易水做出一直渴望却会伤害薛冉冉的事情。所以苏易水只能在夜晚魔性最强的时候，靠着玄铁锁链和金符封闭自己，同时待在远离薛冉冉的山里，才能抑制体内的躁动。他并不希望薛冉冉看到他此时的狼狈。

人的心啊，总是欲壑难填的。他原本以为只要守在她的身边，看着她一步步成长便足够了。可是后来，他又是怎么一步步变得贪婪，渴望亲吻她，渴望她的眼睛里满映着自己。

　　现在，光是相拥热吻都不够了，当嗅闻着她身上的淡淡馨香时，他又疯狂地想将她深深烙印在自己的身体里……

　　不能再贪了，苏易水有些控制不住灵泉不断扩张的欲念，所以只能在夜晚魔性最强烈的时候锁住自己。

　　薛冉冉想要在山上陪着师父，可是曾易师叔还是执拗地将她拽下了山。

　　"你师父他原本性情就冷，曾经被灵泉附身的时候差点儿杀了你——他的师父……所以你到了夜里，还是莫要靠近他，等太阳出来，他就好了。"

　　薛冉冉回首看看山中，隔着层层密林都能隐约听到师父痛苦呜咽的声音，她小声问道："师父那时是如何摆脱灵泉的纠缠的？"

　　曾易长叹了一口气，道："你跟师父去了京城，应该也知道些前尘往事。他是平亲王的外室子，从小没有父亲的照顾，母子都过得甚是辛苦。长大之后，他的母亲又受了王府里贵人不公正的待遇，他的心里难免夹杂怨念，再加上他出生的时辰乃是至阴之刻。平亲王听了歹人的邪术挑唆，便要用他来过继灵泉，好保佑自己顺利登基。所以苏易水当初投奔修真门派是别有用心的。当时他年纪还小，却心思深沉，步步算计，步步为营……若不是你……我的师父及时发现，他差一点儿就成了一代魔王……后来的事情，你也知道了。师父为了剥离他的灵泉，耗尽了元气，又被人设计入了圈套，最后魂飞魄散……"

　　曾易原本是说苏易水的事情，薛冉冉正听得全神贯注，没想到他话锋一转竟然转到了她身上："所以，你要记住，凡事要量力而行，人活一世不易。你也算是有牵挂的，你的父母年事已高，正等你尽孝，你万万不可以身涉险，比如入山陪你师父，便是不想着父母，忘了孝道！"

　　薛冉冉半张着嘴听着，感觉自己若是往山上再迈一步就会变成十恶不赦、不孝顺父母的恶棍。只不过她心里清楚，师父应该快要控制不住灵泉了，只是不知何时才能找寻到阴界入口。

　　这一晚，她虽然没有入山，却在山下等了一夜。当天边露出鱼肚白时，靠在树边的薛冉冉察觉到有人靠近，立刻睁开了眼睛。原来师父已经下山了，只见他一向清明的眼里带着些疲惫，正将自己的外套披在她的身上。

　　"师父，您好些了吗？"

　　苏易水却低头看着她道："怎么在这里窝了一夜？"

　　薛冉冉看着他脖子上似乎又长了一些的黑线，默默叹了口气，不再问师父，只是道："师父，阴界的入口何时会出现？"

　　苏易水缓缓摇了摇头，沉声道："再过七日，若是还没有阴界入口的下落，我便让曾易带你走。"

薛冉冉又问："那你呢？"

苏易水垂下眼眸道："灵泉乃至阴之物，天地不可毁灭，但是我会寻个隐秘的地方，自断经脉，将它引出，再行封印——"

"不可！"薛冉冉一听急了，一把握住了苏易水的手。

苏易水反握住她的手，这双曾经软嫩的手，因为日日在西山练剑，掌心虎口处已长出了薄薄的茧子。

就好像二十多年前的她一般，每当他生病的时候，那长着茧子的手便会摸着他的额头。那红衣的女子会笑吟吟地坐在床边，逼着他吃药："乖啊，水儿喝了这药，我便给你吃海盐龙眼干……"

他似乎总是看到她在笑，甚至魂飞魄散的那一刻，她被击飞，在半空中看到他时，还是释然地笑……

在随后的岁月里，他总是在想，她最后的笑是不是自嘲？她可曾想过，若是当初没有收他这个逆徒，她会不会依旧潇洒红尘，笑看人间，就像酒老仙那般，过得没心没肺，逍遥自在？

薛冉冉看着师父望着自己却又一次走神的样子，忍不住搂住了他的脖子，小声道："师父，无论何时，我都不会丢下您。"

自从离开了海岛，一切渐渐回归正轨，苏易水已经许久没有放纵自己这般亲昵地与她相处了。

经过一夜的煎熬，这时的温香软玉似乎成为最好的慰藉，苏易水慢慢伸出手，抱住了薛冉冉。

在晨曦微露的照映下，二人忍不住再次拥吻在一起……

薛冉冉被亲吻得有些迷乱的时候，模模糊糊地想，师父在练剑的时候说他不会一直陪着她，他是不是已经下了必死的心思？

想到他也许孤寂地死在无人的角落，薛冉冉突然觉得心头一阵剧痛，身子彻底一软，晕倒在苏易水的怀里。

薛冉冉再次醒来的时候，已经躺在马行的房间里，煎炉上熬煮着她熟悉的树根水。

丘喜儿正在倒药汁，转头看她醒来的时候，不由得长出了一口气。

"小姑奶奶，你总算醒了。这是怎么了？旧疾发作了？"

自从投拜西山，薛冉冉已经许久不曾发病。所以她只摇了摇头，说道："也许是着凉了，我喝了药应该就没事了。"

丘喜儿长出了一口气，一边喂薛冉冉喝药汁一边说道："镇上最近来了不少的流民，镇子里的破庙都被挤满了，到处都是要饭的。那个沐仙师倒挺有趣，据说正通过她那个叫王遂枝的徒弟立起牌子，招收徒弟呢！她只要无父无母的孤儿，而且容貌也要清俊些的。我们这位西山师祖，还真是品位不改啊！"

薛冉冉现在也说不好沐仙师是正还是邪。毕竟师父和师叔口里的她跟现在的她，割裂得如同两个人。不过，沐仙师开山收徒也是好事，就好像前世那般，多周济些孤儿，免得他们被饿死。

薛冉冉起身时，问了问师父在哪儿。听说他又闭关了，她便知他可能心绪不稳，需要独处，便没有打扰。

她睡够了之后，觉得身体并无大碍，便带着丘喜儿照例去镇上买菜。西山的师徒都吃惯了她做的菜，所以她闲来无事时便会亲自买菜来做。

当走在镇西口时，她们果然看到那个王遂枝正在挨个询问几十个小叫花子，准备挑选些资质甚好的。

薛冉冉闲来无事，便挎着菜篮子在一旁听。

那位沐仙师收徒的标准甚是奇怪，不问出身，不看灵脉，只问孩子的生辰。

待全都详细记录下来后，王遂枝才让自己的随从念挑选出来的孩子的名字。

薛冉冉的记性奇好，就算不用纸笔，也默默记下了眼前十几个孩子各自的生辰。

待随从念着名字的时候，她看着一脸喜色跳出来的孩子一一对号入座，这才发现沐仙师似乎对腊月生辰的孩子情有独钟。

腊月乃交春之际，也是俗话说的阴气重的月份。难道八字先生给沐仙师算了八字，说这阴气重的徒弟最有益她吗？

王遂枝抬头时，发现一旁拿着菜篮子看热闹的小姑娘竟然是那日迎战九华派掌门的薛冉冉！他不由得倒退了一步，警惕地看着她，脸上却挂着客气的笑容问道："敢问薛姑娘在此有何贵干？"

薛冉冉指了指他摆桌子的地方："这里是卖豆腐干的大娘的摊位，你们给占用了，大娘没法摆摊儿，我晚上也没法做韭黄炒豆腐干。"

王遂枝本以为她来者不善，没想到得到的竟然是这般接地气的回答。

一旁的随从听了有些来气："这镇子是秦玄酒将军把守，我们征用这处，也是得了将军允许的。"

王遂枝却摆手止住了随从的言辞，他朝着一旁缩着脖子等待甚久的大娘抱了抱拳，便让人撤了桌子，将摊位腾让出来。

王遂枝正想转身离开，却看见薛冉冉将那位大娘的豆腐干全都买下来了。

王遂枝笑了笑："看来薛姑娘真的很爱吃这豆腐干啊！"

薛冉冉也微微一笑："此时已经过午，就算大娘摆摊位，也不会有太多人来买了，索性我都买下来。怎么样？沐仙师爱吃豆腐干吗？我吃不完这些，可以分给你们一些。"

王遂枝听了这话，不由得一愣，然后就是老脸微红。他虽然出身贫苦，可是后来经商有道，已经许久没有过这种栉风沐雨、街边摆摊儿赚取几文钱的清苦日子了。明明是他挑拣那些孤儿甚久，还稍微不留神，占用了那婆子的摊位。而他临走的时候丝毫没有想到补偿……相较之下，他还不如这个西山的小徒弟体恤贫苦之人。

"这个……理应我拿银子，怎么可以叫姑娘你来补偿呢？"

薛冉冉又微微一笑，道："也没有几个钱，还请先生不必跟我客气了。"说完，她便让丘喜儿分给王遂枝半篮子豆腐干。虽然西山前任师徒闹分家，但是大家也算敲碎骨头连着筋的同宗，请吃些豆腐干也是应该的。

所谓伸手不打笑脸人，虽然师父跟苏易水闹得不愉快，可是薛冉冉这个徒侄儿倒是可爱得很。王遂枝只能收了那半篮子的豆腐干，然后沉吟一下，道："姑娘，你的心倒是很良善，你往城东走，那里有财气在等着你。"

说完，他便带着人离开了。

薛冉冉听了他的话，半信半疑，不过这里离城东也不远，走一走也无妨。

结果，她刚到城东的街市上，便被脚下的"石头"硌了一下，低头一看，居然是一锭不知谁遗落的碎银子，正好补了豆腐干的钱。

晚上大家一起吃饭时，薛冉冉便随口说了这件事。

曾易听了，倒是见怪不怪道："西山的弟子并非毫无灵性，只是众人开窍的方式有些奇特，不入那些名门之眼。譬如王遂枝，你以为他为何腰缠万贯，富可敌国？全是因为他能洞察财气，算无遗漏。捡财这类事情，对他来说，并不是什么难事。只让你捡了那么点银子，他也真是不大气。"

曾易似乎对王遂枝的斤斤计较很看不上，说完还冷哼了一声。

薛冉冉听了，佩服地点了点头。

仔细想想，西山以前的弟子们的确个个骨骼清奇。秦玄酒命好，总能死里逃生，曾易有天生的巧技，再加上王遂枝满地找财的本事，真是让人叹为观止。

丘喜儿对这种神技向往得很，连连追问自己能否也修习此等神技。

曾易苦笑："这等神技是天赋，岂是后天能训练出来的？不过，王遂枝招揽那么多腊月生的孤儿，到底要做什么？"

羽童一边给儿子的碗里添菜一边说道："还能做什么？不过是老毛病犯了，找些模样鲜嫩的养眼——"

说到这里，羽童急急住口，因为她的主人当初也是被沐清歌招揽进来养眼的。她这么说，生怕触碰到了主人心头的伤疤。不过，沐仙师现在与西山无关，她有个能招财气的徒弟，不缺钱财，爱多养徒弟，也是她自己的事情。只要她别来招惹主人便好。

再说王遂枝带着那些孤儿回来见沐冉舞的时候，一旁几个随从多嘴，说出了见到薛冉冉的事情。

刚刚调息完毕的沐冉舞慢慢抬起头，盯着王遂枝道："你觉得那个姑娘如何？"

王遂枝不知恩师这么问的意思，便照实说道："倒是个和善的姑娘……"

沐冉舞绵里藏刀的眼神立刻投过去，她不动声色地问道："就是因为她照顾年寡老人？当初在天脉山上，含血喷人污蔑我的……可就是你嘴里的这个和善的小姑娘！"

被恩师这么一提醒，王遂枝猛然警醒，连忙抱拳道："请师父放心，我定然谨记，不会再被她的假象蒙蔽……不过，老十四似乎跟苏易水私交甚好，现在西山师徒还都住在老十四名下的马行里。"

沐冉舞想到曾易光秃秃的手掌，倒不甚在意。只一个废人，愿意跟苏易水厮混，就厮混去吧。毕竟姐姐有能耐的徒弟如今都被她笼络在自己的身边，也不缺个手掌残疾的废人。

王遂枝看着恩师似乎还没消气，便宽解道："师父，您如今又开始广收学徒，将来寻得名山，徒儿定然为师父修建不逊于西山的宫宇，您可自创门派，发扬光大，到时候西山岂能与您相比……只是师父您要爱惜羽毛，不可再给别人污蔑你的机会。我看着前些日子，似乎有高坎那边的人来拜访您……"

沐冉舞瞟了他一眼，微微笑道："我与夷陵王虽然不曾有过私交，不过他倾慕仙道甚久，叫人来拜访我也很正常，怎么，我的一言一行，还得向你汇报？"

王遂枝连忙摆手说"不敢"。师父向来是随心所欲，岂能样样事情向他这个徒弟汇报？

沐冉舞也不再多言，挥手叫王遂枝下去。姐姐的这些徒弟，都被她教导得有些一板一眼，看来自己与高坎那边的联系还要再谨慎些，毕竟她现在得仰仗这些徒弟帮衬。

高坎的夷陵王也是个扶不起的阿斗。想到自己明明给了他驭兽符，却还被薛冉冉他们算计，让薛冉冉在三大门派前露了脸，沐冉舞就觉得一阵气闷。

身边都是些不中用的家伙，自己的功力一直不能精进，眼看着被薛冉冉一个病秧子渐渐追撵上，她实在心急。

所以沐冉舞决定另辟蹊径，找寻些简便的路子，将在皇宫里折损的功力修补回来。

想到屠九鸢无意中跟她提的那个法子，沐冉舞起初并不愿意。她知道自己从姐姐那儿抢夺来的灵气是仙修正气，而不是魔修一类。若真效仿魏纠的法子，可就偏离了正道。但是想到薛冉冉与九华开元真人打斗且占上风的情景，沐冉舞也顾不得正邪了。

魏纠当初也是依靠剥夺他人的灵力根基而快速提升自己的功力的，所以屠九鸢所说的采补之法是可行的。

但是她必须做得隐秘，不让人察觉才行。因为她是树上转生的，所以至阴的孩子才可与她匹配。于是她才让王遂枝招揽了腊月至阴生辰的孩子。

有天赋的孩子开灵窍往往比成年人要迅速，待这些孩子有了根基，她再将灵力吸到自己身上即可，而那些孩子顶多虚弱生病而已，不会被人察觉。

看着王遂枝找来的十几个脏兮兮的孩子，沐冉舞略微松了一口气。她毕竟有根基，这样的天赋岂能荒废？

姐姐，这一世，我绝不会让你超越我的！

边关的战事结束得比预想的要快。

因为开战前便有数百高坎官兵被俘，加上之前那场大战突然出现神影，一时间，各种神鬼之说传开。

高坎国原本就迷信鬼神、敬奉神灵，这下子更是被影响得士气低迷。夷陵王恼羞成怒，几次责问他信奉的国师沐仙师为何没有应对之策。可是沐冉舞不再搭理他，只依靠着她那个将军徒弟，龟缩在五马镇里不出来。夷陵王派去的使者都不见回来。

夷陵王怀疑所有使者被沐冉舞弄死了，却又活不见人、死不见尸，一时气得暴跳如雷，怀疑自己再次被沐冉舞耍了。她莫不是还在为大齐做事，给自己设了圈套？

一时间，睚眦必报的夷陵王算是彻底恨上了他的沐仙师。

虽然战事暂时结束，但是战争延续了多日，哀鸿遍野，尚未掩埋的尸体引得乌鸦盘旋，不肯离去。

当高坎的大军退去，沐冉舞带着徒弟们走在两军厮杀过的荒草地上时，已经入秋了。秋风萧瑟，渐渐变黄的草地里却长出了红艳艳的花骨朵……

沐冉舞眯眼看着地上的花骨朵，总觉得这些花似曾相识……

她突然想起，姐姐前世闯入阴界前，也曾经在靠近阴界的入口处看到这样一片绚烂诡异的红花。她忍不住抬头看天，只见天空阴云密布，是至阴寒气聚拢之兆。就算没有看过《梵天教志》，她也能猜到这是天地生变的异象。

想到西山师徒一直留在这里不曾离去，他们是不是在等待什么？

沐冉舞正这么想的时候，荒野的另一侧来人了——苏易水带着西山的徒弟们也来到了此处。

沐冉舞瞟了一眼身后的秦玄酒，心里有了底气，就算苏易水发觉自己是假的又如何？依他的心性，是绝对不愿意她继续顶着沐清歌的名头的。那个狗皇帝也并不在意自己到底是谁，与死心塌地跟着苏易水的薛冉冉相比，苏域需要的是个能站在他这边的"战娘娘",是真是假都无所谓。至于那个魏纠,看样子也不想揭穿薛冉冉的真实身份。

所以沐冉舞现在气定神闲得很。只是现在她的实力尚弱,不适宜跟西山一派当面硬杠。而且这些红花为何诡异,还得先去西山探探究竟。所以看苏易水他们来了,沐冉舞只清冷地表示要回去,还不等打照面,便转身离去了。

薛冉冉看到财神爷王遂枝时,本想和善地打声招呼,顺便谢谢他上次的指点,可是王遂枝冷眼瞪着她,然后扭身离去了。薛冉冉不由得讪讪地跟一旁的丘喜儿吐了吐舌头,可还来不及吐槽,便被荒原上的红花吸引了。

两国边界的杀戮终于积攒起足够的阴气,在鲜血染过的土地上开出了奇怪的花……

当初两军交战时,厮杀最激烈的战场血流成河,那里的红花最是繁盛,已经连成一片了。

要知道这是秋意深浓的草原,青草都开始转黄了。这个时节生出叫不上来名字的红花,就是件诡异的事情。

当两国的兵卒撤军之后,牧民的马、牛继续来到荒原吃草。可凡是开着那鹰嘴一般弯钩的红色花骨朵的地方,马、牛们都不肯靠近,任凭牧民抽烂了鞭子,它们也只是立在原地哀叫。

薛冉冉看着眼前的花骨朵,只是觉得它们的颜色暗红,恍如凝结的血块,而且形状如凶悍的鹰嘴,透着森森杀气。她不由得想起《梵天教志》里那一句"鹰嘴魔花,逐血而开",这些在血迹上生出的花,便是书上记载的鹰嘴魔花吗?

看来师父的猜测不错,这些凶花的确开在尸横遍野的战场上。

"……怎么出现了这么多的鹰嘴花?难道这天下又要生出邪魔?"

薛冉冉循声看过去,原来是一个坐在马背上的老牧民。

"老伯伯,你认识这些花?"薛冉冉好奇地问。

可是当那个老牧民转过头来时,薛冉冉身边的丘喜儿直接吓得叫了一声。

原来那个老者长得干瘦,布满皱纹的脸上只有两个干枯深陷的眼窝,两个眼珠子全都不翼而飞。

最近一直阴云密布,不见阳光透出。在这样阴沉的天气里,冷不丁在荒原诡异的花海旁看见这样一个老人,胆小的真的会吓到。

薛冉冉其实也吓了一跳,不过她更疑惑的是,他没有眼睛,怎么看到这么多的鹰嘴花的?可是看那老人,除了模样吓人一点,身上毫无灵脉涌动,就是个普通人啊。

丘喜儿也问了出来:"你……你是人还是鬼,没有眼睛,怎么能看到这些花?"

老牧民声音苍凉道:"我以前也是边关的将士,曾经跟着'战娘娘'在樊爻大战出生入死一遭,丢了一对招子。那时候,尸横遍野的樊爻沙场上也到处开满了这花,看过一次,便再难忘它的样子……小姑娘,听声音,你们还小,离那些花远一点,它们都不是什么好物,我虽然没有眼睛,却能看到它们,你说,它们是不是很邪行?"

说完这话,老牧民催动胯下的老马,侧头听着声音赶着羊群便要往回走。

薛冉冉在他身后又问:"请问,这些花会吃人吗?"

老牧民这次头也不回道:"不会吃人,却可以让人吃人。别去看它们,更别去闻,小心丢了魂……"

说话间,伴着老马身上的铃声,眼瞎的老牧民使劲催赶着老马,想要快快远离这些红花。

薛冉冉看着他的背影,转头想跟苏易水说话,却发现苏易水一直在直勾勾地看着那成片的红花。她连忙伸手去拉他,小声道:"师父,您怎么了?"

苏易水似乎猛然回过神来,他勉强忍住了眼底逐渐扩散的红色,对薛冉冉他们说:"快些走吧,这些花儿如今只是花骨朵,一旦它们盛开,就会散发出毒性,人闻多了,会迷失本性。"

听了这话,已经踏入花海的高仓和羽臣连忙急急后撤。

就在众人要离这些花远些的时候,突然刮来一阵西风。当风吹过成片的花海时,那些如鹰嘴一般的花骨朵慢慢绽放,如同一个个张开的鹰嘴,从鹰嘴形花瓣里吐出了血红的花蕊,如同一个个小舌在风中战栗。刹那间,整个花海花香弥漫,一股浓郁的香气扩散开来。

薛冉冉反应最快,她迅速从怀里掏出一颗清心丸,将它搓成两个小丸子,往身旁师父的鼻子里塞。他的身上已经有了灵泉魔性,若是再中魔花之毒,简直会成为人形杀戮机器。

苏易水似乎觉得这般有损风雅,偏头一躲,可是他拗不过薛冉冉,还是被塞了鼻子。

他无奈地看着薛冉冉又往她自己的鼻孔里塞清心丸,便道:"闭气就好了,弄这个做什么?"

依着苏易水的修为,在水下闭气三天三夜都不成问题,只要他不闻花香,就没有问题。可是薛冉冉不放心,觉得还是塞着清心丸比较安全。

薛冉冉虽然达不到师父的境地,但是闭气一炷香的工夫,她也能做到。可她也塞了两颗药丸封住了鼻孔。

站在花海里的高仓和丘喜儿显然毫无防备,等薛冉冉想要给他们塞药丸的时候,他们已经将花香、花粉全都吸入了。顷刻之间,他们俩的身体被淡淡的红晕笼罩。

接下来,丘喜儿的眉眼突然仿佛被画笔染了一番,五官变得立体、美艳,身材也变得凹凸有致……

一旁的薛冉冉看呆了，这……不是大变活人吗？听了薛冉冉的话，丘喜儿立刻从怀里掏出了随身携带的小铜镜。她看清镜子里的自己时，有些不敢相信铜镜，连忙又走到旁边的水洼边看自己的倒影，然后难以置信地趴伏在水洼旁，颤抖地抚摸着自己的脸道："我……我怎么变得这么好看？我变成绝世的美人了！"

可是当她离花海远些的时候，脸上的模样竟然又渐渐平庸了。丘喜儿试探着又往花海里走，鼻梁再次高挺起来。

再看高仓，他吸入了一口花粉，浑身冒起红光之后，只觉得丹田热气蒸腾，有灵气抑制不住的感觉。于是他哇哇怪叫，挥手便闪出一记灵球击向远处的大树，那树应声而倒，可见他的功力不容小觑。

高仓也是一脸惊喜地狂笑："我变强了，你们看到了吗？我变得这么厉害！"

可是他狂喜者远离花海的时候，丹田的真气一下子就空了，再也不能劈山削石了。于是他也不信邪地又靠近花海，大口呼吸着花香。

薛冉冉惊讶地看着眼前的一幕，急切地问："师父，他们怎么了？"

苏易水拧眉道："这些花粉似乎能激发人本身的潜力，满足人心底最大的渴望……"

薛冉冉听得瞪圆了眼睛，因为她发现三师姐的模样变得有些像沐仙师——成为艳压群芳的美人的确是三师姐最大的愿望。

这花居然有这等功效，岂不是要人人争抢？为何方才那老牧民却警告说，不可靠近这花呢？

就在这时，苏易水说道："快些将他们弄出来，不然花粉吸入太多，大约是会上瘾的，到时候他们就会沦为这些魔花的奴隶。"

羽童和羽臣的鼻孔里已堵上了薛冉冉给的药丸，他们又用巾布蒙了嘴，连忙屏气，飞身入了花海，将高仓和丘喜儿拉拽出来。丘喜儿的容貌再次变得平平无奇，而高仓的神功也瞬间消失。这下子他俩都有些不甘心，虽然听师父说这花粉邪得狠，但被薛冉冉拉拽着，他们还是一步三回头地望着鹰嘴花海。

苏易水挥手设下灵盾笼罩住花海，免得这花的气味外泄。

这些魔花是阴界入口的标志，可是放眼望去，除了成片望不到边际的诡异红花，再看不到什么别的异常了，也找不到什么阴界入口。

当他们四个返回城中时，曾易听到他们见了那诡异的魔花，不由得担心道："既然它们如此有魔性，还是尽早毁掉的好。"

苏易水摇了摇头道："这些花就算被火烧，第二日也会照常开放。开满七日，才会自行消失。"

薛冉冉眨巴着眼睛道："也就是说必须在七日之内找到阴界的入口，不然下次就不知什么时候才能出现了？"

苏易水掏出了那块阴界密钥，低声道："万物负阴而抱阳，午时是阳气最盛时，也是阴气开始滋生之时。今日那花开的时间，应该也正好是午时。明日午时，我们再去花海。"

薛冉冉点了点头，转头想叫三师姐跟她去小厨房做饭。可是她转头看向丘喜儿时，才发现她正目光呆愣愣地举着小铜镜看，不知道在想什么。

薛冉冉一连喊了她几声，丘喜儿才回过神来，她指着自己的眼睛道："冉冉，你看我的眼睛是不是比以前大了很多？"

薛冉冉仔细看了看，说："没有吧，还是那么大。"

丘喜儿有些急了："你是不是没仔细看，明明大了一圈呢！"

薛冉冉拗不过她，只好说："好好，大了许多。行了，我们做饭去吧。"

丘喜儿终于面露喜色，等入了小厨房，她说道："今日我不过闻了一点花粉，眼睛就变大了，你说，我若再多闻一些，是不是模样也能变好看许多？"

薛冉冉警惕地抬头看她，正色道："你没听师父说吗？那花是邪物，你嗅闻那花粉，容貌居然发生变化，难道不害怕吗？"

丘喜儿有些扫兴，她噘嘴掰着细柴，嘴里嘟囔着："跟你这等容貌好看的人说，你自然是不懂，你都不知道我多么希望自己像你一般，越来越好看。"

现在的薛冉冉已不再是初上山时细瘦病弱的模样了，十八岁少女完全长开的明艳让人看了真是羡妒不已。

丘喜儿自认为爹娘没给她好底子，原也不指望变美了。可没想到，她今日不过嗅闻了一点花粉，就堪比投胎再造，模样一下子明艳了那么多。

至于高仓，也是有些魂不守舍。当大家都在桌上吃饭的时候，他却在院子里举着石锤和哑铃，嘟囔着自己的力气似乎比以前大了不少。

白柏山因为在马行里跟着曾师叔做新制的兵器，并没有跟去花海。看着他俩魔怔的样子，他不由得庆幸自己没跟去。他以前可是着了邪道，把黑毛大汉当成了美女柔儿的，知道那迷了心窍的滋味。若是他再着了邪道，可真是回归西山无望了。

当夜无话，苏易水照例要赶在夜幕低垂、魔性升起前，入山加上锁链。

那次薛冉冉陪他入山熬了一夜，第二天时，衣衫都被晨露打湿了，所以苏易水命令她不许再去，她在山里容易搅乱他的心神。所以薛冉冉虽然睡不着，但只能老实地留在马行。

入夜的时候，她已经不能安睡，躺在床榻上辗转反侧，最后干脆披衣起来，准备打坐练气。

这两天，她终于可以平稳地驾驭两剑了，可是距离驾驭五剑还有不小的差距……

就在她默念运气诀，转动丹田灵气的时候，突然听到隔壁传来了动静。

薛冉冉打坐的时候耳力惊人，一下听出动静是从丘喜儿的房间传来的。

起初她并没有在意，以为三师姐是准备起夜。可是不消片刻，便传来翻墙的声音。

薛冉冉听得一皱眉，立刻睁开眼睛，等她出门的时候，正好看见大师兄高仓也刚刚翻过墙。

当薛冉冉在后面喊他的时候，他甚至连头也不回。

薛冉冉知道坏了，连忙也翻身飞过围墙，追赶跑在前面的二人。

在西山的弟子里，薛冉冉的轻身术最好，按理说本应该能早早追上那二人。可是高仓和丘喜儿今日也不知怎么了，脚力犹如神助，任凭薛冉冉怎么追都追不上。

在迷离的月色下，他们的身体似乎都发出淡淡的红光，看上去诡异极了。

薛冉冉追了一会儿便顿住脚，转身回去叫两位师叔帮忙。若是没有猜错，高仓和丘喜儿一定跑入了花海。

现在师父正在山里与魔性抗衡，若是生出什么变故，只她一个人恐怕应付不过来。

听到薛冉冉急促的解释后，两位师叔连忙抓起外衣，飞快地朝着花海赶去。

刚到那里，借着幽暗的月光，三人竟然看到高仓和丘喜儿割开自己的手腕，把鲜血浇在苏易水架设的灵盾上。

当鲜血滴上时，灵盾里的花似乎开始疯长。花粉弥漫，红雾漫天，最后竟然破开灵盾，随风飘散。

丘喜儿和高仓仿佛得了什么救命的丹药，拼命地大口呼吸起来，并且头也不回地朝着花海的深处走去。

羽臣和羽童虽然堵了鼻子，却不敢往花海里走。

当初苏易水说正午入内，除了因为那时是阴阳交替之时，也因为那时的阴气并不旺盛。

现在是子夜时分，是阴气最浓郁的时候，那些鹰嘴花长得也比白日时大了不止一倍。一个个花朵仿佛巨鹰的头颅一般，狰狞地半张着嘴，看上去诡异极了。

他们也不确定入了花海能不能自保。

就在这时，薛冉冉抽出了两把曾易刚刚给她打制的短剑，运气而御，直直朝着往前狂奔的两人而去。

羽童倒吸一口冷气，以为薛冉冉要给两位同门"两剑穿心"。

可那两把剑飞出去后，是剑柄冲着高仓和丘喜儿的穴位狠狠撞去，将他们点倒在地，动弹不得。

薛冉冉正准备入花海将两个人拽回来，可是羽童一把拉住她道："你不能进去，这花太邪行了，若是你也出了意外，我和羽臣可控制不住你。"

现在薛冉冉的修为可比羽童高多了，若是薛冉冉也出现了异状，他们也无计可施。所以现在只能让高仓和丘喜儿这般先倒着，等到天亮的时候，再想办法将他们俩弄出来。

羽臣从腰间取下方才在院子顺手拿的绳索，准备用绳套，看看能不能套住他们，将他们拉拽回来。

这时，又一阵狂风刮来，薛冉冉看着没有灵盾笼罩的花海上空，花粉开始扩散，心道："不好！"

不一会儿，花海四周突然出现了许多幽蓝的"萤火虫"。

可是薛冉冉觉得自己的汗毛都竖立起来了，她低声道："它们……不是萤火虫吧？"

羽臣曾经在边关待过，自然有些经验，他低声道："这些是野狼的眼睛！"

原来花粉扩散竟然吸引了野外的狼。这些狼一个个瞪着幽蓝的眼睛"嗷呜"着朝着他们扑了过来。

身为野兽，它们最大的心愿应该就是吃肉。而此时身在花海边的人，就是野狼一顿丰盛的宵夜。

若是寻常的野狼，就算再凶猛也不会靠近有筑基根底的人，野兽其实最有灵性，它们会感知危险，避开那些有灵气护体的人。

但这些野狼在吸了花粉之后，似乎速度和力量都增强了数倍，胆子也变得奇大。它们捕猎的本能就是让自己变得更加强大，而鹰嘴花粉已经让野狼变成了无所顾忌的魔狼。

当狼群环绕着扑过来时，一个个都是不要命的架势。

很快，羽臣的大腿和背部都被狼爪抓挠得鲜血淋漓。

而羽童开启了灵气护体，勉强能抵挡住狼群的进攻，可是她的肩膀和胳膊也被恶狼咬伤了。

薛冉冉手持机关棍，同时用灵力操控两把短剑，顷刻间已经搏杀了几十头魔狼。

也许人在危急的时刻真的能调动潜力。很快，薛冉冉又从腰间抽出一把短剑，在空中飞舞的剑从两把变成了三把。

虽然只有三把剑，但是只要它们运转的速度够快，就能变成风火轮一般，所过之处，狼血四溅。

那些狼见占不到便宜，突然掉转方向，飞快地朝着花海奔去，似乎那里有什么东西在吸引着它们前去。

此时花粉扩散得越来越快，被引来的还有铁嘴乌鸦。它们成群结队，前仆后继地赶赴花海，甚至对花海里的高仓和丘喜儿都视而不见。

而被点倒的高仓和丘喜儿这时候也摇摇晃晃地爬起来，挣扎着要跟那些野兽一同前往。

羽臣赶紧拿起他套好的绳索，用力一挥，像套牲口一般将二人套住，总算是将他们拽出了花海。

345

这里不能久留，弄出了这两人，他们连忙回到镇上马行。

那灵盾已开，薛冉冉的功力还不够布置新的，唯有等苏易水回来再想办法。

薛冉冉留了心眼，让人通知了秦玄酒将军告诫兵卒千万不要往城郊走，不然那些花粉扩散，恐怕会误伤无辜。

高仓和丘喜儿略微清醒后，还是一直闹着要再去那片花海。

丘喜儿哭喊着："让我去吧，一次就好，求求你们了！"

当发现薛冉冉他们要锁大门时，高仓甚至拿起椅子砸门，丘喜儿则用头去撞羽臣，显然这两人都有些失常，控制不住了。

最后还是羽童将这两个被迷了心的人捆在院子里的拴马柱上，二人才算消停下来。

第二天，天没亮，众人就听到城门处异常嘈杂，秦玄酒突然带着人来砸马行的大门。

他一进来就嚷嚷："苏易水在哪儿？郊野里的那些魔花，是不是你们搞的鬼？"

原来就在昨夜，有出城寻营的兵卒被扩散的花粉迷住，踏入了那片花海。就跟高仓和丘喜儿一样，他们立刻也被花香迷住，出现了各种各样的幻觉，而且如痴如醉，不肯离去。

等到天亮被人发现的时候，他们身上居然已经被那些诡异如鸟嘴一般的花瓣咬住，插入了血管。

除了这些兵卒，还有许多飞禽走兽，它们无一例外，都被藤蔓缠绕，成了滋养魔花的肥料。

这些植物是噬人的，以血为肥料，以人的贪欲滋养，被困在花海里的兵卒和动物无一生还。

秦玄酒先是请了沐冉舞前去探看。可是沐冉舞只是远远看了一眼，就再不肯靠前，还说花海周围残存的灵盾气场是苏易水设置的，让他找苏易水。

沐冉舞是见过这些花的，只是那时这些花不过是让人产生幻觉，并没有主动缠绕人并将人吸干这么霸道。

这些魔花太可怕，一切过错自然要推到苏易水的头上去，所以秦玄酒便气势汹汹地前来找人了。

不过他刚进门，就被捆在院里拴马柱上的高仓和丘喜儿吓了一跳。

西山派难道真要成为魔教吗？这管教弟子的法子也太邪行了！

不过听薛冉冉解释那些花并不是他们种下的时候，秦玄酒不怎么相信，毕竟在花海的周围有苏易水残余的灵盾。

薛冉冉不解道："我昨夜不是派人通知将军了吗？为何还有兵卒入了花海？"

秦玄酒被问得一滞。他昨日的确接到了薛冉冉的口信，可是当时他正在沐冉舞的跟前打坐。沐冉舞听到了以后，让他派人去探看一下，看看薛冉冉他们究竟在搞什么鬼。所以秦玄酒才派人前往，没想到竟然造成这么不堪的结果。

秦玄酒现在肠子都悔青了，被薛冉冉这么一问，脸顿时憋成猪肝色，有些无言以对。偏偏他还不能回去跟师父兴师问罪，一时间只想着以死谢罪。于是他立刻抽出宝剑，嚷嚷着要抹脖子。

羽臣气得踹他，让他离马行远些再死，免得克了马行的生意。

就在院子里闹得不可开交时，曾易满身是泥跟跑着跑了回来："不……不好了，苏师弟已经挣脱了锁链，朝着那片花海去了！"

原来，就在昨夜，苏易水的魔性达到了极致，就连玄铁锁链和金符也镇不住他了。最后，曾易眼睁睁看着苏易水挣断了锁链狂啸而去，前往的方向正是郊野的那片花海。

薛冉冉清楚，师父若是意志不清醒地进入花海，不小心误吸了花粉，很有可能被魔花控制，成为它们的滋养肥料。所以她顾不得秦玄酒胡闹，转身又朝郊野飞驰而去。

除了依旧捆在拴马桩上的高仓和丘喜儿，包括秦玄酒在内的其余人也纷纷在她后面追赶而去。

薛冉冉的轻身术了得，远远甩开了众人。

她来到花海时，远远看见了站立在花海中央的高大男人。

此时男人的发冠已经完全松散，长发白衫在风中飞舞，浓眉入鬓，眉眼邪魅，正午的阳光下红色的花粉发出诡异的光，衬得他恍如魔神降世。

薛冉冉大声喊道："师父！"

男人慢慢掉转目光望向她，突然快如闪电地朝着她袭来。修真者到达一定境界时，身体会自动出现灵气护盾。

薛冉冉也是如此，虽然她并不想防备师父，可是身体的本能已经做出了反应，设下灵盾想要弹开苏易水。

就是这种无意中的防御彻底激怒了入魔的男人，苏易水只觉得这个少女准备疏远他。

薛冉冉压根儿来不及反应，就被他狠狠擒拿在手，灵盾也被瓦解。

而且他捏握她的手劲儿完全没有轻重，捏得薛冉冉忍不住叫了出来。

就算如此，男人还是在不断加重手劲儿，同时薄唇在薛冉冉的耳边嘶喊："你以为死就能逃离我吗？我要你跟我一起下地狱！"

薛冉冉尽量放松自己，减弱了身体本能的护盾，同时软声道："好，你去哪里，我就跟你去哪里……"

说完，她主动凑过去亲吻男人冰冷的薄唇。

这一吻，轻柔、甜蜜，苏易水所有的狂躁又奇迹般地平复了，他身上浓郁的黑气明显转弱。

不知为什么，薛冉冉就是知道这个男人再怎么入魔，也绝对不会伤害自己。

因为方才她扑入花海的时候，这个男人就下意识地开启灵盾将她笼罩进来，避免她被魔花伤害。

会让他狂躁、失去理智的，除了他身上封印的灵泉，好像还有她任何疏离的表示。

所以薛冉冉只能像小壁虎一般，紧紧挂在师父身上，一刻也不跟他分开。

可是这情形在外人看来，像是苏易水狂性大发，抓住自己的女徒弟任意欺凌。

尤其是刚刚他那一声喊，简直就是露骨的威胁！

就在二人在花海中相拥的时候，突然一条长鞭甩来："魔子！放开冉冉！"

不知何时，赤门的魏纠出现在花海边，而且上来便要解救被入魔的师父"挟持"的薛冉冉。

眼看着苏易水似乎魔性已成，魏纠的心内百味杂陈。一方面他不希望苏易水靠着灵泉再提升灵力，变得无人能敌。另一方面，他又觉得这样的苏易水在薛冉冉面前，魔性暴露无遗，薛冉冉此刻一定是又怕又怒，恨不得立刻摆脱这样的师父。此时此刻，他适时出现，来个英雄救美，那是再合适不过的！

所以，明知道花海诡异，魏纠还是仗着自己艺高人胆大，扑了过来，想要从苏易水的怀里夺过薛冉冉。

只是这长鞭飞过，打飞了无数鹰嘴魔花，本已经沉淀的花粉再次飞扬，花海的上空形成了花粉红雾。

魏纠踏入其中的时候，很明显感觉到了磁场的变化，在吸取了无数人的血气之后，那些花生长得更加妖艳了。藤蔓攀爬、延展，组成了奇怪的花纹。当薛冉冉被苏易水抱着升到半空，低头俯视的时候，才发现这大地上的花海纹路看起来跟师父的那把灵界密钥很像。她抬头看了看苏易水，他眼里的红色还是没有消散，不过紧抱着她的力道似乎消减不少。

薛冉冉抽出手来，从他的怀里摸出了密钥，这么一比较，大地上魔花组成的图腾正好与密钥一模一样。

而这时，苏易水抱着薛冉冉一边闪避着魏纠的袭击一边低头问她："这些花能和我体内的灵泉遥相呼应，昨晚感应特别强烈，让我一时入魔……方才我有没有伤到你？"

看来他似乎终于恢复了理智，薛冉冉低声道："没有，不过花粉扩散得太快，恐怕附近村镇的人也会被吸引到花海里来。"

此时魏纠渐渐停下攻势，他也察觉到了花海的诡异变化，而且他的门人中也有闭气不及时而失去理智进入花海的，此时正被那些鹰嘴花死死咬住，吸食着灵气血肉……

虽然以前也出现过这些鹰嘴花，可是那时的花并不像现在这么有攻击性。

也许在长久失去灵泉之后，阴界之气发生了变化，所以阴界生出的魔花自主吸取走兽和人的血气力量，补充自己衰竭的力量，同时因为感应到了苏易水身上的灵泉，而主动打开了阴界的大门。所以那些鹰嘴花才会变得那么霸道，吸取人的血气，化出了密钥，刻在大地上。

苏易水不受控地来到花海，也是因为如此。

千年以来，阴界第一次不是由外界打开，而是主动连接人界。

那些藤蔓开始发出红色的光亮，随着这光芒由幽暗变得明亮，大地逐渐晃动、开裂，整个花海下陷，变成无底深渊。

薛冉冉紧紧拉住师父的手。如果非要在阴界走一遭，那么就像她说的，苏易水去哪里，她就跟他去哪里！

苏易水却不这么想，他恢复理智后，第一直觉就是在自己被吸入阴界前要将薛冉冉扔出去。

可是薛冉冉这个"小壁虎"岂是轻易能甩掉的？她紧紧搂住他的脖子，凶巴巴地说道："不准丢下我！"

下一瞬间，两个人一起被吸入了塌陷的大坑。

在二人被吸入之时，一道影子飞身而下，和苏易水他们一起落了下去。

薛冉冉看得分明，那个突然而来的黑影正是赤门魏纠。

他应该是早有预谋，就等着阴界大开之际跟着苏易水一起入阴界。而在他之后，赤门长老屠九鸢也随着入了裂缝。

当太阳移位时，满地花朵瞬间枯萎，开裂的大地也迅速合拢。除了凭空消失的四个人，一切都和开出红花前一样。

魏纠并没有想到屠九鸢也跟着跳了下来，原本还准备与苏易水争抢薛冉冉的他不禁嫌弃屠九鸢多事。

阴界无底，一旦掉落，便会被腐气侵蚀，变为魔尸。所以苏易水不想跟魏纠纠缠，只抱紧薛冉冉挂在一旁的崖壁上。

跟他有一样心思的还有魏纠，他原本准备趁着苏易水不备，将薛冉冉抢过来拉入自己怀里。可惜他还是慢了一步，没能抢到薛冉冉，只能扭身顺手抓住下坠的屠九鸢，也挂在崖壁之上。

他虽然接住了屠九鸢，言语却犀利道："多事，谁让你下来的？！"

屠九鸢抿了抿嘴，低声道："属下愿意陪着尊上赴汤蹈火，在所不辞……"

此时西山与赤门的男女各自占据一侧崖壁，因为相距还算远，倒也暂时休兵罢战了。

薛冉冉这时才定下心神看他们现在身处的环境。

阴界的气场与人界完全不同，这里的阴阳之气似乎是颠倒的。悬崖的水不是下淌，而是回旋着上流，如珍珠一般不断浮起。

在他们的头顶上，是一条倒挂着的蜿蜒流淌的长河。

薛冉冉抹了抹脸上的水，有些吃惊地看着头顶的大河。

苏易水缓了缓气息，低声道："抱紧我，别掉下去了！"

薛冉冉连忙抱紧了他，然后问道："师父，这里便是阴界？我们一会儿要下去吗？"他们脚下的深渊似乎传来许多怪叫声，也不知下面都有什么。

苏易水摇了摇头，指了指头顶滚滚流淌的长河："不，我们要爬上去。"

阴界与人界不同，水能倒流，所以他们想要到达落水崖，只能不断向上攀爬。

只是他们都是活人，以至阳之躯到了阴界，反而如怀揣千斤重铁，动一动胳膊都艰难无比，就算灵力再高，动作也变得迟缓很多。

所以相差一段距离的两对男女暂时偃旗息鼓，休兵罢战，各自攀爬上崖。

魏纠冷笑着冲苏易水嚷道："苏易水，你难以压制灵泉，不如早些将它交给我，这样你岂不是轻松些？"

薛冉冉看着魏纠道："好不要脸，你能压制灵泉？在天脉山被嗜仙虫吸食的灵力补回来了？"

魏纠生平最恨别人看不起他的能力，听了这话，立刻有些恼羞成怒。他看着冉冉，冷笑了一声，再也不说话，只奋力往上爬。

因为被深渊吸附着，他们的阴气越来越重，若是在这崖壁上待得太久，他们很有可能被吸入无尽的深渊。

薛冉冉看师父行动艰难，便试着伸手攀住峭壁，自己攀爬。方才听了师父的解释，她以为自己会爬得很慢，可是没想到，当她尝试提气爬行的时候，居然很轻巧地就爬上去一大段。等她再回头看其余三人吃力爬行的时候，有种看着树懒、乌龟的错觉。

那三个人也错愕地看着她。

于是薛冉冉又轻巧地爬了回来，挨着苏易水小声问："真的这么辛苦吗？为什么我没有感觉？"

"你不是凡人肉长，而是树上结的果。转生树本就属阴，你到了阴界，自然不会像我等这么辛苦……"还没等苏易水张嘴，魏纠就在一旁急不可待地解释开了。

他方才跟薛冉冉斗嘴，闹得不甚愉快，此时缓过一口气来，倒是急着缓和一下气氛。

他许久未曾见到薛冉冉这小妮子了。现在一看，小丫头好像又长开了一点，被崖壁不断飞升的水打湿的长发贴在雪白的脸颊上，一双大眼睛灵动得很。

他早就应该发现她的那双眼睛跟前世的沐清歌一模一样。

想到自己在天脉山时，当着薛冉冉的面，围着那假货团团转，魏纠觉得小妮子和自己有些不对付，言语顶撞一些也能原谅。他总不会跟她争辩口舌，再白白让苏易水捡了便宜。

可在薛冉冉看来，魏纠迟来的殷勤有些不合时宜，就跟他突然送到天脉山的那些信笺一样唐突，自以为是得很。所以魏纠开口说话，她也不看他，而是径自看向师父。

苏易水拍了拍她的后背："既然你爬得快，就赶快上去，在河岸边等我。"

第二十三章 西山门规

　　见师父没有张嘴反驳，只是催她快些上去，薛冉冉知道魏纠说的应该是真的。她没想到自己木生的属性在阴界竟然如此便利。但她并没有自己爬上去，而是拉起苏易水的手，拉拽着他一路快速前进，将魏纠和屠九鸢远远甩在下面。

　　她注意到师父脖颈上的黑线几乎要绕颈了，需要快些到落水崖才能让灵泉赶快复位。

　　只是她没有注意不断飞升的水珠打湿了她的衣衫。苏易水此时离得她甚近，当她回身拉他时，衣领微微松开，莹白的脖颈和锁骨都甚是诱惑人。苏易水需要闭眼调息才可以克制体内涌起的魔性冲动，如何能爬得快呢？

　　可是薛冉冉一路越走越轻快，最后几乎拽着苏易水快速爬行。

　　而山崖对面的魏纠不说话了。他此来目的也明确，要么得到灵泉，要么趁着苏易水剥离灵泉的虚弱之际，一击命中，弄死苏易水。两者能成一件便不枉此行。

　　他上次虽然靠着密钥来到阴界，可是那时这里是一片干涸之地，阴气虚弱，与现在截然不同。

　　也许是苏易水带着灵泉回来的缘故，此时阴界的阴气汹涌，水流上升飞快，魏纠爬得甚是吃力。

　　眼看着山崖对面的两个人越爬越快，魏纠再顾不得后面的屠九鸢，手臂青筋暴起，努力加快速度追赶。

　　薛冉冉和苏易水先一步到达了头顶的落水崖。

　　可是要潜入倒挂的河底又是一件难事。就在薛冉冉伸手要触碰那河水的时候，苏易水伸手拦住了她。

　　"不要碰，落水每隔一个时辰才会消除结界，不然我们是过不去的。"说完，他取出怀里的手绢扔到河中。

　　那手绢还没碰到水面，便仿佛触碰到了什么，瞬间化为灰烬。

　　此时距离一个时辰还远，薛冉冉环视四周，意外在崖壁上发现了一个凹进去的山坳，正好可以到那里调息静待。

　　进入山坳里时，山崖对面的两个人也消失在他们视野里。

　　薛冉冉甩了甩湿答答的长发，又抹了抹脸上的水珠，正要开口说话，却再次被苏易水拉入怀里热吻。

他方才就一直想要亲吻她，可是想到魏纠在旁，便一直勉强忍耐着。

薛冉冉被亲吻之后，双眸迷离、脸颊绯红的样子可爱极了，他可不想魏纠在一旁白白饱了眼福。

薛冉冉反搂住他的脖颈，在热切的拥吻之后，贴着他的嘴唇小声说道："是不是归还了灵泉，师父您就会恢复正常了？"

苏易水搂着她纤腰的手臂不由得一紧："你想恢复正常？"

薛冉冉其实并不想。在这些日子里，她与师父时时亲近，哪怕在花前月下不说话时都有种微妙的默契。

可她也知道，师父本来的性情应该是冷冰冰，与人有几分疏离的。若不是因为灵泉，师父也不会看上她这样一个黄毛小丫头。难道她还能因为这段非常时期就赖上师父，需要师父负责任吗？

只是想到以后要假装无事地与师父朝夕相处，实在是有些煎熬。

也许此番过后，师父若是看她觉得不自在，她就真的应该离开西山，离开师父了。

如今她也知道了自己病弱之症的根由，是在转生树上没有生长成熟，只要师父肯让她将种在西山小院里的转生树带走，她也能依靠小树维持生命。自此以后，也省得让师父心存疑虑，想着要为这些日子的荒唐负责。

不过，这些话，她都不会说，毕竟师父现在经不起刺激，听不得她任何离开他的话。

所以，苏易水问的时候，她小心地将脸贴在他的胸前，听着他和缓的心跳声，半真半假道："我当然希望您正常，到时候我们就可以带着新做的灯笼去捉萤火虫了……"

苏易水伸手摸着她的长发，也缓缓闭上了眼睛。在水流不断上升的哗啦声里，二人宁静地依偎，恍如这里不是阴沉可怕的阴界一般。

可是，无论哪里都会有大煞风景的人。

显然，发现这个妙境的人不只有他们。不多时，只听传来一阵水流被击打的声音，魏纠借助身上可以延伸的长鞭，从对面荡了过来。

他和屠九鸢也想着在这里暂避一下。

因为此处空间狭窄，若是双方打斗，很有可能一齐掉落山崖，所以苏易水和魏纠各自占据一方。

魏纠看着苏易水脖颈上的黑色纹路，嘿嘿怪笑了两声："何必这么辛苦地抑制呢？你以前可是堂堂魔子，利用灵泉，无所不能啊！难道是想在冉冉面前装好人，怕她想起你之前的不堪？"

苏易水慢慢睁开了眼睛，带着淡淡红光的眼朝着他瞪了过去，阴森森道："你若再多言一句，我便如你所愿，催动灵泉之力，弄死你就跟弄死个臭虫一般。"

魏纠知道苏易水并不是恫吓，他现在激怒苏易水，的确没有什么好处。

他又将目光转向薛冉冉，玩味地说道："当初在天脉山时，我若知道沐清歌是假的，绝对会对你更好些的……"

薛冉冉原本也在闭目调息，不想搭理魏纠。可是听了他这话，她不由得猛地睁开眼睛，迟疑不定地望向魏纠。

他说沐清歌是假的，是什么意思？

这些日子，她也想过自己的前世。当初沐清歌是被妹妹沐冉舞偷袭，拦抱住了腰，这才被其他掌门人偷袭成功。

所以，每次想到自己也许就是沐冉舞时，薛冉冉都带着心虚。不管沐清歌是正是邪，沐冉舞害得沐清歌魂飞魄散都是不争的事实。

这也是薛冉冉对沐清歌一让再让的原因。

可是现在，魏纠突然冒出这样的话，沐清歌是假的？

薛冉冉原本就聪慧，心念微动间，她突然想到了一个以前连想都不敢想的事实——也许她……才是恩师的师父沐清歌！

只是这么荒诞的真相让人有些难以接受，她脑子一时乱极了，不由得回头看向苏易水。

他……一直都知道她是沐清歌？还是弄错了什么？

魏纠原本以为苏易水这些日子应该告知了薛冉冉真相。方才在山崖对面的时候，他透过水帘，可清楚地看到苏易水在亲吻薛冉冉。

他原本以为，苏易水不知怎么编造谎言，周全前世种种不堪的算计。现在看来，原来苏易水还不曾说出薛冉冉的真实身份。

魏纠心下了然，不由得哈哈大笑："怎么，苏易水没有告诉你真相？也对，他怎么好意思说呢？说出你才是沐清歌的话，岂不是要费心解释他前世对你的种种算计？你以为沐冉舞为何会背叛你、陷害你？还不是因为他步步算计，在你们姐妹间挑起了龃龉，利用男色勾搭沐冉舞，背叛了你这个姐姐？我告诉过你，他坏得很！如今挂着名门正道的牌匾，就真的装成了好人？利用你转生失去了以前的记忆，居然摇身一变，就成了你的师父，却不尊师道，勾搭你这个懵懂无知的小姑娘。哈哈哈哈，皇室苏家，真是满门的伪君子——"

魏纠没有机会再说下去了，因为苏易水已经红着眼暴喝一声，使出十足的灵力朝着魏纠袭去。

屠九鸢一早就察觉到苏易水的不对劲，连忙大喊："尊上，快些闪开！"

魏纠也察觉到苏易水有些失控，这凌厉的一击显然调动了灵泉之力，只见苏易水如恶龙咆哮一般袭来。

魏纠是故意激怒苏易水的。

灵泉的威力固然可怕，可是如果灵泉附身之人暴怒、失控，就会被灵泉吞噬灵魂，而灵魂被吞噬时，此人会有一瞬间的呆滞期。

等灵泉占据上风，苏易水便完全失去了灵魂，成为灵泉的傀儡。魏纠的身上带有酒老仙新做的符瓶和金符。等苏易水完全失控的那一刻，他看准时机，再将灵泉剥离封印，到时候，苏易水就成了残魂不全的废人，他会慢慢弄死这个宿敌给薛冉冉看。

所以，苏易水冲过来的时候，他已经从怀里掏出了酒老仙新做的符瓶和金符，准备镇住苏易水，再用符瓶收灵泉。

可惜他千算万算，没想到苏易水的克制力那么强，没有被灵泉完全支配。他拿着的金符被苏易水一掌拍飞，符瓶也不堪灵气的来袭，咔嚓一声碎裂了。

山坳的空间狭窄，魏纠眼看暗算不成，想再闪避却来不及了，只能急急调动灵力护盾，抵御苏易水的雷霆一击。

屠九鸢突然祭起灵盾，直直冲到魏纠前面，替他挡了苏易水的震怒一击。

屠九鸢在赤门里的修为仅次于魏纠，不过祭起的灵盾还是被苏易水击得粉碎，甚至能听到她骨裂的声音，顿时一口鲜血喷涌出来。

若是在人界，受了这样的重伤，根基够深的话也还有救。可是这里是阴界，一旦受伤便如洪水决堤，鲜血和真气会成倍加速离开身体。

薛冉冉急忙挡在苏易水身前。

她可不是为了救屠九鸢，只是怕苏易水继续暴怒，大开杀戒，导致完全被灵泉控制，就此被困在阴界。

苏易水也明白这个道理，只怕魏纠方才也是有意激怒他。若是他全力使出灵泉之力，薛冉冉也不能幸免。万一真的伤了她，他只怕会完全失控……

魏纠也在愤恨，觉得方才大好的机会就此错过，若是屠九鸢方才出手袭击，而不是拦在他身前，也许那符瓶不会碎！

眼看着长久陪伴他的枕边人兼忠心耿耿的部下大口吐血，魏纠厌弃地冷眼瞪着她道："蠢货，要你多事！"

屠九鸢此时如软泥一般倒卧在山坳里，大口吐血，眼角的清泪也在不断流淌。

安抚苏易水后，薛冉冉回头看看屠九鸢的样子，心里也有些不忍。

她看得出，这位屠长老虽然助纣为虐，可是爱极了魏纠。她如此舍身，不光是尽了忠心下属的本分，更是想要去救自己心爱的男人。可是到头来，一条命换来的是魏纠如此厌弃的冷嘲热讽，薛冉冉真是有些看不下去了。

她从怀里掏出一个药盒，扔在屠九鸢的手边："这是护心丹，快些吃一颗吧，不然你如此吐血，恐怕马上就要死了。"

这女魔修也是罪行累累，但是她的罪孽自有天收。在师父魔性难控的当口，若他真杀了屠九鸢，背负了孽债，只怕魔性更加难以控制。

355

屠九鸾眼神复杂地看了一眼薛冉冉，好像灵力被抽干一般，她只是流泪，并不想去吃那丹丸。

薛冉冉不由得怒瞪魏纠："她如此舍命救你，你就眼睁睁看着她死？你不喂她，难道还等着我去救？"

魏纠冷哼一声，这才走过去，略显粗鲁地撬开了屠九鸾紧闭的嘴巴，将那丹丸塞进她的嘴里。

这护心丹是薛冉冉炼的，效力远超过一般的护心丹。屠九鸾终于勉强止住了吐血，可是身体已经衰弱，那些碎裂的骨头需要一一复位才可痊愈。

薛冉冉却觉得，经历了这生死一劫，也许屠长老心底的那一抹伤才最难愈合……情字误人！

不知怎的，薛冉冉的脑子里突然闪过三师姐那些公子小姐情爱话本子里的一句。

至于魏纠方才之言，她此时却连想都不愿想。

事有轻重缓急，她前世是谁，现在并不重要。早些将灵泉归位才是正经，所以她绝不会去问师父魏纠的话是不是真的。

现在算算时间，应该过了一个时辰，当她转身出山坳查看头顶的大河时，那里的结界果然减弱不少。

她转身道："师父，可以渡河了！"

魏纠没有料到，自己方才揭露了惊天的一幕，虽然激得苏易水暴跳如雷，可是薛冉冉除了初时的茫然、震惊，居然很快就恢复了常态，恍如没事人一般。

算计落空，他不由得冷笑道："你是不是在树上长傻了，居然有些缺心眼，还是觉得我在骗你？"

薛冉冉微微抬起下巴，冷冷对他道："魏尊上，你痴活了这么久，难道只长了顾念自己的心眼？这灵泉不是什么好物，那满山开着的鹰嘴花便是明证。你一味想要变强，可曾想过，天地失衡，万物凋零，天地间只你一个强者有什么用？我们现在不想跟你斗，你若肯协助我师父送回灵泉，相信诸大门派都会对你们赤门改观。而且屠长老只是暂时止血，她不能在阴界多耽搁。你也好好做一次人，偶尔做做好事，怎么样？"

当薛冉冉转头冷声申斥的时候，山坳里的两个男人心头都微微一震，恍惚中，他们仿佛再次见到了那个孤高不羁的红衣女子。

她一向不会将小情小爱放在心间，心底坦荡、磊落，仿若清风明月，似乎善待每一个认识的人，那些人却全都抓握不住她。

就连真小人魏纠，也忍不住为之折服。

苏易水这次没有理会魏纠，而是默默走出了山坳，跟在薛冉冉身后，朝着那落水而去。

魏纠有些没面子，气得跳脚，他冷冷瞥了屠九鸾一眼，让她在这里等着，转身也跟着苏易水而去。

屠九鸢艰难地开口:"尊上,你尽管去做自己的事情,莫要管我……"

可是她的话还没有说完,魏纠已经急不可耐,转身离去了。

按照梵天教的记载,这落水崖下便是灵泉。当年苏易水利用沐清歌开启了阴界之门,曾经来过这里,所以轻车熟路。

当年沐清歌将苏易水的灵泉剥离,封印在望乡关,交由秦玄酒照管。灵泉生变时,却让秦玄酒找苏易水解决后续的事情。其中的用意,苏易水当然明白。

那个没心没肺的女人,就算最后被他害死,还是坚信他能变成一个兼济苍生的好人。所以她才嘱托秦玄酒,将他找来,然后让他将灵泉完璧归赵。

苏易水不能再想下去了。他身体里的灵泉似乎感应到了自己将要归位,不停地在他体内躁动、叫嚣:"不要送我回去,阴界冷冰冰的,哪有人界的红尘好玩?我会让你变强的,你不是也将沐清歌拥在怀里了吗?像她那样的女人,一旦知道你的真面目,岂会爱上你?我会帮助你拥有她的,别放我回去!"

灵泉的声音越发嚣张,苏易水屏气闭眼,迅速投身入落水。

落水可洗涤人界尘埃,让人到达阴界彼岸。

当苏易水跳入落水时,魏纠突然出手,掏出一张符,快速朝着薛冉冉贴去。

方才苏易水那雷霆一击,终于让魏纠明白,他妄图控制灵泉为自己所用的想法是多么不切实际。既然如此,那邪物还就还了。但是他来阴界一遭,可不是给苏易水那厮当护法的。酒老仙的这一道洗魂符甚是霸道,何不趁着苏易水入水之际,给薛冉冉贴上?到那时,关于苏易水的种种记忆,都可以从薛冉冉的脑子里抹去。当他带着薛冉冉从阴界出去时,她就会洗去前尘,宛如重生。

所以魏纠看准时机,便将那洗魂符朝着薛冉冉的后背拍去。

但薛冉冉不是傻子,一直在防备着魏纠。当眼角的余光瞥去时,她便发现魏纠的小动作了,所以她一个灵巧的转身,立刻避开了魏纠伸过来的手。

可是魏纠用另一只手抓住了她的肩膀,快如闪电,再次扑来。

他当初在天脉山浸染的黑池,是与阴界颇有渊源的魔水。所以他入异界时,也可以像薛冉冉一样身手轻快。只是方才他故意藏拙,就是想要打她一个猝不及防。薛冉冉果然被他迷惑,闪避并不是那么及时。

就在洗魂符要拍到薛冉冉身上的那一刻,落水里突然伸出一只手,将魏纠狠狠拽下去。

魏纠狼狈入水,挣扎着挥手间,那洗魂符便直直拍在苏易水的印堂上。

洗魂符沾染到苏易水的肌肤便化入了他的毛孔中,魏纠在呆愣之余,不禁懊恼骂了一声。

不过,灵符来之不易,万万不可浪费。匆忙之间,魏纠只能赶紧念咒,让苏易水封印了对沐清歌的种种爱意。

他当初指使屠九鸢给酒老仙灌足了酒，从他的嘴里套问出，洗魂符洗涤的是大恨大爱，不能将人全然清洗成傻子。现在看来，实在太可惜！不过，将苏易水对沐清歌和薛冉冉两世的爱意洗干净了就好！

所谓殊途同归，若是苏易水全然忘记了他对沐清歌的爱，又何来如今跟薛冉冉的纠缠？

于是在落水沉渊里，那一道符化为灵光，消失在苏易水的印堂里。

薛冉冉这时候也跳下水，正好看见了这一幕。她奋力游向苏易水，想要拉住他。

可是苏易水的身体被落水之渊的吸力吸引，迅速下沉，很快便消失在了漩涡里。

薛冉冉也想跟上，却发现自己的身体怎么也沉不了河底，只感觉河水的温度似乎越来越高。

魏纠暗叫不好，这是灵泉归位的迹象，到时候所有落水都会成为滚烫的开水，所以他赶紧一把抓住薛冉冉，猛地提气，爬上了岸。

魏纠刚从落水里爬上来，就被薛冉冉一棍子又敲回了水中。

"说，你给我师父贴的是什么符？"

魏纠急了，这水真烫屁股！竟然激发了他的灵力，摆脱沉重的束缚，一下子从水里跃了上来。

"贴的自然是好东西，他若能及时从水里出来，你自然就知道了！"

说完，魏纠一声怪笑，突然往后跳跃，沿着崖壁跳去了。

苏易水已经被吸附到落水之下。阴界已经失去灵泉太久，一旦他沉入泉窝，就会自动剥离灵泉。到时候，整个阴界恢复了元气，就会排除异己，将他们推出去。所以他要赶快离开，看看能不能率先返回人界，再给苏易水致命一击。剥离了灵泉的苏易水，应该没有什么能力与他抗衡。

薛冉冉并没有去追赶魏纠，她心急地在水边等待着苏易水浮上来。这水越来越热，若是师父再不上来，就要被煮熟了……

就在薛冉冉等得有些急不可耐，准备再次跳下水时，落水上突然冒起大个的泡泡，滚烫的水花四溅。

薛冉冉连忙挥动棍子击破水珠，与此同时，只见高大的男人终于从水底跳了出来。

薛冉冉一阵惊喜，连忙高声喊道："师父！"

只见刚刚跃出水面的苏易水似乎痛苦不堪，他抓着崖壁，用头不停地撞着，发出痛苦的声音。薛冉冉心里一沉，以为灵泉还在师父身上，连忙奔了过去。

可苏易水突然抬头，两眼发直，然后仅仅淡漠地瞟了她一眼，便如光影般消失在崖下。

此时阴界开始晃动，崖壁上的石块不断跌落。阴界开始吐息、循环，吸纳灵泉，进入自我修复的阶段。

其他三个人没了踪迹，可薛冉冉丝毫没有感觉到自己将要被排出阴界。

她的至阴体质固然可以让她在阴界依旧身轻如燕、如鱼得水，可是此时阴界在排除异己的时候，也感觉不到至阴体质的她。也就是说，若是没有阳性体质的人带领，薛冉冉将找不到出口，被永远留在阴界。

薛冉冉不明白师父方才为何明明看见了她，却恍如不认识她一般，只一个人径自离去。

此时阴界崩塌得更厉害了，薛冉冉的脚下已经没有立足之地，她唯有在落石间飞快跳跃，同时高声喊着："师父！师父！"

回答她的只有巨石的轰隆声，还有万丈深渊里魔物的嘶吼怪叫声。

薛冉冉知道，当崖壁完全倒塌的时候，她将跌落深渊，万劫不复！

此情此景，她毫无办法，只能徒劳地在不断坠落的石头上不停跳跃……

她的脚下还是踩空了，整个身体开始快速下坠。薛冉冉闭上了眼睛，不想看到自己的身体在无尽深渊里被魔物撕裂的场景。

就在这时，她的手腕一紧，被人死死握住。薛冉冉猛地睁开眼，惊喜地发现苏易水去而复返，竟然及时握住了她的手腕。

因为他的阳性体质，他整个人都悬在半空里，似乎是有什么力量磁石般吸引着他不断上升。薛冉冉被他抓握，总算止住了坠势。

苏易水虽然抓住了她，目光却很冰冷："你是谁？为什么身上有我的结丹气息？"

薛冉冉听傻了，她不明白师父为何仿佛不认识她了？

此刻他的眼中再无血红的颜色，脖子上的黑线也彻底消失，可是整个人的气场依旧阴沉逼人，变得有些陌生。

"师父……是您将结丹给了转生树，才让我重生的啊！我是您的徒弟薛冉冉啊！"

苏易水拧起了浓眉，垂眸看着他抓握的这个女孩。此时他身在阴界，脑中的记忆也是反复横跳，尤其是最近的记忆散碎，连接不到一处，有些说不出的混乱。

他虽然不记得自己为何要来阴界，可是却知道自己马上就要离开阴界。

而这个大眼睛泪汪汪的小姑娘不知什么原因，被深渊吸引，不断下沉。他不认识她，却察觉到她的身上有他的结丹气息。

苏易水当然不允许自己的结丹被阴界吞噬，所以一把抓住了这个小姑娘。

就在这时，半空中裂开了一道金色口子，一瞬间将他们吞噬。

薛冉冉被晃得睁不开眼，同时感觉自己的身体仿佛被两股力量不断拉扯着，痛苦得大声叫了出来，只能死死抓握住那只牢牢拽住她的手。

等她再次睁开眼睛时，依旧被亮光晃得有些睁不开，不过亮光是头顶刺眼的太阳，明亮的阳光照射在身体上，说明她已经重回人界。

只是那股被撕裂的恶心感觉还没有完全消失，薛冉冉闭眼调息片刻之后，才再次睁开眼睛。

她坐起来时，才发现自己躺在之前长满魔花的荒野上。

当阴界开启时，魔花连同花海上被吸干的尸体一起消散成了粉末，这里已经恢复了秋日的荒凉……

薛冉冉觉得这荒原似乎比先前更加凋零，地面上甚至有结冰的迹象了。她穿着秋衣，有些不能御寒，若是不调动真气，只怕片刻就要冻僵了。

她举目四望，发现荒原上除了她，再无其他人。师父、魏纠和屠九鸢都不知去了哪里，师叔和秦玄酒他们也不见了踪影。

就在这时，她终于听到远处似乎传来了打斗声。她连忙起身走了过去。

原来是魏纠跟苏易水打斗在一处……嗯，她说得可能有些不准确，是魏纠被师父打。

魏纠显然没机会占到便宜，堂堂赤门尊上威风凛凛的长袍都被扯成了布条子，此刻他披头散发，霸气全无。

他原本料想苏易水刚刚剥离灵泉，元气虚弱，再加上被他贴了洗魂符，记忆错乱，若是苏易水侥幸从阴界逃出来，正是他下黑手的好机会。

所以，在苏易水拉着薛冉冉出来的那一瞬间，魏纠的鞭子便卷了上去。

魏纠在天脉山上走了一遭，在黑池浸泡过，恢复了不少根基灵力。虽然他被嗜仙虫咬了几口，可是将养一段时间，加上这段时间暗算了不少正道人士，采补了他们的灵力，所以修为隐隐又提升了一层。

在阴界时，魏纠受着气场阻碍，无法跟拥有灵泉的苏易水硬拼。可是现在苏易水已经归还灵泉，魏纠的真气应该已经超越失去一半结丹的苏易水。这也是魏纠有底气跟苏易水一起前往阴界，又在这里伏击他的原因。

可是魏纠万万没想到，原本应该虚弱不堪的苏易水有如神助，出手凌厉，真气汹涌逼人。

刚刚从阴界折返的男人，似乎打开了禁闭已久的封印，一股邪气外溢，招招狠毒、致命。而且他所用的法术竟然跟魏纠有异曲同工之妙，招招都是吸人灵力。这一次，苏易水甚至都不必借助魔藤，而是光明正大地行着魔道采补他人的灵力。

若是旁人，早就被苏易水撕裂了。魏纠的功力不低，远远高过三大门派的掌门，可也被苏易水打得狼狈不堪，连连败退。

幸好魏纠装孙子也不是第一次，就算薛冉冉在一旁看着，他也顾不得脸面，直接用剩余的灵力祭起大片的黑雾，带着重伤的屠九鸢狼狈逃走了。

当荒原上再次剩下苏易水和薛冉冉的时候，薛冉冉高兴地朝着他奔去，却被他毫不留情地一挥袖子击退了。

"你到底是谁？为何总叫我'师父'？难不成你是魏纠派来采补我结丹的贼？"

薛冉冉瞠目结舌地听着师父冰冷的话语，一时不知该如何作答。她隐约猜到魏纠的那道符究竟是什么鬼东西了！

就在这时，远处传来了马蹄声。

薛冉冉回头一看，原来是两位师叔骑马而来。

他们远远地看到了苏易水和薛冉冉，喜极而泣，大声叫喊着主人，快马加鞭，一路奔来。

"你们总算回来了！我们在这里足足等了一个月，天天来此，都要绝望了！"羽童已经哭了出来，笑着下马先抱住了薛冉冉，然后对苏易水说道。

俗话说："天上一日，地下一年。"阴界的时间显然与人界的也有些不相符。

薛冉冉他们觉得自己只在阴界耽搁了几个时辰而已，可是人界已经过去了足足一个月。

怪不得薛冉冉觉得天气变得寒冷，此时应该已经入冬了。

薛冉冉看到了师叔们，脸上却并无喜色。师父虽然回到了人界，可是她觉得她将她的师父……弄丢了。

不幸中的万幸是，苏易水还记得羽臣和羽童两兄妹。

他现在的记忆有些奇怪。关于前世沐清歌种种招他厌烦的往事历历在目，什么都没有忘记，可是偏偏忘了后来樊爻大战的事情，以及沐清歌是如何惨死的。再然后，便是最近两年的记忆，变得跳跃、斑驳，凡是跟沐清歌和薛冉冉有关的记忆，他全都忘得一干二净。

洗魂符，洗的是人间情爱。苏易水现在忘记了心动的过往，又变成了那个不懂爱为何物的偏执少年。

当他在羽臣的口里听说沐清歌已经死了二十多年时，脸上竟然带着嗔怒："竟然不是我亲手杀了那魔女？"

薛冉冉缩在一旁，听着两位师叔费力地给师父修补记忆。此时她心里想的是魏纠在阴界时抖搂的惊天大包袱——她薛冉冉并不是沐冉舞转生，而是沐清歌转生。先不管这事情到底是真是假。此时此刻，师父的记忆里再无跟沐仙师的甜蜜往事，有的只是他被迫入了西山，又被调戏和轻视的怨毒。若是她现在说自己可能才是真正的沐清歌转生，应该会立刻被师父撕碎，蘸酱来吃。所以她干脆闭嘴，缩在一旁默默难过。

师父被符贴中，不光忘了与沐仙师的往事，也忘记了与她的种种甜蜜。

海岛之上，二人依偎着看彩虹海鸟、小龙戏水的情形还历历在目。可是记住这些美好的，只剩下她一个人了……

薛冉冉虽然做好了归还灵泉之后，她与师父可能再次假装无事，恢复正常师徒关系的可能，可她万万没想到，师父比她想的还要干脆利落，竟然将关于她这个人的记忆都连根拔除了。

从荒原回到镇子的马行以后，苏易水的眉头一直紧皱着。若不是羽童和羽臣是他信任的心腹，他真怀疑这二人在满口胡诌，说些糊弄的鬼话。

什么叫他因为顾念师徒之情，所以舍弃了一半结丹，换来了沐清歌转世重生的机会！

而且那转生树上结了两果，有一颗先天不足，便是他的爱徒薛冉冉。

什么叫他为了延续她的寿命，将她留在西山，倾囊教授技艺，爱护得不得了！

而最荒谬的是，他去阴界，居然是为了归还他好不容易盗来的灵泉！

苏易水觉得自己先前被下了降头，做出的都是没有章法的事情。

虽然记忆暂时残缺，可是苏易水并没有觉得自己有什么不妥之处，只是他真的这般行事了吗？为何这般，得慢慢找寻原因……

但是听到苏域最后竟然打败父亲平亲王，顺利登上王位时，苏易水真的有些怒不可遏，冷声说道："我先前到底是怎么了？苦心经营了许久的兵变，就此失败了？你们是如何辅佐我的？又或者是联合别人，算计了我？"

羽臣和羽童扑通跪在地上，无奈地说道："主人，这真的是您一人的决定。而且沐清歌当初突然干涉红尘俗务，辅助苏域，使得战局扭转，一切皆是定数，人力也不可扭转啊！"

苏易水听到自己的精心布局竟然败在沐清歌的手上，面色阴沉，从牙缝里慢慢挤出三个字："沐清歌！"

这个女魔当真是他的魔障！为何她不是死在他的手里呢！

不过，听说她现在已经重生，如海的仇恨，倒是可以跟她慢慢算了……

想到这儿，苏易水将目光缓缓转向一旁的四个所谓他的徒弟。

这四个人又傻又蠢，毫无招人喜爱之处。尤其是那个最漂亮的小姑娘，虽然模样喜人，却是沐清歌的妹妹沐冉舞……

想到沐冉舞曾经暗示过自己，可以为了他，背叛姐姐，此后还处处为自己通风报信，苏易水对这种毫无底线的女人真是发自内心地反感。

这个叫薛冉冉的小姑娘是在转生树上结的，难怪有自己的结丹气息。

心念流转间，苏易水突然出手，想要擒拿住薛冉冉，再吸光她的灵力，收回自己的结丹力量。

他杀意腾腾，毫无掩饰。

满屋子的人大叫"不可"。

羽臣跪下，死死抱住苏易水的人腿，而羽童更是像老母鸡一般用胳膊护住了薛冉冉："主人，我们没有骗你，冉冉真的是你的爱徒，你可是最疼她的。不知那个该死的魏纠给您贴了什么符，封住了您的记忆。您可万万不要轻举妄动，不然我真的怕您恢复记忆时后悔莫及啊！"

曾易在旁边，嘴唇几次张合，却欲言又止。

一时间，厅堂里闹得不可开交。

羽氏兄妹虽然都不是苏易水的对手，但是多年的仆从情分，总算让苏易水暂时卸了杀机。但是他直言不习惯陌生人跟在身边，所以这四个蠢笨的徒弟不可以离他太近。

◎◎◎◎◎◎◎

初冬第一场雪花飘落时，西山四个弃徒被师父无情地轰撵到了大街上，自己寻找落脚之处。

立在屋檐下的四个师兄妹惨兮兮地对望。

白柏山看了看三个同门，讪讪道："没想到你们跟我一样，都被师父扫地出门了……这样也行，起码我回家的时候有个交代，毕竟成为弃徒的不光我一个……"

高仓也没想到盼了一个月师父回来后，做的第一件事就是不认他们。听了二师弟的风凉话后，他气得号啕大哭："你才是弃徒呢！我们又没有触犯门规，凭什么赶我们出来！"

白柏山不服气："你和丘喜儿可都着了魔花的道，这跟我被人诱惑有何区别？都是心智不坚的明证！也够格被扫地出门了！"

这下子，丘喜儿也跟大师兄一起哭了起来。

这时，身后的大门开了道缝，几个人惊喜转头，以为师父不忍，叫他们回去。可是露头的二师叔一脸歉意道："那个……你们师父要打坐了，嫌你们太吵，所以都赶紧走远些吧。现在天黑，茶馆和酒楼都打烊了。镇里的客栈应该也客满了。实在不行，你们去城西破庙里生火避避雪，等雪停了再找客栈……"

听听，这是亲师叔能说出的话吗？

一直沉默的薛冉冉开口说道："我们走吧，师父刚从阴界回来，正需要清修。"

雪越下越大，西山四个弃徒深一脚浅一脚地往前走。

丘喜儿抹着眼泪说："冉冉，我们真要去破庙里过夜吗？"

"哪里需要去破庙，都跟我走吧。"这时，他们身后传来了声音。

薛冉冉他们回头一看，原来是十四师叔曾易追了出来。

"我在五马镇还有一家药行，你们跟我去那里暂住吧。"

听了师叔的话，四个人乖乖地跟师叔去了镇东的药行。

药行虽然比马行小了些，但是总算是个落脚的地方。曾易让伙计准备被褥，给四个孩子安顿好后，看薛冉冉一副无精打采的样子，便趁着只剩下他俩时开口宽慰道：

"你也知道你师父中了邪符，就不要怪他了。他若一直不好，我送你回去跟你爹娘团聚。你原先不也跟我说，想要早点学成下山，侍奉爹娘吗？"

薛冉冉沉默地去桌边给师叔倒了一杯茶，突然开口道："在阴界时，魏纠说我才是沐清歌。师叔，你知道这里面的原委吗？"

说完这话，她直直看着曾易，曾易的表情则如抹了糨糊一般凝固了。

过了片刻，他终于红着眼慢慢放下茶杯，然后扑通一声给薛冉冉跪下了："师父，徒儿不孝，一直不曾与您相认，请师父责罚！"

薛冉冉问这话，原本就是试探，也许那魏纠是胡说八道，她总不能将魔头的话当真吧？

她没想到，师叔听完这话的反应居然这么大，这么实诚地跪在自己面前。

薛冉冉吓了一跳，连忙也跪下，要搀扶起师叔："十四师叔，您这是干吗，岂不是要折杀了我？"

可曾易就是不肯起来，涕泪纵横道："师父，魏纠说的都是真的，您才是西山沐清歌、我们的师父。至于现在那个，不过是个假货罢了。这件事我知道，苏易水也清楚。只是他怕您背负前世的责任，不愿告知您，而我也觉得让您这一世平安、幸福便比什么都强，我们擅作主张，还请师父您责罚！"

薛冉冉接连劝了几次都劝不动他，只能叹着气坐起来，看着跪在地上的曾易，她的脑袋也嗡嗡作响。

这阴界一遭，竟然阴阳颠倒，师徒关系错乱。她一时间心里也是乱糟糟的，想要静下心来慢慢理出头绪。

曾易哭着认完了师父，又不放心地叮嘱："师父，您如今的灵力还不能跟苏易水相比。他现在忘了前尘，恍如刚入师门那会儿，就是个浑蛋。您可万万不能在他的面前表露身份，不然的话，他恐怕会翻脸不认人的！"

薛冉冉眨了眨眼，又问："也就是说现在的那个沐仙师……才是沐冉舞？"

曾易点了点头，叹气道："师父，您……可万万莫要像以前那般心软了……"

薛冉冉却苦笑了一下："师叔，您还是别这么唤我了，我现在不过是个十八岁的小姑娘，如何做您的师父，让人听见，会觉得怪怪的……"

曾易连连点头，不住称是。

其实，在他看来，苏易水忘了恩师沐清歌也是件好事，他俩就是孽缘一段，若是分开，各自安好，也算是幸事。

现在苏易水有些六亲不认，对他也冷冷的，对薛冉冉更是恍如陌路人。若苏易水总想着收了薛冉冉的修为补自己的结丹，那可就糟糕了。

现在灵泉的事情已经结束，再待在这里也没有益处，他不如带着师父尽早离开，远离前世的是非恩怨……

曾易如此打算，所以第二日天没亮就让小厮打点行囊，准备离开。

可是他没收拾一会儿，羽童便又来找，说是苏易水让他过去，询问托付给他的产业。

如今曾易名下大部分的产业其实都是当年苏易水隐居西山前托付给他的。他不过是个代管人罢了。现在苏易水突然唤他，显然是想要收回他的产业。

曾易觉得无所谓，反正他这些年的积蓄也足够孝敬师父的，保证能让师父衣食无忧。若不用打点那些产业，他也轻松。

可回到马行的时候，他看见那个英俊清冷的男人正坐在自己的桌前，对着满桌的小玩意儿皱眉。

这桌子上有草编的蚱蜢、刚刚做了一半的纸灯笼，还有两个零嘴儿小笸箩，里面是放了一个月、有些发硬的地瓜干和其他小零嘴儿。

苏易水直觉这些都不是自己摆弄的东西，可是羽氏二兄妹笃定地说，这些的确都是他亲手放上去的。包括那记录做灯笼步骤的手札，也的确是他的笔迹。

这真让人有些恼火。苏易水怀疑以前的日子自己被下了降头，不然为何会做这么无聊的事情？

当曾易走进来的时候，苏易水便长臂一挥，将桌面上的东西都扫落到一旁的簸箕里。

曾易看着扫落进簸箕里的那些小玩意儿，闭口不言。

不过，出乎曾易预料的是，苏易水并不是要收回自己的产业，而是要他支出银子，用于另设修行的居所。

西山是他深恶痛绝的地方。既然宫变已经失败，他的结丹折损，影响结婴飞升，那么另辟居所潜心修真便是当务之急。

曾易点了点头，然后命人将自己的账本全都搬来，摆在苏易水的案头，委婉地表达了自己的去意。

苏易水面无表情地听着，然后淡淡道："我虽然忘了一段记忆，但从不怀疑自己的用人之道。当初我既然能将偌大的产业交给你，你又管理得甚好，那么现在何必收回？我听羽童说，当初你落难时，是我救了你，你若是想报恩，也该继续做好自己该做的事情吧？"

他现在说话带着威胁压迫之意，毫无蕴养二十多年的那种淡定宽容之气。

曾易叹了口气，权当在他眼前的还是二十多年前那个臭脾气的少年，不与他计较言语得失，只是解释道："我管这摊子二十多年，也累了，想要寻个无人的地方隐居。现在底下的账房伙计都是多年的熟手，行事自有章程与法度，就算离了我，你也管得来。"

见他去意已决，苏易水不再挽留，说些空洞的客套话，只垂眸请他出去。

曾易回到药行，便跟薛冉冉简单说了那边的情形，然后就是催促薛冉冉快些跟他走。等他们回去，接上薛冉冉的爹娘，可以暂避尘俗一段日子。

薛冉冉听了，也知道这是如今最好的安排。

如果她真的是沐清歌，现在的处境的确危险。完全忘了沐清歌好处的苏易水，本身就是最大的威胁。

薛冉冉虽然重生，不记前尘，可是根据这两年来点滴知道的事情也完全能理出脉络。再加上那个沐冉舞处心积虑地顶替自己，自然不会好好相与。

可是想到要离开苏易水，两人之后也许形同路人，不会再见，薛冉冉的心里总有种说不出的痛感。

不过，她很清楚一点，这些日子以来，师父对自己的宠溺应该都是给予沐清歌的，无论他后来对沐清歌是爱是恨，这里面都没有薛冉冉的事情。

虽然魏纠和曾易师叔都说她就是沐清歌，可她全都不记得了，也不觉得自己应该借着沐清歌这个身份继承什么。

既然师父也忘了，那么他们俩便谁也不欠谁的了，也许这般对他和她而言都是幸事。

她天生不会在忧伤的情绪里沉迷太久，所以觉得心里不舒服时就会自动找些事情做，比如收拾行囊，然后借用药行的小厨房，切肉择菜，给师父做最后一顿饭送去。

听魏纠话里的意思，她前世的死真的跟苏易水有很大的干系，可薛冉冉尽量不去想前世的恩怨。这一世，师父一直对她很好，她给他做一顿饭就此辞别，了却师徒之情也是应该的。

不过，当徒弟的最后的孝顺也不敢明目张胆，最后那一托盘精致的菜还是交到二师叔手里，由着她给师父送上去。

羽童看着背着小行囊的薛冉冉，忍不住难过，只柔声安慰她："你师父忘了也是一时的，总会想起来的。高仓他们都没有走，你何苦离开得这么急？"

薛冉冉心知，二师叔并不知她才是真正的沐清歌。不然的话，依羽童对沐清歌的成见，她才不会对自己这么和颜悦色。

她微微呼了一口气，微笑道："我许久不见爹娘，甚是想念，就此别过，也好回去孝敬爹娘。这碗红焖扣肉是师父爱吃的，我用砂锅装的，还焐着热气，若是凉了就影响口感了，快些给师父送去吧。"

羽童点了点头，连忙端着托盘送入饭厅。可待她再出来时，门口只有在北风里盘旋而起的雪花，那个爱笑的小姑娘已经没了踪影。

虽然洗魂符甚是霸道，但苏易水并没有太多的不适感。

缺失了部分记忆固然麻烦，可当他从羽氏两兄妹的口中补全自己这些年来的种种时，突然觉得忘了也是好事。

这二十多年的经历，乏味、无聊得很。大部分时间里，他都是如同自我惩罚般困在西山洞穴里闭关。

别的不说，自愿分出结丹，的确蠢得该罚！

还有近两年收徒的事情，也许就是在西山闭关太久。闲极无聊的产物，害他也学了沐清歌，尽收一些百无一用的废物。

那几个歪瓜裂枣除了薛冉冉，全都平庸得很。他若收徒，也绝不会收些浪费自己时间的废物。

至于薛冉冉，她天资好也是应该的，毕竟承接了自己一半的结丹，走了修仙的捷径。虽然羽氏两兄妹拍着胸脯说，他一向很有师父的样子，对待门下的弟子也尽心尽力，但是现在的苏易水半点儿体会不到为师的成就感，只想着如何收回自己的结丹。

另外……他记得自己已经准备进入辟谷期，往常都是一日一饭，或者三日一饭，毕竟进食太多的谷米，并不利于洗涤灵脉。

可是他现在一到吃饭的时辰就饿是怎么回事？二十多年的西山洞穴是白白闭关了吗？

不过，羽童的厨艺倒是大为精进，那一碗红焖扣肉鲜咸不腻，很下饭，清炒的甜菜虾仁也很可口。

苏易水暂时忘了辟谷大计，将几样小菜吃得一干二净。这不禁让他对下一顿饭食有了期待，吃上几顿再辟谷，也不会耽误太多的修为。

但是下一顿饭端上来时，让他倒足了胃口。那菜品的食材本身就有些老，再加上粗糙的烹饪手法，难吃极了。比如好好的小炒肉，却被炒过了火候，入口发硬。

苏易水夹了两筷子，立刻放下了碗筷。不过，他向来懒得在这些小事上申斥人，也许羽童一时失手没有做好，也情有可原。

如此三日之后，苏易水终于忍不住，叫来羽童："你这几日的饭菜，怎么越做越难吃？"

羽童面挂羞愧："主人，这些都是马行的厨娘做的，要是我做，应该会更难吃……"

苏易水抬头瞟了她一眼："那日的红焖扣肉是谁做的？"

羽童老实道："当然是冉冉了。您最喜欢吃她做的饭菜，不是她做的，您向来都不愿意多夹一筷子。"

苏易水皱了一下眉，停顿了一会儿，才道："那……就将她找回来做饭吧。"

羽童却苦着脸说："可是……冉冉那孩子已经跟她十四师叔走了，听说是回去找爹娘去了。"

苏易水听到这儿，便淡淡道："下去吧，今日不必给我送饭菜了。"

原来是薛冉冉做的！前世的沐冉舞这一世倒是变得如沐清歌一般会摆弄吃喝了。

现在想来，那些菜品，还真有几分她姐姐做的味道……

都是让人眷恋红尘俗务的酒肉货色！若是早知道那是薛冉冉做的，他连碰也不会碰，如此走了也好，他正好重新捡拾起修真的正道，好好辟谷，涤荡灵脉……

如此一天过后，白日还好些，每到深夜时分，苏易水总是听到自己肠鸣阵阵，脑子里不受控制地想着那日他夹起片片扣肉裹着干菜和米饭，一起送入口中的滋味……

当意识到自己在无意中咀嚼时，苏易水懊恼地睁开了眼：该死！他是入魔了？怎么这么饿？

也不光是饿，还有心底一股空荡荡的说不出的滋味，就好像丢了什么重要的东西，却又茫然想不起来。

一天，苏易水干脆不打坐了，躺在久未睡过的床上平静心神，结果翻身时在自己枕头底下发现了一个小零食袋子，上面绣着俗气的杏花彩蝶，一看就是女孩子的玩意儿，袋子下还绣着个圆如花蕾般的"冉"字。

打开袋子，里面是梅干和肉干。苏易水取了一颗梅干放入口中，因为放的时间有点久，那梅干已经不如一个月前好吃了。可是苏易水含着那梅干时，能吃出一股子别样的清甜滋味，奇迹般地抚平了饥饿的焦躁……

苏易水慢慢闭眼咀嚼，然后慢慢地睁开眼，杀气腾腾地看着手里这个秀气的小袋子。现在他无比确认，这个薛冉冉留不得！她跟她姐姐一样，是自己飞升的魔障，不该留存于世的魔女一个！

再说蛊惑仙人的"魔障"，跟曾易走得静悄悄。

曾易什么随从都没有带，只跟薛冉冉轻装上路。他不会轻身术。可是薛冉冉说一路也不必走得太急。所以二人一路坐驿站的车，几番辗转，先去了西山，挖了薛冉冉院子里的那棵小树，然后薛冉冉又整理了四大箱子的西山藏书。

二人再次出发，终于来到巧莲夫妇暂居的山庄。

巧莲听说女儿已经出师，以后不必再去西山的时候，惊喜万分。

女儿已经十八岁了，真的不能再耽搁了，现在回来，正好相看后生。

可是薛冉冉说自己现在无心嫁人，还要躲避仇家，需要在深山里隐居一段时日。

巧莲夫妇也知道女儿的身世可能很特殊，他们躲避在别院甚久了，总是提心吊胆的，若是再换个地方与女儿隐居也不错。一家人能在一起，总归是好的。

曾易在出莲山有一座雅致的别院，并不是苏易水的产业，而是曾易留作自己养老之用。那山周围的村镇也少，风景秀美，气候宜人。

所以，他们四人，外加服侍曾易多年的两个仆从，便一同去了出莲山。

薛冉冉将小树在自己的屋前重新种好以后，摸了摸那树上的片片娇嫩叶子，一时想起了苏易水带着她栽种这棵树时的情形。

那时，她觉得师父对自己真好。可是现在回头一看，也许苏易水对她更多的是愧疚之情吧？那段甜美的记忆，已经在师父的脑海里被抹干净了。从此以后，他大可不必再为自己操心。

灵泉归位，人界与阴界平衡。从此以后，她也要过属于薛冉冉自己的人生……

薛冉冉想得很豁达，可是当觉得脸上发痒的时候，伸手一摸，才发现自己已经泪流满面。

原来，有些东西，拿起来容易，可当要放下的时候，得费一番功夫……

幸好，还有一堆人和事需要她操心。白虎和朱雀都跟着她一路来到了出莲山。小白虎还好些，整日如猫一般睡了吃、吃了睡，再不然就入林子叼兔子抓鸟。不过，朱雀这几日情绪焦躁，总是停在薛冉冉的肩头，啄她的耳垂，催促她跟自己哼曲唱歌，连好吃的花生米都不能让它消停下来。而且它的体形似乎也有些不受控制，有几次夜里，再次变得体形硕大，一飞冲天。

就算这里人迹罕至，可如此的异象终究会招来居心叵测之人。所以薛冉冉运功在出莲山架设了灵盾，虽然这灵盾不如师父的法力强大，但聊胜于无。

薛冉冉当初从西山走的时候，除了带走了小树，还毫不客气地带走了西山几大箱子的书。

既然她是沐清歌，那书房里的藏书也都是她的。薛冉冉爱看书，便跟师父留了字条，很客气地表示，自己带走了书，若是他还需要，她日后再归还。

不过薛冉冉可不打算还，就是走过场而已。若魏纠的话是真的，苏易水当初害还是沐清歌的她丢了命，他好意思要回本就属于她的书吗？

关于朱雀的异样，薛冉冉查阅了典籍，终于查出了原因。朱雀这般……是入了思慕春色的阶段。

也就是说，它想要找伴侣，顺便再下个蛋。

薛冉冉是个好饲主，但是不知道自己该去何处给它找个伴。所以她只能简单地跟小朱雀讲了讲它现在的情况，同时嘱咐它一路要小心，往正西南的方向飞，到达天之南陆，就能到朱雀的故乡了。若是顺利，它应该能找到合适的伴侣。

吩咐完后，薛冉冉便打开了出莲山的灵盾，放那小朱雀出去。

可是小朱雀有些依依不舍，在薛冉冉的头顶绕了好几圈，最后还是薛冉冉安慰它，以后它可以带着孩子们来找她，它才一路长鸣，直飞九重天，在云层里盘旋后呼啸而去。

就在薛冉冉像送远行的孩子，冲着朱雀依依不舍地挥手时，她的身后有人冷冷道："你难道不知朱雀的价值几何，就这么放它走了？"

薛冉冉猛地回头，却发现久久不曾相见的英俊男人，正眼内噙着寒霜站立在了她的身后。

"师——"薛冉冉一时错愕，直觉想要喊师父，可是突然想到他已经将自己逐出师门，便急急住了口，只迟疑道："你……怎么来了？"

苏易水看出了这小姑娘的疏离，跟当初从阴界出来时，急得差点儿抱着自己哭的样子简直判若两人。想到羽童极力向自己证明，这个薛冉冉是有多么依恋他这个师父，简直是个笑话！

薛冉冉看着苏易水冰冷地看着自己，默默深吸一口气，告诉自己不要太执着于过往，师父不记得灵泉附身时两个人的亲密，倒也免了尴尬。

她清了清嗓子，小声道："这朱雀原来也没有跟我定下魂誓，它当然来去自由。"

苏易水瞟了她一眼，心里有些诧异，这个沐冉舞现在竟然不似前世那么贪婪。世人可望而不可即的朱雀，她居然就这么轻飘飘地放了！

就算如此，苏易水并没忘了自己此行的目的，他冷冷道："你带着我的结丹又回西山洗劫了一番，以为没人找你算账？"

薛冉冉有些难过，小声道："给出去的东西，怎么往回要？又不是我逼着你献出结丹的……你以前可说过，书斋里的书，我可以随便拿的。"

看着弃徒如此忤逆，苏易水冷冷地哼了一声，再次笃定自己当初的确眼瞎，收错了徒弟。

薛冉冉心知，他若真是开口讨要结丹，也许自己的大半灵力就要被剥离，性命能不能保也不好说。

可是能再看到他，就算明知道他是来取自己性命的，薛冉冉心底还是生出了一股说不出的滋味。

先不说生死，现在已经快中午了，炉灶上还炖着排骨呢，一锅三只的盐焗黄鸡也快好了，配上几样青菜，就算赴死，她也要做个饱死鬼。

所以，她干脆无视苏易水露骨的威胁，顺嘴问他："……你饿吗？我做了盐焗鸡，趁热吃，很鲜美的。"

她不过是随口一问，原也没有指望他应下。可是万万没想到，谪仙般的前任师父冷着脸，举止从容地率先朝着山间的别院走去，步履……有些急匆匆。

曾易师叔带着她爹爹下山办事，得有两日不能回来。这三只盐焗鸡，薛冉冉原本打算和娘分着三日吃完的。

可是，来了一位不速之客，一锅鸡都有些不够吃。

苏易水此番是只身前来找逆徒算账的。既然到了中午，她又开口相邀，他吃一顿也不为过。

待到了饭桌上，巧莲自然是热情地照顾客人，还秉承着乡下女子的习惯，客人来了，她也不上桌吃饭，只让女儿好好招待师父。

于是薛冉冉一口也没吃，就这么默默看着前任师父犹如黄鼠狼附体，将三只鸡啃得只剩三副净白的骨架。

"……师父……你这是饿了多久？"薛冉冉的习惯一时改不掉，一不小心，她又喊出了"师父"。

苏易水吃得饱足，放下碗筷的时候才发觉自己吃得失态了。

不过，他向来行事从容，压根儿不理会薛冉冉的发问，只径直道："你带着我的结丹，我是不会放你走的，一会儿收拾好东西，跟我回去。"

薛冉冉沉默了一下，小声道："我不回去。你若是执意要收回修为，请自便吧。你曾是我师父，还救过我一命，你想要什么，都是应该的。"

她向来不喜欢欠人，虽然给出东西再出尔反尔地要回是三岁孩童的行径，但师父中了洗魂符，情有可原。师父现在看着她都心烦，若只是结丹的缘故，那就让他收回去。薛冉冉觉得依自己现在的灵力，虽然可能会受影响，但是不一定就会魂飞魄散，大不了身体虚弱些罢了。

苏易水没有想到这丫头这么倔，一时眯起了眼睛，面色阴沉。依他看，如此也最简单。只是嘴里盐焗鸡的鲜味还没有散去，想着弄死了她，以后也许再吃不到这等美味，便使人心生遗憾了……

二人坐在桌边都不说话，凝固的空气让人尴尬。

就在这时，巧莲端着洗好的梨子过来，摆在桌上。看着二人的神色，她便拽了拽女儿的衣襟："别惹你师父生气，你虽然学成回来了，可一日为师，终身为父，以后也得孝顺苏仙长！"

薛冉冉心里想："我上辈子还是他的师父呢！怎么不见他孝敬？如今不过是忘了一段记忆，怎么他整个人都变得凶神恶煞？"

待巧莲走后，苏易水突然站起来，冷声道："我何时说你出师了？不尊师命下山，形同叛离师门！依照门规，当抽离灵根，废掉修为，永镇西山沉潭！"

薛冉冉正在吃梨，听了这话差点儿噎着，连忙咽下道："什么时候有这门规，我怎么不知道？"

西山是放养的流派，以前沐清歌的门规就吊儿郎当，后来苏易水的门规也不见怎么周全，不听话的徒弟，不过是被散去修为，撵下山去。

"永镇西山沉潭"这类灭绝人性的门规，她压根儿就没说听过呀！

苏易水却一脸镇定，垂着眼眸道："我是西山的宗主，还是你是？我说有便有！"

嗯……薛冉冉虽然很想说，宗主这类的也没啥稀奇，她以前好像也做过。但是苏易水拿着门规来压制她，她自然不好说什么，只能跟着他先回去。

说起来，苏易水能寻来这里，也是因为结丹的气息。

他知道自己的结丹被分给沐清歌之后，曾经趁着那个"沐清歌"带着徒弟游街时立在人群里感应了一下，却发现那个"沐清歌"身上的结丹气息并不强烈，好似他的一半结丹生在树上后，全都给了薛冉冉这颗果子。

第二十四章 新晋同门

在与高坎的对阵中，秦玄酒因为立下大功，得了晋升。而沐冉舞背靠这棵大树好乘凉，竟然开山立宗，自立起门户。

羽童他们也很诧异，只短短月余，"沐清歌"的教众已经甚广，其中不乏结丹的大能……就算是上辈子的沐清歌，门下弟子也没有这么多呼风唤雨之士啊！似乎有什么势力在背后帮着她……

苏易水本应该跟沐清歌好好算算旧账，可是看着她俨然一副开山宗主游街的架势，倒急切得不得了。

而且不知为什么，从阴界归来后，他总是有种莫名其妙、心头空荡荡之感，让他无心逞强。这空虚寥落之感总是猝不及防地朝他袭来，他却不知如何消减，虽然不影响日常，却让他无名地恼火。

入口难以下咽的食物，变得娇贵异常的舌头，自己随身携带的书卷里一行行字迹清丽、语调顽皮的笔记注释，都在有意无意地彰显着，有人曾经如何嚣张地改变过他的起居习惯。

苏易水觉得自己对那个叫薛冉冉的小姑娘的无名怒火也越来越旺，这把怒火待到两人回到西山时算是彻底被燃着了。

羽童说，那转生树是种在薛冉冉的院子里的，却被人连根挖走了。苏易水想入书斋找一找解除洗魂符的法子，却发现书斋被小贼洗劫一空。小贼还煞有其事留了字条，说是借走的。那字条上的字倒是跟他书本里批注的字一模一样。现在苏易水真相信羽童所说的，他曾经很宠这个弟子！

不过，再怎么宠也有个界限吧？他都没有答应，她擅自拿走那么多的书，怎么能算借？明明是偷！

如此一来，苏易水突然觉得心情抑郁得很，每次一入空荡荡的书斋，心里都有无名火。

为了抗衡沐清歌，他近日也在开山招徒。

据说，那个薛冉冉很争气，在天脉山洗髓池会上打响了西山的名头。如此一来，另辟山头的事情便可以缓一缓了。毕竟西山的地方够大，可以多招弟子，若是选址另建，不知要耽搁多久。

如此过了一个月，苏易水只觉得自己最近饿得发慌，有时候打坐都有些心不在焉。当他待在空荡荡的书斋里，翻出一本放在案边的书时，书页里又掉落了一张有些时日、纸张陈旧的菜单。

看字迹，应该是薛冉冉所写，每个菜名的旁边还画着图样，什么椒盐板鸭、灌汤虾包、东坡方肉，足足二十几样菜品。在菜品的下面，还有很贴心的一行小字："师父，您每日想吃什么，写在纸上放在案头，我中午便给您做……"

苏易水虽然不记得了，但是也能想象出来，自己以前在西山时如皇帝般翻饭牌子的光景。

那个小丫头应该每日在替自己整理书斋时顺便盘算着中午的食材。而自己晨练打坐之后，中午就可以吃上香甜可口的饭菜。

如今，菜单还在，做菜的人却忘恩负义，叛离师门！西山的门户也太松散了！

后来，苏易水都不知道自己是怎么想的，只身乘着月色，顺着结丹的气息而来，就这么找寻到了薛冉冉。

他来得漫无目的，大约只是为了要回书，再顺便收回自己的结丹。

没想到一来，他就看到小姑娘傻乎乎地放走了珍贵的朱雀。

虽然他很想拧断那只朱雀的脖子得到灵血，可是鬼使神差地，他在一旁无聊地看着薛冉冉跟朱雀絮叨、叮嘱，还依依不舍地挥手告别。

这个薛冉冉可没有前世沐冉舞那么精明！

苏易水眯眼得出这个结论，再看这小姑娘时，不知怎的，厌恶之情倒是消减了一些。

待盐焗鸡下肚，苏易水又觉得一半的结丹固然可贵，可暂时分给这个傻乎乎的小姑娘也无所谓。最起码她做的饭菜很好吃，在没有飞升之前，偶尔吃一顿，也算是无聊日子的慰藉。

他既然收了她做徒弟，应该是有什么目的，只是自己不小心忘了。她有他的结丹灵力，自然是在待在自己的身边才最安全。不然，她若落到魏纠之流手里，他的结丹岂不是白白便宜了那家伙？

如此想来，找回私自离开宗门的徒儿就变得顺理成章。

在严苛无情的门规压制下，薛冉冉短暂月余的逃离便宣告结束。

苏易水似乎很急，竟然不等曾易回来，只让薛冉冉跟巧莲说些修为不够，还得回西山修行的话，便要带着薛冉冉下山。

巧莲听了也急，跟苏易水开诚布公："苏仙长，我们家冉冉的年岁也不小了，这练得也差不多了，我和他爹寻思着过些日子给她相亲呢。你看我女儿的修为还差多少，要不然……就不练了？"

薛冉冉怕苏易水迁怒娘亲，连忙打岔，直说这修为不练对身子不好。

巧莲一听，生怕女儿有个好歹，连忙替女儿收拾行囊，让她跟着师父上路了。

只是回去的路上，苏易水再次恼火地发现，这个小姑娘似乎对自己毫无面对师父该有的敬畏之心。

若是御风而行，应该没有多久的路程，她竟然磨磨蹭蹭的。

"师父，您看前面是个镇子。我当初跟曾易师叔过来的时候，在镇子里吃过一家葱油饼铺，他家用来配饼吃的猪肚汤可真是一绝，我们中午在那里吃可好？"

苏易水冷冷地瞥着她，原本想一口回绝。可是看着她睁着一双水灵灵的大眼睛，可怜巴巴地看着他时，嘴里吐出的却是："……街边东西，会不会不干净？"

薛冉冉连忙说："那摊主夫妻很爱干净的，我看见他们用的都是很新鲜的猪肚，刚出锅的热汤，加一勺香油炸辣子，真是鲜辣爽口。"

也许是被馋嘴小姑娘向往的表情打动了，苏易水居然又鬼使神差地说了一声"好"。

不过，等他坐到狭窄拥挤的铺子里时，俊脸却臭得像没有洗干净的猪大肠，一时默想着自己为何要跟一群庸人挤在铺子里喝一碗猪下水。

而坐在他身边的小姑娘穿着一身粉红绣花的袄子……也是俗不可耐！

"师父，您看看我给您调的味道好不好。"

薛冉冉似乎没有发现苏易水的阴沉表情，只将放好辣子的汤递给了苏易水，然后迫不及待地拿起筷子，夹着葱油饼吃了起来。

他家的葱油饼里还有炼猪油的油酥，吃一口，香得不得了。

看着小姑娘吃得美滋滋的样子，苏易水迟疑地将饼放到嘴边，也咬了一口……嗯，的确酥软喷香，味道独特……

不过他实在不习惯跟一群人挤着吃，所以只吃了一口就放下了筷子。

薛冉冉问他为什么不吃时，苏易水冷冰冰说道："你一会儿多买些吃的，莫要再带我挤这种摊子，既然做我的徒弟那么久，难道不知我不习惯跟陌生人挨得太近？"

薛冉冉还真不知道苏易水有这毛病。当初在京城里，他可是领着她一家家地去铺子里试吃东西。京城的店铺可比这种小镇的摊子还要嘈杂、拥挤，有些甚至要排队等半个时辰才能进呢！那时苏易水会耐心地陪着她，从来不见他的脸上出现过现在这样的厌烦之色！

"还有，你身为西山弟子，穿得要素净一些，像你身上的衣服，以后别穿了！"

薛冉冉抿嘴看了看自己的袄子……好吧，她现在的确又穿起了娘亲亲手做的大花袄，颜色是有些扎眼。看来师父的审美倒是一成不变，只喜欢素雅的颜色。不过，他现在的厌弃之色真是毫不掩饰，完全没有当初亲自给自己挑选新衣的耐心。也许他那时也很厌烦，只是很好地掩饰住了。为了补偿对沐清歌的亏欠，所以他添了几分耐心？

一时间，薛冉冉的内心百感交集，再鲜美的汤也喝不下去了。她不知道洗魂符的效力会不会解除。

可是师父遗忘了沐清歌身死之后的事，也顺带遗忘了跟她薛冉冉的过往，他整个人仿佛都变了。这也让薛冉冉再次认清，他对她所有的关爱，也许都是基于对沐清歌的愧疚。若真是如此，苏易水还是不要恢复记忆了，因为她不需要这种愧疚补偿的关爱。毕竟她现在是薛冉冉，全忘记了作为沐清歌时的一切，若真懵懵懂懂地承受着前世的恩惠，今世过得也不逍遥自在！

薛冉冉默默掏出了手帕，将没吃完的饼放到手帕里包好，又喊来老板结账。然后她对苏易水说："我也不吃了，走吧。"

苏易水说出这话时，原本不过是说出心里的想法，并没有让小姑娘饿肚子的意思。没想到她只听他说这么一句，便突然不吃了。

小小年纪，脾气竟然这般大！难道是因为他以前太好说话，惯出了逆徒脾气？想到这儿，苏易水冷哼了一声，懒得惯她小姐脾气，径自起身走了。

接下来，薛冉冉果然没有再唤他闲逛，只请师父在清雅的茶楼里饮茶、歇息，她一个人在几家铺子里跑来跑去。

毕竟回家一趟，再回西山的时候，总要给师叔、师兄和师姐带些特产礼物。还有二师叔的小孩儿，也得给买些小衣服和玩具一类。所以薛冉冉来回买了一圈南方的特产，才提着回来。

苏易水皱眉看着，问她都买了什么，薛冉冉兴致勃勃地挨个说了一遍。

苏易水越听面色越沉。这个蠢丫头，买了一圈，连西山的猫狗都有礼物，可独独没有他的。难道是因为他先前没有让她吃得痛快，所以她在宣泄不满吗？

其实薛冉冉真没这个意思。她觉得苏易水现在厌烦自己，若是自己给他买了，只怕也不会讨他的欢心，与其听他奚落自己，还不如不去贴冷屁股。

路上，两个人也没有什么话可说。停歇的时候，薛冉冉都是寻个树荫，默默就着水袋里的水，吃着有些发干的饼。

苏易水原本是打算调息打坐的，可是闭眼凝神一会儿就会控制不住地睁开眼，冷冷看着那个躲起来吃东西的小丫头。

因为路途上她绑头发的头绳断了一根，长发披散，所以薛冉冉便将满头秀发梳拢起来，打了长辫子，侧搭在肩旁。细碎的头发垂落脸侧，为她平添了几抹纯真的风情，细碎的阳光透过枝丫倾洒下来，照得她的脸莹白发光，仿若明珠玉雕般……

就在苏易水看得出神时，薛冉冉突然抬头看向他。四目相对的时候，苏易水立刻垂下了眼眸，可他这么做了，又觉得自己为何要这般心虚，正大光明地看着自己的一半结丹，有何不可？

想到这儿，他又理直气壮地睁开眼睛，却发现那丫头居然掉转了方向，用后背冲着他，来个眼不见心不烦。

她……这是嫌弃他看她吗？

薛冉冉此时心里正难过着。方才她无意间抬头跟苏易水四目相对，可没想到他立刻厌弃地闭上眼睛，仿佛看到了什么脏东西。

其实，这一路走来，苏易水总是挑剔着她，言语冰冷、苛责，《玩经》里的凶兽可真是跃然纸上。

也正是如此，薛冉冉才明白师父曾经对她多么克制、宽容了。

她想不起前世苏易水对不起自己的种种，但是很感激今生苏易水对她的默默守护。既然如此，她也不想扒旧账，只想重新找到让两个人都舒服些的相处之道。

他可能不爱看她吃东西，那她就背冲着他好了。

等回了西山，她也不会在他眼前晃，等他什么时候心情好了，收回结丹，两个人也就算两清了。

想到苏易水若是知道自己是沐清歌，只怕对她比现在的态度还要恶劣，薛冉冉难过得想哭。

可是，这也是真实的苏易水，不被恩情、愧疚束缚，随心恣意而行。若是能选择，薛冉冉猜测，师父也许更喜欢现在这般不亏欠人的感觉吧？

待走了一段，两个人便来到了四面环山的越岭。此处山林密布，景色郁郁葱葱。

路过一处村庄时，薛冉冉远远看到几个人在村口的宗祠那里跪地哭喊。

她原本是要进村打些水的，可是她听了一会儿那些人的哭诉便又返回来了："师父，有几户人家的七八岁孩子结伴偷偷跑到山里去玩，但都没有回来。听她们说，最近几年，这儿附近的山上一直有怪兽吃人，村里已经失踪了很多人，所以平日无人敢上山去。现在孩子没有了，有两户人家的男人去镇上听差，还没回来，所以她们央求村里的男人帮忙去寻找孩子，可是没人敢去——"

苏易水似乎不关心这些，只问："水打来了吗？"

薛冉冉摇了摇头，有些好奇地看看周遭苍莽的大山："师父，您说，这儿真的有吃人的怪兽吗？"

苏易水淡漠道："时辰不早了，快些走吧。"

薛冉冉知道，师父现在较以前冷漠了很多，似乎与他无关的事情，他连问都懒得问。

不过，看着那些妇人在村头跪地痛哭，哀求村里的猎户、壮士去山上找寻她们的孩儿时，薛冉冉还是觉得有些不忍。

她又小声道："师父，要不您在这儿坐一会儿，我去山上看看？"

苏易水猛地睁开眼睛，冰冷道："那些人与你何干？"

薛冉冉眨巴眼睛道："师父，是您告诉我，修真者修为越高越应有担当，千万莫要因为一心成仙而忘了如何先做个人……"

苏易水蹙眉："这是我说的？"

薛冉冉肯定地点了点头，嗯……其实这也不算师父说的，而是薛冉冉对失忆前品行高尚的师父做的人生总结。毕竟那时候的他甘冒生命危险去解救满京城的百姓，避免了小龙翻地的灭顶灾难。若是师父没有中那该死的洗魂符，一定不会任由妇人们痛哭流涕。

苏易水眯着眼看着小姑娘滴溜溜转的眼睛，依旧不为所动道："你在骂我不是人？"

薛冉冉连连摆手，十分诚恳道："师父，您是我见过最好的人！"

她这话可没有掺入半点儿水分，这世间，除了爹娘，再也没有比师父更好的人了……哪怕他前世可能害过她，她也认为自己没有看错人。

苏易水看着她无比认真的眼神，冷哼了一声，站起身来，冷声吩咐道："走吧。"

啊？薛冉冉有些不明所以，不知道他要做什么。苏易水却说："你不是要入山吗？"说完，他起身率先朝着那苍莽的大山走去。

薛冉冉看着他的背影，心里微微一颤，她觉得嘴硬心软的师父似乎又回来了……当然，薛冉冉不久之后便发现这是错觉。

入山不久，苏易水挑选了一块大石，稳坐其上后便说："给你半个时辰找人，不可涉险，让我的结丹受到折损。"

原来他跟来是要时刻看住自己一半结丹的安危，并无寻人之意。不过他这么说也没错，所以薛冉冉连忙抓紧时间，闭眼听着山里的动静。她耳力向来不错，只要凝神倾听，附近的声音都能听个大概。

可是奇怪的是，山里并无半点儿人声，而那些动物的叫声也无非是山里常见的鹿、鸟一类，至于狼嚎的声音，都是从很远的地方传来的。

这座山离村庄很近，那些野兽也是怕人的，自然要离人远些。

薛冉冉听不到动静，便脚下轻点，使用御风诀快速巡山。

苏易水起身跳到一棵最高的大树上，坐在树顶，看着那只穿着粉红袄子的"小彩蝶"上下翻飞的样子，一时嘴角冷冷勾了起来。

不是要他教她做人吗？

他接下来就教她做人的第一要义——千万不要多管闲事！

山的深处有暗紫的雾气……透着邪气……

再说薛冉冉，她一路在山里穿行，并没有发现什么异状。当她到了一处山坳时，突然觉得这里似乎瘴气甚重。

接下来，她的腿似乎被什么黏腻的细线缠绕，导致她差点儿就从树枝上跌落下来。等她稳住了身形，定睛一看，才发现这片山坳的树丛间有大片大片的蜘蛛网。

薛冉冉算是胆大的女孩子，可是看到渔网那么大的蛛网上趴伏着个脸盆大的蜘蛛，着实吓得汗毛都竖立起来了！

薛冉冉的腿被蛛网缠上之后，似乎牵一发而动全身，各处隐秘的角落一下子爬出来了几十只脸盆大的蜘蛛。

而且薛冉冉现在才知道，原来蜘蛛也是会叫的，它们撩动着尖牙一般的口器，发出有节奏的"呲呲"声，一起挪动着八爪朝着她袭来。

薛冉冉现在已经不用拔剑就能抽出三把短剑，三把短剑利索地飞起，朝着奔过来的大蜘蛛刺去。

她又同时抽出一把剑去割缠在腿上的蛛网，可是那蛛网黏腻、坚韧，竟然怎么都割不断。

急切中，薛冉冉往下望去的时候，居然发现地上满是白骨。

很显然，那些失踪的村民都长眠于此了……

此时，从四面八方扑过来的蜘蛛越来越多。它们朝着薛冉冉和空中飞舞的短剑吐出黏丝。

被真气驾驭的短剑缠满蛛丝以后，便再也飞不动了。就连薛冉冉抽出的机关棍上也缠绕了不少的蛛丝。

苏易水一直坐在树顶，悠哉地等着薛冉冉喊救命。等她受够了教训，他自然会出手相救。

可是那丫头的嘴似乎也被蛛网封住了，就是不开口唤人。

苏易水挑眉，有些意外，心道，她莫不是比另外三个徒弟还傻？

眼看着一只只大蜘蛛扑过来要开餐，薛冉冉突然眼疾手快，抽出了三张在边关缴获的驭兽符，贴在扑过来准备吃她的三只大蜘蛛身上。三只蜘蛛顿时停住了攻势，然后在薛冉冉的默念操纵之下，转头张牙舞爪朝着同类扑去。

薛冉冉又抽出一张，贴在另外一只蜘蛛身上，让它拨动长腿，替自己解开腿上的蛛丝。

突出重围后，薛冉冉连忙脱身，不再恋战，从山坳飞了出来，然后一路飞驰到那棵高树下叫道："师父，快走！这山里有盘丝洞、蜘蛛精！"

苏易水从树上跳下，低头看着满脸汗津津的小姑娘："方才遇到危险为何不喊人相助？"

薛冉冉一愣，压根儿没想到他居然问这个，于是老实回答："那些蜘蛛那么邪门儿，我当然不能喊您过去，万一您也被缠住，陷入危险怎么办？"

苏易水原本以为她不过是姑娘家闹脾气，因为他不陪她入山而故意置气，没想到她竟然是怕他也被蜘蛛缠上，所以才不唤他的……

"……你是说，我会怕那些蜘蛛？"

薛冉冉可没心思听师父继续找碴儿，她方才看见那些蜘蛛身上的纹路特殊，而且总有股熟悉的气息让人不寒而栗。所以她只想尽快拉着师父先出山，再去告诫山下的村民们防备那些大蜘蛛。

"好好，我的师父最厉害啦！什么蜘蛛老鼠都不怕！"薛冉冉跟哄孩子似的顺着苏易水的话茬说，然后拉着他的胳膊就往山外走。

她之前跟他朝夕相处，甚至甜蜜拥吻无数次，这般拉手自然不算什么，更何况事出有因，她急着拉他走。

在苏易水现存的记忆里，除了娘亲，他从来没有跟人这么亲近过。记忆里最近几次跟女子近距离的接触，也都是沐清歌那个女色魔在撩拨他。这个薛冉冉居然这么没大没小地拉着他，还真有前世她姐姐的风范！他不由得脸色一沉，想要甩开她的手。

可是他的手像有自我意识，不受他控制地自动将那只有薄茧的小手回握住了，然后任由她将他一路带出了大山。

薛冉冉说起那些怪异的大蜘蛛时，苏易水却见怪不怪道："那些不是人界的蜘蛛。"

薛冉冉听到苏易水的话，终于说出心里的猜测："我从那些蜘蛛身上感觉到了阴界的气息……难道是因为我们之前打开了阴界，所以有些阴界的魔物被带了出来？"

苏易水冷冷道："这里的人，陆续在半年前就开始失踪，它们老早就出来了。"

薛冉冉咬唇道："是什么原因让这些魔物出来的？我们能不能想法子消灭这些魔物，不然它们在山中还是要害人的。"

苏易水向来不会管跟自己无关的闲事。可是看着小姑娘很认真思索的样子，他终于忍不住提醒道："你不是想出了以毒攻毒的法子了吗？"

薛冉冉一愣，顿时明白了苏易水的意思。

她折返回去，看那山坳里的情形时发现，那三只贴了符的蜘蛛已经吞食了大半的同伴，身体也暴涨了数倍，看上去像三只诡异的黑色肥猪。

"这些是阴界的鬼头蛛。若不是闹饥荒，它们同类之间一般相安无事。不过，短缺食物的时候，它们就会吞噬同类，同时加速增长自身的体形和魔性，变得更富有攻击性，以此来捕获更大的猎物，得以生存下来……"

薛冉冉听得倒吸一口冷气。原本同族相安无事的鬼头蛛在驭兽符的操控下，反而激发了嗜血的兽性，所以扑过去吞噬了其他同伴，同时因为吸收了同类的魔性，短时间内变得体形如此硕大……

薛冉冉一时间也说不好，到底是满坑满谷的普通蜘蛛好对付，还是三只庞然大物好对付。

待过了一炷香的工夫，山坳里遍布的鬼头蛛，就只剩下贴着符的那三只。

薛冉冉准备收拾剩下的三只，这次苏易水倒是开口提点了一下："那鬼头蛛全身坚硬，不过身上像眼睛的两块斑纹最柔软，你可攻它那里。"

薛冉冉用力点了点头，立刻飞身又朝蜘蛛窝而去。

此时的鬼头蛛因为吞噬同类，体形变得巨大，立起八只大爪子，有大马那么高。而且由于身体的剧烈生长，贴在它们背上的符已不受控地被弹开了。

失去了符的控制，那三只鬼头蛛似乎停下了互相攻击。可是骤然变大的体形让它们的胃口也变得很好。于是它们掉转方向，朝着自己的"粮仓"爬去。

薛冉冉这时才注意到一棵遍布蛛网的大树上挂着几个蛛囊。

待薛冉冉跳跃到树梢上仔细一看，那几个蛛囊里除了一颗颗鹅蛋大小的圆润蛛卵，还包裹着几个昏昏沉沉的孩子！看来他们应该是村头妇人说的跑丢的孩子。

也许是成年鬼头蛛要蓄养破壳小蜘蛛的缘故，这几个孩子居然没有被吃掉，只是中了蜘蛛的毒液，变得昏昏沉沉，被放到蛛囊里当新鲜的食粮。

现在那三只大的鬼头蛛太饿了，显然顾不得给后代备粮了，所以急不可耐地伸出长爪去抓那些孩子。

薛冉冉急了，赶紧抽出机关棍冲了上去，一下子蹦到落在最后面的那只大鬼头蛛身上。

这一次，她看到了苏易水所说的像眼睛一样的两块纹路，然后照准其中一个，按动机关棍的弹簧，狠狠地扎了进去。

这一处果然不同于坚硬的蛛壳，略微柔软一些，那大鬼头蛛被扎中了要害，忍不住发出尖厉的鸣叫声。

薛冉冉不敢懈怠，继续如法炮制，依仗灵巧的身手，在其余两只大鬼头蛛身上跳跃，很快也扎到了它们的要害。三只鬼头蛛很快便如泄气的皮囊一般瘫软下来，墨绿的汁液喷溅得到处都是。

就在这时，薛冉冉突然觉得一阵头晕，身形微微晃了一下，她默念心诀，才算安稳下来。

从阴界回来以后，她偶尔会头晕。起初她并不在意，以为是自己移植了转生树的缘故，可是最近头晕的次数更频繁了……

等薛冉冉稳住了心神，便将那几个逐渐清醒过来的孩子放下了。

孩子们茫然地看着四周如炼狱般的情形，无措地抱着这个漂亮大姐姐号啕大哭。

薛冉冉松懈下来，将几个小娃娃拢在身边后，柔声细语地宽慰着他们。

苏易水这时走了过来，默默站在一旁，突然发现眼前的一幕似乎很眼熟……曾经的沐清歌也是喜欢如此宽慰她收养的孩子，卖弄些收买人心的伎俩……

他突然觉得心头一紧，不愿再想下去，只大步走过去，在那一地狼藉的蜘蛛绿液里捡起了一颗如核桃般大的紫色珠子。那珠子散发着黑色的雾气，透着股不祥之气。

薛冉冉直起身子，看着那珠子道："那是什么？"

苏易水端详着这珠子，低声道："应该是有人刻意蓄养这些鬼头蛛，用来培养这些魔丸……"

听了这话，薛冉冉抽出匕首划开了另一只死鬼头蛛，果然它的身体里也有这样的紫色魔丸。

阴界的魔物出现在人界本就很不寻常，而它们居然还是培养魔丸的蚌，想想就匪夷所思。

薛冉冉一时间想到了嗜仙虫，那东西也不是人界之物，而且出现在天脉山时应该已经被人蓄养了二十多年。

会不会这些鬼头蛛也出自那个皇帝苏域的手笔？

薛冉冉用包饼的手帕包好了那些紫色魔丸，然后将那些吓蒙了的孩子都送回了村子。

那几个孩子的家人抱着孩子喜极而泣，连连谢过仙姑。

薛冉冉问起，山里是从什么时候开始有人失踪。村里的老人们用力回忆，直说大约是在三年前，有一天夜里，天上降下了一团火，亮光逼人，掉到了山中。当时就有年轻的后生好奇，入山里去看，可是回来的只有一个人。当时那后生吓得裤子都尿湿了，直说山里有吃人的妖怪。后来他们报官，请了驱邪的道士，全都不管用，还是有人入山后失踪。久而久之，这山除了过路人，再没有本地人敢进去。这次这些不懂事的孩子若不是遇到了好心的仙姑，差一点儿也是有去无还。

薛冉冉听了以后，再问不出什么新的线索。那些村民甚是热情，非要将薛冉冉留下，杀猪宰羊款待她。

薛冉冉想着苏易水讨厌与人亲近，便趁着村长回头，脚尖轻点，鸟儿一般飞得没有了踪影。

这一幕惹得村里人再次跪下，冲着苍天白云，大声谢着仙姑。

这段插曲，除了知道阴界的魔物外泄，再无别的头绪。

薛冉冉想到进入阴界时那万丈深渊下不知蓄养了多少魔物，不禁心里一沉。

那些紫色的魔丸，对正道仙修并无太大的裨益，可是对魔道中人来说，是提升修为魔力的宝贝。一定是别有用心的人蓄养着鬼头蛛，特意将那些鬼头蛛放到山村后的山上。

随后的一路倒是走得顺利，等师徒二人终于回到西山时，羽氏兄妹看见薛冉冉回来，实实在在地高兴了一下。他们觉得主人虽然失去了记忆，但到底还是疼薛冉冉的，总算是将她找回来了。

将那棵转生小树重新栽种好后，丘喜儿一边帮薛冉冉给树浇水一边雀跃道："你知道吗？师父又开始招收徒弟了，这次乃开科选拔，声势堪比三大门派开山门招收徒弟。"

现在西山声望不低，苏易水的名头隐约比三大门派还要响亮。

从阴界回来的苏易水突然转性了，要招收真正有本事的徒弟，所以他早在一个月前就散布了消息，引得八方之士前来投奔。

只是这次苏易水选拔弟子的标准特别严苛，甚是看重根骨灵力。

光是第一关看骨相就淘汰掉了大半的人，加之苏易水厌恶三大门派的人，所以又在一番精挑细选后淘汰了那些半路转头之士。所以这重重严选上来的，都是年轻、骨相好的，其中不乏面相英俊的少年郎。

丘喜儿原本因为师父对他们的冷落而郁郁寡欢。当初他们没有跟曾师叔和薛冉冉走，而是选择留下来。后来，虽然两位师叔求情，将他们带回西山，但是他们现在与其说是徒弟，倒不如说是粗使杂役。师父再没有像以前那般，为他们传道授业，而是只让他们担水劈柴，恍惚回到刚入西山之时。

好在现在又来了一批青葱养眼的师弟，丘喜儿觉得西山的春天总算来了。所以她在兴奋之余，特意拉着薛冉冉去练武场，给她指点新晋师弟中比较出众的几个。

其中有一个最让她心神荡漾。薛冉冉看过去时，发现那个叫沈阔的少年果然模样最出挑。他身材高大，而且眉目俊逸，脸上总是带着三分笑意，很是讨喜。

还有个叫岳胜的也不错，据说他出身名门，身上带着贵公子的不群之气。

就在丘喜儿拉着薛冉冉在树下看师弟们的时候，那几个年轻人也凑到沈阔和岳胜身边，冲着薛冉冉她们两个指指点点，还不时传出笑声。

沈阔还好些，不过抬头匆匆一瞥，便低下头。

可是那个叫岳胜的直勾勾地看了薛冉冉许久。

薛冉冉被那几个少年郎看得有些不适，便拉着师姐快步离开了，压根儿不理那些少年追过来笑喊"师姐留步"。

丘喜儿有些意犹未尽："都是同门了，见面打声招呼又如何，你跑什么啊？"

薛冉冉道："锅里还炖着菜呢，你便拉我到这儿，当然是要赶紧回去翻锅啊！你这么兴奋地看师弟们，要是被大师兄看到了，小心他不理你了！"

大师兄与三师姐的感情甚好，虽然没有谈婚论嫁，但只是差捅破一层窗户纸而已。薛冉冉自然要提醒师姐莫要喜新厌旧。

薛冉冉说得不错，高仓和白柏山对这些后来者心里很不舒服。师父这是嫌弃他们不中用，准备宠爱后来的这些徒弟吗？那么他们是不是以后再也无法提升，整日只能劈柴担水了？

薛冉冉倒是对西山的后来者们不甚介意。虽然现在师父也不教她，可是她本身的灵力筑基也到了自修提升的阶段。所谓"师父领进门，修行在个人"就是如此。

她在阴界的时候，因为出入之时遭到阴阳两重力量的撕扯，灵力一时有些虚弱，再加上头晕气短，需要调理一番。现在她被师父带回了西山，倒是有机会入冰莲池修补一下真气。

可是西山上骤然多出许多叫不出名字的师弟，已经空置许久的各大厢房院落也都启用了。西山一时间人来人往，她再不能像以前那样白天里惬意入池了。薛冉冉白日里在池边散步的时候，还迎面碰到了几位师弟，其中便有沈阔的身影。

薛冉冉的名声很响亮，许多师弟都对这位师姐仰慕甚久，如今好不容易得了机会，便争相自我介绍。

不过，那个沈阔没有往前凑，他个子甚高，就算立在后面，也能跟薛冉冉四目相对。当他嘴角含笑，羞涩地看着四师姐时……嗯，薛冉冉也觉得这个少年长得真不错！

既然白日池边人来人往，薛冉冉只能静心等到天黑后。师兄弟们都开始入堂打坐静修，不再随意走动的时候，她才悄悄拿上大围巾，披着宽松的袍子溜到冰莲池边。

虽然已经天黑，可是满池的冰莲在夜色里发着幽暗的光，莹白的花瓣似冰雕琢，映衬得池水也流光溢彩。

当薛冉冉滑入池水里，被蕴着灵气的水包裹时，她就像渴了很久的小树一般，终于可以放松身心吸饱水了。她干脆舒展身子，靠在池边的一块大石上，惬意地低声哼唱着歌，如夜莺般的歌声在莲池上空回荡。

苏易水立在卧房的后窗旁时，映入眼帘的便是莲池里披散着长发的少女在沐浴哼唱的情形。

虽然是黑夜，可是她的小脸被冰莲映照，熠熠生光。

就算隔得有些远，他也能看清她舒展的眉眼、弯弯勾起的嘴角……这是个让人看一眼就觉得甜蜜的姑娘，就好像她做的蜜渍梅子，入口上瘾又带着让人回味的酸甜。

苏易水自认为不贪女色，可不知为何，竟然看着泡在那池子里的小姑娘甚久。

他觉得自己这个卧房的窗子有些多，正面的窗子正好对着薛冉冉所住的院落，起床一抬眼，就能看见她在小院子里披着外衣给花草树木浇水。

东边的窗子对着西山练武场。白日里，薛冉冉和丘喜儿两个丫头在树下盯着少年郎的情形也被他一点儿不落地看在眼里。

而卧房西面的这扇窗子又对准了莲池，这里似乎也是薛冉冉经常出入的地方。白日他远眺后山时，几次看到她在冰莲池旁边徘徊，还跟三五成群路过此地的师弟们打招呼。

也许年轻人凑在一处总有话讲，那几个人围着这位师姐说个没完，若是凝神去听，似乎都是在恭维薛冉冉年轻有为、天脉山名声大噪一类的话。只是那一双双眼睛颇为放肆，紧紧盯着他们的师姐，一脸缺少姐姐疼爱的模样。

那时，苏易水目光冷峻，突然觉得自己挑选出来的这几个徒弟好像没有什么眼界，如此没见过市面，大约也培养不成好苗子。当下他倒是认真地寻思着，要不要再重新挑选一番弟子。

而现在看着薛冉冉竟然如此大胆，大半夜的跑入池子里泡澡。苏易水似乎捡拾起了荒废多日的师父架子，沉着脸大步朝着池边走去。

当他白袍翩然地来到池边时，薛冉冉刚从池子里出来，正裹着大围巾，用巾帕擦拭着湿漉漉的头发。

苏易水走路无声，薛冉冉并没察觉到他来，低头擦拭头发，一不小心便撞入了苏易水怀中。

当娇软的身体入怀，苏易水不由得心神一震，他的身体出于习惯，早一步行动起来，将她牢牢箍在怀里。

薛冉冉吓了一跳，以为遇到了登徒子，正准备运气震开来者时，抬头才发现抱着自己的人竟然是师父。

长发半束的师父剑眉长目，眸如星辰，高挺的鼻尖曾经无数次在她的颊边厮磨……也不知多久，她没有这么近距离地看过他的脸了。

一时间，薛冉冉有些恍惚，以为师父已经想起了过往的一切，不由得鼻头一酸，带着隐隐的哭腔叫了一声"师父……"。

可这声音似乎提醒了苏易水，他猛然清醒过来，伸手便推开了怀里的薛冉冉。

薛冉冉毫无防备，连连后退几步，若不是扶住旁边的疏竹，差一点儿就摔倒了。

苏易水伸手要去扶住她，这一次却被薛冉冉后退一步躲开了。他也不知道自己的心里为何涌起一股不悦："大半夜的，你却跑到这里野浴，难道不知道山上的男人众多？"

薛冉冉知道师父并没有恢复记忆。她慢慢站直身子，低头道："我特意等到夜晚才来，谁知道师父您也来此……您是不应该带着师弟们修行打坐吗？"

苏易水拧眉看了看她，突然问道："你倒是厉害，居然能泡冰莲池？这西山的冰莲是何人移栽过来的？"

薛冉冉飞快地抬头看了他一眼，没想到他连冰莲也忘了。

也对，这是跟沐清歌有关的记忆。当年他差点儿入魔，是沐清歌寻来了冰莲，与他共泡冰莲池，为他消减魔性。

薛冉冉不想在苏易水面前提及与自己前世有关的事情。所以面对师父的询问，她淡淡道："这些事情，师父还是去问二师叔吧。我这便回去，以后也不会再来泡这池子……"说完，她便转身要走。

没想到，苏易水再次拉起了她的手，长指搭在她的脉搏上细细探了一下，一直没有舒展的眉头皱得更紧。

"你的脉息为何如此不稳？"他径直问道。

薛冉冉想了想，道："从阴界回来后就是如此，我原以为是离开转生树太久所致,可是后来又觉得不是……不过现在我已经好多了。"

苏易水终于明白她半夜来泡冰莲池的缘故了,不知什么原因,她在阴界的时候,阴阳经脉有些错乱,所以泡这冰莲池对她的身体大有裨益。这小姑娘一直身体不舒服,可是跟他回来的一路上丝毫没有表现出来,难怪她与鬼头蛛大战的时候会一时失手,伤了胳膊……

想到这儿,苏易水又想到他方才申斥薛冉冉的话,一时间嘴抿得甚紧。不管自己现在多不喜欢她,但是她到底是他的徒弟,总不能眼看着她憔悴地死去吧?既然一半结丹都给了她,她就必须对得起他当初的良苦用心!

如此想罢,苏易水道:"夜里冰莲池的效力减弱,你明日还是白天来泡吧。"说完,他便翩然而去。

薛冉冉看着他的背影,困惑地眨了眨眼。白日来泡?要她湿答答地跟师弟们隔着池子聊天吗?

不过,到了第二日,薛冉冉才明白苏易水的意思。后山的莲池周围成了禁地,除了薛冉冉,其他人都不得入内。

当她沐浴在阳光下,在冰莲池里惬意地游泳时,觉得师父虽然暂时忘了她,可还是那么疼爱徒弟。

当她从水里带着水珠从池子里出来时,正好看见剑眉冷目的男人立在不远处二楼的窗前,似乎在朝着她这边望。

薛冉冉忍不住朝着他挥了挥手,男人却转身如一阵风般消失在窗前……薛冉冉在心里默默叹了一口气,再次暗暗提醒自己,师父跟以前不一样了,她也要注意跟师父保持些距离,莫要招他的厌弃。

✿✿✿✿✿✿✿

薛冉冉回到西山后的日子,比以前可丰富多了,最起码做饭的饭量是以前的数倍。

苏易水这次一口气招了十名弟子,外加先前的四个,共有十四名弟子。再算上苏易水和羽氏兄妹们,那就是将近二十来人的饭食。这些人里,大部分都是十七八岁的大小伙子,个个都能吃得很,离辟谷的阶段远着呢!

要弄这么多人的一日三餐,羽童忙不过来,除了薛冉冉,她还要叫上丘喜儿,还有高仓和白柏山他们帮忙。

两个女孩子还好些,反正日常也做这些。可是高山和白柏山不乐意,现在他们连练武场的边都摸不着,却要整日钻到厨房里做没完没了的一日三餐。眼看着那些后来者个个都得了师父的真传,整日在草堂打坐、练武场演习身手,他们心里自然是不痛快。

那些新入门的弟子倒是勤勉得很,自从薛冉冉回来,总有几个少年主动跑到小厨房帮忙。

长得清爽的男孩子，再手脚麻利些、嘴甜些，便是人见人爱的好孩子。

就好比薛冉冉正在择扁豆，那个叫岳胜的少年便凑了过来，搬着板凳挨着薛师姐坐。此时的他倒没有名门贵公子的架子，时不时便跟薛师姐搭搭话，问询她在天脉山的经历，顺带表达一下做师弟的仰慕之情。

渐渐地，另外两个师弟也凑过来，一边听薛师姐说话一边眼巴巴地看着师姐灵动的大眼睛、甜美的笑颜。

他们当初来山上时，对这位师姐只闻其名，不见其人。等后来师姐跟师父回来了，他们第一次在练武场见到这位师姐时，觉得她简直好看到惊为天人。

而且她跟大师兄那些庸才不同，是入过洗髓池的天选之女。也不知她以后有没有找寻仙侣共同修习的意思，又会不会在同门的师兄弟里面找寻。毕竟是同门师兄妹，近水楼台先得月，大家修习同宗，朝夕相处，在一起也会更自在些。

一时间，存了这心思的少年郎君不在少数，修习之余，在西山的回廊、池畔，他们都想见一见这位师姐的身影。但是这位师姐有些腼腆，不愿意跟他们说话。

帮厨的时光就显得格外美妙，毕竟在狭小的厨房里，师姐想不说话都不行。

西山小厨房的板凳不够坐。最后，就连羽童都被孝顺的徒侄儿们"请"了出去，厨房的事情，他们全包了！

不过，高仓不肯走，他看着丘喜儿冲着师弟们甜笑的样子就生气，恶狠狠地用刀劈着白萝卜。

薛冉冉看着这些与她年龄相近的少年郎君，倒没有多想，只是拿他们当弟弟，含着笑有一搭没一搭地跟他们说话。

这种和谐气氛一直延续到饭桌上。

现在苏易水是不跟徒弟们一起吃饭的，饭都由羽童端到书斋里。而羽氏兄妹也不跟小辈们吃饭，留在书斋服侍主人。所以偌大的饭堂里都是西山的后辈弟子。

三张桌子摆开，每张桌子能坐五到六个人。可是薛冉冉在的那张桌子特别挤，竟然坐了八个人。

高仓连筷子都施展不开了，被挤得夹不到菜，气得一摔筷子，道："难道这桌上碗里的肉比别的桌上多吗，一个个的都非要往这儿挤，还让人吃饭吗？"

这些少年起初对西山的师兄们都是满含敬意的，毕竟高仓他们都是先入门的，不能不尊敬。可是这一个月来，新入门的弟子也品出来了——师父压根儿看不上这些以前的弟子，所以才会大张旗鼓，招收新徒。而且高仓他们的根基太浅了，有几次手痒痒地在练武场外卖弄自己的身手，却被这些后入门的慧根弟子看出了底细。要知道，高仓他们现在连练武场都上不得，就是西山打杂的粗工。这样的人跟他们一张桌子吃饭，他们都还没有嫌弃他，他凭什么摔筷子训人？

岳胜是除了沈阔以外根基最佳的弟子。他和沈阔一样，虽然不曾拜入三大门派，但是出自修真世家，加上得了机缘，早早就打通了灵脉，年纪虽然只有十八岁，但是已经筑基二重了。所以新入门的弟子都以他和沈阔为尊，二人算是新弟子里的头领。这几天岳胜去厨房帮厨的时候，没少被白柏山言语挤对，高仓总在一旁帮腔，惹得岳胜暗暗结下心结。

现在他们又被高仓当着薛师姐的面出言申斥，岳胜的脸上立刻有些挂不住了，他站起身来，冷冷道："这桌子可刻写了你的名字，凭什么你就得坐到这张桌子上来？你若嫌挤，难道旁边的桌子不能坐？"

高仓在这张桌上，是因为丘喜儿在。丘喜儿又跟薛冉冉形影不离，再加上这张桌的俊逸少年多，她自然更不肯走了！可这样曲折的原因，他又不能说。当初师父可是言明不准他和白柏山向师妹们乱献殷勤。少年的暧昧喜欢，尽在不言中。

现在他当着丘喜儿的面，被一个刚入门的师弟这么奚落，是可忍孰不可忍！

二人的口角逐渐升级，声音越来越高。"黄毛小子乳臭未干""早入门的饭桶，倚老卖老"一类的言辞越来越激烈。

最后，两个人骂红了眼，扭打在一起，丘喜儿不干了，大叫一声扑过去帮高仓抓挠岳胜。

而同岳胜要好的几个少年也不甘示弱，过来准备架起丘喜儿，就连一向圆滑的白柏山也气得不行，跳着加入了战局。

当白柏山跟人扭打在一起，两手都不够用时，竟然甩掉鞋子，将练得灵巧十足的脚丫子往师弟们的鼻孔里捅！

岳胜不幸被脚指头熏到，气得大叫一声，运起丹田之气，朝着白柏山袭去。

白柏山当初被放养到曾易师叔那里后便不再练气，此时内里空荡得很。若是真被岳胜击中，他只怕要吐血。

薛冉冉手疾眼快，一个巧力翻过桌子荡开了白柏山，又伸手拿起桌上的一盘花生，稍微运气，三四颗花生一下子弹中了那几个人的膝麻穴。结果那几个少年来不及反应，扑通扑通全都跪地了。

岳胜此时已经气红了眼睛，全然不管什么师姐不师姐的，冲着薛冉冉嚷嚷道："你居然帮那些浑蛋，赶紧给小爷我解开……"

结果，他们眼里一直脸上带笑、性子绵软的四师姐真的走过来了，不过不是解穴，而是伸手狠狠给岳胜一巴掌。

"充谁的小爷？这西山上能当爷的还轮不到你！"此时薛冉冉脸上再无笑意，板着的小脸竟然透着几分逼人的肃杀之气。

岳胜还想瞪眼睛，薛冉冉冷冷说道："西山的门规里，可从来没有乱了纲常，做师弟的可以仗着自己本事大而欺负师兄的规矩。若只拳脚打斗就算了，你居然还要用真气偷袭人！难道是要打死二师兄？这么有本事，还来拜师学艺干什么！像你这样的，将来本事大了，岂不是要欺师灭祖？"

岳胜的脸涨得通红，他磨着牙道："我若做错，自然有师父来教，你凭什么来教训我？"

薛冉冉笑了，觉得这些半大不大的少年有时候跟不讲理的孩子一样，都是死不认错的。所以她弯下腰，看着跪在地上暂时不能动弹的岳胜，突然伸指弹了弹他的脑门，微笑着说："就凭我本事比你大啊！"

岳胜这下子可不光是脸红了，连眼睛也是通红的。他一向自认为根基不错，可是方才薛冉冉的花生米弹过来时，他居然就反应不过来，没有避开。被女人用羞辱的语调调侃，又被弹了脑门，这样的耻辱真是让人丹田炸裂……

"都闹够了吗？"就在这时，门口突然传来冷冷的声音。

众人闪目一看，全都缩了脖子，原来不知何时苏易水已经立在厅堂门口，正冷冷地看着他们。这下子，晚饭都别吃了。

苏易水甚至懒得问原因，只命令他们一律去山下担水，将半山处一个干枯的水潭填满水为止。

众人听得全都傻了眼，想要哀叫又不敢。

待那些弟子耷拉着脑袋出去的时候，苏易水一眼扫到薛冉冉立在原处并没有动。

"难道我方才说的话，你没有听到，为何不去？"说这话时，苏易水的语气冰冷，眼里带着怒意。

不过，只有他自己知道，他莫名蹿出的怒火可不是因为徒弟们不听话，而是方才看到的那一幕似曾相识，撩动了他的陈年怒火——还是少年的苏易水刻骨铭心地记得，自己也曾被一个语气嚣张的女魔头弹脑门。她当时便是笑嘻嘻地说："怎么，说你，你还不服气？谁让我的本事比你大，你就得乖乖听我的话……"

相似的语气、相类的情景，都让他心头怒火横生，所以苏易水冲薛冉冉说话的语气很冲。

可谁承想，一向对他的话言听计从的小姑娘这次昂着头语气坚定道："我没做错，为何要领罚？"

苏易水不怒反笑："你没错，那是谁的错？"

薛冉冉毫不退缩道："弟子不睦，不尊兄长，同门内斗，自然是你这个当师父的错！"

苏易水冷眼看着她，突然伸手捏住她的命门，咬牙说道："你再说一遍！"

薛冉冉知道他不是纸老虎在吓唬人，现在的师父跟她以前认识的那个嘴硬心软的师父不一样。但她依然毫无惧色，从容说道："师父，您当初收高仓他们的时候，他们的天资就是如此，并没有欺瞒您。您当时说收徒凭缘，他们都是跟您有缘之人，所以无论他们天资如何，您都会尽心教授他们。虽然现在您忘了过往，但他们的确是您的徒弟，就如同收养的儿女一般，怎么能说弃就弃？"

389

苏易水冷声道:"我可没有将这几个废物轰出去,他们不还在西山上吗?"

薛冉冉依然镇定地反驳道:"岳胜他们为何对师兄毫无敬重之意?全是因为师父您对师兄们的轻视,只让他们做粗活,却不许他们再入堂跟您一起修习。对年轻的修真者来说,这不光是惩罚,还是羞辱!可是他们做错了什么?他们跟着您出生入死,就算本事不济,面对妖魔的时候,也从不轻言退却。就算您因为灵泉附体,脾气变得暴躁,对他们冷嘲热讽,他们也从来没有想过离去。现在,他们受了师弟们的轻慢和欺负,您却不明辨是非,将他们各打五十大板,我凭什么要去领罚打水?"

苏易水笑了,看着眼前难得露出倔强之色的女孩,慢慢嘲讽道:"就凭我的本事比你大啊!还不够让你领罚吗?"

薛冉冉知道苏易水是在拿她说过的话堵她的嘴。

薛冉冉的倔劲儿很少显露,可一旦上来,九头牛都拉不回来。她冷冷说道:"您的本事的确比我大,可是错了就是错了,为师者犯错,也没什么,更不必跟弟子认错。只是不知道西山的枯潭够不够多,免得您以后再罚弟子没有正经名目!"

苏易水为人向来有城府,就算动气,也不过是面色冰冷。但是此刻他真被这个伶牙俐齿的倔丫头气到了。就在他抬手之时,羽臣和羽童冲了过来,急忙隔开了师徒两个。羽童大声申斥薛冉冉不懂事、乱讲话,然后偷偷给薛冉冉递了个眼色,示意她赶紧离开。方才主人虽然面上带笑,可眼里杀气腾腾,显然被薛冉冉这丫头气到了。为了避免西山出现师父杀徒证道的惨剧,她这个当师叔的自然要替小丫头挡一挡灾,赶紧分开这师徒二人。

薛冉冉今日也是被气急了。等说完心里话,她心情略好了些,自然借坡下驴,见好就收,一溜烟儿跑回了自己的房间。

此时夕阳开始下沉,同门都跑到山下担水去了,院落显得冷清。

薛冉冉过了气头,便无力地瘫倒在院子里的转生小树下,探头看着那一片片绿叶随风摇曳,有气无力道:"今日师父大约会来将你连根拔起,到时候我俩便要共赴黄泉了……"

想到这儿,薛冉冉并不后悔方才的冲动。

她说的都是真心话,与其说是对师父失望,倒不如说是望"师"成龙,恨铁不成钢。她希望自己能骂醒师父,免得他解了洗魂符后后悔薄待了大师兄他们。

不过,仔细想想,西山的门风原本就是歪的。苏易水不也是本事大了,就将曾是师父的她推翻了吗?这么想来,岳胜他们才算是继承了苏易水的衣钵,目无尊长,本事大了就得杀师证道……不知道以后的西山门规会不会又要改写——不杀师者不准出徒!可这样一来,恐怕师父不够用。撰写门规真是一门学问啊……

她一时胡思乱想,在树下懒懒地等着,并没有等到苏易水怒气冲冲地来找她算账,只有二师叔端着吃的给她送过来:"跟你师父置气,不能连饭也不吃啊!"

薛冉冉爬起身来，小心翼翼地问羽童："二师叔……师父消气了？"

羽童看着她小心试探的样子，不由得笑了："你还知道害怕，那方才怎么言语处处都像在找死？"

薛冉冉嘿嘿一笑，没有说话，只接过碗筷大口吃了起来。今天晚上可有她炖煮了两个时辰的鲜汤，若是不吃进肚，怪可惜的。

吃完饭，心里的不愉快也就差不多消散了。薛冉冉向来不是会在愁滋味里浸泡太久的性子，她抽出随身带着的《梵天教志》下半本，一页页地翻看起来。

当初她跟师父到高坎大营潜伏，听到沐冉舞跟屠九鸢说需要再多拿些符。这说明，酒老仙并不在沐冉舞手中，而是在赤门手里。而之前村庄后山的鬼头蛛，还有酒老仙当初留下的没头没尾的话，至今无解。

现在师父虽然摆脱了灵泉，脑筋却不灵光，自然也不能指望着他深入赤门解救酒老仙。

所以薛冉冉想看看能不能再找寻到蛛丝马迹，可看着看着又觉得全身无力，便在树下闭眼睡去。

再说下山挑水回来的高仓他们，听说薛冉冉跟师父顶嘴，还愣是没有下山挑水，都倒吸一口冷气。

待终于担水完毕回来时，丘喜儿不由得担心道："冉冉，师父本来就偏宠新入门的弟子，你公然违抗师命，岂不是更遭他老人家的厌弃？"

薛冉冉摇了摇头，不以为意道："反正也不招师父喜欢了，不如痛快说些心里话。若是能说动师父善待你们，那是最好；如若不然，被撵出师门去，到时候便是回家种地也心里坦荡，没有遗憾……"

这些还真是薛冉冉的心里话，若是师父不能善待弟子，就别耽误高仓他们的前程。修真之人少年时期的筑基最重要。如此在厨房劳作中消磨锐气，大师兄他们也许真会终生碌碌无为。

不过，她说的那些话除了遭人嫌弃，毫无效果，大师兄他们还是挨罚了一宿，累得腰酸背痛。

如此过了一天，薛冉冉正在小厨房里烤饼的时候，突然听见高仓在窗口兴奋地大叫："冉冉，快些来，师父叫我们去草堂打坐！"

薛冉冉迟疑地摘掉了小围裙，跟着众人一起入了草堂。

果然，新旧弟子齐聚，大家都来修习功课。

灌满枯潭的"后遗症"严重，现在那些后入门的师弟看着高仓他们的眼神都不对，落座的时候也是泾渭分明，以中间的过道为界，各坐各的。

薛冉冉怕苏易水看着她来气，特意选高仓后面的草席盘坐，这样大师兄魁伟的身体就像一堵墙，正好可以将她遮挡得严严实实。

不一会儿，一身素雅长袍的苏易水翩然而至。现在的他一扫往日简朴、只穿旧衣的做派，身上的衣服、头顶的羽冠，包括腰间的玉佩挂饰，都十分精致，看上去价格不菲。

薛冉冉不得不承认，这样贵气逼人的师父看上去更加俊逸非凡。

薛冉冉有些躲着师父。不过，苏易水从进来起，就没有正眼看过她。落座之后，苏易水简单说了今日运功筑基的功课，便开始运功。

只是苏易水现在传授的筑基之法跟他先前教给高仓他们的截然不同，更加复杂、精深，运气通脉时需要很高的领悟力才能做到。

薛冉冉试着照做，不得不承认，苏易水现在教授的法子虽然很难懂，可一旦领悟，修为可以一日千里。

不过这对高仓和薛冉冉还有白柏山来说特别困难。就好比以前一直在平坦大路上奔跑，一直觉得自己跑得不错，却没想到突然来到陡峭的悬崖，别说跑了，就是爬也很吃力。

当其他新入门的弟子轻松运功、头顶热气蒸腾的时候，老弟子这边却全无动静，丝毫没有聚拢真气的迹象。

就连薛冉冉自己也是几次调转真气，却因为最近经脉总有堵塞之感而不得不放弃。

一个时辰后，苏易水突然睁开眼睛，看着毫无进展的几个弟子，冷声道："身为早早入门的弟子，却疏于功课，跟不上进度，如此怠懒，应不应该罚？"

苏易水说这话时，那些新入门的弟子纷纷露出幸灾乐祸的表情。

而苏易水直直看向躲在高仓身后的薛冉冉，目光如炬，甚是迫人。

高仓有些挨不住，默默挪动了屁股下的蒲团，很不够意思地露出身后的小师妹。

薛冉冉抬头瞟了他一眼。可是苏易水依旧那么看着她，只等着她回答。

薛冉冉叹了一口气，有些明白《玩经》里的"睚眦必报"是什么意思了。不过这次挨罚，他们的确也无话可说，所以她干脆回答道："师父说的是，我等领罚就是了！"

然后，四个人灰溜溜地出了草堂，准备把刚刚放好水的枯潭再放干。

第二十五章 淬金之火

等出了草堂，前往水潭的时候，丘喜儿忍不住哭了出来："师父这不是存心给我们穿小鞋嘛。实在不行，我主动下山就是了，天天打水，这样的日子可真不是人过的！"

若是以前，丘喜儿说出这样的话，高仓早就出言申斥了。他最崇敬师父，见不得别人说师父的坏话。可是这次，高仓默默无言，用力握着手里的木桶，最后哽咽着蹲着大哭起来。

薛冉冉却说："学本事学不好，本来就该挨罚，快些走吧。"

四个人到水潭边时发现，昨日夜里因为下雨，原本半满的水潭现在已经涨满，快要溢出来了，只他们四个的话，要想将水池舀干，不知要猴年马月才能干完。

薛冉冉看着颓丧的三个人，没有说话。她有些内疚，觉得这三个人是被自己连累，被连坐了。所以她率先舀水，然后提着木桶朝山下走去。

不知是不是被雨水冲刷的缘故，下山的路径发生了很大的变化，变得更加崎岖，须凝神稳住脚步才可慢慢前行。

薛冉冉凝神看了一会儿，才举步往山下走。可是走了一会儿，她突然"咦"了一声，然后加快脚步，沿着山路下山倒水，再折返上来。

她起初走得很慢，然后越走越快。

"你们快些打水，跟我一起下山！"薛冉冉有些兴奋地喊道。

白柏山正跟高仓他们坐在水潭边商量着拜别师父求下山的事，听了薛冉冉的话，他无精打采地抬头道："我们都要离开了，还打什么水！"

薛冉冉干脆走过来，将三个人拉起身，说："都快点儿，我带你们看一些好玩的。"

听她这么说，三个人不得不起身，打了水，跟在薛冉冉的身后一起下山。

可那山路除了又湿又滑，变得更加难走以外，并没有什么出奇的地方。高仓他们实在不明白小师妹因为什么而兴奋。

这时，薛冉冉开口说道："难道你们没有发现，这条山路的转横走向跟师父今日传授给我们的运气心法是一模一样的？"

听薛冉冉这么说，白柏山凝神看去，然后试着又走了几步，一脸惊喜道："对啊，小师妹，你若不说，我们都没有察觉呢！可是这路怎么会变成这样？难道不是被

393

雨水冲刷的吗？"

薛冉冉摇了摇头，现在她再看这些路，仿佛是真气冲荡而成的，根本不可能是天然形成的。这些崎岖的山路若是苏易水运气画出的，他肯定不可能是为了为难蠢徒弟而如此下气力。

她想了想，说道："你们抬水而行，也按照山路的走向运气，看看能不能领悟其中的要义。"

这一次，他们都用了心，抬水前行时不同于轻松走路，每到陡坡都需要尽量稳力而行，遇到上坡时又需要放缓脚步，免得水桶里的水洒出来。所以，一旦自己运气，何处该凝气而行、何处该提速快转，一下子变得清晰明了。

他们来回运了十几趟，原本凝滞的真气一下子贯通了很多。高仓和白柏山的头顶已经开始冒气了。丘喜儿也得了窍门，觉得提水的步履逐渐轻盈，不似先前那般沉重了。

不过，薛冉冉试了几次，还是觉得真气淤堵。她知道自己在阴界形成的后遗症还没有消散，便不急着运气，只是运用轻身术轻快地运水。

领悟师父的良苦用心后，高仓几个人精神大振，再不提起下山回家的事情了。

高仓他们花了三天舀干水塘里的水，只觉得真气充沛，竟然大大超越以前两年放羊吃草的修行。

弟子的领悟力不同，教授的法子自然也各有不同。苏易水显然是通过这种更加直观的方式教会了几个笨徒弟。

薛冉冉觉得自己误会了师父，之前还与他那般顶嘴，实在不该。既然错了，那么认错也是应该的。

所以，运完水潭里的水，薛冉冉顾不得胳膊酸麻，又进了厨房，和面、调馅儿，蒸出了师父爱吃的豆糕，亲自送到了师父的书房。

以往这个时间，师父都在看书。她到了书房，果然见师父正坐在香席上，皱眉翻看着书斋里剩余不多的存书。

薛冉冉现在看着空落落的书斋，觉得自己当初拿书拿得好像太多了。她当初跟着苏易水回来，并没有将书也带回，所以师父现在翻看的……是那本要命的《玩经》……

看着师父好看的剑眉越拧越紧，薛冉冉决定还是将这盘豆糕留给师兄们吃吧。

她正要默默退出去的时候，苏易水却开口说话了："既然来了，为何不进？"

于是薛冉冉只能尬笑着又举着托盘进去。她刻意不去看那本翻开的《玩经》，只拿起豆糕对苏易水道："这是我自己熬煮的红豆加蜂蜜为馅儿的糕，趁热吃最香甜了。"

苏易水没有说话，只是看了看热气腾腾的豆糕。原本是普通的豆糕，却被薛冉冉捏成了红色的小兔还有尖嘴桃子的模样，看上去甚是可爱，但是怎么看都像糊弄小孩儿的玩意儿。

苏易水觉得幼稚，并不想吃，只垂眸说道："若是无别的事，就出去吧。"

薛冉冉没有走，因为她是来跟苏易水道歉的，所以虽然有些不好开口，她还是老实说道："师父，我错了……"

苏易水挑眉看着脸颊红得像水蜜桃的女孩，冷笑道："你能有错？满修真界都找寻不到你这般敢教训师父的弟子，可千万不要折煞我了！"

若换了旁边的女孩儿，听到这样的奚落之言，早该忍不住哭着跑出去了。

薛冉冉却捏了只小兔子豆糕，殷勤地将它递到苏易水的薄唇边："师父，您咬一下这兔子的屁股，我在里面加了特别的馅料！"

苏易水还有满嘴的刻薄话没有说出来，却被个兔子屁股堵住了嘴，鼻息间都是豆糕的香味，嘴巴便不听使唤地咬了下去。

嗯……原来里面是稀释的豆馅儿，裹着蜜糖的香甜，甜而不腻，在味蕾间快速流淌、扩散。

薛冉冉笑着问道："是不是很好吃？我上次试做的时候，连吃了三个呢！"

吃了蜜糖裹馅儿的甜品，苏易水忍不住又就着薛冉冉的手，将整个小兔子都放进了嘴里。

吃完之后，苏易水的脑子被蜜糖包裹着，需要稍微费力才能回想起他刚才准备骂这丫头什么。

"你这是诚心道歉，还是故意用吃的堵人的嘴？"苏易水忍不住又吃了个桃子形的豆糕，才又板着脸问道。

薛冉冉正在给他倒清口的热茶，半抬起头道："自然是既要道歉又要让您吃好啊！"

说完，她手脚麻利地将自己前世所写的《玩经》快速收到一旁的书架上，然后诚恳地说道："我不该误会您教授弟子的良苦用心。大师兄他们的根基比新入门的师弟们的确是差了很多，没法跟他们一起研习精深的技艺。所以师父您平日让他们劈柴干粗活，是在磨砺他们，要他们打好根基……"

可是苏易水听了薛冉冉的话，冷笑了一下："你没有误会，我先前的确是刁难他们，希望他们有眼色，主动求去。"

这个……听苏易水如此开诚布公，薛冉冉一时间有些接续不下去。她沉默了一下，小声道："可师父您为何又改了主意？"

苏易水伸出了长臂，再次将那本《玩经》抽了下来，翻到《凶兽篇》那一篇，然后敲打着书页道："这些批注都是你写的吧？我倒是很好奇，我真的有你写的那么好吗？"

后来她批改谬误的时候，的确是写了关于师父的不少好话，比如疼爱徒弟、嘴硬

395

心软、天下顶好的师父一类的。

苏易水探头过来，在薛冉冉耳旁轻声道："我在想，我能容忍你们这些废物在身边，一定有些用意，在我没想起来前，你们最好变得有用些，才不算浪费米面……"

薛冉冉半张着嘴，特别后悔自己当初批改《玩经》谬误的举动。

原来前世的自己才是大智若愚，彻底看透了师父的虚伪嘴脸，他哪里是凶兽，简直就是喷毒汁、长着獠牙的大蛇啊！

她抿嘴看着苏易水，气得头有些发晕，而且这感觉越发强烈了。她端起剩下的豆糕便要出去。

可是苏易水先一步拉住了她的手："端来了还要拿走，你是三岁的孩童吗——"

他的话还没说完，眉头就拧住了，因为他的手指头刚巧搭在她的脉搏上，一下子就发现她的脉息不稳似乎更加严重了。

苏易水紧声问道："这是怎么回事？难道是你练功运气走了岔路？"

竟然被他发现了。薛冉冉摇了摇头，头晕的感觉更加强烈，结果就在苏易水拉着她的手时，身子瘫软，晕倒在了苏易水的怀中。

当馥香绵软的娇躯倒入苏易水怀里那一刻，他的身子微微僵硬，只觉得一直空荡荡的心一下子被填满了。可他来不及细想，连忙让她盘坐，然后抬手贴着她的后背为她运转真气。

当他的真气运转入薛冉冉体内时，薛冉冉感觉到一股熟悉的暖流袭来，自然而然地根据师父以前教她的口诀运气，仿佛久违的甘泉流转，淤堵之感明显好了些。

苏易水的眉头却在紧皱，因为他发现，薛冉冉淤堵的两处似乎是神庭和承光两大命门，而且她的淤堵绝不是一朝一夕而成，是先天的不足，只不过之前一直有人给她运气疏导，所以她才会与常人无异。

方才在他调动真气时，这个丫头竟然自动运气，仿佛嗷嗷待哺的鸟儿，不知餍足地吸着他的真气。他只觉得自己的丹田之气一沉，若不是急急后撤，差点儿就被她吸干净……

苏易水遗忘一段记忆之后，其实一直不解一件事情——就算他当初交出了一半的结丹，可是二十多年的修行足以弥补。为何他现在的修为还不足以结婴？隐隐总有内力损耗的衰竭之相。

直到方才给薛冉冉渡气，他才终于想明白，自己以前应该一直给这个女徒弟渡气续命，所以修为才会止步不前，不能更上一层楼。而他这些日子里苦修的修为，方才又是一瞬间被这该死的丫头吸得干干净净！

想到这儿，苏易水的面色难看极了，他捏着薛冉冉的肩膀一字一句地问："你究竟给我下了什么咒，我竟然能如此舍身用真气养着你？"

刚刚醒来的薛冉冉眨巴着眼睛，待弄明白苏易水话里的意思的时候也是一愣。方才师父给她渡入真气是师徒二人以前修习的日常。

每隔一段时间，师父指导她打坐运气的时候，都会顺便渡入真气，以至于薛冉冉已经习以为常，以为这是修真师徒必经之路。

苏易水却咬牙切齿地说，她运用的是魔修的采补真气的邪术……薛冉冉一时惊讶地张大了嘴巴，有些无言以对。

也就是说，她出现头晕，并不是因为阴阳颠倒，而是苏易水从阴界回来以后完全遗忘了按时补给，才让她虚脱的。

虽然，冉冉一早就暗自想好了一定要谨守礼节，尽量忘记那段与师父亲昵而脱序的记忆，可是现在她猛然明白师父一直在默默用修真者珍视的修为供养她，鼻子突然一酸，眼圈也骤然变红了。就算别人都说是他欠了她的又如何，只要她知道他一直在用心来补偿，甚至不惜折损自己的结丹修为来延续她的生命就够了！

也许是天生体弱的缘故，薛冉冉从小到大，情绪都不会有太大的波动，可是她的情绪总是会被面前这个正冲着她瞪眼睛的男人牵动……

他倒是忘得干净，可是为何让她有种亏欠了一身债，怎么也偿还不完的感觉？

想到这里，薛冉冉的心里难受极了，她不管不顾地一下子抱住了苏易水的腰，扑到他的怀里哭了起来。

苏易水原本等着这小妖女跟自己诡辩，当初是怎么迷了他的心窍，吸取他的修为。可是没想到，小妖女竟然一句话不说，扑到他的怀里哇哇大哭，不知道的，还以为是他占了她便宜呢！

苏易水气得不行，伸手想要用蛮力推开她，可是怀里哭得软塌塌的小妖女竟然有些让他无从下手。他推也不是，吼也吼不走她，只能任由她的眼泪将自己的衣服前襟都打湿了。

看着她不停抽动的肩膀，苏易水的脸色变了几变，最后他有些无奈地吸了一口气，道："你到底在哭什么？难道是真气吸得还不够？"

薛冉冉终于抬起头，抽了抽鼻子，努力平静下来，道："师父，您还是将您的结丹收回吧，以后也不必再给我渡入真气了。天道有常理，我原本不该这般转生在世上，与其一直连累您，不如放我自生自灭吧。"

身为修真之人，最大的痛苦应该就是修为止步不前，眼看着长生无望，一点点衰老而亡。

苏易水虽然是天纵奇才，可是如此以真气哺养他人并非长久之计。若不是他早前算计了魏纠，恐怕现在早已真气衰竭，不能接续了。

他以前从来没有告诉过她这些。薛冉冉若是早些知道，是绝对不会让苏易水如此的。

听了这小姑娘如此坚决的话，苏易水挑着眉道："你不怕死？"

薛冉冉摇了摇头，低声道："我希望您能好好活着……"

看着她微红的眼睛里的那一抹坚定，苏易水突然觉得心脏猛地抽紧，竟然疼得不

397

能呼吸……他也不知怎么了，只要想到薛冉冉也许会死，就莫名地惶恐，好像曾经见她死过一般……

苏易水缓了心神，鬼使神差地伸手揩拭她的眼泪，粗声道："在我没有想起为何这么救你前，你都要好好地给我活着！我给出的东西，岂是你想还就能还的？"

薛冉冉看着苏易水看似无情的表情，却觉得心里暖暖的。她忍不住再次拥抱这个看似张牙舞爪的"凶兽"，贪婪地嗅闻着他怀里熟悉的气息。她竟然一时想不起，上次这样抱着他是什么时候了。

苏易水并没有推开她，他垂眸，若有所思，冷冷地问："你以前也总是这般抱着我吗？"

这个小丫头略有几分姿色，难道她以前也曾如此诱惑他，才让他对她特别垂青的？

薛冉冉当然知道自己失态了。就算心里再不舍，她也只能慢慢松手，坐起身来，捋了捋鬓边的碎发，闷声道："师父您……就跟我爹爹一般……我想爹爹时，偶尔忍不住会抱抱您……"

这般解释最合理了，薛冉冉也不想现在的苏易水有误会。她暗暗提醒自己以后万万不可以这么失态，所以并没有注意到慈父般的师父的脸色变臭了。

苏易水万万没想到她竟然会冒出这样的话，他揽镜自照，还是十九岁少年的模样，哪里像小妖女的爹爹！他不由得冷声道："以后想爹爹了便回去探亲！莫要见个男人就认作爹爹，若是无事，出去吧！"

薛冉冉吸了吸鼻子，一骨碌爬起来："师父，您……现在觉得身子还好吗？有没有难受的感觉？"

也许是许久不曾吸入师父的真气，她方才似乎无意识地吸入很多，也不知对师父是否会有影响。

苏易水却一脸气闷，只冷硬地重复道："出去！"

薛冉冉没有办法，只能起身慢慢走出去。

等到小丫头消失在视野里时，苏易水才后知后觉，他似乎又重拿轻放，轻飘飘地放过了这个小妖女。

要知道，他可是将自己大半的修为真气都慢慢给了她。

苏易水从来没有觉得自己被洗魂符封印的那段记忆有什么重要的东西。可是如今，他越来越好奇自己为何会如此容忍薛冉冉，又为何要舍命去救沐清歌姐妹。

要想知道这一切，唯有找寻到酒老仙，解开洗魂符。

薛冉冉一直以为，苏易水新收下这么多弟子，是单纯因为不满之前的徒弟们太"菜鸡"。可是后来她发现，这些新弟子都有着让人惊诧的背景。比如说那个沈阔，他的祖父竟然是当年赤门的旧门主沈问。沈问虽然是魔修，但是当年也是一代大能，可惜不小心收错了徒弟——收了魏纠这个白眼狼。当年魏纠急功近利，弑杀自己师父沈问的事情世人皆知。沈阔与魏纠有不共戴天之仇。苏易水收下沈阔这孩子，意图十分明显，就是要招兵买马，先对付魏纠。

至于那个岳胜，乃昔日可以与三大门派比肩的虞山派后人。当初九华派异军突起，带领另外两大门派压制虞山派的往事，如今没有多少人知道。可是岳胜作为虞山派后人，一心要重振虞山派，跟着与三大门派都不对付的苏易水自然是上佳之策。

岳胜年纪虽小，但是虞山派昔日的人脉不少，关于赤门最近的动向，他也探听到了许多眉目。

譬如赤门最近有不少陌生的门人出入。他们虽然穿着赤门门人的衣服，可是赤门中人并不认识他们。魏纠还将赤门赤焰山后一个隐蔽的道场拨给了他们。

所以苏易水打算带人前往，一探究竟。

现在西山人才济济，高仓他们原本以为师父不会再带上他们。可是没想到，他们几个入门早的徒弟都被师父带上了，就连实力稍弱些的白柏山也是如此。而新入选的弟子里，苏易水只挑了沈阔和岳胜这两个拔尖的弟子。

只是这次他们不再乘车马而行，而是一路御风前行。

岳胜依旧看高仓他们不顺眼，可是言语间变得客气了许多。只因为在没有离开西山的时候，岳胜几次挑衅高仓和白柏山，都被苏易水撞见了。苏易水倒也没有说什么，只是让岳胜与高仓比试一下踩蛋壳，输了的人需要抄写西山门规一百遍。

◎◎◎◎◎◎

所谓踩蛋壳，是修习轻身术的入门技艺，就是将掰开的蛋壳铺在地上，然后踩着蛋壳腾跳飞跃，谁要是踩碎了或者踩碎的数量多就算输。

这种技艺对岳胜这种有基础的修真者来说不算什么。岳胜直觉以为师父是在偏袒自己，变相惩罚高仓那傻小子，自然爽快地一口应下。

可是到了演武场上时，岳胜傻眼了。

原来那些蛋壳是漂浮在两口架起的大锅里的，锅里都是滚烫的热水。若是轻身术乏力，倒不会踩碎蛋壳，可是人差不多能被烫熟。

当苏易水吩咐他们上去踩蛋壳的时候，高仓圆睁着眼，深吸一口气，便默念轻身诀纵身跳入锅里。

岳胜却迟疑了半天，不肯跳上去，最后只说道："这场大不了我认输，去罚写门规就是了。"

他的话音未落，高仓那边已经泄了气，扑通一声就掉入了大锅。

就在众人以为他会被烫得哇哇乱叫的时候，高仓却一脸惊喜道："哎呀，这水怎么只冒热气却不烫人呢？"

后来，他们才知道，这两口锅里煮的都是冰莲池的极阴之水，虽然看似滚烫，实际不过刚刚有些温度而已。

苏易水这时冷冷说道:"你不是总质疑高仓如何配做你大师兄嘛,他对师父的话言听计从,从无怀疑,只这一点,你修为再高也比不上。"

其实苏易水也没想到,高仓那个大傻子竟然连半点儿迟疑都没有,就跳上去了。看来薛冉冉说她这几位师兄师姐的话没有掺假,虽然他们的根基差了些,但是都是本性纯良、忠心不贰之辈。

于是,几根废材总算有了亮眼之处。

岳胜心知自己露了怯,一时白净的脸上羞愧得有些涨红,接着便闷声不响地去抄写门规了。

有了这次杀鸡儆猴,新旧同门之间的倾轧算是告一段落,众位弟子一起修习也能相安无事了。

至于厨房里的事务,鉴于新弟子们那么"热情",所以做饭的差事也一股脑都给了他们。

苏易水又开始进入辟谷的阶段,已经禁了人间烟火。薛冉冉也得了空闲,可以跟大家一起潜心静修。

这次出门,苏易水倒是将最先入门的四人都带了出来。岳胜能跟来,大约也是托了虞山派人脉的福气,他也想要好好表现一番,洗脱前耻。

下山的时候,薛冉冉明显感觉到,路上过往的行人都神色紧张,手里都拎着柴刀一类的利器。

据说附近的山上最近都闹出了许多魔怪伤人的事情,所以过往的行人总是三五成群,不肯独自前行,手里也得带些称手的防护工具。

薛冉冉想到了那些鬼头蛛,看来这次从阴界跑出的魔物不在少数。

西山师徒一行人前行一阵子后,又陆续看到了三大门派的人,这些人也都行色匆匆,看上去跟他们前行的是一个方向。

薛冉冉小声问苏易水:"这些正道弟子全都出动了,该不会是在追撵我们吧?"

苏易水摇了摇头:"他们应该也要去赤焰山,那里也有他们想要的东西。"

薛冉冉想起自己在《梵天教志》里看到的片段,猛然醒悟道:"如今魔物横行,正道弟子必然想要快些降妖除魔,他们该不会是想要去赤焰山找寻淬金之火吧?"

当年,大能盾天在赤焰山手刃人魔王,并且留下一粒真火,据说是当年他炼化人魔王尸体的一粒火种,经历百年不灭,能除魔辟正。

只是这一粒真火只有在阴魔横生时才会露出踪迹。

如今有大量魔物逃出阴界之门,也许正是触发这真火问世的时候。难怪有那么多正道弟子急急赶赴他们不屑于前往的魔道赤焰山。

❁❁❁❁❁❁❁

赤门紧挨着赤焰山,此处地广人稀,再往前走,便是白日灼热、夜晚阴冷的荒原地带。

所以，在进入荒原前，要将水袋装好水，以备不时之需。薛冉冉在一条溪水边打水的时候，抬头就能看见前方火红的赤焰山。

据说，当年大能盾天飞升之前血洗了曾经是魔窟的赤焰山。因为他在此炼化了杀他妻儿的人魔王，所以赤焰山终年喷着岩浆，山附近的天气也是异常炎热。对某些魔修来说，这样的温度正好助益提升真气，是修习的最佳之处，所以五行属火的赤门才会在此地扎根百年。

不过，这对至阴木属性的薛冉冉来说就不太友好了。所以她到了泉水边就迫不及待地脱鞋除袜，将脚伸入水中。

当沁凉的水气涌上来时，薛冉冉就像吸到水的小树般再次打起了精神。

"怎么，又难受了？"

突然，苏易水的声音从她的背后响了起来，薛冉冉回头一看，苏易水正站在她身后。

对于女弟子贸然脱掉鞋袜的举动，苏易水微微蹙眉。

那双脚太过莹白，指甲虽然没有用蔻丹汁晕染，却呈现出迷人的淡粉色。美人纤足，足以吸引人的目光。最起码那些在上游打水的男弟子似乎都在有意无意地望着这边。

苏易水第一次觉得自己收的男徒弟有些多。所以他站到薛冉冉身旁的时候，高大的身体自然而然地挡住了徒弟们有些孟浪的眼神。

薛冉冉并没有发现师父的小心思。她还在思索一些她百思不得其解的事情："师父，您说大能盾天留下的那一粒真火，真的可以驱尽天下阴魔吗？"

苏易水并不关心这些事，蹲下来探着她的手腕脉息。

不知道为什么，薛冉冉最近需要补的真气越来越多。就算苏易水暂时还想留着她，仅凭他的一己之力也有些供应不及。

而且薛冉冉现在一看苏易水又要给她渡气就会呈现戒备状态："师父，若是要闯入赤门去救酒老仙，您就必须要保持最好的状态。我还可以，并没有什么不适的地方，您不要再给我渡真气了！"

薛冉冉生怕苏易水在这紧要关头损耗真气，此处不是西山，若是损耗了真气，也没有时间去道场打坐修补，所以她不能让苏易水自我损耗，免得陷入危机的时候，他不能自救。

苏易水看着她，那种心脏被捏紧的感觉又涌了上来，他甚至有种想要拥她入怀的冲动。

依他看，他哪里是被洗魂符降住了，分明是被这小妖女下了降头才对。这也让他越来越想找回遗忘的前尘，弄清自己到底是怎么回事。为什么最近他总是盯着这小妮子的脸发呆，有时候看着她娇嫩的嘴唇也有些莫名的冲动？

就在当初差点儿跟温红扇订婚的时候，他对温红扇也是恪守礼节，并没有这样的心思啊。

苏易水这般心猿意马，有些心不在焉地听着薛冉冉的话，突然开口问道："你可曾有心仪的郎君？"

若是没记错，他可听到她的娘亲巧莲说过要给她说亲事，还说以前也给她张罗了几位少年郎君。

薛冉冉没想到苏易水突然话锋一转，问起了这个，不由得呆愣地"啊"了一下。

苏易水则淡然道："就像你娘说的，你也老大不小了，若是没有，这同门的师兄弟里，你可有中意的？"

她顿了顿，刚想说"没有"，又收了回去。师父这是怎么了？难道想要替她的爹娘给她指一门同宗而修的婚事？同门的师兄弟们中虽然俊帅的不少，可是薛冉冉觉得只看看就好，她可不想跟这些同门闹出别的事情。所以听苏易水这么问，她干脆说道："……倒是有一个，不过不是我的同门，还请师父莫要再问了。"

她这话一出，苏易水的表情顿时有些难看，他冷声道："那是哪个？说出来听听，我也好替你把把关。"

薛冉冉低着头无意识地用莹白的小脚丫撩拨着水，慢吞吞道："就是个性格别扭的人……看着成熟，其实挺幼稚的……心眼小，爱记仇，可是对我很好……"

苏易水越听越气闷，冷声道："你居然会看上这么一无是处的人！是找不到好男人了？"

薛冉冉却扑哧一下笑开了，抬起头，冲着他灿烂地笑道："对啊，他在别人眼里也许真的不好，可是在我心里，他是顶好的，别的，我都不要！"

苏易水腾地站起身来。他在这个傻丫头面前浪费的时间够多了，不能再继续听她的蠢话了。像这种给个仨瓜俩枣就能被男人骗走的笨蛋，又能喜欢上什么像样的男人！他也是一时无聊，居然问她这种蠢问题！

接下来的旅程，对西山弟子们来说真的是无比压抑，师父脸色阴沉得如泼洒了墨汁，脸黑得任何人不敢靠近。偏偏大家还猜不出究竟是什么事惹得师父不高兴。

丘喜儿问薛冉冉，薛冉冉也表示不知道。因为师父似乎不愿意跟她讲话，她吃了几次冷脸和闭门羹，也不再去自讨没趣了。反正师父的身边有两位师叔服侍，并不需要她往前凑。

平时旅途中，跟师兄弟们边走边聊打发时间，也就刻意冲淡了自己被苏易水冷落的难过。薛冉冉从来不会沉浸在哀伤里太久。只是她每次被岳胜和白柏山他们逗得捂嘴大笑时，无意中扭头，都会看到师父投射过来的凌厉目光……

嗯，师父心情不好时，做弟子的的确不该笑得太大声。

不过，再往前走的时候，谁也笑不出来了。

岳胜走在前面，一不小心踏上了地面，被烫得"啊"的一声叫了出来。原来不知为何，前面必经的荒原地面变得滚烫。

　　沈阔蹲了下来，若有所思道："这是道场聚能的迹象，聚集地热者往往是结婴的大能……难道魏纠正在结婴，准备飞升？"

　　岳胜听了这话，脸上现出了几分急切。魏纠是在沐清歌之后最臭名昭著的魔头，若能降了他，必定扬名立万。虞山派能否重振，都在于岳胜一人，所以他自然不希望魏纠结婴飞升。

　　可是苏易水冷冷道："他的结丹受损，哪里会这么快结婴？这样的热度……大约跟淬金之火有关……"

　　不过，这里到底发生了什么，还是要找当地人打听一下为宜。

　　赤焰山附近有个赤焰镇，镇子里甚为荒凉，只有一家看着清冷破旧的客栈。

　　当他们一行人走过来时，还没等走在前面的岳胜说话，那个在门口编草鞋的白胡子老头儿先说话了："都是来赶着投胎的吗？若是无事，快些走吧，不然的话，想走也走不了了……"

　　丘喜儿探头看着那老爷子，小心问道："怎么，这里很危险吗？"

　　老者半抬起头，冷冷说道："你们不是第一批来送死的，大约也是劝不住。我的店只剩下一个房间了，你们要吗？"

　　现在外面的大地滚烫，他们若是今日上不去赤焰山，的确需要找个地方休息。可是这个店，还有这个老者，都透着说不出的古怪，让人止步不前。

　　就在这时，从店里突然走出了几个人。为首的是财神爷王遂枝，他身旁还有秦玄酒等人，这些人簇拥着的则是顶着沐清歌名头的沐冉舞。

　　多日不见，沐冉舞似乎精神振奋了许多，元气也充沛了不少，只是她当初收了那么多孤儿弟子，此时跟在她身后的却没有几个。

　　看见苏易水他们也在，沐冉舞微微一愣，复又笑道："西山的诸位怎么也来了？"

　　她看见苏易水带人来也不害怕。因为她知道，他碍着姐姐的情面，就算明知道她是冒名顶替，也不会拿她怎样。毕竟他当初答应了姐姐要照顾她。苏易水对姐姐有负罪感，所以无论她做出多么过分的事情，苏易水都不会真的跟她计较的……

　　想到这儿，沐冉舞自然可以有恃无恐地跟苏易水打招呼。

　　不过，薛冉冉看到沐冉舞的时候，心情复杂多了。虽然说这个招摇撞骗的女人前世可能是她的妹妹，可是薛冉冉现在对她生不出半点姐妹之情。

　　看着王遂枝和秦玄酒这些前世的弟子围拢在她身边，又想到秦玄酒曾经因为师父的薄待而号啕大哭，薛冉冉真的为这些弟子担心。依着沐冉舞的心性，说不定要利用这些弟子来做什么呢。

　　想到这儿，薛冉冉冷冷地问道："不知道沐仙师来此有何贵干？"

403

秦玄酒抢着说道："最近各地出现了许多魔物，为害一方百姓，我师父锄强扶弱，追击魔物，一路来此。你们来此地做甚？"

薛冉冉听到了"魔物"，心念一动，道："什么样的魔物，可是鬼头蛛？"

秦玄酒道："岂止这一个，全都是阴界魔物。你和你的师父还有魏纠曾入了阴界，撕开了口子，才将这些魔物放出来！还得我的恩师替你们擦屁股！依我看，你们跟魏纠是一伙的吧，是不是故意如此，好趁乱坐大？"

最近西山派在招兵买马，新收了不少弟子，风头正劲，让人不得不防。

高仓听了立刻瞪眼道："放屁！我们师父前往阴界是为了归还灵泉，若是灵泉还在人界，才是生灵涂炭！"

沐冉舞这时却微笑着开口道："好了，玄酒，莫要指责你师兄了。他当初入了阴界，若是不小心被魏纠利用，也是事出有因，我相信他并不是故意放出那些魔物的……"

她说这话时，时间拿捏得刚刚好。

异人馆的冯十三正带着一群人出来，他那双阴阳眼也在上下打量着西山弟子。

除此之外，三大门派中的顶尖弟子也纷纷现身。

难怪那个客栈的老爷子会说客满，这小小一家破旧客栈可真是卧虎藏龙啊！

原来，这段时间各地都发生了魔物伤人的事件，薛冉冉遇到的鬼头蛛只是冰山一角。甚至连阳气甚重的京城也发生了异变，每当入夜时分，就会有硕大的蝙蝠吸食人血。

这等群魔乱舞的异象，比当年魔子私带灵泉出阴界更甚。

如今魔物横行，迟早会成为不可收拾的祸患，所以三大门派也是受京城异人馆的邀约，前来赤山找寻能压制魔物的淬金之火。

正是因为这一粒火种，赤焰山周遭的温度与地貌才迥然不同，脚下的土地都是烘烤过的焦红色。只是这一粒火种究竟在赤焰山何处，就连此地的主人魏纠也说不清楚。

众人集结在此，就是想要逼迫魏纠放开山门，让他们前往找寻驱魔的真火。

只是他们没想到，苏易水这个当年的魔子居然也领着徒弟来了。想到这些异变似乎都跟苏易水当年带出灵泉有关，众人不禁向西山师徒宣泄怒火。

沐冉舞显然是故伎重施，特意选在人前挑起众人的怒火。

可是她刚说完话，就发现苏易水看她的眼神不对——不是以往的淡然、漠视，而是带着腾腾杀气。

就在沐冉舞还没有反应过来的时候，苏易水已经出手攻了过来。沐冉舞连忙伸手运起灵盾格挡，可是苏易水单手为刀，直直劈开灵盾，狠狠掐住了沐冉舞的脖子。

见他出手，秦玄酒急了，连忙劈刀去砍，可惜他不是苏易水的对手。

就在这时，沐冉舞的身后突然出现了两个表情呆板的男人。他们的脸仿佛被封印了，眼睛连眨都不眨一下，双手化气为刃，朝着苏易水攻了过来。那攻势凌厉、凶猛，还裹着阴森肃杀之气。

苏易水为了躲避，自然而然地放手，后退了几步，然后眯起眼睛打量那两个奇怪的男人。

沐冉舞这些日子以来一直用着魏纠教授的法子，吸食那些至阴孩童的灵力，她原本以为自己已经恢复得差不多了。可是没想到苏易水现在的招式更加凌厉，完全不留余地，一副置她于死地的架势。

虽然好不容易在身后两个随从的帮助下挣脱那钢钳一般的大手，沐冉舞的嗓子却已经嘶哑得快说不出话来了。

她连连后退，气急败坏道："你……居然想要杀了我？你忘了……"

她想说"你忘了姐姐对你的嘱托了吗？"可是现在周围都是人，她还要顶着沐清歌的名头，所以只能强自忍下。

苏易水冷冷道："我生平最恨别人冤枉我，这些魔物与我何干？你拿话挑唆，其心可诛！"

沐冉舞想要与他争辩，奈何她的脖子太痛，声音嘶哑得如鸭子般，气得眼睛都红了。

而一旁的薛冉冉看得直捂脖子，仿佛苏易水方才掐着的不是沐冉舞，而是她纤细的脖子。

看看，若不是后来沐清歌为苏易水做了甚多，感动了他，这个逆徒就是个能毫不犹豫掐死师父的凶兽！

她虽然也做了自己可能真气不足、衰弱而死的准备，可是在她的设想里，最好能回去跟父母团聚，再给他们做一次饭，然后撒谎说自己将要飞升做神仙，也许再不能跟他们相见，再去和师父一起去过的花海那里，在萤火虫的萦绕下，安静地闭眼离去。

想到自己会在苏易水充满恨意的眼神里死去，这样的死法可不太美妙。薛冉冉决心捂紧自己现在的"护身铠甲"，她就是妹妹沐冉舞，可万万不能被现在的师父发现她才是前世的沐清歌！

就在这时，空山派有长老出来打起了圆场。

"好了，现在魔物横行的缘由没有搞清楚，何必如此大动干戈？苏易水，你不是来投店的吗？自去开房间便是了。"

她这么一开口，便是无形中驳斥了沐冉舞关于魔物是苏易水放出来的说辞。

沐冉舞心知三大门派这次不会再被她当傻子用，只能恨恨地捂着脖子，退回自己的房间。

🮱🮱🮱🮱🮱🮱🮱

这一场混乱之后，苏易水便定下了最后一间客房。不过房间那么小，大家就算是

405

整夜打坐都不够地方。

薛冉冉和丘喜儿下楼找食物的同时,想看看客栈里有没有多余的被子铺地,这样打坐也不至于太辛苦。

此时入夜,众人都已回房,设下灵盾,井水不犯河水。不过,她下楼时,听见后院里似乎有说话的声音。

薛冉冉顺着打开的窗户往外看,王遂枝正跟一个带来的小童说话。那小童看上去身材瘦弱,满脸都是惊恐。

"爷,求您放过我吧!今天难得师父没有领着我修行,您只当没有看见我!我再留下来,一定会死的!"

王遂枝皱眉看着跪下的小童,低声喝道:"你既然已经拜了师父,岂能说走就走,你这是叛出师门啊!再说,你无父无母,要往哪里去?"

那小童哽咽道:"就是我无父无母,你们才欺负我。您当初挑选我跟十多个要饭的同伴入门,为何他们都接二连三地生了怪病,瘦骨嶙峋地死去?什么师父!我看她就是吸人血的白骨精!"

听了小童这么大逆不道的话,王遂枝起初一脸怒色,最后却又变成了无奈,只是从怀里掏出一个袋子,递给那小童说:"既然如此,我也不强留你了,这里是一些盘缠,你留着路上用。往东北的方向去吧,那里有财气旺你,虽然不能大富大贵,但也足够吃饱饭……"

那小童感恩戴德,揣着钱袋逃也似的离开了。

王遂枝在院子里站了好一会儿,对着孤月长叹。转身时,他看到了立在角落里的薛冉冉,不由得一愣,然后客气地抱了抱拳便准备转身离开。

薛冉冉忍不住开口道:"你既然明知道你师父有不妥之处,为何不离开,还要助纣为虐?"

王遂枝板起脸道:"我的恩师,岂容你污蔑?"

薛冉冉说道:"其实你心里已经有了答案,只是不愿意相信罢了。师父固然为大,可若她做错了,你却一味屈从,岂不是助纣为虐?"

王遂枝迟疑道:"薛姑娘,你指的是什么?"

薛冉冉说道:"当初你在边关招揽小童,选的全都是至阴月份的孩童,我那时还纳闷,对生辰这般讲究是为何。今日见了跟在沐仙师旁边的小童,他们一个个都是内里空荡的样子,沐仙师却容光焕发,我才恍然大悟,原来她修习了魔道的采补法子——"

"住口,你胡说,我师父怎么会做出这等事情来!"王遂枝又气又急,更怕吵到人,所以只能将声音压在嗓子眼低吼。

薛冉冉缓缓吐出一口气,她若不是发现苏易水一直给自己渡真气,可能也不会想到这一点。

她和沐冉舞都是从转生树上掉落下来的果子，虽然沐冉舞利用转生窃取了她的修为，但是在皇宫里损耗了元气，她的内虚不足之症应该也显现出来了。沐冉舞身边没有苏易水这样的人给她渡真气，那么她靠什么来渡过难关？今晚她在一旁偷听了王遂枝和小童的话，立刻全明白了。

看到王遂枝放走了那小童，薛冉冉觉得王遂枝本性不错，不想看他再跟着那个沐冉舞做坏事，所以特意出言点拨他。

"她有没有做，其实你心里不是已经有答案了吗？"薛冉冉听到他的质问后轻声说道。

王遂枝一时语塞，再也说不出话来。

他当然也察觉到了不对劲，他找来的那些孩子当初虽然吃不饱饭，瘦小了些，可都是健康结实的孩子。可是跟着恩师修习以后，天赋好的孩子先后患病了，一个个仿佛被抽干了。他们不行了，恩师就吩咐将他们送走，也不知道他们后来是死是活。

王遂枝这些日子一直睡不着觉。一睡着，他的脑海中就会浮现那些孩子被送走时望着他的空洞大眼，然后就会一身冷汗地醒来。

可是这些话，他又不能说给其他同门听。毕竟恩师重生是大家盼了许久的奇迹，他说出半个不好的字来，都是大逆不道。

现在听了薛冉冉的话，他竟然有种醍醐灌顶之感："若是……我是说，若是真的，你说，我应该如何做？"

薛冉冉望着眼前的中年人，也许二十多年前，他还是少年的时候，也曾这般迷茫地向自己请教问题吧。

"既然觉得不妥，为何不走？"

王遂枝低声叹气，道："你有所不知，我师父身边来了些人……我想走也走不得……"

想起白日里与师父交手的那两个表情呆板的人，薛冉冉也很好奇他们究竟是什么人。现在沐冉舞和苏域的关系很微妙，她不会放心让苏域的人待在她身边。如果不是异人馆的人，会是赤门的人吗？

就在这时，客栈的另一侧似乎传来孩童的哭泣声。原来，沐冉舞想要练功时，发现那孩子不见了，便派人搜寻。那个逃走的小童没走多远就被一个面无表情的侍从追上，抓回来了。

王遂枝听了那孩子的哭喊声，身子微微颤抖，倒不是怕师父责罚，而是他真的觉得自己无意中干了一件该被天诛地灭的坏事。

薛冉冉从腰间拿出几张符递给了王遂枝，然后用只有王遂枝一人能听到的传音入密，传递话语道："这些是隐身符，你若有心走，还请带着剩下的孩子和秦将军一起走。他性情太耿直，被人利用也不知。你可以将他灌醉，然后你们每个人贴上符，藏在客栈后面的酒缸里……这符能隐藏你们的气息，而且酒缸的气味强烈，更好藏人……不要跟沐仙师翻脸，现在她身边有怪人相助，你不是她的对手……"

王遂枝接过符以后咬了咬牙，似乎下定决心相信这个面善的姑娘一次。不知道为什么，常年经商、阅人无数的他就是觉得这个叫薛冉冉的姑娘值得相信。

突然，王遂枝对薛冉冉道："姑娘，您问我财气的话，您的财气就在正北方，如果明天往那里去，必定要发一笔横财……"

两人正在说话间，院子的另一侧传来嘶哑的声音："薛姑娘好大的雅兴，怎么半夜里找寻我的徒儿问询财路，有什么事情，不能白天再说吗？"

沐冉舞哑着嗓子，一脸冷笑地出现在庭院里。

因为脖子被苏易水捏伤，沐冉舞今日没有及时打坐，又睡了一觉，醒来的时候却找寻不到她刚刚养好的童子。她吸了那童子几日了，所以能立刻感觉到他已经离了客栈。

沐冉舞准备前去教训那逃跑的童子时路过此处，正好听见了王遂枝的话，似乎是薛冉冉在问财路。沐冉舞听到这儿，立刻出来制止。如今王遂枝是她的财神徒儿，凭什么再让薛冉冉发财？而且王遂枝什么时候跟薛冉冉这么好了？难道王遂枝认出自己是假冒的？

沐冉舞现在需要钱财的地方太多，暂时离不开王遂枝这个钱垛子，所以她是不会让薛冉冉来蛊惑王遂枝的。

换作以前，薛冉冉绝对不会跟沐仙师正面交锋。可是知道她竟然刻意冒名顶替沐清歌，做些阴暗、龌龊的事情后，薛冉冉看她的目光都是冷的。

她看着沐冉舞身后还有几个脸色苍白的孩子，这些孩子也许支撑不了太久。想到这儿，她又看了看王遂枝，用传音入密默默跟他说道："这些孩子都是你招来的，你若良心发现，一定想办法救救他们。若以后还需要帮助，尽管来西山找我……其实你有没有想过，你现在的这个师父，真的是沐清歌吗？"

传完这些隐秘的话，薛冉冉转头对沐冉舞道："偶然在这里碰到了王先生，便跟他闲聊几句，沐仙师不会介意吧？"

沐冉舞还要说话，却发现苏易水也出现在院子里，吓得她连连后退了几步，对王遂枝道："还不快些跟上！"

王遂枝似乎被薛冉冉的最后一句话惊到了，他勉强维持镇定，惊疑不定地瞟了薛冉冉一眼，便跟着沐冉舞走了。

薛冉冉叹了一口气。她现在说自己才是沐清歌，王遂枝也不会相信，反而会以为她是苏易水指使来离间他们师徒的。所以她只能点拨一下，给王遂枝一个线头，看他自己能不能理清这团乱麻。只是那些孩子真的不能再拖了，反正明日他们都要入山，沐冉舞就算发现那些孩子不见了，也暂时不能分精力追击。但愿王遂枝能利用那些符，巧妙逃脱沐冉舞的摆布。

沐冉舞他们走了以后，苏易水缓步走到了薛冉冉面前，低头看着她，俊眸微微眯起，突然问道："我白日袭击了你姐姐，所以你不高兴了？"

她一直不肯回房间，在院子里徘徊，难道是在跟他怄气？

薛冉冉一愣，马上想到他一直以为自己是沐清歌的妹妹沐冉舞。想到这儿，她开口说道："她不是我姐姐，我这辈子没有姐妹，就算她是我的亲姐姐，可是她做错了事，也该自己承担后果……"

苏易水听到这儿，冷哼一声，道："她上辈子可最疼你，总是处处维护你，你如今倒是撇得干净。"

虽然他以前就看不惯沐清歌娇宠着她那婴儿一般无能的妹妹，可是现在她突然如此绝情，未免显得薄情寡义。

薛冉冉听了，幽幽叹了一口气，道："我到底是错了，难道死了一次，还弥补不了上辈子的亏欠？"

也许上辈子她就是太宠着沐冉舞，才让她的贪欲越来越大，最后竟然生出将自己取而代之的心思。她做错了，也付出了死亡的代价，这辈子，她并没有跟沐冉舞生出半点儿姐妹之情，自然也不想再包庇这个极端自私恶毒的女人。

可是这话落在苏易水的耳朵里，是另一番滋味。他觉得自己似乎太为难这个小姑娘了。她这辈子什么都不知道，他再一味地指责她，岂不是有些严苛？

第二天一早，客栈里的人纷纷准备出发了。沐冉舞发现王遂枝、秦玄酒还有她用来养气的几个孩子都不见了。

沐冉舞满客栈找寻，也见不到他们的人影，更查询不到踪迹。她问余下的人时，他们只说，昨夜看见王遂枝拉着秦将军饮酒，余下的便一概不知了。

沐冉舞气得脸色涨红，狠狠瞪向薛冉冉。她现在无比肯定，自己那些用得顺手的"棋子"不见了就是薛冉冉搞的鬼！

薛冉冉并没有闪避她的眼神，只冷冷瞪着她。

沐冉舞觉得心狠狠一抽，脖子习惯性地缩了起来：该死！那死丫头的眼神，竟然跟前世姐姐瞪她时一模一样！害得她习惯性地想要缩脖子认错……这种被人长久压制的感觉真的是令人疯狂。

跟完美的姐姐相比，自己无论做什么都是错的，都没有她完美！

沐冉舞狠狠咬住了嘴唇，只能暂时先搁下这些事。她知道，待找到了淬金之火，便是她名扬天下之时。到时候，那些叛离师门的逆徒，她一个都不放过！

赤焰山周围的荒原经过一夜的冷却，只有早晨的时候能下得去脚。

临出发前，薛冉冉被客栈门口那个看店的老者喊住了："小丫头，你脚上的鞋破了，那荒原的路不太好走，我送你一双草鞋吧。"

薛冉冉低头一看，自己脚上的鞋子果然已磨开了一道口子。此处地广人稀，若想买新鞋，还真有些不方便。

她谢过老者后，又从怀里掏出银子，说："我再买几双，免得师父他们的鞋子也被磨坏了。"

那老者咧开嘴，露出焦黄的牙笑了笑："我只编了两双，你把另一双也拿走吧，不用钱，权当送给你了。"

薛冉冉抽了抽小鼻子，顿了一下，然后笑着道："那就谢过老伯了。"

那老者低下头，淡淡道："我还是劝你们不要去送死，前面的路不好走……"

薛冉冉还要再说什么，那老者却背起了竹篓，准备去后院的荒草甸子割草。

丘喜儿走过来时，看到薛冉冉望着那老者的背影，便问："怎么了？"

薛冉冉若有所思道："我好像在哪里见过这位老伯……"

丘喜儿也跟着看了看，却并没有发现那老者有什么异样，他就跟山野常见的老叟一样，寻常得很。

通往赤焰山的荒原渐渐热闹起来，而赤门魏纠一早也得到了通报。他对众人前来踢馆的事完全不放在心上。

魔道赤门扎根于此，除了因为此处火的属性有益于修炼，还因为此地易守难攻。

当初在边关算计苏易水之后，魏纠也不知那洗魂符的效力如何。他在小镇安插的眼线打探到曾易带着薛冉冉离开苏易水时，他便知道那符起效了。

既然苏易水忘了他对沐清歌的情爱，自然也不会对薛冉冉再有什么特殊的情愫。被师父玩弄、抛弃的薛冉冉一定会心灰意冷。按照魏纠的心思，是准备得空看看她的。若没有意外，他会将薛冉冉带回赤门。

等他料理了门中事务，前去找寻时，薛冉冉却已经跟苏易水回了西山，就连她的父母跟那曾易也不见了踪影。

魏纠知道苏易水在招兵买马，苏易水新收的弟子里还有他师父沈问的后人。而他找回薛冉冉，似乎也是想要收回他的结丹。魏纠觉得薛冉冉那丫头古灵精怪的，必定能想法子保住自己的性命。不过，这样也好，等苏易水伤透了她的心，她才会明白什么人才是会疼人的。

听闻他们在赤焰山荒原边的客栈集结时，魏纠倒不太慌张，只是冷笑道："他们想入我赤门找寻淬金之火，也要问我这个主人愿不愿意！"

不过，来都来了，他若不尽心招待一番，实在有违待客之道。想到这儿，他吩咐道："来人，将五煞迷阵布好，给我们的客人松一松筋骨！"

至于薛冉冉，他当然也会精心地给她准备一份礼物，希望她认清苏易水这个伪君子的真正为人后发现他魏纠这个真小人的好处……

再说客栈里的几伙人分批来到赤焰山脚下，并不见有赤门的门人前来阻拦。

随着离赤焰山越来越近，天气渐渐炎热起来。

薛冉冉觉得脚下开始发烫，便将破了的鞋子脱掉，换上了那个老伯送给她的草鞋。她穿上后，大小正合适，而且里面似乎夹了些薄荷凉草，穿上去脚心沁凉，舒服得很。

她正要问师父要不要换上时，发现他似乎在凝望前方。

薛冉冉顺着他的视线往前望去，发现荒漠的迷沙散尽，前方出现了五只如大鼓一般的巨蛋。若是仔细看，会发现这五只摆成矩形的蛋上面的尘土被狂风吹落，蛋面上雕刻有繁复的图纹，看上去年代甚是久远。

走在最前面的三大门派的长老看清了那五只蛋上的图纹，脸色大变，低声叫道："不好！这些巨蛋……难道是五煞？"

赤焰山下的荒原是当年盾天与人魔王相斗的战场。据说，当时人魔王收集了五煞邪物化阵，妄想困住盾天。后来，还是盾天的妻子容姚用她化入真气的歌声指引，及时唤醒了盾天，盾天才突围出阵。

虽然最后人魔王被杀，可是盾天舍弃妻儿之时已经完成证道，原地飞升，所以这迷阵也被完好地保存下来了。

即使年代久远，三大门派对五煞的论述也都语焉不详，可是那些蛋壳上的图纹是各大修真门派的典籍里都有的。

这五煞为巨蚊、金甲门虫、人面蚤、鬼婴、靥影。每种煞物都是当年人魔王养出的，被封印在石蛋里后，百年不会化解。

就在众人惊疑不定时，一阵幽怨阴森的笛音响起，刺得人耳膜发疼，五只巨蛋缓缓浮起，缝隙里慢慢地飘出浓稠的雾气，凝聚成阵。

就在这时，九华派的长老高声喝道："**魏尊上**，我们此来是有事相求，你何必动用这么大的阵仗来欢迎我们？"

赤焰山遍布的岩石山洞里传来怪笑声："诸位长老以前没少招待本尊，今日好不容易等到诸位大驾光临，我不隆重些，岂不是对不起诸位？还请诸位各凭本事，能顺利通过这五煞迷阵的人，魏某当以金樽美酒款待！"

说完，便再无声音。

飞云山派的一位长老道："大阵就要布成，这时五煞的防御最弱，我们各自选定一只巨蛋同时攻击，若是能击破它们，必定能冲破迷阵！"

说完，他伸手一指，一道炽热的火光先袭向半空中的一只巨蛋。其他人也纷纷出手，一时间法术横飞，火光、水浪、冰霜齐出，场面十分壮观。

见众人攻击巨蛋，笛音突然变得急促起来，本就难听的声音越发像临死的老鸹惨叫。

巨蛋继续升高，到了一定的高度，各自在空中按着独特的轨迹移动，然后嘭的一声炸裂，惊天的煞气如狂风巨浪一般向众人汹涌而来。

就像一锅汤被投了漆黑无比的墨汁，瞬间变成黑汤，这片区域顷刻间就充满了煞气，众人被团团围住。

众人抵御住煞气冲击后，看到原来五只巨蛋所在的位置出现了五扇巨大的煞气之门。众人知道，只有入阵击破阵眼才能破阵。

事到如今，全靠运气，而且想到自己闯入的是大能盾天当初闯入的阵法，众人也是跃跃欲试，想要一战成名。

有人甚至拿出了风水罗盘，遥感哪扇门里煞气最少，便闯入哪扇门里。因为凡是阵法，都会有一处生门，若是撞大运入了生门，顺利逃脱的概率也会高些。

岳胜的眼睛紧紧盯着异人馆的冯十三。他知道冯十三那一双阴阳眼厉害得很，所以决定冯十三走到哪里，他便跟到哪里。

冯十三审视了五个入口，决定闯入正西方那一个。就像岳胜想的那般，冯十三的一双眼可以勘破迷雾，别的门内都是浓黑的煞气，只有这正西的一处煞气最弱，所以冯十三带着异人馆之人率先入了正西之门。

岳胜看了，迫不及待也要闯入，却被薛冉冉叫住："你跟异人馆的人入内，就算那门里没有煞气，也要小心被他们暗算。"

说完，薛冉冉转头问沈阔："你是赤门前门主的后人，可知这五煞阵的破解之法？"

沈阔缓缓摇头："我的祖父虽为魔修，不过与修仙道法不同，从未如魏纠一般胆大妄为，更未敢启用上古邪阵。不过，根据赤门的古籍记载，待在阵内越久，承受的煞气攻势越强，所以快些出阵才是上策。"

听沈阔这么说，岳胜再也不愿耽搁时间，只抱拳对苏易水道："师父，弟子愿先行为您探路，探看一下西门。"

说完，他转身脚尖一点，便急急跃向西门而去了。

高仓气得朝着他的背影唾了一口："真是个惜命的少爷，师父都没选，他却急着自己逃出去了！"

第二十六章 揭露真相

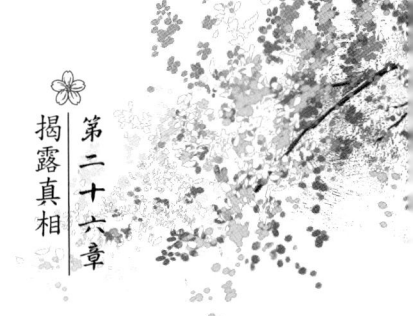

沐冉舞那伙人也没有急于选门。她的眼睛转了几圈，转头问自己的弟子："你们说，去哪扇门为宜？"

那些弟子能说出什么，自然是听师父的。沐冉舞笑了笑，立着不动，似乎并不急切。

就在这时，八仙过海、各显其能的众位道友已选了入阵之门。不过东、西两处各有人进入，只有居于正北的那扇门无人入内。只因为那扇门散发着浓郁的黑气，里面还不时传来怪兽嘶吼的声音，实在是阴气逼人。

这时苏易水转头问薛冉冉："若是你，你会去哪一扇？"

薛冉冉眨巴着眼睛想了想，伸手指了指正北的大门："就是这扇！"

苏易水挑眉问："为何是这个？"

薛冉冉回答得很干脆："财神爷王遂枝说过，我若往北走，必有大财！听他的应该没有错。"

虽然当时王遂枝是发现沐冉舞过来，才故意提高嗓门岔开话题，但是王财神在指明财路这方面从来无虚言！

丘喜儿无力地耸耸肩膀："我的小师妹，若是我们死了，捞到一副棺材，那也叫发大财！这等破解邪阵的大事，怎么能听商人之词？"

没想到苏易水听了却点点头，指了指那正北的大门道："这条路应该没有闲杂人等，清静些，就走这条吧……"

余下的几个徒弟没想到师父的理由更加简单、草率，只图人少清静，不由得表情一垮。可是师命不能不从，于是余下的几个人都随着苏易水入了正北之门。沐冉舞也毫不犹豫地选了北门，跟在苏易水他们身后。她身边有可以跟苏易水相抗衡的侍从，所以暂时不怕他翻脸。

跟那些不靠谱的名门正道，还有异人馆的奇士相比，沐冉舞还是更愿意相信苏易水和她那位前世姐姐的选择。于是两伙人一前一后都入了最凶险的北门。

他们踏入北门的那一刻，阵法中心原本众人站立的地面突然沦陷，生起万丈之火。

看来沈阔所言非虚，若是再迟疑一刻，他们就要身陷火海之中。

入了北门之后，他们便进入了一个封闭的结界，这里倒不似外面看起来那般恐怖骇人。

这里似乎是阴暗潮湿的山洞，再前面似乎有微弱的亮光。可是众人走到亮光近处的时候，不由得又倒退了几步。

原来正前方有个用石头垒砌的棋盘，可是正坐在棋盘旁下棋的那个庞然大物怎么看都不像人！虽然他有人脸，可是那身体更像个巨大的吸饱血的跳蚤……

薛冉冉隐约猜出，他们闯入的结果，主阵的应该是五煞中的人面蚤。

据说，这人面蚤便是最早使用七形化邪咒之人。当年他身为盾天的至交好友，也爱上了盾天的妻子容姚。在容姚选择盾天之后，他性情大变，投身魔道，最后因为走火入魔，误用了邪咒而与一只跳蚤相融，从此便是半人半虫的模样，最后成煞，被人魔王利用，化入五煞阵中。据说，这人下得一手好棋，与容姚也是因棋生情。这点儿执念就算在他成了魔煞后也不曾更改，在这阵法里愣是化出一盘棋来自娱自乐。

"下得正得趣，却来了你们这群讨厌鬼……也好，我许久不曾吸食人血，有了你们，倒是可以饱餐一顿……"

那人面蚤说着说着，突然嗟嗟怪笑，同时洞穴里的气场也发生了变化，空气一下子变得浓稠起来，裹得人喘不上气来。

所有入洞之人的丹田都已蓄养真气，在这种情况下，他们就如同入水一般自动屏气。可这里浓稠的空气似乎很损耗真气，在闭气的情况下战斗很难架起灵盾。

就在这时，数不清的大跳蚤不断袭来，众人只能挥剑猛砍。

可是高仓斩断一只跳蚤之后，那大虫子绿色的液浆迸溅到他的衣服上，竟然将他的衣服烧破了，痛得他哇的一声惨叫。

其他几个人也是如此，唯一没有被迸溅到的就是薛冉冉。因为当虫液迸溅过来时，苏易水一把将她扯进怀里护得严严实实，那些虫液迸溅到了他的后背上。薛冉冉抬头看到他浓眉紧皱，便知他一定被灼烧得很痛。

白柏山不小心被一只虫子咬到，被咬的那只手臂瞬间发麻，连剑也握不住了。

那些大跳蚤前仆后继，看起来没完没了。照这么下去，不杀虫子，就会被咬得全身发麻；杀了虫子，虫子必然会迸溅出可怕的虫液。到时候，不必那些虫子来吃他们，这些飞溅的虫液就会将他们的身体腐蚀掉。

北门居然这般凶险。沐冉舞躲在那两个似乎不会有痛感的仆从身后气得大骂："薛冉冉，看你干的好事，居然选了这么邪行的阵门！"

薛冉冉其实很想给她翻个白眼，又不是她诓骗沐冉舞进来的，是沐冉舞自己眼巴巴地跟来，却又埋怨起她来。

薛冉冉知道再这么下去不是办法，所以冲着那人面蚤高喝："就你那几招臭棋，还下个没完？我都替你臊得慌！"

这话一出，上千只大跳蚤突然发出聒噪的愤怒声，震得人耳朵发麻。然后，虫子的声音戛然而止，当虫子如潮水一般退去的时候，那个人面蚤抬起头，挥动着脚爪，阴气森森道："小丫头，你居然说我的棋艺不好！"

薛冉冉点了点头，指了指苏易水，道："我师父才是下棋的高手，你敢不敢跟他比试一下？"

人面蚤轻蔑地瞟了苏易水一眼，突然怪笑了一下："好啊，我好久没跟人下棋了！你们若是赢了，我便让你们出关，可若输了……我便将你们都吸成整张的皮子！"

薛冉冉转头望向苏易水，无比肯定道："师父，接下来就看你的了！"

可是苏易水表情怪异地看着她，低声道："我什么时候会下棋了？"

这下子，余下的人都有些跳脚。白柏山迫不及待道："可是，师父，您的棋艺真的不错，您总是在书斋里自己摆棋下啊！"

苏易水表情冷冷的，他虽然发现自己的书斋里有棋，但是没有半点儿下棋的记忆。

薛冉冉泄气地蹲了下来。她猜到了原因，苏易水下棋的本事应该也是跟前世的沐清歌学的，好死不死的，他竟然将这种关键时刻保命的技艺忘得干干净净。

薛冉冉问了一圈，除了她在书斋里看过师父收藏的棋谱，以前还跟师父下过几盘棋，别人都不会。

这时沈阔开口说道："我倒是略通皮毛，要不让我来吧。"

可是那大跳蚤不干了。他蹦起来，阴阳怪气道："不是说让那个小白脸下吗，不能临场换人！"

进来的这些人里，最俊帅的男人便是这个冷脸的。人面蚤生平最恨长得俊俏的小白脸，若是这个男人被抽干成皮，一定很好看！

想到这儿，他的脚爪一挥，幻化出一副巨大的棋盘，阴恻恻地笑道："只是下棋多没意思，我们以人为子来下棋吧！"

说完，他率先指挥一只跳蚤蹦到巨大的棋盘上。

这下，丘喜儿不干了，嚷嚷道："这怎么下？！你有数不清的大虫子，可是我们只有这么几个人，岂不是下着下着就无棋子可用了？"

人面蚤猛地一喝，震得人耳膜发麻："我不管！你们自己想办法！若是连这点儿本事都没有，凭什么跟我下棋比试？"

苏易水立在棋盘旁边，脸臭得很。薛冉冉利用传音入密道："我也不知师父忘了下棋，要不先糊弄着下两步，我告诉你下棋的位置。只是这棋子……"

这洞穴之内并无可用的石块，所以薛冉冉想了想，扬手将自己早晨换下来的一只鞋子递给了苏易水。

谁说必须用人，用东西来顶不也一样？只要棋盘里有棋子就好了。

可那鞋子刚入棋盘，竟然腾地被燃烧殆尽。

人面蚤嘿嘿怪笑："这个棋盘是用煞气凝聚而成的，如果是修为不够的人入内，便会化为灰烬。怎么样？若是下不过，还是乖乖认输吧，我会把你们吸得好看些，留着你们的皮子垫床！"

就在这时，高仓冲了过来："师父，我来吧。我要站到何处？"

他问完这话，苏易水看向薛冉冉，可是薛冉冉不敢轻易支招儿了。这棋盘太邪门了。若是大师兄下去，也化为灰烬该怎么办？而且就像三师姐说的，他们人数有限，就算加上沐冉舞他们那伙人，也支撑不了太久，一旦没有棋子可用，不也算输吗？

可是现在只能先拖延，高仓以前见过师父下棋，最起码前三步落子的门道他还是知道的。于是他率先跳下了棋盘，落在那跳蚤的左侧。

就在这时，那人面蚤仿佛嫌弃不够精彩，又补充道："我生平喜欢下快棋，最恨做事拖拖拉拉。若是每次落子超过半盏茶的时间，那么之前落入棋盘的人也要被煞气入侵，变成跳蚤！落子无悔！落子无悔！"

说完这些，他又哈哈怪笑起来。

这个人面蚤可真不是好东西，等到高仓落进棋盘才说出这条规矩。这下子贸然跳下去的高仓也傻眼了。也就是说，师父若是不能在几十步棋内获胜，一旦无子可下，所有跳下棋盘的人都会变成不人不鬼的样子！

半盏茶的时间非常短！眼看着时间快到了，丘喜儿急了，大喊："师父，快些，我第二个跳！"

在这危急关头，一向胆小的丘喜儿居然抢着第二个跳，她才不要她的大师兄变成臭虫呢！

就在这时，苏易水听到薛冉冉传音入密："左三线、四线交点……"

于是苏易水依样画葫芦地说了出来。丘喜儿数了数，便赶紧跳了下去。只听周围的人一阵猛叫："丘喜儿，你跳错位置啦！"

原来她方才情急，数错了线，只顾跳到高仓的身边，这一步棋，跟没下一样。丘喜儿也被自己蠢呆了，眼泪汪汪地看着高仓。高仓却拉起她的手宽慰道："你不会下棋，出错也正常。"

这下子人面蚤被逗得哈哈大笑："一群无用的蠢货，你们就等着变成人皮吧！"

就在他指挥着另一只跳蚤落入煞气棋盘时，一旁突然响起一阵悠扬的歌声，原来是薛冉冉哼唱起了小调。

这就让人摸不着头脑了。

沐冉舞冷笑着嘲讽道："薛冉冉，你莫不是也被吓傻了，你以为你唱歌就能扰乱人面蚤下棋吗？"

薛冉冉却恍如没有听到嘲讽，依旧开口吟唱，而且声音越来越大。可能连师父都不记得了，她哼唱的这歌是在天脉山的秘洞里听到的。

当初她能降伏朱雀，用的就是这段悠扬婉转的歌曲。按照沈阔的说法，这个人面蚤曾经是大能盾天的好友，也爱慕着容姚。所以薛冉冉也是无计可施，准备用容姚的歌试探一下，看看这人面蚕的反应。

正准备落棋的人面蚕猛然抬起头，面容变得激动。

要不是方才沐冉舞那一句嘲讽提醒了他，他差一点儿错过放下棋子的时间，所以当他放下棋子后，立刻迫不及待地问道："你……你怎么会唱这歌？快闭嘴！别唱了！"

薛冉冉哪里会理会他？他现在激动的样子，正中薛冉冉的下怀，所以她毫无预兆地第三个跳了下去。

苏易水没有料到她竟然毫不犹豫地跳了下去，当他想要伸手拉拽她时，已经来不及了。他慢慢用手捂住了胸口，只觉得方才心里咯噔一下，这小妖女究竟给他下了什么降头，他竟然有种胸口要炸开的错觉。

歌声越来越响，那人面蚕的面目完全扭曲，一副恍惚、错乱的模样，似乎在极力忍耐着什么，勉强又放下了一只跳蚕。

这一次，苏易水跳了下去，正落在薛冉冉身边。

薛冉冉没想到师父居然也跟着跳了下来，他是下棋之人，哪有自落棋盘充作棋子的道理？

可是苏易水传音入密道："注意力集中些，歌声别停！"

薛冉冉赶紧定住心神，继续歌唱，可是她的手忍不住牵住了身旁苏易水的大掌。她也不知道能不能走出这致命的棋阵，不过临死前她一定要紧握住他的手……

苏易水迟疑了一下，也缓缓握紧了她的手。薛冉冉定下了心神，继续气定神闲地哼唱。

就在人面蚕略显急躁地又放下棋子后，白柏山扯了扯正在发愣的沈阔："我曾经下山数月，修为比不上你们，若是下棋盘，怕顶不住煞气，下一个，你去吧！"

所谓长幼有序，他们这些做徒弟的先顶上，再让师叔他们跳，等到最后无人时会如何，只能听天由命。

现在白柏山修为最低，都赶不上丘喜儿，所以他才让沈阔先跳。

沈阔愣了一下，听从师兄的吩咐跳了下去。

薛冉冉的歌声一直都没有停歇，那大跳蚕皱眉忍耐，想要凝神下棋。可是那丫头的歌声实在是跟容姚的太像了，就连音尾的颤音都一模一样。人面蚕恍惚中再抬眼时，看着那丫头仿佛就看到了当年的容姚，一身粉衣，巧笑嫣然……

可恨盾天一心求道，竟然害得她魂飞魄散，若是当年她选择了他，他就是成魔成妖，也绝不容许有人伤她分毫！

想到激愤难抑之处，再看到那丫头竟然跟身边的男人牵着手，人面蚕恍惚间竟然又回到当初痛失所爱的瞬间。

那时的她，也是头也不回地握着盾天的手离开了……他再次落棋子时，不由得迟缓了，竟然超过了规定的时间。

417

顷刻间，那大棋盘上的所有跳蚤全都尖叫着化为灰烬。
　　此时西山的大部分人都站到了棋盘上，就连功力不足的白柏山也下场了，也就是说，他们差一点儿就要无子可下，认输领死。
　　可是现在人面蚤违反了自己定下的规矩，棋局自动结束，整个邪阵里的煞气顿散，大棋盘也化为乌有，让人感觉到压迫、凝固的空气似乎也化开了。
　　就在阵法即将被攻破的那一刻，人面蚤突然蹦到薛冉冉的跟前，恍惚地瞪着她道："你到底是谁？为什么会唱容姚的歌？难道……你是她？"
　　他还想再问，可是煞气已散，他的形体也维持不了太久。当出阵的大门开了的时候，满阵的魔蚤已经消失得无影无踪，耳边依稀还有那魔物痛苦的嘶喊："容姚，你为何选他，不选我……"

　　当两伙人再次踏上滚烫的地面时，五煞阵已经在他们身后。
　　薛冉冉长出一口气，心里略带惆怅，那魔物略显疯狂的眼神里透着的绝望，让人看了不忍，若是有其他法子，她也不想唱出他心上人的歌，勾起他的痛苦记忆。
　　世间一个"情"字，真的让人成魔。她忍不住看向了苏易水，她与他以后会怎么样，她的心里也是一阵茫然。他不记得她也好，这样的话，当她的真气耗尽的时候，他是不是会坦然接受，而不是像前世那般，用半条命来换她？
　　想着想着，不知为何，薛冉冉的心里生起一丝丝怅然。这时她才后知后觉，自己竟然一直握着苏易水的大手……
　　当然，丘喜儿也是紧拉着高仓的手出阵的。
　　这样看着才更尴尬。丘喜儿赶紧松开高仓的手，也不忘瞟一眼薛冉冉跟师父拉起来的手。这是什么情况？难道师父又灵泉上身了？怎么如此扯着小师妹？
　　薛冉冉也想松开手，可是苏易水似乎没有松手的意思，而是将她扯过来，厉声道："下次不许这么自作主张！怎么不言不语就往下跳？难道你不知道那棋盘是煞气凝结而成的，凶险异常吗？怎么样，有没有感觉不舒服？"
　　还没等薛冉冉回答，丘喜儿就在一旁小声嘟囔："师父，明明是大师兄先跳的，你……要不要先关心下大师兄？"
　　高仓直愣愣的，压根儿没看出师父和小师妹之间的暧昧，他拍着胸脯对苏易水道："为了师父，我赴汤蹈火，在所不辞。没事，我这身子骨棒着呢！"
　　这对活宝这么插科打诨，苏易水才缓缓松开薛冉冉的手，可是他的一双眼睛还在冷冷瞪着自作主张的小丫头。
　　薛冉冉没有办法，只能趁着众人互相议论着阵内其他人的情形时，小声道："好了，我错了，下次一定听师父的调遣……只是岳胜师兄还在西门里没出来呢，不知道他的情形如何……"
　　就在这时，沐冉舞也跟着出了迷阵。方才薛冉冉破阵的法子，她看得云里雾里，怎么薛冉冉只动动嘴，唱了个歌，就将迷阵给破解了？

前世，每次修行打坐，她都被姐姐远远甩在后头。师父偏心姐姐，若是姐姐参悟了，师父便不会再多讲，只让姐姐回头教她。

现在，看着薛冉冉如此轻松地破阵，那种再努力也追赶不上的懊丧之感再次袭来。当初她凭借着偶尔得来的转命古玉，与姐姐同归于尽的那一刻，将刻有她和姐姐名字的古玉塞入了姐姐手里。那时，她分明看到姐姐惊讶地看着古玉，然后便释然一笑，将古玉握在手里。

沐清歌明明知道那是什么，却云淡风轻，全然不在乎。

沐冉舞想起当初她派人在绝峰村打探来的消息，说这个薛冉冉还是婴儿的时候手上有像"冉"字的纹路，所以那木匠夫妇才给她起名叫"冉冉"。现在想来，那胎记就是转命古玉上沐冉舞的"冉"字烙印上去的。这也是她这个做妹妹的处心积虑窃取姐姐气运、修为的明证。

可是这个重生的女孩儿依旧活得这么惬意，全然不在乎自己的天赋和修为尽数被人窃走，同时轻而易举地俘获了身边人的喜爱。

这等千金散尽还复来的洒脱，让沐冉舞这个盗窃者心里全无一点儿喜悦，更多的是莫名的自卑和懊丧。因为沐冉舞终于意识到，无论面前那个俏丽的身影是沐清歌还是薛冉冉，都是她望尘莫及，追赶不上的……

　　　　　　　　◎◎◎◎◎◎◎

沐冉舞看着在夕阳余晖里立在高大英挺的苏易水身旁巧笑嫣然的俏丽姑娘，羡慕之情裹挟着想要取而代之的恨意再次袭来。

她这一世，到底是哪里比不上薛冉冉！为什么连王遂枝和秦玄酒那样被她笼络住的傻子，都一个个弃她而去？而薛冉冉似乎在气定神闲地收回曾经属于她的一切！

想到这儿，沐冉舞的指甲再次深深陷入了手心里……

此时，五煞阵内凄厉的惨叫声不断。因为入的门不同，他们的遭遇也不尽相同。

岳胜仗着自己的修为颇高，又有几分聪明，一个人跟着异人馆的人入了西门，现在想想，应该是凶多吉少……

不久，东门的飞云山派和空山派的两个长老踉跄着走出来了。只是他们似乎身中剧毒，整个面堂都是紫青的颜色。

西山的几个徒弟见此情形，也不敢去搀扶，只能赶紧递过去装着解毒丹的药葫芦和水袋。

等两位长老服了解毒丹，原地打坐，吐出一口黑血，这才缓过气来，说他们入的是巨蚊阵，那些巨蚊的尖刺都噙满了剧毒，他们是折损了修为，才逃出来。

而其他阵门迟迟不见人出来，一代名门九华派似乎全军覆没，一个人都没有出来。曾经贵为三大名门之首的九华派，颓败之势已经不可阻挡了……

很快，西门也有了动静，只见有个人踉跄着扑了出来。

居然是两眼冒血的冯十三。他似乎已经彻底瞎了，在地上翻滚，哀号不已。同样踉跄而出的还有岳胜，只是他的右手与手臂被整个切断，以后恐怕再也使不出一手绝妙好剑了。

原来，他们入的是屠影之阵。冯十三当初用阴阳眼看时，里面并无什么可怕的邪物，所以他才选了西门。

他的眼睛看得不错，阵内的确没有其他四阵里的邪魔之物。可是他万万没有想到，这阵内最可怕的是入阵之人本身。

入阵之后，这阵里的煞气会把每个人的潜质提高到最强，同时也会将人的贪欲提高到最大，当入阵之人互相残杀时，就可以剥夺对方的异能真气，渡到自己的身上，若是能将剩余的人屠戮殆尽，那么在阵里半天的修为就能抵过许多大能大半生的修为。

冯十三引以为傲的一双阴阳眼成了众人觊觎的异能。

总之，这屠影阵善于迷惑人心，挑唆入阵之人互相残杀，当他们失去自身最宝贵的东西的时候，便可出阵了。

冯十三被岳胜捅瞎了眼睛，岳胜则被冯十三毁掉了容貌和右臂。可当他们出来的时候，在阵内获得的修为真气突然像泄气的皮囊一般，所剩全无。这两人也如梦初醒，不懂自己在阵内时为何理智全无，疯狂地互相残杀，到头来却是竹篮打水一场空，赔了夫人又折兵。

薛冉冉看着毁容并且残废、滚地痛哭哀号的师弟，连忙跟着众人一起为他包扎。可是她对这个师弟实在同情不起来。若当初他不自作聪明，抢先入了西门，也不至于落得这般下场。

岳胜这样肯定无法前行了。所以跟他关系比较近的沈阔开口，主动留在山下照顾师弟，等师父他们回来。

如此安排之后，完整无损踏进赤门正门的，只有西山一行人和沐冉舞那一伙人，还有空山派、飞云山派几个能站起来的长老。

屠九鸢早早立在门口"迎接"远道而来的贵客。

魏纠倒是说到做到，只要是过了邪阵的人，他必定隆重相迎。

众人进入赤门之后，赤门的大堂里已经摆好了酒水。魏纠身着洒金黑袍端坐高位，迎接西山一行人。

方才五煞阵布成的时候，他端坐在赤焰山顶，看着山下燎原的阵势，惬意地晃动着酒杯，默默拿捏着时间。

西山的那帮人竟然选了看起来最凶险的北门。这大大出乎魏纠的预料，只要不傻，就能看出北门的凶险。薛冉冉居然傻乎乎地跟着苏易水以身涉险，也不知能不能安然出来。

如此看来，苏易水果然失去了一部分记忆，不然他绝对不会让薛冉冉亲历险境。

想到臭丫头当初给他写信，竟然只有一个"滚"字，魏纠每每想起都一阵发恨。三番五次拒绝他的丫头不识抬举，吃些苦头也好！不然的话，她当真不知自己曾经对她多么手下留情。

虽然想到薛冉冉若惨死阵中有些解恨，可看到他们出来的时候，魏纠还替薛冉冉松了一口气。虽然她心里没有他，可她若死在阵里，也是让他颇为遗憾的。就算死……也要死在他的手上！

魏纠丝毫没有觉得自己的思维已经扭曲了，他只阴笑着，打量着似乎又漂亮不少的薛冉冉。

薛冉冉没想到在一场惊心动魄的五煞阵后，魏纠竟然摆起了鸿门宴，这般酒肉款待又是何意？

魏纠懒洋洋道："之前因为灵泉，赤门与西山闹了些不愉快。不过眼下阴界魔物涌出，天下大乱，我赤门自然也不能独善其身。虽然谣传淬金之火就在赤焰山上，可是本尊从来没见过。之前摆出五煞阵，其实也是考验一下诸位的实力，不然什么猫狗都能入本尊的山门，岂不是太闹腾了？"

飞云山派的长老已经逼出了大部分的蚊毒。听了魏纠这番话，再想想折损在阵里的几位弟子，他恨得牙根直痒痒，便硬声问道："这么说，魏尊上是同意我们带走淬金之火了？"

魏纠阴柔的脸上呈现出狡黠的微笑："我倒是同意，可前提是，你们在找寻到淬金之火后还得有本事带走它啊！"

他话里有话，悠闲地溜着众人，但是暂时止战的意图明显。

来到此地的众人，本以为还要再跟赤门之人进行一场恶战，没想到魏纠竟然这么好说话，一时间半信半疑，不知道这个魔修心里盘算着什么鬼主意。

魏纠却很周到地给他们安排了房间，并允许他们第二日去赤焰山最炎热的后山找寻淬金之火。

上山的这些人显然不愿意在赤门的总坛入住，纷纷直接去后山露宿。虽然后山炎热些，但是没有院墙的遮挡，几人为阵，互相瞭望，也可提防赤门之人的暗算。

待这些人呼啦啦散去后，屠九鸢小声问道："尊上，您真的任由他们在赤焰山四处搜寻？这阴界的魔物搞得天下大乱，与我们何干？"

魏纠冷哼了一声，道："屠长老，你觉得今年山上的温度如何？"

屠九鸢想了想，道："相比前年似乎又热了很多……"

魏纠眯起眼睛："虽然我赤门属火，但门徒们也不是烤肉，若赤焰山的温度照着这个势头升高，我赤门就不得不舍弃这百年基业和难得的道场。如果没猜错，必定是这淬金之火让赤焰山的温度持续升高。所以他们最好能助我找出这玩意儿，到时候，我再将它夺来，天下人想要过太平日子，可就得靠我们赤门了……"

屠九鸢听到这儿，才明白魏纠存着螳螂捕蝉、黄雀在后的心思。而他设下五煞阵，也是为了筛查可堪一用的大才，还要折损正道的实力，他们就算找寻到淬金之火，也会因为寡不敌众，只能任凭赤门宰割。到时候，赤门也可以坐收渔翁之利。

不过，西山一派居然只废了一个弟子，便顺利地上山了，也是大大出乎了屠九鸢的预料。

想起薛冉冉，屠九鸢摸了摸自己内伤未愈的胸口，心情有些复杂。她是孤女，从小便被赤门收养，手里更是早就沾染了数不清的鲜血。她虽然心思狠毒，却不愿欠人什么东西。人情债，更加讨厌。

当初在阴界，若不是那个薛冉冉出手相助，她便要死在阴界，永不得超生。这份人情债，她总要寻个机会偿还的。

想到这儿，屠九鸢出了大堂，叫来随从，命他多准备些冰水，送给后山的西山那伙人。若只给薛冉冉一人，有些扎眼，会叫尊上生起无谓的猜忌，所以屠九鸢干脆尽了地主之谊，给西山派全都送去冰水降温。

屠九鸢叹了一口气，赤焰山的确太热了，那个看起来柔弱的小姑娘应该很不适应这山上的热浪袭人吧……

薛冉冉的确很热，所以她很羡慕同门的师兄弟们可以打赤膊。

到后山的时候，她已经解了外衣，只剩下薄衫了。就算是这样，薛冉冉也很认真地想了想，想看看自己还有没有再脱一件的可能。

不过，没一会儿，她便感觉到一阵凉意沁入心脾，转头一看，苏易水不知什么时候坐到了她的身边，而且自然地用真气凝成灵盾，隔绝了外面的热浪。

他依旧是长衫羽冠、衣着整齐的样子，额头连一滴汗珠都没有。

薛冉冉现在不敢妄动真气，不会如此奢侈地耗费元气。她抹了抹额头的汗珠，冲着师父感激地一笑。

苏易水看着薛冉冉莹白的皮肤上挂着汗珠，她的薄衫都湿透了，衬得身段越发窈窕，看得他心头突然烦躁。

薛冉冉觉得师父开启的灵盾突然升温，害得她又起了一层薄汗。于是她忍不住道："师父，还是收起灵盾吧，这温度跟周遭也没有太大的差别……"

被薛冉冉这么提醒，苏易水才勉强将视线从她汗津津的小脸上移开，继续凝神运气，于是灵盾里的温度又骤然下降了不少。

不一会儿，几桶放着冰块的水被赤门的仆从送到了。

魏纠倒是会享受，也是利用灵盾架设冰窟，所以赤焰山再热，也有冰水饮用。

丘喜儿并不知道这是屠九鸢回馈薛冉冉的救命之恩，特意吩咐人送来的。她还以为是魏纠又向薛冉冉献殷勤。想当初，魏纠可没少往西山送东西啊！所以丘喜儿直愣愣地问薛冉冉："还以为那魏纠对你死心了，怎么又送冰水来纠缠你？他送来的水，你可不能喝啊！"

苏易水微微侧头，低头问薛冉冉："那魏纠纠缠你？"

薛冉冉想了想，觉得魏纠倒不算纠缠，那位魔尊很要面子，碰的南墙多了，不会这么明晃晃地自讨没趣。她便问送水来的侍从是何人吩咐的。

那侍从道："是我们屠长老说来者皆为客，既然如此，便给你们预备些冰水消暑。"

果然，随后空山派和飞云山派还有沐冉舞的人都得了冰水，赤门倒是一视同仁。

薛冉冉没有再问，不过她心里倒是想了想那位屠九鸢。

她临出大厅的时候还真嘟囔过一句"有冰水就好了"，当时屠九鸢还瞟了她一眼……若真是如此的话，屠九鸢也算是个性情中人……

苏易水问完话，等了一会儿，却不见薛冉冉回答，只发现她开始神游，嘴角还微微勾起。

难道是想到魏纠如此殷勤小意，少女的心思就这么被勾得活络了？

想到前世的沐冉舞也是一副好勾搭的样子，苏易水的心一路下沉，一股陌生的酸缸味道似乎渐渐翻涌上来。他立时想到薛冉冉曾经提及她心里有人，还是个品行恶劣的小心眼男人。

当初苏易水还在想，世间竟然有如此招人厌烦的男人！

可是现在，他竟然有所顿悟，难道……这丫头说的那个别人都认为不好的男人……是魔修魏纠？

这一刻，他想的并不是薛冉冉会不会阵前倒戈，而是一股子闷气升起，怎么压都压不住——她在这一世毕竟是他的徒弟，怎么一副没见过世面的样子，什么人都能将她迷得神魂颠倒！

"那魏纠也就是模样好看些，并无男子气概，你见过的男子少，莫要被人的花言巧语骗了。"

想到这儿，苏易水倒是难得端起了师父的架子，一板一眼地教训起徒弟来。

薛冉冉不明白苏易水为何突然扯出魏纠。她不敢喝那冰水，只是将它挪到身边降温，但她对于师父的话却不敢苟同。她并不认为自己见的男人少，便小声道："谁说我见的少，起码您就比魏纠好看……"

苏易水生平最恨别人说他的容貌，可是现在这小丫头抬着眼皮说他比魏纠好看的时候，他突然觉得有些舒心顺气。于是灵盾里的温度再次降下来，那桶冰水，不用也罢！

第二日日头还未升起的时候，赤焰山的温度稍微降了一些，众人商议，趁着这工夫寻找那淬金之火。

当初大能盾天在这里鏖战甚久,这里巨石嶙峋,到处都能找寻到当初厮杀留下的痕迹。

比如赤焰山唯一的一条河谷就像有人用巨大的灵力冲击而成的。

众人开始找寻的时候,魏纠也出现了。他立在崖边,默默看了一会儿沐冉舞身边跟着的那两个面无表情的侍卫,突然开口道:"她竟然跟梵天教的搞到了一起。脑子不好使,偏偏要玩鹰……也不怕被鹰啄了眼睛。有些意思!"

就在这时,他看见了立在苏易水身边的薛冉冉,此时薛冉冉似乎在说什么,可惜她身边的男人不苟言笑,看上去是她的热脸贴到了冷屁股。

看着薛冉冉讪讪的模样,魏纠这么多日子来难得痛快一次。如此一来,也不枉他当初跟梵天教合作,用那古籍换来了酒老仙。

洗魂符真是妙极了!

魏纠决定继续火上浇油,让薛冉冉在西山的日子再难熬些,便让侍从撑着大伞从崖顶翩然而下,笑吟吟地立在苏易水面前。

"怎么,你还让这丫头留在你的身边,我怎么记得,你可是恨足了前世的她?"

薛冉冉猛地抬头,立刻明白了魏纠要说什么了。

薛冉冉刚跟师父吵了一架,她明明叮嘱过他千万不要再渡真气给她,可是昨夜趁着她入睡的时候,师父还是渡了不少真气给她。

今晨打坐结束,一向身姿矫健的他起身时居然脚下一软,薛冉冉心疼极了。所以方才她又郑重"警告"师父,若是再渡真气,莫怪她不告而别,自己寻个没人的犄角旮旯自生自灭。

苏易水也沉着脸,冷冷道:"薛冉冉,你又长能耐了,居然敢威胁我?你身上有我的结丹气息,你躲到粪坑里,我都能给你揪出来!"

于是师徒二人各自冷脸,谁也不搭理谁了。

就在这时,魏纠穿着黑袍跟乌鸦一般,突然从天而降,聒噪个没完。

没等苏易水开口,薛冉冉抢先拦在苏易水身前,戒备道:"魏尊上,还请让一让,您立在这里,我手上的罗盘都不怎么动了。"

魏纠自然看出她想要堵住他的嘴,这种拿捏小丫头的感觉实在太舒服了!他便如按住了鼠尾的猫一般,挑着眉,故意压低声音道:"怎么?是你手上的罗盘不动了,还是心吓得不动了?对了,你还不知道你师父当初多么恨沐清歌呢!那真是恨不得她一箭穿心……哎……姓苏的,你居然偷袭!"

魏纠不知他方才挑眉低头威胁薛冉冉的样子,在苏易水眼里,就是无赖在调戏貌美的良家女子。魏纠竟然这么嚣张,当着他的面就肆无忌惮地撩拨他的徒弟!

苏易水向来没将魏纠放在眼里,所以他抬手就使出一个霹雳雷,袭向了魏纠。

魏纠在自己的地盘上一时有些自大,而且昨日刚刚跟他们订下止战协议,没想到苏易水说翻脸就翻脸,他差一点儿就被雷劈中。

"阁下离我的徒弟远些，不然休怪我不客气！"收了霹雳雷，苏易水淡淡地警告他。

薛冉冉看到魏纠脸上因为气愤而分外扭曲的笑容，心道："坏了，此番怕是堵不上这疯子的嘴了。"

果然，魏纠冷笑一声，决定给西山师徒捅出个大大的"马蜂窝"："什么徒弟？！你被洗魂符给贴傻了？她明明是你的师父！你难道没有发现，薛冉冉才是沐清歌转世吗？"

这话一出，犹如惊雷霹雳，一下子让在场的人全都惊诧地望了过来。

沐冉舞起初有些不明白这究竟是怎么回事，可是当魏纠提起洗魂符时，她就恍然大悟。

原来，苏易水之前竟然被魏纠暗算，洗掉了对姐姐的情爱记忆……她当然知道苏易水以前多么恨姐姐，若是苏易水恢复成那时的样子，还真……有趣呢！

所以，就算魏纠在这赤焰山谷里道破了她苦苦隐瞒的天机，沐冉舞也觉得痛快极了。她此番带来的都是梵天教的人，没有那些愚忠的弟子，她认了也无妨。

看到苏易水似乎不相信魏纠的话，她不紧不慢地说道："姐姐，你怎么没有告诉易水真相呢？你才是沐清歌的转世，却为了留在苏易水身边，与我交换了身份，扮成不谙世事的小姑娘……这般痴缠用心，真是连我这个做妹妹的都佩服呢！"

薛冉冉知道沐冉舞胡说八道，偏偏她的遣词用句都在戳苏易水的肺管子。

苏易水生平最恨沐清歌当初对他"死缠烂打"，胁迫着收他为徒，又时不时撩拨、逗弄他。若是苏易水误会她故意假扮沐冉舞，好继续缠着他……那么依着苏易水现在的凶兽性情，必定要手撕了她蘸酱吃的……

可是现在，又不是百口莫辩地高喊"求求你听我解释"的时候，所以薛冉冉决定不去做那无用的事情，只是盯着她，向眼睛渐渐变红的苏易水传音入密道："事有轻重缓急，我是谁并不重要，现在要先找到淬金之火和酒老仙，等你恢复了记忆，我听凭你的处置就是了……"

苏易水原本是等着这丫头解释的，只要她愿意解释，无论她说得多么离谱，他暂时都愿意相信。可是没想到，这丫头竟然痛痛快快地认下了魏纠的满嘴胡言。她说她听凭处置，就是变相承认了她……就是沐清歌转世！

想到自己竟然容许这个女魔一直待在自己的身边，就算没有灵泉附身，苏易水眼睛也变得赤红。

薛冉冉看他面目肃杀的样子，心里满是说不出的酸涩滋味。他什么都忘了，现在用一副看仇人的目光瞪着冉冉，大约下一刻就要拧断她的脖子吧？这样也好，如今她需要的真气越来越多，若苏易水一直给自己渡真气，迟早有一日会像沐冉舞收养的那些男孩儿一样被吸食得瘦骨嶙峋。

想到这儿，薛冉冉甚至不想躲闪，只沉静地闭上了眼睛，一副任人宰割的模样。

425

魏纠这边倒是蓄势待发，等苏易水起了杀心，他好过去抢人，来个英雄救美。虽然这场师徒相杀的祸事是他挑唆起来的，但是只要薛冉冉不傻，自然会看清谁才是关键时刻会护着她的人。

那个苏易水就是养不熟的白眼狼！只不过遗忘了一段记忆就能对薛冉冉大开杀戒，这样的爱能有几分真？只怕想想都让人不寒而栗吧。

沐冉舞也冷笑着，等着看两世师徒屠戮的好戏。她心想，魏纠还真有些手段，竟然利用酒老仙做出这等事情，若是姐姐死在苏易水手里，再好不过。

沐冉舞神色复杂地看着薛冉冉，心道："姐姐，这可怪不得我，要怪，只能怪你爱错了人……"

一旁的羽童和羽臣满脸震惊。

羽臣缓过神来时，立刻冲着薛冉冉瞪眼道："你这个女魔，究竟想对主人做什么？"

白柏山和高仓合力将激动的大师叔挡住，丘喜儿说道："她能做什么？当然是做饭了，每次不都是师叔您吃得最多吗？"

羽臣听了这话，圆瞪的眼睛缩小了些，一时有些语塞。毕竟吃人嘴软，他此刻有些底气不足。

不过，羽童听了魏纠的话，脑子里一直缠绕的那团乱麻豁然解开了。

在沐清歌死后消沉二十多年的主人为何在收了薛冉冉之后好像又恢复了活力？原来主人从始至终都在等沐清歌重生，他的心里……

想到这儿，羽童顾不得自己先前对沐清歌的成见，只上前急急拦在苏易水面前："主人，万万不可啊！这冉冉，您……是最心疼的！"

就在这时，沐冉舞又开始不紧不慢地火上浇油："是呀，姐姐若是处心积虑，伏低做小地讨好人，最受人喜欢了。当年我师父也像苏易水这般心疼她呢！以前姐姐做师父的时候，就被苏易水孝敬着；现在她做了徒弟，照样得了他的疼爱，真是羡煞旁人啊！"

她这般看似羡慕的言语，实际上都是在拱火。

她不说话还好些，刚刚说完，苏易水凌厉的眼神竟然直直朝着她瞪了过来。

沐冉舞现在很怕他，看他眼神瞪过来时，不由得连连后退了几步。

苏易水收回了眼神，低头看着眼前将眼睛闭得紧紧的小姑娘。她倒是挺安详，一副生死坦然处之的样子……若她真是沐清歌……他怎么可能让她这么简单就一死了之？

一时间，苏易水权衡利弊，压住心里的怒火。

一旁聒噪的女人虽然没有安什么好心思，但他就算在盛怒之下也没犯傻的可能。既然薛冉冉这辈子投到了西山门下，是他的徒儿，那么关起门来怎么教训她是他自己的事，不需要旁人幸灾乐祸地看热闹。

苏易水深吸一口气,心里的怒火被他硬生生地压了下来。沉默了片刻,他冷声道:"都愣着干什么,快些拿罗盘去找!"

魏纠揭下了薛冉冉的"伪装",就是存心挑唆这对师徒的关系。若苏易水伤了薛冉冉,断了二人的情愫,他真的不介意给苏易水解一解符咒,到时候苏易水悔恨难当的样子一定好看!

可他万万没想到,苏易水只是变了脸色,便一副姑且息事宁人的样子。

这一块惊天巨石砸下去,水花全都溅到了魏纠脸上!所以他有些难以置信,臭着脸问苏易水:"怎么,你早就知道了?"

难道苏易水早就发现了薛冉冉的真实身份,所以才会这般轻拿轻放,浑不在意?

他还想再说话,可是薛冉冉已经一个袖风扫了过来:"让开,好狗不挡道!"然后她也冷着小脸,拿着罗盘径自往前走去。

魏纠都要气乐了,心道:"好你个薛冉冉!居然骂我是狗?且看我能不能让你活着出赤焰山!"

眼下,他还要利用这些人。挑唆不成,他便冷哼着飞身回到山崖上,继续悠哉喝着他的冰酒。

不过,西山的小辈没有师父的定力,已经彻底地炸窝了。

丘喜儿捋了一遍人物关系,然后慢慢蹭到了薛冉冉身边,小声道:"冉冉,我该叫你'师妹',还是叫'师祖'?"

薛冉冉叹了一口气,道:"祖宗,别添乱了,快些找吧,一会儿温度升高,我们都耐受不得……"

⬛⬛⬛⬛⬛⬛⬛

赤焰山的后山就是盾天当年炼化人魔王的地方。人魔王尸骨不化便精神不灭,所以能炼化他真身的淬金之火一定隐匿在这里。

后山也是整个赤焰山温度最高的地方。

薛冉冉随身携带着她和苏易水的水囊。她解下一个,递给一直沉默不言的苏易水:"天热,先喝些水解解渴吧……"

可是她递过去时,他看也不看,更没有伸手接的意思。

薛冉冉无奈地收回了水袋,想着暂时还是不要跟苏易水说话了。

她并没有觉得自己做错了事。当初她能转生,也全都是他自作主张。现在他忘干净了,也没理由来怪自己。

这么想着,薛冉冉静下心来,看着自己手里的罗盘,想要快些寻到淬金之火。她也不往苏易水的身边凑了。

可是薛冉冉这么撤回了水袋子,让苏易水的心里更加不痛快——以前无论他如何冷脸,这小徒弟都是围前围后尽忠尽孝的样子,现在她被人戳破了身份,便懒得装了,走起路来也绕着他……

想到这儿，他又冷着脸道："水呢？倒是拿来啊！"

薛冉冉飞快地抬头瞟了他一眼，又将水袋递了过去。可是她递过去时，他又不接，一副找碴儿的样子。

突然，苏易水伸手扯住她，一个飞身便将她带离了众人，越过几个光秃秃的山包，转进了一处山窝。

他捏着她的下巴，将她逼到一面光秃秃的石壁旁，咬牙切齿道："将我骗了这么久，沐清歌，你可真能耐！"

看他发作，薛冉冉反而有种大石落地的轻松感。她早就猜到小心眼的"凶兽"知道真相之后怎么可能像方才那样轻描淡写？

不过见他一副问罪的样子，薛冉冉也生气。她用力挥开他的手："谁要骗你？！你若解了洗魂符便知，你从头到尾都知情，倒是我，明明曾是你的恩师，却被你收为弟子，这岂不是乱了纲常？我当初知道自己是谁的时候，可没像你这般跳脚！"

苏易水气得笑得有些狰狞："我会主动收你？一定是你使了什么诡计，不然的话，我岂能留你在身边？"

薛冉冉无奈，不想对倔牛弹琴，只能道："好好好，是我装可怜，骗了你，死乞白赖地投到你的门下。待事情结束，悉听尊便，你将我轰出西山，我们师徒之情一刀两断就是了。"

听薛冉冉这么说，苏易水连想都未想，说："你敢！"

薛冉冉被他闹得有些无奈，用力捏着手里的水袋，咕嘟咕嘟又连喝了几大口："有什么不敢的？你都忘了我们的过往，独独记得我的不好。我以前到底是怎么你了？不是将你养得白白净净、没有缺衣少食吗？至于你我这辈子的事情，就我一个记得也怪糟心的。等见了酒老仙，也不必等他给你解符，我先管他要个洗魂符，将关于你的记忆洗得干干净净。到时候，你便是陌路人，随便怎么对我，我都不伤心！"

说这话时，薛冉冉的眼圈是红的，偏偏脸上又是倔强的表情，让人忍不住……心里一阵发疼。

苏易水起初还好，可是待听到她说想要将他忘得干干净净的时候，他的心再次像被人狠狠掐住了一般，疼得透不过气来。

昨日渡了一晚真气的后遗症这时候发作了，苏易水虽然表情发狠，可是再次脚下一软，瘫在了薛冉冉身上。

他真是没想到，前世的妖孽师父没有折磨死自己，自己却要被转世的她活活气死了。

薛冉冉也没想到这个高大的男人说倒就倒了，吓得连忙扶起他，又怕引得魏纠他们趁虚而入，只能小声道："师父，师父，您怎么了？"

苏易水不过是一口真气没有接上来，待喝了薛冉冉喂的水后便好了许多。他推开了薛冉冉给他擦拭嘴角的柔荑："别叫我师父！"

薛冉冉顿了顿，小声道："那我也不能叫你'水儿'啊，要不……以后叫你'苏先生'？"

"苏先生"听起来倒是周正的称呼，可是这个词莫名提醒了苏易水，他现在比她大，叫声"苏先生"都是客气的，若是直接喊"苏伯伯"，也不为过……苏易水的心里再次烦躁起来。究竟是什么原因让他不管不顾地复活这个烦人精，还将她放在自己身边，时时硌硬自己？

若没有这些时日的相处，也许他狠一狠心，也能手刃了这女魔。可是就算忘干净了前尘，他跟她这段日子相处的记忆还在，而且她对他下了降头，害得他总是用目光追随着她，似乎看不到她，他就一整日都提不起精神。

苏易水不知道薛冉冉给他下了什么蛊，可是若这蛊没解开，她不见了，岂不是更让他难受？

这时，薛冉冉又开口道："那个……苏先生，时辰不早了，还是赶紧找东西吧……"

可是苏易水一动不动，目光直直落在薛冉冉身后的崖壁上。

他们身后的这块石壁类似火烧石，呈现出焦黑色，原本并无出奇之处。

可是方才薛冉冉被苏易水按在石壁上，加上天气炎热，她后背的汗都渗入了石壁中。就在薛冉冉起身的瞬间，石壁上乍现一幅图。只是这里太热，那图案昙花一现，就突然消失了。

苏易水接过薛冉冉手里的水袋，往石壁上浇去。伴着蒸腾的热气，石壁再次呈现出瑰丽的图案。

薛冉冉这次看得清楚，这是一只朱雀降伏妖魔的图案。伴着图案的出现，石壁上被朱雀抓握的两只鬼头蛛的腹部呈现出圆圆的坑洞。

薛冉冉灵机一动，赶紧掏出怀里先前斩杀鬼头蛛时得到的紫色妖丹，将其中最大的两颗镶嵌在那两个坑洞里。

这么一放，倒是严丝合缝，整个图案因为接入了魔丹而变得熠熠生辉，那两只蜘蛛居然动了起来，挣脱了朱雀的脚爪，拼命拉着蛛丝往左右爬去，硬生生将石壁分开了一道缝隙。

当缝隙打开时，又是一道热浪袭来，从石缝里流出了橘红色的岩浆。

两个人纷纷后退，可是薛冉冉稍微迟了一步，那岩浆流到了她脚下。

"小心！"苏易水手疾眼快，一下子打横抱起薛冉冉飞到高处，避开那滚热的岩浆。

可是薛冉冉奇怪地"咦"了一声，因为她方才虽然碰到了岩浆，却一点都没有觉得烫脚。她忍不住在苏易水的怀里跷起了脚，发现草鞋上沾到岩浆的地方竟然凝结成冰……

这里的异状让险些分道扬镳的师徒二人暂时停止争吵。薛冉冉让苏易水将她放下来，试着用那双草鞋碰触岩浆，那双草鞋竟然立刻凝结成冰，完全隔绝了脚下的热气，可以踏着岩浆前行。

薛冉冉有些吃惊，赶紧从怀里掏出客栈老板给她的另一双草鞋，仔细看着，却并没有发现这草鞋有什么异常。

"那个老者是什么人，难道他早就预料到了这一切，才给我这双草鞋？"薛冉冉忍不住喃喃自语道。

苏易水伸手接过她手上的草鞋，径自给自己换上后，道："我进去看看。你不要进，就在外面等着。"

薛冉冉神情复杂地看着他。她当然清楚，他不是怕她进去抢夺淬金之火，而是怕她以身涉险。他从来都是这样，虽然嘴巴臭了些，却一向都是身体力行地对她好……

"不，我要跟你一起进去，此处正北，是我发财的方位，肯定有惊无险！"

说完，她便径自先进去了。

苏易水心道："怎么没早看出她来？虽然这一世的性子看起来比前世恭敬、温顺了，可是骨子里不听人劝，一意孤行的劲头还是跟前世一模一样！"

他俩往石缝里走时，身后的众人也循着方才石壁裂开的声音寻到了这里。

看到那对师徒踏着岩浆而行，走进石缝里，魏纠急忙健步飞身，朝着岩壁缝隙追了过去。

可是石缝里热气袭人，就算他架起灵盾也有些顶不住，而且飞到岩浆上方就有股吸力不停将他往下拉。

魏纠看着那两个人踩着岩浆而行，便也试着落地，这一下，烫得他差点儿将结丹从丹田里吼出来。

这也太烫了！那两个人究竟是如何顶住的，难道他俩的修为不知不觉竟然压过他这么多了？

魏纠被烫得两脚不能沾地，连忙提气向后跃起，一屁股便坐在地上。堂堂魔尊像要不到糖的孩子，只能眼睁睁地看着那两人走进缝隙里……

魏纠都进不去，其他人更别提了。岩浆涌出时，他们只能连连后退，等着入洞的二人带出好消息。

薛冉冉和苏易水穿着冰草鞋一路如履平地，进了石缝才发现，此处是被岩浆包裹的结界。

当他们走进去时，滚滚岩浆喷涌、迸溅，而岩浆之上悬着半副骨架。这骨架看起来颇为诡异，虽然是人的形状，可是看上去比普通人大了许多，若这人还在，应该有三丈多高。

骨架之下是熊熊燃烧的烈火，而这半副骨架现在只剩下胸骨和头骨。

就在他们进来时,那被烧得酥脆的胸骨轰然化为粉末,只剩下个硕大的金色头骨。两只空洞的大眼里透着熊熊火焰,森然地望着闯入的两个人。

"这难道就是人魔王的骸骨?这都过了多少年了,怎么骨头还没有被完全炼化?"薛冉冉惊疑不定地问道。

苏易水淡淡道:"人魔王是阴界孕育的第一代魔子,拥有万金不坏之身,所以盾天寻来天界的淬金之火炼化他的骸骨,防止他重生。若是普通的真火,就算再过一万年,也无法炼化他的骸骨。"

薛冉冉明白了,她蹙眉道:"人魔王的骸骨还剩头骨,若是我们现在取走淬金之火,岂不是功亏一篑?"

苏易水缓缓点头。

薛冉冉突然低声叫道:"不好!我们打开了禁忌之门,赶紧出去!"

此处是隐秘万年的密处,赤焰山终年无雨,石壁也沾不到水,按理说不会被人发现。若是再过一段时间,炼了许久的人魔王的骸骨就会被彻底炼化。

可是大齐各处不断出现魔物,就是有人在精心布局,引导着他们一步步寻到这里。

包括之前村落里的那些鬼头蛛,无不是打开这石壁的关键。偏巧她和苏易水都遇到了,于是他们来到此处似乎顺理成章……却又十分不合时宜!

当薛冉冉醒悟到这一点时,苏易水也想到了,于是拉着薛冉冉快步往外走,准备合上石壁。

突然,从石壁的缝隙中刮入一阵刺骨的寒风,将两个人狠狠地冲散。

薛冉冉稳住身形,定睛再看时,那金色的头骨已经不见踪迹。只见原本灼烧的烈火失去了焚烧的对象,便开始不断萎靡,最后化成一块打火石般大小的红珠子在半空盘绕……

苏易水以水为引,绕住了那珠子,将它凝成冰珠。冰珠里的金色火苗,就是他们前来找寻的淬金之火。

可是薛冉冉的脸上毫无喜色,苏易水亦然。他们知道自己被人利用了,却不知利用他们的人是谁。

二人出来时,空山派和飞云山派的长老迫不及待地问:"怎么样,拿到淬金之火了吗?"

苏易水没有说话,只是直直看向坐在教众搬来的椅子上的魏纠。他的爱将屠九鸢正在给他的脚抹伤药。

这厮最爱摆帅,又要面子,若是他动手脚偷走了头骨,绝对不会让自己如此在人前出丑。

苏易水的心里第一个就排除了魏纠。

就在这时，薛冉冉对他传音入密："苏先生，洞里人魔王头骨的事情，不要对这些人讲。"

苏易水听了，不由得淡淡扫了薛冉冉一眼。

因为薛冉冉觉得此时在赤焰山的都不是什么正道之人，若是说出了头骨的事情，她闭着眼睛都能猜到这些人会说出什么混账话。大约就是"不愧是曾经的魔子与魔女，竟然沆瀣一气，放跑了初代人魔"一类的话。

毕竟前世，他们就是这么给沐清歌泼脏水、扣屎盆子的。

既然如此，做人也不能太实诚！这拿走头骨的妖风究竟是怎么回事，需要细细追查，但是绝不能跟这些人搅和到一处。

苏易水心里所想的应该也跟她一样吧？

众人迫不及待地问他有没有找到淬金之火时，他只是掏出那个冰球道："这个应该就是……"

众人立刻目光炯炯地围了过来，可就在这时，山窝四周拥出无数赤门教众。

飞云山派的长老厉声喝问道："魏纠，你想要做什么？"

魏纠冷笑道："本尊说过，你们尽可以在这赤焰山上随便寻找。可找到淬金之火并要带走，就得看你们是不是有本事啦！"

苏易水却扬声道："东西在我手上，我也无意带走，魏尊上，我们来谈谈生意吧！"

魏纠阴笑道："什么生意？"

"你可以用一个人来换这淬金之火，到时候，你与其他门派的长老们再好好谈谈如何平定天下魔物，你看如何？"

第二十七章 逆徒难弃

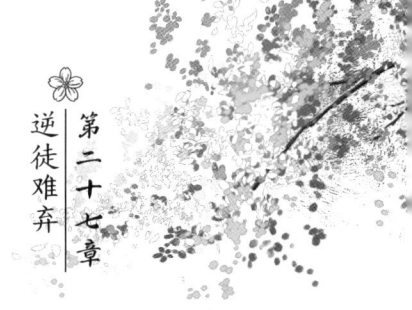

魏纠当然知道苏易水想要换什么人，他意味深长地笑道："在赤门的道场做生意，也要看我想不想跟你谈。"

身为魔道中人，能当土匪抢东西时，干吗要学规矩人做买卖？

苏易水依旧像当初在绝山上跟魏纠交换密钥时的样子，慢条斯理道："因为我拿捏着你赤焰山的命脉啊！现在淬金之火只是暂时进入衰弱期，我若将它彻底激发出来，你赤焰山瞬间便会成为火海。到时候，你这百年的道场毁于一旦，想跟我谈，恐怕也没有本钱了。"

说话间，他微微转动手中的那冰球，里面的火苗骤然升温，周遭的空气也升温几许……

魏纠吃了苏易水太多的亏，对他真的是很忌惮。若是能不动手从他手里得了这淬金之火也好。再说，就算这淬金之火不是真的，那个老酒虫对他来说也没有什么用途了。

想到这儿，魏纠试探道："你确定想要做这个买卖？依我看，这可是赔钱生意！"

苏易水冷冷道："你也要想清楚，过了这个村就没有这个店了，我若改了主意，你觉得你能拦住我？"

方才他揭穿薛冉冉的身世之后，苏易水的反应实在是有些平静，完全没有体现出洗魂符的效果。不过，后来他将薛冉冉扯走，应该是私下里逼问她去了。魏纠想到酒老仙醉酒之后跟他说过的真言，不由得笑意加深："好啊，既然你这么诚恳，本尊若不答应，岂不是不给你面子？你要换的人是……"

苏易水道："将酒老仙完好无损地交给我，我便给你这淬金之火。"

他这话一出，周围的人全都异常惊怒。

对西山派勉强还算友好的飞云山派长老严肃地说道："苏易水，你可要慎重！将淬金之火交到魏纠这种魔头手里，岂不是要将天下人的安危也交到他手中？"

苏易水冷冷道："天下的安危不是有诸位正道匡扶吗？我只是将淬金之火留在赤焰山，相信魏尊上也会跟诸位好好谈一谈生意，该如何拯救天下。"

这话一出，又是骂声四起。

魏纠可不想这些人搅和了他这笔买卖，只一挥手，便下了禁言咒。

此地是他的道场，又属火，所以魏纠在这里的法力更加凸显。虽然只是普通的禁言咒，却愣是封住了在座诸位长老之口。

魏纠对苏易水道："既然是你我的生意，便不需要别人来搅和。"

说完，魏纠挥手让教众隔开了诸位长老，然后让人抬来了一个酒缸。

酒缸里睡着个胡子乱蓬蓬的老头儿，正是被劫走的酒老仙。

魏纠先前跟苏易水打交道时总是吃亏，这次也不能不提防。

不过，苏易水似乎真的很想马上带人离开，所以换人、交东西，一点儿废话都没有。

苏易水验明了酒老仙的正身，拍着他的脸，让他说了几句酒话，便让羽臣他们将酒老仙驾走。

魏纠似乎怕苏易水改了主意，而且他和薛冉冉能毫发无伤地进入炎热的石缝，这等实力也颇让他忌惮，所以他甚至没有让门人阻拦，便让西山一行人下了赤焰山。

到了山下，高仓心里发急。

他是个耿直的少年，心里也憋不住话，便直愣愣地问："师父，您将淬金之火交给魏纠，岂不是要背负骂名？"

薛冉冉没有说话。她已经猜到苏易水这么做的原因。那淬金之火一直在淬炼人魔王的不死之身，若是完全炼化了也无碍。可是偏偏那个金色头骨不翼而飞，人魔王被焚烧万年，怨念至深，那淬金之火必定沾染了怨气，所以持握这物的人其实就是握了一张咒符，人魔王若真的卷土重来，必定会追寻淬金之火的气息大肆宣泄怨恨。这么想来，再也没有比魏纠更适合的人选，由他来保管淬金之火，再来顶一顶人魔王残余的怨念，这叫"以毒攻毒"，相信魏纠一定有能力做好这份差事。

想到这儿，薛冉冉还替那位自认为占了大便宜的魏纠叹了一口气。他若知道人魔王的尸身没有完全炼化干净，恐怕打死都不会要那淬金之火的。

不过，这等天大的机密暂时还不能告知师兄弟们。

如今好不容易救出了酒老仙，就看酒老仙如何替苏易水解开洗魂符，恢复他所有记忆了。

沈阔还在照顾受伤的师弟岳胜。岳胜的伤势很重，此时已经意识昏沉，看上去奄奄一息。

薛冉冉低头看着岳胜受伤的手臂，蹙眉道："沈师弟，你是不是忘了给他换药？这断臂的伤药过两个时辰，药效就会减弱，须换上新药。"

沈阔有些惭愧地低下了头："师父和你们一直没下山，我心里担忧，所以忘了换了，还请师姐责罚……"

薛冉冉摇了摇头。毕竟都是半大不大的男孩子，让他们细心照顾病患，确实有些难为他们，她蹲下来给岳胜换了伤药。

岳胜现在需要早点儿回西山到合适的道场里将养，只是他的断臂再也接续不上，也不知他以后的修行之路能不能继续。

待回到客栈时，薛冉冉迫不及待地去寻找那位给她鞋的老者。可是她找遍客栈上下，又拉来看店的小二询问，那小二却说他店里从来没有薛冉冉说的那样的老者。

这个人，就像凭空冒出来的一样。

至于用大价钱换来的无价之宝酒老仙，也不知道在赤焰山被灌了多少酒，一直昏昏沉沉，睡不醒。

后来薛冉冉将清心丸塞入他的嘴里，这才让酒老仙从酒乡里醒了过来。

看清薛冉冉时，酒老仙还睡眼蒙眬道："这酒劲儿真大，我竟然将人梦得这般清晰。小丫头，你又来给我酿'误天仙'啦？"

薛冉冉伸手扯了扯他的胡子，问："疼不疼？"

见酒老仙乖乖点头，她又道："所以这并不是梦，我们已经将你救了出来。你是不是曾经给过魏纠一张洗魂符，可知这解洗魂符的法子？"

酒老仙弄清楚自己终于得救，一骨碌爬起来，心虚道："我什么都不记得了，你可千万别扣屎盆子，我岂会跟魏纠那等人同流合污？可若他将我灌醉了，我便什么都不知道了。总之，我不记得的，一概不认！"

当年沐清歌就是被人陷害说是魔道祸害，最后在元气没恢复的时候惨遭围攻。

酒老仙俗念太重，对红尘眷恋得很，所以他打死不承认自己曾"帮助"过魔道之人。

薛冉冉哭笑不得道："我又不是九华派那些人，给你扣什么屎盆子？你若不记得也行，我只问你如何解洗魂符。"

酒老仙定了定神，急切道："丫头，你中了洗魂符？是忘了'误天仙'的酿造法子，还是忘了别的重要事情？"

等酒老仙知道原来是苏易水被洗魂时，顿时长出一口气："原来是他啊，那就没有什么问题了，像那种没心没肺的东西，忘了情爱也无关紧要。"

薛冉冉急了，凶巴巴道："怎么无关紧要？他将我忘得一干二净，还误会我是别有用心！"

酒老仙看着正好立在半开着门的门口的苏易水，他似乎也听到了薛冉冉方才的低喊，身子微微一僵。

就在这时，薛冉冉突然想起酒老仙的脾气，立刻小声道："你若给他解了符，我就给你酿美酒、做下酒的小菜可好？"

酒老仙听得很是神往，然后又遗憾地摇了摇头，道："可惜了，洗魂符没有灵符可解，不然我又能喝几顿好酒了……"

薛冉冉听了这话，心神一震："什么？你说无法可解……这怎么可能？"

苏易水在门口也微微皱起眉头，他终于明白魏纠对他说"你可别后悔"这句话的意思了。魏纠应该早就问过酒老仙关于这符能不能解，并且一早知道了不能解，这才放心地跟苏易水交换。

怎么说呢？这二位宿敌算是互相阴了一下对方，勉强打了个平手！

薛冉冉一时心里空荡荡的，默默转身，准备出房间。没想到，她一转头时，却看见苏易水正立在门口，也不知他听了几时。

四目相对时，想到苏易水竟然再也想不起往事，她的心仿佛被割掉了一半，她只低头越过他，朝着院后奔去。

苏易水忍了又忍，最后举步追赶了出去。

酒老仙望着他俩的背影，自言自语道："我只是说没有灵符能解，又不是没有办法解，他俩怎么不听完话就走？"

不过，那法子本来也难，不是人力能扭转的，酒老仙觉得不说也罢。想到自己这些日子遭的罪，酒老仙也没心思搅和小儿女的情情爱爱，他舒服地伸了伸腰，然后倒在绵软的床榻上，又开始呼呼大睡……

再说苏易水追赶出来之后，一眼便看到了在槐树下发呆的薛冉冉。

好像自从淬金之火被封印，赤焰山周围的温度一下子就降了不少。甚至临近傍晚的时候雷声大作，下起了当地许久未曾遇到的大雨。所以此时站在树下仰头望天的薛冉冉一脸雨水，也分不清她方才有没有流过泪。

苏易水默默运功架起灵盾，隔绝了大雨，也将失魂落魄的薛冉冉罩入其中。他沉声问道："你在想什么？"

薛冉冉回过神来，又遗憾地看着光秃秃的树枝，喃喃道："下雨了……真好，待明年春暖，这树上也开花了，槐花包羊肉饺子可好吃了。可惜……你应该不记得那滋味了……"

她在今年开春的时候，给苏易水包过槐花馅儿的饺子。

那时，他陪着她在山上，借着修习轻身术，看着她漫山遍野地跳跃摘花。

那时阳光明媚，白衣素雅的男人舒展长臂，宽袖翩然，在清风花雨里弹奏悠扬的古琴，而她伴着节奏时而轻缓、时而欢快地跳跃，摘了满满一背篓的花。以至于很长一段时间后，她每次听到师父弹奏相同的曲子，鼻息间都仿佛溢满了槐花的香气……

苏易水知道，他不能解除洗魂符的事情给薛冉冉的打击似乎很大。

其实他也很好奇自己究竟曾经对这个转世的沐清歌产生了怎样的情愫。洗魂符洗掉的是刻入骨髓的情爱，他怎么可能会爱上沐清歌——那个把他当作消遣玩意儿的女魔！

苏易水有满腹的恶毒话要讲，可是看到薛冉冉失魂落魄的样子，那些话滚到舌尖时，突然烟消云散了。

他蹙眉道:"你我今世相逢也不过两年,以前发生的事情,就算我记不起,你也可一件件讲给我听……可有一样,你可要记住了,莫要添油加醋,演绎出莫名其妙的东西!"

他记得沐清歌顽劣的性格,她总是抓住一切时机捉弄人,若是肆无忌惮地让她自己讲,恐怕会加入些荒诞的桥段。

薛冉冉抹了抹脸上的雨水,突然苦笑了一下:"什么是演绎出来的东西?比如……像你总是趁着周遭没人,偷偷亲吻我这类荒诞的事情吗?"

苏易水被她的放肆之词气得蹙眉道:"这还用问!这种荒唐话,你说了也要有人信才行!好了,你现在真气不足,若是这么淋雨,只怕要寒气入体,还是快些回房里烤一烤火吧……"

说完,他径自拉着薛冉冉的手便朝着屋子里走去。

薛冉冉说她没有恢复前世的记忆,他姑且信之。目前来看,还算纯良的小姑娘并没有沾染前世沐清歌玩世不恭、吊儿郎当的鬼德行。既然薛冉冉是他的徒儿,他得将她教好,若她真的又变成前世的德行,他自然也会肃清门户,不会容忍她!

但是现在,他只想让她赶快烘干身子,再赶紧振作起来,一扫满脸的颓唐。

对了,方才他让羽臣烧了热水灌满浴桶,所以现在正好可以让薛冉冉先泡……

他们走到客栈门口的时候,正好看见了酒老仙立在这里。他打了个酒嗝,开口道:"你们方才怎么走得那么快,我的话还没有说完呢!"

薛冉冉没精打采道:"老仙,你最近别喝酒了。那赤门众人给你喝的都是烈酒,很伤身体,就算你真成了仙,这么喝,也要烧坏肠胃的!"

酒老仙指了指浴室的门,道:"我的意思是,虽然洗魂符不可用灵符化解,但是它其实只是堵塞了人之情脉,若配以金石秘药,便可以稍微缓解。我已经调好了水,你一会儿让你师父泡一泡,看看有没有效果……"

说着,他又打了个酒嗝,转身朝着自己的房间走去。

薛冉冉撩起门帘子一看,浴桶里果然是满满漂着金粉的水,闻起来也有一股子好闻的香气。

薛冉冉的脸上带着希冀望向了苏易水。

苏易水想了想,道:"你先回房里去吧。"

既然这水加了金石秘药,薛冉冉自然不能泡了,所以他让薛冉冉先回房中。

苏易水要泡澡的话,她自然不好在旁边。

薛冉冉回屋子换了衣服,还是忍不住又去找酒老仙。他这个人一沾染酒,整个人都是迷糊糊的,怎么刚醒就配出了药?她还是问清了才好。可她到了酒老仙的房间,他又呼呼大睡了,看上去睡意甚沉。

437

薛冉冉掏出自己随身带的酒葫芦，里面是仅剩一点儿的"误天仙"。

待酒塞子打开时，酒香味比任何醒酒丸都管用，酒老仙一个呼噜都没有打完整，就立刻睁开了眼睛。

"小丫头，竟然有这等私藏，快些给我解解馋。"

想到师父也许能解开洗魂符，薛冉冉的心里也轻松了些，哭笑不得道："我在天脉山上见过你成仙的哥哥药老仙。虽然你们长得一模一样，但是脾气秉性真是天差地别……就是不知你跟你哥哥配药的本事相比相差几何，那药没有什么其他副作用吧？"

酒老仙放下酒壶，打了个酒嗝，醉眼蒙眬道："我和兄长一个丑一个俊，我长得像爹，他长得像娘，你怎么说他跟我一模一样？难道他成仙以后变丑了，所以也变成了身材方正的酒缸？"

听了这话，薛冉冉的笑容凝固了，她愣了愣，一把夺过酒老仙手里的酒袋子，高声道："你说什么？你跟你哥哥长得一点儿都不像？"

酒老仙似乎也被她吓了一跳，老实地点头，然后笑道："许多人听了我们兄弟的名字，便以为我们是双胞胎，长得也一模一样……哈哈哈，我哥哥可是貌美得很，不逊于苏易水那个小白脸呢！"

这时的薛冉冉觉得血液都要凝固了。

如果当初她在天脉山遇到的不是药老仙，那……那个人到底是谁？

想到那个故意变成药老仙的模样，引导着她入池的人，薛冉冉简直不寒而栗。她腾地站起身来，端起茶杯，将水泼到酒老仙脸上，又问道："那你方才可给师父下了解开洗魂符的符水？"

酒老仙被泼得有些发蒙，一时也忘了发火，更被眼前薛冉冉的眼神吓得有些醒酒了，老实地说道："什么配药？洗魂符如何能用药来解？我方才一直在睡觉，哪里顾得上给姓苏的配洗澡水？"

薛冉冉腾地站起身来，快速朝着客舍的浴池飞奔而去。

她闯入了浴池时，苏易水已经脱了上衣，露出迷人的腰线，窄腰围着浴巾，正立在池边，看着那满池的金水愣神。

也不知他在迟疑什么，好在他迟疑了，薛冉冉才得了机会拦住他。

薛冉冉飞身便扑了过去，一下子将苏易水抱住。

苏易水挑眉看着凶巴巴地按住自己的小姑娘，而闻声而入的高仓和沈阔也入了浴池，有些目瞪口呆地看着这一幕。

薛冉冉刚才飞奔而来已经拼了全力，此时真气虚脱，便无力地趴在苏易水宽实的胸膛上，低声道："这符水有诈，万万不可入内……"

苏易水看着她虚弱苍白的脸，立刻觉察到她的气息又衰弱了，连忙将她抱在怀里，回到卧房后开始运气为她调息。

待好一些时，薛冉冉才将酒老仙的话说与苏易水听。苏易水立刻听明白了，原来是有人假冒酒老仙，提前给他下了"药方子"。

当苏易水带着酒老仙去验看那满池子的金水时，那金水已经被引出，倾泻干净了。

他们问看池子的高仓和沈阔时，他们两个也茫然得很，只说两个人方才都守在师父的卧房外，并不曾回来浴池，所以也不知道是谁将水给放了。

可是薛冉冉仍然觉得心头一阵微颤，她轻声道："那个冒充酒老仙的人，不止一次出现在我们面前……"

当初在天脉山上时，药老仙的身上就散发出一股独特的草药味。之后，在进入阴界时，他们在花海遇到的那个两眼皆瞎的放牧老者身上也有类似的味道。不过，他身有残疾，常年用药也是正常的，加上薛冉冉当时的注意力也都被诡异的花海吸引了，所以并没多想。后来，他们准备前往赤焰山时，那个赠送她草鞋的客栈老者身上也有同样的草药味。

现在仔细回想，薛冉冉觉得自己应该相信自己的鼻子，这三个人分明就是同一个人！

想到居然有个人一直尾随着他们，甚至引导着他们行动，薛冉冉觉得不寒而栗。

待她的血脉平稳下来，她转头望向苏易水："师父，您方才一直没有入池，在想什么？"

苏易当然不会告诉她，他方才在想着薛冉冉的荒诞之言。

什么"他会寻个没人的地方亲吻她"？难道他是村里娶不到女人的老光棍儿？竟然会做出如此荒诞不经的事情。

可他又想起薛冉冉说这话时，脸上的表情再正经不过，万一这是真的……苏易水想想都恨不得掐死敢这么做的自己。

不过，那女孩儿的红唇如樱花晕染，看着是那么柔软，若是真的亲吻，又该是什么滋味？这么一想，苏易水突然觉得脸颊发热，一时神游，不能自已。待回过神来，他便看见那女孩儿狠狠扑来，抱住了自己……

虽然那金水被放掉了，但还是留了些残渣。

酒老仙被带来仔细验看，皱眉道："这……是大能高人用来制造凶符的金蛹粉，这粉如果被加持了，则是附魔的上佳引子。有人刻意引着苏易水泡这水，这……是要利用他附魔不成？"

众人听得表情冷厉。尤其是苏易水和薛冉冉，他们不约而同地想到了人魔王没有炼化的头骨。

一直以来都有个幕后黑手在背后操控着一切，默默引导着他们入阴界，又寻到人

439

魔王的残骨。虽然迄今为止引导他们的人好似没有显露出太大的恶意，可是这种将人玩弄于股掌之间的感觉，让人太不舒服了！

那个不断冒充药老仙还有扮成不知名老者甚至客栈老板的人究竟是谁？

苏易水立刻说道："连夜出发，立刻离开赤焰山的地盘！"

此地离魏纠的地盘太近，的确不宜久留。而且那幕后黑手的身份不明，他又能幻化成人形，不容易被人发现，所以他们要尽快回到自己的道场，才可做好防范。

归途中，他们也听到些赤焰山的后续情况。

魏纠得了淬金之火，便轻巧拿捏住了那些门派的长老。

据说，皇帝苏域派人前往赤焰山，颁下圣旨，表彰魏纠为了天下黎民，不惜千辛万苦夺得了淬金之火，大有为赤门正名之势。魏纠先前救过他，算是接续了皇家情谊。这次苏域派去的异人在闯阵的时候近乎全军覆没，如今天下魔物不断涌出，苏域急需大能帮他四处扑火，自然得拍一拍魏魔尊的马屁。

而且苏域一直忌惮那些名门正派的声望，生怕他们颠覆自己的天下，若是能借此机会将赤门抬举起来，正好可以跟那陷入颓势的三大门派相抗衡。

如今魏纠已经带着赤门弟子出山，将淬金之火改名为赤门圣火，一路铲妖除魔，声望大得很。

也许过不了几日，魏纠就会继当年的"战娘娘"沐清歌之后，成为新一代炙手可热的国师。

至于酒老仙，暂时回不去翠微山，便跟薛冉冉他们一起回西山。

他的酒醒得差不多时，总算将话说清楚了。那洗魂符虽然无灵符可解除，可是若中符者再次深爱上遗忘之人，那灵符的效力便可自解。

说到这里，酒老仙还卖力地解释了一下："这深爱，便是生死相随，能为对方死的意思。下次冉冉要是遇到了什么危险，你用胸口替她挡剑就可以了，若侥幸未死，你的记忆就全恢复了！"

他说这话时，苏易水面罩寒霜。他连自己可能爱过沐清歌的事实都无法接受，怎么可能再次深爱上她？还要替她挡剑而死？真是滑天下之大稽！

薛冉冉听得微微苦笑。她觉得苏易水可能真的深爱着前世的沐清歌，这份能舍弃自己一半修为的爱不容置疑。

可是她不是沐清歌，而是从转生树上掉落下来的一颗果子，果皮、果瓤都是薛冉冉。

因为那份生离死别的记忆牵挂，苏易水为了慰藉内心，也许真的曾移情喜欢过她。所以，他才会有被灵泉影响心性后的放纵。那段记忆有多甜美，现在回想起来就有多酸涩。

现在苏易水缺了对沐清歌那份刻骨铭心的记忆，那么薛冉冉对他来说便什么都不是。

她甚至不能像书里痴心错付的小姐那般，前去质问负心人到底有没有爱过她。

如今什么都记不得的男人，就是在毫无遮掩地告知她爱的深浅，全失了猜测爱意厚薄的暧昧、忐忑，直白得让人无法直面。

听完酒老仙的话，薛冉冉一个人寻了处清静的山坡，静静地望着树梢、明月，排遣心内的烦闷。

不一会儿，她的身旁有人坐下，男人清冷地说道："你也听到了法子，若真想让我记起来，便自己主动些，当初是怎么魅惑我的，全都照做一遍就是了。"

听了昔日爱徒布置的功课，西山前师尊的忧郁真的有些维系不下去，她惊讶地扭头轻声问道："您……这意思，是暗示我勾引过您？"

苏易水并不觉得自己说得多么过分，眉峰不动道："难道不是？前世的你向来喜欢容貌姣好的少年郎君，三言两语就能博得人的欢心。我虽然不是那种心智不坚之人，但说不准你后来用了什么非常手段，一时迷惑了那时年少无知的我。既然这样，你照做一回就是了。"

薛冉冉半张着嘴，仔细想了想，可是自己的记忆里都是师父用他出众的相貌在魅惑年少无知的她啊！

依着她看，狐狸精的确有一只，可惜是个公狐狸！

所以她毫不客气道："师父，我敢发魂誓，我绝对不曾主动勾引过您！而且您说过洗魂符对您来说也没什么大碍，要不……咱们不解了？"

苏易水此次过来，自觉已经做了很大让步。他万万没想到，这小妖女却不领情，言语间似乎还在暗示是他一门心思倒贴她。他如今已经不介意曾经跟沐清歌拥有一段孽缘了，却不承想这小妖女不认账，还暗示是他死乞白赖地倒贴着沐清歌，思慕着沐清歌！难道当初是他主动追求沐清歌的？苏易水生气了，这样的荒诞事情，只要长个脑子就编排不出来！

"薛冉冉，你不要得寸进尺！在这种事情上花心思争个先机，难道很有面子吗？"

话说到这份儿上，深厚的师徒之情可以暂时靠边让让了。

薛冉冉挽起衣袖，准备跟苏易水好好分析下："不是……咱们且不论现在，单说前世的沐清歌。师父，您应该也听二师叔说过了，皇帝苏域用千金博她一笑，在西山盖了那么华丽的屋舍。还有魔君魏纠，也是拧巴地示好。师父，您那个时候，除了长得好看些，也没有什么优势啊！我虽不记得前世，可是也能想象出身边满是如花少年的盛况……您那时候要是自个不争气，大约是排不上号的……"

说到最后，薛冉冉在苏易水如刀子的眼神里自动压低了声音。

"怎么？前世里魅惑了那么多的男人，你很骄傲吗？"

薛冉冉被堵得有些无奈："我……就是说前世，跟现在的我又没有关系……我就算嫁人，也得等我娘给我说亲呢……"

因为当初是谁勾引了谁的问题，二人月下的恳谈不欢而散。

余下的几天里，这二人也是闷了一路，谁也不搭理谁。

就连酒老仙都看出这二人闹着别扭，嘿嘿一笑："看到了吧，洗魂符也是试金符，再深的情爱，也不过是一时的各取所需，若轻易忘掉，就此一拍两散，也好，也好啊！"

听了他的话，苏易水瞟了酒老仙一眼，然后长指一钩，将薛冉冉给酒老仙打来的酒倒到了树下。

酒老仙气得直跳脚，大骂苏易水不是个东西！

西山师徒在赤焰山恶斗一场，都有些风尘仆仆。待出了赤焰门的地界，苏易水盼咐羽臣他们去买辆马车拉载岳胜。

薛冉冉也让他们换下衣服和鞋子，拿到溪边清洗。

洗衣服的时候，丘喜儿看见薛冉冉盯着手里的鞋子发愣，似乎在走神，便忍不住捅了她一下，然后用眼神示意着薛冉冉，师父正在溪水的另一侧看着她。

算起来，两个人已经有好几日没有说话了，苏易水的脸也越来越臭，吓得羽氏兄妹和弟子们都不敢喘大气。

偏偏以往嘴甜会哄人的薛冉冉这次仿佛被猪油蒙了灵窍，就是不见她去讨好师父。

两人再这么一路别扭下去，也许西山真的会上演杀徒证道的惨剧。

也许是觉得自己这几日的确有些过分，薛冉冉慢慢将鞋子放下，然后轻巧地跳过小溪，来到苏易水面前。

丘喜儿忍不住抬头看着那两个气氛微妙的人，替薛冉冉捏了一把汗。

不过，那两个人倒是没有说话，只是喉咙微微动了一会儿，便一前一后去了附近的小树林。

丘喜儿看到他们的喉咙微动，也猜到了二人是在传音入密，旁人是听不到他们二人在说什么的。她叹了一口气，道："怎么办，师妹一下子成了我们那位入魔的师祖，师父不会欺负他师父吧？"

在一旁帮她搓着猪油胰子的高仓觉得丘喜儿说得跟绕口令似的，便憨憨道："小师妹那般可爱，师父怎么忍心骂她？"

不一会儿，苏易水和薛冉冉就从林子里出来了。

也许是将误会说开的缘故，两个人之间的僵局从那日起便好了些。

两日后，岳胜勉强清醒了些，薛冉冉让沈阔和丘喜儿去溪边打些清水回来。

然后她一边给岳胜换药，一边看似不经意地问道："我们当时上赤焰山后，沈阔师弟可是寸步不离地看护你？"

岳胜费力想了想："当时我伤口太疼，沈阔说他有些安神的丹丸，我吃了以后便睡了。再醒来时，便是师父和你们回来的时候……我这辈子算是彻底废了……你们真不该救我，让我就此死了算了！"

薛冉冉瞟了他一眼："你若真是个视死如归的人，当初面对五煞阵时就不会撇下我们，急切地跟老冯那个阴阳眼一起走。既然入阵是豪赌，就要愿赌服输，你能活着出来已经是上天眷顾，岂能再自暴自弃，怨我们救你？"

若是以前心高气傲的岳胜听了这话，老早就该不服气地跳脚了，可是现在他听了这话，羞愧难当。若是自己当初信得过师父他们，跟着他们一起入了最凶险的北门，岂会落得这般下场？想到这儿，岳胜望着自己的断臂又失声痛哭，小声道："师姐，我如今毁了容，又成了残废，你……是不是不会喜欢我了？"

薛冉冉无奈地摇了摇头："你就算没有毁容，我也不会喜欢你。等回去后，我去寻十四师叔，给你做个精巧的假肢，到时候看看能不能应对日常的基本使用。修真原本就是要飞升，舍弃肉身。若是原本就要抛弃的皮囊，你又何必介意它的新旧好坏？人只要活着，有一口吊着向上的气息，总能活出人的样子！你若看到双手残废的十四师叔，便知人残了不要紧，若心残了，才是真正的无药可救！"

薛冉冉说话向来轻轻柔柔，却语气坚定。岳胜听入耳中，心里安稳了许多。

第二天上路时，先前一直瘫在马车上要死不活的他甚至爬了起来，试着单手替丘喜儿他们牵马拿东西。

其实，这一路上，羽童一直提心吊胆，她和哥哥的目光总是不自觉地打量薛冉冉。这么细细看来，竟然如梦初醒，怀疑自己当初眼瞎了。

虽然薛冉冉与前世相比，容貌发生了极大的变化，可是眼神真的像极了。而且那种从容镇定的劲儿也是一模一样，善于说服人的口才更是完全继承下来。尤其是懒散地躺在大石头上吃零嘴儿的样子！就是沐清歌本尊啊！

羽童现在跟薛冉冉都不怎么说话，不是故意冷落她，而是不知道说什么才好。

这种微妙，只有局中人才知道，薛冉冉觉得自己真的不应该再回西山了。

所以，等大队人马回到西山后，在一次修习功课的间隙，薛冉冉委婉地跟苏易水说了自己的想法。如果他同意，她想回去跟爹娘度过最后一段时光。他们膝下无子，只有她这么一个收养的孩子，所以她想要再好好陪陪他们。

苏易水听着她这类似遗言的辞别，打心里就不痛快。他也不看立在书案边的小丫头，一边整理书架一边说："你既然是沐清歌，我自然不好再收你做徒弟，即日起，便将你从西山除名。"

薛冉冉原本就是想辞行，好好珍惜这最后一段时光，可是没想到，苏易水这么不

443

给情面,直接将她从西山除名!

也就是说,苏易水开山收徒这么久,第一个弃徒居然是她薛冉冉!

薛冉冉听了,飞快地瞟了苏易水一眼:"我的时日不长,挂着西山的名头又如何?非要将我除名……"

苏易水用鸡毛掸子重重地掸着书架上压根儿没有的灰尘,冷冷道:"都这么看淡生死了,何必在意西山的虚名?"

薛冉冉觉得苏易水说得不错,她这个迟早要死的人,的确不用在意"西山叛徒"一类的臭名声……严格说起来,她也是满天下独一份被昔日徒弟轰撵出山门的师尊。

她幽幽地叹了口气,转身便想回去收拾行李。苏易水却转身道:"往哪里去?"

薛冉冉闷声道:"都不是西山徒弟了,怎么好再吃你的米饭,我这就收拾行李走人。"

苏易水坐回椅子上:"准备去哪儿?"

薛冉冉瞟着窗外道:"自然是回去找爹娘。这个时候,江南的糯米味道最好,做蒸糕很好吃,我想寻一艘船,沿着南水一路前行,白日逛街,晚上宿船上……"

她想得倒是周到,这般逛吃一路,光想想就很美。亏得她那日还鼓励岳胜要重新振作,怎么轮到她自己却如此颓废,一心只想着求死?

苏易水没有再说什么,只冷声让她出去。

二人的争吵声越过书房,让练武场的弟子们面面相觑,频频朝这边张望。

薛冉冉抬头看了一眼面色如冷霜的苏易水……这一别,以后应该再不能相见。

并非她颓丧求死,而是她这身子如无底洞一般,实在是拖累他。现在有人隐藏在背后谋划着什么,苏易水若不做好充分的准备,只怕要被她拖累。

所以薛冉冉觉得自己离开是最好的选择。看来苏易水现在也明白了这一点,加上知道了她是沐清歌,应该心里也厌弃得不行。就此将她轰撵出去,而不是收回结丹,也算成全了两世的师徒之情……

既然想明白这一切都是最好的选择,薛冉冉收起东西来也毫不迟疑。

只是她回到院子里时,发现院子里那棵转生树已经被人挖走了。

她问了丘喜儿才知,是师父让大师叔挖走的,至于移栽到哪里了,丘喜儿也不知道。

若没有这棵树,薛冉冉的身子更撑不住了。可是这树是苏易水的,他不想给,她也没法要。好在她房间里还有两截树根,用来泡水,应该能勉强支撑着她回去见她爹娘……

于是,薛冉冉收拾好行李,只给师兄、师姐留下一封诀别的书信,便下山离开了。

在她下山的时候，苏易水宣布闭关，山顶都布上了灵盾，连羽童都不能接近，也不用拜别师父了。

薛冉冉不想搞生离死别那一套，只一个人悄悄下山去。

可是她出了西山的山门，身后有人喊道："师姐，请留步！"

薛冉冉回头一看，师弟沈阔不知什么时候跟着她下山了："师姐，你怎么背着行李，这就要走了？"

薛冉冉微微一笑："昨日晚饭的时候，二师叔不是代传了师父的口谕，将我从西山除名了嘛。我不再是西山的弟子了，自然要回去找爹娘。"

沈阔的脸上显出难过的神情："我听三师姐说了关于你和师父的恩怨。师父也许是一时说气话，他也没说要赶你下山。你如今真气不稳，就这么一人下山，若是遇到了危险怎么办？不行，你若非要走，也得由我护送才行，我绝不会让你一人上路。"

薛冉冉看着沈阔白净的面庞上满是赤诚，她想了想，迟疑道："你若非要如此，那就一起走吧。正好，我想要曾易师叔给岳胜师弟打造一副假肢，到时候你可以捎带回来。"

曾经的师姐弟商定好以后，沈阔甚至没有回山上，便直接跟着薛冉冉走了。

用他的话说，他的轻身术已经到达一定境界，就算来回也花费不了太久的时间。现在师父闭关，无人管他们，他正好可以护送师姐回家。

◉◉◉◉◉◉◉

这一路上走得倒也轻快，薛冉冉现在不能轻易损耗真气，所以沈阔在山下雇佣了马车拉载她。

薛冉冉坐在马车里，闲来无事，便跟沈阔聊天："你小时候是在赤焰山上长大的吗？"

沈阔摇了摇头。他是赤门老门主的后人，老门主被魏纠害死时，他还没有出生，自然不曾在赤焰山上待过。

薛冉冉哼唱了一会儿歌，突然又开口道："既然你不曾去过赤焰山，也不熟悉那里的地形，为何能在短短不到半个时辰之内往返山上与山下？"

沈阔被问得一愣，疑惑道："四师姐，你在说什么，我怎么听不懂？"

薛冉冉看着他道："还记得我之前将你们的衣服和鞋子都拿到溪水边刷洗吗？我发现了一件有趣的事情。大师兄他们的鞋底都沾染了赤焰山顶特有的红黏土，洗刷起来很费气力。不过，岳胜师弟没有上山，所以他的鞋子就很好刷。可是你……一直在山下照顾岳师弟的你，鞋子上却也有红黏土。师弟，你能跟我说说是怎么回事吗？"

沈阔愣住了，他一脸羞愧道："师姐，我错了，我照顾师弟的确不够尽心。当时师弟睡着了，我闲得无聊，又因为担心你们，曾经撇下岳胜上山探查。可是走得迷路了，便又下来了。我知道撇下师弟一人不对，以后我再也不敢了。"

薛冉冉摇了摇头："你可不是无聊，而是处心积虑，所以你给岳胜吃了会瞌睡的

445

药丸，特意打了时间差，上了赤焰山。我问过岳胜，他睡着的时候是日头正当午，正是我和师父误入石缝之时。你那个时候偷偷上山，究竟要做什么？而且那盆加了料的金水也是你偷偷放掉的吧？"

沈阔低声笑了起来，原本一向腼腆羞涩的他，此时笑得眉眼都透着邪气："四师姐，你不去做断案的官老爷，可真是屈才了。只一个鞋底的疏忽，竟然让你联想到了那么多。没错，我的确偷偷上山去了，毕竟恭迎人魔王的骸骨是件大事，要在赤焰山众人的眼皮子底下带走它，也须得费些功夫。至于那金水……若不是你多事，现在大业早已成就，我又何须在这里与你废话？"

薛冉冉已经站直身子，一脸戒备地望着他道："你究竟是什么人？"

沈阔大笑道："我当然是沈阔啊，若这身份是假的，如何瞒得过苏易水那等人精？他想要利用我，我又何尝不是在利用他？"

薛冉冉盯着他道："你跟梵天教有何渊源？"

沈阔冲着她竖起了大拇指："你竟然连这个都看出来了！"

薛冉冉其实不过是试着诈一下，没想到这沈阔竟然痛快地承认了。

她之前曾和酒老仙说过，将他从翠微山掳走的人所用的邪招儿像被灭教甚久的梵天教用的。

而此后梵天教总是时不时地出现，该教跟人魔王有千丝万缕的联系。而这个沈阔如此处心积虑地夺得人魔王的头骨，让人不能不疑心他与梵天教之间的联系。

此地距离西山甚远，早就出了村镇，偏僻得连过路人都没有。沈阔觉得，既然被薛冉冉觉察，他倒也不用藏着掖着了，索性撕破脸掳她走。

就算薛冉冉不开口，沈阔也打算再往前走一走便要下手。如今被她识破身份，他也不过是依着原计划行事。

"我的确是沈阔，可也是梵天教的护法长老。薛冉冉……不对，我应该叫你沐清歌，我梵天教的复兴大业也须有你一份，怎么样？西山既然不要你，你跟我走，如何？"

他家道中落，在魏纠的打压下不见天日，若不是机缘巧合入了梵天教，恐怕早就被魏纠派出的门人猎杀了。如今唯有复兴梵天教，他才能杀回赤焰山，杀了那魏纠，报仇雪恨。

薛冉冉失笑："没想到西山人才辈出，竟然还有个失传魔教的长老。你大言不惭，让我跟你走，却不知要我何用。"

沈阔挥手画出了一道诡异的紫光符式，邪笑着道："梵天教的复兴大业里，你和苏易水都是不可或缺的一环。看来你不会乖乖就范，既然如此，就别怪我这个做师弟的多有冒犯了！"

他所用的招式压根儿不是西山所授，符式压过来的时候，带着一股血雨腥风的邪煞气息，让人不寒而栗。

薛冉冉运气调动短剑，想要击破他的符式时，却发现那紫色的灵光似乎无法被击破，犹如密不透风的大网朝她袭来。而被它笼罩时，她浑身的灵力似乎也被压制了。那几把短剑全都失了掌控，纷纷掉落在地。

沈阔看出薛冉冉没有余力提防，不由得笑意更深。他原本一直想先拿捏苏易水，再来处理这个薛冉冉。可没想到这二人别扭了一路。回到西山后，苏易水竟然将薛冉冉除名，轰撵下山。看来他对自己昔日的恩师一刻都不能忍。

沈阔原本不想轻举妄动，直到看到薛冉冉院落的转生树被连根拔起，看来二人毫无回旋余地了。

如此天赐良机，当然得好好把握。

现在，沈阔不愿再浪费时间，所以他祭出的是失传甚久的弑神符式。依着薛冉冉现在的修为，她是无法招架这种上古邪阵符式的，只要制住薛冉冉，不消片刻，她就会失去神志，浑身绵软地束手就擒……

沈阔觉得自己马上就可以扛人走了。

很快薛冉冉就栽倒在地。就在这时，沈阔突然感觉到背后有冷风袭来。他来不及回头，连忙侧身躲闪。尽管他反应迅速，身体的灵盾还是被击破了。一把利剑已经直直扎在他的后背上，沈阔只堪堪避开心脏要害，生受了这一剑。

他回头的时候，便看见操控那利剑之人正快速朝他袭来。

那满脸肃杀之人不是别人，正是本该在西山闭关的苏易水。

沈阔的功力远比他在西山表现出来的高许多。若是不中这一剑，这些日子来，灵力不断流逝的苏易水不一定是他的对手。

就在这时，原本倒地的薛冉冉突然跃起，显然她方才的虚弱是用来迷惑他的。

有什么比即将击倒猎物的成就感更能麻痹人？

这二人默契十足，沈阔一时大意让苏易水占了先机，待反应过来的时候，苏易水的手已经搭在他的后心处，开始肆无忌惮地吸取他的灵力。

现在苏易水的丹田空荡得很。饿急眼的人，遇到这等美食，岂能轻易松口？

沈阔心里一惊，照着这样的迅猛之势，他很快会被苏易水吸干。所以他顾不得薛冉冉，只抽出宝剑，回身去刺苏易水。

可是苏易水早就有准备，伸手便将酒老仙绘制的定身符贴在沈阔的额头上。

酒老仙这个人虽然不着调，但是他制作的符还是很灵的。沈阔不但身中一剑，还被灵符定住，一时施展不出别的伎俩了。

苏易水这时快步走过去，捏起薛冉冉的手腕探脉，问她："怎么样，没事吧？"

薛冉冉摇了摇头，然后道："你快些问他，梵天教如此算计我们，究竟要做什么。"

苏易水点了点头，起身掏出了真言符，贴在沈阔身上。

沈阔自知落入了圈套，虽然被困，可一直神色泰然，只冷笑着盯着算计他的一对男女。可是看到苏易水给他贴了真言符，他的眼睛突然冒出了绝望的惊恐。

"师父，我错了，求求你莫要问我。我已经起了魂誓，有些事情若是说出来，将魂魄焚毁，永世不得超生！"沈阔深知真言符的厉害，惊恐之下突然哭求道。

可是苏易水不为所动，冷声道："那人魔王的头骨现在何处？你的幕后主使又是谁？准备抓了冉冉做什么？"

被贴上真言符后，无论心里多么不情愿，还是会对别人的提问如实回答。

所以，就算沈阔再不愿，他也只能张嘴说道："那头骨被沐冉舞的随从拿走，送往东南的永生之海，而我梵天教众全都听命于——"

说到这里，被定在原处的沈阔突然两眼圆睁，身体自燃，冒出了火苗……

他似乎自知难逃一死，发出凄厉的笑声："梵天现世，扭转乾坤，助神复辟，虽死亦……生！"

顷刻的工夫，沈阔已经化为枯黑的尸体，焦黑的身子被风一吹，便散落得无影无踪了。

看来他方才的话也是真话，有人给他设下了致命的封口令，就算想要吐露幕后真凶，他也会立刻被烧得连渣都不剩。

薛冉冉有些扼腕："究竟是什么人，竟然有如此大的能量！那个梵天教究竟是从何处冒出来的？"

当初，她在溪水边发现那鞋子的蹊跷时便传音入密，告知了当时跟她几天没有说话的苏易水。于是两个人定下了计策，决定先不要打草惊蛇，看看这个沈阔到底要做什么。

薛冉冉原本下山是为了兵分两路，隐在暗处追踪沈阔和他的同党。不承想，这个沈阔追下山来，执意要送她，所以薛冉冉干脆将计就计，答允了他，二人结伴同行。

可是后来薛冉冉察觉他更改了路线，走到了偏僻的地方，若是再往前走，他与同党会合，自己恐怕难以应对，便突然袭击，道破了沈阔的真面目。

现在沈阔被烧得连渣都不剩下，唯一的线索便又中断了。

"你明明知道他有问题，却还跟他走，难道不要命了？"苏易水替薛冉冉把脉调息之后，板着脸问道。

薛冉冉也没有想到沈阔隐藏的实力竟然这么厉害，他自称是梵天教的一个长老。而且沐冉舞身边那两个实力不俗之人貌似是梵天教的教众。

看来这个死灰复燃的梵天教实力果然不容小觑，恐怕天下正道合在一处，都不是这魔教的对手！

不过，当初她跟苏易水定下计策的时候，只是说自己借口回家探亲，根本没有被逐出西山这一环节。

薛冉冉觉得苏易水是假戏真做，借着蒙蔽沈阔，做了他一直想做的事情。既然他现在不是她的师父了，这般师父般口吻的申斥便不适宜了。

"我自然是感知到你追踪过来了，才跟他摊了底牌……既然西山的内奸已经被顺利挖出，沈阔已死，已经不需要我暗中照应。我在书房里说的话虽然是找借口，却有一半是真言。我想就此回去找爹娘，看看他们。"

薛冉冉一边说话一边从苏易水的大掌里抽回她的手腕。

苏易水眼看着那小手跟滑不溜丢的鱼儿一般，须臾间缩了回去，表情更加冷峻道："我知你说的是真心话，不过眼下你也是梵天教的目标，这么贸然去找寻你的爹娘，只怕会让他们沾染风险……"

薛冉冉也知道这一点，她想了想，道："我自会想办法的。苏先生，还请你快些回去吧。"

这次苏易水毫不客气地抓住了她的手腕："怎么，我将你除名，你不高兴了？"

薛冉冉故作轻松道："有什么高兴不高兴的。就此你我没有关系，你也落得轻松……"

苏易水拉着长音道："你虽然不是我的徒弟了，可是我还是你的弟子，你我当年可并没有解除师徒关系。身为你的徒儿，怎么可以让病弱的师父流落江湖？"

"啊？你当年不是……叛逃师门了吗？"薛冉冉半张着嘴，她听二师叔很自豪地讲过这段往事。

苏易水算是领教了这丫头一旦恩断义绝，转身便不认人的薄情德行了。

他当初说将她除名，其实是带着戏弄之意的，就是想看看这小丫头错愕的表情。没想到这女人重生一回，还是这个德行！

所以他顿了顿，淡淡道："羽童说了，我当年虽出走，可你并未将我从西山除名，最后还让我当了西山的宗主。师徒的名分还在，你我脱不得干系！"

薛冉冉眨巴了下眼睛，她完全没想到自己竟然有爬到苏易水头顶的一天。

也就是说，她可以做他的师父喽。

她忍不住笑道："你这话当真？那我可就不客气了……"

看到薛冉冉脸上终于绽放出孩童般狡黠的笑容，苏易水顿觉心里一松。不知道为什么，他就是见不得她脸上那种看淡生死的漠然。那白嫩嫩的脸蛋上还是挂着笑才好看，就是臭丫头有些蹬鼻子上脸，听了他这番话，她居然眼神一转，拖着长音道："水儿——去，给为师打些清水来！"

混账东西，居然这般故意叫他最不爱听的"水儿"。苏易水英俊的脸上慢慢呈现出了一抹不怀好意的笑："……师父，你可曾听说过这世间还有'逆徒'这个词？不巧，在下我正是那种忤逆不孝的徒弟！"

薛冉冉如今真的体会到了前世沐清歌的操劳。一不小心收了个逆徒，真的很容易英年早逝！如今薛冉冉虽然挂起了苏易水师父的名头，却毫无当师父的威风。

他们从密林里出来后，并没有急着回西山。到小镇里吃饭的时候，薛冉冉看到小馆子里有生腌的大飞蟹，满膏满黄，便馋得想吃。

可苏易水板着脸不让，直说她现在体虚，若吃坏了肠胃便糟糕了。

若说以前的苏易水像慈父一般宠着她，总想要补偿，尽量可着她的心意来，现在的苏易水就是前世的讨债鬼，脸臭不说，还处处跟她唱反调。

若是别的，薛冉冉还能忍。可在吃上，薛冉冉跟酒老仙一般执着。苏易水不让她吃，她真的生气了，再次客气地表示要跟他分道扬镳。

师徒情浅，不必勉强，大不了她补一下手续，两人就此一拍两散，各自安好。

苏易水冷声道："想要一拍两散，也要看自己有没有本事。你打赢了我，再想着断绝师徒之情吧！"

也就是说，这师徒的狗屁情谊，竟然比夫妻和离都难！关键是还没有可以控诉的衙门口，当真是让人无奈。

薛冉冉微微垮了脸，使劲用筷子戳着米饭。苏易水便冷冷地看着她，不知他心里可有辖制师父，出了一口恶气的惬意……

他们暂居客店。晚上的时候，苏易水拎着一个小砂罐敲薛冉冉的房门。

原来苏易水嫌弃那小铺子不干净，做蟹的人手缝里似乎有脏东西，所以他又返回去，亲自买来活蟹，花了银子叫那厨子给他单独做了一份。

花钱的都是大爷，苏易水把银子给到位，那厨子便老老实实地洗手、剪指甲、刷指甲缝，再刷蟹，准备食材，干干净净做了这么一砂罐。

不过，苏易水的脸色还是很臭，他觉得自己这么做实在有些鬼使神差。可是看到薛冉冉爱如珍宝地捧着那罐子，他的脸色就稍稍好些了。

第二天早上，蟹腌入了味道，斩开之后，澄黄的蟹膏铺在热腾腾的米饭上，再淋上一勺腌蟹的汤汁，吃上一口，甭提多鲜美了。

苏易水原本不相信羽童说的，自己曾经纵容着这丫头，领着她走遍京城长街，挨家去吃。可现在看着这丫头吃得满足、眼睛晶亮的样子，真说不定他当时会鬼迷心窍地带着她到处吃喝游走。

等一只足斤的大蟹蟹膏下肚后，薛冉冉有些不好意思地冲着自己的"逆徒"笑。他虽然硬冷，可还是那个嘴硬心软的师父。于是她忙不迭往苏易水的碗里放剥好的蟹腿和蟹膏。

"师父，趁热吃，若怕寒气大，可以淋些姜汁。"

苏易水慢慢接过碗："怎么又叫我'师父'？不是不打算认我，跟我老死不相往来了吗？"

薛冉冉舀了一勺蟹肉，送到苏易水嘴边，跟哄孩子似的道："我年龄这么小，如何能做你的师父？就算被你逐出了西山，也还是叫你'师父'习惯些……"

她拿年龄说事，苏易水的俊脸又臭了些，拉着长音道："我很老吗？"

薛冉冉连忙摆手："不老，不老！吃了这口蟹，更能滋补容颜！"

苏易水冷哼了一声，终于就着薛冉冉的手，将这一口蟹吃到了嘴里。

算起来，这也是薛冉冉被揭露前世的身份后，两个人第一次心平气和地独处吃饭。

苏易水暂时也不想提起两人前世的种种恩怨。本来他口腹之欲就不甚强，所以吃了几口，他还亲自给冉冉剥了一只蟹，让她一次吃个够。

这种生腌的东西，偶尔吃一下就可以了，若是总吃，岂不是伤身？

她这一世倒是没有收集貌美男子的癖好，可是贪吃的程度犹胜从前，也不知是不是之前魂飞魄散时留下的执念。

吃完饭，两个人总算可以商量接下来的事情。

苏易水说道："西山的山顶被我刻意留存了气息，若是西山还有内奸，就会以为我还在山顶闭关。趁此机会，我们要先寻到沐冉舞，探知那头骨的下落。若是知道了梵天教的老巢，我们就不再被动了。"

@@@@@@@

沐冉舞也不似以前那么招摇了。不过，若有心想要探查，也能探查得到。据说她朝着淮南一带前行，看着是要往海上去的。

这倒是跟薛冉冉之前的心愿相类，都是朝着南边走。苏易水想起薛冉冉曾说想要好好游历山河，如今倒是可以顺便好好玩上一阵。

在无关紧要的小事上，苏易水不介意顺着薛冉冉，而且现在有不知名的敌人隐匿在暗处，二人也不好使用真气泄露行踪。于是他们俩甚至没有使用遁术，只雇了一艘船顺着江水一路南下。

至于那棵转生树，被苏易水用法力封印在一颗琉璃珠子里。

据说，那珠子里铺的一层浅土是当年大禹的父亲鲧治水后留下的息壤。若是见风，息壤会绵延数里填堵河道，珍贵得很。那棵赢弱的小树便被栽种在息壤之上，封印它的小珠子被系上了一条银链子，挂在薛冉冉的脖子上。

用苏易水的话讲，这转生树本不是凡树，只是被耽搁在红尘里，终将损耗自己最后一点儿灵气。

他苦思了许久，终于想到这个法子，将转生树栽在息壤上，看看能不能缓解薛冉冉的虚弱之症。

薛冉冉戴上了这特制的项链，随后的几天里，脸色改善了不少，白皙的皮肤上总算恢复了桃花瓣一般的粉红。

白日里，苏易水陪着她游山玩水。到了月亮清辉铺洒江面时，她又陪着苏易水打坐修行，吸收月之精华。

也许是苏易水当初分给她一半结丹的缘故，二人对着打坐时，丹田萦绕的真气相通，如此吐纳循环，胜过一人修行数倍。

以前苏易水似乎担心薛冉冉的身体太过羸弱，在筑基修炼上，讲究的是循序渐进，一步步引导她升堂入室。

可是现在不知名的大敌临近，苏易水只希望薛冉冉变得再强些，最起码能够自保，所以严苛、刁难的程度更胜从前。

薛冉冉虽然有着不寻常的慧根，在修真上远超同龄人甚多，可是距离苏易水揠苗助长般的严苛标准，还是相去甚远。

比如今日，苏易水领着她修习天雷渡的口诀，要求真气能在瞬间贯穿经脉，同时祭出暴击。

贯穿经脉没有问题，可是祭出暴击需要动用艮申之力。

这艮申之力，薛冉冉一直不得要领。苏易水只说是舌根动诀，配合丹田催动。可薛冉冉一边催动真气一边默默在嘴里晃动舌根，还是不得要领。

这天雷渡是苏易水自创的独门绝学，就像他当初让高仓他们担水修习的真气大法一般，都是另辟蹊径，颇为高深、晦涩。这类绝学，往往入门那一关最难，一旦冲破便可畅通无阻，一日千里。这也是苏易水当初年纪轻轻却超越其他门派众位大能的关隘。

现在薛冉冉就是卡在入门这一步。

他们二人修炼的法门类似宗门里的双修，二人面对面盘腿而坐，挨得很近。

当薛冉冉闭眼说话的时候，月光清冷，洒在她素白的脸上，颤动的睫毛被船上挂着的一点儿渔灯的光照亮，苏易水清楚地看在眼里。

"师父，哪里是艮申，我怎么找不到？"薛冉冉并不知道苏易水专注地看了她许久，只半仰着头，微微嘟着粉唇问道。

那精致的下巴微微抬起，倒像是索吻……

苏易水也不知怎么了，突然觉得一股热气上头，便俯身过去，将自己的唇印在她的唇上。

薛冉冉猛地睁大了眼睛，恍惚中还以为苏易水恢复了记忆……

一场热吻结束，她的舌根还在发麻，苏易水面无表情地抬头对她道："这回你知道艮申在何处了吧？"

第二十八章 重遇故人

薛冉冉没有想到，继挑水练功大法之后，苏易水竟然又自创了这等周到入微的认穴法子，以至于她跟苏易水面对面坐着时，又被"指点"一番后，都没有反应过来，圆瞪着眼睛看着他。

苏易水其实也很懊恼。他不知道自己方才究竟做了什么。只是今夜月色撩人，似乎照得人一时迷了心智。他也是灵机一动，才说出那句话来。

薛冉冉原本以为他恢复了记忆，没想到到头来又是一场空，看着他得了便宜还板着俊脸，不禁恼道："西山徒弟大约个个都不认。你的舌头可够用？也要挨个给他们指导？"

苏易水看着她嘴唇嫣红却出言讽刺的样子，心里又是一热，这身体也不知怎的，全然不听脑子的。他低头垂下浓密的长睫毛，又俯身"指导"了一下，只是这次"指导"的时间长了些，他的大掌甚至扶住了她的后脑勺。

这次的吻异常绵密，以至于薛冉冉不得不闭上眼才能应对。

二人的唇再次分开时，薛冉冉猛地一推他的胸膛，凶巴巴道："……不练了！"

苏易水垂眸看着她，突然开口问："你以前亲吻过人？"

第一次亲吻时太甜美，他一时沉溺其中。可是第二次时他才发现，这看似青涩的小姑娘竟然很会回应他……难道，她以前也跟别人亲吻过？想到这儿，一股陌生的酸意便直冲天灵盖，酸得苏易水有些牙根疼。

薛冉冉推开他后站了起来，大声道："对，我以前亲过一头猪！"说完，她转身跳下了船，踏着江面的细浪朝着江岸而去。

还好意思恶人先告状！她都没跟他计较频频亲吻女弟子的罪状呢！

若是以前，苏易水因为两世情难以自制，还好解释。可是现在，他明明不记得前尘，还要亲吻她，又是那副坦然的模样，很气人！

再想到他的桃花不断，前有温红扇，后有沐清歌，总不能个个都是被他的男色迷惑吧？大约他就是个情场老手，修真界里的风流种。

薛冉冉一时想，难道他面前坐着的是丘喜儿或者是别的女弟子，他也会如此吗？她这么想，便越想越气，但凡她修为高些，都要重振宗主威风，替西山清理下门户，惩治这个滥情的家伙。

这时，苏易水已踏浪上岸，立在她身后，笃定道："这么说，我以前也亲过你？"

她说得凶巴巴的，苏易水自然听得出，那头猪应该就是他自己。虽然被骂了，可是苏易水并不生气，反而觉得松了一口气。虽然他以前有被这丫头勾引，把持不住的嫌疑，但总好过她以前跟别的男人有前尘往事。

薛冉冉转过身来，径直问他："若方才是丘喜儿，或是别的女弟子，你也这般指导吗？"

苏易水被她描述的画面略微震撼了下，只想想都不能接受，他皱眉道："我又不是哪个笨蛋都要指导一下！"

薛冉冉听了这话，不知怎的，心里的郁气一下子就消散了许多。虽然他似乎在骂自己是笨蛋，可是她的心里甜滋滋的。

看着薛冉冉低头笑的样子，苏易水觉得小妖女这是在得意自己魅力无边，裙下又多了个降伏之臣。所以他少不得要提醒她一下："喂，别笑得这么得意，我方才真是看不过你如此不开窍……"

薛冉冉的脸微微一垮，她抬头飞快地瞪了他一下后，再次跳跃回船上运气打坐。

这般亲临其境的教学当真有效，当薛冉冉再次施展天雷渡的时候，艮申冲气毫无阻力，直朝着亲吻时舌根发麻处运气就好了。

一旦入门之后，薛冉冉修习的速度便可以用"一日千里"来形容了。

不过，白天的时候，他们还是会去附近的高山村镇游玩。

这日来到巩县时，薛冉冉无意中瞟了一眼贴在县城门边的告示。这一看，她便忍不住"咦"了一声。

苏易水的手里满是她方才买的零嘴儿纸包，听了她质疑的声音，也看了一眼那告示。

这是一份寻妻告示。大体内容是妻子嫌弃家贫，所以撇下丈夫，独自离去，而丈夫张贴告示，恳请妻子回家。

"怎么，你认识这画上的女人？"

薛冉冉转头小声道："你看，这画上的女人像不像周飞花？"

苏易水凝眉想了一会儿："周飞花？我只听过她的名字，并没见过她。"

薛冉冉的眉心一皱。是，他都不记得京城里的事情了，自然也不会记得这位诈死出逃的静妃娘娘。

可是周飞花的丈夫……不应该是苏域吗？难道是苏域命人写下寻妻的告示，四处追查周飞花的下落？若是如此，她不免替周飞花捏一把汗。苏域对她如此，是要赶尽杀绝吗？

接下来他们连去了几个村镇，发现告示栏里醒目的地方都有这张寻人启事。苏易水发现，这告示栏里的寻人启事越发多了。许多都没有画像，只是简单告知失踪人口的体貌特征，描述其在江边失踪，若有人发现，无论人死活都会有酬金。

这里到底发生了什么事，怎么有这么多人莫名失踪，而且活不见人死不见尸？

修行最讲求心静，不然为何有闭关静修一说？

两人这一路行来，白日虽然尽情游玩，晚上却不能荒废功课。他们每天晚上都是歇宿船上，选个清静的江面，在夜深人静之时盘腿而坐，互换灵犀之气。

每次跟苏易水面对面而坐的时候，薛冉冉的心若想平静下来，都是件考验意志力的事情。

比如现在她练气，睁开眼睛时发现苏易水在目不转睛地盯着她，也不知道他先前看了她多久。

"喂，你这样子，我很难专心！"

自从那天师父"亲口"指导之后，薛冉冉叫顺口的"师父"也不叫了，直接喊他"喂"。毕竟他俩的关系太复杂，她又被逐出西山，叫他"师父"，实在太给他的脸贴金，还是叫"喂"省时省力。

苏易水觉得她这么喊很不礼貌，可是她万一又叫自己那显得疏离的"苏先生"，似乎还没有这个"喂"自然。

不知为什么，他锱铢必较的做派在她的身上总是大打折扣，他能忍受她这么无礼胡叫。

虽然明知道薛冉冉是沐清歌转世，但是苏易水觉得这个小姑娘似乎比前世顺眼很多。最起码，她现在还没有学坏，身边没有那么多的男人环簇，苏易水觉得跟她很好相处。大部分时候，他甚至觉得看着她打坐、吃饭都是那么赏心悦目。

好看的东西，眼睛自然想多看些。直到听到薛冉冉的抗议声，苏易水才惊觉自己又看她看得入了神。不过他向来处变不惊，被抓包了，也是一副泰然模样，慢悠悠地合上眼睛。

薛冉冉看着闭眼的男人，浓眉挺鼻，长长的睫毛比姑娘家的都长……还有那形状好看的嘴，让人看了入迷，她一时有些移不开眼睛。

这段时日竟然是两人难得的独处时光，她不禁想起在海岛上的惬意。如果时间能够在此刻静止，她这辈子会不会了无遗憾？

她看得发呆，正出神地想着，坐在她对面的男人突然睁眼，一下子抓住正在走神的她。

"你不许我看你，却这么盯着我看，是何道理？"

薛冉冉没有想到他会突然睁开眼睛，一时有些尴尬，只能说道："你长得好看，还不许人瞅？"

苏易水高深莫测地看着她，突然开口道："你身上有我一半的结丹，所以不许带着我的气息勾搭别的男人。"

看来她前世好色的毛病没改，还是喜欢看好看的男人。苏易水每次想起沐清歌身边前呼后拥的少年们，心里就一阵厌烦。

那时他待沐清歌极冷，让沐清歌在他这里碰壁。

后来沐清歌遇到了苏域，因为苏域是他小叔，二人在容貌上有几分相似。沐清歌好像一下子转移了热情，总是对苏域巧笑嫣然，仿佛拿苏域当他的替代品。

苏易水自认为不喜欢沐清歌，可是每每想到这事儿就怄气得不行。

所以看薛冉冉积习未改，也有喜欢盯好看的男人的习惯，苏易水觉得还是将丑话说在前头，她若敢揣着他的一半结丹去偷人……他可不能答应！

薛冉冉听了这话，觉得又气又好笑："照你的话，我这辈子还不许跟人好了？"

她说这话时，大眼晶亮，半仰着头，微微往前凑。苏易水一时心情一荡，又想给她口头指导一下。

薛冉冉这次倒是警觉，突然伸手捂住了他的嘴："干吗？不许你轻薄你的师父！"

她不这么说还好，如此说，苏易水便被气乐了，笑得更加邪气："好啊，要不换你来轻薄你的弟子可好，你以前不是最喜欢将我堵在廊下吗？"薛冉冉觉得嘴似乎被他亲了一下，脸颊也绯红了。她倒是挺能理解前世的自己，像这种臭脾气的别扭美少年，逗一逗，看着他英俊的脸蛋鼓鼓着气，瞪着眼……是真的挺好玩的……

二人正闹着，苏易水突然顿住，薛冉冉也警觉起来，因为她听到水下传来了细微的划水声。

若是鱼类，撞击水波的声音未免太大了。

苏易水心内警醒，立刻拉着薛冉冉腾起，跃出了水面。

就在他们跃起时，数十个身穿鱼皮衣的人也从水里跃起，几十个尖钩直直地朝着船上的二人袭来。而且这些人的眼睛在黑暗里发着妖异的蓝光。

薛冉冉定睛一看，才发现这些人并非穿着鱼皮衣，而是如望乡河那个魔化的女人一样，身上长满了尖利的鱼鳞，他们伸出的尖钩实则是他们的手爪。

数十个魔化的敌人同时朝着他们袭来，一时间河水荡漾，小船差一点儿倾覆。

当初一个魔化的女人就让薛冉冉和师兄们手忙脚乱，现在数十个一块儿袭来，更是棘手。

可是薛冉冉已经不是在望乡河边时的小"菜鸡"了。刚刚练成的天雷渡有了练手的机会，她只轻松运气，便轻松地将袭来的水魔震退。

可是从江底爬上来的这种水魔越来越多，竟然还有二三十个，将整只船都压翻了。

苏易水也察觉到形势不对，这些入魔之人有七邪化形咒的加持，凶猛程度似乎更胜望乡河的女人。若是在水上与他们缠斗，就太吃亏了，于是他拉着薛冉冉的手臂，准备飞身到江岸边。

可是刚到江边时，他们便感觉到一层隐形的灵盾将他们困在其中，无论怎么击打都打不开。

设下这局的人，用心当真阴险，虽然这些水魔不是苏易水和薛冉冉的对手，可是如此耗下去的话，他们的精力就会损耗大半。毕竟这些水魔受七邪化形咒的驱使，完全不知疲累。

就在这时，江水两岸突然传来刺耳的鞭炮声，同时升起漫天耀眼的烟火。

那些凶残异常的水魔听到震耳的鞭炮声时，纷纷发出尖厉短促的声音，急急转头跳入江水里。

薛冉冉明白了，这些水魔畏惧强光和嘈杂的轰响。一转眼的工夫，遍布满江的水魔全都消失了。

随着他们的消失，笼罩在江上的灵盾也消失了。

就在这时，岸边火把环簇，有个骑在马背上的女人冲着站在小船上的二人高声喝道："你们俩居然还活着？是何处来的高人？"

薛冉冉听着这女子的声音耳熟，再借着岸边的微光，一下子认出了马背上的女子，高兴地冲着她喊道："静妃——不，周姑娘，是我——薛冉冉！"

原来那骑在马背上的女子不是别人，正是当初靠诈死逃出冷宫的静妃娘娘周飞花。

当初她逃离皇宫以后，便立志要巡游四方，此后便再无她的消息。没想到薛冉冉他们前几日才看到寻找她的告示，转眼就在这里与她重逢。

这时，周飞花也认出了薛冉冉和苏易水。

待两人跃上岸边时，周飞花松了一口气，道："真是上苍保佑，我先前还想着派人去西山找你们求救，没想到你们居然来了这里。"

薛冉冉想起方才惊心的一幕，便问："这里发生了什么，怎么会出现这么多魔化的怪物？"

周飞花叹了一口气，转身对身后的十几个老者道："诸位里长，这两位是修真的大能，有了他们，这沿江的村镇或许有救。"

那些村民先前看到他俩与那么多水魔缠斗还能全身而退的情景，满是愁苦的脸上终于现出了喜色。

周飞花又对薛冉冉他们说道："此地临水，那些水魔积蓄力量之后还会反扑，你们快些同我入村。到了村子里，我再同你们细讲。"

于是苏易水和薛冉冉跟着周飞花到了临江的穷奇村。

整个村落仿佛进入了战时状态，村落的外墙用荆棘编扎的栅栏围住，栅栏之外还有三丈宽的沟渠，里面撒了许多白石灰。

庄稼人一般都精打细算，除非家里有读书的子弟，不然入夜后少有人彻夜点灯。可是如今整个村落家家户户都在门口高高挂着灯笼，仿佛过年一般灯火通明，却少了过节的欢乐。满村寂静，少了欢声笑语。偶尔有小儿夜啼的声音，也马上被止住了，整个村落笼罩着遮掩不住的恐惧。

周飞花依旧是一身利落男装，不过并没有盘头，而是扎了一根粗长的辫子甩在脑后，一副干净利落的模样。

她请苏易水他们入了她暂居的村社，让人端来酒水吃食，一边吃一边讲起自己这段日子的经历。

原来，在她诈死不久，各个府郡都出现了关于她的画像，甚至一直有人在秘密地搜寻她。

后来，她才知自己诈死的事情被苏域发现了。也不知皇帝是否因为深夜难眠，又想找人舞剑催眠，却苦于找不到合适的，又想起她曾不眠不休彻夜为他舞剑，所以突然调拨大量人手找寻她的踪迹。

周飞花已经看破了红尘，倒不觉得皇帝是顾念旧情，只是觉得皇帝不过是吃惯了一样东西，却不是自己主动撤盘子，有些不甘罢了。所以她也不敢再去那些热闹的地方，便辗转来到此处。

这里民风淳朴，稻米香甜，村里人很少入城，就算入城，也没人去看那寻妻的告示。周飞花原打算暂居一段日子，便下海去扶桑转转的。

不承想，就在十天前，村里不断有人在江边打鱼的时候失踪。因为那几日有大雨大浪，出现意外也不奇怪。

但是，随后便有人在江边发现了水魔的踪影。周飞花曾经见过从望乡关送入京城的水魔，一下子便明白此地有人刻意劫掠村民，再让他们化为水魔。

当地的里长虽然报了官，可是那些派去的差役也都失踪了。加之先前魔物流窜，各地的驻军也是顾此失彼。

像穷奇村这样的穷乡僻壤，就算排位也得靠后站。幸而村里暂居的这位不知道名字的周姑娘为人仗义，在江岸边持剑救下了里长的儿媳妇，又组织当地民兵巡视江岸、挖沟、铺石灰，阻挡那些水魔入侵。

就在三天前，那些水魔夜里想攻袭村子。只是他们身上都带着水，爬过石灰时立刻被灼烧，尖叫出声。摸透他们弱点的周飞花带人敲锣、打鼓、放鞭炮，吓跑了那些水魔。

今夜周飞花照例带人在江岸巡视，结果看到江中有点着渔灯的渔船倾覆，无数只泛蓝的眼睛在闪动，她以为有过路的客船遇险，这才赶紧又领人放鞭炮，没想到救下的竟然是苏易水和薛冉冉。

薛冉冉也没料到能在这里遇到周飞花。她以前只知道周飞花跟沐清歌关系甚笃，是一对好姐妹。现在，薛冉冉知道了自己才是沐清歌转世，也就是说，周飞花是她前世的朋友。所以再看过去时,她忍不住拉着周飞花的手,却又一时不知该说什么好。毕竟她毫无前世的记忆,若是贸然与周飞花认姐妹,也没有什么旧情可续。

周飞花虽然不知道薛冉冉的真实身份,但是好不容易遇到个知她前尘的人,有许多心事想说给她听。

当天夜里,因为要商讨追查水魔的事情,薛冉冉和周飞花同住一屋。

薛冉冉原本是打算在椅子上盘腿打坐一晚的,可是周飞花偏要跟她同榻而眠,说些悄悄话。

"你坐得那么远,我同你说话都要扯嗓子喊,少修习一晚上也耽误不了你成仙。"

薛冉冉其实也很爱偷懒,听了这话,立刻脱了外衣上床,挨着周飞花躺下:"静妃娘娘,我在临县看到了贴着你画像的告示,不过上面写着什么'盼着出逃的妻子回家,主家既往不咎'一类的话……是不是苏域在找你?"

周飞花嘲讽地笑了一下:"什么娘娘不娘娘的!那告示就是揭开了最后的遮羞布。皇宫的屋院再高大,我以前的身份再尊贵,不过是个妾罢了。他碍着皇家情面不好直言,居然在告示里给了我一个在逃正妻的身份,哪日得空了,我朝着京城的方向叩下谢隆恩就是了。"

薛冉冉眨巴着眼睛,轻声道:"你说他找你回去做甚?"

周飞花转过身子,看着身边女孩儿青春姣好的容颜,叹道:"你还小,不懂男人有时很贱。你奉他为日月光辉时,他看你像杂草碎石。可他发现身边少了个顺手好用的女人时,又觉得自己可以招招手就将人弄回来。听我父亲说,皇帝派人去我老家几次,话里话外敲打着让我回去,他可以既往不咎,绝不会治我欺君之罪。就算我当初诈死,他也可以让我顶个静妃堂妹的名头,重新入宫封妃……"

薛冉冉听了点了点头,看着一脸英气、模样俊俏的周飞花道:"我若是男人,也爱你这样的,也难怪狗皇帝放不下你。"

周飞花听了,扑哧一笑,拧着薛冉冉的嫩脸蛋道:"你若是男人,这张甜嘴只怕要骗得好多姑娘为你交付芳心!"

她说起苏域的事情时,也是一副轻松的口吻。

周飞花现在显然已经走出在皇宫时苦涩难言的心境。人在开阔的天地里待久了,心也变野了,岂会再愿意去做笼中之鸟?周飞花就算心里对苏域依旧有一份旧情,也不愿再走回头路,而且她的父亲一口咬定她已经死了,她更不会回去,再让父亲为她悬心。

说完自己的糟心事情,周飞花更想知道薛冉冉的近况。

周飞花当初离开时,苏易水用自己的身体封印了灵泉,所以脾气暴虐异常。现在听薛冉冉说,他们已经送回了灵泉,苏易水应该也恢复正常了。可是他方才看到她时,竟然一脸漠然,最后还皱眉来了句:"我认识你吗?"

459

周飞花有些愕然，觉得苏易水的脑子似乎还不怎么灵光。

若要解释，就说来话长。薛冉冉先问周飞花困不困，然后便从他们从阴界出来，苏易水被贴了洗魂符讲起。

周飞花先是躺着听，然后坐直身子。听到苏易水全忘了自己曾经喜欢过沐清歌时，她不由得冷哼道："我跟清歌结识的时候，他倒是的确因为苏域而跟沐清歌闹过脾气。原来那时候他就对他的师父心存不轨，这是最后得不到就要毁灭吧，所以他才会害了沐清歌？"

薛冉冉觉得自己有必要给苏易水正名，又道："不是那样的。实在是沐清歌当初立意要给苏易水改天命，不希望他成为天煞魔子，所以才造成了误会。"

周飞花却不相信，冷声道："你怎么跟沐清歌一般，总是替他说好话？"

嗯……这个，薛冉冉想，若现在承认自己就是沐清歌，依周飞花的脾气，大约要将宝剑架到她脖子上，逼问她跟苏易水有什么阴谋吧？所以薛冉冉决定，这么劲爆的消息还是等找到合适的机会再说。不过她很好奇自己前世跟周飞花是如何认识的。

提起往事，周飞花也是一阵怅然："当年逆王作乱，苏域年纪尚小，在朝中独木难支。当时我父亲中立，本不想卷入皇室内战。有一次苏域不慎泄露了行踪，被人行刺，我恰好也在随行队伍之中，那时一个红衣女子从天而降，救下了苏域，我俩便结识了。此后沐清歌说服了我父亲扶持苏域，而我也在军中做了'战娘娘'的护卫。"

薛冉冉听了，自言自语道："我一直想不通，究竟是什么样的天命让她敢冒天下之大不韪，也要改得彻底？"

周飞花长叹了一口气。沐清歌当年改写的岂止是苏易水的帝王之命，还改写了她和苏域的命运。她轻声道："沐清歌当年好像曾经窥得不该给世人所看的天机。苏易水是与纣王相类的凶煞之相，这样的命格固然可以君临天下，成为九五至尊，可是最后的下场会是孤家寡人，无比凄凉。她曾说，世人以为她沽名钓誉，想度世人，可她知自己只想度一人……"

薛冉冉默然听着。以前她不能理解前世自己的心情，可是现在有些懂了。

失去部分记忆的苏易水是如此孤僻、冷傲，那么可以想象前世被搅和到权力争夺旋涡里的苏易水是多么偏激。当年他甘愿引灵泉上身，既想要借助灵泉之力，又不想被它彻底控制，时时忍受着灵魂撕裂的痛苦，若是无人度他，他岂不就是在无边的苦海里浮沉？再想到苏易水的京城宅院密室墙壁上一道道触目惊心的抓痕，就能想象他当初忍受的痛苦。

虽然苏易水现在恨沐清歌改了他的天命，可若是薛冉冉也面临这样的抉择，她大约也会毫不犹豫地这样做吧……

说到往事时，周飞花突然想到了沐清歌当初跟她说过的话："她当初曾经没头没脑地跟我说过一句话。她说，那阴界密钥突然落到她和苏易水手中，有些蹊跷……有人跟她一样，曾经窥见过天命……"

薛冉冉也一下子坐了起来，低声问："是何人、又在何处窥见天命？"

周飞花摇了摇头："清歌当时不愿多说，只说我若知道得太多会惹祸上身……"

说到这里，周飞花叹了一口气："我曾问过沐清歌，可是她说不记得了。"

薛冉冉拧眉道："沐清歌？你何时看到了她？"

周飞花道："就在昨日，我带人去附近的镇子外搬运石灰时，在虎溪镇外偶遇了她。她带着几个徒弟去镇子里捉拿逆徒。据说，她的徒弟王遂枝受了魔教的蛊惑，偷偷带走了她几名新收的弟子，所以她一路追踪来此，要惩戒逆徒。"

薛冉冉的眼睛瞪圆了："那她……找到没有？"

周飞花说道："应该是快要找到了吧？她跟我匆匆分别时，有侍从禀报，似乎是得到了什么线索。不过，我告诉她，我就在穷奇村，她若得空，应该会来寻我吧……"

薛冉冉知道今晚不能睡觉了。时间紧迫，若不去救她的财神徒弟王遂枝，只怕这个乖徒儿就要被沐冉舞那个假货迫害了。所以她一骨碌爬起来，赶紧去敲隔壁苏易水的窗棂。

周飞花也跟了出来，惊疑不定道："你要干吗？难道是想带着苏易水找沐清歌的麻烦？"

薛冉冉现在不好再隐瞒了，也不管周飞花能不能消化，只能坦承道："你难道从没有怀疑过现在的沐清歌还是沐清歌吗？当初转生树上可是结了两个果子……"

说完，她便扯了扯苏易水的衣角："你师兄有难，要不要跟我走一趟？"

苏易水对他的那些师兄弟没有多少情谊，现在看着薛冉冉跟老母鸡一般维护着那些蠢货，还有些不以为然。不过他没有说什么，毕竟他们此来也是要追查沐冉舞的下落，既然得了线索，自然要去探看究竟。

出村的时候，苏易水伸开手臂在村外飞身转了一圈，对周飞花道："我在此地设了灵盾，从村口的大门可以正常进去。若是身份不明之人，万万不可让他入内，不然灵盾就不起作用了。"

说完，二人一前一后消失在了夜色里。

周飞花一人在夜风里凌乱，想着薛冉冉那番话到底是什么意思……

据周飞花所说，她是领着村民采买白石灰时遇到沐冉舞的，那么沐冉舞此时也应该在虎溪镇。

当来到穷奇村附近的虎溪镇时，夜色深沉，镇上连打更的人都没有。

二人使用轻身术越过城墙。薛冉冉闭眼静听，除了周遭百姓人家里的呼噜声，还有小儿夜啼的声音，再听不到其他可疑的声音。

这要如何去找寻？

苏易水说道："你跟她同是转生树上结下的果子，只是她身上并未承担太多我的结丹气息，我也找不到她。唯有看你能不能寻到法门，在较近的距离感知她的存在。"

薛冉冉明白苏易水的意思。不过，现在让她感知沐冉舞的存在，就跟要和失散多年的姐妹同心通气一般玄妙。

虽然走不了玄学路子，但有其他的法子。薛冉冉猜得出王遂枝为何来此处。他的商行遍布天下，较为偏僻的是南江这边的商铺。当初他带着那些孩子匆匆离开后，一定是想到了这些孩子的安置问题。他们还小，难以自保，即使给他们银子，他们也难以为继，所以他应该是想送这些孩子来铺子里做学徒，学些手艺，将来也可养活自己。如此想来，便有了方向，只要看着那些商铺的牌匾，看到挂着"山西王"的铺子敲门打听就是。

王遂枝在此地最大的铺子是家米行。

两人从屋顶上落地，来到挂着"山西王米行"招牌的铺子紧闭的大门前，便觉得气息不对了。

大门上挂着"歇业五日"的招牌。这里原本是卖米的铺子，却传出阵阵恶臭的鱼腥味，门缝里也在不断向外淌水。

苏易水和薛冉冉互相望了一下，一起翻身上了屋顶，从屋顶揭开瓦片向下望去。

借着头顶倾洒的月光，他们看到铺子里的几根房柱子上似乎都绑着人，仔细看过去时，似乎其中几个是孩子。

苏易水率先跳了下去，薛冉冉紧跟其后。

店铺里依旧寂静无声，那些人一动不动地垂着头，呈现出诡异的样子。

苏易水点亮灵火时，薛冉冉才看清那些被绑缚之人的脸，这一看，她不禁倒吸了一口冷气。

原来那些店铺伙计打扮的人脸上长满了深蓝色的鳞片。薛冉冉也认出旁边那几个孩子正是从沐冉舞身边逃离的孩子，而那个身上开始长出鳞片的长须男子正是王遂枝。这些人的身上都覆盖着浓密的白沫，散发出腥臭味，他们的脚下不断淌水，已经漫延了整个铺子的地面。显然他们已经中了邪术，正在发生异变。

薛冉冉连忙掏出她自己炼制的清心丸，塞入王遂枝口中，以掌隔空运气，催化那颗丹丸。

王遂枝发出一声喘息，勉强半睁开眼睛。他看清薛冉冉时，短促地低喊道："薛姑娘，快些离开这里！"

薛冉冉安抚他道："别怕，我来救你们了！"

听了这话，王遂枝眼里蓄满了泪水："我师父……她疯了！居然与不知什么来路的魔教勾结到了一起。他们闯入米铺后，便将我们都下咒捆了起来。师父……师父她说，背叛她的人会生不如死，我们过不了多久就会异变成水魔，成为杀人的利器……"

可叹我的异能能看出别人的生门与死门，却不知这镇子就是我的葬身之所……我的身体已经发生变化，也许过不了多久，就会失去神志……我不愿害人，还请薛姑娘行行好，给我个痛快。只是那些孩子到底是被我害了，我只能下辈子偿还他们了！"

薛冉冉又掏出一些清心丸，给那些伙计还有孩子也吃了，然后说道："未到最后关头，干吗说些丧气话？这些七邪化形咒是以人之贪念为基壤的，你是个好人，要相信自己能克制住这邪咒发散，在我们想出办法以前，你要撑住！"

就在他们说话时，苏易水已经快速查看了整个铺子。铺子后面直通护城河，平日方便船只运粮，此时后门是半开着的。之所以没有人在这里看守，就是因为他们已经在米铺的大门上挂了歇业的牌子。到时候店铺里的人异化完成，这些异化的人必定会被邪符驱使，跳入河内供人差遣。

余下的人醒来后，都被自己现在的样子吓得连连惨叫。

王遂枝脑筋灵光，生怕引来左邻右舍，便让他们不要喊了。

苏易水运功从河里引水冲洗掉了他们身上覆盖的黏腻白沫。待放下他们以后，他看到了他们后背上被人用利针蘸着朱砂刺上的一道道怪异的符文，看来这就是他们异化的原因。

不过解符的事情可不是薛冉冉和苏易水拿手的，还要找酒老仙帮忙。

等人都救下了，薛冉冉便打算先将他们安置在穷奇村外的山洞里。

这些日子，穷奇村村民已经被水魔吓破了胆子。若是再看到他们不人不鬼的样子。村民们只怕会一窝蜂冲上去，乱棍将他们打死。

不知沐冉舞是不是恨极了王遂枝，不将他立刻杀掉，而是用这种阴损的招式折磨他。

薛冉冉想到现在陪着沐冉舞的那些人，看起来他们就是梵天教的人。也许是他们急着制造大量水魔扩充自己的实力，所以不放过任何一个可以利用的人。

当初他们在江上遇到的那些水魔不过是失踪的渔民，显然数量不够，再算上这米铺子里的几个人，也不算太多。若是这样，沐冉舞会不会继续如法炮制，在米铺这样的封闭之所，给更多的人下咒呢？

薛冉冉思索着如果她是沐冉舞，还会祸害哪个地方的人。想到这儿，她不禁心中一颤，她想到了穷奇村满满一村子的人。那村子前不着村，后不着店，地处偏僻，若一旦封村，整个村子的人都发生异变，恐怕一时也不会有人察觉。

苏易水也想到了这一点。他沉思了一下，淡淡道："我不该给村子留门。不知你的那位旧日闺蜜有没有听进去你的话。"

若是周飞花信了沐冉舞的花言巧语，给她敞开村门，只怕整个村子的人都要遭殃。

其实，在苏易水和薛冉冉离开村子不久，沐冉舞就带着人连夜赶到了穷奇村。

整个村子因为防备水魔，晚上会有人轮值。那看守之人跟周飞花去运过石灰，认得沐冉舞，听到她来拜访，毫不怀疑，立刻就要开村门，搭木板子让人进村。

沐冉舞悠哉地立在村门口，略显鄙夷地看了看那铺满石灰的沟渠，又不动声色地打量周遭的地形。

就像薛冉冉预料的那样，她很满意此处偏僻的特点，就算整个村子的人发生异变，暂时也与外界联系不上。以沐清歌与周飞花的交情，她想要取得周飞花的信任，简直易如反掌。虽然她可以直接打入村中，但若能不费吹灰之力就制服这些村民，那岂不是更轻松？

这般想着，沐冉舞微笑着准备踏步进村。

可是她没想到，那栅门只开了一道缝，立刻被一只手合上了。原来周飞花不知什么时候来到了村口，阻止轮值的村民开门。她只是抬眼隔着栅栏上下打量着门外的女子，并没有久别重逢的欢愉。

沐冉舞觉得周飞花躲在这个穷乡僻壤，应该听不到赤焰山上她的真面目被揭穿的风声，所以放心地微微笑道："在镇子外见你时来不及跟你说话，如今得空，我便来这穷奇村找你了。怎么，不请我进村坐坐吗？"

周飞花这时开口道："我当时听闻你向我打听有没有见到王遂枝，还说他叛出师门，做了大逆不道的事情。他……现在可被你找到？"

沐冉舞眼底掠过一抹不耐烦，复又微笑道："自然是找寻到了，这等背叛师门的逆徒，若不惩治，岂不是给其他徒弟立了一个坏榜样？"

周飞花道："王遂枝为人势利，贪图银子，当年他在樊爻大战前贪墨了军饷，便可知他的人品，这样的逆徒，你不会轻拿轻放吧？"

沐冉舞知道王遂枝当年好像贪墨过军饷，与周飞花的父亲结下梁子，便顺着周飞花的话茬，叹了一口气，道："我知他不成器，如今他也是自作孽不可活，我自有法子治他……飞花，你还要跟我隔着沟渠说多久，可不可以移开栅门让我进去？"

周飞花露出一抹晦暗不明的表情，最后抱拳冷冷道："天色已晚，村子定下了夜不开村门的规矩，我一个外来客不好破例，还请你先回去，待明日我再去镇上亲自拜访。"

沐冉舞此番前来可不是为了会客见友，镇上米铺里的伙计还有王遂枝他们后日中午便可异变成功。到时候十余个水魔冲出米铺，跳入水中，只怕整个镇子人心惶惶，她当然不会再回镇上。

现在夜色正暗，一会儿到了子时，就是下符的最佳时间。所以她不想再跟周飞花废话，便飞身跃起，打算冲过沟渠围栏，冲入村里。

只是没想到，她飞身而起时，竟然撞上了隐形的灵盾，一下子被反弹回原地。

沐冉舞落地后，绝峰上的转生树便枯萎而死，她没有转生树滋养，现在功力大不如从前。被这霸道的灵盾反弹后,她竟然吐了一口血。她心里一震:什么人在此地设下了这么霸道的灵盾?难道……早知她要来吗?

其实,苏易水在临走前设下这灵盾,为的是防止江边的水魔反扑。不过,他这灵盾在村寨口留了一处缺口,供村民们日常进出。毕竟村寨里的人白日还要外出营生,只留这一处缺口,把守起来也容易些。

沐冉舞好死不死地非要越栅栏而过,自然是受之反弹力,受伤不轻。她心知不能硬闯,立刻眼里蓄泪,柔弱道:"飞花,你这是怎么了?难道被那些水魔吓破了胆子,连我这个老友都不认了?"

周飞花死死盯着她的脸,一字一句道:"当年王遂枝私吞军饷之事的底细,大约只有沐清歌和我知道。他虽然喜欢钱财,却并非贪心之人,当初吞了军饷,实在是想要阻拦沐清歌参战。他这个人有奇能,能看财运,更能看到人的生门与死门。因为他看出樊爻一带是沐清歌的死门,所以才会出此下策,甘愿背负贪财的罪责,也要阻止沐清歌前往樊爻……他看得不错,沐清歌的确是在距离樊爻不远的绝山上被害。他当时还自责自己的法力不够,看不出更具体的位置,不然一定可以救下师父……"

说到这里,周飞花缓了一口气,苦笑道:"可惜他并不知,不是他的师父沐清歌不相信他的话,而是他的师父抱持着必死之心也要改天换命!当时沐清歌与我独饮时,还笑着道,有如此孝敬的徒儿,她这一生已不枉矣,只可惜师徒之缘如此浅,若有来生,她一定要好好教导他们成就大道……可是现在你如此恨责王遂枝,只因为他拐走你几个刚入门的徒弟……如此小肚鸡肠,你根本就不是沐清歌!"

听了这话,沐冉舞才知自己在何处出了纰漏,她忍不住哈哈大笑:"你们一个两个的,都是沐清歌长、沐清歌短的!行了,我知她比任何人都好,完美得让人简直喘不上气来。她对徒儿、对朋友可真是无可挑剔……可是她是怎么对我的?我可是她的亲妹妹!她明知我不是修仙的材料,根基平庸得让人不入眼,却强拉着我入修真之门,从此日日被人比较嘲讽,抬不起头来!"

沐冉舞抹了抹嘴角的血渍,接着恨恨道:"我原本可以结婚生子,平凡而快乐地过一生。却被人强拉着窥见了得道成仙的另一番天地。你们可知我当时多么自卑,多么生不如死?依我的资质,当我白发苍苍的时候,姐姐却还是青春貌美,带着让人艳羡的修为飞升成仙,到时候,我只能一个人留在这红尘凡间,孤独无望地死去!我做错了什么?姐姐又不是我亲手杀死的!是她自己不想活了,甘愿用自己的命去换那个魔子苏易水的命!我不过是想重新开始,好好活下去,难道不可以吗?!"

最后几句话,沐冉舞是近乎疯狂咆哮着说出来的。她嘴角的血迹犹在,在火把的映衬下,竟然透着几分魔性。

周飞花也被她凄厉的表情震慑,心里虽然生气,却不知该说什么才好。

就在这时,一个清丽的女声传来:"你想要活下去,没有人阻拦你。当初你落下转生树时,苏易水并没有戳破你招摇撞骗的假皮。可是你想要自己好,就要害人,踩着人的尸身往上爬，这是什么丧尽天良的道理？"

沐冉舞转头望去，只见薛冉冉从黑暗中走了出来，而她身旁那个英俊高大的男人正是苏易水。他居然还对薛冉冉如影随形？这丫头片子长得明明不如自己，哪里来的如此大的魅力，居然又一次将苏易水迷得神魂颠倒？

收服苏易水这个冷傲的男人是沐冉舞重生的另一个执念，可是变得平庸的薛冉冉毫不费力地做到了。

沐冉舞现在听到她的声音就心里发恨，冷笑着道："原来是你告诉周飞花的，怪不得这村子有灵盾。怎么样，姐姐，又收复一个你的拥趸，心里是不是很得意？"

周飞花听了这话，不敢相信地瞪着薛冉冉，原来这个一直跟她很投缘的小丫头……才是她的好友沐清歌！

苏易水现在对这个假货毫无耐心，尤其是方才听到她大放厥词，甚是恶心！他虽然忘了很多事情，可还记得沐清歌是如何偏疼这个妹妹的。可是到了沐冉舞嘴里，竟然都成了沐清歌的原罪？

这种忘恩负义的人，杀了也不可惜！

这么想着，苏易水调动真气，朝着沐冉舞袭了过去。

沐冉舞身边那五个表情木讷的怪人个个身手不凡，苏易水上次与他们交手的时候就落了下风。不过距离上次交手过了月余。这一路以来，苏易水一直与薛冉冉换气而修，不光薛冉冉的功力得到了提升，苏易水亦是如此。

苏易水与那五个侍从交战时，薛冉冉也御剑而上，与苏易水并肩，共同御敌。

在这种激斗中，同修的好处立刻展现出来。二人进退攻守，默契得若双生子一般，甚至不必传递眼神，在气息运转间就能猜到对方的下一步举动。

在通亮的火把照映下，男子长袍宽袖，翩然若游龙，女子娇小玲珑，扭腰舒臂，收放自如，只看得人恍惚入神，完全忘记了眼前是拼技斗狠，生死搏命。

突然，一直躲在后方的沐冉舞吹起了脖子上的一个古埙，当古埙发出沉闷的声音时，村外的大江里顿时涌出十几个全身覆盖着鳞片的水魔，疯狂地朝着村落扑来。

沐冉舞知道，照这么下去，苏易水师徒迟早会占上风，而她来这村子的目的就是要异化整个村庄。现如今苏易水和薛冉冉与人缠斗，他们所设的灵盾气息自然会转弱，又无暇顾及这么多的水魔，她正好可以趁此机会攻入村子。

可是她漏算了一个人，那就是周飞花。她虽然不是有修为之人，却是曾经跟着父亲和沐清歌出生入死，在战场杀敌的女将军。

就算此时面对的是一群面容可怖的水魔，周飞花依然沉着、冷静，命人依着平时的训练敲锣，将所有人唤起来，围着栅栏，严阵以待。

水淋淋的水魔入石灰池时，他们身上的水沾染了石灰，立刻冒烟、沸腾，变得滚烫，那些水魔忍不住发出凄厉的尖叫声。但是沐冉舞的埙声一响，他们又恍如被操纵一般，面无表情地继续前进。

就在这时，村子里的孩子们在周飞花的示意下燃放起了鞭炮，还拼命地敲锣打鼓。

刺耳的声音一下子干扰了埙声，那些水魔再次后退，难耐地捂着耳朵，想要四处逃散。

沐冉舞急了，她眯眼看向村子外的灵盾。之前有水魔扑过去，激出了灵盾的轮廓。在一片微光里，沐冉舞一下子看出村寨的大门并无灵力覆盖。

沐冉舞瞟了一眼正跟五名梵天教侍从缠斗的薛冉冉和苏易水，眯眼便朝着那村寨门口袭去。

虽然有村民拼命阻挡，可他们哪里是沐冉舞的对手，一下子就被震得飞起，倒在地上。

周飞花甩开身后的长辫子，默默地从腰间抽出宝剑，迎战沐冉舞。

沐冉舞冷笑着想空手夺白刃，可是当她的手碰到周飞花的剑刃时，便被灼烫得大叫。

"你这剑是什么鬼东西？"沐冉舞看着自己迅速溃烂的手，不由得恨恨问道。

周飞花冷笑着挽出剑花，冷声道："你连这把剑都认不出来了？它便是你姐姐当年的佩剑绝尘剑啊！"

沐冉舞定睛一看，这剑虽然换了剑柄，还换了剑鞘，但那锈迹斑斑的剑身的确是很眼熟！当年她姐姐一直用这把在西山古墓里寻到的旧剑。后来还是苏域看不过去，为沐清歌购了另一把名剑，配以玉石美钻，装饰得异常华丽，送给了她。

沐清歌当初似乎并不想要，却拗不过苏域，便收下了那把剑，然后转手将这把绝尘剑送给了沐冉舞。

当时沐冉舞心里委屈极了，觉得沐清歌这是将不要的破烂儿扔给了自己。姐姐若真心想给，为何不给她皇帝苏域相赠的那把名剑？所以当时她只皮笑肉不笑，借口自己不爱打打杀杀，谢绝了。沐冉舞从转生树上下来后，上西山时要来了当初苏域给沐清歌的那把名贵宝剑，终于如愿以偿。

没想到沐清歌当年将这把绝尘剑转送给了周飞花！

这把绝尘剑，周飞花足足用了二十多年。如今，她虽然不再是芳龄少女，却是剑客最成熟的年岁。

这么多年来，无聊的深宫反而成了绝佳的修习之所。所以，在剑术一道上，周飞花已经领悟到了精髓。她牢记着好友当年赠她这把绝尘剑时说过的话。沐清歌当时摸着锈迹斑斑的剑身说道："这剑看似破旧不堪，却是一位无名剑圣的遗物。当年他舞剑成痴，精神也嵌入了剑内。若是普通人用这剑，它不过是一块生锈的废铁，可若常年与这剑为伴，一旦悟透剑道真谛，这剑便活了，威力不容小觑。可惜我在剑道上的钻研并不精深，有些辜负这把剑。我原本是想要妹妹小舞练习这剑的。她的修真天资不高，若是能走剑道，也能成就入圣之业……可惜她说不喜欢舞剑，我便将这把剑赠给你，你不会嫌弃吧？"

周飞花拿起这把剑时就隐隐感觉到了剑的肃杀之气，随后便如坠入爱河的女子一般，对这把剑一见钟情，自然感激地收下。

之后的岁月里，这把"破铜烂铁"在深宫无数个夜晚被她执握在手，伴着她晨昏起舞，斩断夕露飞雪。

此时被周飞花握在手中，剑身上的锈斑竟然慢慢褪去，散发出刺骨的冷芒，甚至逼得沐冉舞后退数步。

周飞花冷冷道："你总说沐清歌忽视了你，可是她明明早就将最好的一切呈给了你，你不要，又能怨得了谁？"

说完，她再次舞动绝尘宝剑，朝着沐冉舞袭去。

沐冉舞不敢再空手夺刃，只设起灵盾防御。可是那把剑实在太邪门了，居然刺破了真气灵盾，直直朝着沐冉舞的面门袭来。她只能狼狈地避闪，用手中的宝剑去挡。可是伴着清脆的咔嚓声，她的宝剑已经被那把"破剑"如切豆腐一般劈成了两段。接下来，剑芒如雨，密集袭来，沐冉舞被打得连连倒退，最后竟然脚下一绊，跌入了石灰坑。

石灰坑里已经被村民注入水，正沸腾着，沐冉舞被烫得若网中的鱼，一下子跳跃起来。低头再看时，她身上已经烫出了成串的水泡，密密麻麻，若蟾蜍下的卵一般。

"啊——"沐冉舞发出不甘心的惨叫。

她要是被苏易水或者薛冉冉打败，心里还能自我安慰，因为她这段时间真气折损，所以技不如人。

可是周飞花是什么东西！苏域后宫里解闷的妃子，凡夫俗女一个！她居然被这样的老女人打得狼狈不堪，近身不得！

看到那把绝尘剑在周飞花手里竟然有如此大的威力，沐冉舞才知道自己当年拒绝了什么样的宝贝！一时羞愧与悔恨交错，她又怨上了。可恨的姐姐，当初为何不将话说清楚，害得她白白错过这等宝物，现在又被这把剑搞得如此狼狈！

周飞花已经飞身过去，加入了苏易水和薛冉冉的战局。

女剑圣的加入立刻让战局大为改观，那五个梵天侍从渐渐落入下风。

沐冉舞知道在这里讨不到好处，立刻弃了那五名侍从，飞身便跑。

但是苏易水眼角的余光一直瞄着她，岂会让她轻易逃走？他从薛冉冉身上抽出一把短刃飞甩出去，一下子穿透了沐冉舞的琵琶骨，将她钉在大树上。

就在这时，那五个侍从似乎感知到了什么，决定弃车保帅，突然体形暴涨，如皮囊充气一般。

苏易水连忙叫道："赶紧后撤！离他们远些！"说完，他便舒展宽袖护住薛冉冉，迅速飞离了那五人。

顷刻之间，那五人的身体爆裂开来，随风散作烟尘。

薛冉冉有些搞不明白他们这般自爆的意义何在。

可是沐冉舞吸入了他们的血尸烟尘之后，突然元气倍长，逼出了定住她的那把短刃，然后一路狂笑而去。

薛冉冉注意到她的眼睛竟然有些血红，像走火入魔了。

而其余的水魔纷纷倒下，吃力地往江边爬去，似乎要逃走。

这时，村寨里的村民纷纷拿着斧头、锄头跑出来，准备打死那些想要逃跑的水魔。

可是薛冉冉拦住了他们："不可，他们就是前些日子失踪的那些渔民，他们中了邪符，失去了神志，我们会想办法，看看能不能将他们救回来……"

就在这时，一个白发苍苍的老婆婆颤巍巍地从人群里挤了出来。她是周飞花寄宿的村落的房东。前些日子，她的十六岁的孙子在江边钓虾时，不见了踪影。她费力地挨个搜寻了一遍，看到其中有一个烫伤严重的水魔。那水魔的耳朵上戴着个银耳钳，她失踪的孙子是遗腹子，所以耳朵上被她穿了个自己陪嫁的耳钳，用来辟邪，免得夭折。

老婆婆虽然认不得人了，却认得自己陪嫁的耳钳，所以一时悲从中来，号啕大哭。可是她刚要靠近孙子，却差点儿被他突然伸出的利爪刮破喉咙，他那条胳膊已经鲜血淋漓。

这时有村民嚷道："他们已经被邪物上身，早就不是人了，留着他们做甚？还是趁着他们虚弱打死算了！"

那些家里有失踪人口的自然不干，于是众人吵成了一团。

最后，周飞花力排众议："好了！都别吵了，这些人虽然成魔，却曾经都是你们的左邻右舍，岂能不试试就放弃他们？村子的后山有山洞，我会想办法将这些人关入山洞，然后想办法让他们恢复正常。"

方才周飞花英姿飒爽的身手叫众人折服，加上她这些日子来领导村民抵御魔物，早就树立了威信。所以她一开口，众人就都不说话了。

薛冉冉掏出灵符将这些水魔定住，又给他们吃了些清心丸。

只是这丹丸对已经魔化的人来说似乎并不管用，给他们吃下之后，只是让他们恶心呕吐，呕出一摊摊绿水。

当这些水魔被捆着麻绳移送进后山的山洞里时，从米铺子来的还没有彻底魔化的那些人又开始号啕大哭。

看着那些彻底转化的魔物，那些伙计、掌柜很绝望，觉得自己若变成那等模样，可真生不如死。

不过，那几个从沐冉舞身边逃离的孩子竟然比那些大人镇定。他们都是孤儿，以前在街边乞讨，后来又成了沐女魔的吸血羊羔，大约经历了太多的苦难，所以面对如此可怕的境况时，反而看上去更加沉得住气。

王遂枝长叹一声，看着赶过来的周飞花道："周小将军，没想到你我竟然在此处重逢。只是我现在恐怕时日无多，倒是要麻烦你给我的妻儿捎带些遗言……至于师父她……你看看能不能劝一劝她，莫要再为恶了……"

周飞花递给他从村里带来的粗饼和咸菜，然后指了指正在给那些受伤的人上药的薛冉冉道："你师父就在眼前，有什么话，你可直接对她说。"

王遂枝原本只是随口嗯了一声，等他反应过来周飞花话里的意思时，望向薛冉冉的眼睛不禁越瞪越大："这……这话是什么意思？"

待周飞花讲了自己识破那假沐清歌的经过，王遂枝竟然像个孩子一样匍匐在地，哇哇大哭起来："我就说我的师父怎么会变成那般恶毒的德行！原来她竟然是假的！太好了！师父！师父！徒儿眼拙，您不会不要徒儿了吧？"

薛冉冉万万没想到自己竟然会哄个中年长胡子老爷儿们不要哭，那场面一时间闹腾得很。等好不容易安抚好王遂枝，她又问："秦玄酒怎么没有跟你在一起？"

王遂枝吸了吸胡子上的鼻涕，指了指自己眼睛上一处尚未消散的瘀青道："我当初在赤焰山的客栈将师弟灌醉，就将他也带了出来。可是他醒来之后，听了我的话，便说我胡乱怀疑师父，将我狠狠揍了一顿，独自离去了。也不知他会不会再去找寻那个假货，继续认贼为师……"

薛冉冉跟王遂枝说了一会儿话便转身出了山洞。她一眼看到苏易水正盘腿坐在一块大石上调息。她不想过去打扰他，便选了另一处山坡，望着天上的明月，幽幽地叹了一口气。

可是叹息声未歇，她身后便有人靠过来，低沉问道："不是已经将人都救下来了吗，因何叹气？"

薛冉冉抬头看了看立在她身边的俊逸男人，怅然若失道："我以前觉得自己跟前世的弟子们并无什么联系，我已经不记得他们了，自然生不出什么师徒之情，也就是跟十四师叔较熟悉些。所以知道自己的身世以后，眼看着沐冉舞欺骗他们，却没有立刻表明自己的身份，现在想想，挺对不起他们的。沐冉舞现在已经偏激得行事癫狂，若是秦玄酒发生了什么意外，我恐怕不能原谅自己……"

苏易水没有说话。要是他没有丧失记忆的话，恐怕老早就知道了薛冉冉的身份。可是他为何会任由那假货招摇撞骗，身边围拢着以前的师兄弟呢？

以前苏易水恐怕想不明白，可是就在方才那王遂枝朝着薛冉冉又是磕头又是认错，一口一句叫着"师父"的时候，他没由来地觉得一阵厌烦，似乎忍受不了薛冉冉被一群男子环簇的场景……

也许他就是因为这莫名的情绪，才懒得揭发那假货，任由她招摇撞骗，顺便吸引那些可能围在薛冉冉身边的男人吧？

所以罪魁祸首本应该是他，这个丫头又何必自责？

470

可认错的话在舌尖兜转了几圈，苏易水到底说不出口，只生硬道："那个秦玄酒若真遇险，我会救他出来的……他们都胡子拉碴，过了而立之年，难道自己不长眼睛和脑子？那个沐冉舞，除了顶着一张假脸，有何处像你？他们自己眼瞎认错了，与你何干？"

薛冉冉听了这话，再次幽幽地叹了一口气。她看着别扭的苏易水，心有戚戚道："我上辈子真是不嫌麻烦，认了这么多徒弟，偏偏好性子的少，都是别别扭扭的，我上辈子该不会是累死的吧……唔——"

她的话没有来得及说完，就被气坏了的苏易水低头用薄唇迅猛封口。

苏易水一边猛烈地亲吻着她一边想，她上辈子的确眼瞎，竟然收了他这样表里不一、坏透了的人，可她既然已经收了，便不是她想甩就能甩得了的！

此时明月高挂，坐在大石上的一对男女缠绵片刻之后便分开了。

薛冉冉将头慢慢靠在臭脾气男人的肩膀上，与他依偎着静赏天边明月。

刚刚安顿好众人，从山洞里转出来的周飞花正好看见他们的背影。虽然她现在依旧看苏易水不顺眼，可是又觉得两人是两辈子的孽缘，居然生死都冲散不开。但愿这辈子成为薛冉冉的她不必再承受太多的责任，得偿所愿，两人徜徉天地云霞之间……

一番折腾后，沿江似乎变得平稳了很多，暂时没有人再失踪了。可是穷奇村后的山上有妖魔的事情不胫而走。

虽然村民们驱赶妖魔的时候，不见官府派出援兵增援。可听说穷奇村的人俘虏了十几个水魔，官府立刻派人来传达上面的指示："我们大人说了，这等邪物是邪气入侵，无药可救，得引火焚烧，再寻高僧诵经超度。你们这些无知乡民不可自行扣留这些邪物，还是快些交出来吧！"

这些差役的意思很直白，就是要尽快处理掉那些魔化的人。

苏易水虽然捉了山雀贴符，让它前往西山送信，但是这里距离西山实在太远了，酒老仙就算御风赶到这里也需要几日。

第二十九章 金龙神君

　　差役们摆着一副不交出人来决不罢休的架势，里长为难，便跟周飞花和苏易水他们商量，看看能不能先将人交出去再说。毕竟这些是官差，一旦得罪了，他们这些坐地户可就不好讨生活了。

　　还没等周飞花说话，苏易水先冷硬地开口道："不行，人不能交给他们。"

　　只一个秦玄酒就让那丫头内疚得不得了，若是王遂枝他们再被一把火烧掉，那丫头岂不是要自责得吃不下饭？所以苏易水连想都没想，就一口回绝了。

　　这下子，村里人又是各怀心思，议论纷纷。那些没有亲人化成水魔的人都有些不满，觉得若为几个不人不鬼的水魔让整村人得罪官府，岂不是日子难过？甚至有人偷偷去找官差，言语间透露出那些水魔就在后山的山洞里。

　　官差领着大队人马来到后山找寻水魔的踪迹时，刚刚将那些魔化之人转移走的薛冉冉和苏易水立在树梢上，将那些领着官差的村人看在眼底。

　　薛冉冉发现其中一个竟然是周飞花房东的亲侄儿。就在村子被袭击那日，他还围着那位房东婆婆跑前忙后，没想到转天便跃跃欲试，领着官兵去抓他自己的表侄儿。

　　苏易水见怪不怪，冷声道："那家单传独苗，老婆子的夫家没有相宜的晚辈，若是老婆子的独苗孙子不在了，他这个做侄儿的，不正好可以坐享其成？"

　　薛冉冉虽然聪慧，但是从来不愿将人想得太恶，这一点她跟苏易水有大大的不同。也许苏易水作为皇家的后代，对这种权力倾轧、同室操戈更加敏感深有体会吧。

　　听了苏易水的话，薛冉冉默默吸了一口冷气，然后低声道："人与魔有时候真是一线之隔，修仙容易，可是修心真的很难啊……"

　　说者无意，听者有心，苏易水这个前任魔子听了这话，忍不住瞟了她一眼。

　　薛冉冉知道他这一眼是什么意思，故意撇嘴道："喂，就是说你呢！没有师父也要好好修行，不能老动不动想着怎么将恩师掐死，将你这么辛苦养大，没有功劳，也有苦劳——啊呀——"

　　她的话还没有说完，头上的小抓髻就被苏易水捏住摇了起来，一时间西山前师尊的威严荡然无存。

　　薛冉冉只能握住他的手腕，小声恼道："不要弄了，头发要乱了！"

　　苏易水磨牙笑道："再敢提将我养大，莫怪我真的对你不客气！"

　　他觉得自己现在对这小妖女太放纵了，简直是着了她的魔。只要挨着她，他便有些心不在焉，整日只想与她粘在一处。照这样下去，洗魂符还没解开，他便全不是他自己了。

苏易水觉得自己应该对薛冉冉严苛些，不可再那么黏黏腻腻的了。可是现在她的小抓髻被他摇散了，几绺碎发散落在赛雪的颊边，看上去……怪可爱的。

等苏易水回过神来时，他已经在她的颊边吻了一口，亲得薛冉冉有些不好意思，还小声说："大白天的，这样不太好吧……"

苏易水黑着脸站起来，飞身而去。他准备去后山找几个倒霉蛋教训一番，顺便转移下注意力。这种丧失自控力的表现，会不会也是洗魂符的后遗症？他得警醒，不能放任自己。

薛冉冉并不知昔日爱徒内心的纠结，只知道有个来无影去无踪的仙侠去了后山，把那些官差和村民都扔进了水沟。而那个积极带路的房东的侄儿被扔进了村民堆肥的粪坑。

一时间，那些差役铩羽而归。不过，按照当地官差马后炮的劲头，只怕那些被转移走的人也隐匿不了太久。

幸好没几日的工夫，羽臣和羽童带着酒老仙来到了穷奇村。

酒老仙含着酒葫芦嘴，仔细看了看魔化的王遂枝。他虽然一直不间断地吃着清心丸，但还是阻止不了魔化。这两天，他眼睛的瞳孔逐渐变大，人也时不时失去理智。

酒老仙点了点头，薛冉冉以为他有法子了，便问："老仙，该怎么救他们？"

酒老仙老老实实道："我暂时没有办法啊！"

"那你为何点头？"

酒老仙一脸敬佩道："这次的七邪化形咒比望乡河那次发现的更加精纯，效力更大，佩服佩服！"

薛冉冉有些哭笑不得，小声道："他可是我前世的徒儿，你可要想办法救救他啊！"

酒老仙现在也知道这个小丫头其实才是他二十多年前的酒肉小友。听了小友的请求，酒老仙很认真地说道："你有没有看到这些人的鳞片，那是蛟鳞，并非一般的水兽。他们魔化了这么多人，必定要用蛟血为引。你若是能找到克化蛟血的东西……比如青龙血，说不定我有法子一试。"

薛冉冉皱眉沉思。酒老仙说得不错。她曾经在古籍上看到过，蛟为无尾秃角之龙，穷极一生便是要炼化成龙。若说能压制蛟血之物，便是青龙的龙血。可青龙实在太罕见了。她和苏易水当初在皇宫解救出来的也不过是一条普通的小龙。朱雀之血难得，获得龙血更是难于上青天。可是现在，这是唯一的办法。

薛冉冉看着昏迷不醒的王遂枝，决心尝试一下。

她将自己的想法说给苏易水听时，他不禁皱眉道："龙岛是人族禁地，从来没有人出入过那里，你确定要去那儿寻找青龙，再跟它讨一碗血？"

苏易水神情古怪地看着她，这种生死无畏的劲头，真不愧是沐清歌转世，也只有她会有这种惊世骇俗的想法，想去龙岛送命。

473

他凝眉道:"你可想好,我和西山的弟子都不会陪着你去疯,去龙岛送命的!"

薛冉冉肯定地点头道:"……我在岛上有熟人,姑且去试一试。不过,我一人去便好,你不必陪我前行。"

她真的不想苏易水跟着她前往,所以当天夜里,她老早就收拾好了个小包裹,一个人偷偷出了村子。

她到一处山坳里取水喝时,却觉察到后面似乎有人尾随。她不动声色,来到一片平地上,快速跳上大树向下望,结果正好与树下的苏易水四目相对……

"你怎么也来了?"薛冉冉有些意外地问。

因为苏易水一早表示绝不会跟她去龙岛,晚饭的时候,他还吩咐羽臣和羽童做好回西山的准备呢。

薛冉冉这般悄悄离开也是怕他为难,所以才不告而别。

苏易水沉着脸道:"你忘了,你身上有我一半的结丹,我怎么可能任由你拿着我的修为喂龙?"

薛冉冉已经摸透了苏易水现在透着青葱气息的狗脾气,他总是隔三岔五拿着那一半的结丹说事。其实他若真不放心,想要收回结丹也是易如反掌的事情,可他偏偏每次都是雷声阵阵,不见雨丝落下,所以对这种只顾叫嚣却不见伸出利爪的纸老虎,只要顺毛摸一摸、给足他台阶下就行。

薛冉冉笑着从树上跳下来,拉起苏易水的胳膊摇了摇:"好啦,我知道了,带着你的东西一定要小心,再小心,将来好完璧归赵。师父,那东海上的景色可美了,现钓的鱼也鲜美无比。不过这次没有朱雀可乘,我们可以租船前往。上次在海上时少了一些油盐作料,再带些米面和黄豆,到时候也好炖鱼吃。"

吃货的思路就是清晰地安排好接下来该吃什么。

苏易水现在也摸透了这小妖女的路数。他若惹她了,她就叫他"喂";可她高兴时,就会叫他"师父";极度不高兴时,会挑着眼角叫他"水儿"。不过,她仰着头叫"师父"的时候,那一声可真能甜到心里。所以急火火地赶赴龙岛喂龙都隐隐变得让他期待了。

薛冉冉就是有这种本事,能硬生生地将一场玩命之旅变成闲适无比的郊游。

在苏易水之后赶来的还有羽童、高仓、白柏山以及丘喜儿。

✦✦✦✦✦✦✦

既然人多,船就得大。羽童在码头边特意租了一条大船,不但可以装上米面、豆子,还装了盆栽的橘子树,只要勤浇水,隔三岔五还能摘橘子吃。

周飞花因为要照顾那些魔化的村民,并没有前来,留下来帮助她的是羽臣和酒老仙。

高仓和丘喜儿他们是第一次出海,也是跃跃欲试。

薛冉冉看着越聚越多的人，不免替他们担忧，只能再次郑重提醒："师兄、师姐，我们是要前往禁地龙岛，那是比天脉山、赤焰山都要凶险的地方，你们真的确定要去吗？"

如今西山"菜鸡"队已见过大阵仗，就连丘喜儿也再不是在望乡河边临时抱佛脚，吓得哇哇大哭的小"菜鸡"了。

听了师妹——不，是前师祖，忧心忡忡的提醒，丘喜儿郑重道："放心，我们到时候不会上龙岛，只在外面替你老人家守船护航。"

薛冉冉笑着去扯丘喜儿的小辫子："我明明比你小，竟然叫我'老人家'！"

丘喜儿却眉飞色舞道："我就说小师妹你为何比我们优秀这么多，原来你竟然是转生的师祖！这下子，我们都自信了！"

他们一起进入西山修真学习，可是薛冉冉异军突起，将他们三个远远落在后面。虽然他们四人感情甚笃，但是心里的落寞偶尔是有些的。但是现在就不同了，薛冉冉可是他们的师祖啊，如此优秀不是应当的吗？就算说出去，他们也脸上有光，西山那一直没换的山门牌匾都亮眼了很多。

而且此次出行，师父没有叫上那些后招入门的弟子，却带上他们这几个，足见师父虽然失去了记忆，但也渐渐发现他们的本事了。所以就算他们是坐着大船主动去喂龙，都能喂出一丝丝优越感。

大船入海之后，不靠船帆，而是依靠苏易水的灵气驱动，行驶起来比一般的船只要快许多。

就像薛冉冉所说，一路逐浪而行，再在船尾垂钓，围着海鸟，的确十分惬意。

到达上次他俩休息了几日的海岛时，薛冉冉还指给苏易水看，希望能唤起他一抹残存的记忆。

可惜就算二人跃到海岛上，苏易水看着山洞里的柴火余灰，还是什么都想不起来。

很快，船只便来到龙岛结界的边界。

前一刻还是晴空万里，边界处却是狂风恶浪，疾雨拍面。

他们凝神前往密布的阴云下时，似乎能感觉到那云层里隐藏着什么可怖的巨兽，正幽幽地窥视着满船的外乡客。

在修真界的各种传说里，好像从来没有人闯入龙岛生还的故事。所以就算翻遍古籍，他们也无这方面的经验可以借鉴。

苏易水这时吩咐羽童拿来一个包裹，里面有两件仿如夜行衣的紧身服。仔细看时，会发现衣服上布满细细的黑鳞。

"我当年闯天脉山时杀死的黑蛟的腹皮有避水的功效，入水之后可以自动分水。

我拿这块皮做了两件衣服，穿上入水时不必损耗灵气分开水路，就算是不熟悉水性之人也可以在水中畅行无阻。而且它刀枪不入，穿着也可防身。"

薛冉冉听了便乖乖换上。不过，她换好以后，发现苏易水直直地看着她，就是不说话。

薛冉冉低头看了看……嗯，略微紧身。她现在是大姑娘了，这般穿着显得曲线毕露，把纤腰衬得不堪一握……

就在她想着要不要换回去时，苏易水却将一件披风披在她身上："外面还有高仓那些男人，你披着，等上岛时再脱披风……"

嗯……薛冉冉不由得斜眼看他，一会儿到龙岛上就没男人了？难道他不跟她去？

就算前方危险，羽童也打算跟着主人和薛冉冉一同前行，所以她早早换好了泅水服准备同行。

三人准备越过龙岛结界，起初还算顺利，可是很快羽童就被结界迅速弹了回来，犹如皮球般落入海中。

苏易水和薛冉冉虽然感受到了一丝阻力，却可以畅通无阻地通过。于是他们让羽童游回船上等着，然后双双潜入深海，躲避水面的狂风暴雨。

等他们再次浮出水面时，已经越过龙岛结界，似乎风浪全都停止了。

据说，上古时期，有龙为恶，所以上古大神将龙封印在龙岛上。

虽然偶尔有能力不足、趁着蜕皮时神力衰减的小龙逃出去，但是一旦龙成年，神力增强，想要出岛几乎不可能。

至于外面的人，也不可能进来偷取龙蛋，因为他们压根儿不能闯入结界。毕竟这龙岛就是用于保护人界里的人，怎么可能让他们进去？

所以苏易水和薛冉冉能如此轻松地进去，就令人费解了。

当他们到滩涂上，看到一副水蛟的骨架时，苏易水倒是猜出了他们二人能登岛的原因。

龙岛结界只阻拦人进和龙出，却不会阻止龙的食物进岛。

那副水蛟的白骨似乎被巨嘴咬得粉碎，苏易水皱起浓眉道："你说过，我曾在天脉山时杀过黑蛟，那么我一定吃过能增强功力的蛟心。而你曾饮用过蛟蜕水，身上的气息一定改变了。"

薛冉冉明白了。蛟对龙来说，就是一盘开胃的菜。他俩穿着蛟腹皮做成的衣服，于是结界自动识别他俩是龙的开胃小菜，就让他俩进来了。

弄清了这一点后，现状就不那么让人愉快了。薛冉冉一时想到，以前她救下的那条小龙总是从海面露出一只眼，不怀好意地看着她。那时她还以为它是因为曾经吃过人，所以恶习难改。现在想来，明明是她自己的蛟蜕气息太诱人了，馋坏了那条小龙。

此时龙岛之上并不见龙,但是那种震慑人心、此起彼伏的龙啸声在提醒二人,这岛上不止一条龙。

薛冉冉想了想,问:"我们要不要先退出去,想办法去了身上的蛟味再说?"

当初皇宫里的一条小龙就弄得他们手忙脚乱,现在到了龙的地盘,又自带香味,真的是找死。

苏易水听了,先快速脱掉身上的黑蛟服,露出精壮的上半身,然后对薛冉冉道:"你也将黑蛟皮脱掉吧……"

什么?因为这衣服贴身,薛冉冉的穿衣顺序跟苏易水差不多,若她也脱掉,两世师徒坦身相见,再一起光溜溜地葬身龙腹……想想那画面都觉得辣眼睛!所以她无比坚定地摇了摇头。

苏易水并没有坚持,只是短促道:"已经来不及了……"

就在他们二人说话间,岛上的土地突然开始震动,有一个庞然大物朝着他们袭来。

两个人同时起跳,堪堪避开从土地裂缝里出来的龙嘴。

显然,他们遇到了一条土龙,它迫不及待地要吞下这两条鲜活的"泥鳅"。

薛冉冉想着自己在异兽古籍上好不容易查阅到的各种龙的属性,连忙提醒苏易水道:"土龙眼盲,主要靠声音、气味辨析猎物,我们应该很难甩开它。"

苏易水听了这话,立刻挥动宝剑,攻向了那土龙的鼻子。既然它是个睁眼瞎,那么就将它的鼻子和耳朵废掉好了。只要它嗅闻不到,又听不到,他们自然可以轻而易举地摆脱它。

他的剑速极快,一下子就削掉了龙的半个鼻子,这下算是捅了土龙窝。就在它凄厉的大叫声里,土地里不断涌出龙头,似乎有无数土龙前来帮衬。

薛冉冉快速扫了一眼,失望地发现,引出的这么多龙里,竟然没有一条是青龙。也不知道这些土龙的血管不管用。不过照这样下去,她和苏易水真可能要折在龙岛上……

此时情势危急,容不得她多想,只能跟苏易水并肩迎战不断涌出的土龙。

就在缠斗之时,薛冉冉的脚踝突然被一条土龙的尾巴钩缠住,她直直被往下拽,苏易水迅速过来挥剑去砍那土龙。

那土龙的鼻子虽然柔软,身体却坚硬异常,尤其是尾巴,那可是土龙掘地的利器,压根儿砍不动。

眼看着薛冉冉要被那土龙拖入地穴,苏易水干脆也跟着往地穴里跳。

一旦入了土,就是到了土龙的地界,到时可是九死一生。

就在这时,突然,一声龙鸣呼啸而至,一条身体泛着淡淡金色的龙从海里跃出。

就在那条龙发出威严的长鸣时,薛冉冉脚踝缠绕的那根龙尾突然松脱,所有土龙如被血脉压制一般,老老实实地贴地。甚至有些怯怯地缩回土穴里,只露出半个龙头。

苏易水及时稳住了薛冉冉的身形，两个人一起落到海中的一块大礁石上，抬头看那条腾在半空的金龙。

当那金龙在半空飞舞的时候，整个龙岛突然安静得可怕，似乎所有龙都寂静无声了。

薛冉冉小声道："它……是龙的王吗？"

苏易水抬眼看着那条龙道："不知道。它大约是当娘的吧，尾巴上还趴着条幼龙呢……"

薛冉冉定睛一看，那条金龙的尾巴上缠绕着一只体形比它小多了的龙。不过那条小龙……怎么看着那么眼熟？

就在薛冉冉眯眼看时，那条小龙从大龙的身上滑落下来，发出一声圆润类似撒娇的尖细叫声，然后龙须飞扬地朝着薛冉冉飞扑过来。

薛冉冉这时终于认出了这条小龙，正是她和苏易水当初从皇宫里解救下的那一条。

相比那个时候，小龙显然长大了不少，只是被那条大金龙映衬得显得娇小许多。

见它龙眼晶亮地朝着自己扑来，有些意向不明，薛冉冉也搞不懂它是要来叙旧还是来狩猎。

不过，那条小龙显然看出了这二人的戒备，及时止步，只神气地用龙爪踩了踩趴伏在地的土龙的脑袋。然后它甩了甩尾巴，又跳回海里，捉了几条硕大的肥鱼上来，抛到薛冉冉面前。

龙虽然残暴，但是还没有学会世俗人间的虚伪与狡诈。它这番主动献鱼的举动善意满满，就是向薛冉冉他们示好的意思。

薛冉冉微微舒了一口气，在龙岛这地界遇到熟龙的感觉真好！

薛冉冉微笑着对那条小龙道："怎么，你又想让我烤鱼给你吃吗？"

当初在海岛疗伤时，她曾给小龙调剂口味，给它烤过鱼吃。当时小龙吃得龙须都跷起来了，看起来很是满意。所以，听了薛冉冉这话，小龙再次发出尖细的撒娇声，然后回头冲着半空中的金龙连连发出几声叫，好像也在向它极力推荐烤鱼的味道。

不过，那条金龙始终悬在半空，带着无尽的威严，漠然看着礁石上的二人。

薛冉冉双手握拳，朝着那条大金龙问礼道："我乃西山薛冉冉，前来叨扰，实在是有事相求……"

她说完这话，那条金龙突然在半空中翻转，再次发出一阵长啸。

接下来，龙岛上的龙都开始举头长啸，就连那条小龙也张口长啸，震得天空云聚雷鸣。

薛冉冉和苏易水不得不调动真气为盾，堪堪抵住众龙的啸声。

就在这震天动地的龙啸声里，那条金龙突然浑身散发出淡淡的金光，化成一团巨大的水雾。

水雾散尽的时候，薛冉冉才发现那条金龙竟然化为一个披着金色长发、穿着满身金衣的女子，只是她头顶的龙角并没有完全褪去，彰显着绝非凡人的身份。

虽然上古时期有神兽经历天劫化为人身的说法，可那是遥远的传说，当世再不见如此神迹。

今日在龙岛上能亲眼看到大变活龙，也算是不虚此行。

薛冉冉仔细看着这位可以幻化成人形的女神君。她长得不算妖魅，却带着一股王者的威仪。只可惜她的脸上有一道狰狞的疤痕，从脸颊一直延伸到脖颈上。若是没有这道疤痕，她当真也是个英气的美人。

女神君缓缓落地后，一双泛着淡金色的眼睛一直盯着薛冉冉，然后打量着苏易水，最后终于开口对薛冉冉道："你的命脉不似常人，似乎是死而复生之人？"

薛冉冉有事求人，自然不好隐瞒。她开诚布公道："我在二十多年前魂散，被人牵引到了转生树上，得以重生。敢问神君名姓？"

女神君淡淡道："我是龙，当然不会有名字，我是龙岛的镇神，你可以随意叫。"

这时，女神君又转头打量了一下苏易水，她那双淡金色的龙眼能勘破人之三世。看到苏易水时，她的眉头皱得更紧了："你是天生的帝王火局之命，忌星在宫，是天生的暴君孤煞，曾经的魔子……偏偏又被人改了命盘，硬是植入了水星灭火，留了一线转机……你这是什么乱七八糟的命盘！"

苏易水如今知道当年沐清歌动了手脚，改了自己的命盘，可是被一条龙说自己好好的帝王命盘被改得乱七八糟，他还是忍不住瞪了薛冉冉一眼。

薛冉冉假装没看见，硬生生打岔，指了指那个用龙头蹭着女神君脚边撒娇的小龙，迟疑道："它是你的孩子？"

女神君眉头微微皱起，无奈道："它没有娘亲，来到龙岛后，不知怎的，以为我是它娘，我一时甩也甩不掉。"

薛冉冉恍然大悟，原来是干儿子……自家的孩子怎么看都好。薛冉冉当初救下这条小龙时，也觉得它如自家的侄儿一般可爱、活泼。

它初来龙岛，却一下子认了当地的龙头老大当干娘，这等机灵劲，当赏一筐烤鱼。

不管怎么样，也许看在这二位曾经解救龙族子民的情分上，女神君暂时不跟他们计较削掉土龙鼻子的事情，只是问道："你们擅闯龙族禁地，究竟有何事？"

薛冉冉也不隐瞒，开诚布公道："现大齐国境内有身中水蛟之毒的百姓，需龙岛上的青龙解救，不知神君可否通融，让我们取些青龙血回去。"

原本女神君的神情虽然淡漠些，但还算祥和，可是听闻薛冉冉提起青龙，她的表情慢慢变得可怖、狰狞，她突然伸手袭向薛冉冉！

苏易水在旁边不动声色，一直提防着这位龙岛镇神。看到她突然袭向薛冉冉时，他立刻现出灵盾来挡。可是这女神君的力量太强大，竟然一下子就将苏易水震飞了。

当苏易水的身体砸向巨石时，巨大的冲击力甚至将他身后的大石都震碎了。

这就是神与人的差距。就算苏易水天赋异禀，修为再高，只要没有飞升渡劫，就没有提升到神格。现在的他之于这位龙岛镇神的实力，如同蝼蚁之于人，毫无可比之处。

幸亏那条小龙一直缠着女神君的脖子，又及时低叫了一声，让她稍微减了几分力，不然将苏易水的元神震碎也不是什么难事。

不过，苏易水很快站了起来，表情阴冷地盯着女神君，又突然从身上抽出一根发着金光的杵。

女神君眉头一蹙：“降龙杵……你居然有这等神物！”

"这是当年上神驱赶龙族入岛，留在人界的最后一根降龙杵，你要不要来试一试？"苏易水表情阴沉地说道。

她虽然是神君，但是有了这根降龙杵，他足可一战。他让羽童将这西山的镇山之宝拿来，就是为了防备这样的情形。"金泥鳅"若要一战，他便和她鱼死网破。

薛冉冉飞身跳到苏易水身边，以身体护住了他。若是金龙女神君再袭来，她便可以替苏易水挡一下，同时她也意识到，一定是自己方才哪句话说错了，连忙笑道："何必这般大动干戈？方才不过是误会一场，神君一看就是面慈心善之辈，怎么会为难我们呢？我们二人虽闯禁地，但并无作恶之意，也不想取青龙的性命，只是希望讨要一些青龙血来救人，还请神君息怒。"

她说话的语声清丽，目露诚恳，又带着几分讨人喜欢的眼缘，看上去比苏易水少了许多咄咄逼人的煞气。

那条缠着神君的小龙又用鼻子哼了哼，磨着她的干娘撒娇，低声吟了一会儿，也不知说了什么，总算让那位女神君的表情慢慢平复下来。

不过，她的语气依旧冰冷："用青龙之血来解邪咒，是谁教给你这个法子的？"

薛冉冉抱拳继续道："不知神君可知翠微山的酒老仙，他是制符的行家，这也是他想到的唯一办法。"

听了这话，女神君的表情更加古怪，不过倒不像生气，反而像错愕和释然交加的复杂情绪。

"酒老仙？他是不是有个成仙的哥哥？"

薛冉冉很意外，她没想到龙岛的镇神居然知道岛外的一个老酒鬼！于是她老实回话道："对啊，他的哥哥是药老仙，已经成功飞升，位列仙班……不知仙君是什么时候认识他的？"

女神君淡淡道："许久之前，我也曾出过岛，认识一些人……"

薛冉冉有些费解，低声问道："您作为龙岛镇神，也可以出岛吗？"

女神君伸手轻轻抚摸自己脸上的那道疤痕，轻轻道："每条龙都可以出岛，只要能付出相应的代价……当年这条小龙的母亲出岛，帮助了她的一个朋友，付出了生命的代价，再也回不到龙岛。而我也付出了自己五百年的修行，还得了脸上的一道疤……"

说到这里，她似乎不愿意再说下去，话锋一转道："……你们两个人曾经救我龙族子民，应该不是奸佞之辈，然而你们此行的愿望恐怕要落空了，因为龙岛之上……再无青龙！"

她这话一出，让薛冉冉摸不着头脑。这龙岛是当年上神封印龙族之地，若是龙岛上没有青龙，那要他们去何处寻找？

"敢问青龙去了何处？"

女神君看了他们两眼，说道："你们随我来吧……"

薛冉冉举步便要走，苏易水却伸手拉住了她。这个女神君看起来喜怒无常，若是随她走的话，也不知是吉是凶。

薛冉冉传入密道："左右你我打不过她，在岛边死还是在岛中心死并没有太大的差别，我们且随着她走就是了。"

虽然她这话很有道理，但是苏易水觉得她这是在暗示他的本事不济，打不过一只"金泥鳅"——苏易水的脸难免黑了。

他原本受了他父亲的影响，对世俗的功利心更强些。可是他的人生已经被他那个恩师改得面目全非，不知是不是丧失了一段记忆的缘故，当初他那种争强逐胜之心似乎消了不少。可是就在方才，他被这条金龙以绝对碾压的实力击飞时，那种争强的心思似乎又回来了……现在的他还不够强大，还没有达到弑神的境地……他要变得更强……

这么想的时候，苏易水的眉心再次隐隐出现符文，不过那符文只隐隐一现，便迅速消失了。

薛冉冉没有回头，没有注意到苏易水额头的异状，只拉着他跟着那女神君一路走过去，很快就到了龙岛的正中心的一座山谷里。

阳光虽然洒进来，山谷里却依旧阴气森森，有着挥不散的死亡气息。

"这里是龙殇之地。虽然龙可以长寿千年，甚至万年，但偶尔也会有些龙在三百年一次的天劫中。因为修为不够而死去。它们的骨骸都在这里，你们要找的青龙……就在那里。"

足足有几十副大小不一的龙骨排布在幽深的山谷里，女神君指的那具龙的尸体却与众不同，骨头上还有龙皮。只是昔日光泽耀目的青龙皮如今已经暗淡、干化。最诡异的是，那龙皮紧紧贴着骨头，好像被什么怪物吸干了一样。

就在这时，女神君冰冷道："你们要找的青龙，早就被人吸走了全身的龙血而亡，天地间，如今已经再无青龙。"

薛冉冉心里一震，这才明白方才那女神君听闻她要取青龙血时为何暴怒。

"是什么人干的？这龙岛，寻常人不是上不来吗？"

女神君冷笑了一下："我当时正在闭关，沉入海底深眠，当感应到不对劲，洄游上来时，青龙已经被吸干而死了。此处寻常人的确上不来，可是龙岛能挡得了人，挡不了神，能在龙岛上神不知鬼不觉屠龙的，自然是神！"

苏易水拧眉道："龙乃天生灵物，弑杀灵龙更是遭天谴的重罪，哪个神会明知故犯，犯下如此重罪？"

青龙乃东方之神，象征少阳，它的血除了有回春之效，据说还可以复活元神。不过，这只是传说，从无人印证，也几乎不可能有人能获得青龙之血。想不到居然有神冒犯龙神，做下如此残忍之事，将整条青龙的血都抽干了。他的背后有何目的，实在让人费解又不寒而栗。

女神君冷冷道："若知道是谁，就算他是上神，也要被我龙族撕裂。二位若无其他事情，还请尽快离开龙岛吧，不然你们身上的蛟味太诱人，一旦龙群失控，恐怕你们想走也走不了了。"

薛冉冉却不甘心，高声问道："还请神君替我指点迷津，若无青龙之血，有什么方法可化解那七邪化形咒。"

女神君摇了摇头，又想了想，淡淡开口道："其实还有一个人应该有青龙之血，就是不知道他会不会有剩余的龙血……"

薛冉冉好奇地问："是谁？"

女神君顿了顿，道："就是你那位朋友的兄长——如今已经位列下神的药老仙。他炼药成痴，又酷爱收集各类珍稀药材。当年，他虽然未入龙岛，却利用他弟弟给的灵符，驱使两只水老鼠入了龙岛，趁着青龙熟睡，取了几滴龙血。"

说这话时，女神君没有露出家里进贼的懊丧，反而语带怅惘，似乎在追忆往事。

药老仙？薛冉冉现在已经知道她当初在天脉山遇到的那位是冒牌货，可要去哪里找已经飞升的药老仙又是个问题，穷奇村的那些人能不能等到他们找到药老仙也是问题。

女神君淡淡道："若我没有猜错的话……每到七夕，他都会在溧江岸边放上千盏莲花灯，如此算算，好像明日便是七夕，就是不知道他如今飞升成仙，会不会在岸边放灯……"

薛冉冉听了一阵欣喜，总算是不虚此行，找出一根救命的稻草。

不过，就在薛冉冉准备告辞的时候，那位女神君一直盯着薛冉冉，那双泛着淡金色的眼睛转了几圈，过了良久才道："你身上的黑蛟味太浓，以致掩盖了元神本尊，我现在才发现，我好像见过转生前的你……"

薛冉冉瞪圆了眼睛。怎么，难道她以前来过龙岛？她一时想起那条小龙的母亲曾经助她在樊爻大战征战，难道她曾经来到龙岛上偷走了那条小龙的母亲？

女神君似乎看出了她的疑问，只淡淡道："苍龙出世是为了应劫，与你无关。不过，你当初的确来过龙岛，还在这里寄存了一样东西。既然你转生之后又来到这里，我便将那东西交还与你吧。"

说完，她指了指龙岛最高的一座山峰，说道："那里有一面石壁，你留下的东西就在那里。"

说完，她似乎不愿意跟外来者说太多话，跳到空中，转瞬间化成金龙跃入海里。不过，她的声音依旧在半空中回荡："我已经给全岛之龙下了命令，许你们半个时辰的方便。若以后你们找寻到了那个屠杀青龙之人，告知与我，必定重重酬谢……"

金龙的话语消散时，薛冉冉道："走吧，我们快些上山。"她的确有些好奇当初自己为何要在龙岛这样杳无人烟的秘境留下东西。

二人一路御风而行，果然这一路畅通无阻，虽然途中总是在树丛和潭面看到大大小小的龙头瞪着灯笼般的大眼看他们，还淌着哈喇子。这也时时刻刻提醒着师徒二人，浑身散发着黑蛟气息的他们对龙来说是多么美味。待半个时辰一过，女神君不再庇佑他们，只怕那些龙会迫不及待地扑过来，吃一顿岛外的野味。

当他们终于来到山顶时，整座龙岛尽收眼底。虽然此处奇花异草甚多，海岛与蓝水相连的景致也让人神醉，但是他们无心看风景，一路疾驰，到了山顶。

山顶有一根粗大的石柱，仿佛一根神杵定在此处。

在遥远的上古时代，龙本是自由徜徉在天地之间的神物。后来，据说龙族触犯了天条，便被上神用手里的降龙神杵定死在此处，生生世世不得出岛。

偶尔有龙出岛，最后的下场都是横死，不得入轮回。薛冉冉救下的小龙出生在岛外，侥幸活着回来，大约也是因为这样吧。

他们在山顶发现了一段山崖，光秃秃地立在眼前，只不过上面爬满了藤蔓植物，还有黑绿的青苔。

在石壁的一侧矗立着一块奇异的巨石，足足有三人多高。那巨石上有许多风化的小孔，看上去像残破的蜂巢。

苏易水挥手将石壁上的那些藤蔓佛去，又引水冲刷，终于让石壁露出了本来的面貌。

前世的沐清歌应该很爱在游山玩水时留下墨宝痕迹，此处也是洋洋洒洒的一首长诗，写的大约是观百龙潜泳畅游时心内的激动。

薛冉冉歪头看了一会儿，觉得她前世的书法可真不错，哪像她现在，在写字上没有下过什么苦功夫。

苏易水凝神看了一会儿，目光停在这洋洋洒洒的诗句上。他发现这诗是藏头诗，将诗每一行的第一个字和最后一个字连在一起，便是"待到夕阳落山时。"

此时已是傍晚，太阳马上就要落山了，他说道："看来我们还要再等等……"

就这样，两个人坐在山崖一侧，一边无聊地等着太阳西落，一边观赏龙岛难得的美景。

薛冉冉救下的那条小龙一直不肯走，时不时就往她跟前甩大鱼，所以薛冉冉还抽空生火给小龙烤了两条鱼。

金龙神君肯为他俩指点迷津，这条小龙功不可没，给它烤鱼吃也是应该的。

就在二人一龙分吃烤鱼的时候，太阳已经低垂到海平面上。

薛冉冉抬头望去，夕阳透过一旁那块被风化得千疮百孔的大石上最大的孔洞，射到石壁旁的地上。

二人互相望了一下，立刻心照不宣地奔过去，拿起一旁的树枝掘土，不一会儿便挖到东西了。

土里有一个檀木盒子，盒子里有一把奇怪的锁具，怎么都打不开，盒身似乎也附有符文，不能破坏性地打开。

薛冉冉觉得前世的自己实在调皮得很，在恶龙环生的龙岛上还要闹这么多的花样子，也不知这匣子里装的是什么宝贝。

金龙神君给的时限已经到了，伴着阵阵龙吟，似乎有无数条馋得口水成河的龙正朝他们袭来。

苏易水伸手拉住薛冉冉，低声道："将匣子拿着，我们要即刻离开龙岛！"

说完，二人御风而行，一路疾驰奔向龙岛的边界。

二人到达电闪雷鸣的龙岛边界时，金龙神君的声音再次幽幽传来："你们出去后，若是有人跟你们问起我，你们便说不曾看到……"

说完，一条金色的龙尾从海中跃出，拍打着海浪，一下子将二人推出了结界。

他们被大浪席卷着出去之后，便听到不远处的羽童在急切地喊："主人，冉冉，你们可安好？"

薛冉冉在水里挥了挥手，然后跟苏易水跳上了大船。

他们在龙岛几乎待了一天，可是羽童他们说二人进去了不到两个时辰。看来那龙岛果然是隔绝于世的仙居，那里的时间也与人界不一致。

想起金龙神君的指引，他们不想浪费时间，只想在七夕节时到溧江岸边去寻放出千盏莲花灯的人。

这溧江距离龙岛所处海域的入海口不远。绵延千里的江流，从入海口注入大海。

当大船到达溧江的江岸时，可以看到在夜色里有人已经放起了莲花灯。

不多时，江岸边就陆陆续续来了不少少男少女，若想寻人，当真如大海捞针。

薛冉冉看着江岸边放着莲花灯、眉目传情的少男少女，始终找不到与药老仙相类之人。

那个酒老仙顶着酒糟鼻，胡须乱蓬蓬的样子实在太深入人心，就算他夸下海口说自己的亲生哥哥是个美男子，也让人难以相信，她总觉得里面有吹牛皮的成分。

所以薛冉冉放眼人群时，还是以找老人家为主。

岸边虽然有些老者，但都是家仆、马夫一类，并没有人在岸边放灯。

据那个金龙神君说，她已经百年未曾出岛。所以就算那位药老仙有放莲花灯的癖好，说不定在漫长的岁月里已经改变了习惯。

想到这儿，薛冉冉有一丝泄气，茫茫然，不知该怎么办。难道王遂枝他们注定要异化成水魔？

丘喜儿却被两岸的气息感染，拉着大师兄买了两盏莲花灯，蹲在江岸边放。自从在赤焰山的阵内历险，两个人的感情日益升温，可以说两人如今如胶似漆。一起放莲花灯时，丘喜儿还在大师兄的脸颊上亲了一口，惹得大师兄傻兮兮地笑。

苏易水看了看身边愁眉苦脸的薛冉冉，问道："你要不要放灯，我可以给你买几盏。"

薛冉冉摇了摇头，意兴阑珊道："不必了，这些都是祈福姻缘的，我放又没什么用……"

苏易水原本也不觉得在江里放些纸糊的灯笼有什么用，不过是哄小丫头开心的把戏罢了。他随口一问，得来的是薛冉冉的随口一答。听完，苏易水却越想越不舒服。

她与他都亲近成那个样子了，竟然对姻缘毫无期待？难道他是她拿来练丹的鼎炉，用得顺手，用后便可不在意地抛到一边吗？

沐清歌的劣根果然在转生之后也毫无变化！

这么想着，他默不作声，去摊贩那里大手笔地买来一百盏莲花灯，又买了笔和纸，蘸着小泥罐里的墨汁，让薛冉冉挨个题写愿望后再放出去。

薛冉冉看着小贩捧来的一堆莲花灯，有些傻眼，不确定地问苏易水："放这些能引来药老仙吗？"

苏易水指着灯芯里的小纸片道："把想对心上人说的话写下来。"

薛冉冉再次傻眼，这……足有一百个呢，全写下来可以攒成几页情书了……

"我哪儿来的心上人，要写什么？"她忍不住小声嘟囔道。

苏易水算是她的心上人吗？连记忆都不全的家伙，恐怕他自己都不知道自己当初心动究竟是因为爱沐清歌还是对沐清歌满怀愧疚吧？

薛冉冉知道自己喜欢苏易水，可是又觉得自己和他，远远没到三师姐和大师兄那种心意相通的境界。

她那句"哪儿来的心上人"让苏易水的俊脸彻底垮了下来。

"不喜欢我，却总是与我亲吻，你又在玩弄我？"

想起她以前就是如此，刚在廊下撩拨完自己，转头又和他的那些师兄弟有说有

485

笑，看到苏域的时候，更是一口一个"小域"叫个不停，花心得很！

薛冉冉觉得，要说之前的亲吻是灵泉作祟，而他失忆后的亲吻完全就是一场教学相授的事故。可他理所当然地认定自己只能爱慕他，未免太自恋了！

薛冉冉实在懒得跟他争辩，干脆拨了一半的莲花灯给他："干吗全要我写，你也给你的心上人写！"

苏易水瞪眼看着她，冷冷道："爱慕我的人甚多，你要我给哪个写？"

薛冉冉也瞪着他："要不……将这莲花灯送人吧！"

苏易水想也未想地反驳道："不行！"

最后，争论无果，两个人坐在江岸埠头的台阶上，一人持一笔，开始往纸上写字，再放到莲花灯上。

薛冉冉刚写完一个，将灯放到江里时，苏易水竟然大掌一挥就将它捞了上来，打开字条看了看。

"希望他以后脾气好些，莫要总一言不合就掐人的脖子……"

这样的话可不像是给情郎写的。

苏易水将那莲花灯扔进河里，冷冷地瞪着她。

薛冉冉也有样学样，将苏易水刚放入水中的莲花灯捞了起来，那纸上龙飞凤舞地写着一行字："贤淑矜持，举止端雅……"

这是什么意思？是希望将来的仙侣有大家闺秀的气质？

苏易水开口道："看在七夕没人送你灯的分儿上，我便给你写了些祝福语。"

薛冉冉要被气笑了，这是说她平时不够矜持、端雅，举止轻浮吗？

苏易水理所当然道："你跟人不熟时也笑着看人，难道不知道自己长着一对桃花眼，没由来地勾人？也不看看对方的年岁，若是不懂事的青葱少年，你这么无心一笑，对方岂不会浮想联翩？"

薛冉冉没想到自己的和气、带眼缘竟然成了"举止轻浮"，她立刻反击道："你倒是不冲人笑，可是也没少勾搭女子！温红扇，还有沐冉舞，个个心思歹毒！你应该写上——'爱慕我者，当有蛇蝎心肠、刀枪不坏之身'，不然可撑不了几局乱斗！"

苏易水没想到这小妮子一旦褪去孝顺徒弟的表皮，竟然是这样尖牙利齿！偏偏她说得都对，也无法反驳。

一时二人四目相对，各自酝酿着闷气，然后如斗气小儿一般，执笔为刀剑，开始一句句互相"祝福"着。互相看得多了，两个人的脸色都有些难看，丝毫没有被七夕牛郎织女含泪相聚的气息感染。

最后，苏易水先受不住了，他一把抢过薛冉冉的笔，咔嚓一声折为两段："我在你心里就这么不堪？"

薛冉冉不服气道："我还好吧？只写了你爱口是心非、脾气臭而已……"

苏易水冷着眼眸又递给她一盏莲花灯："写些好的给我看看……"

486

薛冉冉看着他摆起凶相的俊脸,觉得前世的自己当真是在《玩经》里将凶兽描摹得活灵活现。想到这儿,她拿起笔,在苏易水的脸上快速画了几道长长的老虎须子。

苏易水没想到她竟然这般顽劣,一时瞪眼,便要过去扯她的小发髻。

薛冉冉笑着顺势跌到苏易水怀里,伸手抚摸着他沾染墨迹的脸颊,渐渐收起了笑意,喃喃道:"人不是神,岂能十全十美?你就算是坏的,在真心爱你的人眼里也是独一无二的……"

苏易水凝神看着她明澈的眼睛,突然觉得写在纸上的那些话都不重要了,此时她的眼里满映着他,而他也知道,就算在二十多年前,他化身为身附灵泉的魔子时,一个人也不曾放弃过他……

在她的眼里,他是不是就是那个独一无二的人呢?

这般想着,苏易水低头附上了她略带枣糕甜香的樱唇。

唇舌交缠中,那种纠缠两世的悸动不需眼神和言语,便能通过心跳和涌动的血液深切体会到。

二人的唇分开时,薛冉冉看着苏易水被墨汁染得一塌糊涂的俊脸,忍不住哧哧笑出声来。苏易水则拧着她的小脑袋往湖面上看,让她看清自己的花猫脸。原来方才亲吻的时候,薛冉冉白嫩的脸蛋上也被染上了墨汁。

"哎呀……"薛冉冉忍不住惨叫一声,连忙撩水洗脸。

苏易水却一本正经道:"怎么样,是不是心情好了许多?"

薛冉冉忍不住抬头看他,这才明白他今日这般闹她是为何。他一定看出自己在为王遂枝他们的事情而闹心、自责,这才与她一番胡闹,想转移下她的注意力。

苏易水将手帕打湿,一边替她擦脸一边道:"万般皆是命数,你已经尽力,若是不能成,也是天意。若是你什么都能做得十全十美,简直比神仙还厉害,那还修仙悟道做甚?"

薛冉冉没有说话,只是又在他的脸上印了一个湿答答的吻,然后赶紧低头撩水洗脸。

就在她撩水洗脸时,上游又有成群的花灯顺着水流而下,点点火光点映湖心,看上去流光溢彩。薛冉冉一眼就瞥见他们刚刚放的莲花灯突然朝着两侧分散开,似乎有什么一股的力量将它们冲开了。薛冉冉眯起眼睛,仔细看过去时,发现成群的花灯里有些灯似乎与众不同,朝着入海口漂移时比其他莲花灯快了许多。她的花灯方才就是被那些金色的花灯冲击,所以才朝两岸漂。

正在洗脸的苏易水也注意到了这些似乎带有灵气的莲花灯。

二人互相望了一眼,迅速起身朝着那些莲花灯漂过来的方向前行。

再往前走,二人便看见江中心有一块露出的土地,一个身着灰袍、长发披散在身后的男人正坐在这里亲手折着莲花灯,然后将它们放入江中。

那些纸灯入水后,仿佛沾染了鲜活的气息,立刻自动打着旋儿,争先恐后地朝着

487

入海口漂去。

苏易水和薛冉冉跳跃到这块地上时,那男人正好放完千朵莲花灯,起身便要离开。

薛冉冉连忙高声喊道:"您可是药老仙?"

那男人听了这话,转过头看了薛冉冉一眼,随即眯起了眼睛,看上去应该也发现薛冉冉的命理蹊跷。

薛冉冉安静地看着药老仙的脸,心道:这位若真是药老仙,那酒老仙莫不是他的爹娘当年捡回来充数的?

这男人实在是太漂亮了……薛冉冉搜肠刮肚,只能想到"漂亮"这个词。可是他不同于魏纠的那种阴柔之美,而是如西山冰莲那种干净、纯洁的美,让人看一眼便觉得心神宁静,不敢玷污半分。

看着这张脸,再想想酒老仙满脸乱蓬蓬胡子的样子,真的需要一些想象力才能联想到这二人是兄弟。

那人点了点头,然后打量着二人道:"你们二位,似乎有一个是我的故人。"

薛冉冉被天脉山的假老仙欺骗过,自然不会轻信,只微笑说道:"我与您的弟弟相识,他很是想念您呢……"

这人微微一笑,眼望浩渺的江波轻声道:"这话可不像他说的,若是真想我,他早就结丹飞升了,只怕人间的佳酿太多,让他喝得乐不思蜀了……沐清歌,你用此言语刺探,难道怕我是假的?"

薛冉冉没想到他居然一眼就看破了自己的前世,看来眼前这位美男子还真的跟酒老仙有些渊源。最起码酒老仙是什么德行,他了解得很。

听酒老仙说,她二十多年前跟这位药老仙也是挚友,单从外表上看,他的确很符合自己那时对美男子的审美要求。

等薛冉冉说明来意,药老仙突然长叹一声:"你居然知道我的手上有青龙血!你们的身上有龙的气息,大约是去过龙岛……凤眸不肯给你们青龙血,告诉你们来寻我?"

凤眸?薛冉冉摇了摇头,道:"我并不认识叫'凤眸'的人。"

药老仙淡淡道:"这是我给她起的名字。她说她没有名字,让我随意叫,而她的那双眼含着日辉金芒,仿若金凤般,所以我给她起名叫'凤眸'……"

听他这么一说,薛冉冉立刻醒悟他说的凤眸是谁了。

在那龙岛上,只有那位女神君的双眸带有淡淡的金色。她一时想起那女神君脸上的疤痕,似乎与她曾经走出龙岛有关。难道是她几百年前出龙岛的时候与药老仙结识的?可为何女神君叮嘱他们不准向外人提起她呢?

果然,药老仙开口问道:"她……现在可安好?"

薛冉冉抱拳道:"受了嘱托,我们不可谈论神君之事,还请老仙见谅。至于青龙血……"薛冉冉将龙岛上的青龙被吸干血的事讲了一下。

药老仙很惊讶。过了片刻，他看着远处朝着入海口漂去的莲花灯，苦笑着道："你不说，我大约也能猜到。我每年都会来此地放灯，这些莲花灯会一路漂流，朝着龙岛的方向而去……本以为她没有收到。可是你们来找我，应该也是受了她的指引。可她若收到，为何不肯回应我，也折一盏灯放出来呢？难道她还是不肯原谅我？"

苏易水这时开口说道："许多年前，璧山曾出现金龙，化为少女与一位修士相爱，然而人族与龙族相爱，本身就是违背天道的，所以最后二人被迫分开，而那位龙女更是因为替修士挡天劫而被毁掉了五百年的道行……"

药老仙微微动容，沉默地伫立在绿洲之上，半晌才道："对，那个与龙女相爱之人便是我。当年我为了收集青龙血，设计让几个水鼠上岛。结果她为了捉我，竟然出了龙岛。之后，我们不打不相识，就此相爱。她替我挡了天劫，直言爱得太累，要回龙岛，以后永世……不再相见。"

苏易水听到这儿，眉头微微挑了挑。

药老仙瞟了他一眼，隔空打了个响指，他的手里就出现了一个玉瓶。他将玉瓶递给了薛冉冉，说道："你把这个给酒老仙，他知道该如何去做。"

说完这话，他转头看向苏易水："你就是苏易水吧？方才你似乎有什么话要讲，不妨直说。"

苏易水本不想多言，不过看在这位药老仙并没有刁难薛冉冉的分儿上，他还是开口道："你知龙岛在何处，若是真心想她，相信你也有法子过去，何必每年在此折叠莲花灯，劳烦江水、海潮？"

他失忆之后，少了二十多年沉淀的稳重、宽厚，语言犀利，一针见血。

药老仙苦笑道："难道你以为我不曾去寻她吗？可她不肯见我，我去了，又能如何呢？"

苏易水冷冷道："一个肯为你折损五百年道行、毁掉容貌的女人说不爱你了，你便信了？是她说得决绝，还是你顺水推舟？若是与龙族相恋，哪怕你有再高的修为也不可飞升。也许不是她慧剑斩情丝，而是看出你对修仙的执着远胜过对她的情爱。为了避免你做抉择，她便先替你决定了。"

药老仙动容，心竟然猛地颤了一下。成仙之后，他已经许久没有太大的情绪波动了。他低声道："是她跟你这么说的？"

苏易水摇了摇头，冷漠道："猜的。身为男人，若是维护不了心爱的女子，成不成仙，都是无用。若是喜欢之人，管她是人是鬼，就算上天入地，也应该伴她左右！"

就在苏易水的话还没有说完之际，有个女声清冷地打断道："这般凡俗看法，不说也罢。你道行浅，如何知成仙之不易？药老仙，此地事了，我们也该折返仙洞了……"

薛冉冉循声看过去，只见一个头顶紫霞清气的女子来到药老仙身边，很自然地伸手挽住他的胳膊，看样子她是药老仙的仙侣。

做神仙的岁月漫长，志趣相投的仙人往往会结为仙侣。仙侣同用仙洞，一同修行，虽然不似人间夫妻那般如胶似漆，但终究是个下棋炼丹的伙伴。

薛冉冉觉得苏易水说话太直，生怕他多言得罪药老仙，便拉了拉苏易水的衣服袖子，朝着药老仙和那女子说了声"叨扰了"，便拉着他走了。

药老仙的耳力绝非凡人。就算他们已经走远了，他依旧可以清晰地听到薛冉冉小声的训话："说那么多有何用？他和女神君的感情已经过去了，如今他又有了新的仙侣，难道你要挑唆他始乱终弃？"

苏易水冷哼一声，道："只是希望他莫要再惺惺作态，既然已经情断，又早有仙侣为伴，每年放出那些莲花灯入龙岛是何意？只希望他明年还给岛上之人一片清净……"

听到这儿，药老仙只觉得心似乎又抽痛了几下。与他同居仙洞的玉莲仙人运气护住他的心脉，道："你忘了，当年天劫，你被下了禁咒，不可动情，还是快些随我回去清修吧。一个鲁莽小子的话，不必往心里去。"

可是药老仙看着苏易水远去的背影，若有所思道："当年听闻沐清歌魂断之后被引魂上树，我就觉得奇怪。就算身为仙人，要行此逆天之举都无甚可能，那个苏易水是怎么做到的，只凭半颗结丹就能逆了生死劫数？你不觉得他的命格除了被改动，还透着些许奇怪吗？"

玉莲仙人并不关心一个小小的凡间女子复活的事情，她更心悬青龙被吸干血的事情。

青龙之血至灵，只需几滴便可成大事。而现在，整条青龙的血都被吸干了，如此冒犯神灵之人究竟想要做什么？这才是身为仙人当务之急要掌握的。

"我们走吧。"玉莲仙人再次催促道。

当初她陪着药老仙一同修行，后来冒出条金龙，让药老仙离她而去。幸好一番波折之后，一切都回归正轨。如今她与药老仙同居一洞，结为仙侣。她不允许药老仙再因为陈年的旧情而妄动凡心。那一场龙劫……早就结束了！

再说拿到青龙之血的二人，甚至来不及去叫丘喜儿他们，便马不停蹄快速赶回了穷奇村。

他们赶到那些魔化的人暂居的山洞时，发现整座山都被大批的官兵包围了。

当他们二人走到山洞口时，发现整个山洞口都被土石垒砌堵住了。

这是酒老仙不得已想出的法子，用掺了石灰的土石垒砌山洞口，暂时隔绝水汽，免得那些已经魔化的人嗅到山间泉水之气而变得癫狂。

不过，守在洞口的只有酒老仙和羽臣，并不见周飞花的影子。

据酒老仙和羽臣说，山下的那些官兵里还有几个异人馆的人。当初他们想用真火烧山，周飞花现身阻拦，与他们缠斗起来，因此行踪暴露，被呈报给了朝廷。后来，来了一道圣旨，指明让周飞花去见皇帝，只要她肯去，皇帝便可暂时不引火烧山。周飞花为了保护山上那些暂时不能移动的魔化之人，主动下山去见皇帝了。

事不宜迟，薛冉冉来不及和酒老仙细说这一路的各种惊险和已经见过他哥哥的事情，只是将青龙之血交给了他，嘱咐他赶紧替这些魔化之人解毒。

山下包围他们的那些人看起来叫嚣得厉害，其实都是内心恐惧的缘故，只有尽快将这些人恢复原样，才可以打消那些官兵的疑虑。

第三十章 玩物丧志

酒老仙先是跑到山间的沟渠里抓来十几只水蛭，分别给它们滴了几滴青龙血，那些水蛭的身体顿时发出淡淡的青光。然后酒老仙将这些水蛭放在那些入魔之人身上。这些软虫子自动在他们布满鳞片的缝隙里找寻可以下嘴的位置，然后定住不动，开始吸食起他们的血来。

酒老仙说，它们吸的不是血，而是这些人体内的魔气。那些水蛭的身体越来越大，这些魔化人身上的鳞片慢慢消失了，样貌也在慢慢恢复。而那些水蛭原本光滑湿润的身体竟然慢慢长出了鳞片，一个个看上去仿佛缩小许多的蛟。

待这些水蛭将魔气吸得差不多了，酒老仙将它们放入贴满符文的酒葫芦里。据他说，只要在酒葫芦里炼化七七四十九天，这些水蛭就会化为血水，不再具有魔性。

那些终于解了禁咒的人，一个个开始呼呼大睡，毕竟身体经历过这般巨大的变化，精气损耗得厉害，需要好好地休养。

在他们睡着的时候，薛冉冉终于松了一口气。

她站在山顶往下看去，山下除了官兵，在许多河道江流里也漂浮着大大小小的莲花灯。

薛冉冉一时想到了那位女神君。就如苏易水所言，当初她折损五百年的修为后，也许并非不爱，而是看透了药老仙对修仙的执着，选择了主动退出吧？毕竟就酒老仙所言，他哥哥在修真一事上向来用心专一，比他可用心太多了。

薛冉冉一时更加欣赏那位女神君了，如此敢爱敢恨，当断则断，其实比许多人和仙强上许多。她不肯回应药老仙，是不是已经猜到，在以后的漫长岁月里，他身边一定会出现别人呢？若是如此，真不如相忘于江湖。

她正暗自叹气的时候，苏易水来到她身后："你的爱徒终于解了禁咒，你为何还是如此闷闷不乐？"

薛冉冉摇了摇头："不是不高兴，只是有些唏嘘感慨……"

苏易水顺着她的视角看到了山下河道里的莲花灯，登时明白她在感慨什么。

"药老仙与你也是旧识，当时他还觉得你在修为上与他的弟弟一般不思上进。"

薛冉冉无所谓地一笑："做人做仙，不过是活得长与短的差别，何必太过执着？那盾天大能倒是修成了正果，可是最后不也了无生趣地坐化了吗？"

她这般无所谓的样子像极了二十多年前的沐清歌。以前的西山一直是"放羊"一派。她这个当师父的，与其说是带领徒儿们修仙，倒不如说是领着一群孩子游戏人间。虽然他们也个个练得了本事，但是大抵都跟成仙无关，不过是成全了各自的兴趣罢了。不然，依沐清歌的修为，哪能轮到三大门派在那儿耀武扬威？

苏易水当初恨极了沐清歌，也是觉得她这样吊儿郎当的，有些耽误自己的前程。他在西山认真修炼的样子，与其他师兄弟格格不入。

不过，那日看到药老仙，他的言行着实将苏易水恶心到了。一时间，苏易水竟然觉得那龙岛上的女神君与自己当初被始乱终弃的母亲有几分肖似，所以他才忍不住出言嘲讽药老仙。

在他看来，男人可以不爱，但不可以如此权衡利弊。无事的时候风花雪月，事到临头却将许诺过的爱人抛到一旁，偶尔再悼念自己曾经的深情，这样的人，他真是看一眼都觉得恶心。

可是人世间这样的人往往是多数。那个皇帝苏域也是如此，不知怎的，竟然又念起了周飞花的好，千方百计地想要让她回宫。

第二天天色刚亮的时候，山下的官兵突然纷纷撤退，据说是上峰的命令，让他们不必再围山。

这时山洞里的人也都恢复得差不多了，一个个挂着粗壮的树枝做拐杖，互相搀扶着下山。

当那些人回村的时候，一早就有人飞奔着通知了村里人。他们的亲人都是泪眼婆娑地出来相迎，那些曾经引着官兵去围堵他们的人却一个个紧闭自家院门。看来这村子以后的邻里关系得需要时间来慢慢修补。

※※※※※※※

王遂枝没有走，他安排好自己的伙计还有那几个孩子后，明确表示要在薛冉冉的左右服侍，以尽孝道。

在苏易水明确表示西山米面金贵，不养闲人之后，薛冉冉只能委婉地表示，如今西山的掌门不是她，她也在别人的屋檐下讨生活，不好再带着徒儿。

王遂枝却表示："师父，您如何能在苏易水的屋檐下受委屈？那西山的屋舍修建多时，想必如今已破旧得不堪住用了，徒儿为您另选山址，再重新修山立宗就是！那西山，不回也罢！"

因为那个冒牌货沐冉舞先前也是这般打算，所以王遂枝早早就张罗了这件事，不光选好了一座秀美的山，还将整座山都买了下来，早就开始大兴土木。

有个富甲天下的徒儿就是豪气。王遂枝表示，若是恩师不满意，不愿意屈就那个沐冉舞的眼光，他还可以另外买座山给她修行用。

丘喜儿和高仓他们听得连连吸冷气，脸上浮现一片艳羡之色。

只是苏易水的脸色略难看了些，一双厉眼全程如刀子般射向王财神爷。他甚至传音入密给薛冉冉，告诉她，想要另立山头，便可以让王遂枝先给他自己修一座坟！

493

薛冉冉看他那眼神不像在开玩笑，为了爱徒王遂枝的小命，她只能在中间和稀泥，表示西山风水旺她，她已经住惯了。

王遂枝点头表示明白，又掏出一个巴掌大的金算盘，噼里啪啦地拨动一会儿，便开始给苏易水的西山作价。然后，他表示愿意以十倍的高价买下西山，让苏易水挪一挪山头。

当然，最后还是薛冉冉抱住苏易水的腰，这才避免曾经的师兄弟同室操戈，血溅当场。

总之，王遂枝那商人将三寸不烂之舌用到了极致，一番争执的结果就是王遂枝终于如愿重上西山，得以侍奉自己的恩师。

而从王遂枝的口里，薛冉冉也得知了梵天教更多的秘密。

据王遂枝说，当初利用孩童作为炉鼎为沐冉舞补气的邪术似乎就是那些梵天教的人教给她的。而且这梵天教的势力似乎在不断壮大。沐冉舞曾经略带得意地告诉他，梵天教壮大，她功不可没，以后什么名门正派都将在梵天教的统治之下。像她这种复兴有功的元老，以后得到的好处无穷，一旦复活教圣，那么她和她的徒儿们便不必再苦苦修真，可以径直越过天劫之苦，早早飞升成仙。

当时王遂枝听了这样"画大饼"的话，心里就隐隐觉得不妥。可是眼看那假货与梵天教过从甚密，他这个做徒弟的也不好说。

现在想来，那不就是邪魔外道吗？不必历经天劫的只有邪神，不在上、中、下仙班之列，只能算是能力强大的魔王。

苏易水听后，问道："她说的那个教圣是谁？"

薛冉冉看过《梵天教志》，她在那两册书里看过相关的描述，能被称为"教圣"的，自然是第一代魔子、那个化为金色头骨的人魔王！

难道梵天教要复活的就是那个金色头骨？

薛冉冉一时又想到那条被抽干血的青龙。难道那人背后的目的就是用青龙血复活那个金色头骨吗？

她又想到自己可以转生的那棵转生树，便问苏易水还记不记得他是如何得知此树的转生法门的。

可是苏易水全然不记得了。

至于周飞花，在消失三天三夜后便回到了穷奇村。

薛冉冉问她皇帝找她是不是想要旧情复燃。

周飞花冷笑道："能坐上帝王宝座的人，怎么可能像你我一般拘泥于情爱？原来是我父亲的旧部不好驾驭，皇帝不得不重新起用我父亲，想要修补君臣情谊，便想招我回宫……在他眼里，我终究不过是一枚还有些利用价值的棋子。"

薛冉冉听了问道："那你呢？可答应了他？"

周飞花摇了摇头："父亲已经秘密送信给我，帝王之心如海，如今他管理不好那些将军，自然对父亲优待有加。但是以后一旦兔死狗烹，我父亲恐怕是第一个被拿来祭奠的。不过，为了稳住皇帝，我还得入宫周旋几日。这次回来与你诀别，还望你珍重。"

薛冉冉不懂得大齐朝中的那些暗斗，不过周飞花似乎与周道将军已经商量好了对策，她也不便多言。两人在江边话别后，便要各奔东西。

周飞花在临走之前倒是特别叮嘱薛冉冉："各地魔物频生，越发催发皇帝对修真一派的重视。皇帝如今跟赤门关系甚密，只怕赤门要成为异人馆之后又一个皇帝的助力爪牙，你们西山如今事事冲在三大门派的前面，以后凡事要格外小心啊！"

薛冉冉点点头，也叮嘱周飞花："你也要小心，苏域的心思深不可测，凡事要以保命要紧。安顿好了老将军，你也赶紧走人。"

周飞花点了点头，道："以前的静妃已死，我这次是以护卫的身份入宫，苏域最近总是噩梦连连，据说是中了梦魇，所以他也是以我父亲为由要挟我入宫，继续为他舞剑消除梦魇。等他梦魇消散了，大约也就不会缠着我了。"

薛冉冉觉得周飞花的估计有些乐观，便递给周飞花几张灵符："这些符文可以驱使飞鸟送信，如果你在京城有不测，一定要早早给我送信。"

周飞花笑着点了点头，同时忍不住抱住薛冉冉，轻轻拍着她的后背道："你也要好好的，多爱自己一些。前世的你背负的东西太多了，总是一个人扛，神仙也扛不住。如今西山的宗主是苏易水，天塌了也是他这个大个子扛。若是见风头不对，你要机灵些，懂得脚底抹油。你可知二十多年前，我听闻你死了时，有多么伤心……"

薛冉冉不记得自己同周飞花二十多年前的友谊是怎样的，如今她和周飞花在年龄上相距甚大，却依旧一见如故。友情真是很玄妙的东西，就算隔了两世，依旧可以接续。

两个人在江边聊了大半夜，这才依依不舍地离别。

等西山师徒一行人离开穷奇村时，各地的魔物似乎消减了不少。似乎有人在放出魔物，搅乱天下之后，又一夜之间消弭大半，人间恢复了风平浪静。

不过，酒老仙说，之前出现了太多的魔物，阴阳两界的平衡已经被打破。

普通人会以为天下慢慢趋于太平，可是凡是有高深修为者，都会感知到天地阴阳似乎微微发生了改变，也许不久会有大事发生。

对刚刚回到西山的王遂枝来说，现在已经是末世临头，愤懑难平！

苏易水这个西山宗主是怎么当的？当年西山的宫宇多么精美、华丽，怎么现在破败成了这样？

据羽童说，这还是她最近找工匠修缮一番后的样子呢！而且他曾经的恩师——现在的薛冉冉住的地方居然不是西山最好的房子，她只是住在弟子所居住的宅院里。虽然那院子里种着花花草草，屋内的摆设也都是年轻小姑娘喜欢的样式，可是王遂枝觉得那里处处透着寒酸与小家子气，实在是不堪居住。

自从西山来了"财神爷"，饭桌上寻常的鱼肉都不见了踪影，取而代之的是东海深鱼、燕窝炖汤，就连虾蛄的个头都有小孩手臂那么大，害得西山几个土包子徒弟每次上桌前都要看着菜色问上一问，不然都不知道自己吃的是什么食材。

随后的几天，又有许多沐清歌以前的弟子前来。他们都是以前错认师父的，等听闻了风声，弄清了原委，便一个个前来，哭着扑倒在西山下，乞求恩师的原谅。

薛冉冉没有什么不可原谅他们的，但是很难如他们所愿将他们重新收回到西山来。毕竟现在西山的宗主是苏易水，他最近喜静，之前收的那些弟子都被他轰撵到了山下，更不会让薛冉冉接她前世的徒儿们上山。

当薛冉冉问他为何让师弟们下山时，他当然不会实说——看着那些年轻的弟子围在正当花季的薛冉冉身边时，那种青春洋溢的气息让他感觉不舒服。所以他只是一派深沉道："修真，除了练气，还当见世面，开阔视野。长久居于山上，只能养出鼠目寸光之辈，让他们下山历练一番，才可更好地修真为道。"

如此冠冕堂皇的解释，果然让人肃然起敬。薛冉冉想起他当初也是带着初入西山的弟子们去望乡关历练，他们的确开阔了眼界，以后的修行也是一日千里。

所以送那些哭丧着脸的师弟下山的时候，她这个当师姐的满心激励，许他们少年可期。

美丽又亲切的师姐一番柔声安慰，让这些被师父冷脸赶下山的少年郎们再次感受到了师门的温暖，于是一个个抖擞精神，背着行囊下山历练去了，立志再回西山时必定是全新的自己。

至于苏易水阻止西山旧日的徒弟们上山的理由，那就更加冠冕堂皇："他们离开西山已有二十多年，各自都有自己的营生。况且有些人曾与沐冉舞为伍，人心叵测，不得不防。你若要跟他们相认，倒是无妨，可实在不宜全都招到山上来……还有那个王遂枝，虽然他富可敌国，可他不必将排场摆到西山来，我西山的财力也不逊他，不缺他那些金银。"

说了这么多，恐怕只有最后一句发自肺腑。薛冉冉记得羽童曾经说过，苏易水不喜奢靡，所以他反感王遂枝，还真有可能是生活习惯不相融。

于是，薛冉冉私下偷偷叮嘱王遂枝，要节省花销，以后不可再往山上特别是她的院子里搬运名贵的食材还有家具摆件。

王遂枝听得泪眼婆娑："恩师重生这么久，就过着这般寄人篱下的生活？可恨我一无所知，竟不能维护师父周全。那个苏易水就是个狼心狗肺的东西！明明知道您是他的恩师，居然自己摆起了宗主的架势……师父，您还是跟我走，另立山头，开山立派吧！"

　　这中年男人的眼泪其实比芳龄少女泪眼婆娑的楚楚可怜之态更让人难以招架，更何况那王遂枝一哭，便是悲从中来，有些收不住。

　　薛冉冉不知该如何哄好这个老爱徒，只能冲着不远处半隐在花丛小楼窗子里的苏易水拼命地使眼色。他都偷听半天了，如今也该现身替自己解一解围。

　　可是那个冷脸的男人冷哼一声，便头也不回地走了。

　　薛冉冉心里不由得有些生气，甚至觉得开山立派单过的主意似乎不错，最起码不用看某人的冷脸。

　　不一会儿，羽童飞快地赶来，毫不客气地用肩膀挤走悲意正浓的王遂枝，对薛冉冉说道："主人已经将你的父母还有曾先生接到西山了，今晚主人要给他们接风，你帮我拟写个菜单子，选些老人家爱吃的菜品。"

　　羽童这么风风火火地一说，倒是解了薛冉冉的围。她没想到，最近总是嫌弃山上人太多的苏易水居然会将自己父母接来。这下子她真是有些惊喜。

　　而王遂枝止住了悲意，赶着去跟十四师弟曾易叙一叙旧。当初他还纳闷老十四怎么助纣为虐，帮衬着苏易水呢。现在想来，他是一早就知情，默默守护着真正的师父。

　　到了晚上，巧莲夫妇和曾易才到西山。之前羽童那么赶着来报信，想必是苏易水叫她前来替薛冉冉解一解围。

　　所以，跟爹娘吃完团圆饭，薛冉冉特意洗好瓜果去冰莲池边找苏易水。

　　以前他喜欢晚上时看着满池散发着幽光的冰莲抚琴。可如今失忆的苏易水不甚喜欢抚琴，只喜欢在池边点一盏灯看树。

　　今日月色美甚，薛冉冉捏着一块切好的甜瓜送入苏易水口中。然后她看了看亭子里落了灰尘的抚琴，一时手痒，便坐在琴边，掏出手帕擦拭掉灰尘，又给琴弦上油之后，试着素手调琴，弹起简单的曲子。

　　以前苏易水教她弹过，她堪堪入门，所以曲调虽然稚嫩些，也勉强能入耳。

　　苏易水放下了手中的书卷，慢慢抬头看向薛冉冉。

　　前世的沐清歌是个调琴高手，琴声堪比天籁，这也使得他非常厌恶古琴，不甚喜欢。

　　而亭子里的那把琴正是当年沐清歌留下的爱物。听羽童说，他这二十多年来最大的爱好便是弹奏那把古琴，造诣颇高，连他自己也觉得匪夷所思。

　　今日看到薛冉冉弹琴，他发觉自己竟然不再反感那把琴低沉悠扬的声音了。

　　薛冉冉试着弹了半曲，有一处音调总是弹不好，于是抬头冲着苏易水说道："师父，这里该如何弹奏？"

　　苏易水本想说自己不喜弹琴，却鬼使神差地站起来，坐到薛冉冉身后，伸出长臂

497

围住她，将手指放到琴弦上。

看来有时候身体的记忆比脑子管用。苏易水甚至来不及多想，手指已经自动拨动琴弦，弹出了悠扬的曲子。

而他弹奏的，正是沐清歌当年最爱的《渔樵山水》。

这曲子难度颇大，他却弹奏得丝毫不费气力，他不得不怀疑自己这二十多年来究竟在弹奏古琴上花费了多大的功夫。难怪这二十多年来他的修为毫无长进，原来他竟然不知不觉跟这小妖女的前世一样，不务正业得很……

可是当看到薛冉冉一脸欣喜地转头看着他，仿佛沉浸在雅乐里时，苏易水一时又想到，这类享乐的玩意儿，偶尔弄弄，其实也不错……

就在悠扬的琴声溢满山间时，王遂枝和曾易这两个师兄弟也在一侧的楼阁上对饮叙旧。

越过层叠的树丛和那一处水潭，他们可以看到那冰莲池边二人相视弹琴的样子。

王遂枝杯子里的酒抖得满手都是，他又惊又怒道："无耻之徒！他……他怎么敢对师父如此！"

曾易用断掉的手掌夹住酒壶替师兄斟了一杯，倒是语气平淡道："师兄，喝酒。"

王遂枝将酒杯重重摔在桌上："如此不堪，你看了不气？"

曾易摇了摇头，淡淡道："我若不知他俩的前尘，也许会跟你一样生气，可是师父当年为了替苏易水改天命，敢冒天下之大不韪，你觉得她只是因为师徒之情吗？"

王遂枝被问得一愣。曾易又开口道："我们自诩是恩师的好徒儿，当年恩师被打得魂飞魄散时，却只有苏易水这个逆徒为了恩师，舍了自己的修为，为她换得一线生机。若是从这一点看，我们愧为恩师的弟子啊！"

王遂枝被说得老脸一红。这时曾易看着那抚琴男人正低头凝视着微微甜笑的女子，眼神是那么专注，他不由得微微叹息，道："所以恩师这辈子只需要开心快乐就好，我们这些做徒儿的，莫要指手画脚了。"

王遂枝听了却不甘心，只是摇头叹道："我是担心苏易水如今失去了关于师父的记忆，又变成初入师门时浑不论的样子，若是他一时想岔，对师父不利，该如何是好？"

曾易最担心的其实也是这一点，不然当初他也不会带着师父偷偷离开。不过，现在看来，这点儿担心似乎有些多余，苏易水虽然失去了记忆，可是对师父的爱护没有打半点儿折扣。

两个人的缘分并非一道洗魂符就能扯断的，所以眼下，曾易也是走一步看一步。

而这师徒二人如胶似漆，巧莲夫妇也看在眼里。

他俩虽然出身乡野，可不是傻子。以前他们没上西山来，看不到师徒二人的日常，现在却警觉这师徒二人是不是……太过黏腻了？

夫妻俩可不会像曾易那般只想任其自然发展。

女儿年纪小，被这般俊帅的仙长迷住，有情可原，毕竟是小姑娘，见识少。可是那位仙长是何意思？可不能看着他们的女儿年少好欺，就不负责任啊！

于是夫妻俩私下里一盘算，决定跟苏仙长开诚布公，好好聊一聊女儿的姻缘问题。

在问仙长之前，夫妻俩先将女儿叫来问她的意思。

薛冉冉觉得她跟苏易水的情况太复杂，说给养父母听，只会徒增他们的烦恼，所以只能打马虎眼："娘，你和爹爹想多了，我跟师父……不是你们想的那样。"

巧莲一瞪眼："不是哪样？我可亲眼见你跟那苏易水在池边拉着手散步，苏易水还替你捡起头顶的树叶子，哪有师徒是这样的？"

薛冉冉听到巧莲原来只是看到了这些，倒是松了一口气："我还以为娘看到了什么……这不是很正常吗？师父对其他的徒儿也这般和蔼……娘，我得练功去了。"

薛冉冉不想多说，只说自己要去后山练功，一溜烟地跑了。

可巧莲觉得女儿话头不对，女儿听了她的话竟然长出一口气。难道两个人私下里还发生过更要不得的事情？她觉得女儿真是年少糊涂，被人占了便宜而不自知。

于是巧莲夫妻俩干脆径直将苏易水堵在书斋里，先是云山雾罩地说了半天闲话，然后鼓足勇气，一本正经地对苏易水说，他们要带女儿下山。

苏易水原本让巧莲夫妻俩来西山，是因为薛冉冉一直担忧养父母的安危，毕竟魔物横行，他们俩一直离群索居，不甚安全。可没想到这夫妻俩竟然不领情，突然要带走薛冉冉，苏易水想都不想就一口回绝了。

笑话！他们是薛冉冉的养父母就可以如此自作主张？那薛冉冉这条命还是他给的呢，细论起来，他才是薛冉冉的再生父母，哪里轮得到这对乡野夫妇做主？

巧莲已猜到苏易水不肯轻易放手，所以立刻谈起条件："仙长，我这几日也看到了，您对小女实在照顾得太周到……只是姑娘大了，您也得避嫌。退一万步讲，您若真是喜欢小女，想要喜结连理也不是不可。可是我家姑娘是正经人家的孩子，若是您有意，也得先找媒人提亲，然后看看我们家的意思啊！"

此时苏易水再回味这夫妻俩方才的话，起初以为是闲话，现在听起来就句句别有深意了。

比如巧莲问他，除了西山，别处可还有铺子、物产，是在摸家底。薛木匠问他今年贵庚、夜里起夜几次，可否有尿频、腰肾不足之症，是担心他年老体弱，给不了他们女儿幸福。另外，巧莲还特别关心他先前可曾有过婚配，是担心薛冉冉一不小心便屈居人后成了妾。

这夫妻俩全都打听明白之后，才开口给他们的养女谋取婚事，也算是为女儿细细打算，精明到家了。

"她投拜西山，是我的徒弟，所求的也是长生不老，与你们说的这些不甚相干。"苏易水冷冷回绝道。

巧莲发现这位苏仙长似乎比以前冷淡了许多，难不成是觉得凭着花言巧语将他们那单纯的女儿骗到手里就有恃无恐了？

想到这儿，巧莲的彪悍劲儿再次翻涌上来，说话也不甚客气："苏仙长，您原也不是我们心里的佳婿人选，冉冉现在正当妙龄，找个年岁相当的才最合适。而您……虽长得神仙做派，看起来年轻，但到底年岁太大。我们女儿道行浅，恐怕也不能如您这般青春不老，所以您若是无意，也要跟我女儿讲清楚些。我们夫妇虽然家底不如您，但也不是要出卖女儿给人家做妾室过活的人家。明日我们便将女儿领下山，不劳烦您教导了！"

这完全是乡野村妇的派头，亲事不成，居然暗讽他年老体衰？

依苏易水的脾气，是要立刻起身走人的。可是不知怎的，他的话到了嘴边，居然就变了味："……是冉冉让你们来提亲的？"

巧莲想了想，觉得要显出一家三口心齐些，于是道："冉冉当然是这个意思，她从小就喜欢看别家娶亲，现在年岁正好，自然也想名正言顺地做个拜堂正娶的娘子！"

原来是薛冉冉耐不住性子，求着她爹娘来跟他提亲了——苏易水心里这么想着，突然觉得舒服了许多。她虽然口口声声说不留恋西山，可是私下里不也有一颗恨嫁之心？

其实，在此之前，他从来无意迎娶同修的道侣。

当初他跟温红扇定亲也是为了满足母亲让他成亲的心愿，后来这桩婚事被搅黄了，他的心里也没有什么惋惜之意，此后也不曾想过在自己的身边增添什么累赘。

薛冉冉如此想要嫁给他，也在他意料之中。毕竟小丫头眼里的爱慕之意不容错辨，应该是喜欢他……

考虑到她现在还算乖巧，不像前世那般令人生厌，而且他俩到底有过肌肤之亲了，顾及她的名声，与她成礼……也不是不能考虑。毕竟她本性顽劣，虽然今世改好了许多，但是无人看管的话，她本性萌发，便一发不可收拾。

有许多事情，做师父的不好管。比如说她总跟俊帅的师弟没完没了地聊天，跟不相熟的男子微笑，一言不合便要打包袱离开西山等等，若是嫁给他，这些臭毛病便都可以改一改了。这么想来，娶了她，好处颇多。

反正他娶不娶道侣都无所谓，空留这个位置也无用，姑且娶了她，以后管起她也名正言顺。

一时间，苏易水快速权衡利弊，最后终于开口道："不知二老可是要我找媒人提亲？我的师兄曾易可否？他与你们二位也相处过一段时间，相信你们也信得过他做媒担保。"

巧莲现在最担心的是女儿的清白不在，被这苏仙长拿捏短处。所以今日来谈判时，她的声调虽然很大，但有些外强中干。她方才嘲讽苏易水年老体衰，可是人家的样貌看起来也不过十九岁，长得又是玉树临风，浓眉大眼，她这般年岁，都忍不住想多看几眼。

而且苏易水的财力竟然如此雄厚，光是在京城就有五六家铺面，别处的产业也无数，他着实是个隐世富豪。她自己的女儿美则美矣，但不过是穷苦的乡野小丫头，配苏易水这样有本事的仙长，着实有些高攀。

若不是担忧女儿不懂事，早早跟他关系过密，巧莲就算贴了三张生猪皮，都不好意思厚脸皮来逼亲。

她万万没想到苏易水竟然如此爽快地松口，痛快地答应了找媒人提亲的事情。

当下夫妻二人长出了一口气，各自瘫坐在圈椅上。待巧莲缓过这口气，再看苏易水时，已经是看自家女婿的眼神，如此佳婿，真是哪哪都令她称心如意呢！

苏易水甚至大手一挥，当场写了聘书给夫妻俩作为凭证。至于三书六聘，以后一样都不会缺少。

谈妥之后，夫妻二人便喜滋滋地去找女儿。

薛冉冉正在冰莲池练习养气，纤细的足尖轻点莲蓬，若蜻蜓点水，在池上润养生息。

听到娘亲在池边喜滋滋地说他们已经跟苏仙长谈妥了提亲事宜，薛冉冉的气息一沉，整个人扑通一声掉入了水池中。

她从冰莲池钻出来时，头顶着绿蓬蓬的荷叶，抹了抹湿答答的脸，失声叫道："娘，你们在说什么胡话，我什么时候说要嫁给苏易水了？"

巧莲还以为女儿年纪小，脸皮薄，害羞，依旧喜滋滋道："人家苏仙长可是一口答应，不光请了曾先生保媒，还当场写了生辰八字还有求女的聘书给我们，可不是儿戏啊！"

薛冉冉当然知道下聘书不是儿戏。可是苏易水能这般做……不都是她父母施了压力的缘故吗？她一时跟喜形于色的爹娘说不清楚，只能回去换干爽的衣服。然后她硬着头皮跑去问苏易水是怎么想的，为何会贸然答应养父母的要求。

苏易水正在丹房配药，看薛冉冉过来时，只瞟了她一眼后便继续配药。

"我爹娘不知我们复杂的情况，他们说的话，你也不必全入了心，我会和他们好好解释，你那聘书也不必作数。"

苏易水听了这话，慢慢放下手里的药瓶子，抬头道："你的年岁的确不小了，既然生了嫁人的心思，直接跟我说就好了。我既然亲吻了你，自然要对你负责。他们是你的养父母，我现在是你的师父，都是你的长辈，商谈你的婚事合情合理，既然已经说定，为何不必作数？"

薛冉冉圆瞪着眼睛，差点儿被苏易水的逻辑绕进去。

许是她瞪眼的样子有些可爱，苏易水面无表情地用药瓶子碰了碰她的鼻子："虽然修真之人不拘小节，可你我之间到底有过肌肤之亲，你爹娘让我娶你也合情合理。"

大部分时候薛冉冉都很迁就她这个任性的师父。

不过，在姻缘的事情上，她有着执拗的信念："婚配当是男女两情相悦，许以彼此天长地久。可是你全然忘了过往，只记得我前世的不好，只怕就算现在对我生出那么一丝丝好感，也不过是日久相处的情分而已，我不想你如此将就。你都说了修真之人寿命比凡人要长上许多，若是以后我们后悔了，是该和离，还是杀了彼此证道？我不想与你成为怨侣……我会撕了那聘书，以后我爹娘也不会再与你说那些糊涂之言了！"

说完这些，薛冉冉便转身想走，却被苏易水一把扯住了胳膊："你是说你并不心悦我，以前对我的种种亲昵都是逢场作戏？"

问这话时，苏易水眉宇间带着嗔怒。想到她重生一回，居然还如此游戏人间！若不喜欢他，为何可以与他谈笑抚琴、亲昵相处？

薛冉冉动用了丹田真气才憋住一口老血："哪里是我不心悦你，是你不心悦我！若你真的喜欢我，为何一直记不得我？"

说完，薛冉冉便难过得跑了出去。

酒老仙说过，情若至深，那洗魂符便会自解。

可是苏易水到现在都没有想起他们的前尘，便只能说明，他虽然有几分喜欢她薛冉冉，可是这份爱意并没有如爱沐清歌一般深切。若是这般，何必强求那一纸婚书？薛冉冉不希望跟苏易水结成一对怨侣，所以还是不结为好。

她一跑了之，独留下苏易水为之气结。

他原本要娶亲的想法并不强烈，只是觉得自己到底亲吻过薛冉冉，她如今也是个身家清白的小姑娘，他的父母来让他负责，他身为男儿也不好推脱。而且不管是他的徒儿还是他以后的妻子，都是要跟他修习的，除了那一纸婚书，其他并无什么改变。

可是万万没想到，这丫头居然拿他没有恢复记忆当原罪。难道像酒老仙说的那般，他还要为她死一次才算？若是那样的话，她在修真界的名号也可以就此定下，干脆就叫"望门寡"好了！

苏易水原本对这桩婚事也是抱持着可有可无的心思，没想到自己却成了剃头挑子一头热，如此一来，他反而有些执拗。

她不想嫁给他，还想嫁给谁？他可不许她再祸害别人！

那一纸聘书最后还是没有被撕毁。苏易水先一步找到巧莲夫妇，只说薛冉冉还小，玩心有些重，若是她提出婚约不算数，便先随了她的意思，但那聘书于他来说一直有效，等薛冉冉想通了再说，还请夫妻俩保存好。

若是薛冉冉将来要嫁给别人……也不是不可，但是要先跟他解了聘书再说。

苏易水如此宽容大度的表现，再次赢得了巧莲夫妇的好感。

随后，薛冉冉果真如苏易水所言，不懂事地非要闹着解除婚约。巧莲夫妻也是从小宠溺孩子的，原先他们逼婚，是担忧女儿吃亏。可现在是女儿不想嫁，那就另当别论，虽然那苏仙长的确是人中龙凤，有本事有模样，但到底年岁大了，也不知他是不是金玉其外、败絮其中。总要等女儿想明白了，再安心嫁人。

事后薛冉冉小心翼翼地跟苏易水说，她爹娘不肯给她聘书，不过他不必担心，她绝对不会拿那聘书作怪。

苏易水淡淡地瞟了她一眼："那聘书一式两份，你爹娘可都摁手印画押了。你若反悔要嫁给别人，也得将那男人领到我的面前，让我过过眼再说！"

说这话时，苏易水的音量不大，可薛冉冉总是觉得这话里酝酿着腾腾杀意，大有来一个杀一双之势。

薛冉冉小心翼翼地问："过过眼之后呢？"

苏易水没想到她居然真接茬，难不成她还真有个想领到他面前的狗男人？于是他忍不住冷飕飕地看向她："薛冉冉，你可以将他领来试试。"

苏易水甚少这般连名带姓地唤她，薛冉冉当然能听出这话语里包裹的炸雷。她心里忍不住一甜，拉扯了一下他的衣袖，道："除了你，我不想嫁给别人……"

听了这话，苏易水满腹的怒气忍不住一缓，同时心里暗骂：不想嫁他又撩拨他，真是前世习矣未改。若他现在还是十六七岁的少年郎，岂不是被她玩弄得心思上下颠飞，全然失了魂魄？由此可见，自己在二十多年前着了她的道儿，也情有可原，到底是那时的妖女功力深厚，算计了年少无知的他……

他正这么想着，薛冉冉又低声道："我希望你记起来，并不是希望你为我去死。你若真这般，我岂能独活？可是我总是希望你能清楚地知道你为何娶我，而我也知为何嫁你，如此才不会成为一对怨偶。"

苏易水却觉得薛冉冉的想法太天真、幼稚。不过他总算舒缓了僵硬的腰杆，任由冉冉靠在他的肩膀上道："你太小，不知世间的怨偶大多是有过浓情蜜意，最后才相守成怨的。所以怨偶往往并非一开始没有想清楚，而是敌不过时间罢了。"

薛冉冉听了，眨巴着眼低声道："所以我们修真之人若是结成仙侣，岂不是要面对无尽的时间，大抵都是要结怨的？"

苏易水想了想，一本正经道："我若像你爹担忧的那般，腰酸肾虚，夜里起夜太多，多半是会生怨的。"

嗯……薛冉冉眨巴了几下眼睛，她虽然是个天资出众的女子，可是真的没有听懂苏易水一本正经的话里什么意思。

苏易水见她似乎不懂，干脆附耳过去，在她的耳边低声说了几句话。

只见薛冉冉白净的脸上登时炸出了两朵飞霞，她目瞪口呆地看了苏易水一眼，然后飞速站起来，气得踹了前世的逆徒一脚，便飞奔出去。她打死也不敢相信自己的耳朵，像苏易水那么一本正经的男人居然会说出如此不正经的话。

只是那一夜，薛冉冉辗转反侧，难以成眠。后来她好不容易睡着时，竟然梦见自己身穿一身红衣，盖着红盖头，由着一个男人牵引入了布置红绸喜烛的喜房。

接下来梦中蜡烛熄灭以后的事情，薛冉冉简直脸红心跳得不敢回想，只是那梦又累又长，还有人在她耳边低语："我若不卖些力气，你生怨了，该怎么办？"

等到早晨醒来时，薛冉冉拱了拱被子，还闭着眼偷偷回想了那么一会儿。

丘喜儿催她起来吃早饭，待她从窗户口看见冉冉红扑扑的脸蛋时，还笑嘻嘻地开着玩笑道："小师妹，怎么还赖床，难道是春色入梦了？"

薛冉冉把一个枕头甩了过去，同时一阵莫名心慌——她表现得如此明显？一会儿被苏易水看出来，可如何是好？

薛冉冉显然多虑了。清晨吃饭的时候，苏易水已经被未来的准岳父母包围了。

现在巧莲帮着做饭，正好便利，给未来女婿做的都是大补之物。大清早她就给苏易水独独炖了一锅山药白术羊肉粥，配粥的是葱炒大段的海参，都是对男子大有裨益之物。

高仓想夹起海参吃时，巧莲还拦着道："你年轻，火力壮，又没有成亲，不用吃这个，补多了会流鼻血的！"

这话一说完，众人齐齐望向苏易水，又看向薛冉冉，

薛冉冉谁也不看，将海碗扣在脸上，拼命往嘴里扒拉粥，吃完便迫不及待地早早离桌而去。

等寻了机会，她一定要跟她娘亲说，可不能这么丢人了，苏易水肾的好坏与她何干？她如此急切，岂不是引人误会？

跟薛冉冉有话说的，还有羽童。她自从知道薛冉冉就是前世的沐清歌，每次看向这小丫头的眼神都变得分外复杂。

她对前世的沐清歌偏见颇多，对现在的薛冉冉又甚是喜爱，一时间喜欢与厌恶交织，让她有些无所适从。最后只能尽量避免说话，免了彼此尴尬。

可是主人如今竟然在那薛家夫妇的逼迫下签了聘书，当她在厨房帮厨听到这消息时，也是目瞪口呆。

如此一盘算，羽童觉得自己不能再沉默，总要跟薛冉冉聊得透些，才好将主人交

付给她。

所以她郑重地将薛冉冉拉到竹林里，凝眉冷目地问她对主人可有戏弄之意。

薛冉冉揉着头穴，叹了一口气，道："你的主人就算贴了洗魂符，心眼也似莲蓬。倒是我爹娘为人实在，行事又是庄户人家的朴实，直来直去，因为误会了我和师父的心思而贸然去提亲。你放心，我已经跟他们说过了，我是不会嫁给苏易水的——"

羽童急急打断了她的话："你误会了，我并不是要谴责你。二十多年前我还年幼，看事情难免会偏颇，所以以前不经意说了关于你的坏话，还请你海涵。"

羽童不傻，经过这么多的波折，她更加了解二十多年前沐清歌的为人。如果当时自己年岁大些，说不定也会跟周飞花一样欣赏沐清歌。现在她总算想明白主人二十多年来郁郁寡欢是为何，如果两个人能结成佳偶，便了结了主人的夙愿，功德圆满。

另外，她也有私心，在这儿想跟薛冉冉说一说："以前我与哥哥一直守着主人，除了主仆情谊，还因为主人在这世上孤苦无依。如果他能有你为伴，便不再是孤单一人，我也可以彻底放下心来向主人请辞了。"

原来，自从山下的孩儿和情郎被人要挟，羽童的心境就发生了许多改变。得道成仙固然让人艳羡，可是如果能眼看着自己心爱之人渐渐成长，甚至慢慢变老，也是神仙可望而不可及的幸福。羽童对自己的儿子和情郎满怀愧疚，所以早就歇了修仙的心思，想着寻找机会下山与情郎完成迟迟未至的婚礼。

而现在，薛冉冉要嫁给主人显然就是个合适的契机。所以羽童这次找薛冉冉，有点儿类似娘亲改嫁，临行托付。

羽童还没有跟苏易水提起，她有些担心主人和哥哥的反应，若是他们不同意，就算她心里对山下那对父子有再多的不舍，也不好独自离开。

不过，薛冉冉觉得这是好事。羽童的儿子还小，不到七岁，正是需要娘亲的时候，她一口应承下来，想先帮着羽童跟苏易水提一提，免得她在主人面前抹不开脸面，不好开口。

薛冉冉跟苏易水提起这事儿的时候，苏易水却一本正经道："她走了，谁来照顾我？"

薛冉冉正在替他研墨，万万没想到他能说出如此的话语："所以，你就是因为缺少人照顾，就要阻止人家一家三口团聚？"

苏易水一边誊写药单一边继续无动于衷道："她是因为你会嫁给我，所以才放心离去。若你不嫁，她能放心？"

薛冉冉眨巴了下眼睛，她听明白了，好家伙，原来阻止羽童一家子幸福的罪魁祸首竟然成了她自己！

这个扣黑锅的本事，应该不是她前世教给这个逆徒的。薛冉冉研墨的手顿住了，她歪头看着苏易水俊帅的侧脸："你……这是逼婚吗？"

505

苏易水冷笑着抖了抖写好的单子："我又不是你们村里娶不到婆娘的无赖汉子，你爱嫁不嫁。"

他虽然说得云淡风轻，可是凝眉微微撇嘴的样子分明是在跟人置气。

薛冉冉扑哧一声笑开了，古灵精怪地转了转眼珠，道："那等你同意羽童下山，我再慎重考虑考虑我们俩成亲的事情。"

苏易水冷哼了一声便不再言语，薛冉冉抄起毛笔，誊抄起药单子。

这次西山派的敌人是久久不曾面世的梵天教，对这等邪魔外道不得不防。这几日西山的丹炉一直生着火，赶制一批丹药。

而这师徒二人正在誊抄药方，准备分发给其他人。

可是写了一会儿，苏易水突然又开口道："要考虑多久？"

薛冉冉正抄得头晕脑涨，便疑惑地"啊"了一声。等看到苏易水恶狠狠地瞪过来时，她突然醒悟他在继续方才的对话。

这要如何回答？她也不知自己要考虑多久啊！结果，她回答得太慢，显然又招惹苏易水不痛快。

苏易水冷着脸，起身挥动翩然长袖，就这么冷飕飕地走出了书房。

薛冉冉喊他，他也不回头，真的是比孩子还要任性。

薛冉冉原本以为他会迁怒羽童。可没想到羽童喜滋滋地跑来，告诉她，主人已经同意了让她下山，甚至她成礼的嫁妆也一并由西山出。

羽臣听闻妹妹要嫁人，昂扬的汉子竟然失声痛哭，只觉得自己这个做哥哥的其实亏欠了妹妹太多，以至于她这么大了才嫁人。

这一哭，便犹如滔滔江水，一发不可收拾，惹得苏易水说："要不……你也下山跟着你妹妹过活，娶妻生子去吧。"

羽臣扑通一声跪下了："主人，我这辈子都要守在您身边！就是您撵我，我也不走！"

说完，羽臣又是失声痛哭，俨然是忠犬要被抛弃般的呜咽、惶恐。

羽童嫁人到底是喜事一桩，让西山众人紧绷了许久的神经可以稍微松懈一下。

薛冉冉还带着师兄弟们下山为羽童采买嫁妆还有喜被一类必须准备的东西。

他们返回西山的时候，从山路旁蹿出个"血葫芦"。

众人以为又出现了什么魔物，流窜到了西山，登时吓得纷纷往后跳。

可是薛冉冉看清楚了，这人……不正是空山派的长老温纯慧吗？她是空山在温红扇之后掌握门派大事的长老。当初薛冉冉从高坎赶回被盗的马时，曾经跟温纯慧打过交道，觉得这位长老与开元真人之流并不一样，为人也还算秉正。此时她浑身上下都是伤口，显然经历过九死一生。

薛冉冉开口问道："温仙长，究竟发生了什么，你为何会如此狼狈？"

温纯慧刚刚喝了一口丘喜儿递来的水，然后抹了抹脸上的鲜血，颤音说道："三大门派几近覆灭，精英弟子一个都不剩了，报应……难道这是报应？"

当年围剿沐清歌时，她也在场。她还记得那个满身火红的女子伫立在山顶，眼看着围剿她的三大门派，朗声说道："我沐清歌无愧于天地，尽心解救苍生，只是诸位中有人蓄意蒙蔽真相，不辨是非，我虽无畏生死，却怕诸位此后仍受今日被蒙蔽之苦，到时候，恐怕天下正道覆灭，不复存焉！"

那时，沐清歌言辞凿凿。可是急着剿灭魔女的众人都没有将她的话放在心上。

没想到她这类似诅咒之言，竟然在二十多年之后逐一应验。

此时温纯慧看着由沐清歌转生的薛冉冉，悔恨交加，一口气眼看要接续不上了。

薛冉冉连忙塞给她一颗安魂丸，总算是暂时稳住了她的心脉。

不过薛冉冉并没有让人将她抬到山上去。因为听温纯慧说，她此前与梵天教经历过一场恶斗。

梵天教那么邪门，谁也不敢保证温纯慧有没有中招、身上有没有邪物。

所以薛冉冉觉得还是暂时将她安置在山下的茅草屋里比较稳妥些。

等苏易水他们过来时，温纯慧也断断续续地说了她之前的遭遇。

原来，就在各地的魔物盛行的时候，三大门派之人又起了重振旗鼓之心，毕竟之前的几次正邪交战，三大门派不断损兵折将，名声岌岌可危。所以三大门派一商量，由开元真人牵头，决定趁着剿灭魔物之际重振山门声望，顺便再招收一批可塑之才，延续山门香火。

原本这般设想不错，那些魔物虽然厉害一些，但都是阴界之物，古籍上都有记载，若是小心防备，也无可怕之处。万一打不过，直接逃跑也比与魔教将军对垒要从容一些。

抱持着这般打算，三大门派的清剿旗帜高高挂起，一路也算是高调。可是当他们会聚起来准备擒拿在蟒山为恶的九头怪蟒的时候，意外发生了。

那九头怪蟒因为在当地吃人，身形变得硕大，在山林里无所遁形，很容易找到。

当时开元真人有意让他的九华派拔得头筹，所以在砍伤了那怪蟒的尾巴之后觉得十拿九稳，便将当地的府衙州县的官员找来，在山下摆了看台，请官员欣赏他们这些正道人士降魔伏妖的英姿。他还买了许多鞭炮，雇了铜锣鼓手，准备在屠杀怪蟒后抬下来时，敲锣打鼓，燃放鞭炮，做足天下英雄的气势。

这些都是开元真人的主意，他也听闻了西山派降伏水魔的事情。明明是提振名声的好事，却让西山派几个不通人情世故的做得一团糟——明明已经降伏了水魔，将它们交给当地的官兵接受庆功表彰便好了。结果西山派那帮蠢货竟然因为要解救几个魔化的村民，硬生生地将官府人员得罪了！最后，当地的百姓怨声载道，私下里埋怨西山派将那些中邪之人放下来，也不知以后他们会不会再次魔化。

开元真人也算是从西山派的"蠢笨"里充分地吸取了教训，绝对不做费力不讨好的事情，便打算做足表面功课。

可是当万事俱备、只欠东风时，开元真人和其他两大门派的人没有想到，意外发生了。那条原本要束手就擒的怪蟒，居然如吸了仙丹雨露一般，突然身形暴涨，犹如冲天巨龙，当场吞噬了好几个三大门派的弟子。在吸取他们的修为之后，那九头怪蟒的背后甚至生出了纤薄而巨大的羽翼，整条巨蟒腾空而起，遮天蔽日。

当时开元真人就知道，自己偷鸡不成，要反蚀一把米，当即不顾山下被他扯来看戏的那些官员，便要自己逃跑。

他被斗得狼狈，还没来得及逃走的时候，魏纠便领着赤门之人及时赶到了。

魏纠现在与苏域合作愉快，跟三大门派的心思一样，也是打算趁此机会做一做正道的行当，为赤门扬名，顺便吞并三大门派。

所以，就在开元真人他们搞砸屠蟒的大场面后，魏纠犹如神兵从天而降，以力拔山兮气盖世的手法将那怪蟒的九个脑袋全都剁了下来。

开元真人命人准备的那几串鞭炮，连同喧天的锣鼓声全成为赤门魏尊长庆功的余兴。

三大门派的懊丧自不必说，他们原本是准备露脸的，没想到露的全是腚。

不过，开元真人的脸皮一向够厚，他说是他们三大门派打下了基础，才让赤门最后临门一脚摘桃。他跟那魏纠皮笑肉不笑地互相扯皮。

寻常的蛇类就可以称得上全身是宝，这九头怪蟒的全身上下更是有修真炼药的材料。开元真人不想魏纠独占，所以跟魏纠讨要东西，妄图分一杯羹。

温纯慧是要脸的，先前跟怪蟒搏斗，原本就败得狼狈，怎么好意思留下来分东西？所以她没等魏纠出言嘲讽，便领着自己的弟子准备早早离场。也正是因为她领着弟子早走了那么几步，堪堪逃过之后一场离奇的劫难。

就在那三大门派的人跟赤门争执不下，准备瓜分那怪蟒的时候，那九个被砍掉的蟒头突然炸裂，迸溅出蓝色的血浆，顷刻间便将离它很近的几个人紧紧包裹成一个个血泡。

里面的人死命挣扎，只见血泡一会儿凹下，一会儿凸起，片刻后纷纷破裂，里面的人爬了出来。奇怪的是，每次血泡里爬出来的都是两个人，而且两个人的外表看起来一模一样。

当时温纯慧离得远，看到这一幕时，只觉得浑身的汗毛都竖起来了。

而从血泡里走出来的那些一模一样的"双胞胎"也很惊讶，他们对望一眼，大叫一声"妖魔"，便纷纷出手向对面的自己袭去。

温纯慧因突然出现的变故惊呆了。每个血泡里出现的两人不但容貌相同，声音一样，就连功法甚至身上的兵器都一模一样，让人完全无法分辨孰真孰假。

几组人同时动手，兔起鹘落，打成了一锅粥。

温纯慧只看得心乱如麻，虽然知道必有不妥，却完全不知道该帮谁。

过了一阵，几组人陆续分出了胜负，伤者的身体砰的一声化为蓝色血雾，被风一吹，淡淡散去。

而赤门的魏纠也被对面的"自己"打落，翻身掉进了深谷。

那个存活下来的开元真人脸上露出诡异的笑，环顾了一圈，拱手向魏纠和其他门派之人开口道："想不到怪蟒如此阴险，居然变形，好在变化出的异类功力不深，反倒被我等击杀！"

其他门派的胜利者也纷纷附和，鹦鹉学舌一般道："想不到怪蟒如此阴险，居然变形，好在变化出的异类功力不深，反倒被我等击杀！"

说完这话时，那些人齐齐望向不远处的温纯慧，眼神怪异极了。

开元真人冲着她笑着道："温长老，只差你一个了……"

温纯慧带领身后的弟子谨慎地后退了几步，正想转身离开的时候，那几个人竟然拎起仅剩的一个蛇头朝她扔过来。

温纯慧仗着自己身手敏捷，堪堪避开，可是她旁边的几个弟子中了招，也被蓝色的血泡包裹，待血泡挣裂，走出一模一样的人来，又是一阵自相残杀。

而最后剩下的人，脸上挂着和开元真人一模一样诡异的笑容……

那一刻，温纯慧长老突然想起关于这九头怪蟒的传说。传言，怪蟒之血可分裂人身，恶者可取而代之。也就是说，现在冲着她笑的人早就不再是原来那些人了！

刚想通这一点，温纯慧便遭到了那些诡笑之人的围堵。

就在她身受重伤，难以招架的时候，只觉得脚下一沉，掉落山崖，随即被大一只大掌堵嘴，身上被贴了灵符。她转头看去，原来是早前掉落山崖的魏纠，他正挂在半山腰的树杈上。他用手堵住了她的嘴，又给她贴了酒老仙的隐身符，这才造成跌落万丈深渊的假象。

温纯慧眼睁睁看着崖顶那一张张脸森然地望着山崖下。

就在这时，山下的锣鼓声渐近，山下的那些官员连同官兵和村民上山来迎接凯旋的仙长们。

那些鬼东西就这般顺理成章，顶着三大门派和赤门的名头下山去了。

若不是魏纠和温纯慧侥幸存活下来，这一场调包完全神不知鬼不觉。

待那些人抬着巨蟒散去之后，两个人终于从半山腰爬了上来。

魏纠苦熬了半辈子，眼看着终于要出头，却被人冒名顶替，心里的火就别提了。不过他的脑子还算清醒，叮嘱温纯慧千万别再回空山派了，而是去西山将三大门派的情形说给苏易水和薛冉冉听。

如今能保护她的只有西山那伙子人，魏纠则转身前往皇宫，找苏域说明情况，想办法去了。

两个人分手前,还远远看到了山下的情形。

魏纠当时为了独显神功,让屠九鸢和大部分教众等在山下。

此时,屠九鸢正半跪在假魏纠的身前听令。那个假魏纠甚至轻薄地用手指勾着屠九鸢的下巴。

此景看得魏纠真是眼眶欲裂。可他知道那个假货完全复制了他的修为,而他自己身负重伤,若现在贸然出去,只会打草惊蛇。

于是,他和温纯慧各自行动,分别找寻救兵。

听了温纯慧讲述的这些离奇故事,西山的几个徒弟面面相觑。

丘喜儿急得抓耳道:"这……可就难办了。就算是真假美猴王在照妖镜前也难分真假。若真像你说的那般,真货、假货相似得宛如同生双胞胎,那该如何分辨?更何况,你推测大部分的门派中人已经遇害,只怕你说了,也无人肯信。"

苏易水和薛冉冉也相视一眼。尤其是薛冉冉,不禁有些感慨,自己刚被苏易水收徒的时候,三大门派还蒸蒸日上。可惜人无百日好,花无千日红,最近三大门派屡受打击,现在主要人物都被调了包,照此下去怕是不久之后就要灭门了,也难怪温纯慧会如此痛苦。

苏易水虽然不言,心中却明白,这三大门派不得不救。等这些怪蟒变幻出的异类彻底掌控三大门派,必然不会放过西山。为今之计,只有趁他们还未知道事情败露,打他们个措手不及,抢先解决掉他们。

不过……苏易水一向多疑,眼前的这个温纯慧是真的还是假的呢?

薛冉冉似乎看出了他的疑虑。其实她自己也想到了这一点,而检验的法子其实不难,只是不知道她的想法是否可行。

第三十一章 如鱼得水

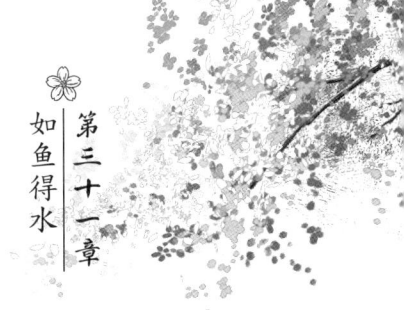

关于九头怪蟒的描述，薛冉冉在那本《梵天教志》里看过。

这怪蟒有分化人身之能，分裂出的假货可以假乱真，取而代之。不过，这分裂出的假货有个不足以觉察的缺点，因为它们其实是阴气凝聚而成的，所以每当子时或者午时阴阳交替的短暂时间里，它们不会呈现影子。

所以待到午时，薛冉冉便将温纯慧搀扶到阳光下。地上呈现出温纯慧清晰的影子，她顿时心安。

事后温纯慧听了薛冉冉的解释，只欣慰地松了一口气："若是有能分辨的法子便好，我真是担心那些顶着各大门派掌门人的假货会兴风作浪，搅得修真界大乱。"

她虽然没有身中蛇毒、分裂假身，可是跟她去的几个弟子都被调包了，那几个假货回去，必定会在空山派兴风作浪。

在薛冉冉和苏易水发现人魔王的头骨失窃时，为了在赤焰山脱身，他们并没有多言。

他们回来后，西山派给各大门派送过信，阐明人魔王的头骨失窃，梵天教要复兴作乱，还提起各地兴起的魔物与梵天教的复兴有关。

当时三大门派还觉得这是无稽之谈，是西山派在危言耸听，引起慌乱。

可是现在再想想，西山派的话一一应验。苏易水和薛冉冉是修真界不多的清醒之人。可惜当时他们的话无人肯信。

此时温纯慧悔恨交加，想到厉害处，脊背上的汗毛都要竖立起来了。

梵天教灭人门派的本事，居然比赤门一类的魔道更可怕，完全是悄无声息地取而代之。最让人不寒而栗的是，他们此举究竟是要干什么？

此时的三大门派不知为何，纷纷封山闭户，不准人随意出入，更有无数车马运送着一车车的黑石上山。可那车上具体是什么东西，外人一时打探不出来。

❀❀❀❀❀❀

孤家寡人的魏纠也来到了西山。

曾经威风凛凛的魔尊没想到自己会沦落到跑来西山向姓苏的求助。所以他来到西山下时并没有直接上山，而是在山下来回游荡了几圈。最后，他竟然是趁着羽童出嫁时，混进了送亲的人群。

羽童成婚，男方村寨里的亲戚众多，大家其乐融融。魏纠藏匿自己的气息，还特意换了一身女装。他本就长得雌雄莫辨，除了个头高大些，还真像个俊俏的姑娘。

　　他趁人不备，慢慢靠近正在新宅廊下清点嫁妆的薛冉冉，用手里的匕首抵住薛冉冉的腰眼："小丫头，别乱动啊，你虽然长了不少本事，可是我的匕首离得这么近，弄死你还是不费什么劲的。"他故意贴着薛冉冉的耳边低语。

　　虽然被人胁迫，情势危急，可是薛冉冉看到魏纠女装的扮相时，她还是一口气没憋住，扑哧一声笑得肩膀抖动起来。

　　因为新宅只让女眷入内，所以魏纠方才胡乱敲晕了个陪嫁的婆子，换上衣服便混进来了。

　　他不过披散头发，随便扎了辫子，又没有跟那些村妇一样涂脂抹粉，她至于笑得这般夸张吗？不过还没等魏纠出言申斥，他的手腕就被一只铁掌狠狠拧住，整个人也被掀起，摁倒在地。

　　原来苏易水不知什么时候出现在他身后，一下子将他掀翻在地，然后单脚踩住了他。

　　不知为什么，魏纠似乎有些使不出真气，只能拼命挣扎着叫骂。

　　苏易水就算没有恢复记忆，也厌烦透了这个魏纠，尤其是他方才离薛冉冉那么近，一张嘴也不知道有没有熏臭薛冉冉的耳朵。

　　想到这儿，苏易干脆不客气，弯下腰就开始拳拳到肉，教训起魏纠来。

　　正巧这时，一对亲人在亲友的环簇下走了进来。

　　原本嬉嬉闹闹的乡亲们看见当地有名的神医苏仙长骑在一个披头散发的"女人"身上，顿时个个瞪圆了眼睛，说不出话来。

　　薛冉冉连忙挡住身后叠在一处的两个人，嘻嘻哈哈笑道："闹洞房，闹洞房呢！"

　　说完，她转身给苏易水使了眼色。

　　今天是羽童大喜的日子，可不容有失，就算要教训魏纠，也得换个地方。

　　所以，众人只看见苏仙长扛起那个长发"女人"，一转眼的工夫就跳墙跑得没了踪影。

　　薛冉冉尬笑着活跃气氛："来来来，新郎也要扛起新娘子入洞房！"然后在西山弟子的起哄声里，她总算是圆过了场面。

　　至于被苏易水扛走的魏纠，他似乎缓过了一口气。被扔入草甸子里时，他立刻破口大骂，同时与苏易水缠斗在一起。

　　薛冉冉在一旁抓着兜里的南瓜子，一边嗑一边观战。

　　苏易水很明显占了上风，拳拳到肉，打得魏纠毫无招架之力。

　　魏纠原本就因为中了怪蟒之毒，真气不断衰弱，可是他打着打着，突然发现苏易水居然故技重施，又在试图吸收他所剩无几的真气，气得他破口大骂道："苏易水，你还是不是人！老子的丹田现在空荡得都能养鱼，你还要吸我真气！你怎么不干脆拦路抢劫，挨着各大门派去明抢啊！你若杀了我，就不会有人告知你三大门派的近况了！"

这最后一句起了作用，苏易水总算歇手了。

魏纠但凡有一条出路，都不会来西山自取其辱。

他原本是打算前往京城寻求苏域帮忙的，毕竟俩人一直合作得甚好，魏纠差一点儿就成为大齐的国师了。

可是苏域那个孙子，用不到人的时候，转脸便不认了。尤其是听闻魏纠沾染能使人分裂的九头怪蟒的蓝血之后，甚至连皇宫都没让他入，只是在正午派出一个以前替皇帝传话的老太监，远远隔着几丈远的距离，向魏纠宽言安慰了几句。

大致的意思是，皇帝惊闻赤门遭遇如此横祸，心内如真火焚烧，十分替魏尊上担忧。陛下相信以魏尊上的能力，一定会逢凶化吉，若是需要银两，请魏尊上尽管开口，就算国库因为战事空虚，陛下也会尽力给魏尊上拿些银子。

这番话说得亮堂，但是苏域除了银票，再无别的帮衬，大有坐看梵天教将三大门派连同赤门全部碾压成粉末的架势。

薛冉冉清楚这位皇帝精明的性格，那《梵天教志》的下半册一直在苏域手里，相信他也背得烂熟于心。所以他才会在正午时分让魏纠站在宫门前，看他影子辨认真假。想到他能在皇宫里养龙那么多年，心思可比魏纠复杂多了。

总之，皇帝现在十分谨慎，不愿意蹚这浑水，更不愿意公然与梵天教为敌。

因为皇宫地基修复，屏障异能的灵盾也恢复了。魏纠不能擅闯皇宫去掐死忘恩负义的苏域，气得站在宫门前跳脚骂街。

随后，魏纠试着回赤门找寻屠九鸢。可是赤门就跟三大门派一样，紧闭门户，压根儿看不到教众下山。而那些被推运上山的石块很快被垒砌成塔，立在赤焰山上，高耸入云。

最让魏纠心惊的是自己真气的流逝。

那个假货没能当场杀了魏纠，完全取而代之，便用了另一种绵延的法子，趁着他每次入睡时化魇入梦，窃走他的灵力。

魏纠虽然修为甚高，可是现在到底是凡胎肉身，就算可以几日几夜不吃不喝，偶尔也有打坐入睡的时候。

可是现在，每次入梦，他都会看到一个跟自己长得一模一样的人掐着他的脖子，不断吸收着他这个正主的能量。每次短暂的瞌睡后，他不但不解乏，反而有种精力丧失之感。

魏纠这一路行来都不敢睡，两只眼睛熬得跟熟透的樱桃一般，红得快要滴血了。被逼无奈，他只能来西山找苏易水和薛冉冉帮忙。

为了让两个宿敌帮忙，魏纠拿出了些筹码，只说自己有办法领着他们再入赤焰山，探查灵塔的虚实。

他用话稳住了苏易水，达成了暂时休兵、通力合作的共识。之后，他瘫倒在草垛里，擦擦嘴角的鲜血，然后闭着眼睛道："我就是想不明白，各大门派都遭了殃，为何只有你西山幸免于难？"

薛冉冉听到这里，慢慢放下手里的瓜子。魏纠这话问得颇有意思，其实薛冉冉自己也想不通这一点。

难道对梵天教的人来说，西山只是无足轻重的小棋子，所以就绕开了？

魏纠从怀里掏出一块黑色的石头，说道："他们运上山的石头就是这个，我好不容易偷出来一块，你们看看能不能发现什么蹊跷。"

苏易水掂量了下那石头，放在手里没有半点儿分量，举到阳光下时，黑色的石头上似乎有点点光泽。

魏纠说，那些被运上山的石头似乎被垒砌成塔，赤焰山一夜之间就出现了一座冲天高塔。苏易水一下子想起来《梵天教志》里有类似的记载。据说，女娲补天时用的是五色石，其中黑石轻若鸿羽，通阴阳之气，用以建筑高塔，便可上接天气，下接黄泉。现在他们在赤焰山上修筑的高塔，难道就是《梵天教志》里描述的那可通阴阳之气的灵塔吗？

他们修筑这些灵塔要做什么？

王遂枝在三大门派附近的店铺里的掌柜都用飞鸽传来了回信，说他们派人去看了，三大门派在纷纷封山的同时，也驶来了很多运送石头的车辆，各大门派的山头都修筑起了高高的灵塔，就算不入山，也可以远远看见。

每个修真成道的门派，当初拣选道场的时候都不是心血来潮，而是要根据自身的五行，来挑选有益自己的道场。所以无论各大门派现在的兴衰如何，他们的道场都是极富灵气的。

现在那些假货取代了各大掌门人，开始在各大道场大兴土木，修筑黑色灵塔。无论这些灵塔是用来做什么的，想必效力都会大大地增强。

魏纠现在可管不了这些，他只想肆无忌惮地睡上一觉。

这种梦中夺取灵力的路数，无非是趁着人疲惫不堪的时候，依照相似的磁场隔空吸取灵力。如果被夺者的身旁有更强大的灵力磁场干扰，掠夺者便不能够得逞。所以魏纠想要踏实睡觉，就只能找个灵力与自己相仿甚至超越自己之人为他护持。

而这样的人选，只有薛冉冉和苏易水。

依魏纠的意思，是希望薛冉冉护法陪睡——有个娇软甜美的女孩儿在身侧，就算死在梦里，也是花下的风流倜傥鬼。

可是苏易水一个冷冷的眼神外加咔嚓作响的指节，便止住了他的绮念。

魏纠虽然落魄，但是讲究不少，虽然极度渴望睡觉，也不肯幕天席地屈就。苏易水也不放心让这阴货独处，在西山晃荡。最后，魏纠修真以来最香甜的睡眠，便是在苏易水的床榻上获得的。嗅闻着坐在他身边的宿敌身上淡淡的檀香，魏纠睡得四肢松软，畅快淋漓。

不过，两个生死不容的大男人独处，总是透着别样的古怪。

薛冉冉心知现在梵天教的意图不明，还需魏纠助力，所以她也怕魏纠嘴贱惹苏易水不高兴，苏易水再忍不住弄死他。所以她第二天一大早起床后，便端着洗漱的热水盆来到苏易水的房间。

苏易水正在床榻边打坐，剑眉入鬓，闭目养神，岿然不动。魏纠睡得四仰八叉，宛如大型婴孩。

薛冉冉干脆搬来把椅子，坐在师父对面，也打坐入定来打发时间，静等二人醒来。

魏纠所说的那种入梦侵袭的力量，这次似乎悄悄藏匿了。如此平安地过了一宿，也不见有什么奇异的力量叨扰。

等到日上三竿，魏纠终于神清气爽地睡醒了。他睁开眼，略过身边的苏易水，径直看向坐在对面闭眼打坐的薛冉冉。

这么一看，魏纠不自觉有些入神。她的眉眼间越来越有前世的风情，那种洒脱自信的气息绝少在女子的眉目间看到，若她再如前世那般穿上红衣……

魏纠眯着眼还没有臆想完，一个高大的人影已经站起来，彻底隔绝他的目光。

苏易水低下头，看似关切地问："睡得可好？"

他离得太近，魏纠恶心得往后一倒，挑着眉毛道："有劳苏兄为我护法一夜了。"

苏易水这才慢慢直起身来，语气骤然清冷道："那有劳阁下将身下的床单和被子都拿走扔了，我爱干净，受不了腌臜之气。"

魏纠觉得苏易水这是在找碴儿，自己临睡前明明泡了澡，干净得很！

他在赤焰山养尊处优多年，向来说一不二，就是在皇帝苏域面前，也是说得上话的。可是现在他在西山的屋檐下，想要睡觉都离不开苏易水，就算被苏易水如此挑衅，他也只能咬牙阴笑，恶狠狠地扯下床单、被子，然后大踏步离开了卧房。

薛冉冉在他出去以后小声道："其实你可以让他睡客房……那床被子很好，干吗扔掉？"

苏易水瞥了她一眼，没有说话。

魏纠对睡觉的要求甚多，必须是香樟软床，不肯屈居练功房。而客房离弟子的院落只有一墙之隔，他不想让这无耻之徒离冉冉的睡房太近，所以才让魏纠睡自己的房间。

谁想到薛冉冉一大清早过来，又坐得这么近，平白让无耻之徒多看了好几眼。

"库房不是还有新被子吗，我叫人再拿来一床就是了。"

薛冉冉心想，那被面可是她当初亲自缝出来的，翠竹的式样也是苏易水在她拿来的花样子里亲自挑选出来的。不过他现在已经忘了这些事，自然觉得那不过是一床寻常的被子。

薛冉冉也懒得说这些细枝末节，只是沉默一下，说道："我昨夜有些睡不着，一直在想黑色灵塔的事情，所以干脆找来了地图。可是这么一看，我发现了些许蹊跷的地方。"

说着，她从怀里掏出连夜绘制的图。在将三大门派和赤焰山的位置标注好后，她又将这四点连线，便可以发现西山正好被包围在其中。

"我问过温纯慧，她说有官府中人向空山派求告，说是在瑶山发现了九头怪蟒。他们到了当地时，却发现各大门派都派来了人手，都说是官府求告的。可是当地官府并不知谁曾去送信。而魏纠说，皇帝写信让他去降伏那九头怪蟒。事后他在宫门口问那老太监时，那老太监却说陛下从来没有发过这类信。屈屈一条蛇，却有不同的人求告三大门派和赤门……"

苏易水沉声道："也就是说，有人故意让这些人聚集在瑶山，被九头怪蟒一网打尽。"

想到这儿，两个人异口同声道："为何那隐在背后之人不曾给西山送信呢？"

若论起西山派现在的风头，丝毫不逊于三大门派和赤门，甚至隐隐有压他们一头之势。可是梵天教的人偏偏绕开了西山派，这是为何？是嫌弃西山的风水不好，没资格建起灵塔？还是……他们要对付的，其实就是身陷包围圈的西山呢？

薛冉冉又深吸了一口气，低声道："你现在应该不记得那个当初在天脉山乔装成药老仙的人了，他后来又乔装成了阴界花海边的放牧者，还有赤焰山下客栈的掌柜。可是他每次出现，都不像对你我有什么恶意……反而总是一再慎重地提醒着我们，仿佛生怕我们遇到危险……他到底是不是梵天教的人，又在这一系列的事件里充当什么角色呢？"

苏易水没有说话。他以前从来不觉得失去一段记忆给他带来了什么不便。可是现在薛冉冉的话让他的眉头紧蹙，有些懊丧自己竟然不记得那么重要的事情。

这种懊丧在随后的早餐时间达到了极致。

西山新招的弟子走得差不多后，饭堂里剩下的人不多。

魏纠这样的货色本来进不了饭堂，却被不明就里的巧莲夫妇当成了西山的客人，殷勤地请进了饭堂。

其他人虽然心知肚明，但是也不好提醒，让那二老下不来台，便让魏纠堂而皇之地上了饭桌。

因为羽童嫁到了山下，所以早餐是薛冉冉跟巧莲一起做的。

当薛冉冉和苏易水最后来到饭堂的时候，魏纠正大口吃着薛冉冉亲手做的肉包子。他一边吃还一边嘴甜地夸赞："伯母，您和冉冉的手艺不逊于京城的九味斋啊！"

苏易水眯了眯眼睛，站在魏纠的身边冷冷道："你占了我的位置。"

魏纠懒洋洋地让出了主位，却屁股一转，坐在刚起身盛饭的丘喜儿的座位上。

这个位置好，正好挨着薛冉冉，他微笑着道："你以前亲手送给我的地瓜干就好吃，没想到做别的东西更好吃。"

听了这话，苏易水的"冷刀子"直直甩了过去，不过他瞪的是薛冉冉。

她不是应该跟魏纠势不两立吗？什么时候亲手分给魏纠零食吃？

薛冉冉觉得魏纠是在挑事。在天脉山试炼时，她给出的那把地瓜干是龙肉吗，值得魏纠时不时挂在嘴边？

若她早知道那个少年鬼八千是魏纠假扮的，会直接喂给他一把鸟屎！

可是现在苏易水不记得了，一把黄澄澄的地瓜干简直成了通奸的罪证。

巧莲和薛连贵这时也看出不对劲了，互相狐疑地望了望，生怕女儿跟这个有些娘儿们气的小伙子有什么纠葛。她可刚刚跟苏仙长定了亲事，不能闹出丑闻啊！

偏偏这个时候，丘喜儿盛饭回来，发现自己的位置被魏纠占了，登时没好气道："喂，你有点儿客人的操守，好不好？别哪儿哪儿都没规矩。大清早，我就看你扔掉了冉冉给我师父亲手缝的被子，太不像话了！那被子可是冉冉用了一个月的时间缝出来的，现在又来占我的位置……可真讨厌……"

后来，丘喜儿说话的音量越来越小，因为饭桌上的苏易水和魏纠一正一邪两个大佬正一起直直瞪向她。

魏纠瞪向丘喜儿，是因为她出言不逊。

可是苏易水瞪过来，是带着错愕和说不出的尴尬。

苏易水明白了，怪不得当时薛冉冉看着他让魏纠扔被子时欲言又止，原来那被子竟然是她亲手缝给他的。

若是他没有丧失记忆，哪里会让魏纠那个腌臜货睡那床被子！

想到这儿时，苏易水看向了薛冉冉。薛冉冉则若无其事地给养母夹菜，很自然地打岔，把话题跳过去了。

早饭过后，便是西山弟子炼药、打坐的时间。魏纠和温纯慧因为这段时间损耗严重，需要静养一番才可以下西山找梵天教算账。

薛冉冉在冰莲池中调息之后，便准备回丹房炼丹。

她这一世在丹药的修为上似乎远超前世，可能是因为她从木而生，本身就旺丹火，所以炼制的丹药甚至比苏易水炼的效力还要强些。

可是炼丹时，除了药材的配比和炉火的加持，丹药的效力更多是受到炼丹人精神力的影响。炼丹期间不可走神，等到炉火转旺，不再改变温度时，才可小小地休息一下。

薛冉冉起身来到窗边，伸了伸懒腰，却一眼瞟见了和炼丹房隔着一道月门的洗衣房里似乎有人在翻水桶。

薛冉冉想到魏纠在山上，不能不多留个心眼，便悄悄走过去。

没想到却是苏易水脱了鞋袜，正在一只大木桶里踩着打湿的被子。

那被面……不正是苏易水让魏纠扔掉的那一床吗？

她记得魏纠图省事，直接抱起被子扔进了山涧。这……苏易水是亲自下了山涧，将被子重新打捞上来，又拿到洗衣房来吗？

苏易水原本以为薛冉冉在炼丹，应该没有空来洗衣房，没想到他洗被子的狼狈样子却被她逮了个正着。一时间，他的脸上有些不自在，挽着裤腿站在桶里，找不到搪塞的借口。

可是薛冉冉扑哧一声笑开了，走过去推了他一把，道："哪有这么洗被子的，我一会儿把它端到溪边用流水洗……"

苏易水僵硬着帅脸穿上鞋子，闷声道："那厮将被子扔到了山涧的树杈上，被面刮开了两个口子……"

薛冉冉蹲下看了看，抬头道："你要是还要这被面，我缝补好了再绣上竹子可好？"

这次，苏易水嗯了一声。就在薛冉冉抱着被子想要走的时候，他拉住了薛冉冉，沉默了一会儿，然后认真地说道："我会想办法解开洗魂符的……"

这是苏易水失忆以来第一次如此认真地表示自己想要找寻那段缺失的记忆。

薛冉冉的心里顿时泛起了说不出的酸楚和微甜。他如此表示，就是说那段记忆并非只有她一人惦念着、珍视着，他也同样渴望想起与她这辈子的过往。他会如此表示，似乎跟无意中扔掉她亲手缝制的被子有关。薛冉冉忍不住，附身过去，在他的脸颊上亲了一口。

苏易水原本料想这小妮子会嘲讽自己，没想到她竟然这般高兴。这一大早出去满山谷捡被子的自厌情绪顿时缓和了许多，他甚至觉得做出这么缺心眼的举动也没那么傻气。

不过，苏易水的嘴依旧是千年不化的强硬："你不是不愿意嫁给我吗，怎能如此轻薄我？"

薛冉冉见他得了便宜还卖乖，忍不住喊了一声，装出一副为难的样子道："我娘说，我在山上学艺这么多年，如今也快十九了，若是再不嫁人，只怕要成老姑娘了。

若是没有其他中意的年轻郎君，我凑合着嫁给你也成……"

苏易水伸手捏住她的鼻子："当我真愿意娶你！你就做老姑娘一辈子吧！"

薛冉冉没想到他竟然这般咒自己，忍不住弯腰将那盆水往苏易水的身上撩，两个人一时嬉笑打闹成一团，结果脚下被积水这么一滑，叠坐在地上。

魏纠刚刚练气回来，准备换件干净的衣衫，没想到一进洗衣房的门，就看见了坐在苏易水身上嬉笑的薛冉冉。

西山的花样子还真多！原来这师徒二人平日里就是这样修习的。

当然，魏纠认为自己其实更有情趣一些，若是当初薛冉冉没有被猪油蒙心，而是跟了他，他能玩出更多的花样子。

不过现在魏纠只抱着手臂，冷冷嘲讽道："各大门派的掌门人都被换了人，修真一道的存续岌岌可危。二位倒是有雅兴在此嬉闹。依我看，不救也罢，大家一起玩完算了！"

薛冉冉懒得搭理魏纠酸臭的话，只是站起身来问魏纠："喂，你说你有法子带我们回赤焰山，是真还是假？"

魏纠撩着眼皮子，冷声道："当然是真的，不过……这还得看苏易水的本事。"

原来赤焰山地势险峻，而赤门经营几百年的总坛地穴密道甚多。魏纠这些年来在外不断树敌，心里对自己的老巢安全更加重视。所以除了经年的密道，他又新修了几条。

他行事向来狠辣，对修筑地道的工匠一个也不留，所以有几条地道，只有他自己知道。

他之前回赤焰山查看了一番，以前的密道果然都被堵死了，而他自己加修的一条密道还在。只是当时他几日没睡，整个人有些支撑不住，所以不敢贸然入内。现在叫齐了人手，自然可以闯一闯赤焰山。

魏纠其实不怎么关心另外几个门派的死活，他就是想要快些夺回赤焰山，夺回自己这么多年的心血。

所以，即便西山景色宜人，饭菜香甜可口，他也有些待不住，只想快些撺掇苏易水他们为自己冲锋陷阵。

可是苏易水一副老狐狸的奸猾样子，就是按兵不动，也不知在等什么。

魏纠闲极无聊，就来炼丹房撩拨薛冉冉："他已经将你忘得干净，足见对你用情不专，你难道真的不想考虑下我，给自己留一条后路？"

薛冉冉用力朝着丹炉扇扇子，迸出的火星子差点儿溅到魏纠伸过来的脸上。她故意学着魏纠皮笑肉不笑的样子，歪着嘴道："考虑你什么？考虑你危急关头抛下女人，独自逃跑？"

她可忘不了在阴界的时候魏纠压根儿不管屠九鸢死活的样子，那屠九鸢一看就跟魏纠关系不单纯，可惜她好像爱了个不可靠的男人。

提起这件事，魏纠的脸也沉了下来。那次阴界之行后，屠九鸢因为受了重伤，休养了很久，后来有几次在他面前提自己伤势愈合得不好，想要去南方的分坛管事，顺带休养身子。

她倒是不傻，没有直接说想要离开赤门，不然绝对会被以背叛门规处置。可是这拿伤势做幌子的架势也叫魏纠厌烦。她算什么东西，也配来跟自己矫情？难道当初入赤门时，她立下的为尊上献出生命的誓言是假的？

被薛冉冉这么一打岔，魏纠再次想起那个变成自己样子的假货钩着屠九鸢下巴的样子。

这一刻，魏纠有点儿理解苏易水让自己扔被子的心思了。被弄脏的女人……他也不想再要了！

薛冉冉本是无心嘲讽，没想到魏纠的脸色像掉入了酸菜缸一般又酸又臭，然后腾地起身，甩着黑袍子愤愤而去。

薛冉冉默默记住了，下回魏纠再来，她就提屠九鸢，免得他在自己面前晃荡……

跟魏纠一样心急的还有空山派的温长老。她同样不知空山派现在的情形，所以也来试探性地问苏易水，什么时候能出发。

苏易水对温纯慧的态度还算温和。当年苏易水还是九华派的弟子时，曾经到空山派试炼，就是在那时认识了温红扇。当时温红扇在空山派也算后起之秀，处处压制这位温长老。苏易水在与她们练功时，能明显感觉到温纯慧的修为其实比温红扇更加扎实，但温纯慧懂得藏拙，从无在师尊面前争抢的心思。

也是在温红扇和温师太死后，空山派实在无堪用之人，温纯慧才勉为其难，出头挑起了大梁。

所以，对着这位性情温和的师太，苏易水也不再打马虎眼，直接说道："待冉冉将最后一批丹药炼制出来，我们就出发。"

温纯慧还是不放心："我们得先去赤焰山，再去空山派，一去一回，路途遥远，若是再不出发，我怕……"

苏易水倒了一杯茶，递给了她，淡淡道："谁说我们要先去赤焰山？下西山之后，我们会立刻前往空山派！"

魏纠想拿他做冲锋陷阵的长缨枪，他又何尝不想拿魏纠当猎犬来用？

"可是，如今各处山门都被封闭，空山派也不像赤门那样留有密道，我们要如何进去？"

苏易水却并不在意道："不必担心，我自有办法。"

温纯慧知道苏易水是个做事沉稳之人，见他这么说，便略略放心了。

她也不是嘴碎之人，随后魏纠试探性地问她苏易水决定何时出发的时候，她只推说不知。

只是温纯慧看到薛冉冉的丹炉倒是开启得勤快。别人炼丹仿若怀胎十月，而她炼丹就跟蒸肉包子一般，隔三岔五开炉，十几个丹丸一起往外捡。

可是那炼制好的金灿灿的丹丸，最后都入了庚金白虎的大嘴。那小老虎吃起丹丸来，就像吃五香豆子，咔嚓咔嚓地咀嚼着那些用名贵药材炼制的丹丸。

当年庚金白虎身受重伤，体形也随着元气发生了改变。可是兽类又不像人，如果修真筑气不成，可以走丹修一路，所以恢复起来甚是缓慢。

可是现在它有个丹修功力一日千里的女主人，炼丹如同蒸肉包子，再加上王遂枝这个财神爷不光会看财路，还会寻宝，这些日子不断往山上运送各种名贵的药材，所以薛冉冉的"肉包子"丹炉开得更加欢腾。

这十几日的工夫，那白虎的体形就随着真气的恢复不断变大，再也难以缩回小白虎的状态了。

现在的它，体形是普通老虎的二倍，站立起来时，白色的虎毛在阳光下熠熠生辉。若被它的虎眼盯着，真会有种魂灵被锁死之感。

庚金白虎这种灵兽原本是天生地长之物，就算有灵性，也很难达到修真大能的境界。

可是现在薛冉冉硬生生让自己的灵兽走上了丹修之路，而且比寻常的丹修修士成长快了数十倍，隐隐有飞升入神的充沛灵气。

魏纠好几次差点儿被突然蹦出的白虎吓得一激灵，他忍不住问薛冉冉："你们西山都是这么养虎的？再这么喂下去，这老虎要成精了！"

薛冉冉没有搭理他。不过私下里，她问苏易水："你看够不够？我怕再这么喂下去，白白要承受不住这么暴涨的灵力了。"

苏易水来到晒太阳的白虎跟前。现在的白虎就算趴着，也像隆起的小山。他闭上眼，单手举起一掌，白虎也乖乖地举起一只大白脚爪，跟苏易水的合在一处。

一人一虎两掌相对时，似乎有无数缕金光在两掌之间连接、缠绕。

当苏易水慢慢睁开眼时，白虎和他的眼里同时闪过金光。

"可以了。"苏易水肯定地说道。

前些日子，他已经带着白虎偷偷前往距离西山最近的空山派。

虽然那些灵盾可以隔绝人，但是就像他所猜想的那般，这灵盾跟天脉山的灵盾一样，不会隔绝百兽。

只是他试着用符文操纵白虎进去时，符文却在白虎入灵盾时就被焚毁。所以，想要进去一探虚实的唯一办法，就是他像入天脉山一般，将精神力附在白虎身上。但这种法子特别损耗精神力。他回来后，他与白虎都受到了不同程度的消耗。

521

在强敌环绕的时刻，苏易水不容许这法子有这么致命的缺陷，所以唯一的法子就是将白虎的灵气大幅度提升，让它与自己的精神力达到天人合一的境界。只有这样，才能让他附身归元，来去自如。

　　现在的白虎被丹丸喂得灵力暴涨，达到了完美的境界，他们可以出发了。

◎◎◎◎◎◎◎◎

　　一直到出发的时候，魏纠才明白他们要去的原来是空山派，登时气得暴跳如雷，直嚷嚷苏易水不是个东西。

　　苏易水耷拉着眼皮，不冷不热道："魏尊上若要舍近求远，非要先去赤焰山，也不会有人拦着你，你可自行前往。"

　　魏纠清楚以自己现在的身子已经离不开苏易水了，若没有他护法，自己甚至没法睡一个囫囵觉。而且他现在能上哪里去找比苏易水更强大的助力呢？为今之计，只有忍气吞声地跟着他们走，先想办法混入空山派一探究竟。

　　据说，空山派当年的立派师尊是大能盾天的师姐温易安。当年她暗恋自己的师弟盾天。可惜落花有意，流水无情，盾天最后和容姚结成一对道侣。

　　温易安在失意之余，选择了与盾天修道的天脉山相对的空山，在此成立了空山派。她终身未嫁，平生不收男弟子，门下的徒弟一律是女孩儿，她们在拜师之际便改姓温。这也是空山派的弟子不同于其他门派，一律姓温的原因。

　　不过薛冉冉在路途上听温纯慧说起，他们师祖的俗家名字压根儿不姓温。这个"温"其实是大能盾天的俗家姓氏。

　　薛冉冉在一旁立刻听懂了。这位易安师祖爱而不得，便自困在空山，做起了欺瞒自己的白日美梦。她终身未嫁，却随了师兄的俗家姓氏；终身未生养孩儿，却养了一群姓温的女儿。

　　细细想来，空山之顶正对着天脉山。温仙长当年遥对着天脉山，明明知道她的师弟已经成家立业，繁衍子嗣，自己却沉浸在为他开枝散叶的美梦里，何尝不是一种悲哀？

　　来到空山下时，还没靠近空山，便远远看见了高耸入云的黑色高塔。

　　魏纠曾经见过赤焰山上修筑的黑塔，虽然不知它的用途，但是一眼望去时便心生敬畏。

　　苏易水这次除了带着四个徒弟，还带着羽臣和王遂枝。

　　带着财神爷的好处就是除了沿途各处都有可以落脚的店铺，王遂枝这个天生自带罗盘的批命师还一下子就能看出当日出门是否大吉。

　　到了空山脚下的镇子，他们临时落脚之后，王遂枝立在客栈门口看了半天，摇了摇头道："怎么看都是四处凶门，毫无生还迹象……"

魏纠这一路走得郁闷，听了王遂枝的话，他嗤之以鼻道："你还真以为自己是算命先生？要是依着你的意思，远远避开才是上上策。"

可是王遂枝一本正经道："太迟了，现在连回去的生门也没有。我们只要一出小镇，就到处都是凶兆。"

他这辨别生死之门的本事并不常现，往往是到了生死存亡的危急关头，才会有此感应。入了这个镇子，王遂枝额头的冷汗就没有消下去过，眼下整个人坐在椅子上，仿佛生病一般不停打战。

魏纠十分厌恶这种临阵动摇军心的言论，一时赤门尊上的脾气涌了上来，他冷笑一声，道："你既然这么厉害，那是否算出今日可能是你的死期……"

说着，魏纠抽出身上的佩剑，一个转腕就向王遂枝直直刺去。

王遂枝心中大惊，眼睁睁看着宝剑刺来，想躲避却来不及了。

薛冉冉在一旁随手拿出一个蜜饯，动用灵力弹了过去，正撞在宝剑上，宝剑一歪，从王遂枝的身旁滑了过去。

王遂枝压下后怕，说道："我看不出自己的生期死期，但是算出今日有财运，想来今日是死不了的。不过，阁下若是今日出这客栈，只怕要触大霉头！"

魏纠没想到这个满身铜臭的商人还来劲了，装起神棍没完没了，还想过去教训他。

薛冉冉却护住了王遂枝，冷冷道："敢动我的徒弟试试！"

薛冉冉平日里虽然是个漂亮随和的姑娘，可是一旦护起犊子，顿时有母老虎的狠劲儿从两只眼里迸射出来。

二十多年前谁人不知，西山的徒弟个个本事不济，可是有个偏帮徒弟厉害的"母老虎"师父。惹了西山弟子，人家师父真的会骑着只老虎来找你算账。

被薛冉冉这么一瞪，魏纠有一刻恍惚觉得沐清歌满身杀气地立在自己眼前，他不由得习惯地倒退了一步。

而胡子拉碴的王遂枝躲在薛冉冉身后，一脸幸福，仿佛是母鸡翅膀底下的小鸡崽一般，感受着师父久违的关爱。

一旁的苏易水冷冷瞪着魏纠，仿佛他敢对薛冉冉不利，苏易水立刻就要附身白虎活撕了他。

魏纠心知自己现在形单影只，懒得理会西山的弟子们，冷哼一声，径直出了客栈大门，去街上转悠了。

薛冉冉知道王遂枝的本事，想了想，说道："既然王遂枝说了此地凶险，我们姑且信之，暂时在客栈里停留一日，待明日再去思量要不要前往空山。"

温纯慧也点了点头。她的性情向来随和，跟开元真人那些爱出风头的人大不相同，既然投靠了西山，自然得听大多数人的意见。

于是一行人留在客栈休息。

不多时，魏纠也从客栈外回来，不过他不是一人回来的，而是带着个女人。

薛冉冉定睛一看，原来那女人是本应该在赤焰山的屠九鸢。

就在这时，苏易水突然撩动手指，一只趴卧在院子里的白虎站起，冲着那二人嘶吼着，震得两人耳鬓的碎发都微微颤动。

薛冉冉这时也立在门口，问道："屠九鸢，你怎么到了这里？"

屠九鸢看了一眼身旁的魏纠，开口道："我当初迎回了尊上，很快便察觉到那人有些不对劲，露出了诸多破绽。后来我无意中看到真正的尊上在山下徘徊，登时明白了，于是寻了机会从密道逃下山来，一路辗转来到这里，终于跟尊上碰到了。"

魏纠这时开口道："她了解到了许多隐情，让她进来慢慢说吧……"说着二人举步就要往屋子里走。

薛冉冉顺着苏易水的目光不动声色地看向院子里的日冕，冷笑着道："魏尊上，你方才不是很威风，说不回来了吗？"

魏纠冷笑道："我什么时候说过这话，你莫要试探我了。"说着，他举步就要往院子里走。这时日冕正好指到正午的标志。白虎微微后退，让阳光倾洒到院落里。

薛冉冉低头定睛一看，那立在院门口的二人脚下没有半点儿影子。

那两个人似乎注意到了薛冉冉的眼神，也慢慢低头，看着自己的脚下，然后分别露出诡异的笑容。

这两个……分明是九头怪蟒分化出来的假货！

就在这时，苏易水微微挥了挥手，白虎感应到了苏易水的杀意，怒吼着朝那二人扑去，而那两个人也出手迎战。

这对假货完全承袭了其本尊的功力，甚至有青出于蓝之相。若是以前的白虎，恐怕不会是他们的对手。可是现在的白虎在薛冉冉丹修的加持下灵气暴涨。它平日在西山满山遍野地奔跑，好不自在。这几日窝在客栈，精力不能释放，老早就憋闷得野性要爆发了，这下子，算是大猫找到了撩逗的耗子，一下子找到了乐趣。

只几个回合下来，那两个假货的身上便被抓挠得伤痕累累。可是那两个人像不知道疼，就算腿上被抓得露出了森森白骨，依然丝毫不减攻势。

眼看着进不去客栈的房门，两个人互相对望，"屠九鸢"突然朝着屋内扔进两个小瓷瓶子。

薛冉冉一早就防备着他们，看到"屠九鸢"扔瓶子时，顺手便挥去椅上的软垫，将那两个瓶子包裹住。苏易水快速接过，用灵力将那垫子团成一团，紧紧包裹住。

就在这时，"屠九鸢"翻着白眼，阴恻恻道："回去吧，这里的事情与你们无关——"话没说完，屠九鸢就被白虎扯下一只胳膊，顷刻间，整个人恍如被抽走了魂魄，瘫软在地，一动不动，皮肤呈现出死亡的灰白。

假魏纠则快速转身离开，一路奔跑而去。

待他们追出客栈时，假魏纠早就跑得没了影子。

而这时，苏易水也剥离了垫子，拿出了那两个白瓷瓶。

那瓷瓶薄透，若是薛冉冉方才没有及时防备，用垫子接住，只怕会立刻摔碎在地上。

透过瓶身，隐隐可以看到里面似乎有东西在蠕动。苏易水凝神去看，缓缓道："并非什么夺命之物，而是会让人昏睡不醒的蛊虫。"

客栈被苏易水包下后，便设了灵盾，就连客栈原本的伙计都进不来。

今日他们迟迟不出去，暗中窥视她们的梵天教按捺不住，便趁着魏纠出门，派来这两个假货混入客栈，想趁人不备，将瓷瓶里的蛊虫倒入汤食，将他们撂倒。

薛冉冉原本以为那瓷瓶里装的会是怪蟒毒一类的东西，没想到只不过是让人昏睡的蛊虫。那个阴险无比的梵天教，对待西山之人似乎格外温柔。难怪魏纠以前总试探着问，旧日他们西山与梵天教是不是有什么瓜葛，带着姻亲，不然梵天教为何如此"爱重"西山。

弄明白梵天教似乎想活捉西山之人，他们还是不解。

温纯慧心有余悸，问道："那魏纠……是不是死了？"

她还记得王遂枝早晨的断言，魏纠走了之后，便来了个假货，他这个本尊应该凶多吉少。

就在这时，门口再次响起了说话的声音。只见那魏纠去而复返！

高仓忍不住骂出声来："没完了？怎么还要来一遍，还让不让人吃午饭了"

白虎又嗷呜一声猛扑向了魏纠。

魏纠慌忙招架，嘴里高声骂道："这畜生是怎么了，怎么突然过来咬人？"

就在这时，他一眼瞥到了地上被撕裂的屠九鸢的尸体，不由得一愣，结果被白虎咬到了胳膊，疼得大叫一声。

薛冉冉发现他并不像怪蟒复制出的那些假货那般毫无痛感，连忙叫停白虎，然后看向魏纠。

魏纠并没管鲜血淋漓的胳膊，只是看着屠九鸢的尸体，阴沉着脸道："你们谁杀了她？"

此时已经过了午时，看影子的办法不管用了，薛冉冉简单说明了方才发生的事情，然后道："她应该不是真的屠九鸢，而是被蛇毒复制的假货……你方才去哪里了？"

魏纠皱眉道："我不过是去镇上走一走。这镇子太偏僻，竟然没有几家店铺，我本想在外面吃饭，可是饭铺的桌面腌臜，让人没胃口，我就又回来了。"

他蹲下身凝神看着屠九鸢。这张经年陪伴他的脸呈现出死灰一般的颜色，两只眼睛空洞洞地睁着。

赤焰山混入了假货，所以屠九鸢也中了招，被蛇毒侵袭、复制，原本没什么可意外的。真正的屠九鸾应该早就被害死了。

　　想到这儿，魏纠突然一阵心烦，举步就要往客栈里走。

　　可是薛冉冉拦住了他，客气地表示："现在过了午时，时辰未到，无法验明你的正身，所以这客栈你进不得，得到子时再验明你的身份……还请魏尊上在外面先逛逛，到了半夜再回来吧。"

　　苏易水这时一挥手，客栈的灵盾便将魏纠一下子弹了出去。

　　这一下弹得厉害，魏纠挂在腰间的钱袋子都被刮了下来，不偏不倚，正落进王遂枝的怀里。

　　丘喜儿都看傻了："王师叔，您今日果真有财运啊，不出门都能小发一笔！佩服佩服！"

　　被弹出去的魏纠没站稳，摔坐在地上，只觉得身下一阵黏腻，低头看时，才发现自己竟然摔坐在狗屎上，触地的那只手现在也金灿灿的！

　　魏纠气得蹦起来破口大骂苏易水"缺德"，又吵着要进去换衣洗澡。可是客栈大门紧闭，不到时辰，就是不让他进去。

　　魏纠这时倒是回想起了王遂枝那个老神棍的话——"阁下若是今日出这客栈，只怕要触大霉头"。

　　现在看来，老神棍的话居然一一应验，也是邪门。

　　那天过午，还下了一场倾盆大雨，魏纠将外套脱了，狠狠地扔在街边，刚走两步就被淋湿了，虽然堪堪用灵盾挡了雨水，可是衣服还是湿透了，霉头算是触到家了。

　　魏纠立在屋檐下，脸色阴郁地看着远处空山的黑塔，心里一时又忍不住去想自己的忠心部下屠九鸾真的已经不在了。

　　后来，到了子时，魏纠总算靠灯下观影验明了正身，当他走进客栈时，魏纠进了客栈时，身上穿着单薄的内衣，一头秀发都打了绺，一代魔头的阴柔秀美也大打折扣，满身腾腾杀气，简直可以诛仙。

　　第二天，在早餐的饭桌上，丘喜儿立刻迫不及待地问王师叔今日可有生门。

　　可是王遂枝蹙眉看了一会儿，微微遗憾地摇头："昨日发作得太厉害，现在后脑勺都痛，看哪儿都两眼一抹黑，你们也许得自己碰碰运气了。"

　　薛冉冉点了点头，看着自己的老徒儿，有些心疼，说道："你今日在客栈好好睡一觉，我给你调配了适合你吃的丹丸，正好可以补养一下精神。"

　　昨日两个假货上门，说明他们的行踪已经暴露，倒也不用藏着掖着了，今日日头正足，最适合闯一闯山门。

　　早餐之后，王遂枝和丘喜儿两个战斗力最弱的留了下来。客栈的灵盾没有撤，他们躲在里面应该无恙。

　　至于剩下的人，包括魏纠，则和温纯慧一起上路，前往空山。

王遂枝昨日说的"四处凶险，不宜出门"之言也得到了佐证。他们出了镇子，发现在靠近空山的沿途，树木和道路上都落了一层褐黑的泥浆，似乎昨日下在空山附近的是一场瓢泼的黑泥雨。

薛冉冉发现那些褐黑色的泥浆似乎带有浓稠的酸味，甚至将许多羸弱的小树都腐蚀了。

沿途还有零星赶夜路被灼伤的路人，倒在黑泥里不断痛苦地呼救。

薛冉冉连忙用真气清空了一块土地，将沿途的伤者挪到这片空地上。听他们说，昨日刚开始下雨时还算正常，可是到了晚上，突然下起了黑雨，灼得人疼。他们原先躲避在山洞里，但后来黑泥开始倒灌，他们不得不跑了出来。而空山上空雷声不断，虽然已经不再下雨，却有雷鸣。

看到这样的情形，温纯慧的脸色都变了。她潜心修道几十年，也算见过一些阵仗。此情此景，怎么……那么像她的师父曾经描述过的万劫天谴呢？

据说，若是有人敢妄动天地阴阳，行颠覆乾坤之举，激得天神震怒，就会引来天劫，下起漫天黑雨，接下来便是万劫之雷。到时候方圆百里无一处能躲避，也许空山周围的村镇都要受到影响。

"这……怎么会出现这样的迹象？"

薛冉冉看着那座似乎还在不断加盖的黑色灵塔，喃喃说道："也许是那座不该出现的黑塔引来了天劫之相……"

众人定睛看去，果然那雷更多的是集中在塔顶，似乎想要将黑塔击碎，可是空山上空似乎被什么东西笼罩着，所以那些黑雨和雷霆都被震飞，散落在空山四周。

他们一行人一路踏风疾行，终于到达空山山脚时，电闪雷鸣更加剧烈，想再靠近一步都很艰难。

就在这时，薛冉冉在一片电闪雷鸣里依稀看到有几个人影悬在半空，看着空山的方向。

其中一个人回头望了他们一眼，薛冉冉一下子认出，那人……不正是药老仙吗？

上次见他，还是七夕节。当时的他一副寻常布衣百姓的打扮，立在江边石阶旁，仿若悼念亡妻的俊美书生。

可是现在的药老仙一身绛色霞衣，眉间轻点朱砂，面露淡淡金光，俨然是仙人之姿，让人不得不想起他跟他的弟弟有着天壤之别，如今的他已经位列仙班。

看到西山一行人时，药老仙离开了几位同伴，翩然落在他们面前："你们也来了。"

薛冉冉抱拳道："敢问仙人，这空山到底发生了什么，怎么会引来万劫天谴？"

药老仙的脸上也是一片肃杀之气，他低声道："你们可知那山上的高塔是用什么

527

堆砌而成的？"

魏纠在一旁拧眉接道："不是黑色石头吗？"

药老仙苦笑着摇了摇头："若是石头，怎么会引来天谴？那些焦黑的东西……都是历代渡劫飞升的大能焦黑的尸骨……"

无论飞升成功与否，他们的肉身都会在飞升天劫中被舍弃，而那些大能是金刚不坏之身，若没有化成粉末，留下的骸骨也异常坚硬。

怪不得梵天教处心积虑地将三大门派的掌门人全都换了。只有彻底掌控各大门派，他们才能肆无忌惮地挖凿各大门派千百年来的坟地，将那些大能的骸骨挖出来。

能修筑这么高的塔，而且不止一座，也就是说，他们还从各处名不见经传的山头中挖凿出了骸骨……他们这么做，又是为什么呢？

苏易水突然开口道："梵天教是要修筑逆天塔？"

药老仙神色凝重地点了点头。

薛冉冉瞪大眼睛，一时不知这逆天塔的功用为何。

魏纠却有所耳闻，他在震惊之余，眯着眼睛说道："俗话说，神仙难买后悔药。有些事情一旦发生，便难改变。可是也有逆天而行之法。据说，逆天之塔可以让时光倒流，改变已经发生的事情……这样的后悔药，竟然真的有……"

这下，所有人都面面相觑。薛冉冉没想到，梵天教要做的竟然是这等逆天之事。

她当初逆天命，改了凡尘皇帝的命格，已经落得差点儿魂飞魄散的下场。而这梵天教更加胆大妄为，竟然想要改变已经发生的尘事。也不知这魔教究竟想要改变什么让人追悔莫及的事情？

修建这等邪塔，显然不被上苍所容，一旦高塔建成，连通天地，只怕不光是人界大变，就连天界也要风云突变。难怪天君会派几位仙人掠阵，一定要亲眼看到逆天之塔被击毁为止。

这时，天空中闪过片刻的光亮，一道雷霆从空中蜿蜒而下，像光剑般啪的一声劈向黑塔，却被无形的光罩挡在空山之外。

这道闪电过后，仿佛是沸油中投入了水滴，有无数雷霆径直劈下，仿佛将天空和大地串连在一起。薛冉冉等人都被这宛如天地末日的景象惊呆了，就连几位仙人也闭嘴不言。虽然他们是仙人，但都是刚刚飞升不久的下乘仙人，所以也不常见这等景象。

雷霆接连不断地劈到光罩上，在光罩上蔓延出一层雷光。只是这光罩不知是如何形成的，虽然被劈得不住晃动，但总能挺住不破。

过了半炷香的工夫，雷霆渐息，光罩波动一阵后，又慢慢变得稳固如初。

薛冉冉、魏纠看得目瞪口呆，几位与药老仙同行的仙人也倒吸了一口气。他们真没想到连万劫天谴都未能劈破这光罩，这趟差事眼看着要办砸了，他们也是一筹莫展，无计可施。

方才苏易水一直在专注地看着雷霆击打空山的情景，似乎有什么发现，便道："我来试试……"

说完，他在雷电间歇时纵身来到空山脚下，顺手从怀里掏出一把银针，然后抬头看向天际的雷霆与闪电。

方才他看得分明，每当万劫天谴滚过之后，这隐形的光罩都会衰弱那么一瞬间，然后继续增强，承接下一次的万钧雷霆之怒。所以他要与天谴闪电配合，寻找这瞬间的弱势。

只是如此一来，他本人也置身在雷霆闪电之下，十分凶险。

薛冉冉看着他身手矫健地躲避着那些闪电，只觉得心惊肉跳。

她翻身骑上白虎，也一同入了雷霆闪电之中，并且挥动机关棍帮助苏易水引开闪电。

苏易水冷着脸朝着薛冉冉喊道："谁让你进来的？快些出去！"

那些被垒砌成塔的焦黑骨头，都是领教过天劫威力的。

而这万劫天谴，只怕位列仙班的神仙都承受不住。薛冉冉这么乱闯进来，万一被劈中，只怕立刻会小命不保。

可是薛冉冉声音紧促地说道："别磨磨蹭蹭地耽误时间了，快！"

苏易水狠狠瞪她一眼，却知道她说得在理。如今她置身万劫天谴中，就算出去也来不及了。想到这儿，他左右手各拿出几根针灸用的银针，在雷劈的间隙，逐个弹射到光罩上，同时身体不断游走，将那光罩的各处都试了试。

果然如他猜想的那般，这层隐形的护盾并非一直牢不可破。

当它强时，银针碰触到它会立刻化成青烟；而当它转弱的时候，银针化为粉末。

苏易水试了一阵，不再游走，停身在一处，伸手一探，拿出一大把银针，右手连连甩动，把银针一根根地击打到光罩上，而且让这些银针都刺在相同的位置。就在这时，天谴闪电不断被银针吸引，击打同一处，此消彼长间，此处的光罩开始凹陷。

一直在阵外瞭望的药老仙眼睛一亮，说道："好手段，万钧雷霆虽强，却是分散攻击。银针看似柔弱，但因为汇聚灵力于针尖，力道颇大。"

他看出来了，苏易水的手法甚是奇特，每根银针都按照特殊的节奏连续刺在一处。

光罩还未从上一根银针的灵力刺击下恢复，就被下一根银针刺击。在银针连续不断的刺击下，前力未去，新力又生，光罩所受的损害积少成多，才有可能被击破。

苏易水手中的银针渐少，而天谴闪电被引向光罩的次数越来越多。那层隐形护盾凹陷得越发厉害，终于在一串雷霆的击打下，裂开了缝。

须臾之间，苏易水和薛冉冉还有庚金白虎只一晃身便闪了进去。而那光罩又很快恢复如初，全然不见裂痕。

就在这时，悬在半空的几个长袍仙人带着微微的担忧对药老仙道："进去的是两个凡胎，外加一只长毛牲畜，恐怕不能成事吧？"

魏纠一直置身事外看着热闹。不过，听到这几个仙人的话，他不由得冷哼一声，笑道："诸位倒是仙骨神肌，却一直怕引雷上身，不肯置身于危险之中，所以进去的全是凡胎，却没有一个神仙……"

听到他如此嘲讽，药老仙只是微微苦笑了一下。

升仙不易，过来人都知道天劫的可怕，更何况是这可以毁灭仙躯的万劫天谴？所以方才几位仙人显然是爱惜羽毛，没有轻易涉险，帮衬一把。

魏纠说的是实话，药老仙也不恼火。可是另一个白发仙人显然不容他，只冷哼一下，甩了甩手里的拂尘，魏纠一下子就飞了起来，在空中打了个旋儿，摔在黑泥之中。

他要起身的时候，却觉得身体好像被石碾子碾压住，怎么都起不来，脑袋也几次被按压回黑泥之中，狼狈极了。

一代魔修虽然可以跟苏易水可以大战几百回合，但是在真正飞升的仙人面前，就像蝼蚁一般，仙人动动手指就可以弄死他。

魏纠摔得十分狼狈，尤其是脖子和脸，他被那带有腐蚀性的黑泥灼得立刻惨叫起来。

等仙人收手时，他愤愤然站了起来，看着悬在半空高高在上的几位仙人，满嘴的牙齿咬得咯咯作响。

难怪人人都想成仙，这种高高在上、俾睨众生之感，比当皇帝还要过瘾。总有一天，他也要立在云端，将这些敢轻贱他的人一个个碾压成粉末……不管他是人，还是仙！

不论魏纠如何暗自发毒誓，再说闯入空山的两人，他们一路骑着白虎上山，很快就来到空山的半山腰。

苏易水年少时曾经来空山做客，所以对这里的地形很是熟悉。

他们闯入的那一刻，空山里的梵天教众似乎有所感应，纷纷调动起来四处搜寻他们。

就在苏易水带薛冉冉藏匿在一个半壁洞穴里时，他们的头顶突然传来熟悉的声音："方才似乎护盾有异动，快，仔细搜寻，千万别将人放进来！"

薛冉冉和苏易水对视了一眼。他们听出来了，这声音正是沐冉舞发出来的。

没想到沐冉舞竟然也在空山，她在梵天教里似乎混得如鱼得水，也不知什么人又许给了她什么样的好处。

既然她也在这儿，那么接下来的事情似乎就好办了。

苏易水看了一眼薛冉冉时，薛冉冉立刻心领神会。

她前世的这个妹妹虽然心思歹毒，但是若能抓住这个妹妹，再给她贴上一道真言符，她一定会知无不言，对他们说出很多重要的实情。

第三十二章 雷霆一击

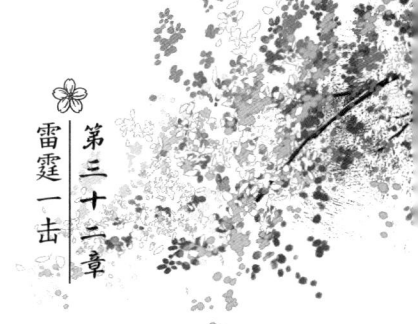

　　二人打定了主意，接下来便是要找寻时机。那些面无表情的梵天教徒一个个似乎都被神秘的力量加持过，若是一股脑攻上来，也很难缠，所以掳人的时机一定要把握好。

　　这次薛冉冉的小腰包里塞满了酒老仙新做的符。

　　当初他被掳走，辗转到了魏纠手上，虽然受了些折磨，可是也有一个好处，那就是画符的功力大大精深了。再加上酒老仙知道薛冉冉这个小友竟然就是老朋友沐清歌，自然倾囊相赠，送给她许多绝顶好符。

　　两人一虎贴好隐身符后，收起自身真气，注意调节气息，便上了山崖。他们出来以后，环顾四周，发现梵天教众并不是很多，更多的人聚集在山顶修筑那逆天之塔。

　　沐冉舞似乎也去了山顶，所以他们尾随其后也来到了山顶。

　　接近那黑色的骨塔时，苏易水和薛冉冉都感觉到了一股逼人的寒气。就连庚金白虎也因为不适，颈部的毛都耷开了。

　　薛冉冉安抚地摸了摸虎毛，然后看向立在塔下的沐冉舞。她现在因为脸上有疤，一直用轻纱裹面，她看着那骨塔的时候，还时不时用手轻抚着脸。

　　薛冉冉觉得，她前世这个妹妹如果也想时光倒流的话，大约是想要回到容貌没被毁之前吧？

　　沐冉舞转身，准备下山查看入侵者的情况。她拐过一个山坳，突然觉得眼前有一股风侵袭而来。沐冉舞心里咯噔一下，想要出声喊时，她的穴位已经被封住了，浑身动弹不得，然后，她被抬起，快速地带到山崖下的山洞里。

　　等到薛冉冉和苏易水解开隐身符，显出身形时，沐冉舞倒没有惊慌，只是呵呵冷笑了两声："原来闯入者是你们俩啊，我早就猜到你们要来坏事……"

　　薛冉冉不想跟她废话，立刻将一张真言符拍在她的脑门上："我且问你，梵天教修筑这黑塔是要做什么？"

　　沐冉舞的脸上并没有露出什么难色，似乎就算不贴符也很愿意回答这个问题："怎么，连这个也看不出来？这逆天塔的存在自然是为了逆天命，逆流时光，填补人生的遗憾啊！"

　　薛冉冉皱眉道："疯狂的想法！这样岂不是要搅得三界大乱？"

沐冉舞听了却放声大笑："乱了有什么不好？这世道原本就是有种种不公平，老天对其不公者，不正需要从头再来的机会吗？姐姐，你猜猜，我若能从头再来，会做什么？"

薛冉冉冷冷地道："这是谁的主意？梵天教背后的主使人是谁？"

沐冉舞笑着说："他是超越神的存在，是这天地间唯一的圣者，只要跟着他，就能得到真正的永生！怎么样？姐姐，难道你不考虑投奔梵天教吗？"

可是薛冉冉细问那人是谁时，沐冉舞也说不清楚。看来她是真的不知那人的姓名和背景，只是说那人一直戴着面具，是他一手复兴了本已经销声匿迹的梵天教。

苏易水看着沐冉舞说话嚣张的样子，冷冷地道："你好像一点也不担心自己现在的处境。"

沐冉舞笑了："既然时光将要倒流，你我都要重新活一次，那么此时此刻还重要吗？苏易水，你不是也有许多憾事吗？当年姐姐擅自做主，改变了你的帝王命格。你本应该是成为一代人皇的，那等尊荣、享受，多少人给个成仙的机会都不换的。只要你肯依附梵天大神，那么你也可以带着现在的记忆回到过去，弥补种种缺憾啊！"说这话时，沐冉舞的眼神狂热，言语很有诱惑力。

一旁的薛冉冉都忍不住看向苏易水，担忧他会不会受这个疯婆子的蛊惑。

苏易水却冷声道："无能之人才会指望时光倒流，我从来只会往前走，不会往回看。"

这并非他奚落沐冉舞的言辞，而是他的真心话。虽然因为洗魂符，他忘了与沐清歌的前尘，可是这一路走来，他失去了很多原本想要得到的东西，又得到了许多未曾想过会得到的。所以苏易水只想往前走，并不想因为什么时光倒流，改动现在的一分一毫。

听了苏易水的话，沐冉舞遗憾地叹了一口气，道："还真是冥顽不灵啊！只是你们没有想到，既然来了空山，便别想回去了。修筑灵塔的骸骨缺了一些，你们来了，便留下一副骸骨做筑塔的材料吧！"

话音未落，沐冉舞突然一下子挣脱之前的禁锢，挥动宝剑朝着苏易水的面门袭去。

月余未见，沐冉舞的功力似乎精进了许多，她使用剑术的时候，已经完全看不出以前西山的招式功底了，她似乎学了新的剑术功法，一招一式都狠毒、稳、准，挥散出的灵力也带着一股陌生气息，看上去跟梵天教那些面无表情之人的招式非常相似。

薛冉冉也迎了上去，二人与沐冉舞打在了一起。

待交上手时，薛冉冉心里大吃一惊，因为沐冉舞变强了不止一星半点，而是恍如变了个人。

沐冉舞也发现了这一点，忍不住大笑道："我已经向梵天教主献祭了自己的一切灵气，换来的是教主赐予的无上法力。姐姐，你是不是总认为我得感念你恩赐我的一切，包括从你身上承袭来的灵力？现在好了，我身上拥有的东西，与你没有半分关系了！"

她说这话时，眼角、眉梢都是得意之色。这两个人还当她是那个手下败将？还真以为她是本事不济才被他们劫持到这里的？她就是要出其不意，狠狠打掉这两个天生的修真奇才脸上的高傲，叫他们后悔当初，不将她放在眼中！

这么想着，沐冉舞下手越发狠。

要正式成为梵天教的教众，就得献祭自己的修为，从而得到新生。所以沐冉舞一直犹豫不决。那次在穷奇村，她被打得狼狈不堪，自尊被碾压成碎片之后便再无顾忌，终于咬牙献祭了自己的灵力。那梵天教主果然没欺骗她，她虽然失去了灵力，可是获得的是远超过自身十倍的功力。

现在她与这二人迎战一处，可以轻松对打，毫无吃力的感觉，这种咸鱼翻身的狂喜之情简直难以形容。一时间，她刺向二人的剑慢慢加速，同时裹挟的灵力也变得越来越强。

这场猫捉耗子的游戏虽然玩得很痛快，但是她更渴望看到的是自己的剑狠狠刺在这两个人身上！

就在这时，突然跳出一只硕大的虎，"嗷呜"一声，差点儿咬住沐冉舞的半条胳膊。

沐冉舞吓得往后撤了一步，这才看清这个庞然大物，原来是庚金白虎。

只是它现在的体形比二十多年前没有受伤的时候更大，看上去两眼冒着金色的寒光，仿佛要成精。

沐冉舞被陡然显身的白虎吓得不轻。二十多年前，她就怕这白虎，现在它的模样陡然大了一圈，实在是让她慌神。结果她连连后退，脚下一个踩空，整个人掉下了山崖。待掉落时，她才恍然回神，就算那白虎的个头大些又如何，依她现在的能力，拧下虎头也是轻而易举。

对于轻而易举获得的能力，有时总会想不起是自己的，沐冉舞这么一晃神，已经错失先机。待她扭身重新跃回崖上时，那两人一虎似乎又贴了隐身符，不见了踪影。

沐冉舞懊恼地咬了咬牙，心想，逆天之塔很快就要建成，一旦四塔建成，连接成线，那么逆天改命指日可待！等到那时，她想要回到去西山之前。

那时，沐清歌想过将年幼体弱的她寄养在农家，而沐清歌自己准备卖身入富户做丫鬟来养活她。只是她哭着不肯跟姐姐分开，正巧遇到了西山的师父，收了她们姐妹俩为徒。

若能回到那时，她绝对不会哭闹，只会让姐姐去做丫鬟，她则会静等西山的师父路过。

这一次，她要一个人上山学习修真，去天脉山接受试炼，走一遍姐姐走过的路，扬名立万，成为一代大能。

如能如此，她也会尽心地为姐姐赎身，给姐姐找个还算过得去的男人嫁了，让姐姐过好世俗的生活。到那时，她便可以悲天悯人地看着姐姐服侍相公、生儿育女，一点点变老，平凡地死去。也许那样，她和姐姐才能心平气和地相处，她也不必觉得亏欠了姐姐什么。

当初姐姐不也曾委婉地劝她，若吃不了修真的苦，可以下山嫁人吗？既然嫁人那么好，她这一世便可以成全姐姐。到时候，她便可以修复这无法挽回的姐妹之情，也可以扬眉吐气地接受世人的赞许。

带着这样的心思，沐冉舞深深吸了一口气，转身回到山顶，指挥教众继续修筑那高高的骨塔。

薛冉冉和苏易水此时已经来到空山的后山。此处是空山派的禁地，据说是开山师祖肉身坐化之所，而空山派历代的掌门人和长老的凡尘躯体也都埋葬于此。

作为空山派长老们的埋骨之所，此地原本林深叶茂，溪水潺潺，风光十分秀美。薛冉冉和苏易水来到后看见的却是碑倒墓塌，满目疮痍。薛冉冉心下恻然，苏易水也皱了皱眉头。

两人一路向前走去，地面上到处都是挖开的墓穴。看来山顶的那座黑骨塔没少就地取材。

越往前，墓穴越少，墓中尸骨的地位越是尊贵。到了后山中央，只有一座方圆足有数亩的大墓，墓碑上刻着"空山师祖温易安之墓"。

薛冉冉想起温纯慧在来时的路上跟她讲过的师门往事，立刻明白这里埋葬的正是空山派的开山师祖温易安。她当年的修为，并不在大能盾天之下，可是最后没有飞升，而是选择坐化，然后长眠在这与天脉山正对的山坡上。

明明飞升之后就能伴在痴恋的盾天左右，可她最后选择放弃，与早已人去山空的天脉山遥遥相望，默默相守……

薛冉冉觉得这个温师祖是个很特别的女人。

这座坟墓跟其他凌乱的坟墓的差距也十分明显。出人意料的是，这位开山师祖的坟墓保持完好，没有被动过。

薛冉冉"咦"了一声，和苏易水对视一眼，快步来到墓碑前面。

薛冉冉再次看了看四周，低声道："奇怪，空山派几乎所有墓地都被挖开了，为何独独留下开山师祖的墓？难道是她的骸骨不够格建塔吗？"

苏易水也是眉头微微一挑。

两人猜了一阵，难道真的是这位师祖功力不够，不太合用；又或者师祖根本没在后山坐化，而是去了他处，所以这墓穴并无骨骸？

突然，苏易水突然侧耳倾听，片刻后用手向远处指了指，又将手指竖在唇上示意薛冉冉不要说话。两人同时施展收敛灵力的法诀，让周身的灵力没有一丝一毫的外放。两人身上一直贴着隐身符，就算仙人当面，若不是事先知情，怕也无法发现两人。

片刻后，一阵脚步声响起，一个身穿黑衫身材颀长、脸上戴着面具的身影走了过来。此人移动的速度和缓，几乎不见脚步移动，仿佛是一阵风吹来的。他手里还提着个大篮子，看样子是来扫墓的。

待到达温师祖的坟墓前时，他弯下了腰，将坟包上的青草一棵棵地拔掉，然后从篮子里掏出一个装着肉包子的碗，还有一捧这个季节并不常见的金丝菊。

苏易水紧紧盯着来人，浑身的肌肉微微紧绷。

此时薛冉冉心里也隐约猜到了，此人应该就是沐冉舞嘴里所说的那个梵天教的教主。

他戴着面具，看不清样貌，却来给空山派逝去的开山师祖扫墓。想来，他应该不会是因为占了人家的山头而心有愧疚，才来扫墓、道歉，他一定是跟空山派有什么渊源，才会来祭奠故人。

就在这时，那人一边用衣袖擦拭着墓碑上的灰尘一边开口道："二位既然来此，不妨显身说话，我暂时为空山的主人，自然也会对二位行一行待客之道。"

说完，那人随手将两棵青草甩过来。原本柔软的青草射来时，直直朝着远处隐匿的二人而去，刚好击落二人贴在胸口处的隐身符。

既然露了身形，苏易水和薛冉冉干脆大方来见他。

薛冉冉嗅闻了一下空气里弥漫的淡淡草药气味，突然伸手抱拳道："感谢这位前辈三番五次对我的点拨相助。"

她的鼻子太灵，一下子就闻出这气味在她在天脉山见到那个假药老仙时闻过。后来，她见过的花海边的老牧民，还有赤焰山下给她那双草鞋的老者身上，也都有这股气味。所以她笃定，自己跟这个戴面具的人见了至少三次。

那人似乎并不意外薛冉冉认出了他，只是淡淡道："你很聪明，居然能认出我来。"

薛冉冉说："你身上的草药气味很特别，让人不能忘记。"

那不是单纯的草药味，而是草药的甘苦里杂糅着一股说不出的腐败气息，所以薛冉冉才会念念不忘。

那人低沉说道："我曾在阴界最下层的炼狱游历，身体带着那里的腐败气息，只能用草药味遮掩一下……"

薛冉冉见他并无杀意，只能再抱拳小声试探道："敢问这位前辈，你可是梵天教的教主？"

那人从坟墓前站起身来，抬头看着远处的天脉山，淡淡道："我不过是跟一群心有贪欲之人交换了些东西，其实他们来去自由，我也不是什么教主，大家各取所需、利尽而散罢了。"

一直盯着这个人的苏易水冷冷开口道:"那么敢问尊下,你驱使那些人攻占各大门派,收集大能骸骨建造这些骨塔,又是为了什么?"

那人继续用一种苍茫的语气说道:"'逆天之塔'这个名字,不就是答案?我想逆天,让时光倒流、往事重来、逝者重生。"

薛冉冉继续试探道:"你想要重生的……可是眼前坟墓里的人?"

那人后退了几步,低头看着坟墓道:"躺在这里的人,是我曾经愧对之人。不过她应该已经重入轮回,再世为人,我又何必去打扰她的清净?"

听到这里,薛冉冉的脑子里电光石火般涌出了一个她以前从来没想过的念头……想到这儿,她突然开口问道:"敢问阁下,可曾认识大能盾天?"

那人冷笑了一声:"他早已死了,你为何要问他?"

说完,他竟然不理闯入山中的二人,转身便想离开。

就在这时,薛冉冉突然开口轻轻哼起了在天脉山上学来的小调。

清丽温婉的声音在这一片狼藉的墓地上空回荡的时候,竟然带着几分说不出的酸楚和凄凉。

那个原本打算转身离开的人,在听到薛冉冉的歌声时,突然顿住了脚步。渐渐地,他的肩膀也微微抖动了起来,他猛地转身哑声道:"别唱了!"

他这一喊,裹挟着逼人的真气,接着,他直直冲向正在低声歌唱的薛冉冉。

那股冲击波所经之处,飞沙走石,冲击力甚是惊人!

一旁的苏易水立刻设起灵盾抵挡这人的来袭,可是巨大的冲击力竟然让苏易水的全身筋骨阵痛,几乎有灵脉被撕裂之感。而他能勉强抵挡住,也不是因为他的功力深厚,而是那人在震怒之余很明显手下留情了。

"我知你们二人来此的目的,不过,相信你们现在应该明白了,以你们的力量,不过是蜉蚁撼树。"

薛冉冉用手紧紧抓住苏易水,同时紧盯着那人,笃定地说道:"你……难道就是那个本该坐化的大能……盾天?"

那人闻言,淡淡道:"你真的很聪明,不光唱歌像姚儿,这股子聪颖劲儿也像她……"

盾天的妻子就叫容姚,他这么说,就是默认了薛冉冉的说辞,承认他就是盾天。当初盾天在与人魔王的大战里,因为舍弃了妻儿,而一战证道成仙。可是在此后的无尽岁月里,他都沉浸在痛失妻儿的痛苦之中。若他是盾天,那么要修筑这逆天之塔的意图自然昭然若揭了——他要让时光倒流,重新回到与人魔王的大战前,做出与之前截然不同的选择。

这么疯狂的想法,居然出自一位神仙!

薛冉冉若不是亲自验证,真的是打死都不敢相信。

"你……就是因为当年的一个后悔的选择,而如此大费周章,私开阴界,放出魔物，又迫害名门正道，公然违背天条……你难道忘了自己是仙，是庇佑世人的神明吗？"

听了薛冉冉的控诉，那人悲怆地大笑起来，然后伸手慢慢摘下了自己的面具……

薛冉冉看清那人的脸时，忍不住倒吸了一口冷气。

盾天原本的模样应该是十分英俊的，在那人左边还算完整的眉眼间，依稀能辨别出旧日的英俊。可是他右脸的皮肤早已溃烂得翻着红肉，如腐尸一般。怪不得他会熏染草药，若不是有药味，只怕难以遮掩他身上的腐臭之气。

就在这时，盾天冷冷笑道："小姑娘，你看我还是仙吗？你跟入魔之人说什么可做可不做，岂不是可笑？"

薛冉冉拉着苏易水连连后退了几步。

盾天曾经飞升为仙，却又由仙道遁入了魔道。他已经入魔，却比人魔还要可怕百倍。人若入魔，还好降伏。而曾经的仙人入魔，会是怎么样凶险而可怕的存在？

就在这时，空山上停歇的滚雷再次响起，顷刻间雷霆密布，万劫天谴似乎又将来袭。

薛冉冉凝眉问道："你经历了那么多的波折才终于成仙，为何要堕入魔的境地？难道你不知如此将难逃天劫吗？"

盾天似乎并不介意漫天的滚雷，只挥一挥手，笼罩在空山上的那层护盾更加牢固了。

这样的举动似乎也是无声地回答了薛冉冉的提问——他根本就不在乎那些虚张声势的天劫。现在的盾天入魔之后，获得的是超越神的无上力量，做起事情来自然肆无忌惮，不会在乎什么对错。

他似乎并没有对闯入的两人有恶意，可是这更让薛冉冉不明白了。冥冥之中，许多事情似乎都有盾天在背后操纵的痕迹，他这么做又是为何？

"敢问前辈，你三番五次出现在我面前指点我，究竟是为了什么？"她可不相信他是心血来潮，突然想做好事，"而且，你派人来抓我们又是何意？"

盾天瞟了她一眼，似乎并不想回答这个问题，只是他盯看苏易水的眼神略微专注了些，眼神里似乎带着浓浓的失望。

他淡淡道："早知道这样，我也不会早早惊动你们，现在的你们还不行……以后自会明白的。若是你们不肯走，那么也可以留在这里，他们是不会为难你们的。不过，希望你们不要妄想推动骨塔，他们是不会让你们如愿的……"

说完这些没头没脑的话，盾天恍如一阵疾风，转瞬间便消失得无影无踪。

薛冉冉感觉到盾天对她和苏易水的友善其实是一种轻视——在拥有绝对的力量时，是不会低头去看脚下的一两只蚂蚁在搞什么破坏的。

盾天是做过神仙的人，立在云端时，曾经珍视的天下众生在他的心里是不是也渐渐成了蝼蚁般的存在？

苏易水让薛冉冉在空山下等他，他要去骨塔那儿试一试，可是薛冉冉摇头不肯，执意要陪着他一同前往。

※※※※※※※

所有梵天教徒果然都不阻拦薛冉冉和苏易水，任由他们一路来到黑色骨塔之下。

苏易水眯眼看了看那黑色的骨塔，突然运功想要去推。可是还没碰到骨塔时，整个人就被弹飞出去，重重地撞断了三棵粗壮的大树。

这座未建成的骨塔隐隐有了魔性，压根儿不容人靠近，就连修筑骨塔之人，也不过是将骸骨远远扔向骨塔，而骨塔会自动吸附它们，逐渐垒砌成形。

突然，薛冉冉又开始抽动她的小鼻子，似乎闻到什么不寻常的气味。

苏易水知道这个小吃货的嗅觉异于常人，正想问她闻到了什么气味时，薛冉冉开口问："怎么办？"

苏易水也神色凝重："走，先出去将这里的情况通知外面。"

一个曾经的神仙，如今却成了魔，这样棘手的事情自然要说给那几个悬在半空的神仙听听，到时候就要看他们有没有什么法子，或者可否再搬来些救兵。

天上的滚雷间歇的时候，苏易水又用老法子带着薛冉冉和白虎出了护盾。

只是当他们出来的时候，头顶的天劫似乎比他们进去时更加猛烈，闪电夹裹着青紫色的光不停地在他们头顶炸裂，而且也越来越密集。

他们出来的那一刻，天雷暂缓，容他们闪身而过。可是下一阵闪电又接踵而来。于是二人一虎只能飞快闪避，指望着快些通行。

可就在二人快要出那层护盾的时候，一道闪电急闪而过，直直朝着薛冉冉劈了过去。

眼看着薛冉冉来不及闪避，苏易水想也未想，急速掉转方向，一下子将薛冉冉撞出了雷阵。而那道冒着紫光的闪电，不偏不倚，正好击中了苏易水。

薛冉冉被撞出雷阵之后，转身正看到苏易水被击中的情形，不由大叫一声，转身也要入阵。可是她身后刚刚跃出来的白虎似乎知道那雷阵的霸道，竟然将身子一横，硬生生拦住了薛冉冉。

薛冉冉一眼瞄到了那白虎眼里的光，登时明白，就在苏易水遭到雷击的那一瞬间，他的元神已经附身到白虎身上。所以现在拦着她不让她再入阵的，正是苏易水本尊。可是苏易水的肉身还在阵里，若是不赶紧将他拉拽出来，那么苏易水的余生只能当一只老虎。

薛冉冉来不及多想，只是想到了先前苏易水以银针引导惊雷闪电的法子，顺手便从怀里掏出一物，朝着将至的闪电狠狠甩去。

她扔出去的东西，就是在龙岛上获得的那个打不开的匣子。这是沐清歌当初遗留在岛上的，只是一直没有办法打开它。

那东西是用类似精铁的金属制成的，果然是导电的利器，上空的闪电，一瞬间都被那盒子吸引，暂且放过了被雷击中的苏易水。

就在这时，白虎飞快地跳入雷阵，将苏易水身体甩在虎背上，转身便跑。那铁匣子被雷击中之后，竟然没有化作浓烟，而是一下被弹了出来，咔嚓一声开了盖子，落在薛冉冉脚边。

可是薛冉冉此时无暇去看它，只是伸手将它放回怀里，然后抱着苏易水因被雷击中而布满伤痕的身体急切地检查。

就在这时，药老仙他们急急地赶到了。方才他们也在远处看到了苏易水被雷击中的情形。

一般的修士若非到了飞升的时刻，万万不敢应承天雷。甚至有那种缺德的师父，用自己的弟子引雷，为自己渡劫增益。

苏易水现在身中的可不是一般的天劫，而是万劫天谴，所以被这一击命中，他只怕凶多吉少。

可是薛冉冉不管这些，她拼命地往苏易水的嘴里塞丹丸，然后运功催化，护住苏易水的心脉。

药老仙原本走的就是医仙之路，见此情形也连忙伸掌运功，护住苏易水的心脉。不过他"咦"了一声，微微惊讶道："这身躯还没有被毁，怎么没有元神？"

薛冉冉感觉到药老仙掌下的身体似乎慢慢恢复了呼吸，这才缓缓吐出一口气，指了指身边的白虎道："他的元神在这老虎的身体里。"

药老仙凝眉，没有说话。虽然他救治及时，而这丫头的丹丸药性也甚是霸道，不过依常理，苏易水的身体应该化为焦炭才对，为何他现在只是简单受了些伤，却并无什么大碍呢？

再想到这个凡人，当初竟然能将沐清歌的魂魄引到树上重生，药老仙便更看不透这个依附在白虎身上的男人了……

因为苏易水的身体遭受了雷电的重击，所以他的元神需要尽快回到他的身体上。

元神归位的那一刻，被雷击的钝痛感立刻侵袭而来，本来应该陷入昏迷的苏易水立刻疼得闷哼出声。

薛冉冉眼里含着热泪，心疼地拉住他的手，一点点地给他的伤口抹上缓解疼痛的清凉药膏。

魏纠在苏易水的身侧转了好几圈，似乎在掂量此时弄死宿敌苏易水得手的把握有几成，还有结盟决裂的利弊。

薛冉冉用眼角的余光瞄了一眼，就知道魏纠这个大尾巴狼在打什么主意。所以她立刻抛出一记惊雷，搅乱了魏纠的鬼主意。

她将后山的情形简单说了一遍。她说到本该坐化的盾天已经成魔，而且是梵天教背后的主脑时，所有的人都闻之色变，就连那几位神仙也面面相觑，漠然的脸上终于发生了些变化。

魏纠斜眼看着那几位神仙，冷声道："位列仙班的盾天自甘堕落，搅和得三界不宁，难道诸位都一点儿没有察觉吗？"

药老仙神情凝重，突然开口道："我记得当初盾天坐化的时候，四值功曹的四座日晷突然消失，难道……是被盾天取走了？"

四值功曹是掌管时间的神灵，他们的四个日晷有调拨春夏秋冬四时交替之能。

当初四座日晷不见时，四值功曹着实有一段时间慌了手脚，最后用了同样可以掌管时间的烛龙之眼才勉强应付过去。

若真是盾天偷走了那四座日晷，盾天当初的坐化便是谋划了许久的阴谋，他如今修筑的骨塔也是四座，正好对应了四座神晷，如此一来，果然有逆转时光之能！

当药老仙提起此事的时候，其他神仙纷纷动容。其中两个神仙在面面相觑之后，立刻转身折返天界，向上神禀报这里发生的事情。他们只是小小的下神，遇到这等大事是做不了主的。

药老仙，还有之前动手教训魏纠的那位白发老仙，则留下来继续监视空山的情形。

据药老仙说，空山其他的山头也是天雷滚滚，但盾天仿佛自带分解本尊之能，四个山头上都有护盾，足以抵挡万劫天谴。

苏易水这时似乎缓了过来，在很长时间的沉默不语后，他突然慢慢起身，开口问道："除了万劫天谴，还有没有其他能拆解骨塔的方法？"

药老仙叹了一口气，道："这样的逆天之塔，我也未曾见过，如何能知破解的法子？如今也只能等上神回话，看看能不能想出什么应对之策。"

如今只能如此，所以他们便在空山下耐心等待。

药老仙的仙格还算不错，在等待的闲暇，他不仅清除了空山四周的黑泥，还为那些受伤的百姓治了伤口。他只伸手拂过便药到病除，引得百姓们连连磕头，要为他盖庙，修筑金身。

不过，真正的神仙似乎并不贪慕人间香火，药老仙挥挥手便消除了那些百姓的记忆，让他们转身回家去了。

据药老仙说，成了神仙，若是人世间有太多惦念他的人，其实对他的修为来说是一种损耗。毕竟太多俗人相求的执念太盛，他总要有所回应，若是俗人所求太多，他便要终日忙个不停。

大多数人升仙，除了追求永生，更多追求的是内心的一份宁静，若是把神仙身份当成县老爷，整日忙碌着小民的鸡毛蒜皮，岂不是自添烦恼？所以许多人飞升之后甚至舍弃了姓名，追求毫无执念的至纯之境。

薛冉冉在一旁听得目瞪口呆。显然这些真正的神仙与她想象中救苦救难的神仙相去甚远。

苏易水身上的伤口在涂抹了药膏之后，虽然缓解了疼痛，但是愈合的速度很慢。修真之人惯常的迅速恢复的法子在万劫天谴的威力下似乎并不管用。

太阳还没落山时，又下了一场大雨。薛冉冉怕雨浇到苏易水的伤口，所以选择了一处山坡的矮树，用自己的灵力架起灵盾阻断大雨，然后将正在昏睡以休养身体的苏易水移到树下。之后，薛冉冉默默坐在他身边，看着对面空山阴云下的骨塔出神。

不知过了多久，苏易水终于清醒了，他慢慢睁开眼睛，伴着雨声，看着身侧默默静坐的姑娘，坐了起来，顺手将搭在自己的身上的披风披到她身上，低声道："在想什么？"

薛冉冉转头看着他，小心翼翼地避开他的伤口，伸手搂住了他的胳膊，低声说道："我在想，盾天若是真的逆转了时光，改变了世事，你我是不是也许就不会再相见。"

这等逆转天命的事情，若是真的发生，只怕要牵一发而动全身，会引发连环的反应，到时候世事巨变，她和他也不过是巨变下的两粒微尘，也许就此错过，成为永远不会相见的陌生人……

想到这些，薛冉冉的心里难免有些惆怅。

苏易水似乎并不喜欢她的假设，只是轻轻捏住她的手，然后低声道："放心，他不会得逞的……"

苏易水的语气坚定，薛冉冉难得的彷徨顿时烟消云散。她提起精神道："我也不会让他得逞的。他都不知道我当年收下你们这些徒弟是多么不容易，所以谁也别想让我重来一次！"

苏易水听得眉头一皱，再次想起这个小妖女当初使出种种诡计收他为徒时的顽劣样子。他忍不住沉声问："就是舍不得徒弟？"

薛冉冉歪头看着他，有些不确定："当然，少一两个徒弟也行，也许你……没遇到我会更好——啊——"

她话还没有说完，就被苏易水扯进了怀里："劣根难改！撩拨了我，却又说这种混账话。你倒是说说，哪个徒弟是你逆流时光后想要舍弃的？"

薛冉冉看着他冷峻的脸，忍不住低声笑，哄孩子似的道："好了，其他的都不要，也得收了我的水儿小徒弟……哎呀……唔……"

苏易水显然不想再听浪荡师父的胡说八道，干脆用嘴封住了她剩下的话。他在亲吻的间歇呢喃道："再敢说这样的话，莫怪我再罚你抄写门规……"

薛冉冉原本闭眼承受他火热的吻，听了这话，她渐渐睁开眼，有些不敢相信地看着苏易水，慢慢道："你……想起来了？"

罚抄写一类的事情，是失忆前的苏易水最爱做的事情。她当初被他罚得手腕子差一点儿就肿了……

当她抬头细看眼前的男人时，苏易水的表情并没有什么改变，只是眉宇间的阴郁和愤世嫉俗消失了，还多了几分岁月磨砺出来的沉稳……

被雷劈之后，她……她的师父终于回来了！苏易水伸手揽住了薛冉冉，顾不得伤口的疼痛，只将她紧紧箍在怀里。

方才受了那一道天雷，他身上洗魂符的效力尽数瓦解，关于沐清歌和薛冉冉的回忆如奔流的江水快速涌入苏易水脑中。

没有人知道苏易水那一刻的感受，他只有后怕：怕自己差一点儿杀了薛冉冉，怕薛冉冉因此疏远他，怕苦守了二十多年，换来的是一场造化弄人……

还好，薛冉冉并没有放弃他，不然的话，他现在一定会狠狠掐住自己的脖子，掐死那个失忆后刚愎自用的自己……

此时大雨正浓，朝夕相处却又仿佛分别了很久的二人在灵盾的遮掩下，有许多话要说……

魏纠斜躺在一块大石上，正好可以隔着滂沱的大雨远远看见远处山坡的树荫下，半遮半掩的那一对。虽然雨花在灵盾上四处飞溅，他既看不真切里面的情形，也听不到他们说的话，可是魏纠又不是什么黄口小儿，自然能想象出一男一女独处时能做的事情。

在臆想中，腻歪的西山花样子显然又恶心到了魏纠。

他忍不住对西山的其他弟子道："这都什么节骨眼了，你们被雷劈了的宗主还有心思花前月下，指望这种人改变现在的劣势，我看，我们还是等死算了。"

高仓和白柏山都不爱搭理这个魔头，可是想到一旦盾天成事，世事大乱，也是各自担忧。

尤其是高仓，他可一点儿也不想世事重来。无论是自己的师父还是师弟师妹，他一个都不想错过，更不想错过心爱的丘喜儿。

远处的高塔似乎快要修建好，谁也不知接下来会发生什么翻天覆地的大事。

突然，一直坐在一旁盘腿养神的药老仙和白发仙人睁开眼睛，面色凝重，嘴唇也微微颤动。

魏纠知道，他们应该是在跟什么人传音入密，只不过身为仙人，他们传音入密的技艺更加出神入化，就算相距千里也能互相传感。

那白发仙人还好，而药老仙的样子似乎是在跟什么人争吵。只不过最后，他似乎被人说服了，无奈地长叹了一声，对刚刚走过来的苏易水和薛冉冉道："我要走了，你们也赶快离开，调动所有的灵力，走得越远越好！"

苏易水看着药老仙凝重的神色，眯着眼说道："还请仙人将话讲清楚，天界上仙对于逆天之塔做出了什么样的处置决定。"

药老仙看着苏易水，他原本并不想泄露天机，可是不知为什么，最后还是决定说出来："……逆天之塔绝对不能建成，不然三界将会大乱，既然万劫天谴不能将这塔损毁，那么唯有催动地脉，将四山夷为平地……"

魏纠听后，在一旁怒目而视："你们疯了！这般行事，简直比我还像魔道！一旦催动地脉，地表方圆将全都被掀翻！到时候莫说四山，就是四山周围千里的庄园田户也尽数要被摧毁殆尽！到时候满目疮痍，生灵涂炭……我看，你们这些神仙也不比盾天的行事高明到哪里去！"

面对魏纠的指责，药老仙喟然长叹，道："你说得不错，但凡再有一条出路，天界也不会做出这样的决定。可是如今那塔就要建成，一旦盾天行事成功，三界大乱造成的损失要比掀翻四山的损失严重得多。两害相权取其轻，唯有如此做出牺牲，才可制止盾天。"

药老仙还有没说出口的是，他身为下仙，人微言轻。上仙们方才通知他，也不过是让他赶快撤离，并非同他商量。只他一人，难以扭转众仙的决定。

"我能帮助你们的，仅止于此。明日午时，阴阳交错，也是逆天之塔将要建成时，到时候，四方地脉震动，整个地面都会被掀翻……你们自己寻找安全的地方避难去吧。"

说着，药老仙转身就要离开。

就在这时，他的身后传来一道清冷的声音："你当初一心成仙，就是要做上仙们的走狗、传话的声筒吗？当初那个意气风发、满心救人的修士，如今怎么会沦落成这副逆来顺受的德行？"

药老仙身体猛地一震，慢慢转头看向身后不知何时立在那儿的清冷女子。

她金发龙角，模样透着一股英气，只可惜脸上的一道疤痕太过夺目，反而让人忽略了她那双灵动的凤眼……

"凤眸！"药老仙认出眼前的女子就是他升仙前的恋人——龙岛的镇神金龙时，立刻失声叫了出来。

药老仙万万没有想到自己会在这里再次遇到昔日的心上人凤眸。看到她脸上的那道疤痕时，他成仙之后就变得无欲无求的心顿时紧缩了一下。

一旁的白发仙人原本就等得不耐烦，觉得药老仙与这些凡人的话太多了。现在龙岛的镇神居然出现在这里，白发仙人冷声道："上仙下达了命令，我们不该在此地耽搁太久，我先走一步了。"说完，他便驾云消失了。

药老仙却挪不动脚步，只紧紧盯着凤眸道："你是来这里见我的吗？"

龙岛镇神看着昔日的恋人，却眸光清冷，淡淡道："我来此，是为了了结龙族的血仇，你该回归天界了。"

她说的并不是假话。因为她来此的确是为了复仇。当初薛冉冉他们离开龙岛的时候，她曾经对薛冉冉说过，如果知道是谁杀害了岛上的青龙，务必要告知她，她一定会为青龙报仇。

龙族记仇的能力无人能及。那么大的一条青龙被人活活抽干了血，她作为龙岛的守护神，必定要报此仇。所以当薛冉冉以水为媒介，就地画符，将这讯息传达到龙岛时，她便再次冲破龙岛的禁锢，出岛寻凶。

这时，薛冉冉说道："我在空山时闻到那黑色的骨塔上有浓重的青龙血的味道，立刻明白黏合那些骸骨的，正是青龙之血。所以我方才在避雨的时候便将讯息传递给了龙岛镇神，请她来此查看一番。"

药老仙摇了摇头，有些焦灼道："这里不久将会被夷为平地，所以你们还是快些走吧。现在就算知道青龙是盾天所杀，你们也无能为力！"

薛冉冉跟苏易水对望了一眼，抱拳道："老仙，此次干系万千人命，我等修真之辈岂能临阵退缩？我们想再试一试，看看能不能在天界降罚之前摧毁骨塔，免了这场人间浩劫！"

药老仙无奈地继续摇头："若真有其他的法子，天界之人也不会出此下策！这是唯一能阻止盾天疯狂之举的法子……你们还是不要再折腾了，有这个时间，还是通知周边百姓快些撤离吧。"

他说完，无人接话。

苏易水将西山的弟子们叫到跟前，低声吩咐后，那几个弟子便纷纷下山而去，也不知是不是通知百姓们撤离去了。

可是只有一天一夜的时间，要撤离那么多的人，根本不可能。只怕他们说大地要翻覆，人家也只会当他们是一群疯子。就算是大齐皇帝降下旨意，要那么多人背井离乡，抛弃房产、田地，也不是易事。

想到这儿，药老仙又看向凤眸，却发现她身边还站着一个头上长着龙角的少年，那少年很是依恋地站在凤眸身旁。

凤眸立在一旁，眼望着空山上那黑黝黝的塔，不知在想什么。

药老仙不想就此离开，他走过去，还想再跟她说些什么。可是那个龙角少年突然跳到凤眸前面，冲着他凶狠地龇牙，一看就是刚刚化出人形却兽性未改的样子。

"小龙，不要这样。"龙岛镇神低声申斥着那个龙角少年，他便是她认下的那个干儿子。因为有了她的金光加持，他早早炼化成形，只是还不会说话，只能发出类似龙鸣的声音。

被她说了后，那少年委屈地眨巴着眼睛，发出类似小狗的呜咽声。

薛冉冉在一旁看着自己解救的小龙还是积习难改，喜欢护食，不由得摇头一笑，伸手将小龙拉到一旁。那两个人许久不曾相见，又是在这异常凶险的关头，总要让他们说些私话，诉说一下离别之苦，别耽误人家久别重逢。

而凤眸似乎刻意将头偏向一侧，不太愿意让药老仙看到她带有伤疤的那半张脸。药老仙也看出她的心结，只能屏息问她："你是因为脸上这道疤，所以当年才留下一封信，与我不告而别？"

凤眸没有说话，似乎默认了。

药老仙只觉得心里一阵阵地绞痛："我还以为……你是怕了，所以才——"

可惜薛冉冉的这一片好心，到底被辜负了。

药老仙走上前去，可还没跟凤眸说上几句话，天上便翩然下来一位女神仙。

薛冉冉看到那位女仙头顶紫霞清气，她正是上次在江边放莲花灯时陪在药老仙左右的那位叫玉莲的仙侣。

仿佛是感应到了药老仙与昔日的恋人重逢，所以玉莲仙人适时出现，出言提醒药老仙该回去了。

以前药老仙从来不知凤眸在那一次天劫中容貌损毁，并且因为自卑而不愿见他。想到她这么多年独守龙岛，药老仙的内疚之情顿起。此时玉莲出现，又挽住了他的手臂，顿时让他有些尴尬，脸上显出了一抹困窘。他想跟凤眸解释，天界的仙侣不过是在一个仙洞同修的伴侣罢了，除去相伴修行，并无世俗男女那种炽热的情感。

可是他即将出口的所有解释都在凤眸冰冷的眼神里冻住了。

她慢慢正过脸来，不再避忌，任由自己的疤痕暴露在这对仙侣面前，又了然地看了一眼那玉莲仙人带有宣誓性的挽手之举，冷笑了一下，然后突然跃起，化身为龙，朝着空山飞去。

因为天界做了决定，万劫天谴也就此停歇，空山上的雷雨止息，只是阴云并未散去，似乎在酝酿更大的天劫。

而跃起的金龙在空山上方盘旋，倒是驱散了阴霾，所有人的视线不由自主地看向了它。

药老仙甩开了玉莲仙人挽着他的手，看着那金龙飞舞的样子，再次想起了往昔……凤眸是何等傲娇的性子，他现在终于明白她当初提出分开的原因，并非她害怕天界的惩罚，而是为了成全他的仙修之路，更是怕他看到她毁容的样子内疚，所以才会不告而别。

他错了，这么多年来，如果他能去龙岛一次，明白她的心思，何至于一步错，步步错？

龙岛镇神这次出岛是要为青龙复仇的，甚至甘冒再次受到天劫的危险。在出岛的那一刻，她心内还是隐约希冀着能再见到昔日恋人一面，亲自告知他，让他忘了她，不要再年年放那漂移到龙岛的莲花灯。

可现在，她却觉得那每年漂来的莲花灯追忆的也许并不是她……

凤眸微微悸动的心就此逐渐变冷。龙是不轻易动情的族类，一旦情断，便以慧剑斩情丝。

见过天地之大，腾飞于九霄的龙神，怎么会容忍自己与另外的女人共挤男人的心房？

薛冉冉看着眼前的情形，看着药老仙一脸悔不当初的悲怆，心里一阵感慨。
她虽然两世为人，可对"情"字的理解也不是很透彻。
当初这位龙岛镇神为了恋人能成功升仙，宁可自毁修行和容貌，并且提出分开，成全了恋人。这是甘愿牺牲自我，爱得隐忍、克制。
而那个盾天成仙之后，甘愿堕落为魔，即便毁天灭地也要逆转时光，重新救回妻儿，他也是为了"情"，宁愿牺牲一切，全然无所顾忌。
这两种"情"看着相似，又全然不同。
想到这儿，薛冉冉忍不住转头看向身边的苏易水，开口说道："如果我有什么意外，你万万不能变成盾天那等模样，不顾一切地入魔……不然我——"
苏易水了然道："不然你绝不会接受这样的我，也不会接受用血淋淋的人命换来的重生。"
他太了解她了，不过，他还是忍不住低声问道："可……如果发生意外的是我，你又当如何呢？"
薛冉冉连想都没想，开口说道："我宁愿魂飞魄散，也会护你周全！"
苏易水闻言，眼睛狠狠地瞪着她，仿佛失忆时的样子，阴恻恻道："你——敢！"
薛冉冉知道，那一句"魂飞魄散"触了他的逆鳞，勾起了他刚刚失而复得的不好回忆。不过薛冉冉知道，无论是哪个样子的苏易水，其实都是他真实的一面。曾经的少年偏激从未消失，只不过随着历练和年岁的增长，很好地包裹在稳重内敛的表皮之下。无论是他的哪一面，她都喜欢……想到这儿，她没有再说话，只是紧紧握住他的手。
一场难以想象的大战即将来临，无论结果如何，她都要跟他在一起，生死不离。

在空山上空巡游一圈的龙岛镇神又重新化为人形落下，走了过来，对薛冉冉和苏易水说道："方才我去了空山的上方，那骨塔的确沾染着青龙的龙血。盾天杀我族裔，我定与他势不两立……不过，这逆天之塔虽然即将建成，但若要发动，只用青龙血作为血引是不够的，还需要献祭。你们想要摧毁那塔，就万万不能让献祭成功。"
"献祭？"薛冉冉听得微微蹙眉。
龙岛镇神点了点头，低声道："逆天之塔的运转，承袭的是人的执念，只有足够深的执念，才可以让这塔逆天而行，逆转时空，所以献祭之人必须要有足够的遗憾和进行改变的执念，才可以推动这塔的运行。"
盾天的执念虽强，可是他是绝对不会拿自己献祭的，也不知他要从何处寻人来献祭灵塔。

一旁的玉莲仙人又忍不住催促药老仙快些返回天界。这里简直是个烂泥潭，身陷其中必将万劫不复，更何况还有龙岛镇神在这里，她更急着让药老仙离开这里。

就在这时，薛冉冉说道："我已经让师兄他们下山联系官府，同时也用符文驱使鸟儿给皇帝苏域送信，尽可能地让四山百姓先转移一部分。但是算算时间，撤离肯定来不及，所以我们还是想要尽一尽自己的努力阻止盾天，不知药老仙肯不肯留下来，助我们一臂之力？"

如果在凤眸申斥他之前，药老仙也许会无奈地拒绝，再用长辈的口吻叮嘱这小丫头天命不可违。可是凤眸嘲讽的话语犹在耳畔，药老仙扪心自问，丢了心爱的人，一路升仙到底是为了什么。难道只是为了在人间经历浩劫时，立在高高的云端，将一切都推给天命不可违吗？

现在凤眸大方地毫不遮掩脸上的伤疤，但那双曾满是爱意的眼不再看向他。药老仙的心里一时酸涩，百感交集。但是他知道，凤眸若是执意找盾天报仇，他是万万不会将她留在这凶险之地，自己一个人回到天界的。

想到这儿，他转身对玉莲仙人道："我要留在这里，你赶快回去吧……另外，我回去之后，也会另寻仙府，一人独住。"

说完，他便翩然转身，头也不回地走了。

玉莲仙人隐在长袖里的手微微颤抖，她咬了咬牙，飞身上天而去了。

✿✿✿✿✿✿✿

因为万劫天谴暂时停歇，此时再靠近空山，反而没有那么凶险了。

在药老仙的救治下，苏易水身上的雷击之伤好了大半。大家稍事整顿，便准备一起入空山毁掉骨塔。

虽然没有十足的把握，但是这次入山的阵营里多了龙岛镇神和药老仙两位大能，即使他们不见得能打败由仙入魔的盾天，最起码双方也能打个平手。

只要能推翻逆天骨塔，就不会再有逆天的事情发生，天界也就不会掀翻四山，造成生灵涂炭。

留给他们的时间只有一天一夜，时间有限，不容再浪费一星半点，所以一行人陆续来到山下。

虽然万劫天谴已停歇，但是大劫将至，似乎有无形的力量从天上压下来，气压低得不行，许多鸟儿扑棱着翅膀，艰难低飞，成群结队地四散逃去。还有许多走兽蛇鼠纷纷出山，一路争先恐后地逃窜。

而他们这群人跟那些飞禽走兽背道而驰，显得格格不入。因为这种渐渐下沉的碾压之力，药老仙这样的仙人不愿费力在空中飘浮，仙人许久不沾尘埃的鞋袜也要在满地的泥泞里前行。

薛冉冉这一路上似乎并没有受到低气压的影响，她的嘴巴一直没有闲着，正吃着从救助的百姓那里得到的红甘蔗。

有几个贩卖甘蔗的路人甚是慷慨，加上急于逃离这地界，给了薛冉冉一大筐的甘蔗。现在那筐甘蔗就背在了苏易水的后背上。

当地的甘蔗甘甜，就是汁水的颜色浓稠些，咬出的汁水也是红彤彤的，一不小心，就会将嘴巴吃得嫣红。

大战将至，别人都是心事重重，只有西山的一对师徒看上去那么气定神闲。苏易水一边走一边用削铁如泥的宝剑替薛冉冉削着甘蔗皮，生怕她吃得不够过瘾。

魏纠斜眼看着，忍不住出声道："你们真是悠闲，难道怕大限将至，要做个饱死鬼吗？"

薛冉冉微微一笑："我还以为你会偷偷离开呢。这么冲锋陷阵，可不像你魏尊上的为人。"

魏纠笑道："此等大战，必将载入修真史册，我自然要在旁边看个过瘾。再说了，天上的那帮杂碎算了一笔好账，竟然将我赤焰山数百年的基业全算进去了，我岂能遂了他们的心愿？"

他天生反骨，修真时不走正道，对那些天界的神仙也是天然反感，大约将来他就算飞升，也会入魔，修不出什么人间正道。

薛冉冉递给他一段削好皮的甘蔗，赞许道："你这一句'不可尽遂了他们的心愿'值得敬上一杯酒，可惜此间无酒，你凑合吃段甘蔗吧。"

这迟来的佳人赠"酒"，惺惺相惜，叫魏纠的眼角、眉梢透着些许得意。可惜他刚伸手要接，那段甘蔗就被苏易水一把夺了过去："魏尊上晚上睡觉磨牙，是脾胃不合之相，若吃甘蔗，恐怕会加重症状，你莫要害了尊上。"

苏易水明明犯了小心眼，可是吃醋也是一副坦荡荡的模样。恢复记忆的他也恢复了那温文尔雅的阴损气质。

魏纠气得斜眼冷笑："放屁！我什么时候磨牙了？"

苏易水慢悠悠道："自然是阁下在我的榻上求得一夜好梦之时……"

二人你来我往，冷箭不断，正在斗嘴的时候，薛冉冉却突然顿住了身形，指着一旁的河道说："你们看，那河里是什么？"

原来，因为先前的暴雨，附近干涸很久的河床水位上涨。现在天色渐黑，薛冉冉却有一副好眼力，突然发现那大河之中似乎有什么。她仔细一看，一个女子在水中起起伏伏。她的身上还缠绕着一截断掉的蛇尾。那奇异的斑纹看上去像是九头怪蟒的。

药老仙挥动了一下拂尘，便将那女子从水里救了上来。就在那女子拼命咳出水时，薛冉冉才看出那女人竟然是屠九鸢！

早前在客店里时，就有九头蟒蛇分化出来的屠九鸢上门行骗。现在这河里又冒出一个被蛇尾缠绕的屠九鸢，不得不让人怀疑她的真假。

就在那女子拼命咳水时，魏纠已经抽出自己的长鞭，一挥腕子，长鞭便缠在屠九鸢的脖子上："说，你这个假货想做什么？"

屠九鸢费力咳出水后，却被勒住脖子提起来，她只能无力地一手抓着鞭子，另一只手护着自己的肚子，费力道："尊上，是我，屠九鸢……"

此时她头发湿淋淋的，眼角泛红，声音也无比嘶哑，抓握着鞭子的手已经泡得起了皮皱，她应该在水里泡了很久。

魏纠微微松了手劲儿，冷声道："你为何出现在这里？"

屠九鸢咳了两声，道："那赤焰山混入了假的尊上，被我识破以后，他便将我诓骗到了后山，想要杀我灭口。幸好我熟悉地形，借着火山溶洞逃离。我四处辗转，终于看到了您沿途留下的暗记，便跟随着去了西山。可是那时您又同苏易水他们去了空山。于是，我追踪到了这里，却被九尾怪蟒盯住，不幸中了蛇毒，被它分裂出个假的……"

魏纠眯眼。他当初前往西山时，为了找寻门人，的确留了标记。只是屠九鸢是怎么发现赤焰山上的"魏纠"是假货的？

屠九鸢听了他的疑问，微微苦笑："因为他对我太客气了，不像尊上忽冷忽热的……"

魏纠被他的回答噎住了，凤眼微微斜了一下，冷笑道："算你还没有蠢透！"

听到这里，薛冉冉忍不住问："那你是如何逃过一劫，被它复制后，没有被它杀死的？"

屠九鸢沉默了一会儿，道："我也不知，只是它朝着我喷蛇毒时，我的腹内似乎有什么在发光，让我逃过了一劫……"

她的这套说辞显然并不可信，不过幸好一会儿就是子夜阴阳交替时，到时候举着火把去照她的人影便知真假了。

不过药老仙提前辨出了真假，在伸手替她搭脉时，他眉头一皱，低声道："你……好像怀有身孕了……"

若是九头蟒蛇分裂出来的假身，就算惟妙惟肖，也伪装不出人才有的喜脉。而屠九鸢所说腹内发光，替她阻挡了蛇毒，显然是她腹内天生带有灵力的胎儿替娘亲挡了一场死劫。

听了药老仙的话，魏纠第一个炸了起来，他阴郁不定地看着屠九鸢还有她那平坦的小腹，最后阴冷道："这是谁的孩子？"

屠九鸢显然早就知道自己怀有身孕，从方才上岸开始，她的手就不自觉地捂着肚子，一副很小心的样子。现在听了魏纠的质疑，她刚刚恢复些红润的脸颊登时变得惨白。

屠九鸢抖了抖嘴唇，最后道："这是属下的私事……与尊上无干！"

薛冉冉有些听不下去魏纠的那些混账话，只一把推开他，将自己的披风披在屠九鸢身上，然后说道："我们正好要在此地扎营，先生火帮你烤烤，你身上太凉，小心动了胎气。"

第三十三章 两败俱伤

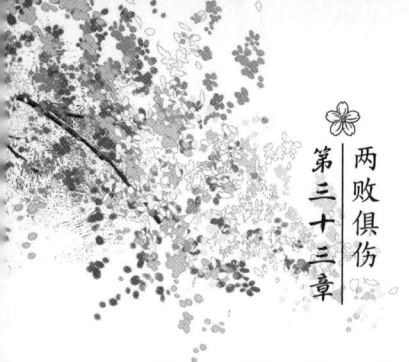

薛冉冉手脚麻利地生起火来，让屠九鸢缓一缓精神，还热了些用石头碾压出来的甘蔗汁给她喝。

屠九鸢看了一眼薛冉冉，并没有开口说"谢谢"。她自小便在一个颇为冷漠的环境中生长，承受了别人的好也不会开口言谢，但是会记在心里，恨不得早点儿归还，免得欠了别人的。

而魏纠从始至终冷眼旁观，明显冷落着好不容易历劫归来的屠九鸢。其实他心里清楚，屠九鸢除了自己，并无其他男人，按照月份来算，也不会是那个假货的种。但是她敢私自怀他的孩子，本身就是大无赦的罪过。

跟在龙岛镇神身旁的龙少年看着眼前的情形，不甚满意地哼哼。薛冉冉听不懂，龙岛镇神替少年翻译了一下："他说这里该死的男人太多，他真想一口吃掉一个……"

听了这话，魏纠和药老仙齐齐瞪向龙少年，有些不确定他在骂谁。

龙少年则默默将脑袋伸到了龙岛镇神的怀里，习惯性地拱一拱，让她摸摸自己的小龙角。这是少年作为小龙时的习惯，就算化为人形，也改不过来。那股子腻歪劲儿落在药老仙眼里，他觉得酸酸涩涩的。

眼下形势危急，众人也没有太多时间沉浸在男女的恩怨里。

也不知是不是先前对抗万劫天谴时用力太猛，那护盾似乎没有先前那么灵气充沛。龙岛镇神再次化龙，一个甩尾就将护盾的一角击破，裂开了一道口子。

众人进入空山时，也没有遇到梵天教众阻拦，山路之上空无一人，飞禽走兽方才也顺着护盾的裂口跑光了。整座山就像它的名字一般，空荡荡的。

就这样，众人一路顺畅地来到骨塔旁。

这时，他们才知为何一路这般顺畅，原来那塔似乎已经修建得差不多了，而梵天教众居然不可自控一般，纷纷抽刀自尽，鲜血落到他们脚下的沟渠里，汇成小河，被那骨塔吸收。

沐冉舞也赫然在列，不受控地抽出了宝剑。

她的灵力远胜其他教徒，加之亲眼看到那些教徒的下场，现在她已经吓得脸色惨白，只努力与操控自己的力量抗衡着，想要丢开手里的宝剑。可是那股力量实在太过强悍，她压根儿控制不了自己的手。

就在这时，她看见薛冉冉他们赶了过来，立刻凄厉地大叫："姐姐，快来救我！"

薛冉冉其实真的被那一声"姐姐"恶心到了。可是她也心知，万万不可让骨塔完成血祭，所以她操控着短剑，朝着沐冉舞的手腕袭去，想要击落她手里的宝剑。

沐冉舞这时精疲力竭，已经无力再控制手腕，她手里的宝剑被短剑拨开后，直直朝着自己的喉咙扎了过去。

就在这时，薛冉冉的另外四把短剑也快速袭来。她现在操控短剑的技艺越发纯熟，可以随心所欲地同时操控五把短剑。五把短剑快速袭来时，堪堪架住沐冉舞朝着自己喉咙扎来的宝剑。

就在这个空隙里，苏易水挥手将那宝剑震开。

沐冉舞却依旧不受控地去捡拾一旁别的教众扔在地上的宝剑，继续想要割开自己的喉咙，此时的她已经泪流满面："姐姐，姐姐快救我，我还不想死！"

薛冉冉飞身上前，用机关棍再次拨开沐冉舞手里的宝剑。

此时夜色渐浓，药老仙伸手引出真火，升至半空，照亮了骨塔四周。

当火光闪动的时候，薛冉冉发现，离她很近的沐冉舞的瞳孔有那么一瞬间化为两条细线，就跟蛇眼似的，透着说不出的诡异。虽然火光照亮之后，她的瞳孔很快又恢复了原样，但是这瞬间的变化足够让薛冉冉警醒。

果然，就在薛冉冉靠过来的一瞬间，沐冉舞手里的宝剑突然翻转，直直刺向她。

薛冉冉虽然心生警惕，但是要避开还是有些迟。她想到自己身上穿着曾易给她做的软银甲，她只好运足真气，想要生抗这一剑。

可是沐冉舞手里的那把剑也不知是什么来路，直刺过来的时候竟然夹带着一股凌厉的邪气，一路劈山削石，贯破了护体的真气，直直朝着薛冉冉的胸口刺去。

眼看着这一剑躲避不开，一只手突然伸出，两指夹住剑身，同时真气顺指而出，使宝剑发出锵锵的声响。

沐冉舞抬头一看，原来是苏易水及时来到薛冉冉身侧，夹住了宝剑。可是沐冉舞并不惊慌，她只阴毒地一笑，握住剑的手腕轻轻翻转，那剑柄的位置便弹射出十几根长针，再次射向薛冉冉。

这次针速太快，虽然苏易水及时用真气震荡，但还是有一根长针穿透真气，正好扎在薛冉冉的胸口。

虽然有软银甲相护，但是针尖还是刺破了薛冉冉的肌肤。

就在那一瞬间，薛冉冉感到了火辣辣的痛，立刻反应过来——这针尖不干净，似乎有毒素！

就在这时，苏易水反手用剑一下子刺穿了沐冉舞的心脏。

只见沐冉舞的身体迅速化为青烟，只剩下一个狞笑着的头颅……

这个沐冉舞显然是假的，是九头怪蟒化出来的，所以她的眼睛在迎光的时候才会有一瞬间的变化。

薛冉冉的头顶开始冒出青色的烟。

魏纠和屠九鸢都是过来人，看到这样的情形，他们脸色一变，齐声叫道："不好！她中了九头怪蟒的蛇毒！"

他们俩的话音未落，那些青烟凝聚，幻化出了另一个薛冉冉，二者一样的身形、衣着，简直毫无差别。

那假货一成形，便转身朝着一旁的灌木丛跃去，一下子就跑得没了踪影。

而薛冉冉被苏易水塞了一颗清毒丸在嘴里，总算缓解了蛇毒带来的疼痛。

此时骨塔周围的一圈水渠里流淌着浓黑的血。骨塔吸取着这些血液，似乎开始有了呼吸，仿佛人的躯体一般起伏蠕动。

这些人的血祭显然还不足以催动骨塔。

现在薛冉冉更担心的是，梵天教这么煞费苦心地弄出自己的分身，到底是要用来做什么？

就在这时，药老仙看向骨塔的尖顶，突然脸色一变，低声叫道："人魔王……"

众人举目一望，在塔的顶端有一个金光闪闪的头骨。

薛冉冉和苏易水一下子就认出来了，那是当初在赤焰山的秘洞里被人偷走的人魔王的头骨。

这头骨一直没有被炼化，聚集了人魔王的怨念，现在更被高高置于逆天之塔上，不知做何用途。

薛冉冉看到这里，高声喊道："盾天前辈，请您出来说话吧！"可是她的声音在空山间回荡，并不见有人回答。

这座骨塔浸满了青龙的鲜血，刺鼻的龙血对龙的守护神来说简直是最张狂的挑衅，所以龙岛镇神再也按捺不住，再次幻化成金龙，蓄积真力朝着那骨塔猛地袭了过去。

薛冉冉见此情形，立刻高呼："住手！"

金龙冲得太快，压根儿不听她的阻拦。就在龙尾要扫上那骨塔之时，黑色的骨塔竟然发出类似野兽的狂鸣声，黏腻蠕动的表面一下子冒出了许多尖利的骨刺，竟然可以穿透坚硬的龙鳞，刺破金龙的龙尾。那些骨刺还如巨蚊的吸嘴一般，刺入之后就开始拼命吸食龙血。

龙的血液是龙的精神力的源泉，一旦被吸，龙的力量也会大幅度减弱，所以龙岛镇神立刻发出痛苦的呻吟，同时迅速后撤，想要甩脱那骨塔。但那些骨塔尖刺的吸附力甚是霸道，死死钩住金龙不放。

药老仙和龙少年都发了急，一起飞奔过来。

龙少年身体翻转，化为一条泛着流光的龙，然后用龙爪拉扯金龙，药老仙则抽出了利刃，朝着那些吸附的尖刺砍了过去。两者用力下，终于将龙岛镇神解救下来。

待金龙再次化为人形颓然倒下的时候，薛冉冉发现，那些骨刺居然带着倒刺，挂在她的皮肉上。

"不行，现在这塔是活塔，拼命吸取靠近它的灵力的血肉，我们没有办法将它推翻！"龙岛镇神努力忍着剧痛低声说道。

难怪天界的上仙们会做出如此冷酷的决断，只求颠覆大地，将这骨塔埋入万丈深渊，他们应该一早就预料到这骨塔难以接近，无论是人还是神，都对它束手无策！

魏纠恨恨地道："怎么办？老子经年的基业难道就要跟盾天的骨塔一起陪葬吗？"

他的根基全在赤焰山，如果不能推翻骨塔，也就意味着他这么多年的经营毁于一旦，而且这骨塔拣选的都是灵气汇集之地。在地劫倾覆之后，想要找个适合修行的地方困难重重，等灵力耗尽时，也许他就只能像凡人一般，渐渐老病，从而死去，碌碌无为地化为尘土一捧。

就在这时，盾天的声音在苍茫的黑暗里响了起来："不让你们试试，你们怎么会知道自己的斤两？这骨塔既有青龙的血肉，又有人魔王的元神加持，已经是形神兼备的灵塔。你们不是它的对手，就不要妄想蜉蚁撼树了……"

苏易水四下环顾后，朗声道："天界是不会允许你逆天而行的，与其牵连万千无辜的百姓，不如趁早收手吧！"

暗夜里又传来一阵苍凉的笑声："我不过是想找回我最宝贵的东西，却有那么多人千方百计地阻止。成仙要经历万千的考验，要舍弃自己最宝贵的东西，可是成仙之后呢？天界为了推倒灵塔，决定颠覆四方，害死那么多条人命，只用一句轻飘飘的'天命不可违'搪塞？"

苏易水冷声道："你当初决定牺牲妻儿，是你自己的抉择！既然做了决定，现在何必追悔莫及？"

盾天不再笑了，他的声音透着无比的冷意："你呢？你当初眼看着沐清歌魂飞魄散，却无能为力的时候，难道不曾后悔？不曾想要杀尽在场所有正道人士为她偿命？不想捅破天地，将她从地府里拽回来吗？"

苏易水没有说话，盾天说的这些的确是他在二十多年前目睹那场残局时的心境。

他与盾天素未谋面，但这个入魔的大能能如此准确地说出他当时的想法，是纯属巧合，还是……

就在这时，薛冉冉无比坚定道："他不会！"

"哦，你为何如此笃定？你真的了解这个男人吗？他跟那个人魔王一样，都是天选的魔子，注定一世入魔，造成生灵涂炭！"

面对盾天的质疑，薛冉冉一本正经道："他不会，因为他知道，做了那些事情，我是不会快活的，更无颜苟活。事实不就证明了吗？他并没有因为我的死而做出像你这般丧心病狂的事情。"

盾天似乎被她的话说服，沉默了好一会儿，才说道："你们走吧，这塔马上要开始发力了，世间的一切都将被重新演绎。希望你们不要做出让自己后悔的选择。"

说完这话，一阵狂风扫过，竟然将几个人卷了起来，直直朝着山下吹去。

在这阵突如其来的狂风里，几个人被吹散了。待稳住了身形的时候，他们已经被吹到空山的山脚下。

屠九鸢的身子一直很虚弱，再加上她这阵子孕吐得厉害，脚下也虚了一些，方才差一点儿撞到大树上。

幸好魏纠一把拽住了她的胳膊，稳住了她的身形。

"小心些……"魏纠开口说道。

屠九鸢听了这话，不由得抬眼看他，眼里似乎透出了悸动之情。可是魏纠接下来的话，一下子将她的心击落深渊："等此间事了，你寻个可靠的医馆，将孩子打掉吧……一旦结下凡胎，你将来可就升天无望了！"

屠九鸢倒吸了一口冷气，默默抽回了胳膊，垂眸道："属下肚子里的……跟尊上没有干系，属下会妥善养好的，请尊上不必操心了……"

魏纠已经习惯了屠九鸢的绝对服从，现在听了她这样的话，登时火起。可是还没等他瞪眼，屠九鸢捂着肚子软软倒下，一副体力不支的样子。

依着魏纠的性子，面对忤逆的属下，他从来没有废话，只一鞭子了事。但是现在看着屠九鸢白着脸的样子，他一时想起了自己在客栈里看到那个假货的尸体，以为屠九鸢死了时那种怪异的滋味……本想出手的鞭子也缓了缓。他想，等这里的事情了结了，再慢慢跟她算账也不迟。

其他被吹下山来的人也纷纷稳住了身形。

龙岛镇神被骨塔刺破的伤口一直汩汩地冒血。龙血的流淌意味着神力的流逝，所以必须马上止血。

药老仙急了，连忙隔空为她剔除骨刺疗伤。

可是龙岛镇神避开了，冷漠地说道："不必了，冉冉会为我疗伤的。"

西山的苏易水医术了得，薛冉冉作为他的爱徒，自然也学到了些皮毛，随身带着止血的伤药。

薛冉冉立刻掏出怀里的药包，用里面的小镊子为龙岛镇神剔除骨刺。

药老仙碰了冷墙，觉得心头一冷，此时的他倒是多少理解了盾天的心情，那种恨不得时光重来，修正错误的心思的确很煎熬人。可是凤眸现在不肯原谅他，他只能默默立在一旁，看着薛冉冉手脚麻利地将骨刺挑出，再给凤眸涂上止血的药膏……

夜色更浓，很快就要到子时了，周围全靠药老仙的真火照亮。而来自天际的压迫也越来越重，让人有种呼吸不过来的感觉。

他们知道，如果还没有想出推翻逆天之塔的方法，他们也得撤离。

天劫会在明日子时如期而至，到时候四山之间不会有一片完整的土地。无论是人还是神，若是还滞留在此，就会被吸附、拖拽入地底深渊，再无出来的可能。

就在这时，高仓和白柏山还有原本留在客栈里的王遂枝、丘喜儿都摸黑赶回来了。

据白柏山说，他们去了附近的官衙还有村庄送信，可是那些官差、里长都用一种看疯子的眼神盯着他们。就算他们说破了嘴，也无人肯信。甚至有一个村子的村民比较彪悍，直接用钉耙和粪勺将他们轰撵出村。

"现在只能看你给皇帝的书信能不能及时送达了，可是天高皇帝远，就算苏域信了这事儿，恐怕也没时间遣散那么多的百姓了……"白柏山脚下的鞋子磨得破了洞，他只能一边脱鞋一边沮丧地说。

丘喜儿看到屠九鸢的时候，吓得低叫了一声。毕竟，她在客栈里时，被那个假的屠九鸢吓到了，此时再见，难免疑心其真假。

此时，远处的小镇传来稀疏的梆子声，子时已到。

高仓便道："师妹莫要害怕，我替你辨一辩真伪！"说着，他举起了一路用来照亮的火把，走到屠九鸢近前。

这位赤焰门的女长老虽然体力不支，可是气势不减，只翻着白眼瞪着高仓。她的那个表情，其实很像死蛇妖，可是她身旁的影子明晃晃的，醒目得很。

显然，这位死里逃生的屠九鸢是真的。

高仓看了之后，对丘喜儿道："师妹，不要害怕，这个屠九鸢有影子！"

既然到了子时，高仓便兴致勃勃地又举着火把将其他人也照了照。

本来是闲极无聊，苦中作乐，可是他脸上的笑意在照到其中一个时，突然定住了——那人……脚下空荡荡的，没有影子！

高仓僵硬着脖子慢慢抬起头，举着火把，满头冷汗地盯着这个人的脸……

这人脸上的笑一如既往地甜美："大师兄，你怎么了，好像见了鬼似的？"

薛冉冉正瞪着一双无辜的大眼睛，笑吟吟地跟高仓说话。

高仓下巴滴着冷汗，目光再次移向薛冉冉的脚下——她的脚下的确是空荡荡一片，没有半分影子！

"啊呀……她……她不是薛冉冉！"伴着高仓的一声鬼叫，众人的目光也齐聚在薛冉冉身上。

薛冉冉自己也低头看了看，然后抬起头疑惑道："奇怪……我的影子去哪儿了？"

就在这时，一旁的树丛里突然传来同样清亮的声音："师父！你们小心，有蛇妖变出的假货在冒充我！"

随着话音，又一个薛冉冉从树丛里气喘吁吁地跑了出来。

高仓高喊："你先别过来！"然后，他举高火把，照了照后来的这个薛冉冉的脚下——一道清晰的影子正好出现。

看来这后来的薛冉冉才是真的。方才他们被盾天的邪风刮下山，一片飞沙走石，混乱极了。那个假货也许就是趁着混乱，趁机调了包，到了他们中间。

幸好高仓心血来潮，将他们挨个用火把照了照，不然这个假货混迹其中，说不定要做什么坏事情呢！

就在这时，那个假货似乎不死心，一脸急切道："这是怎么回事？我才是薛冉冉啊！我……我的影子哪儿去了？师父！你要相信我才是真的啊！"说着，她急切地扑向苏易水。

可是苏易水抽出了宝剑，抵在她的喉咙上："别动！"

有影子的薛冉冉一脸厌恶地看着想要顶替她的假货，高声喊道："师父，这一定就是方才我被毒针刺中后变出的那个假货！快！砍下她的脑袋，免得她再兴风作浪！"

那个假货气得脸都红了："你给我闭嘴！你才是假货！"

苏易水懒得再继续这场闹剧，手腕翻转间便直直朝着假货的脖子砍去。

而那假货似乎完美复制了薛冉冉的身手，弹跳闪避如行云流水，丝毫不落下风，看来想要杀她，并非易事。

薛冉冉一看，立刻抽出自己的机关棍，与苏易水一起大战这个假货。

她加入战局之后，那假货的颓势立现，没几个回合，就被挑飞了手里的机关棍。薛冉冉一个巧劲儿猛震，一下子将假货撞到苏易水的长剑上。

在燃烧的火把下，明晃晃的剑穿透了假货的胸口，殷红的血立刻顺着剑尖滴了下来，打湿了她雪白的衣衫。

"师父……我……我是真的！"哽咽地说完这几个字，那个假货颓然倒下，如软泥一般瘫在了地上。

奇怪的是，这次假货并没有如之前的假货那般，四肢立刻化为青烟散去，而是一动不动地瘫在那里。

薛冉冉疑心她没死透，戒备地弯腰上前试探她的鼻息、脉搏，完全没有动静，应该是死透了啊！

苏易水也惊疑不定地看着剑上滴滴答答的红血，然后将目光移向倒在地上的尸体……

就在这时，薛冉冉却开始放声大笑："怎么，觉得这个假货没有化为青烟很奇怪吗？"

苏易水慢慢将目光移向她。此时天际的乌云微微散开，明亮的月光洒向大地，薛冉冉脚下的影子却在月光的照射下一点点消失。

那个倒下的假货身旁却出现了一团模糊的影子……

这下子，众人全都傻眼了，一时间有些反应不过来到底发生了什么。

就在这时，远处的镇子再次传来了梆子声，一下、两下——清脆的梆子声明晃晃地告知众人，此时还是子时……

为何梆子又报了一遍子时？

众人脸色微变，面面相觑。

药老仙警惕地抬头看向四周时，却发现月光所及之处的景象似乎都有微微的扭曲，好似波纹散开一般。不过一瞬间，四周的景象便又恢复了。

他明白了……方才的那场狂风，其实是障眼法！盾天利用飞沙走石做掩护，将他们吹落下山后，便为他们设了一个扭曲的幻境！

方才远处村镇传来的报时梆子声也是假的，所以方才压根儿就没到子时！

而在这幻境里，所有人有没有影子、呈现出何等模样也完全由幻境的主人盾天操控！这些天来，一次次出现在西山众人面前的假货不断在他们的脑子里强化着靠影子辨别真假的重要性。这几乎让西山的师徒们形成了固定的认知——没有影子，就一定是假货！

正是凭借这一点，盾天巧妙地移花接木，隐去了真正的薛冉冉的影子，给了假货一个影子，然后利用苏易水的剑，杀死了真正的薛冉冉……

丘喜儿听了药老仙的解释，顿时惨叫一声，扑倒在血泊里的师妹身上，手忙脚乱地往她的嘴里塞药丸："师妹，你挺住。醒醒啊，快醒醒！"

王遂枝更是泪流满面，手脚并用地爬向师父。

苏易水则松了手里的剑，剑哐当一声掉落在地，然后他疯了一般跑过去，甩开陆续哭喊着扑过来的人，将鲜血淋漓的女孩紧紧地抱在自己怀中。

可是紧闭着眼睛的薛冉冉再也不能如以前那般，突然睁开眼睛，顽皮地冲着他笑了……

看那假货还在狷狂地大笑，高仓和白柏山出离悲愤，他们在被苏易水狠狠甩开后，怪叫一声，朝着那假货扑去。

愤怒产生的力量异常大，高仓凶猛地一刀便将那假货的脑袋砍落在地。

只见假货的四肢立刻化为青烟，消散在风中，余下的那颗脑袋还露着得意的笑容……

这次聚集之人，目的各不相同，正邪不同，可是在场诸位唯一的共同点就是都对薛冉冉这个小姑娘有着深浅不一的好感。

所以看到薛冉冉真死去，西山师徒的悲痛自不必说，龙岛镇神和龙少年，还有温纯慧，也显出了难过的神色。药老仙作为沐清歌曾经的朋友，心里的感受自不必言，就连魏纠和屠九鸢都觉得愤恨难平。

尤其是屠九鸢，她心里一直感念着薛冉冉对她三番五次的帮助，对薛冉冉的感情也很微妙，没想到亏欠薛冉冉的这份人情，却再难还了……

就在这时，天际再次传来盾天浑厚的声音："怎么样，亲手杀死心上人的滋味不好受吧？"

　　苏易水慢慢抬起头，两只眼睛仿佛被灵泉附体，已经血红一片，额头也再次显现出阴界灵泉的符文，他一字一句道："你为何要这样算计我们？"

　　盾天苍凉地笑了："你不是不理解我为何要建造逆天之塔吗？造化弄人，上苍不公，明明是你最珍视的东西，却只能眼睁睁地看着它在眼前消失……这种滋味，不是亲身经历者，如何能知？薛冉冉是转生树上结的果，魂魄本就不稳，你就算想用转生树再如法炮制一个，也没有用了。想让她活，只有一个法子！那就是你心甘情愿成为血祭！到逆转之塔前，挖出你的心脏献祭灵塔！到时候，时光逆转，也许重来一次，你才有机会挽回你的爱人……"

　　药老仙在一旁听得脸色顿时变了。他终于明白盾天苦心策划这一切的目的！

　　逆天之塔虽然可以逆转时光，可是盾天的身体已经入魔腐烂了，他想要带着现在的记忆重回过去，弥补种种缺憾，必须要用一副崭新的身体。所以他千方百计取来人魔王元魂未散的骸骨，再让身为魔子的苏易水自愿献祭，挖出心脏，使得逆天之塔成为活塔，在逆转时光的同时，换得自己的重生。拥有两代魔子的元神和心脏的盾天也可以获得更强大的力量，操控逆天之塔回溯过去，回到让他悔恨终生的那一刻，让他有机会做出不同的选择。

　　想到这儿，药老仙急急地对苏易水喊道："不要听盾天的疯话，你若死了，如何能挽回爱人？"

　　苏易水一直低着头，再次抬起头时，眼中竟然流下了两行触目惊心的血泪，他的语气听起来却异常平静："我死了没关系，可是她会重活一次，不是吗？"

　　苏易水的语气太过平静，如果不是他那两行血泪让人不忍直视，真会让人疑心他并不是那么悲伤。

　　这是太过悲痛之人才会呈现出来的麻木。

　　西山众人都知道苏易水是如何深爱着薛冉冉的，更何况这次是苏易水亲手杀死了薛冉冉，此时他应该痛苦得快要癫狂了，所以他那平静的语调也让他们难受极了。

　　现在想想，那个盾天可恨又可怕，他迟迟不动手，偏偏要等苏易水解除了洗魂符后动手，就是生怕苏易水爱得不够，难以达到那种失而复得又再次亲手毁掉的痛苦。

　　用这样痛苦之人的心作为祭品，才能产生足够的怨念，支撑着灵塔开启逆天换命的力量……

　　苏易水慢慢放下了薛冉冉，将她轻轻放置在一块柔软的草地上，用披风盖住她的身体。接着，他站起身来，朝着灵塔的方向走去。

　　药老仙急了，连忙高声喝道："万万不能让他去灵塔献祭，快！拦住他！"

　　一旦时光逆转，乾坤大乱，世事全都会发生改变，到时候就连沐清歌会不会出生都不好说，还谈什么重生？

　　可是现在的苏易水显然被悔恨支配，完全受了盾天的蛊惑，一心只想逆转时光，让薛冉冉得到重生的机会。

一旦他献祭成功，灵塔就会提前启动，只怕天劫、地劫也会提前降临。

药老仙实在不敢再继续往下想，只能大喊着叫大家一起拦住苏易水，千万不能让他登上灵塔。

药老仙的话音未落，大家已经一拥而上拦截苏易水。

魏纠一马当先，要用鞭子将苏易水卷下来。可是当他的鞭子卷起时，一下子就被弹了回去。

原来，盾天一早便在苏易水的身后架设了灵盾，将他与众人隔绝，以便他心无旁骛地挖心献祭。龙少年化出原型，拼命撞击透明的灵盾也不能进去。

最后，众人只能眼睁睁地看着苏易水一路向上，沿着地面零落碎骨搭起的骨梯，一步步慢慢登上了塔顶。

这次骨塔并没有露出带着攻击性的尖刺，任由苏易水一步步登上了高高的塔顶。

苏易水来到塔的顶端时，便看见人魔王的金色头骨已经与塔身彻底长在一起，甚至头骨上也如塔身一般长出了黑色的血肉，而在头骨的下方有个像佛龛一样凹陷的洞。

就在这时，盾天的声音又响起："不要犹豫了，快些血祭吧，只要你肯牺牲，薛冉冉就会再次获得生命……这是我当年杀人魔王时用的刀，你就用它来挖心吧……"

说话间，一把雕龙的刀飘浮到苏易水手边。苏易水流着血泪，赤红着眼，拿起了那把刀，然后缓缓问道："只有我的心，才能够血祭吗？"

盾天道："还记得天脉山的洗髓池吗？我当年留下那池，真正的目的就是要挑选出能够血祭活塔之人。选择黑池，便是自愿断绝了情爱。甘愿断情绝爱之人，一旦动情，其实比那些多情子用情更深！那池历经了这么多年，来来往往那么多人，可只有你才是最合适的！可惜当年沐清歌搅乱了一切，害得我的计划差点儿出现偏差……别迟疑了，一旦错过了，薛冉冉就真的没救了，从此天地之间再无这么一个清灵绝丽的女子。"

最后这一句话，果然让流着血泪的男人动容了。苏易水闭上了眼睛，胸脯剧烈地起伏着，然后高高地挥起了那把刀，朝着自己的胸口猛扎过去。

"不！师父！"

"师父！不要啊！"

此时，山脚下的西山弟子已经呼号一片，大家都流着眼泪，猛烈地拍打灵盾，想要阻止苏易水。

可那凌厉的一刀还是落下了……却是落在塔顶人魔王的金色头骨上！

盾天所用的刀，是黄帝当年斩杀怪兽夔所用的那一把，乃先圣加持辟邪驱凶的圣刀。这一刀落下时，坚硬的金色头骨登时碎裂。那头骨的下巴咔嚓作响，似乎发出痛苦的号叫声，震得天上的云彩都飘散了。

而盾天发出了震天的怒吼："该死！不！"

伴着他的一声怒吼，苏易水脚下的骨梯顿时散架，骨塔也再次生出防御的尖刺。

可是那作为塔魂的人魔王头骨已经碎裂，便如塔的七寸要害被击中，整个塔身包裹的黑色血肉迅速萎缩、干枯，露出了原本的骨架，原本高耸入云的骨塔顷刻间变得摇摇欲坠。

这时盾天终于显出了真身，立在半空中，一张腐烂一半的脸扭曲变形，他愤怒地咆哮："你怎么敢？你到底知不知道！你毁掉了让你心爱的人重生的唯一机会！"

"我师父不是一早告诉你了，他的选择永远不会跟你一样！因为他知道，我永远不愿踩着别人的血肉换得苟活的机会！"

众人听到这清亮的声音时，纷纷惊诧地转头，却发现早已咽气、倒在血泊之中的薛冉冉竟然……精神抖擞地站在他们身后。只是她的胸口还汩汩冒着血，看上去诡异极了！

丘喜儿胆子小了些，冷不丁看到师妹诈尸还魂，还来不及高兴，先翻着白眼昏了过去，幸好高仓一把将她抱住。

接着，高仓也跟着白柏山一起惨叫了一声，然后三位同门便紧紧抱在一起。

盾天没有想到薛冉冉居然死而复生，不由得慢慢瞪圆了眼睛："怎么会！你明明死了！"

薛冉冉中剑之后，隐匿的盾天已经操控那个假的薛冉冉验明她没有了呼吸。而且盾天不必近身查看，也可以清晰地感觉到，那具一动不动的尸体再无血脉声息，何况她流了那么多的血，这是做不了假的！

薛冉冉叹了口气，看了看胆小的同门，然后拍了拍身上的灰，动作有些猥琐地从怀里掏出了个……皮水袋子。

那汩汩冒出的鲜血，正是从这水袋子里冒出来的。

"为了这袋子红甘蔗汁，我的腮帮子都要嚼酸了！怎么样，红红的颜色足可以假乱真吧？喂，你们别瞪大眼睛看我，我是人，不是鬼！"

原来她方才冒出的血，是她一路嚼的红甘蔗的汁水。

看着薛冉冉古灵精怪地揉着腮帮子，刚刚醒来的丘喜儿破涕而笑之余又惊疑不定道："冉冉……我刚才摸着你，可没了脉息啊！我……我不会在做梦吧？"

说完，丘喜儿狠狠地掐了一下高仓的大腿，疼得高仓嗷嗷叫，连声喊着"不是做梦"。

薛冉冉笑着瞪她一眼，又取下了贴在自己胸口的那道符，扬了扬道："此乃酒老仙的新作——可以假死的猝死符，虽然效力只有一炷香的工夫，不过足够撑一撑。"

当初酒老仙给她画这符时，一本正经地告诉她，他当初是为了逃离赤门才琢磨出这符的。可惜赤门给他送来的酒太香，他舍不得装死，一时没用到。现在他将这符送给小友，就是劝她，万事不可太逞强，若是遇到强敌，不妨贴符装死，当一当狗熊。

没想到鸡肋一样的东西，这个时候居然派上用场。

至于那穿心一剑，就要靠苏易水的本事了。他的剑是曾易为他打造的软剑，只要善用巧劲儿，就可以在衣服里扎破皮水袋子后，绕过薛冉冉的身体再从背后出去。

说白了，就是街头变戏法的卖艺人的小把戏罢了！

当然，苏易水那两行血泪，也是红甘蔗汁，大晚上的，看着触目惊心，足以掩饰苏易水有些差的演技。

总是面无表情的男人，想要演绎痛失爱人的凄惨样也够难的，幸好有红甘蔗汁撑完全场！

盾天还是不敢相信，冷声道："不可能！你们是何时看出了我的计策的？"

薛冉冉将装着甘蔗汁的皮水袋子扔在地上，然后掏出手帕，擦了擦衣服上红彤彤的甘蔗汁，决定彻底给盾天答疑解惑。

"其实我一直在想，那天你派假的屠九鸢和魏纠上门，究竟是为了什么？若只是为了活捉我们，你看上去并不急切。那么这么打草惊蛇又是什么目的？直到我看到了这个……"

说着，她从自己的衣服袖子里拿出了一个小匣子，正是她从龙岛取回的那个。

万劫天谴击开匣子后，薛冉冉和苏易水坐在山坡树下避雨的时候，便一起看了匣子里的东西。

当时魏纠还以为他们在一起搞男女的花样子，不停地骂骂咧咧。

那匣子里其实是一页"纸"。说它是纸，却似纸非纸，上面的字忽隐忽现，似乎会灵活地调动。

他们看时，那纸上赫然出现一行字："异坤年六月亥时三刻，苏易水杀薛冉冉……"

他们看完这行字后，自然是吃惊地互相望了一眼。可就在这时，那纸上的字再次模糊，然后便是"天机泄露，世事待定……"。

苏易水当时便明白这"纸"应该是沐清歌当年从天书上撕下的一页。

当年沐清歌违背天规，偷窥了天书，看到了苏易水的命数，所以才有了之后她大胆替他改天换命，用自己的一命换来苏易水脱离魔道宿命的机会。

可是她当年不知为何还是偷藏了一页天书在龙岛上。直到苏易水和薛冉冉将它取回，这一页才重见天日。

至于方才的那一句，很明显是将要发生的事情，可惜已经被苏易水和薛冉冉看到，所以"世事待定"，还有改变的可能！

正凭着这一句话，聪慧的薛冉冉立刻跟苏易水简单制定了对策。

就算他们当时不明白将会发生什么，可是就在薛冉冉中了蛇毒之后，两个人互换眼神时，立刻明白盾天为何会让那两个假货出现在客栈。也许他就是要利用假的薛冉冉鱼目混珠，搞事情。

所以，接下来的事情水到渠成，二人甚至不必开戏台子彩排，就从容配合，做了这一切。

当初苏易水其实也有些分不清真假。可就算当时的薛冉冉真的是假货，他也不会刺杀她的。当他绕过那一剑，看着薛冉冉依计行事时便立刻知道了真假，剩下的事情就是水到渠成，各凭功夫了！

那骨塔实在是太强了，不用些把戏，松懈盾天的戒备心，是无法接近骨塔的。所以这师徒二人才想出了这个计策，果然奏效，砍碎了骨塔的关键。

骨塔不停地松散，骨架掉落，发出轰隆隆的声响。盾天听完薛冉冉的解释，巨大的失望和愤怒翻涌袭来。

苦等无数年的机会就此破灭，足以毁掉这个由仙入魔之人的心智。他大吼一声，挥手执握着刀朝着苏易水袭去。

伴着骨塔的碎裂，天劫也自动终止，原本低沉的气压逐渐消散，药老仙和龙岛镇神的本事也可以施展了。

就在盾天扑过来时，两位神仙飞身来到苏易水近前，试图帮他抵挡盾天的神法攻势。

可是苏易水挥手道："二位不必相助，我与他的事情，还是自己了断比较好。"

听了这话，药老仙有些难以置信地瞪着苏易水。他就算天资再高，也只是人，如何能跟曾经为仙、现在为魔的盾天抗衡？

苏易水之前跟盾天交手过，应该知道盾天的能力有多么可怕。现在骨塔倒塌，盾天在震怒之余更加狂暴，苏易水想一人逞强去斗盾天，怎么看都像笑话。

魏纠此时看到收复赤焰山有望，登时来了精神。一看苏易水要二仙退下，他立刻紧张高呼："这个时候就别在那儿逞强了！打败盾天干系天下安危，容不得半点儿闪失！"

这正义感十足的话，竟然是从魏魔头的嘴里喊出，还真是让人难以置信。

苏易水似乎主意已定，难以更改。他让两位神仙退下之后，便走上前独自迎战盾天。

敌我的力量实在是太悬殊了。下一刻，苏易水就被盾天的雷霆万钧之力重重摔在了地上。

看师父被摔得如此狠，西山弟子纷纷倒吸一口冷气。高仓有些急切地问薛冉冉："师妹，我们就这么看师父挨揍，也不去帮帮他？"

薛冉冉不忍心看苏易水挨揍，所以她干脆低下头，看自己手里的那张纸。

此时那"纸"上又浮现一行字——"异坤年六月子时四刻，苏易水独杀盾天……"

现在时辰还差一点儿，苏易水也是独自迎战盾天，但是他要怎么杀盾天，薛冉冉还真是看不出来。这一页天书会不会出了什么纰漏？又或者学问有些欠缺，一不小心，将这句子的头尾给排错了，有没有可能是"盾天独杀苏易水"呢？

不怪薛冉冉疑心，苏易水实在是毫无取胜的迹象。

圣人云："尽信书，则不如无书！"

当苏易水再次被狠狠摔在地上时，薛冉冉实在是沉不住气，抽出机关棍就想跳上去与苏易水并肩而战。

突然，盾天开口道："将那页天书交给我，我可以饶他不死！"

这话是冲着薛冉冉说的，此时盾天狂揍了苏易水一顿，似乎怒气稍微消减，也有余力思考了。他这么久的执念，岂会因为骨塔坍塌而放弃？所以他在火气消减后立刻去想如何补救。

薛冉冉知道这一页天书若是落在盾天手里又会是一场滔天的祸事。

盾天开口冷笑道："当年的沐清歌，胆子真的是够大的，竟然在窥探天书之后私藏一页……可是你们知道偷窥天机的后果吗？三大门派的乌合之众为何能将沐清歌打得魂飞魄散？不过是天界借着三大门派的手在惩处偷窥天机的狂徒罢了！现在你不长记性，还在窥视天书，真的不怕天谴再次降临到你身上？"

薛冉冉点点头道："你说得在理……"说完，她突然引出真火，准备点燃那一页"纸"。

其实就算盾天不说，冉冉也觉得拥有天书不是什么好事，不然的话，二十多年前她也不会赶在出事前将天书寄放在龙岛上。现在盾天想要抢夺这一页天书，不如她一把火烧了，省得大家惦念……

可是当真火刚刚挨上这一页天书时，从薛冉冉身后突然伸出了一只手抢夺。

薛冉冉赶紧往旁边闪了一步，堪堪躲了过去，却发现抢夺天书的人是魏纠！

魏纠笑道："这么珍贵的东西，岂能一烧了之？你知不知道拥有了它意味着什么？"

拥有天书，就能窥得天机，先天一步！魏纠自然不会让薛冉冉这么暴殄天物，甚至将它抢到手里。

龙少年见状，第一个蹦出来，一个神龙摆尾就将魏纠扫到了一边。

薛冉冉冷声道："魏纠，你非要在这个时候添乱吗？"

魏纠讪笑了一下，可还没等他回答，一股强风已至，盾天前来抢夺薛冉冉手里的天书。

苏易水见盾天朝着薛冉冉袭去，立刻举剑冲了过去，同时高喊："保护好冉冉！"

龙岛镇神和药老仙立刻架设灵盾挡住盾天，盾天一时间也凑不到薛冉冉的跟前。

此时盾天已经懒得再跟这帮人纠缠，于是痛下杀手，刀刃翻转，一下子便剐破了龙岛镇神的胳膊，而药老仙也被他强横的力量震开，只见他气息翻涌，不可抑制的样子。

盾天的面前再没有了阻碍，举刀直直刺向薛冉冉。

此时无人是盾天的对手，那种激荡而来的寒芒甚至有种瞬间将人冰冻住的感觉，想避都避不开。

就在这时，突然又冲过来一人，用宝剑挡住了盾天致命的攻势——此时玩命奔过来的自然是苏易水！

只是……现在的苏易水仿若换了一个人，浑身的气势竟然不输盾天。他的额头又隐隐冒出了符文，一下子挡住了盾天的那把黄帝刃。

当苏易水的额头冒出符文的时候，他整个人的气势完全变了。血红色的双眼让他充满了邪气，奔涌而出的魔力一下子将盾天震开。

盾天吃了一惊。苏易水虽然曾经为魔子，可是他已经归还了灵泉，为何现在还会有如此强的魔力？而苏易水自如地操控这股突然爆发的魔力的样子，好像他与生俱来就拥有如此的魔力一般……

当苏易水伸手挥动宝剑，再次凝聚魔力以排山倒海之势袭来时，盾天甚至有些招架不住，二者的法力在半空中对抗，发出猛烈的激荡回响。

突然，盾天闷哼一声，嘴里冒出一股黑血。方才苏易水的那一击甚至击破了他的护盾，让他的心脉震荡了一下。

盾天曾经为仙，而后成魔，无论是魔是仙，都不是区区凡人能伤害得了的。可是方才苏易水的暴怒一击，明显裹挟着鬼神之力，远远超过他这个迟迟没能结下元婴的修士的能力。

这时，盾天终于定下神来，细细去看苏易水额间浮现的符文。乍一看，这符文倒是跟灵泉魔子的符文很像，可是细细观之，就会发现这符纹……分明是魔仙的标志！

仙界拥有上、中、下仙无数，可是魔仙是数百年来未曾出现过的。

像盾天这样的仙，虽然最后因为心思偏激成魔，也不过是躯体慢慢腐烂的魔，绝不是元婴结成的魔仙。

"你……是不是早就飞升成仙了！"盾天的脑子飞快转动，一下子得出了这样的结论。

苏易水淡淡说道："二十多年前，我已经飞升成魔仙……"

就在他眼见着沐清歌魂飞魄散的那一刻，他的大道已成，便可飞升成为魔仙。这也是沐清歌为他"规划"的最佳的结局。天界立意用他这个魔子来人界历劫，就像妲己一样，搅得天下大乱，承接人界的兴衰天数，最后凄惨而死。沐清歌当年看到天书之后，便决心牺牲自己的生命来改变苏易水的天命。

她的死，就是苏易水的劫，渡过了这个劫，他就可以顺利飞升成魔仙。

苏易水虽然对外宣称他是用结丹换了转生树的一线生机，可是实际上是用自己的魔仙元婴，蓄养转生树，及时接住了沐清歌的一缕魂魄。

结丹损耗可以修补、再生，可是元婴折损再难弥补！也就是说，他用自己得之不易的仙格，换来沐清歌二十多年后重生的机会……只是这样一来，他的元婴算是废了，以后无论他怎么重修，也难以再次飞升。也难怪当别的门派宗主严阵以待迎接渡劫飞升时，他却一副放羊吃草，毫无兴致的样子。

苏易水之前全忘了这一段，可是现在解了洗魂符，自然全都记了起来。

他已经是元婴半毁的魔仙，不可再损耗元神，所以这些年来他时不时吸取魏纠之流的元气来添补元气，彻底封印了自己的另外一半元婴。

可是就在方才，盾天的黄帝刃要碰到薛冉冉那一刻，苏易水彻底放开了禁忌，解禁了另一半沉睡多时的元婴，所以额头的魔仙符文尽显，与盾天进行殊死一搏。

薛冉冉看着苏易水红眸散发，全身散发的气息带着股说不出的危险和压迫感。这一刻，她觉得她的师父似乎离她很远很远……

龙岛镇神的脸上一直缺少人类丰富的表情，可是此刻她的脸色微微动容："魔仙……天界怎么可能容得下他？"

薛冉冉听了，不由得低头又看向了那一页"纸"，"纸"上的那一行字并没有变，依旧是"异坤年六月子时四刻，苏易水独杀盾天……"

只是就在她定神看时，那行字的后面隐约又浮现出了新的字——"苏易水亦元婴耗尽，与之同归于尽……"

元婴？苏易水尚未结成元婴，怎么会元婴耗尽？此时来不及多想，就在看到这行字的那一刻，薛冉冉飞身跃起，再次朝着盾天袭去。

根据上次的经验，这一页天书上的内容并非不能更改，既然天书显示是苏易水独杀盾天，那么她就与他合力杀了盾天，更改天书上的内容！

就在薛冉冉起身的同时，药老仙紧随其后，龙岛镇神和龙少年全都化为巨龙腾空，朝着盾天袭去。

"师父，万万不可耗尽元婴之气！"薛冉冉大声提醒苏易水之后，便同药老仙和两条龙轮番战盾天。

屠九鸢记得自己欠了薛冉冉的人情，所以见此情形，提剑便要上。

魏纠却将她一把扯了回来："怎么，肚子不疼了？"

屠九鸢抿了抿嘴道："我不想欠别人的人情……"

魏纠倒是了解自己的这个下属，她从小长在赤门，也算心狠手辣，可是生平最恨亏欠人情。

想到这儿，魏纠又冷哼一声，道："在这儿待着，莫要乱动！"说着，他抽出了自己随身带的长鞭，飞也似的朝着混战中的人群冲去，也加入了与盾天相斗的乱阵。

随后，温纯慧和其他西山弟子也纷纷冲上去，与盾天决战。

盾天虽然法力高深，可是一个半毁的魔仙已经在他的算计之外，再加上药老仙和两条龙，外加薛冉冉和魏纠，应战着实耗费精神。

骨塔的摧毁已经毁掉了他大半的理性。看着这些阻止他与妻儿团聚的人，盾天心内的魔性也越来越强烈。这一刻，他就算死也要拉上在场的所有人，与之同归于尽！

狂性完全放开的盾天，头发蓬乱、飞扬，浑身的灵力只要激荡开来，就能摧骨分肉。

功力太浅的高仓他们甚至都未能到达他们身边，就被这些大能的余力震荡，飞落在地，开始大口吐血。

魏纠也有些抵挡不住，只几个回合，就被震飞，昏倒在地。

而薛冉冉因为跟苏易水练习的是同修供气之术，相互依附。苏易水的另一半元婴就在薛冉冉身上，此时苏易水的元婴觉醒，也震荡着薛冉冉身上沉睡的力量。二人并肩而战，正是美玉合璧，力量大增。在药老仙和龙岛镇神还有龙少年的助力下，他们和盾天堪堪战成平手。

可惜鏖战几个来回后，药老仙和两条龙也尽被盾天重创。

盾天不恋战，只想抢走薛冉冉身上的那一页天书。在击退两条龙后，他看准时机，一记霹雳斩袭来，直直击向薛冉冉。

苏易水扯着薛冉冉避开要害，可是那一斩正好划开了薛冉冉的衣服口袋，那一页天书顺着破口飘落。

这时，地面突然飞速闪过一人，捡起那一页天书转身就跑。

薛冉冉看得分明，那人正是沐冉舞！看来她偷听多时，知道那天书的好处，便想坐收渔利。

就在薛冉冉暗叫一声"不好"的时候，盾天却挥手一记掌心雷，直接将沐冉舞击倒在地。

沐冉舞这次疼得叫都叫不出来了，瞬间倒下，浑身抽搐地抓挠着地面。

盾天冷哼，一个供他驱使的喽啰而已，还能叫她成精反天不成？

就在这时，薛冉冉快速落地，伸手去抢那一页天书。盾天随后也到了，再次使出掌心雷击向薛冉冉。

这一次，又是苏易水挡在了薛冉冉身前，生生受了这一猛击。

盾天的实力太强了，而其他助力也被他击退。苏易水知道只有破釜沉舟，才有可能击败他。不然依盾天的能力和深沉的心思，迟早又要酿出大患！所以这次，眼看着盾天再次袭来，苏易水却完全不躲闪，以单手为刃，直直袭向盾天。而盾天的黄帝刃也直直插向苏易水的胸膛。那刀刃极长，可是盾天只向前推进了一寸便再难前进。

薛冉冉冲过来，用双手握住了黄帝刃，不让盾天继续往前推进。而苏易水已经徒手为刃，直直插进他的胸口，抓住了他跳动的心脏……

只有半个元婴的魔仙也是仙，所以苏易可以抓住盾天这个魔的心脏，同时用力拉扯，一下子就扯了出来。

苏易水的胸口中刀，却带着一股阴冷的笑意道："我还以为魔不会有心跳和温度。原来你的心还跟人一样啊……"

盾天依旧紧握着刀柄，捂着失去心脏的胸口，死死瞪着眼，依旧执拗地要将刀刃完全推入到苏易水的胸膛。

"我就算死，也要你来垫背！"盾天的杀气丝毫不退。再进一寸，刀刃便要贯穿苏易水的胸膛！

薛冉冉拼尽全力，握住刀刃的双手鲜血淋漓，却丝毫不敢松手。她急中生智，看着盾天的眼睛，突然开口说道："天脉山有一处幻境，有小溪茅屋，窗畔有鸟儿鸣叫，那一定是你最想去的地方，我们……会将你埋在那里，你可日日听见孩童的嬉笑声，还有……你妻子轻唱的安眠曲……"

说着，她强忍着疼痛和焦灼，开口轻声吟唱天脉山幻境的歌。

伴着歌声，盾天满脸的狰狞慢慢散去，他的眼睛不自觉地朝着天脉山的方向望去。

空山正对着天脉山，他师姐当年选择的这处修真之地，视野真的很好。

伴着天际渐露的晨曦，他可以看见天脉山苍翠绵延的山脉，看见他带着妻子亲自攀爬过的山崖，在那里，他的孩儿嚷着要吃树上的果，一个接一个，酸倒了牙，又不依不饶地哇哇大哭……

那里真的很好，那处幻境，几百年来，他却一步都不敢踏入，因为他怕这个美梦太好，醒来时会让他痛不欲生。

可是现在，他马上就要跌入一场再也醒不过来的梦里了，被掏空心脏的胸口，因为想起了那幻境里最甜美的记忆，而变得不再那么空荡荡的了……

在薛冉冉轻柔的歌声里，盾天握着黄帝刃的手终于慢慢松开，然后用手指着天脉山的方向，颓然倒下！

一代大能盾天，在咽下最后一口气息时，睁大着眼，直直越过崇山峻岭，看着他隐藏着幻境的地方……

盾天倒下时，薛冉冉甚至来不及松一口气，那刀刃虽然没有完全贯穿苏易水的胸膛，可是对苏易水来说也是致命伤。

想到那页天书言之凿凿二人同归于尽的结局，薛冉冉强令自己不许哭，更不许慌！没有什么天命是在劫难逃、不可更改的！她既然改过一次天命，那么一定可以改第二次！

想到这儿，她大声对龙岛镇神道："快，引来塔上的青龙之血给苏易水！"

她这么一说，凤眸立刻心领神会。

当初那逆天骨塔是靠青龙之血黏合而成，这种拥有无限神力的灵血对受重伤的苏易水来说有无尽神益，比吸食一百个魏纠都管用。

于是龙岛镇神再次腾空而起，绕着骨塔的废墟盘旋。身为龙神，她可以号令诸龙，所以不费吹灰之力便将依附在骨塔上的青龙血引出，汇成血泉包裹住了苏易水。

"你先忍忍，我将刀拔出来……"有了青龙之血愈合伤口，薛冉冉才敢去拔那把一直插在苏易水胸口上的刀。

这把刀不是凡尘之物，一旦被它割破，很难愈合，幸好它插得不深，又幸好薛冉冉想起用青龙之血。

当苏易水总算被龙血包裹住了，缓过一口气时，一旁的沐冉舞艰难地爬了过来："姐姐……救我！快，用青龙之血救我！"

薛冉冉径直越过了她，甚至不看她一眼。

对这个所谓的前世妹妹，薛冉冉已经仁至义尽。

她这一世从来不曾跟沐冉舞生出过什么姐妹之情，而之前她算计自己，射出毒针，更是消除了薛冉冉对她仅余的一点儿同情心。

中山之狼不可救，这样的教训，一次就够了！

沐冉舞被薛冉冉此时的冷漠激怒了："你是我的姐姐！怎么可以不管我呢！难道你忘了爹娘对你的嘱托了？保护我是你的责任，是你甩脱不掉的责任！"

薛冉冉看着身负重伤的她，淡淡道："可是……我早就不是你的姐姐了，不是吗？"

沐冉舞被薛冉冉此时眼底的冷意刺痛了，她终于发现这个对谁都和气的小姑娘对她带着遮掩不住的厌恶。

二十多年前，姐姐从来都没有用这样的眼神看过她！

此时，被盾天击伤的她能感觉到自己的真气如同被刺破的水囊中的水一般，争先恐后地流逝，随之流淌的，还有她所剩不多的生命气息。

"你怎么敢这么说！你是我的姐姐啊！最疼我爱我的姐姐啊！你怎么……怎么可以眼睁睁地看着我去死！"沐冉舞大口地吐血，却依旧心有不甘地咆哮。

薛冉冉正在救治高仓和白柏山他们，听闻这话，她叹了一口气，语带怅然道："可是那么好的姐姐不正是被你亲手害死的吗？"

沐冉舞登时语塞——当年正是她出卖了姐姐，向三大门派透露了姐姐的行踪，还亲自将姐姐引入了埋伏圈……

如果是沐清歌，无论她做了什么，沐清歌都会原谅她的，绝对不会跟她锱铢必较！可是……沐清歌已经不在了……被她亲手害死了。

当死亡的刺骨寒意向沐冉舞袭来的时候，失血过多而生的冷意让她产生了幻觉。那时的她还是个扎着辫子的小姑娘，哭着在破庙的屋檐下喊饿，她的姐姐则从怀里掏出一个硬硬的馒头，一边喂给她吃一边柔声道："小妹莫哭，你要想着这馒头是一碗刚出锅的红烧肉，喷香，嫩滑，卤汁咸淡正好！"

在她的心里，那时的姐姐就是娘亲一样的存在！可是她什么时候将姐姐弄丢了，再也找不回来了呢？

"姐姐……我想吃你做的红烧肉……"当薛冉冉起身的时候，沐冉舞哽咽地说完她最后的一句话，便咽下了最后一口气。

不知道为什么，对沐冉舞的破口大骂可以无动于衷的薛冉冉在听到她这没头没脑的临终遗言时，眼底的清泪一下子奔涌出来。

可是她哭得一阵茫然，根本不知道自己是为何如此垂泪，就好像身体里住着另一个自己，而此时的那个她正在为沐冉舞的死去而伤心、落泪……

苏易水刚刚能动一动身体。当看到薛冉冉像个无措的孩子，对着沐冉舞的尸体落泪的时候，他努力坐了起来，将薛冉冉揽在怀里。

也许现在的她全无前世的记忆，可是有些东西是铭刻在灵魂深处的。

苏易水当然知道沐清歌曾经对自己的妹妹是如何宠溺，也正是因为这一点，他才对沐冉舞三番五次的挑衅无动于衷。不过，造化弄人，沐冉舞到底罪孽深重，作茧自缚。而他现在能做的，只能是给薛冉冉一个温暖的怀抱，让她尽情地哭，再与前世的种种恩怨做个彻底的诀别！

不过薛冉冉还记得一件重要的事情，当她弯腰正要捡起那页天书的时候，却发现这页"纸"变得滚烫，让她一下子撒了手。

就在这时，天际的浓黑里突然出现一道祥光，随之而来的是一道天火，将那张"纸"引燃了。

"天机不是凡人可窥见的，难道你忘了偷窥天机的下场？"伴着这一声呵斥，天际出现了几个人影。

第三十四章 十日之期

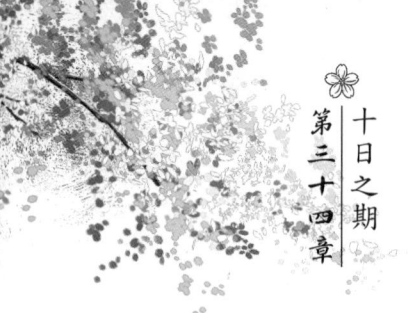

薛冉冉循声望去，原来是先前跟药老仙监督万劫天谴的几个仙人，不过他们现在都簇拥着中间一个白发白眉却看似童颜的仙人。

说话的正是那位白眉仙人。

天界的神仙也分三六九等，像药老仙这样的资历尚浅者，只是下仙。那几个趾高气扬的仙人对这位白眉仙人毕恭毕敬，他应该是位地位很高的上仙。

药老仙称呼他为"紫光仙尊"，据说，他是八大上仙之一。

薛冉冉朝着他抱拳道："冉冉再世为人，已不记得前尘往事，还望这位上仙明察！"

那位白眉仙人挑了一下白眉："你这刁钻的丫头，是准备拿不记得前尘为借口，搪塞过去吗？"

薛冉冉现在对这些神仙的感觉很微妙，尤其他们还是纷纷在事后赶到，这种感觉就更微妙了。所以她说起话来毫不客气："我本尘间之人，未曾屹立云端俯视世事全貌，所以做事只求竭尽全力，不愧对天地良心！为了抵抗盾天，免得四方百姓陷入无望绝境，我等唯有借助能借助的一切，这才勉强打败了盾天，免得四方倾覆……也许诸位来得再早些，我等也不必偷窥天机，自然能胜券在握！"

薛冉冉这话说得棉花里藏的都是小钢针！但凡要点脸的人听了，都得老脸一红。虽然高居云端的那几位已经不是人很久了，但听了薛冉冉的讥讽，一个个也变成了"萝卜脸"，不红不白的。

薛冉冉说的都是事实，那些上仙当初因为无法摧毁骨塔而做了省事的决定，要倾覆四方以避免时光倒流。

现在薛冉冉他们九死一生，不光摧毁了骨塔，更是杀死了入魔的盾天，于情于理他们都没办法再斥责。

仙和人一样，自有天地间一杆无形的秤来衡量功与过，苏易水和薛冉冉他们此番救助四方百姓，形成的福荫不浅，若是现在立刻将他们惩处，做此决定的神仙只怕会形成恶因，反噬自身。所以就算是薛冉冉泄露天机犯了大忌，上仙们也不得不衡量一下。

那位白眉仙人继续说道："天书被窃不是小事，你与苏易水都是当事人，而且苏易水身为魔仙，却私自分出元婴，干预人之生死轮回，让本该死去之人转生，这样的罪过跟盾天所犯下的有什么区别？……十日后，乃天界之门开启时，没有脱离凡胎之人也可以登天。到时候你们得入天界，在仙界天尊的面前陈情领罪……"

也许这位上仙也有些拿捏不住惩罚的火候，干脆将"烫手山芋"扔到了掌管上仙的天尊那里。

他们已经将那一页天书焚毁，可以跟上级交差，至于其他的天罚，要留到十日后由天尊定夺。

不过，药老仙擅自留下，跟着这些凡人胡闹，却要立刻受惩罚。所以紫光仙尊冷冷地命令药老仙立刻回天界陈情，等候发落。

药老仙倒也不甚在意挨罚的事情。也许是方才薛冉冉对他毫不留情的斥责让他猛然醒了过来，他自问自己是否真的忘了升仙的初衷。

今日，他作为天界的下仙，本不该掺和到这样的事情中，可是今日一战打得何等酣畅淋漓！更何况他能再次与凤晔并肩而战，简直似美梦一般。可惜梦总有醒来时，他依依不舍地看了一眼凤晔，便被紫光仙尊投下的一道光晕笼罩，飞升上了天界。

当他回头凝望地面时，方才在激战中几次舍身维护他的凤晔却不愿看他一眼。他想说什么却又不知从何说起，只能叹一口气，任凭身体渐渐上升，消失在天际……

神仙退尽，地面上的众人要开始打扫战场。

这一场大战，西山派虽然没有亡者，却伤势惨重。高仓和白柏山他们吃了药老仙给的丹丸，总算平稳了心脉，可是丹田受损，需要漫长的时日休养。

最可气的是，西山众人拼死一搏，最后落得天界十日的缓期宣判。丘喜儿觉得太丧气，在那些神仙走干净之后，指着苍天破口大骂。

薛冉冉没有心情骂街，她正在运功替苏易水疗伤。他的伤势很重，虽然有了青龙血保命，可是依然需要静养。

薛冉冉从来都不知她的转生竟然是苏易水用他的仙格换来的，想到他若真的跟盾天同归于尽，冉冉觉得自己肯定不会独活，定要追随他而去。现在他还活着，那么她就可以安心了。至于十日后的事情，便走一步看一步了。

就在众人休整的时候，温纯慧上山看了看空山派的屋舍。虽然盾天已经入魔，但他并非嗜杀成性之人，而他驱使的那些教众又都是心志不坚、贪欲甚重者，所以空山派的弟子大部分被囚禁起来，迷失的心智也渐渐恢复，并无性命之忧，于是她让他们先上山，在客房暂住，养好了伤再走。

不过，温纯慧婉言谢绝了魏纠的帮助，请他回赤焰山查看残局。

空山的骨塔是逆天之塔的主塔，现在主塔坍塌，其他塔应该也不复存在。他作为赤焰山的主心骨，不能不去。

温纯慧是看透了魏纠的为人，他就是个真小人！

大难当前的时候，魏纠都能时不时动一动心眼。现在解决了盾天，若是让魏纠上

571

空山，这个魔头说不定会做出什么幺蛾子来祸害空山。

魏纠也看出了温纯慧客气言语里的撵客意思，不由得冷笑三声，挥袖让屠九鸢跟着他折返赤焰山。

他现在也急着回去查看他的基业还剩下多少，无心在此地停留。

虽然现在苏易水受伤，正是弄死他的绝佳机会，但是有那两条龙在，他很难成事。他向来觉得自己跟苏易水的能力在伯仲之间，可是苏易水早在二十多年前就以魔子之身修炼成仙了！

魏纠如今终于深切地体会到什么是云泥之别，这样的酸水已经够他喝上后半辈子了，所以他走得倒是很快，一点儿不拖泥带水。

屠九鸢抿嘴低头，跟着魏纠走了。

可是没过多久，屠九鸢又偷偷一个人折返空山。

薛冉冉正带着几个空山派的弟子在山林子里摘草药，看见她突然折返，自然得开口问她是不是落了什么东西。

屠九鸢却一下子跪在她面前："我欠了你天大的人情，索性厚着脸皮再求一求，请姑娘帮我想想办法，保住我腹内的胎儿。"

俗话说："为母则刚。"魏纠摆明了不管她腹内的婴孩是谁的，都不许她留下。如果跟他回赤焰山的话，她只能饮下一碗打胎药。可是若她私自逃跑，赤焰山惩治叛徒的手段血腥、残忍，她还是难逃一死。所以思来想去，屠九鸢只能来求薛冉冉，看看这个古灵精怪的小姑娘能不能替她想出什么法子。

薛冉冉看着屠九鸢白着脸捂着肚子的样子，伸手替她探了脉。虽然屠九鸢一路波折，心绪不宁，不过她的胎像平稳，肚子里的应该是个健壮的小家伙。

薛冉冉沉吟了一下，说道："原本我西山可以收留你，可你也知十日后我和师父要上天界受审，福祸不知，没法子庇护你周全……也许有个地方是你避世的好去处，但是需要得到那里主人的许可，我可替你问问。"

等到薛冉冉问起龙岛镇神，屠九鸢才知道她所说的避世好去处就是传说中的龙岛。那里群龙环绕，是个万分凶险之处，魏纠就算有通天的本事，也不敢到那里迫害孕妇。

只是薛冉冉也不确定龙岛镇神会不会答应，毕竟龙岛是禁地，谢绝外人入内。

可是她不过略提了一下，龙岛镇神立刻一口应下，痛快得让薛冉冉吓了一跳。

龙岛镇神却说她也是存了私心的，就看屠九鸢肯不肯答应。

原来，这次龙岛镇神出岛，本身就触犯了天条，难逃天罚。她当初因为天罚而毁掉了五百年的修为，容貌也被毁大半，这次如果再受罚，必定更加严重。所以她愿意结下一份善缘，帮助屠九鸢保住腹内的婴孩。到时天罚将至，不知能否因为她的善举，而减轻一丝丝的雷霆天罚。

更重要的是，婴孩乃至纯的存在，雷霆天罚绝不会伤及孕妇，伤害这一世未染原罪的婴孩。

如果屠九鸢到时候肯帮她护法，她也许能够侥幸逃过一劫。

屠九鸢一口答应下来。她在赤门长大，受了环境熏陶，做事异常狠辣，可是骨子里是个很重义气之人，所以龙岛镇神直白地告知，她也一口应承下来。反正到了哪里都逃不开魏纠的追捕，她不如拼死一搏，就算真有什么不测，她也会跟自己的孩儿同去！

龙岛镇神似乎看出了一旁薛冉冉的担心，又说道："放心，就算我没有熬过天罚，因为天罚不在了，龙儿也会护她周全，等她生下孩儿，再将她们母子送出龙岛。"

她说的"龙儿"就是龙少年。它是在龙岛之外出生的，未曾落下禁锢之印，就算出岛也不会受到天罚，所以她当初才会带着它一起出岛。

听了龙岛镇神的话，龙少年立刻发出抗议的号叫声，似乎不准干妈说如此丧气的话。

安排好一切后，薛冉冉送走了二龙和屠九鸢，便回去给师父熬药，服侍在病榻前。

自从苏易水恢复记忆后，二人一直没有机会好好独处。

现在一场大战过后，便是难得的宁静时期。

此时，夕阳未落，天空却顶着太阳再次下起雨来。

他们暂住的客房外是茂密的芭蕉丛，雨珠落下，发出噼里啪啦的声音，催得人昏昏欲睡。

所以薛冉冉喂完药，便如疲惫撒娇的猫，也慢腾腾地挨上了床，将自己的脸埋在苏易水怀里。

苏易水原本以为她困乏了要睡，自然不会闹她，只搂着她，嗅闻着她身上的淡淡馨香闭目养神。

可没一会儿，他觉得里怀的衬子湿了。他伸手抬起她的下巴一看，那嫩生生的脸上挂满了泪水。

"怎么了？"他忍不住皱眉问。

薛冉冉哽咽道："你这个大傻瓜，竟然为了我放弃元婴，难道你不知道元婴与结丹不同，一旦受损，再难修复吗？"

修真者穷极一生的追求便是修真成仙，一旦成仙便可脱离凡人的生老病死，达到永生。

苏易水以魔子之身修成正仙，又因为她而轻易放弃了，他知不知道他究竟舍弃了什么？

573

苏易水伸出长指揩拭着她脸上的泪珠，却发现那眼泪越擦越多，所以他索性也不擦了，直接用嘴唇吮干了她脸颊上的泪，然后低头附上了她的唇，将她的哽咽也一并咽下。

待二人的唇分开的时候，薛冉冉已经气息不稳，想哭都有些不上来情绪了。

"我在跟你说正经的，你这般不正经干吗？"她忍不住想推开他，可是苏易水跟石头一般，重得她怎么也推不开。

苏易水凝望她的眼神幽深得很，仿佛要一口将她吞下。

他幽幽问道："你知道我当年为何能冲破魔子体质，那么快地飞升吗？"

薛冉冉吞了吞口水，摇了摇头。

"当年你身边围了太多的男人，却看都不看我一眼，我那时就在想，什么时候我能变得再强些，强大到你无法忽略，眼里全是我……"

薛冉冉被他的真心话气乐了，这是嫉妒使人进步吗？天底下善妒的人多了去了，照他的逻辑，岂不是人人都能入魔成仙？

"那现在呢？我身边要是出现了别的男人，你难道要学盾天，再次入魔？"

苏易水挑眉道："现在倒是省事了。我不是已经下了聘书，你爹娘也应承了吗？我虽然成过仙，可是还想走一走世俗的礼节，明日回转西山，我们先拜堂成亲吧。"

到时候，他是她的夫君，若真有不知好歹的往上凑，他杀起狂徒来更是名正言顺！

薛冉冉原本以为苏易水会忧心天界的责罚，跟她好好商量应对之策，可没想到他提起了八竿子打不着的婚事。

这……都挨不上啊！

苏易水现在很是扼腕自己失忆时的高傲劲儿，竟然不知乘胜追击，趁着下聘书时，一早入了洞房，竟然白白浪费了这么多时日。

所以他觉得该将婚事提上日程了。

薛冉冉张口想要说话，可是苏易水怕她说出什么拒绝的话，干脆伸手堵住了她的嘴："我什么都记得时，你怕我只爱二十多年前的你；我失忆之后，全忘了旧情，不也栽到了你薛冉冉手中吗？你若再推三阻四，我便要提审你，是不是在玩弄我，不肯交付真心！"

薛冉冉与他鼻尖挨着鼻尖，看着他语气冷硬地盘问，却露出一副怕被玩弄的狠厉样子时，完全是失忆时师父的德行嘛！

其实，在薛冉冉这一世与苏易水认识的前两年里，一直是把他当成师父的。至于师徒之情什么时候演变成了爱慕之情，仔细想想，竟然好像是在他失忆的时候。

那时候的苏易水全无当师父的样子，性子别扭得很！完全就是《玩经》里的凶兽。可也正是因为这一点，她看到了师父往日清冷、完美外表下的臭脾气，也不由自主地喜欢上了这样的他……

十天的光景说到就到，等到了那时候，她就要与他上一起上天界受审，吉凶不知。可是如果这一世，她能与他结为夫妻，哪怕只有十日的甜蜜也此生无憾！

想到这儿，她用力拨开了他捂着她的嘴的手，故意露出纨绔子弟的浪荡笑容，挑起了苏易水的下巴，色眯眯地看着他俊帅的脸，忍不住亲了一口，道："既然你恨嫁心切，那我姑且纳了你——啊呀——"

她吊儿郎当的话还没有说完，就被苏易水翻身压在身下，一时被浪翻滚，低笑声不断……冲淡了将要入天界受审的忧愁。

第二天，西山的一行人休整完毕就要折返西山。

一路上，薛冉冉空闲下来，可以静心想一想龙岛镇神在临行前跟她说的话。

龙岛镇神说，那天书原本是架设在天界问仙台的一本无字书，书页常年闭合，非一般人能打开。所以，当年沐清歌能够进入天界翻看无字书，甚至撕下一页，怎么想都是一段诡异到不可能的经历。若是薛冉冉能想起前世的一切，说不定能揭开谜底，待天界审问他们的时候，也可以更加从容地应对。

至于苏易水的身份，在天界的确是尴尬的存在。

魔子现世，本来是人界历劫的存在，若是功德圆满，还有可能在被利用殆尽后侥幸飞升，得个下仙的仙班，一点点地熬上去。但以魔身成仙者，本身就跳脱仙班之列，甚至不受天尊管辖。这样的变数，对所有为仙者来说，都是让人不能安心的存在。而苏易水最后舍弃了元婴，其实天界是乐见其成的。甚至苏易水当年得到那棵转生树，也是受了高人指点。只是那高人背后是好心还是别有用心，有待商榷。

苏易水看着薛冉冉费心思量的样子，只是淡淡道："不必担心，我不会让你有事的。"

可是薛冉冉还是忍不住思索发生过的一切。经历了一连串的波折，她看周遭的一切都带着怀疑的态度。

另外，还有一个念头一直盘旋在她的心头——当年沐清歌看到那本天书，会不会也是个阴谋呢？

等他们回到西山的时候，薛冉冉的爹娘已经等得坐卧不宁了。

这些日子来，天下风云突变，尤其是那四座黑塔将整个西山包围。电闪雷鸣甚至波及西山，让人心悬着空山的情形。

后来就是薛冉冉利用飞鸟传书，在通知皇帝苏域的同时，也通知了西山的曾易，让他带着她爹娘先行逃散。可是巧莲和薛木匠听闻女儿正身涉险境，死活不肯走，只哭着说不能留下冉冉独自承受危险。他们哪里都不去，就是要在西山等冉冉回来。

上苍总算没辜负他们的一片爱女之情，他们的冉冉终于全须全尾地回来了。

巧莲高兴得哭个不停，恨不得将乖女儿搂在怀里当个婴孩晃，然后便奔到厨房开始切肉、备菜，让辛劳几日的女儿好好补一补。

别人可能不知，她的乖女儿可是拯救天下苍生的头等功臣呢！

在饭桌上，薛冉冉的饭碗都要被巧莲夹的菜堆满了。

当然，苏易水也趁着吃饭的工夫，宣布了两件事情。

第一件事情就是，他将要卸下西山宗主的职位，将西山交还给薛冉冉，同时也与薛冉冉解了师徒的名分。

欢快吃饭的众人听得一愣，白柏山小心地问："师父……您这是要将自己逐出山门吗？"

苏易水点了点头。

高仓立刻哭丧着脸道："师父，您不要我们了？再说，小师妹怎么气着您了，您竟然要离开西山，一人出走？"

薛冉冉觉得满桌的好菜须用心品味，可苏易水如此故弄玄虚，搞得大家吃不下饭，实在是辜负了鸡鸭鱼肉。她用力瞪了苏易水一眼，然后顾不得羞涩，大声道："放心，你们的师父虽然将自己逐出了山门，但也给自己寻了个好归宿……那个……我要成亲了！"

巧莲眨巴着眼睛，第一个听明白了。女儿终于想通，要嫁给苏仙长了！如此一来，这西山给了女儿也是嫁妆，兜了一圈，不还是苏仙长的？想到自己这些日子积攒的嫁妆终于要派上用场，巧莲欢喜得不得了，拉着苏易水的手，便是"女婿"长"我儿"短。

这下子，众人也全都缓过劲儿来，一下子笑出了声。

只是去过空山的诸位笑容里还带着微微苦意。

他们受了薛冉冉的叮嘱，都没有跟巧莲夫妇说二人泄露天机，要接受天审的事情。现在听闻二人准备共结连理的喜讯，众人心里也是百感交集。十日之后，天界开审，就是个未知的天雷。不过现在他们还是要尽心准备这一对仙侣的婚事。

可惜这等喜气还是挡不住恶煞冲山。第二日，就在众人张灯结彩之际，魏纠横闯西山山门，恶狠狠地质问苏易水："我问你，屠九鸢被你藏到哪里去了？"

苏易水立在山门前，正看着高仓和白柏山往西山的山门上挂红灯。他伸手摆了摆，示意两个徒弟灯笼挂得有些歪，须正一正，然后才慢条斯理道："她又不是我西山的弟子，你何故来向我要人？"

赤门的门人入门时都会被下蛊咒，平日还好，可是一旦叛逃赤门，作为门主，魏纠自然能催动蛊咒，寻觅她的踪迹。

在发现屠九鸢不声不响地偷跑的时候，魏纠愤怒无比，他念及她有身孕在身，身体虚弱，所以并没有立刻催动蛊咒，只想等屠九鸢冷静下来，自己回来认错。

没想到等了两日却不见她回来的迹象。魏纠彻底怒了，再也顾不得许多，立刻催动了蛊咒，可让他没想到的是，当他催动之时，蛊咒袅袅无音，丝毫没有回应的迹象。

魏纠当时就怀疑屠九鸢已经折返，寻找西山众人，然后他们想了什么奇巧的法子将她藏匿起来。所以他便气势汹汹地来西山寻人，没想到却遇到西山张灯挂彩，也不知是要做什么。

等知道苏易水要成亲时，魏纠的心里更是酸极了。

听到苏易水否认之后，他冷笑道："你倒是撇得干净，藏了我的女人，你是准备当现成的爹吗？"

刚刚下山的薛冉冉恰好听到魏纠的酸话，便出声道："你放心，你不要的孩子，自会有疼他的爹爹，不需要阁下操心他的干爹是谁。"

魏纠一直强压着怒火，现在突然听到薛冉冉话里的暗示，意思是屠九鸢已经给肚子里的孩子找了新爹，登时火冒三丈，咬牙切齿道："苏易水，你以为你一个半残的魔仙就能够吓唬住我？若是不交出屠九鸢，待十日你遭了天审之后，我便带人血洗了西山，将你的徒弟都剥骨抽筋！"

他虽然一点儿都不想屠九鸢生下孩子，更不想当爹，可是想到屠九鸢揣着他的崽儿跟了别的男人，酸水就拱到了嗓子眼。

苏易水原本不甚愿意搭理魏纠，可现在听到他这么直白的威胁，苏易水的眼神也凌厉起来，慢慢转向了魏纠。

魏纠说完，发现苏易水杀气腾腾地瞪过来时，才意识到自己说了蠢话。

他这么说，不是逼着苏易水赶在十日天审之前先把他宰了吗？

想到这儿，他赶紧后撤，可惜已经晚了，苏易水的攻势已到，招招狠毒，不留后手。

自从空山之战后，苏易水已经不再刻意封禁自己那一半的魔仙元婴。他出手的时候，虽然只是一只手臂出招，动作却迅猛极了。

只那么一瞬间，魏纠已经连中数招，口里连吐了几口老血。

"苏易水！你大爷的！我好歹也是与你并肩御敌过的，你竟然如此不顾念旧情！"魏纠有些抵挡不住，立刻一边后退一边出声喝骂攀交情。

但是苏易水翻脸不认人，压根儿没有收手的架势，立意要弄死魏纠。

魏纠现在算是彻底体会到了自己跟苏易水力量的悬殊。

苏易水并没有急着弄死他，完全是猫玩耗子的架势，就已经快要震碎他的五脏六腑了！无奈之下，他只能一边吐血一边高呼："我方才不过是玩笑之言，你怎么还当了真！大不了我起魂誓，就算你被劈了，我也绝不动你西山弟子分毫！"

薛冉冉这时出声道："易水，我们成婚在即，不宜见血，他若愿起誓，且听他如何说！"

十日天审将至，薛冉冉也不希望苏易水再造杀业。

最后，魏纠碰了一鼻子灰，又吐了几口老血，起了个完美魂誓作为新婚贺礼，终于滚蛋了。

临走的时候，他还不死心，转头对薛冉冉道："屠九鸢究竟在哪儿？大不了我再起个魂誓，保证不伤害她和肚子的孩子就是了。"

可是这次薛冉冉摇了摇头："她不过是想要好好将自己肚子里的骨肉抚养长大，你那个赤门乌烟瘴气，不适合孩儿成长。她未曾谋算过你，又给你做过管事婆子，做了那么多的脏活，这么多年不见什么工钱，你也算便宜占尽了，但凡有一丝恻隐之心，都不该如此追着她不放。你不曾关心过她的生死，放一个不重要的女人一马，又有何损失？"

魏纠被薛冉冉的话堵得死死的，他自问自己的确不爱屠九鸢，只不过这么多年来，他已经习惯了屠九鸢的服侍，他的一切喜好，只有她知道得清清楚楚。不过，要他再为一个不重要的女人低三下四，实在触碰他的底线。

魏纠见在此讨不到好处，终于气乎乎地走了。

苏易水搂着薛冉冉的肩膀看着魏纠绝尘而去，西山的山门总算又清静了。

屠九鸢身在龙岛，有龙盾隔绝，半点儿气息都透不到人界来。魏纠恐怕穷极一生都找寻不到屠九鸢和她的孩儿了。

不过，魏纠如此高傲之人，方才竟然为了一个他所说的不重要的女人愿意主动立下魂誓。而且他听到薛冉冉要与苏易水成亲之后，竟然也顾不得吃醋，只一心要知道屠九鸢的下落，细细品来，的确有些耐人寻味。

薛冉冉想起魏纠跟苏易水一样都是曾入天脉山黑池之人，不由得有些感慨。黑池断情绝爱的诅咒，会让每个入池的人经历痛失爱人的苦楚。也许那池子的诅咒，就是让人在意识到自己动心之时也痛失所爱吧？

想到这儿，她叹了一口气，道："空山派的温长老飞鸽传书，说已经找到了天脉山废墟下的那处幻境，将盾天的骨灰留在幻境里，也算是让他们一家团圆了……"

当初试炼后，天脉山坍塌，所以找寻幻境颇为麻烦。温长老主动揽下了这桩差事，让苏易水他们可以好好利用这十日的珍贵时光。毕竟十日之后，天审难定，这对历尽波折的有情男女目前共渡的每个时辰都弥足珍贵。

苏易水伸手替薛冉冉整了整她脖子上挂的项链，那项链坠子是个透明的琉璃球，里面是息壤供养的转生树。

若是仔细看去，转生树已经长大了两倍，树冠散开，枝蔓蔓延，将琉璃球的大半都已经填满了。

薛冉冉天生体亏，因为转生树的庇佑，已经好了大半。她的眉眼越发有前世的风韵，而身段如今不光长高，也越发窈窕有致……

苏易水看得喉咙发紧，将她搂在怀里，在她的耳旁低低道："不要去想不相干的人了，你我今夜便要成婚了，你可做好了准备？"

薛冉冉前世虽然号称调戏三千美少年的女色魔，可是据她所知，自己二十多年前就是个光说不练的花架子，白白担负了女色魔的骂名。

倒是看起来一本正经、禁欲感十足的苏易水调戏、轻薄她时，看起来经验老练得很！尤其是在空山客房里胡闹的时候，虽然他最后及时止了手，可是也占了不少便宜……那些老练手段，可不像什么青涩的新手！

薛冉冉想到他以前的种种情史，不禁疑心他与温红扇之流有些故事，一时间不由得冒着酸气道："要如何准备？你不是尽会吗？还说不曾对别的女人动过心……莫非不动心，只动手来着？"

苏易水看着薛冉冉难得冒酸气的样子，低声笑了，贴着她的耳朵道："我对谁动过手？不过是二十多年来，夜里总有个狐媚女人入我梦中，一边唤着我'水儿'一边诱着我，许是梦做多了，许多事情也就无师自通了……"

薛冉冉听了，连忙举目四望，生怕高仓他们听了去。幸好高仓和白柏山有眼色，一看新任宗主跟前任宗主腻歪，老早就闪人了。

薛冉冉恼笑着捶他的胸道："没听说还有人在梦里学这个，难道入你梦的是狐妖不成？"

苏易水勾着薄唇笑了："我今晚定要好好验看一下，她究竟有几条狐尾！"

这下，薛冉冉的脸彻底红了。她只是个刚满十九的小姑娘，没做过多少乱七八糟的梦，想想他说的话，脸都能滴出血来了。

薛冉冉再怎么羞涩，也到了晚上成礼的时候。苏易水一天都不肯耽误，非要坚持晚上成礼。

幸好巧莲嫁女心切，这些日子来将嫁妆攒得足足的。所以婚礼虽然只有西山之人，仪式简单，却也热闹。

不过，薛冉冉身上的嫁衣不是巧莲准备的。苏易水打开了西山的库房，从里面取出一个檀木衣箱。

当打开木箱时，苏易水从里面取出了一件火红的衣裙。这衣裙的布料也不知是用什么做成的，红中透金，裙子胸口的位置缀满了闪亮的宝石，长长的裙摆拖地，好似火凤的长尾。

这般奢华美丽的裙子，无论面料还是精细的做工，都不可能是月余就能完成的。

薛冉冉问苏易水："这……不会是你二十多年前准备的吧？"

苏易水点了点头，倒是肯敞开心结说出当年的别扭心境了："你那时喜欢红衣，苏域投你所好，买了许多布料送你。他那粗鄙的品位挑出的东西，穿上真是俗不可耐。所以我特意寻来了赤色霓裳，请来熟手绣娘足足缝制了一年……"

薛冉冉看到这裙子是完全崭新的样子，并没有上身的痕迹，便问："那我怎么没穿？"

苏易水没有说话，只是眉宇再次紧皱了起来。

薛冉冉一下子明白了，衣服制成的那日，她已经不在人世了。苏易水唯有带着满腔的悔恨，将这迟来的衣服锁入檀箱封存。

不过，依着他那别扭的性格，二十多年前只知道捧醋狂饮，未曾与她表白，若是有机会送出去衣服，也不会说什么好话。大约就是："偶然得了件衣服，这等珠光宝气的庸俗正好配你，姑且给你，免得扔了可惜……"

薛冉冉这么想着，便笑着说了出来。

可是苏易水伸手撩动她鬓边的碎发，淡淡说道："男人送女人衣服，别管他嘴上说的什么，其实心里都是希望能看到她如何轻解罗衫，将它脱下来。"

薛冉冉有些不好意思地听着他不正经的话，将衣服抱在怀里，转身跑出了库房。可是不一会儿她又探头回来，冲着他道："那等我穿上时，你再亲自替我解，可好？"

她说这话时，脸颊漾着红霞，贝齿轻咬朱唇，一双眼眸里满是娇羞的微光。

苏易水的眼眸因为她的话瞬间深沉，喉结不由自主地上下滑动了一下，眉头间的魔仙符文甚至都浮上来了。

他伸手想要抓住那魅惑人的小妖女，可是薛冉冉如入水的鱼儿一般，笑着溜走了。

成婚那日，薛冉冉便穿上了这件封箱二十多年的红衣。她的发髻高高梳起，只用一顶华丽的冠来固定，金丝粘翠，大颗的东海珍珠镶嵌，正好可以压一压那衣衫的奢华。

薛冉冉头上盖着一层薄薄的红纱，一双纤手如春葱，点缀红甲，轻轻扶着二师叔羽童的手，朝着大堂款款而来。

丘喜儿看直了眼，低声道："这不是仙女下凡了？冉冉，你真是太好看啦！"

薛冉冉慢慢抬起头，忍不住看向前方等了她两世的男人。

此时的苏易水也是一身红色的长衫，金冠束发，原本很喜庆的颜色容易让人显得轻佻。可是苏易水天生气质清冷，愣是将红衣穿出几分禁忌的气息。

此时他慢慢朝着她走来，伸手轻握住她的手，虽然周围的笑声不断，可他依然有种入梦之感，仿佛会突然惊醒，就此一场空……

可是他握住的那手也紧紧握着他的，那不容错辨的力道昭示着这一切都是真的。他终于等到了这一天，迎娶他一身红衣的小师尊！

巧莲看着女儿终于健健康康地出嫁了，一时喜极而泣，哭得不能自抑，同时给乘龙快婿备了一罐泡满狗肾、鹿鞭还有大把红参的药酒摆在新房的床头。

做岳母的始终担心苏易水的年岁有些大，总要加一把"柴草"才可放心。她还希望自己有生之年抱上外孙，可别以后夫妻只顾修仙，没在人间留下子嗣。

酒老仙很喜欢这种名正言顺有满桌子下酒菜的场合，他一边喝着酒一边不忘将一个小锦盒子递给苏易水："喏，这就是你让我画的那个……记得要拿捏火候来用啊！"

薛冉冉正披着红盖头，听到此话忍不住半撩起它，大眼睛紧紧盯着那盒子。她的娘亲准备的那壶药酒就够喝一壶的了，这酒老仙平白又递来了什么符做贺礼。恕她一时不正经，反正她想不出那符有什么正经的用途。

苏易水似乎看出了她满眼的疑问，微微一笑，伸手替她将盖头盖好，同时嘴唇微动，似乎在用传音入密跟薛冉冉说什么。

这下子，薛冉冉再次猛地掀开了盖头，瞪大眼睛看着苏易水，然后慢慢地又将盖头盖上了……

这场婚礼，虽然不如世俗官宦嫁女那般隆重，可是薛冉冉的亲近之人几乎都到场了，甚至在成礼之后，跑出去求偶多时的朱雀也带着两只火红的小朱雀出现在西山上空。

伴着一阵长鸣，一大两小朱雀在夜幕里振翅飞翔，散落的红羽泛着金光，若漫天烟花，让人晃目却舍不得移开眼……

当天夜里，新人同饮的合卺酒，便是巧莲酿的十全大补之物。如此上劲的好酒，总算没有被苏易水辜负。

等到了深夜，薛冉冉只觉得苏易水检查起"狐尾"来竟然这般认真卖力。她甚至觉得就算跟昨天那场殊死鏖战都没这般脱力费神！

累得她最后不得不求饶，准备下床，拿出一代宗主的身份警告西山弃徒："你再这般放纵……不知足，岂不是任着贪念横流？对修为大不利！哎呀！"

她话还没说完，就又被他扯上了床榻。

他说得冠冕堂皇，攒了二十多年的饥荒，再不让他吃饱，简直人神共愤！

苏易水如今就跟吃了薛冉冉炼制的开胃清心丸一般，食欲大开，盛宴只吃了一半，主菜别想下桌子！

新人的洞房三日没有开门。

最后，薛冉冉只庆幸自己以前认真修炼过，辟谷三日也不成问题，不然就要被活活饿死在红被浪翻的新床上。

到了第四天，她无力地呆看着身旁长发披散的英俊男人，此时他半披着衣衫，看上去危险又迷人。可这新婚燕尔，明明他才是最出力气的，为何现在却目光炯炯，丝毫不见疲惫？

苏易水单手支头侧卧着，看着昏昏欲睡的女人，伸手从枕下取出酒老仙的贺礼锦盒，从里面取出一张手指宽的金色符纸。

薛冉冉这时睁开眼看着这道符，有些怀疑地问道："你确定现在就要用？"

这话显然十分冒犯苏易水，他眯起眼低声道："你在怀疑我的能力？"

薛冉冉现在太熟悉这男人眯眼看她的深意了，她连忙将被子裹紧，然后将脸埋在被窝里傻笑。

"反正酒老仙只画了这么一道，全看你有没有本事了……哎呀，我错了，再不笑话你了！"

一时间，新人的房里嬉闹声不断。

此时窗畔娇花正艳，新雨珠润，敲打窗棂，两只小朱雀抖着蓬松的毛，好似两个红绒球般在枝头跳来跳去……

当新人终于走出房门的时候，距离十日之期只有两日了。

新娘薛冉冉给父母奉上迟来的新茶之后，甚至顾不得娇羞，便火急火燎道："快，我好饿，娘，成婚那日炖煮的五香肘子可还剩下，全拿来垫一垫肠胃。"

巧莲看着女婿苏易水也在，不好深说，只能好气又好笑道："都几日了，这么热的天，就算吊在井里冰着，也该生蛆了！我给你们俩下些肉卤面条吃吧！"

不过，她在做饭的时候，又趁机溜入了新房，抱走了那坛子补酒。

这大补之物也太霸道了！她的女儿可是娇娇弱弱的，可别补坏了身子！

两人新婚燕尔，如胶似漆，每日都过得十分欢愉。可惜，快乐的时光太短，十日之期转眼即到，今日就是开天门、见天尊的日子了。

依着天规，凡人不可入天界。

苏易水虽然飞升为魔身之仙，却自碎魔婴，失了独自打开天门的资格，只有天界主动打开天门，并且引领两人，他们方能通过天门，进天界受审。

两人早上起来，就发现天上白云变幻，先是一片片的如鱼鳞般，很快又汇聚在一起，一层层堆砌起来。似乎有无形的巨手将白云抓起，如泥土般垒砌起来，堆积出一个高台。高台上又出现了高高矗立的大门，如骄阳嵌入，光芒逼射得人不敢直视，也看不清门内的尽头。

待白云铸造的大门成形，高台上又向下出现一级级的台阶，延伸到西山的上空。

西山弟子看着头顶上空的白云台阶，一个个瞠目结舌。

薛冉冉没有理会这明显给他们准备的台阶，而是吹了声口哨。随着哨音，一个火红的身影霍地飞到薛冉冉身边，正是刚刚归来的朱雀。

薛冉冉拉着苏易水骑上了朱雀。朱雀似乎被天门大开震慑到了，略微不安，扑棱着翅膀抗拒，在薛冉冉的安抚下才放松下来，载着两人向远处高高矗立的天门飞去。

两人飞了一会儿，看见前方仙光缭绕，紫光仙尊从仙光中走了出来，皱着眉头看着两人，说道："你们二人好没礼数。天尊下旨放下接引天阶引导你们，你们却偏偏要自己飞过去，岂不是对天尊不敬？"

薛冉冉笑着说道："仙尊安好！这天阶看似方便，可是错落排列，怕是有上万阶，走起来耗时费力暂且不说，只是如此这般，名头是我们上阶受审。冉冉自忖小节上或有不合之处，在大是大非上却无违心之举。此番面见天尊，是陈情上禀，并非犯错请罪，自行飞过去，既免得天尊久候，我们两人也自在一些。"

她的意思很简单，天界放天阶，是要引受审的犯人，可是她和夫君上天是为了探查天书泄露的隐情，去得堂堂正正。天界给的台阶，不上也罢！

第三十五章

紫光仙尊没想到这触犯天条的二人居然如此硬气，冷哼一声，道："若不通过引领天阶过天门，经过天门之时就要承受天界的压迫之力，到达七重天时便会被拍落回人界。你们若不想拖延时间，还是乖乖走天阶吧！"

薛冉冉移目看向那天阶，一阶阶看似坦途直上，可是仔细看上去，可以发现台阶上细刺不断。

而且苏易水说过，天阶所引之人乃去天界受审的大奸大恶之人，一旦登上天阶，其实也是走上了天界引导的认罪之路，每踏一步，细刺扎入，都会不由自主回想起自己的过往罪孽，万阶便是万劫，上到顶端，往往忏悔得不能自已，痛哭流涕。

薛冉冉自认无错，为何要走万阶忏悔？就算立在天界受审，她也不希望自己泪流满面，伏地告饶。

苏易水也是如此想的，他淡淡道："还请仙尊莫要挡了我们的路。"说着，他衣袖一挥，竟然将紫光仙尊的身形扫得微微一晃。

这一下，让紫光仙尊的脸有些紫中透黑。他乃天界的八位上仙之一，等级仅在天尊和三位帝君之下，尊贵无比，同时他的仙力也不容小觑。可是方才，一个半残的魔仙拂袖，那袖风居然扫荡得他微微晃了一下。这不能不让紫光仙尊惊怒交加，觉得尊严受到冒犯之际也在心里生疑——魔仙到底是什么样的存在？如此来路不正，难道他的神力比正经的上仙还要厉害些吗？

就在这时，朱雀已经载着二人一路直上，到了四重天，一路长鸣，不断飞升。

《太玄》曰，天分九重。到了六重廓天，便不是凡物能够接近的了。

朱雀虽为圣兽，但没有到达升仙的程度，所以往七重咸天而去的时候，便有些力不从心。

苏易水和薛冉冉显然也意识到了这一点，所以在冲向七重咸天时，他们的足尖轻点朱雀的羽背，一跃而上，自行冲向七重天。

苏易水虽然只有一半元婴，可是那另一半元婴就在薛冉冉身上，所以二人各有半个魔仙元婴，冲向七重天时所受的冲力还能抵住。

可是当到了第八重沈天时，薛冉冉感觉到一股排山的力量从天际压下，似乎有无形的巨掌阻止他们前进。

薛冉冉的身形不稳，若不是苏易水拉着，差一点儿就要跌落。

方才看着他们一路而上一直脸色难看的紫光仙尊，脸色稍微缓和了些，立在九重天冷笑道："区区凡人，岂能自行上天？若真能，那些历经千劫万苦才能升仙之人岂不都成了笑话？还请二位量力而行，一点点地爬天阶上来吧！只是这天阶上的刺会随着时间疯长，你们耽搁了这么久，只怕一会儿登上，要受的苦头就更多了。"

这话的嘲讽意味十足，让人听了觉得刺耳。

似乎感觉到薛冉冉身形委顿，苏易水及时拉住了她的手，真气从他的身上源源不断涌出，护住了她的心脉，同时说道："天有呼吸，与人的吐纳相同。你得找准吐纳间隙，天吐则顿，天纳则进。"

薛冉冉明白了他的意思。天有呼吸，当它吐气的时候，是不可能迎气而上的，不过当它吸气的时候，就可以趁隙前行。

他说得简单，实际上这种细微的变化很难为人察觉，得有极强的悟性和洞察力才能发现这一点。

紫光仙尊听了，只是冷笑，准备看那个小姑娘的笑话。

薛冉冉听了苏易水的话，闭上了眼睛。本身五行属木的她，一直在西山冰莲池里修炼，浑身的每个毛孔都被浸泡得异常敏感。气流的变化，树木都能敏锐地感应。从转生树上落下的她试着体会天之吐纳时，便是用每寸肌肤感受的，只可意会，不可言传。如此几次，她真的感觉到了气流细微的变化。所以她不再浪费真气，而是尽量放松身体，衣袖翩飞，若一根鸿鹄轻羽，在七重天飘荡。苏易水是如此，二人就是这般，顺着天势而行，一路扶摇直上九重天！

紫光仙尊的身后又来了几位仙人。他们看着一个半残，再不得升天的魔仙，还有一个区区凡人，竟然能不用天阶，而是如羽毛般扶摇升天，不禁看得目瞪口呆。

先不说触犯天条之事，就算今日是天门开放的稀罕日子，上千年来也从来没见过哪个凡人能这般轻巧上天啊！

若是世人都知道了这般投机取巧的方式，那修真的意义何在？天界的上、中、下仙班岂不是要人满为患？

所以当这二人终于一路飘摇抵达九重天门时，众位神仙望向他俩的眼神都颇为不善。

那位被药老仙"请"出仙洞的玉莲仙人也在，看着这二人也是神色复杂。

薛冉冉没有理会那些仙人敌视的眼神，只是环顾四周，找寻药老仙的身影。在天界，她只有这一位熟人，若是能找到他，也好办事。可是她目光巡视一圈，并没有看到药老仙的身影。

紫光仙尊似乎猜到了她在找谁，所以冷淡说道："药老仙身为下仙却擅自行动，干预人界生死，所以他已经被天尊责罚，在仙洞禁足。"

薛冉冉微微叹了一口气，道："原来天界与人界没有什么差别，做事的因为做了事犯错，不做事的却可以高高挂起，摆出一副圣人模样……"

此话一出，众位神仙的面皮一紧。其实他们也觉得药老仙此番挨罚有些过了。是紫光仙尊添油加醋地一番控诉，让天尊降罪药老仙。他们不想得罪紫光仙尊，自然不好多言。

惩治盾天原本是紫光仙尊的差事，虽然倾覆四山伤亡会惨重些，但是降伏入魔的盾天也是一件无上功绩。可惜这样的好事被苏易水和那个小丫头还有药老仙截胡了，这叫紫光仙尊很是不悦。

而且药老仙若是凭借这等功绩扶摇直上，便会越级升至上仙。可是天界上仙只能有八位，他若升仙，便要将一人挤下。所以紫光仙尊这番告状，其实很是微妙。众仙只是看破不说破，心知肚明就是了。

紫光仙尊也看出这小丫头牙尖嘴利，不过现在到了天界，天尊对这胆大妄为的二人自有定夺，想来她伶牙俐齿耍嘴皮子的机会不多。所以他清冷地挑了挑白眉，开口道："你们耽误的时间够多的了，还请赶在天门闭合之前随我去见天尊吧！"

说完，他与一班仙人便踩着祥云径自前行。

苏易水和薛冉冉互相看了一眼，然后紧紧拉起手，跟在了他们身后。

天界仙尊乃万年不灭的道身修行，历经九百九十九劫，方为万物之始，是以早就炼化为无形。

他们往前行进，来到了虚无化境。

此地四处烟水茫茫，只一片如镜一般的水面呈现在他们眼前。

众位仙人规矩地立在两侧，垂首等待天尊训话。

就在这时，水波微震，有声音在一片虚无里响起："苏易水、薛冉冉，你们二人真是不逊的刺儿头，明明有天阶也不肯上，难道天界的规则在你们两人的眼中犹如无物？"

苏易水淡淡道："所谓规，须由众而定，再而行。世间法规，皆是如此。唯有天规最让人捉摸不透。哪个天制定的规则，制定时又有谁来同意？"

听了这话，紫光仙尊的脸色大变，出声训斥道："大胆！你们是在跟天尊说话，他乃万物之始，说出的话自然就是规矩！"

薛冉冉奇怪地看着他，小声道："若不是上天太费劲，我还疑心自己入了人界的皇宫，此处化境之地，竟然也有拍马屁之人……"

紫光仙尊气得脸色一变，可是跟区区凡人斗嘴未免失了身份，所以他只冷瞪她一眼，准备看她一会儿的下场如何。

听了苏易水的话，天尊的语气倒是很平和："不愧是千年难得一遇的魔身成仙，果然是一身反骨。天规并非人、神所定，更非我私心所定，而是遵从天地，顺应规则，不然乾坤序乱，无论人、神都会难逃劫难。你们偷窥天书是事实，不受惩戒，何以服众，又何以警醒不轨之人？"

天尊语气平淡，可是那如镜的水面已经掀起波澜，雷霆天怒似乎迫在眼前。

薛冉冉朗声道："敢问天尊，小女有一事不明。天书乃天界禁忌般的存在，常人不可接近，为何二十多年前的我却可以偷窥天机，甚至盗取一页天书前往人界？"

天尊似乎沉默了一下，开口说道："薛冉冉……又或者该叫你'沐清歌'，你可知道，苏易水本是元阳帝君触犯天条，历劫投胎入了人世。他的命盘奇特，内里缘由不足为人道。他本无姻缘之命，是你生生为他改命，才成就了你们如今的孽缘。当年那天书突然跑到人界，落入你手里，也是奇案，真相不得为天眼所窥……所以我没法回答你那天书是如何丢失的。"

听到天尊的话，众位神仙的脸色皆为一变。

天界之以天尊为首，其下还有三位帝君掌管众位仙人。其中元阳帝君乃至尊阳刚之神，所有男神仙登天都须拜谒过他才可位列仙班。

他们已经许久未曾见到这位帝君了。

仙人下凡历劫，堪比京官遭到贬斥，是众位仙人都不愿经历的。他们如今才知，苏易水竟然是元阳帝君转世！他们原先只知道元阳帝君曾经触犯了天条，被天尊勒令禁足，洞府被封了许久，但他们都不清楚元阳帝君是何时投胎转世的。

现在好好的一个帝君在人间历劫一番后却成了半残的魔仙，就此升天无望。这样的局面真是难以收拾，恐怕天尊也颇为头疼吧？

薛冉冉听了，也不由得瞪大了眼睛，转头看向苏易水。他居然曾为帝君！那他当初究竟是犯了什么样不可饶恕的天条，才会被贬下人界，经历那么崎岖多舛的命运？

可惜天尊似乎不愿多言，只冷声道："不管怎么样，你两次偷窥天书，惩戒难逃。按照天规，你当受斩仙惊雷，永世不得超生！而苏易水自毁元婴，擅改人之生死，让沐清歌死而复生，就此乱了轮回，亦是当受此罚，你们二位可有不服？"

就在这时，天际突然又来了一道祥云，一个清冷的女声响起："天书失窃，原因不明，若是这个女子无意中捡到，人性本就耐不住好奇，窥探两眼也情有可原，为何要如此重罚？"

众人循声看去，只见一位长发披肩、额头点缀着半月圣光的女子在几位女仙的环簇下驾云而来。而那本该禁足的药老仙竟然跟在那女子身后。

众位仙人见了，连忙向那女子拘礼。

薛冉冉这才知，这女子是与天尊一同飞升的仙侣，如今是天界的玄天圣母。

天尊已经炼化为无形，可是玄天圣母似乎并不愿意如此，依旧维持着高雅圣洁的人形。

看到玄天圣母前来，天尊似乎有些不悦，开口道："你不是应该在西天瑶山修炼吗，为何会突然折返？"

药老仙不想让玄天圣母为难，立刻跪下请罪："是下仙斗胆，想要为两位人间的小友求情，这才请来圣母娘娘，希望免除两位小友的死罚！"

听了他的话，天尊冷冷道："你已升仙，却还割舍不下人间情谊，此乃大戒！原本只是罚你禁足三年，如今看来得翻倍，十年之内，不许出洞府！若再擅自出来，便受天雷削灭神顶，下人界再历练一回吧！"

天尊动怒，药老仙自然诚惶诚恐，立刻老实地领罚。

既然玄天圣母开了口，天尊也不好太驳她面子，只能缓和道："你一直不问天界事务，自然不清楚内里曲直，这二人胆大妄为，若不惩处，不足以平怨，你还是不要过问的好。"

可是玄天圣母眉眼未动，语气冰冷道："我不问天界之事，全是因为痛失爱女。当年你我飞升之际，我腹内已经有了骨肉，可惜飞升证道，需要割舍掉腹内的这一块骨血。我不忍她就此灰飞烟灭，所以移来瑶池的一棵菩提树，让她依附其上。原本千年的时间足够她化果为形，成为草木之仙，可惜那树一夕枯萎，结下的果也不见了踪迹……这个薛冉冉也是树上结果而生，我与她甚是投缘，所以想要将她保下，还望天尊成全，给我这个面子！"

薛冉冉听得瞪大了眼睛。她此番上天，已经做好了受罚的准备，可是万万没想到，身份如此尊贵的玄天圣母居然出面保她。看来这药老仙虽然在仙界地位不高，但是人脉很强大啊！

一旁的紫光仙尊没有料到玄天圣母居然亲自出面，替这个张狂的凡间女子说情。想到这是药老仙从中作梗，紫光仙尊又是眉头一皱：药老仙如此僭越，真是太没有规矩了！于是他开口道："圣母不知，那个苏易水乃元阳帝君转生，原本历劫之后便可位列仙班。可是偏被那女子偷窥天机，改了命格，修成了魔仙之身，又元婴半毁，闹出一段荒唐姻缘。就在前几日，他们已经成亲，元阳帝君是彻底回不来了，又跟她一同触犯了天条，若不罚这二人，何以服众？"

这位玄天圣母来了之后，虽然看了薛冉冉好几眼，但是一直没有看苏易水。听了紫光仙尊的这番话，玄天圣母的目光却瞪向了苏易水，嗯……一双明眸美则美矣，可是露出的凶光跟母狼差不多。

薛冉冉忍不住用身子挡住苏易水，不让圣母瞪她的夫君！

玄天圣母看着像母鸡般护崽子的薛冉冉，目光倒是转柔，并且移步来到薛冉冉身前，开导道："你的修为和根基皆是上乘，我听药老仙说了，你此番救助了四方百姓，功德无量，天道昭昭，自会记得你的好，你若是诚心认错，天尊也不会重罚你们。"

听了玄天圣母的开解，薛冉冉认真地问："如果我们诚心认错，天尊可不可以免了我们二人的死罪？"

也许是为了给玄天圣母几分情面，这次天尊开口道："你们的姻缘都不在你们二人的命格里，如果你们二人肯就此了结孽缘，从此不再相见，或可以有一线生机。苏易水的元婴半残，仙格已毁，但是也可以在人界熬几百年，过一过神仙日子，待得寿终正寝，重入轮回，再修仙缘。而薛冉冉你的仙缘甚深，挽救四方苍生，福缘不浅，若是能闯过情关，就此与苏易水分开，将来必定成仙，位列上仙。如此安排，你们两个可愿意？"

薛冉冉与苏易水对望了一下，不必传音入密，他们就从彼此的眼神里知悉了答案。

薛冉冉慢慢转过头来，朗声说道："不必，既然天罚难逃，我们二人愿意承受。只是我想问问，这天罚要来几次，是不是我们若侥幸活下来，天尊还要继续降罚，不死不休？"

天尊道："能生生挨过斩仙惊雷之人，还未曾有过，你若能承受住，自然便算罚过，此后旧账一笔勾销。"

天尊的意思很简单。要么死，要么分！

偷窥天书是原罪，可是天界更在意的似乎是本不该有姻缘的二人生生搅和到了一处，所以就是用天雷劈，也要将二人的姻缘活活劈开！

听到这儿，薛冉冉紧紧拉住了苏易水的手，朗声道："既然如此，我们决定至死不分，还请天尊降罚吧！"

她这话一出，玄天圣母的脸色变得十分难看，她一把拉住了薛冉冉的手道："被斩仙惊雷击中，元神覆灭，再不能入轮回，你怎么如此冒失答应，难道你……"

圣母只说了一半，便神情怪异，然后慢慢松开了手，不再规劝。

也许是她觉得薛冉冉冥顽不灵，不值得劝解了吧。

天尊似乎早料到这二人是不见棺材不落泪的主儿，见此情形，只冷声道："既然如此，你们二人便无反悔的机会了。"

话音刚落，二人便被突然出现的铁索缠绕。这些铁索是天界的捆仙铁索，一旦缠缚便挣脱不开。如此固定后，二人的头顶闪出惊雷，仿佛游龙一般粗长，竟然比万劫天谴还要可怖。一旦被击中，元神和身体会立刻毁灭殆尽，永世不复超生！

紫光仙尊看着药老仙一脸急切的样子，微微冷笑，然后冲着天际抱拳道："天尊圣明，如此决定才可拨乱反正，重新恢复天界秩序！"

可是他话音刚落，就看见玄天圣母正在冷冷瞥着他，嘴角噙着让人不寒而栗的冷笑。

紫光仙尊恭谨地垂下头来，心里却不以为意。众仙尊奉玄天圣母，不过因为她是天尊仙侣。现在天尊已经化为无形，所谓夫妻也不过有名无实，玄天圣母一向离群索居，就算得罪了她，又有什么？

薛冉冉和苏易水被缠在了一处，薛冉冉的眼里闪出晶莹的泪花："你我刚刚成亲，却又要分开了……我真是有些舍不得……"

589

苏易水低头吻掉了她眼角的泪："乖，相信我……"

薛冉冉用力地点了点头，然后转头朗声道："来吧！"

天尊似乎叹了一口气，那叹息声倒像严父面对顽劣孩子时的无奈。伴着这一声叹息，游龙般粗细的斩仙惊雷轰然而至，直直劈向薛冉冉的头顶。

那惊雷裹挟着雷霆之怒而来，在薛冉冉头顶一寸的地方炸裂开来，戛然而止。

一旁的紫光仙尊看了，不由得惊诧道："怎么回事？她为何能避开斩仙惊雷？"

就在这时，天尊开口问道："紫光仙尊，她的身上为何有胎动之声？"

雷霆天罚，不伤及初始的生命，这是众仙都知道的准则。

那紫光仙尊之前也跟天尊禀明，说这薛冉冉是未嫁之身，虽然他们在短短十日内成亲，可是也不会在这么短的时间内结下珠胎。难道是紫光仙尊玩忽职守，瞒报了不成？

听天尊这般质疑，紫光仙尊急了，同时也摸不着头脑。他之前便有心罚薛冉冉他们，只是碍着兹事体大，不敢擅自做主，才容了十日。

当时他明明开了天眼，看到这个薛冉冉并无可以干扰天罚的身孕，她怎么可能这么几日一下子就有了三个月的身孕？

苏易水看着薛冉冉头顶的惊雷渐渐消退，终于可以将高悬的心放下了。

天规的确严苛，可也不是没有法子破解。当初他跟薛冉冉成婚，酒老仙给他的便是改良的酿酒符。

酒老仙嗜酒如命，所以利用符缩短了酿酒时间，十年佳酿也可以一夜即得。而他改良的这种符，将加速的时间控制在三个月以内。

当然，虽然有符加持，可是让媳妇怀孕，靠的都是男人自己的真本事！苏易水此番新婚便一举得子，又是一个不好拿到台面上炫耀的本事！

天威降临，神鬼难以抵挡，可是薛冉冉的肚子揣着个小的，就是天雷也得让一让。

玄天圣母方才握住薛冉冉的胳膊时，便发现了这一点，所以她才不再言语，立在一旁等待着天雷自动避开。

现在薛冉冉怀有三个月身孕的事实确凿无疑，自然得解开困住她的天锁，放她重回人间。

虽然薛冉冉有孕在身可免天罚，但苏易水一个男人总不会怀有身孕吧？他乱了人间纲常，此罪难以脱逃，待薛冉冉被带离，苏易水必定要受天雷刑罚。

就在薛冉冉解开枷锁的一瞬间，便有一股外力将她拉离了斩仙台，留下苏易水一人被绑缚其上。

薛冉冉一个巧劲儿扭身，竟然挣脱了那股力，再次扑到斩仙台上，紧紧抱住苏易水。

苏易水低下头，散开的乌丝长发也垂落到了她脸颊上。他柔声说道："乖，这里太危险，你站得远一些，记住我跟你说过的话……不必为我担心……"

薛冉冉强忍着泪水，从自己的脖颈上解下了项链，挂在苏易水的脖子上，顺势亲吻他的嘴唇。

她知道，自己一旦离开斩仙台，虽然只相隔几丈，却很有可能是天人永隔。也不知她与他上辈子有着何种孽缘，这辈子的情路竟然这般崎岖，相爱容易，可是相守那么难……

苏易水也在狠狠亲吻着自己的小娘子。他们才新婚几日，却马上就要分离，如果可以，他真是恨不得劈开这天地，掀翻这设下重重阻碍的天……

一对璧人紧紧依偎，难舍难分，尽管在场的大多是绝情断爱的仙人，也不禁为之动容。

而那斩仙惊雷不懂人情滋味，再次滚滚而来，朝着苏易水袭去。

就在这时，玄天圣母急急出手，轻轻挥动自己臂弯处搭着的素白披帛，一下子将不肯离开斩仙台的薛冉冉拉开。

薛冉冉被扯离的瞬间，万钧惊雷再次袭来。只是这一次，并无奇迹发生，霹雳火龙般的闪电劈向了斩仙台。

当薛冉冉挣扎起身看着天雷击向苏易水时，不由得高声大喊："师父！"

她虽然已经嫁给了苏易水，可是危急时刻，习惯使然，还是喊他"师父"。

然而话音刚落，天雷袭来，顷刻之间，苏易水便被包裹在一片电闪雷鸣之中……

当天雷散尽，斩仙台上连半缕衣服残屑都没有留下。

下凡历劫失败的元阳帝君，就此在斩仙台上灰飞烟灭……这样的场景使在场的仙人们全都心生怅然。

薛冉冉这时挣脱了拉住她的披帛，飞也似的扑上了斩仙台，疯了一般，趴在地上，四下寻找着苏易水的身影。

可惜除了一些细碎的琉璃碎屑和一条断成几截的链子，地上什么都没有。

那眉眼如画，躺在她身边轻吻她脸颊的男人，似乎就这么凭空消失了，不曾留下一丝痕迹……

玄天圣母似乎不忍见她这般模样，便走到她的跟前，想要扶她起来。

可是薛冉冉突然甩开了她的手，专注地趴伏在地上，瞪着神土上冒出的一株绿芽……

就在这时，天尊开口道："苏易水搅乱天规，已经就地伏法，之前的罪过就此一笔勾销。薛冉冉，再过一刻，天门即将关闭，你快些离开，回到人界去吧！"

说完，四下渐暗，寂静无声。天尊审判了这一对情侣，便离开了。

其他神仙也纷纷四下散去。那紫光仙尊原本要留下押解薛冉冉返回人界，可是玄天圣母冷冷道："她由我来送，你且回洞府吧……"

既然玄天圣母如此吩咐，紫光仙尊不能不从，就此行礼离去。

斩仙台上只剩下趴在地上的薛冉冉，还有无奈地看着她的玄天圣母。

"孩子，起来吧，你如今也是做娘的人了，当珍重自己……"

薛冉冉没有说话，只是红着眼，转头问玄天圣母："敢问圣母，可否跟您借个花盆？"

玄天圣母微微蹙眉，不过还是挥手幻化出了一个乌金砂盘，递给了薛冉冉："这是我当年在瑶池栽种仙草的盆子，你要用它做什么？"

薛冉冉没有说话，只是以手为铲，小心翼翼地将地上那株米粒大的绿苗连同它四周的神土移栽到花盆里，然后如珍宝一般捧着那花盆道："谢谢圣母娘娘，我要回去了。"

玄天圣母垂眸看了一眼那小苗，顿时有些恍然，然后沉思着开口道："冉冉，你的仙缘很深，如果能斩断情丝，必定有大修为，万万不可被男女之情牵绊，停滞不前。现在天罚也算是个契机，你当领悟到人间的情爱短暂，终究是一场空。你若能将这苗留在仙界，我会替你好好照管它，这样你也可以心无旁骛，早日飞升成仙——"

薛冉冉却坚定地摇了摇头，说道："不，我与他做了约，此生绝不会再错过。谢谢圣母娘娘为我求情，只是我眷恋人间的烟火气，做不到割舍证道，就此向圣母娘娘别过，我们也许后会无期……"

说完这话，薛冉冉以灵气将那花盆护住，捧在怀里，朝着天门走去。她看似瘦弱的背影坚定，不曾回头再打量这人人向往的天界。

玄天圣母看着她不曾回头的背影，一时间，冷凝惯了的眼里竟然慢慢流淌出了一行清泪。

就在薛冉冉顺着天梯而下时，天门渐渐闭合。玄天圣母再也忍不住，想要开口唤她，可是天门闭合得太快，她的声音终究被大门挡住了。

就在她哽咽出声时，天尊的声音突然再次在她耳畔响起："素女，她早已经不是我们的孩儿了，你又为何如此执着，不肯放下？"

玄天圣母听了这话，猛地转身怒道："为何不是？她就是我呵护了千年，差一点儿就可以在菩提树下成形的女儿！当初我们的女儿马上就要成熟，却因为元阳帝君那个浑蛋醉酒，将果儿从树上扯落下来。他犯下这等错，却只是人间历劫一场便可以了事。我千年的等待却化为一场空！我到底有什么错？竟然不能将唯一的女儿留在天界！只能跟着那浑蛋一起，去人间历劫。可是那个浑蛋在人界又招惹我的女儿……他是要一步步地引着她，再也回不了天界吗？"

天尊似乎无奈地叹了一口气，道："所以，你就千方百计地布局，引着沐清歌踏足瑶池幻境，窥见那本天书。你原本是希望她窥见自己与苏易水的恩怨由来，能够不再管顾着他，继续修仙飞升，最好能够杀魔徒以证道，了结一段孽缘……只可惜，你弄巧成拙，越帮越乱，她反而替苏易水修改了命盘，甘愿自己魂飞魄散，也要助他立刻飞升，不再背负魔子的罪孽之苦。他们俩原本历劫一番便可回归天界，可是现在要不断纠缠，又一同遭受天罚之苦……"

玄天圣母不再哽咽，只是冷冷道："原来你都知道了，怪不得突然勒令我不得私下人界，还收了我窥探人界的天镜……那为何不当众揭了我的丑，将我抓去斩仙台受审，再来个杀妻证道？"

天尊沉默了一会儿，幽幽说道："天道昭昭，自有安排。现在你只能看着她飞升无望，重回人界，这不就是对你最大的诛心惩罚吗？"

听到这儿，玄天圣母长发飞扬，凌空嘶喊道："她也曾经是你的女儿啊，你难道就一点儿也不心疼她？！"

天尊再次沉默，最后化为一道光晕将悲伤欲绝的玄天圣母紧紧包裹住："我化为无形，是为了万物大爱，可又何曾减过对你的爱呢？苏易水当年能得到那棵转生树，难道是他凭空捡来的吗？那转生树，就是你种在瑶池边的那株菩提树啊！我将它移到了绝山上，又化入梦境点化苏易水为沐清歌引魂续命，便是作为父亲为她能做的最后一点儿事情。可是她的父母之缘已经不在你我身上了。你也该学会放手了。他俩的姻缘虽然并不在天书之上，但如今他俩的命盘已乱，紧紧缠绕在一起。我虽为天尊，却也不好干预。不过，她在人界活得不是很好吗？恣意洒脱，随性散漫，多像当年的你啊！"

玄天圣母被这暖光包裹着，仿佛又投入了当年爱人的怀抱，她渐渐止住了悲切，怅然若失道："她这样……真的很好吗？"

可惜，这次天尊没法回答她了。他远离人间的情爱太久，早就忘了其中的冷暖滋味。

那一对小儿女，面对生死抉择的时候，依然义无反顾地选择了对方，这就不是他们自认为最好的选择了吗？

一场天罚之后，前世的恩怨因果就此可以一笔勾销。只愿她能一直无悔自己的选择……

◆◆◆◆◆◆◆

人界的时光流转，总是不经意间飞驰而过。一转眼，六年的时光已经过了。

西山的草木更加郁郁葱葱，一个穿着红肚兜、梳着冲天小辫的小娃娃撅着小屁股在树林里蹦来跳去。

若是有人路过，看到这情形，必定疑心是山林里的人参成了精怪，化作娃娃在山林里晃荡玩耍呢！

突然，虎啸震动密林，一只硕大无比的猛虎从密林里跳跃出来，冲着那红肚兜娃娃低声吼叫。

小娃娃吓得一屁股坐在青草地上，哭丧着脸道："白白！你耍赖皮，我明明说五十个数的！我还没藏好，你怎么就来寻了？不算！不算！我们重新再来！"

可他还没嚷嚷完，一个容貌艳美的女子便一下子将小娃娃拎了起来："是我让白白来寻你的，今日的功课写完了吗？又趁着我不注意，偷偷跑出来玩！"

那小娃娃扭头一看，原来是娘亲找过来了，小屁股立刻不扭了，他只委屈地鼓着小脸道："娘，就玩一小会儿，回去再写，不行吗？"

薛冉冉笑看着皮猴一样的儿子，美目圆睁，故意凶巴巴道："我懒得管你，这就去你爹那儿告你一状！"

小娃娃连忙晃着馒头一般鼓鼓的小脸说："不要！娘亲不要跟爹爹说我的坏话！"

可是做娘亲的毫不客气，将儿子夹在胳膊弯里，径直朝着自己居住的院落走去。

院子矮篱笆墙里栽种着各种药草。在草药花香中，一棵茂密的大树如一把撑开的伞，正立在院子中央。

那小娃娃如同泥鳅一般，哧溜从娘亲的臂弯里滑了下来，然后小腿配合着小脚，竟然几步便爬到了树上。

一根最粗大的枝丫上结着一只大果。许是怕那大果太大，未熟就坠下来，下面还精心挂上一层网，用几根杆子撑住，那大果安逸得很。

小娃娃爬到树杈上，将脸挨着那大果，奶声奶气道："爹爹，我今天写了好多的大字，有些累了，才去跟白白玩捉迷藏的。娘说要打我屁股，你夜里给娘托梦，告诉她轻点儿打，用手就好，莫要用鸡毛掸子。曾师祖给娘做的鸡毛掸子打人可疼了，申儿若是受伤了，谁来给您浇水拔草呢？"

说着说着，小娃娃觉得委屈，居然抽起小鼻子，流出了眼泪。

薛冉冉在树下看着儿子在那儿告状，本来是好气又好笑，可是看他最后红了眼圈，心里也顿时不是滋味。

这一年来，儿子渐大，她带着他去山下的羽童师叔家里玩耍了几次。回来之后，儿子的小嘴就问个不停，比如为何山下孩子爹爹是人，而不是一颗大果子？他的爹爹什么时候能从果上下来，他不想跟白白玩捉迷藏了，他想跟爹爹一起玩，更想被爹爹举高高，扛在肩膀上一起在街市里买糖糕吃。

薛冉冉在儿子面前一向是坚强、乐观的。可是听了这话，她只是赶紧将儿子的小脑袋按在自己怀里，借着月色的掩护，眼角流下眼泪。她吸了吸鼻子，然后才勉强柔声安慰儿子道："快了，等申儿长大了，你的爹爹自然会从树上下来找你……"

小申儿觉得娘亲的声音不对，半抬起头，看见娘亲的眼里还闪着泪光。他连忙直起身子，轻轻拍着娘亲的后背，还亲着娘亲的脸："娘，我不要爹爹了，我有你就足够了！你莫哭。爹爹在树上很好，你也不用给他洗衣做饭，他每隔几天喝几瓢水就好……乖乖，娘亲，不要哭啊。"

薛冉冉看着儿子认真哄着他的小脸，真的是越来越肖似苏易水了！每次看到儿子，她都仿佛看到了年幼时的夫君。

自从六年前她从天界归来，除了肚子里的宝宝，便只有那花盆里的一棵豆芽似的小苗。她将这株小苗移栽到了庭院里，然后在旁边打了地铺，日日夜夜，几乎不敢合眼地看护着这一株小苗，生怕它有个闪失。

当初，他们一起商议应对天界的惩罚时便已经定了计策。薛冉冉可以借着腹内的胎儿逃过一劫。可是苏易水避无可避，只能生生承受这致命一击。

而薛冉冉项链上的琉璃球里封存的转生树，就是他们最后的契机。

苏易水说他有把握在天雷袭来之时舍弃身体，将自己的魂魄引到转生树上。所以她将自己脖子上封着转生树的项链挂在苏易水的脖子上。

可是那电光石火的瞬间什么样的意外都有可能发生。薛冉冉在看到苏易水被雷击打，烟消云散时，虽然早就有心理准备，却还是一下子瘫软在地，甚至自己是如何从天门一路而下的，她都忘了。

而地上的那一株嫩苗便是她全部的希望。

那转生树是灵树，不可用酒老仙的符来催动，只能让它一点点地吸取日月精华，慢慢生长。

每天看着那小苗长高一点点，薛冉冉的心却高悬着，因为她并不知道，在最后的生死关头，苏易水的魂魄有没有附着在这棵灵树上。她日夜守护的这一棵，会不会是一棵空树？

不过这棵树比普通的树长得快了许多，直到她腹内的婴孩胎动的那一日，原本豆芽似的小树，居然长高到了她的腰际。

直到薛冉冉生产那日，帮忙接生的羽童端着热水一出门，便看见那已经一人多高的树上居然结出了一颗小小的果！

薛冉冉抱着襁褓中的婴孩来到树旁时，甚至不必伸手触及那小果子，便能感受到果子里传来的无比熟悉的灵气。

那一刻，薛冉冉的心终于放下。

苏易水的魂魄已经被这棵转生树完全接住，只等果熟蒂落那一刻，他们一家三口便可团圆了。她将闭着眼的小婴孩举到树旁，轻轻地说："儿子，快看，这颗小果子就是你的爹爹。"

小婴孩打着哈欠，费力地掀开眼皮，吧嗒着小嘴儿看着那颗小果，然后带着微笑进入了梦乡。

薛冉冉知道，接下来只需要耐心的等待，等待着果子坠落的那一刻。

可是这一等就是六年。那果变得越来越大，却毫无落下来的迹象。

薛冉冉如今养成了习惯，每天陪着儿子读书。等哄他睡着以后，她就会来到树下，与那果子聊一聊每日发生的事情。

以前苏易水从来没有跟她讲过，他在转生树的果子落下前的漫长岁月里是如何一点点熬过来的。如今她总算感同身受，充分体会到了苏易水那时的心情，那是希望与焦灼混杂、渴望又担心的煎熬。她可能不如他，只短短六年而已，就已经相思成河，泛滥成灾了。

今天也是如此，在教育完皮猴似的申儿之后，她便让申儿去书房写字了。

薛冉冉没有事情，便端着水桶和水瓢，一边给树浇水一边坐在树下讲她和儿子最近的日常。

"前两天我带着申儿去了山下的镇子。这两年，镇子里年轻的后生又多了许多，一个个也不知吃什么长大的，眉眼里都冒着灵气，一个个也长得浓眉大眼，不知我们申儿长大了会不会也这般俊俏……你若还不从树上下来，我寻思着在山下收些年轻的弟子，教一教他们，顺便打发一下无聊的时间，西山已经许久没有收新弟子了……"

薛冉冉自顾自地说着话，并没有注意到她说完之后，那树的枝条在无风的时候微微晃动了几下。

"对了，那个苏域的身子终究是熬不住了，魏纠当初给他续命的法子阴损得很，反噬得也厉害，他应该也没有几日了，据说朝中内斗厉害。周飞花与她的爹爹在秦玄酒和旧部的帮助下，一起离开了中土。哦，那个秦玄酒昨儿也来到西山了，一把鼻涕一把眼泪地说要回西山修行。这也是他这六年来第十回闹着要辞官修真……看来不久以后西山就会变得很热闹……魏纠那个魔头也是够无聊的，这些年来从我的嘴里套不出屠九鸾的下落，居然写信问我，要不要他帮忙，给我们的孩儿找个现成的爹。他闲着也是无聊，正好可以过来照顾一下我们孤儿寡母……"

说完这些日常琐碎，薛冉冉还微微叹息了一下，她心内挂念的是一直在龙岛隐居的屠九鸾母女。龙岛镇神曾经给她捎信，说屠九鸾生了个女儿，模样像足了她爹，想来长大了也是个美人。可惜了，玲珑剔透的小姑娘，就因为有个没心的爹，却要在与世隔绝的龙岛长大……

可是这一声叹息落到旁人的耳里，难免疑心独守空床六年的女人实在难熬寂寞，收到不正经男人的书信，便萌动了思春的心思。

薛冉冉说完这些琐碎，给树又浇了两瓢水，便准备回屋歇息。

现在每到晚上，她哄儿子睡着之后都会彻夜难眠，有时会在树下打坐一整夜。白天的时候，听着屋外的喧闹声，还有儿子玩耍的声音，反而会涌上些困意，所以她有午后睡上一觉的习惯。

今日也是如此，回到屋子里后，她脱下外衫，就着香草软席，半合上眼侧躺下来。

就像儿子所说的，每当她沉睡入梦，消失六年的男人就会时不时入梦，尤其是白日睡得不沉时，人在半梦半醒间，更分辨不清是梦还是真了。

就好比她现在，不过刚刚沉入梦里，就感觉门被吱呀一声推开，有人撩起床幔，坐到了床边。

她有心睁开眼，可是眼皮仿佛灌了铅，怎么也睁不开，所以只能任着那人伸手轻抚自己的脸颊，再慢慢躺在自己身边……

薛冉冉在半梦半醒间被熟悉的臂弯紧抱着，嗅闻着思念了六年的气息，恍惚又回到了新婚时那几日。她忍不住回抱住那宽厚的肩膀，眼角含泪，轻轻喊道："师父……"

这一声低吟，让那臂弯箍得越发紧，伴着几乎要勒断人的力道，还有一声低声的喘息："我的小果儿……"

再然后，便是席卷而来的让人窒息的热吻……

这吻也太过急切和真实，就算身处再深沉的梦境也会因几近窒息而醒。

任谁梦醒时突然发现一个男人出现在自己枕榻旁，还抱着自己亲吻个没完没了，都要被吓得魂飞魄散。

不过薛冉冉是有本事的，所以她的第一反应不是哭喊救命，而是立刻手腕翻转，操控挂在屏风旁的五把短刃直直冲进帷幔，准备将登徒子扎个五剑穿心！

那五把用灵力操控的短剑来势汹汹，瞬间便抵上男人的后背。

就在这时，低沉的声音在薛冉冉的耳畔响起："这么久不见，你就是这般迎接你的夫君的？如此出手狠辣，你想做寡妇吗？"

伴着男人的低语声，五把短剑咣啷啷地落到了地上，她用力将男人推开，瞪大眼睛看着闯入者的脸……

浓黑如山峦的重眉，闪着点点星光的眼，还有那挺直迷人的鼻子，都是她梦里重温过千百遍的他……

"你……是苏易水？我是不是在做梦？"

男人没有回答，只是俯下头去再次亲吻她，唇齿缠绕间，尽是久别的思念、重逢的甘甜。

过了良久，他才抬头："现在你知自己是在梦里还是梦外？"

发麻的嘴唇提醒着她，眼前的夫君如假包换！她的师父居然只在树上长了六年就瓜熟蒂落了！

薛冉冉惊喜交加，一下子抱住了他："你……怎么这么快就下来了？"

这实在出乎薛冉冉的预料，她本来做好了与他二十多年后才相见的准备，若是他有心，能在儿子娶媳妇前落地便好了。

可是这话落在刚刚烹醋酌饮的男人耳里便是话里有话："怎么？我回来得不是时候？也是，你一个人收些年轻的徒弟的话，应该更自在随意些。毕竟镇子上有那么多花朵般的少年，须精心赏玩……对了，魏纠何时来西山认亲？我得铺路洒水，好好迎一迎他……"

薛冉冉每日坐在树下无聊地碎碎念本是无心之举，哪里会想到树上的果子居然能全听在耳里，还迫不及待地来找她算账啊！现在被抓了现形，她只是又哭又笑地抱紧了他："……你还气我，你可知没有你的这些年我有多想你……"

597

苏易水怎么会不知呢？当初他的身体被天雷击毁，元神被引入树苗之中，起初的几年虽然意识混沌，可是他一直能感觉到一个女人抱着个咿咿呀呀的婴孩在他的耳畔低语。

起初，他听得不够真切，只觉得那女子说话的声音若叮咚倾下的水声，沁人心脾，一下子便可以抚平他焦躁的情绪。

到了后来，每日里若不听到她的声音，他都会觉得情绪烦闷，焦灼不安。

后来，那个咿咿呀呀的小婴儿终于开始学说话了，总是被人抱着在树下指着他喊："果果……"

温柔的女声总是更正小娃道："这是你的爹爹。你看，又大又圆多可爱！快，叫'爹爹'……"

再后来，随着他的意识逐渐清明，他渐渐回想起了前尘，也知道那温柔的女声便是他的冉冉，而那个奶声奶气的小娃娃是他一直没有看到的儿子。

想到冉冉在没有他的陪伴下独自生子，抚养幼儿长大，他比任何人都急切，恨不得自己早一点儿落地，将那个每到夜晚总是整夜失眠的女人紧紧箍在自己怀里，再将那个总是上蹿下跳的小皮猴子高高举起来，在他的小脸蛋上狠狠亲上一口。可是他的元神一直被树牵引着，就算想要挣脱也挣脱不开，只能默默地听着她的轻声细语，度过一个又一个寂寞的夜晚，同时努力吸收日月精华，不断地加快自己的成熟度。

就这样，在这个夜晚，大果终于掉落，而他破壳而出，真切地感受到阳光落在肌肤上的感觉。

满园的草药清香提醒着他终于又活了过来，他可以一步步地走入那熟悉的房间，推开门，看到心爱的女子乌发披散在香席间，雪肌红唇，正是他足足思念六年的模样……

那一刻，他再也忍不住，只想将她紧紧揽在怀里，以慰相思之苦。

此时风儿轻吹，将房门半掩，也掩住了屋内的春色……

对申儿来说，他只不过是温习了一下午的功课而已，结果他回院子找娘亲的时候，树上的大果就不见了。

就在他急得哇哇大哭的时候，屋子里居然走出了个身穿宽袍、披散长发的高大男人。

他身后的高师叔和丘师叔全都喜极而泣，扑倒在地，喊着"师父"。直到那个高大的男人一把将他抱起举高的时候，他才模模糊糊地意识到——他的爹爹回来了！

申儿紧张地抿了抿小嘴，试探地叫了一声："爹爹……"

男人在他嫩嫩的小脸上狠狠亲了一口，将他安置在肩头，然后淡淡地问他："可要下山去看灯？"

申儿扭头找娘，可是苏易水笑着道："你娘累了，得小睡一会儿。走，爹带你扎纸灯去！"

夕阳落下时，薛冉冉终于能扶着酸软的腰起身了。

今夜恰好又是七夕之夜，镇子里的河渠满是莲花灯。许多商铺夜里也挑起了灯笼，镇子里三五成群的少年少女嬉笑而过，热闹极了。

薛冉冉与苏易水拉手并肩走在街市上，申儿则神气活现地跨坐在爹爹肩头，一边拿着糖糕吃，一边举着爹爹帮他扎的莲花灯，跟旁边看热闹的小孩子炫耀："你看，我也有爹爹，我爹爹是人，不是瓜！"

可惜他这一番炫耀后，那些孩子都懵懵懂懂地瞪着他。他们又不傻，自然能分清人和瓜。这西山下来的小孩儿，是在羞辱他们吗？

不过，这对男女实在是太登对了，男的高大俊逸，女的明眸动人，都是神仙一般的气质，而男人肩头的娃娃生得白嫩可爱，着实让人艳羡。

苏易水依旧如以前一般，带着一大一小两个吃货从街头吃到街尾。此时街市人头攒动，到处弥漫着人间烟火气。

当河渠对面有人放起烟火时，漫天绚烂，如同星辰一般。

薛冉冉紧紧搂着苏易水，梦呓一般轻声道："得成比目何辞死，愿作鸳鸯不羡仙……"

苏易水听着她突然念起古诗句，低沉地说道："不许妄念生死，我会一直陪在你身边……"

回想二人情路坎坷，差点儿生死错过，如今的岁月静好，不容半点儿咒念。

薛冉冉顽皮地笑了，只跟儿子一起依偎在他怀里，一起看杨柳垂岸，看满天烟火灿烂，也不知天上的神仙见了这一幕，是否也会只羡鸳鸯不羡仙？

此时站立天际的药老仙看着那莲花灯点缀的河畔，尤其是那终于得以团聚的一家三口，默默地松了一口气。

"今年你为何不去人间点放莲花灯？"突然，有人在他身后问道。

药老仙转头看向不知什么时候立在他身后的青莲仙人，微微苦笑，淡淡道："她已经有了陪在她身边的良人，我自然不必再去打搅她的尘缘……"

在这几年里，他几次徘徊龙岛。就在去年的时候，龙岛的结界突然出现了缝隙，似乎允许他进去。

当时他以为凤眸终于肯原谅他了，自然心内狂喜。可是进去之后，他看到的是凤眸依偎在一个高大青年怀里的样子。凤眸看向那青年的眼神，是何等熟悉，那样充满爱意的眼神，她也曾经向他投递过……

"叫你来，是希望你知，我现在一切安好，希望你莫要再打扰了我的清净……"说这话时，凤眸终于看向了他，可眼神变得无比冰凉。

那一刻，药老仙看着与已经长成青年的小龙依偎而站的女子时，终于知道，他与凤眸的缘断了……

药老仙转身离开，却未曾回头，没有看到凤眸在他转身的时候便冷冷地甩开了龙少年的手，惹得那少年梗着脖子，红着眼圈看她……

那次龙岛之行后他便再也没有放过莲花灯。

想到这儿，药老仙不愿再想起与莲花灯有关的记忆。他久为下仙却一直不得晋升，最根本的原因就是他心里怀有一份愧疚。现在凤眸有人照顾了，他也可以静心修行了。

不过，想到玄天圣母的交代，他还需要下人界一趟，送给那对夫妻一样东西。

就在苏易水从树上下来三日后，药老仙来到西山冰莲池边。

薛冉冉没有想到药老仙会突然来访，先是拱手谨慎问道："仙人来此，可是天庭又要提审人？"

药老仙苦笑一下："我虽为下仙，但并非衰神之位，不是每次都是来报丧的。"

薛冉冉听了，顿时长出了一口气。当初他们夫妻二人上天受罚，却各自投机取巧，也算是侥幸逃过了天劫。

尤其是苏易水入了转生树上，相当于重生一回，虽然他之前的元婴半毁，不得再飞升，可是现在宛如新生，又延续了以前的记忆和灵力，也算是歪打正着，另辟蹊径，可以继续修真，不再受限了。

若是天尊看他们不顺眼，时隔六年后又要找碴儿，破坏他们一家三口好不容易的团圆，那就又要费一番脑筋了。

当药老仙递给她一个小箱子时，薛冉冉不解地眨巴了下眼睛，试探问："这是何物？"

药老仙说道："是仙界的三生镜，可窥视人之三生。玄天圣母知道苏易水从转生树上下来，所以送来这三生镜，希望你们二位能够勘破前世今生，就此顿悟，不受情缘牵绊，早日达成正果……"

虽然天尊劝玄天圣母，她的子女缘分已尽，不可强求，可是她还不死心，这才寻来了三生镜，让药老仙送下来。

"情"字对大部分修真之人来说都是个难关，过与不过，干系太大。

想那盾天，原本是可以直升上仙之才，只因为一时的放不下，才渐渐走上歧途，最后落得灰飞烟灭的下场。

玄天圣母不希望薛冉冉也走这样的老路，所以送来镜子，希望她能勘破自己和苏易水的孽缘。

勘破了，也就能放下了。

可薛冉冉听了，与苏易水对视一眼后便将那木箱一推，客气道："这等仙物，还请圣母娘娘自己留用吧。我连上辈子的事情都无法想起，更别说三世的事情了。世间事情，虽然有前世因果，但也不必事事知道得那么清楚，不然孟婆热汤一碗，要来何用？"

药老仙似乎早就料到薛冉冉这特立独行的性子，只将手里的拂尘一抖，那木箱子便一下打开了，里面一面古朴的铜镜高悬半空，冲着苏易水和薛冉冉的面门只那么一闪，便有两道奇光入了二人额间。

苏易水警觉，伸腿便将那木箱连同铜镜踢得粉碎，然后冷冷地瞪向药老仙。

药老仙无奈地摇了摇头："帝君这脾气也要改改，万幸这仙镜是圣母新觅来的私物，不曾登记在仙册上，不然你这一脚下去只怕又要触犯天条，换得斩仙台的一顿雷劈……"

伴着这话，药老仙的身影渐渐透明、消失，他已然离开了西山。

薛冉冉有些纳闷，那铜镜就这么脆弱？算是哪门子的仙物？不是说好要照出三世吗？

既然药老仙不再坚持，她也并无身体不适之感，这一场便可轻巧略过了。

当初二人生离死别时恰好是新婚，现在时隔六年久别重逢，自然小别胜新婚。

就连申儿也被苏易水嫌太绊脚，暂时送到山下的羽童那里寄住玩耍两日。

这天还没大黑，薛冉冉就被苏易水急不可耐地扯进了帷幔里。

薛冉冉觉得苏易水的吃相有些急，跟他谪仙的气质不搭。可是苏易水让薛冉冉别得了便宜还卖乖："我这番转生，也算两世的处子之身交付到你手里，你自当珍重、负责，怎可事到临头推三阻四？"

薛冉冉被他这番厚颜至极的话惊呆了，可偏偏他说的又全是事实，竟然让她无处辩驳。

两世的处子之身，珍重起来，自然又要费一番心血与功夫。待二人鸳鸯交颈，相拥睡去的时候，已经是三更天了。

薛冉冉自苏易水归来便不再夜里失眠，这一睡，自然睡得深沉。

只是入睡不久，她便陷入了梦境。

梦中的她突然浑身动弹不得，还有一片青翠的叶遮挡了她的视线。

待一阵风吹过，吹拂开树叶，她才惊觉自己挂在树上。薛冉冉一时气结，觉得这梦做得怪不舒服的。

可就在这时，有人在树下的案子上用手指牵引着一根悬空的笔，在写着什么名册。许是写累了，他正抬起头，面无表情地看着她。

她往下看时，一时惊呆了，原来树下竟然站立着苏易水……只是这个梦境里的苏易水似乎更加冰眸冷眉，满头的银发，一看便是修炼成仙之人。

他的身后环簇着一众仙人，似乎在与他谈笑，毕恭毕敬地称呼他为元阳帝君，等着他登记入册，为自己安排仙位。

面对众人恭维，他的脸上并无喜色，冷漠至极。

薛冉冉团成个果子，不好动弹，可是觉得自己的梦逼真极了，这凶兽在梦里化为仙人，也是这副德行……

就在这时，天际有声音响起，薛冉冉听那声音，似乎又是那位无形的天尊在说话："元阳帝君，人界需要一位人帝，多年之后恐怕会有一场人魔劫难，需要一位真君应劫，平复这场灾难，你看派谁去好？"

元阳帝君清冷地开口道："诸位神仙修真不易，又无人触犯天规，谁会想去？再说，人界的磨难，自是天数，这等应劫之事，不去也罢。"

天尊听罢却长叹一声，道："你乃纯阳童子，年少登仙，虽然灵力无边，却缺少了人情的历练。人都道'需绝情灭爱才能成仙'实在是谬误。若是无仁爱之心，岂能仁慈掌管万物苍生……"

元阳帝君听了这话，脸上却显出淡淡的嘲讽，他看了一眼那树上的果子，开口道："天尊的意思是，因为我并没有像你一样，曾经娶妻生子，所以如今的修为才会在你之下吗？"

看得出这位元阳帝君太过桀骜，竟然连天尊都没放在眼里，隐隐还在嘲讽天尊当年没有顾全女儿——若真怀仁爱之心，为何天尊的骨肉却一直挂在这瑶池边的菩提树上？

天尊被嘲讽了，却不恼，只是淡淡道："我知你不甘屈于帝君之位，更想取代我成为天尊，掌管一切。其实天地循环，有人能替我自然是好的。然而你若想再达成更高的修为，跳脱三界管束，恐怕只能走魔仙一路。天界千年以来，有仙人入魔的祸事，却从无魔变仙飞升……若学不会仁爱，你就算再升一步，又有何用？"

说完这些，天际的光亮渐暗，天尊的声音也渐渐消失……

元阳帝君嘲讽地一笑，然后抬头看了看菩提树上的那果，居然提笔蘸墨在果上戳戳点点一番后转身离去。

待他离去，薛冉冉低头看着树下的瑶池水面，那里清晰映出了一只圆润可爱的大果子。可惜果子被人画上了一张丑丑的脸，咧着嘴角，挂着虚伪的笑。

很显然，那位帝君认为天尊方才的让贤之言全是虚伪的话，所以便给天尊的女儿画上了张虚伪的笑脸。

虽然是梦，可是薛冉冉还是觉得很生气，自己明明是一颗光滑好看的果子，为何偏偏被画成这般模样？

方才当元阳帝君仰着俊脸用毛笔的笔尖在果皮上轻轻勾勒的时候，她却觉得自己附身的这颗果本身一阵阵地心跳加快，整个人也在果皮里蠢蠢欲动。

男色误人啊！

他只不过顶着好看的脸，却连果儿也被魅惑……

再然后，仿佛又过了一段时间，元阳帝君端着一壶酒，一边饮着一边来到树下。

他的身旁似乎有仙人在劝慰他："帝君，您实在不该跟天尊针锋相对，这次下凡应劫，天尊似乎有意派您前去啊！"

帝君半卧树下，举杯冷笑："应劫之人都是身负原罪，前去抵罪补偿。他虽为天尊，可也要出师有名，我不愿去，他能奈我何？你们且下去吧，让我一人静静……"

显然，方才一场天界的酒宴，帝君与天尊不欢而散。

而他此时不过想在瑶池边寻个清静的地方准备休憩一下。薛冉冉在树上却急得一蹦又一蹦。

因为她注意到，树旁突然爬来一条红眼长角的细蛇，慢慢地朝着醉卧的帝君而去。

仙界的仙人们每隔一段时间便要摒弃心中的杂念、魔念，才可保持天人合一的境界。而这些杂念被炼化出来后，往往会演化成灵蛇、蜘蛛，偶尔有没及时清除干净的，便会在天界游走。

若是平时，这些毒虫全然不是仙人的对手。可是现在帝君饮了不少酒，若是被这种毒虫咬到，必定会魔性入心，干扰修为。

薛冉冉感觉到自己附身的这果似乎也急了，不停地抖动着几片羸弱的叶子，想要驱散毒蛇。

可是这簌簌落落的声音完全没有用！

那果急得似乎都要溅出果汁了，竟然一用力挣脱了树枝，咣当一下，砸跑了那条灵蛇，顺便落到了帝君怀里……

就在这时，有两个负责照管菩提树的仙童走来，看到那青皮的涩果落在帝君怀里，立刻惊呼："不好了！帝君醉酒，将……将灵果给摘下来了！"

薛冉冉听到这儿，也是满脑袋乌云和闪电。她之前也曾听药老仙简短说过关于元阳帝君被贬下人间的缘故，可万万没想到，竟然是乌龙一场！

待玄天圣母杀过来后，便是一场不容辩驳的冤情。

等到元阳帝君被宣判贬下人界历练的时候，他冷冷地看着被一旁仙童抱着的大果子。

那果子的表皮承受天界甘露，长得红艳艳的，很是可爱！只是他上次给它画着的咧开的嘴儿虽然墨迹未退，看上去似乎在嘲笑着他。

虽然蒙受了不白之冤，可是帝君并未辩驳，只是在跌落人间的那一刻突然飞身夺下了在仙童怀里傻乐的果儿，然后便直直坠入人界……

玄天圣母急得差点儿也跟着跌下去，也没有扯住那一身反骨的帝君。

就这样，元阳帝君跟那颗倒霉兮兮的果子就这么一起下人界应劫去了……

薛冉冉只觉得自己跟着帝君跌落下来的时候昏昏沉沉，仿佛云山雾罩。

这种在梦境里还迷迷糊糊的感觉可真不好！

待她意识清醒的时候，却发现自己正趴在一条船上，四周是荷叶无穷碧连天，而

603

她也有了手脚，不过身上是红艳艳的衣服。

薛冉冉有些纳闷，就算在梦里，这赤色也不是自己的穿衣风格啊！而且她自己手里还拿着个酒葫芦，看上去正在湖上泛舟醉饮……

她不由得又探头往湖里看，这湖面映出的是个明艳动人的女子……那灵动的眉眼其实跟薛冉冉自己很相似。可是薛冉冉还是一眼认出这……不正是二十多年前的她吗？

那时她还不是薛冉冉，而是纵情恣意的沐清歌……

就在这时，她的船突然跟迎面而来的一艘船直直撞上。

这一撞，力道甚大，直接将对面船舱里的一对男女撞了出来。

薛冉冉定睛望过去，出来的青葱少年俊美非凡，虽然看上去只有十五六岁，脸上却已经呈现出天人之姿，浓眉朗目，连鼻尖都泛着少年郎君特有的朝气……

看得发呆之余，薛冉冉的脑子里只闪过一个念头：原来师父年少时这般迷人、可爱啊……

是的，那少年虽然和苏易水年岁不相当，可是薛冉冉还是一眼认出他正是年少时的苏易水……真是青葱鲜嫩得很啊！

就算在梦里，薛冉冉也觉得自己看得快要流出口水了。

可她还没来得及擦拭嘴角，便一眼瞟到少年身旁的那个少女居然正挽着他的胳膊！

薛冉冉怒目而视，却发现那少女看着眼熟，像是没有毁容又年轻二十多岁的温红扇！

薛冉冉虽然老早就知道他们曾经差点儿成婚，可是迟来的陈年老醋后劲儿更大。她想要高声猛喝，叫温红扇撒开手，放开她的夫君。

当她真的开口时却是吊儿郎当的语调："这位小公子的模样真不错，我看了就觉得莫名欢喜，你我在西湖相遇也是缘分……我乃西山沐清歌，你拜我为师，跟我回西山一同修仙可好？"

话虽然是从薛冉冉的嘴里说的，可是根本不受她的控制啊！虽然她知道自己说的都是真心话，可是若只有一面之缘的陌上人听上去，就是纨绔公子调戏良家女子的口吻啊！

果然，这话让那位少年面罩寒霜，虽然他看到这红衣女子时被一眼惊艳到，但惊艳之后是一股本能的反感，尤其看到她一身红衣蹲坐在船头，好似圆圆的红果子……真是让人看了不顺眼！

听到她如此孟浪的话语，那位少年便冷冷开口道："在下是九华派弟子，不必再拜师学艺，在此谢过西山宗主的美意……"

说完，他脚下微震，竟然驱动相撞的小船分离，一身的灵力根基不容小觑。

薛冉冉只觉得心内突然涌起一股求贤若渴的欢喜："你的根基可真好！跟着九华

派那个满嘴仁义的伪君子能学到什么？可惜了，可惜了……还是早点儿改弦更张，到我西山来吧！"

而对面的少年在沐清歌出言不逊之后，面色更加冷凝。

温红扇高声喝骂道："沐清歌！你到处收罗美少年，臭名远播，尽人皆知！不过易水心智纯定，不是你这等邪魔外道能招惹的，你还是早早离开吧，别自讨没趣了！"

她不知这话竟然弄巧成拙，激起了沐清歌难得的胜负欲。她高高举起酒葫芦酌了一口纯酿，然后大笑道："哦？那我可真要跟你打个赌了，你信不信，我必定会在三日内让他乖乖叫我师父？"

这话一出，不光是温红扇，就连少年苏易水的嘴角都露出了轻蔑的笑："哦？赌些什么？"

红衣沐清歌叮着酒葫芦，转着眼珠笑着道："我若输了，便一路磕头，去九华派跟那开元老儿请罪；可你若喊我'师父'，就要改投我西山，乖乖做我的徒儿啊！"

听了这等荒诞不经的赌约内容，少年露出了自负的笑容："你这话当真？"

沐清歌不理身后几个貌美弟子的阻挠，爽快地说道："一言既出，驷马难追。现在，你敢不敢跟我起个魂誓呢？"

苏易水冷笑道："有何不可？"

想到这红衣轻浮女子一步一叩首地在九华派山下一路而来，还真是莫名期待呢！

…………

薛冉冉真不知道当她还是沐清歌的时候居然是这般收苏易水的。

虽然是在梦境里，场景会时不时跳跃，可是薛冉冉只凭借几个画面便想出了事情的缘由。

比如沐清歌去酒老仙那儿，凭着一壶"误天仙"便换来了几张易容符。她巧妙布局，当着苏易水和温红扇的面幻化成开元真人的模样，又假装被西山弟子伏击，身受重伤，倒卧在地。

接下来，还没有经历太多修仙险恶的青葱少年就这般毫不迟疑，跪趴在"开元真人"身边，一口一个"师父"地叫着。

甚至当那易容符失了效力，苏易水都有些收不住嘴，瞪着沐清歌笑得恣意的脸，迟疑道："师……父？"

"哎！我的乖乖水儿，师父以后顶疼你！"沐清歌一边说一边笑着躲闪。

那少年愤怒地低吼一声后拔刀相向，要一刀砍死他的新师父。

薛冉冉身不由己，在沐清歌的皮囊里欢腾跳跃，撩逗着自己的新徒儿水儿。可是她真的很想寻个角落垂泪，叹惋接下来漫长的师徒孽缘……

之后，便是变得越发沉默、面无表情的苏易水碍于魂誓的威力，改投西山学艺的漫长日子。

薛冉冉看着自己的热脸一次次地往冷屁股上贴，看着她一次次讨好逆徒苏易水，真的好想一觉醒来吃碗甜瓜沙冰降一降心火啊！

曾易似乎看不过眼，私下问师父为何要容忍那么忤逆的苏易水。可是沐清歌一边将给苏易水疗伤用的冰莲栽入池子，一边感慨道："我也不知为什么，总觉得上辈子好像很对不起他，欠了他似的……"

曾易摇头叹气，转身去开解苏易水，不要总跟师父作对。

再然后，画面流转，沐清歌在救下山中一个被蛇咬的老妇后被引入了幻境，窥见放置在往生石上的一本无字大书。

打开书页的时候，空白的纸页上竟然满满浮现出沐清歌和苏易水的前世因以及后世果。书里写得明白，只要沐清歌及时割断与苏易水的联系，此生不复相见，她便可以早早修炼仙道，重新飞升入天。

可是沐清歌匆匆略过自己的命数后，细细看起了苏易水的命盘。他是身负天罚，下人界应劫而来，所受的人间苦楚自然件件诛心灭情，稍微行错一步，便会就此堕落人间，不得再飞升入天。

然而，若是她能改变他的命盘，去掉他的帝王之名，再以命献祭，他就可以早早悟道，以魔子之身飞升成仙，重回天界，与天齐寿……

薛冉冉能感觉到沐清歌心内的翻涌与起伏。

那天，她撕下了一页天书，看着书页上随着她的心思而不停变化的命盘想了很久很久。最后，她去了龙岛，托付龙岛镇神埋下藏有天书的书页，最后下定了决心。

前世她从树上自行坠落，害得元阳帝君蒙受不白之冤，那么这一世，她当补偿他一个锦绣前程和无双的命盘。

她当初收他为徒的时候，就允诺过……

想到这儿，沐清歌终于大笑着起身，义无反顾地朝着浊世浮尘的人界而去……

那一刻，薛冉冉的心里也不知是什么滋味，她终于明白身为沐清歌的自己当初为何要牺牲生命来改变苏易水的命盘。只因为前世天界的树下那个让一颗小小果儿脸红的帝君曾经说过，他希望自己练就魔仙，取代天尊……

随后的日子里，她主动接触、扶持苏域，让苏易水脱离人界的权势纷扰，同时在京城的那处隐秘宅子里找到了抵抗不住灵泉的苏易水，陪着他在那间无人密室里熬度，抵御心魔的入侵。

她眼看着他痛苦难耐，用指甲在密室里划出一道道痕迹，只能含泪笑道："你能行的，连这都熬不过去，你什么时候才能打败我，顺利出师？"

薛冉冉曾经去过京城，也看到过密室里斑驳的抓痕，可是直到看到这处梦境，才恍然当时的情形，原来二十多年前的她也在这密室里。

此时，密室里烛光摇曳，只有关系一直不甚融洽的师徒熬着艰难的时刻。沐清歌并没有注意到苏易水抬头看向她的眼神变得复杂，不再是一味的憎恶，而是有股说不出的意味深长。

"我若抵抗住灵泉，你可愿答应我一件事情？"他无力地靠在她的肩头问道。

沐清歌低头轻轻摸着他的长发："什么事情？"

"我要离开西山，跟你解了师徒之名！"他嘴里说着断绝师徒之情的冷话，表情却忐忑而别扭，似乎还有未尽的话。

沐清歌闻言只是苦笑，最后长叹一声，道："你若能配合我，让我替你剥离灵泉，并让我将它封印，我便昭告天下，你苏易水大义灭亲，与西山魔道决裂，再不是我沐清歌的徒儿……"

苏易水抬眼看着她，慢慢地伸出手，似乎想抚摸她的脸颊，最后只是轻轻碰了碰她垂下的青丝……

下一刻，风云突变。她已经被三大门派的子弟包围。他们逼问她那个背负灵泉的魔子是谁，她却微微一笑，道："你们这些乌合之众，怎么会是我的对手？不怕死的，放马过来吧！"

可惜之前因为帮助苏易水抵御灵泉的控制，沐清歌早就损耗了大半元气。就在苏易水急匆匆赶来时，她刚刚击退偷袭她的沐冉舞，可是分神之际，她又被沐冉舞紧紧抱住，同时手里被塞入了一块灵玉，被人打得口吐鲜血，魂魄将要烟消云散。

她微笑着看着苏易水青筋暴起，拼命朝着她狂奔而来，嘴里似乎还在呼喊着什么，大约是不甘心她死在别人手上，而不是死在他的手里吧？

她的水儿徒弟真是人间绝色啊！如此愤怒咆哮时，看着还是那般俊逸迷人，她要是不在了，若是真遇到了觊觎他美色的魔头，而他不能自保，该怎么办？

就在最后一口气息快要散去时，沐清歌支撑着用自己最后的灵力化为融面咒，封住了他俊美的容颜……

至于何时解开咒语，那就在他遇到让他真正心动之人饥渴难耐的时候吧……

到了那时，她的水儿一定是天界最有本事的魔仙，与让他心动之人相依偎在瑶池仙树之下，共守万年……

薛冉冉明明知道这不过是梦境罢了，可是这太过逼真的梦境还有身临其境的心境，叫她忍不住流出了眼泪，任着散乱的魂魄一点点模糊……

也不知过了多久，一阵风吹来，她又被挂在一棵半死不活的树上，只是这次她羸弱了好多，而她身旁有一颗果，长得比她大了一圈，拼命地吸食她的灵力。

这样过不了太久她就会支撑不住。再看看周围的景色，这里好像就是绝峰村上的绝山！这里寂静无人，非寻常人能够接近……

就在这时，一个穿着寒酸长袍的长发蒙面怪人突然出现在树下。他抬起头，看不清五官的脸正木木地打量着一大一小两颗果子。

过了好半天，他才低低开口道："你不是一直恣意飞扬的性子吗？从来不肯委屈

607

了自己，怎么挂在树上倒被人欺负成这样？不过也好，魏纠一直派人来倒怨水，若是早些掉下来，也可以避开许多邪佞之人的迫害……可惜你不能离转生树太远……你不是一直说你无父母缘分吗？我替你找一对真心疼爱孩子的爹娘可好？这一次，你不需要早早理事，不需要什么坏心眼的姐妹，只一个人，受父母疼爱，开心长大……"

说完，他便转身，朝着山下的绝峰村走去。

当她再也支撑不住，随着果儿一起坠下树时，便听见自己的口中传出清脆的婴儿啼哭声，那清脆的哭声划破了层层迷雾，引来了一个面带慈爱的妇人。

"哪个杀千刀的，竟然将刚出生的孩子扔在荒山里！造孽啊！造孽啊！乖，不哭，我这就抱你回去啊。乖……"

薛冉冉认出，抱着她的妇人正是她娘巧莲。她脱下自己打着补丁的外衫，将还是小婴孩的薛冉冉仔细包裹起来，然后便一步步走下绝山。

…………

这个梦如此悠长而纷乱，以至薛冉冉醒来时已经日上三竿。她迟缓地眨巴着眼睛，看着头顶熟悉的帷幔床帐，然后赶紧转头看向身旁的苏易水。

幸好苏易水还好好地躺在她身旁，只是他似乎早就醒了过来，正垂着眼眸幽幽地看着她。

薛冉冉将脸贴在他的胸膛上，感受着他跳动的心脏，幽幽地说："我……做了个梦……"

苏易水开口道："是不是梦见了瑶池边的菩提树，你自己砸在了我的身上？"

薛冉冉猛地抬头，诧异地瞪着他："怎么……你也做了跟我一样的梦？"

苏易水淡淡道："那不是梦，而是药老仙带来的三生镜，折射了你我的三生……"

啊？薛冉冉此时终于明白那玄天圣母苦心送来三生镜的目的了。

原来，她与苏易水所有的恩怨情缘，都是缘起于瑶池边的落果。玄天圣母是希望他俩之间起了龃龉，就此一拍两散吗？

想到这儿，薛冉冉硬着头皮小声道："我们拜堂，可是拜过天地的，虽然没有魂誓的效力强大，但也是说话算数的，你可不能小肚鸡肠……跟我算前账！"

苏易水一把钳住她的下巴，冷冰冰道："敢做便要敢当，你一个小小的果儿，却将我的命盘搅和得七零八落，又在人世间受了这么多的苦楚，岂是你轻巧说上几句就能一笔勾销的？"

听到他这么凶，薛冉冉心里一阵难过，红着鼻头和眼角道："那……你想怎样？"

人都道"破镜重圆"，到了她这儿倒成了镜破姻缘。难道曾经的元阳帝君知晓了过往的一切，便要找她算一算旧账？

苏易水冷着脸看着她要哭不哭的样子，没忍一会儿就心疼地搂住了她，捏住她的红鼻头道："我能怎样？天尊不是说了，不懂情爱怎会仁爱，他存心要我下人界历练，就算你不落在我身上，他也能寻出其他借口……倒是你，说说，是不是在天上时就看中了我？"

薛冉冉刚想否认，却被他以热吻封住了嘴唇。待分开时，他便低低说道："不许否认，你只能喜欢着我……"

薛冉冉伸出纤细的手臂揽住他的脖颈，一时想起梦境里他们身处京城密室时，苏易水要与她解除师徒关系，一刀两断。那时，她为了他，几乎耗尽元气，可是他还是那般无情，要跟她撇清关系。

可是苏易水低低说道："不离开西山，你不就是我的师父？那我如何开口跟你提亲，成为你的丈夫？"

薛冉冉听了，有些不敢相信地瞪圆了眼："你……不是因为我的死，才生出了感恩之心吗？怎么那么早就……"

苏易水顺势将他爱了两世的女人按在床榻之上，低低说道："你不知道你有多招人吗？我若不降了你，你岂不是要祸害更多的少年郎君？"

一时间，西山前师尊降伏小妖女的阵仗又拉开了，鲜花团簇的窗子里再次传来嬉笑声……

药老仙再次现身的时候，已经是三日之后。看着在西山下的花海里领着儿子捕捉萤火虫填入纸灯的一对伉俪，他隐隐知道玄天圣母的这面神镜算是白找了。

昔日的仙果和帝君都在人界历练，知道了情之滋味。万事可以预判，唯有"情"字，天书也难以写清。既然生生纠缠出了一段孽缘，想断也是很难的。

薛冉冉见药老仙又来拜访，并不意外，她微笑着将自己亲手做的一盒豌豆黄福糕交到药老仙手里。

这是人界的儿女为母亲祝寿时常做的糕饼，而她这一盒是送给玄天圣母的。

"仙长，天界的大门未到开启之时，我现在也是凡人之躯，不便上天去见娘娘，麻烦您将这一盒糕饼送去，聊表我之孝心。还请您带话一句，请她不必再为当年飞升时未能保住腹内的一点儿骨血而自责，她为我做的一切，我都感念在心，也许以后我和易水可以结下仙缘，飞升成仙，到了那时，我会亲自再给她做福糕吃的……"

薛冉冉心思玲珑，自然猜到了玄天圣母的心结所在。其实她也与盾天一样，日日受着自责的煎熬。这是圣母娘娘的心魔，所以她才会迁怒于元阳帝君，难以宽恕他。她亲手做这盒福糕，就是希望清火去热的豌豆黄能解了她前世母亲的心结。

药老仙点头应下，接过了那盒子。

薛冉冉眼尖，一下子发现药老仙的额头标记似乎变了，竟然从下仙的青色标记变成了上仙才有的紫色标记。

她一问才知，他已取代紫光仙尊成为八位上仙之一。而那紫光仙尊似乎因为历练不够，又犯了天规，过些日子就要下人界应劫。
　　薛冉冉有些哑然，不知药老仙扶摇直上，是不是跟他审时度势，站对山头有关。

　　第二天下午，薛冉冉在院子里摆桌子招呼夫君和儿子吃饭时，申儿用筷子指了指西天的云："娘，你快看，那云像不像你前天做的福糕？"
　　薛冉冉抬头看着西天，那堆砌的云……还真的很像福糕啊，似乎有人在慢慢地吃。云做的糕一小口一小口地消失，舍不得吃，舍不得下咽……
　　薛冉冉依靠在苏易水怀里，欣慰地笑了，低头在儿子的耳边细说着什么。
　　然后，申儿站在桌子上，腆着小肚子高声喊道："玄天外婆，您大口地吃，我娘以后还会给您做的！"
　　苏易水也低头跟儿子低语了几句，申儿再次高喊："天尊外公，我爹说，他不稀罕您的位置了！不过他会好好地疼爱您的女儿，当好您的女婿的！"
　　稚儿的声音在山间传得很远很远，震碎了天边的碎云，漾出了迷人的一道虹……
　　《西山宗主录》有记："西山宗主薛冉冉与夫君仙修百年，降魔除妖，涤荡人间，然后仙踪渺渺。其子继承西山宗主。此后仙缘，不足为外人道也。"

番外 儿女之债

苏申作为西山未来的宗主，虽然年仅十四岁，但是因为有不务正业的爹娘，早早就体会到了当家人的心酸。

爹爹和娘亲离开西山一起云游四方去了。附近的村镇闹饥荒，到处卖儿卖女，娘的收徒癖正好发作，云游前收了一群十二三岁的徒弟上山。所以他这个少宗主的威风还没来得及抖一抖，就要教育一群嗷嗷待哺的师兄弟。

他的筑基灵根不敢说有多深厚，可是这扒拉算盘张罗财米油盐的本事完全可以傲视修真界。只是娘亲收来的这些弟子里有些不听话的，不但不乖乖修仙，还总要偷偷逃跑。

这不，大半夜的，他觉也不能睡，便要跑出来"抓捕"西山逆徒。

苏申从小跟庚金白虎练出来的脚力无人能及，跑得比那逆徒快了许多，正好躺在大树的树杈上乘会儿凉。

过了一会儿，一个瘦小的身影从树下经过，他才找准时机，突然蹦到那私逃的小逆徒面前。

"大半夜的不睡觉，非要遛着我满山跑，你在龙岛上时难道晚上都不睡觉？"

被苏申拦住的小姑娘长得瘦瘦小小，可是看那脸，是个十足的小美人。只是她的脸上少了十三四岁小姑娘的稚气，而是带着一股超乎年龄的冷然气息。

"我要去找我娘，你别拦着我！"

这个小姑娘叫屠香香。据说，这名字还是他娘薛冉冉起的，叠字的名字读起来朗朗上口，不过她这个人的臭脾气可跟"香"字挨不上。

苏申不用扒拉算盘，就记得这丫头在西山上的短短几日摔了三回碗，打了四次人。

据说，她在龙岛出生、长大，被一群恶龙环绕。在别的女娃娃玩泥娃娃、布老虎的时候，她却在帮娘亲给龙岛的龙蛋翻晒，或者跟小龙在水里翻滚。所以这个小姑娘野得很！

听说她的爹爹是赤门的宗主魏纠，而她的爹爹不想要她，所以她才和娘亲隐居在龙岛上。安稳了这些年，那个魏纠不知从何处打探到了她们母女的行踪，竟然趁着龙岛镇神闭关深眠的时候闯入龙岛，掳走了她的母亲。

据说，龙岛镇神主动断了情丝，渡过情劫难关，只待最后一道关卡就可以修炼成功，解了龙岛的千古禁咒。如此关头，她自然不会现身。

611

当时，屠香香正好进入龙洞救助一条被岩缝卡住的小龙，恰好错过了见她的亲生父亲一面。

　　而那屠九鸢在被抓走前及时放出了贴有符文的纸鹤，纸鹤就这么一路来到西山送信。所以薛冉冉和苏易水去龙岛接屠香香出来，又去赤焰山探听屠九鸢的下落了。

　　可是屠香香不放心，想要亲自前往赤门，所以才有了这月下私逃之事。

　　看着苏申想要拦她，从小被龙养大的女孩儿脸上立刻显出了上古神兽的冷傲之色："你觉得你拦得住我？"

　　苏申随他娘，随身带着两三个零食袋子。虽然屠香香的脸色很臭，可他还是抓出一把娘亲自晒的地瓜干给她。

　　"你晚饭时跟羽师叔顶嘴，摔破了碗，饭也没吃，估计现在饿了吧？我这儿除了地瓜干，还有五香猪肉脯、甘草酸杏……你吃吃看，合不合胃口？"

　　屠香香冷冷看着眼前笑嘻嘻的少年，又瞟了瞟他手里的零嘴儿，忍不住咽了一口唾沫。

　　没办法，孩子正是长身体的时候，禁不住饿。

　　她搞明白苏申并不是想来押解她回去，而是要陪着她一起去赤焰山时，不禁迟疑道："羽师叔他们都说我爹是十恶不赦的坏蛋，你跟我去，他擒了你怎么办？"

　　苏申甩了甩手里从娘亲那儿继承的机关棍，得意道："小爷满身的本事也不是花架子，他怎么可能捉到我？倒是你，若是被他擒了，杀女证道可怎么好？所以还是我陪着你去，若是形势不对，我来保护你！"

　　苏申的长相像极了苏易水，俊俏、鲜嫩得很，不过他的性格可不像他冷冰冰的爹爹，反而像极了他古道热肠的母亲。这般慷慨仗义的表现不禁惹得屠香香抬头飞快地瞟了他几眼，然后接过他手里的地瓜干，一口口地吃了起来……

　　苏申看着她狼吞虎咽，忍不住咧嘴笑了起来。虽然西山里的师姐、师妹很多，可他就是爱看这个老是装大人样的小师妹。

　　她看上去桀骜不驯，其实就是个离开娘的小屁孩。他曾在西山的后山上看过她一个人偷偷哭鼻子。

　　听说那魏纠不是个东西，当初香香还没出生，他就要她娘喝一碗堕胎药打掉她。所以他必须跟去，因为他怕她被那个狗男人凶，又会找山洞偷偷哭鼻子。

　　而且出山历练这种事情是任何一位仙侠的必经之路。

　　苏申听过爹娘成亲前太多的冒险故事，向往得很，趁着爹娘不在，他这位西山少仙侠也想好好地成就一段传奇故事！

　　就这样，两个小屁孩分吃了几袋子的零食，便偷偷上路了。

　　苏申想，他的爹娘现在一定在跟魏魔头大战三百回合，正等着他前去助阵呢！

此时，他的爹娘的确正在酣战，不过是在一片花海的茅屋木床上……

这里是苏易水曾经带薛冉冉来过的地方。每当夏日，这里一片繁花灿烂，美极了。所以苏易水干脆在这里搭建了木屋，引来溪水绕着屋子，还铺了干净的鹅卵石，静雅极了。

每年夏日，他都会带着薛冉冉来这里小住几日。毕竟薛冉冉的收徒瘾上来，有太多的闲人会分散她的精力。所以将她拐来木屋倒是可以平复西山前宗主荡漾的醋海浪波。

木屋的四周贴着符文以抵挡夏日闹人的蚊虫，周围只有一阵阵随着夜风飘荡的花香。

薛冉冉纤细的手臂绕到苏易水的胸膛前，轻声问："你难道真的当着魏纠的面，把屠九鸢带走了？"

苏易水冷哼一声，道："他搞不定女人的屁事，值得我耽误多长时间？总要让他认清自己的实力，也免得霸凌那母女。"

这几年来，魏纠如给他的祖先上供一般，年年都要来西山闹一回，追问屠九鸢的下落。

从魏纠低声下气的口吻里，薛冉冉其实感觉到这个心狠手辣的大魔头似乎发觉了他自己究竟失去了多珍贵的东西。

人往往都是这般，失去了才懂得珍惜。

后来，不知道他从哪里得到屠九鸢在龙岛的消息，居然甘愿消耗大半灵力也要偷渡到龙岛上将屠九鸢掳走。

薛冉冉本来担忧屠九鸢的安危，想跟苏易水去看看的。谁知苏易水竟然如此干脆，一个人不声不响地将屠九鸢掳走了，然后让她去西山找女儿，他们随后再回西山。这等奇耻大辱，想必能让魏纠气得七窍生烟，跳脚骂娘吧？

苏易水才懒得照顾魏纠的心情。他和薛冉冉早已到了凝成元婴的阶段，可是迟迟没有升仙，就是为了多照顾儿子一些时间，另外，他也要让薛冉冉过足人间烟火的瘾。他们的寿命虽然比凡人要长很多，可是两人得之不易的独处是一分一秒都不肯浪费的。

这里景色优美，院内溪水潺潺，树上硕果累累，他哪有闲心管魏纠的家事？

以前魏纠每次看着他抱着儿子满山游玩的样子都面露妒色，大约想起自己也有个流落在外的孩子，却连抱也不曾抱过吧？

就在二人在此处悠闲消磨光阴时，阴魂不散的魏纠却再次寻来。碍着灵盾不得入内，他只能在篱笆外跳脚高声骂道："苏易水，你养的好儿子！居然偷偷潜入赤焰山给我的门人下泻药！还有，他拐带我的女儿一路而来，毫不避嫌，拉着我女儿的手便跑！苏易水，你给我出来，还我女人！还有，让你的狗儿子离我女儿远些！看他那德行,便知他跟你一样,是个十足的色坯!"

苏易水原本不想搭理他,可是听到他骂自己的儿子,立刻起了护短之心,冷笑着起身出去了。

薛冉冉知道,两个斗了半辈子的死对头大约又要因为各自的儿子女儿鏖战一场!但愿夫君手下有个轻重,不然香香那孩子早早丧父也怪可怜的……阳光正好,一会儿要多采些鲜花,回西山晾晒花草茶。看魏纠还算有当爹的样子,就是不知屠香香那孩子肯不肯认他……

薛冉冉舒展了一下酸软的腰肢,在魏纠有些支离破碎的喝骂声里缓缓闭上了眼。

"苏易水!你有能耐别用灵力,你我只用男人的气力较量一把!……"

"哎呀……你居然跟我来阴的!……"

"哎呀呀,行,你等着,待我将九阴玄功练成,再来跟你一分高下!"

喝骂的声音随着魏纠气焰的消减,越来越远……

薛冉冉微笑着翻身,香甜地睡去。

冰池情起 出版番外

对被骗入三流门派的人来说,在西山的日子每一天都是煎熬。

年少的苏易水运气转着手中的剑,锋利的剑芒凶狠地凌迟着不远处一棵奄奄一息的大树。

看来在苏易水的想象中,这棵树正代替某个该死的女人经受着他的雷霆怒火。

就在他砍得起劲的时候,不远处传来爽朗的笑声:"小水儿,你居然躲在这里,让为师好找啊!"

伴着说话声,一身火红长裙的女子从山坡的另一侧快步走来。

板着俊脸的少年恍如没有看见她,掉转指尖,正在砍树的剑突然掉转方向,如离弦之箭,狠狠地刺向红衣女子。

那红衣女子不慌不忙,只是轻挥衣袖便削弱了剑气,将那宝剑震飞。

就算被逆徒偷袭,她也不躁不恼,只是故意皱起鼻子道:"乖水儿,你这样就不对了,才学了皮毛,就想弑师证道了?"

苏易水看着吊儿郎当的女师父,面若寒霜。

这女魔头方才不是在西山前山跟她的"小域"卿卿我我吗,现在怎么得空跑来寻他逗乐解闷了?

沐清歌从怀中掏出零食袋子,捏出一颗盐渍龙眼干,送到苏易水的嘴巴前,笑嘻嘻道:"别急,等你成材之日,我自然会助你开山立宗,将我西山一派发扬光大!"

与这女魔头纠缠了这么久,苏易水已经知道她缠人有多么不择手段。他表情木然地启口,如同咽药,任凭这厌恶的味道在嘴里蔓延。不知为什么,这女魔头误会他喜欢这种零嘴儿,总是隔三岔五地往他嘴里塞。

这苦涩的味道倒是提醒了他,他以前吃过的苦比现在更加不堪忍受,只有卧薪尝胆才可等来一雪前耻的机会。现在时机未到,他刚刚得了灵泉,还未掌握其力量,千万不可被这个女魔头发现。

看苏易水的表情慢慢恢复平静,沐清歌才笑嘻嘻道:"水儿,你不是说要去京城吗,小域正好邀请我入京,你一道跟去可好?"

听闻这样的邀约,苏易水冰冷的脸上倒是缓缓漾开了笑。

杀人诛心!

沐清歌明明知道他的身世,更知他对生父的厌恶,居然还邀请他入京,这是试探,还是故意刺激他?不过他正好也要入京布局,这样一来,倒是可以顺水推舟。

615

想到这儿，他淡淡道："好啊。"

沐清歌收起脸上的笑，定定地看着他，然后背着手看向远山："我……知道你要变强。不过，再强的本事，也要有更强大的内心来把持，不然的话，总要有一日会被其反噬……"

听到这话，苏易水微微眯眼——难道这狡黠的女人察觉到他掌握了灵泉，拿话来试探他？

不可能！

沐清歌若是知道他有了拿捏她的本领，一定畏惧他报复，怎么会镇定如常地与他相处？若不缺心眼，沐清歌一早便会和他一刀两断，早早通知正道们围剿他这个魔子，好与他撇清关系，怎么可能如此若无其事地与他单独相处，闲聊？

果然，沐清歌一本正经地说了几句便话锋一转道："而这强大的内心更须懂得品味人生。京城里的名吃风味太多了，我带你吃个遍，你才会知什么叫不辜负红尘！"

听了她这番不着调的话，苏易水心里微微一松。

这就对了，一个只知道吃喝玩乐的女魔头，怎么可能说出"兼济天下苍生"之类的大道理？说来说去，她就是要巧立名目，跟着苏域去吃喝玩乐罢了。

想到这儿，他眼前似乎又浮现出她跟苏域凑在一起窃窃私语的亲昵样子。一股说不出的焦灼和烦闷在心头漾起，他缓下脚步，定住不动，那灵泉若鬼魅的声音又在他耳旁响起："你还是不够强，不然她怎么都不看你，而是青睐苏域那病恹恹的豆芽秧苗？那小子也许才是将来的真龙天子，让女人心醉，你……还是差得太远……"说着，灵泉便是一阵怪笑。

苏易水觉得这话真是荒谬，沐清歌爱跟谁厮混，与他何干？不过，苏域想当皇帝，简直是痴心妄想！

想到这儿，他的心头突然生起无尽怒火，四肢百骸也生出难以抑制的魔气，他似乎想挥舞宝剑，将整个西山杀得片甲不留……

就在这时，一只纤细的玉掌抚上他的后背，同时一股如甘泉的清凉气息缓缓注入他的体内："水儿，你怎么了？是不是最近练功太急，有些血脉不畅？为师助你理一理。"

借助这股气息，苏易水倒是压制住了越发难以控制的魔性，低头看向一旁的沐清歌。

此时她脸上的笑意消失，眼底是不容错辨的担忧。那化解不散的担忧倒是跟他记忆里娘亲对他的担忧有些类似……

沐清歌居然这么担心他？还真是个天大的笑话。

西山年轻俊美的男弟子太多，她若是个个关心如斯，岂不是要忙碌死？

不知为何，这眼神倒是让苏易水有些受用。他忍不住伸手扶住沐清歌的纤腰，淡淡道："是有些血脉不畅，已经无碍了。"

沐清歌似乎想到了什么，妩媚灵动的大眼亮着光道："对了，为师寻了个好物，正好对你有些裨益。你且随我来！"

说着，她便拉起苏易水的手，朝着西山的后山走去。

等到了地方，苏易水才发现不知何时莲花池里已经起了薄雾，水面上有几朵洁白的花蕾，并不是以前的莲花模样。

"这是我寻来的冰莲，对你练功有助力，快些下水吧。"

对于这池中花儿的来历，沐清歌并没有细说，只是催促苏易水快进池子。

苏易水对于女魔头的突发奇想早就司空见惯，正好他这些日子在努力压制灵泉，心魔难抑，被她说得烦了，便脱了外衫下池，好一个人清静清净。

可没想到，他刚刚合上眼，便听到水声又起，再睁眼一看，那女魔头居然裙衫未解地也进了池子，俨然要与他同泡一池，真是孟浪又荒唐。

苏易水警觉，微微后撤："你……要干什么？"

沐清歌却只是将双手再次搭在他的前胸，缓缓将真气注入，微微闭眼道："冰莲池的寒气非寻常人能抵御，若你一人入池，恐怕会有不测，我来护航，你须用心调气息，这对你结丹也大有裨益。"

沐清歌说得不错，一进池子，苏易水心头连日的魔性焦灼就缓解了不少。这池子的寒气真是霸道，只是分神说话的工夫，他手臂上就开始凝结寒霜了。于是苏易水也顾不得斥责沐清歌"孟浪"，开始闭眼调息。

他并不知，当他闭眼时，沐清歌缓缓睁开了眼，担忧地看着这个逆徒，也不知这满池的冰莲能不能抵御他身上的魔性。

沐清歌知道，此时还不是说破他盗得灵泉的时候。天命运转，若想改变，也得寻恰当的机会。为了这个心思别扭的逆徒，她总要竭尽所能……

就在沐清歌想罢，缓缓闭眼的时候，苏易水却微微睁开眼，借着长睫的掩护，放肆地看着眼前紧闭双眸的女魔头。

她的红衣如火，已经被池水浸湿、乌黑的长发如水草一般在水面漾开，如凝脂一般的脸因为少了平日的嬉笑、浪荡，看上去倒是顺眼、娇俏了不少，而那雪白的玉颈更是一路延伸，若山峦起伏。

不可否认，无论苏易水多么厌恶这个骗他改宗换师的女魔头，他都得承认，沐清歌的确有着颠倒众生的容貌。她的身上有些灵泉似的魔性——明知危险，却又让人趋之若鹜。

想到这儿，苏易水缓缓抬起手，湿漉漉的指尖似乎夹带着不欲为人知的欲念，慢慢靠近近在咫尺的那张娇俏的脸。

可就在他要摸到那张脸时，沐清歌突然毫无预兆地微微睁眼。

那双清澈的灵眸正好映出了苏易水满脸深沉的欲念……

苏易水猛然惊醒，觉得自己此举太荒谬。他并非贪恋女色之人，为何对最厌恶的女魔头动了难以启齿的心思？他猛然撤手，不受控的力道砸出一片大的水花，正好飞溅到沐清歌的脸上。

沐清歌并未察觉到苏易水难言的心思，只以为逆徒顽劣，故意砸出水花溅她，便笑着也挥动胳膊撩水报复："水儿，你也太调皮了，小心为师罚你晚饭前担水，不将水缸挑满可不准吃饭哦！"

苏易水没有躲闪，只是微微侧脸，任着冰凉的水花扬洒。阳光下，那张美艳的笑颜却如红衣般，在他的心头撩起一股熄不灭的火苗……

灵泉会无限放大宿主的贪婪和欲念，苏易水不知什么时候在心底种下了一颗他也不肯承认的魔种。

他看着沐清歌一边"威胁"着他一边笑着跳跃回岸上，一路潇洒而去。不远处，沐清歌的那位贵客"小域"似乎正扬声呼唤"沐仙长"。

不知名的魔种潜滋暗长，迅速地入魔生根……

总有一日，他要变得与天同齐，掌控命里无法掌控的一切，那时沐清歌的眼里只有他……

再然后要什么，苏易水也说不出来。

他并不知，魔种跟情种深陷，有时并无二致，一旦生根，便无解药，生死相许，羁绊三生！

图书在版编目（CIP）数据

仙台有树：全二册 / 狂上加狂著. -- 北京：北京联合出版公司，2025.3（2025.3重印）. -- ISBN 978-7-5596-8144-7

Ⅰ. I247.5

中国国家版本馆 CIP 数据核字第 2024L2G176 号

仙台有树：全二册

作　　者：狂上加狂
出 品 人：赵红仕
出版监制：辛海峰　陈　江
特约监制：殷　希　穆　晨
产品经理：朱静云
责任编辑：管　文
特约编辑：许晨露　丛龙艳
营销支持：肖　瑶　祁　悦　陈淑霞
特约印制：赵　聪
内文排版：芳华思源
封面设计：@Recns

北京联合出版公司出版
（北京市西城区德外大街83号楼9层　100088）
北京联合天畅文化传播公司发行
万卷书坊印刷（天津）有限公司印刷　新华书店经销
字数837千字　710毫米×1000毫米　1/16　39.25印张
2025年3月第1版　2025年3月第2次印刷
ISBN 978-7-5596-8144-7
定价：82.00元（全二册）

版权所有，侵权必究
未经书面许可，不得以任何方式转载、复制、翻印本书部分或全部内容。
如发现图书质量问题，可联系调换。质量投诉电话：010-88843286/64258472-800